ちくま文庫

ベルリンは晴れているか

深緑野分

筑摩書房

目次

本書は、二〇一八年九月、小社より刊行された。

主な登場人物

アウグステ・ニッケル……アメリカ軍の兵員食堂で働く少女
ファイビッシュ・カフカ……泥棒。元俳優
ユーリィ・ヴァシーリエヴィチ・ドブリギン……NKVD（内務人民委員部）大尉
アナトーリー・ダニーロヴィチ・ベスパールイ……NKVD下級軍曹
クリストフ・ローレンツ……音楽家。毒入りの歯磨き粉で不審な死を遂げる
フレデリカ・ローレンツ……クリストフの妻。戦中は潜伏者を匿う活動をしていた
エーリヒ・フォルスト……フレデリカの甥
グレーテ・ノイベルト……フレデリカの使用人
ヴィルマ……動物園の元飼育員
ヴァルター……浮浪児。機械いじりが得意
ハンス……浮浪児。ヒトラー・ユーゲントの制服を着ている
ダニエラ・ヴィッキ……映画の音響技師。通称「ダニー」
デートレフ・ニッケル……アウグステの父。共産主義者
マリア・ニッケル……アウグステの母

イーダ……ポーランド人労働者の女児
ブーツ……ニッケル家が暮らす集合住宅の管理人
イツァーク・ベッテルハイム……ニッケル家の隣人のユダヤ人
エーディト・ベッテルハイム……イツァークの妻
エーファ・ベッテルハイム……イツァークの娘
ギゼラ・ズーダー……ニッケル家の向かいに住むダウン症の少女
レオ・ズーダー……ギゼラの弟
ラウル……デートレフの政治活動の仲間
リーゼル……デートレフの政治活動の仲間
ヒルデブラント……教師
ブリギッテ・ヘルプスト……アウグステの同級生
ホルン……元英語教師

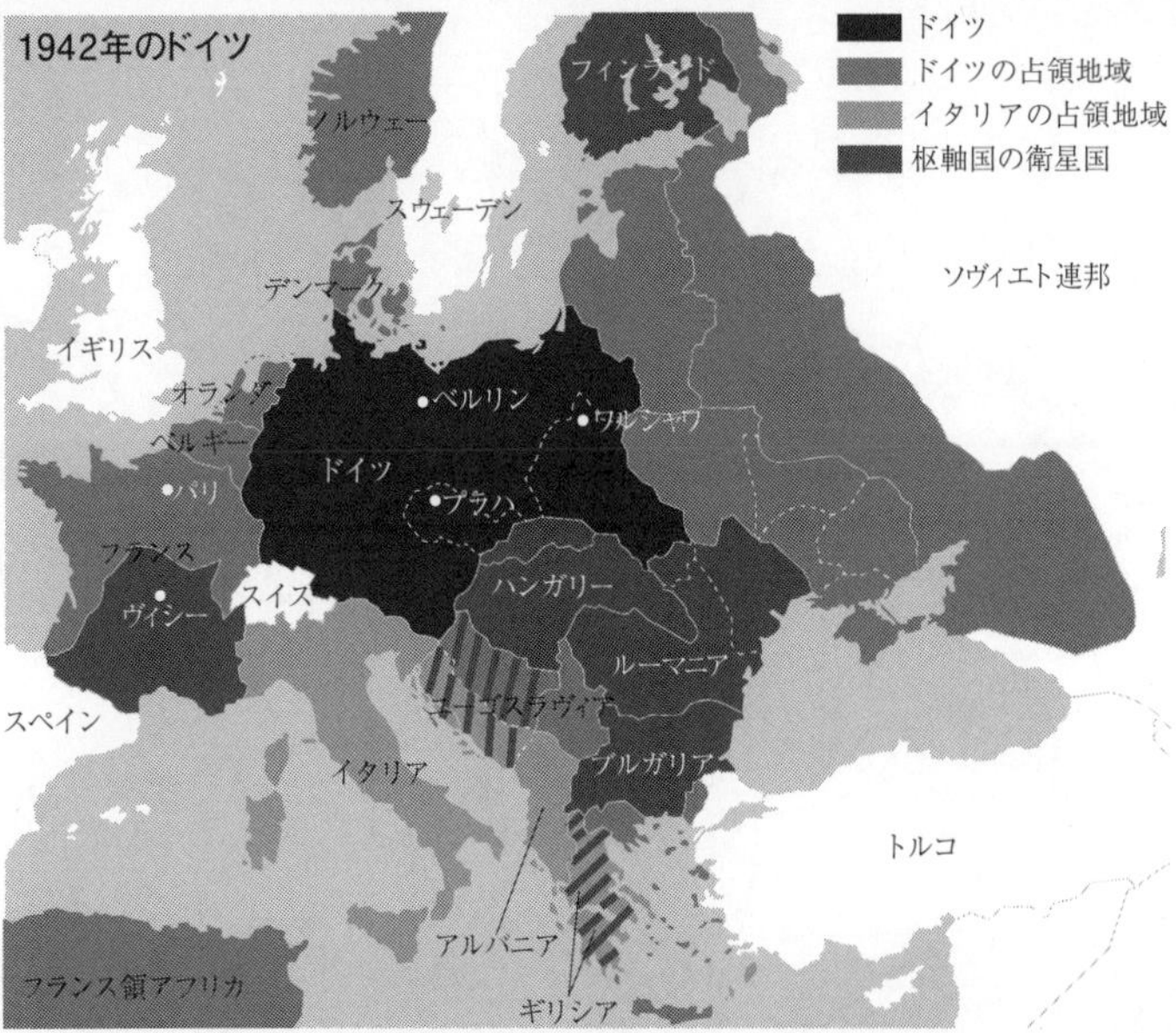

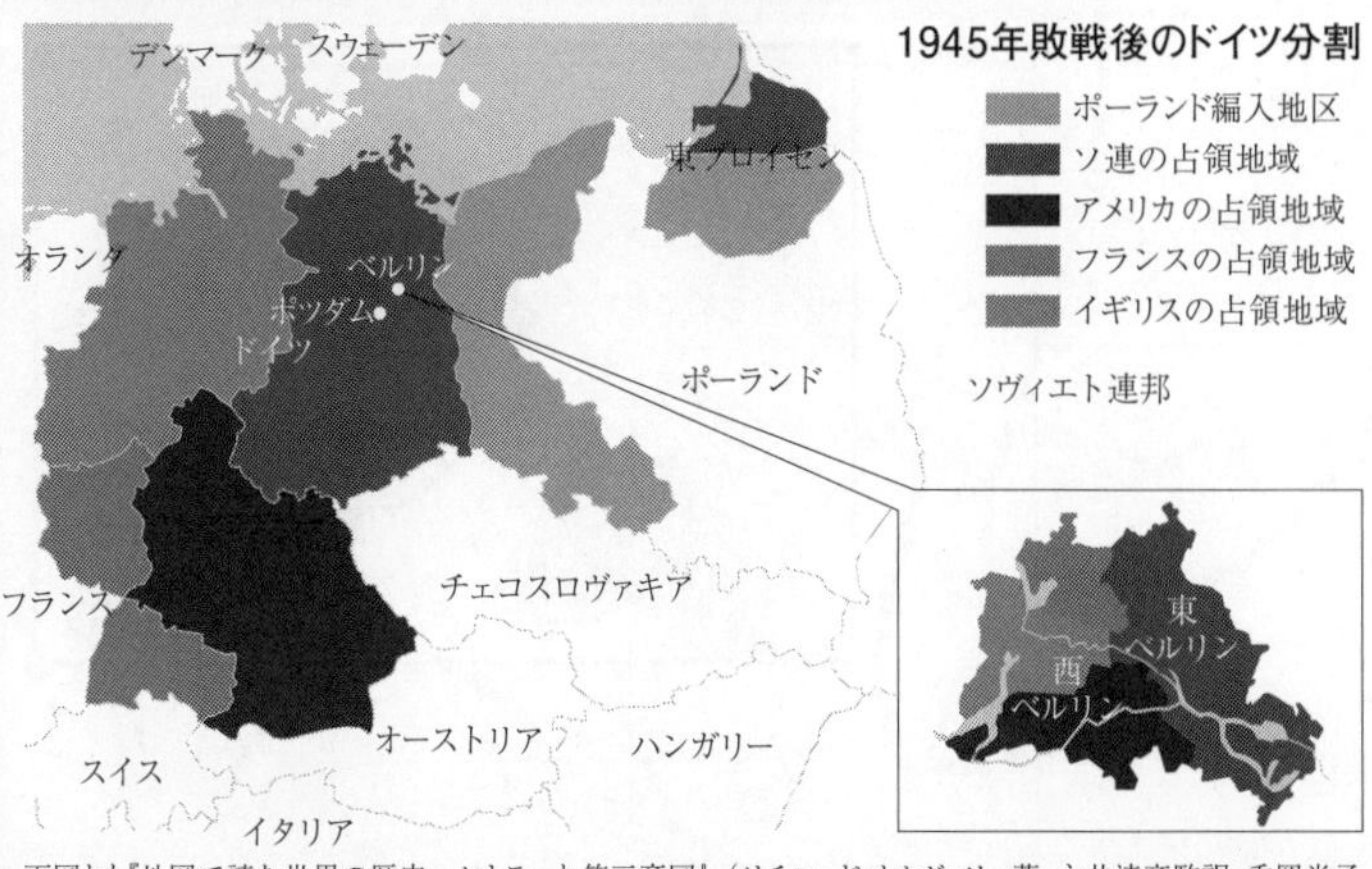

両図とも『地図で読む世界の歴史　ヒトラーと第三帝国』（リチャード・オウヴァリー著、永井清彦監訳、秀岡尚子訳、河出書房新社、2000年2月）を基に作成

1945年7月のベルリン市内地図

ヴェディング
ソ連
ニッケル家が
暮らした集合住宅
プレンツラウアー
ベルク
ミッテ
ビューロウ広場
（ナチス政権下ではホルスト・ヴェッセル広場）
ティーア
ガルテン
シナゴーグ
アレクサンダー広場
ウンター・デン・リンデン
動物園
ブランデンブルク門
ソ連検問所
ポツダム広場
カイザー・
ヴィルヘルム
教会
アメリカ
ツェツィーリエンホーフ宮殿
（ポツダム会談の会場）
ヴァンゼー
ウーファシュタット＝
バーベルスベルク駅
バーベル
スベルク
ポツダム
ウーファ撮影所
ポツダム周辺

フランス
オリンピック
スタジアム
シャルロッテン
ブルク
ケアフュルステンダム
イギリス
グルーネヴァルト
グルーネヴァルト湖
ダーレム
アウグステの住まい
フィフティ・
スターズ
シュラハテン湖
ニコラスゼー
ツェーレンドルフ
ポツダム街道
DPキャンプ
ヴァンゼー
バーベルスベルク

分割統治線　ベルリン市の境

カバーイラスト——小山義人
カバーデザイン——鈴木成一デザイン室

ベルリンは晴れているか

一九四五年七月、ドイツ　ベルリン

I

呼び鈴がけたたましく鳴らされ、私はコカ・コーラの瓶とコンビーフ・ハッシュの大皿を右A卓に、潰したじゃがいもの大皿を左D卓に置いて、音のした方へ向かった。つま先でターンすると、U.S.ARMYのロゴ入りエプロンの裾がひるがえる。

　アメリカ軍の慰安用兵員食堂〝フィフティ・スターズ〟は夜のバータイムとあって盛況だ。昼間は作り置きの料理で大食らいたちを迎える配膳カウンターはバーになり、普段の芋洗い状態が嘘のようにしっとりした雰囲気の中、白いクロスをかけた丸テーブルが澄まし顔で並んでいる。濃い青色の照明にミラーボールの銀がきらめき、ホールの中央で女性と頬を寄せ合い踊る軍服姿の男たちの顔や体に水玉模様を落とした。ウェイトレスの私が空いた席のグラスや皿を片付けていると、再び呼び鈴が鳴った。尻が椅子からはみ出さんばかりに大柄なアメリカ兵が、太い指をくいくい曲げ、早くこっちへ来いと急《せ》かすのが見える。私がようやく奥B卓に着くなり、ミラーボールのせいで顔がまだらのそいつは、牛が草を食べるように唇をもごもご動かしてこう言った。

「あの黒髪の姉ちゃんは何時に仕事を終えるんだ?」

ここで働きはじめてまだ五日も経っていないのに、この質問はもう三度目だった。「黒髪のお姉ちゃん」は同僚のウェイトレス、ハンネローレのことを指す——彼女はちょうど右C卓で別のアメリカ兵の手の甲をつねっているところだ。

「ご注文はお食事とお飲み物のみです」

ため息交じりに答えると、両隣に座っていた仲間の隊員が笑い、冷やかした。私は彼が怒り出す前に急いできびすを返したが、案の定、背後から罵声が追いかけてくる。

「気取りやがってナチ女が!」

「その頭にぶら下げてんのは豚の尻尾か? ブスのデブめ」

笑い声がどっと続く。私は豚の尻尾と蔑まれた自分のお下げを握りしめながら、大股でフロアを横切った。あいつだって牛みたいなくせに! 私は〝ナチ〟じゃない。でもあの人たちにとってドイツ人はみんな同じなのだ。

正面のステージでは黒いドレスをまとったドイツ人の歌手がドイツ人の楽団を従えて歌っている。でもその後ろに掲げられた大きな旗は星条旗だ。しましま模様に星をちりばめた、おもちゃの包装紙みたいなアメリカの国旗。

この地区を仕切る国家はドイツじゃなくて、アメリカだから。

安っぽいプレハブの兵員食堂がここに出来たのはつい一週間ほど前のことで、まだ接着剤やおろしたての資材の、化学的なにおいがする。アメリカ兵コックに混じって、私のようなある程度の英語が話せるドイツ人従業員が働いている。ようやく閉店時間になり、コーン油のむわっとしたにおいや茹でたじゃがいものにおいから離れ、ひと息つくために厨房の裏口から外へ出る。

「〝sewerage〟の意味がわからなかったからって、あいつらあたしのこと馬鹿だと思ってんの。そっちこそドイツ語でしゃべれって話よ。所詮、自分のところの言葉しか話せないくせに」

すでに休憩中だったハンネローレが他の数人のウェイトレスと愚痴を言い合っているのが聞こえてきた。青色の闇に浮かび上がった彼女たちの影に、客からもらったらしい煙草の赤い火がぽつぽつと点る。ハンネローレは私に気づくと、「ラッキーストライクだよ」と煙草を一本くれた。白くすらりとしたアメリカ製のそれを、私はポケットに入れて明日にでもマッチと交換しようと思った。家のマッチがそろそろなくなりそうだから。

「おーい、君たち！　こっちを手伝ってくれ！　支給品が届いたんだ！」

私たちを呼ぶ洋なしのような顔の人、マクギネス特技軍曹はここのコック長だ。

食堂裏の巨大な貯蔵庫へ行くと、輸送トラックはすでに出発したところで、搬入口の前に大量の木箱が積まれていた。側面に捺《お》してある品名の黒いスタンプをひとつひとつ読みながら、置き場所を間違えないように運ぶ。何十個目かの箱に取りかかろうと屈んだ拍子に、そばの茂みの葉と葉の隙間から、子どもの顔が見えた。その視線の先には搬入が遅れたらしい木箱が一箱、ぽつんと置いてある。私は気づいていないふりをして、自分の分の荷物を持ち上げ、貯蔵庫へ運んだ。

朝から晩まで働きづめ、明日のためのじゃがいもの皮を剝いてようやく仕事を終えたのは、夜の十時を回る頃だった。他の人と共同で使っているロッカーを開けると、私の上着がきちんと待っていた。何もかもが足りない今のこの国では、人のものを奪って生きることがあたり前で、盗みが日常茶飯事になっていた。二日前には厨房に忍び込もうとした男性が憲兵に捕まったし、さっきは子どもが――私は首を横に振って考えるのをやめ、支給品のエプロンを外してロッカーに掛けて、上着に腕を通した。上着は羊毛製で分厚く、真夏だから本当は脱ぎたい。でもやがて必ず来る冬を上着なしで過ごすわけにはいかないので、身につけている。自分の体が一番信頼できる金庫だから。ロッカーの扉を閉め、腕に白いハンカチを巻き直す。〝私は降参しています〟の証として。

足はだるく、腰が痛かったけれど、右手に抱えた紙袋の重さが嬉しかった。中身は砂糖と塩の包みがひとつずつ、それに本物の小麦粉とココア。マクギネス特技軍曹が「こいつは不良品だな」と紙袋に入れてくれたのだ――おどけたウインクつきで。

嫌なアメリカ人もいれば、優しいアメリカ人もいる。悪い人間といい人間。そして大部分の、どっちでもあり、どっちでもない人たち。

じゃあ私自身はどうなのか？　少なくとも、天国へ行ける善人だという自信はなかった。

太陽はまだ沈んだばかりで、停電時間中でもほのかに明るく、瓦礫《がれき》がごろごろ転がる道でもつまずかずに歩けた。薄くなった靴底越しに、ごつごつしたモルタルやコンクリートの感触が伝わってくる。開けた空き地には、建設中のプレハブが星条旗を翻していた。

夏の長い長い夕暮れが、そろそろ終わる頃だった。昼の青空よりも暗く、真夜中の漆黒の空よりも明るい、まるで貴婦人の胸元に輝くサファイアのような青い闇が、廃墟の上をどこまでも広がっている。先月は夏至だったけれど、まだ粉塵が漂うこの街で、夏の到来を祝った人は誰かいただろうか。

外出禁止時刻をとうに過ぎ、私の他に歩いているドイツ人はほとんどいない。アメリカの将兵やその家族たちが暮らす地区から外れると、たちまち人の声や物音が聞こえなくなり、心細さと安堵が相俟《あいま》って、少し早足になる。

一日の半分を豊かで満ち足りたアメリカの施設で過ごしていると、つい祖国の敗戦と惨めな状況を忘れてしまいそうになる。立ち止まってあたりを見回せばすぐに現実に戻るというのに——来た道を振り返れば電気の明かりがきらきら輝いているけれど、帰路に視線を戻せば光のない灰色の街が広がっている。空襲で焼けた発電所の復旧が遅いために慢性の電力不足で、特に夜は順番で停電することになっているからだ。そして浮いた電力は占領軍に回される。彼らの居住区はいつだってきれいで明るい。ドイツ人が抗議したところで、発電所に爆弾を落とされるようなことをしたせいだからと一蹴されておしまいだろう。

顔を上げると、広告塔にかかった〝もはやドイツにはいかなる政府も存在しない〟という横断幕が風に揺れた。

二ヶ月と少し前、アドルフ・ヒトラー総統が国民を置き去りにして自殺、私の祖国ドイツは降伏し、戦争に負けた。

すでに空襲でぼろぼろだった街に勝者が押し寄せ、国民の手から国が奪われるまで、本当にあっという間だった。ここ首都ベルリンは、ソヴィエト連邦、アメリカ合衆国、イギリス、そしてフランスの四ヶ国に統治され、ドイツ人に発言権はない。ドイツ人は敵だった国の命令を、幼い子どもみたいに素直に聞くしかなかった。

特に私は普通のベルリン市民より何倍も敵に従順だ。アメリカ軍に雇ってもらい、彼らが接収したツェーレンドルフ地区の部屋に住んでいるから。

これまでドイツ人――というよりベルリン人は、アメリカが好きだった。おしゃれでお金持ちで、食べ物が豊かで、音楽が素敵で、自由で、憧れていた。みんな「フランスやソ連は嫌なやつらでも、アメリカの好青年たちはドイツを悪いようにはしないはずだ」と期待していた。

私もそうだ。私は幼い頃からアメリカの小説やミッキーマウスが好きだった。隠れてでも英語を勉強した。だからアメリカがやって来た時、これで平和になると信じたし、すぐに彼らの従業員になりたいと志願した。

なのに、今は失望してばかりいる。

爆弾の炎がいかに街を焼き、醜い姿に変えようと、夏の青い夜は美しい。風になびく旗が、黒と赤のハーケンクロイツ旗だろうと異国の旗だろうと、自然の美は存在し続けている。

そう自分に言い聞かせながら歩いていると、道ばたの瓦礫と折れた鉄骨の隙間に、小さな花を見つけた。しかし花につられて屈んだその時、崩れた煉瓦《れんが》の間に渡したトタン板の下で、小さな子どもが、死んだまま置き去りにされているのが見えてしまった。何匹もの蠅がぶうんと翅《はね》を震わせ、私は慌てて飛び退き、大急ぎでここから離れた。手のひらで顔をぬぐってもぬぐっても汗が止まらない。

アルゼンチン通り沿いの自宅に着いた私は、正面住棟の鉄門に鍵を差し込んで押し開け、体を滑り込ませた。ベルリンの住居の多くは、ジードルングと呼ばれる集合住宅で、私がこれまで暮らしてきた家も、戦争中のほんの一時を除けば、ほぼジードルングだった。たいていは四階から五階建てで地下室があり、住棟は上から見るとロの形をし、真ん中は必ず中庭《ホーフ》になっている。ベルリン市民は中庭が好きだから。

その先は正面住棟をアーチ型にくりぬいた通路になっている。靴音の反響を聞きながら石畳を歩き、花ではなく食べられる野菜が花壇に植えられた中庭を横切って、奥にある第二棟の扉を開けて中へ入る。階段室《エルカー》の電気は消えており、壁に取り付けられた燭台の橙色をした灯の下、仄暗い階段を登った。

帰宅すると、薄い壁を通じて隣人の怒鳴り合いが聞こえてきた。マッチを擦って、この借り物の部屋に明かりを灯す。マッチ棒の残りはあと三本。さっきハンネローレにもらったアメリカ煙草一本で、マッチ箱の他に何を買おうかと考える。

私は琺瑯《ほうろう》のたらいと水道管がむき出しの蛇口という簡素な台所にもたれかかり、蛇口をひねった。たちまち、ごぼごぼと音を立てながら水が流れ、塩素のにおいがつんと鼻を刺激する。断水状態の地区がまだ多い中、栓をひねればすぐ水が出てきてくれるだけで嬉しい。

私は上着も脱がず、肩掛け鞄も下ろさずに、アメリカ製の香料たっぷりの石鹸で顔や手を洗った。水垢《みずあか》まみれの鏡に映った私は、十七歳とは思えないほど老けて見える。丸い顔は疲れきっていて、腫《は》れぼったい目の下には青いクマがある。髪も眉毛もぼさぼさ、唇はがさつき、頑固な口角炎がまだ居座っていた。食堂で名も知らぬアメリカ兵から「ブス」と罵られたことを思い出し、ため息が出る。たとえばこの冴えない茶色の髪を染めて、肩くらいの長さまで切ってみようか、とこれまで何度か想像したことをまた繰り返し、虚しくなった。

夜になってもまだ暑い。着の身着のまま、体も洗えず、自分でもわかるくらいに汗臭かった。道ばたで拾ったブリキの洗面器に水を張ってベッドに腰かけ、素足を浸す。窓から差し込む月明かりが、まるで川を泳ぐ魚の腹みたいに丸々しくて生白い足を照らした。ところどころ靴擦れやまめができ、とりわけ右の踵《かかと》ばかり赤くなっているのは、歩き方がゆがんでいるせいだと医者から言われたことがある。

いつの間にか隣室の怒鳴り合いは終わったようで、洗面器に揺らぐ水のちゃぷんという快い音がよく聞こえた。

私の部屋で生きているのは、私と、窓辺で育ちはじめたラディッシュ、それから何匹かの虫たち。ラディッシュは食堂勤務の初日にこっそり拝借した種を、闇市で買った割れてない鉢に植えたものだ。今は黄緑色の葉がにょきにょきと生え、外の様子を窺っている。

喧噪を離れ、部屋にひとりきりになると、自分という人格が体の中に戻ってくる。無理矢理身につけたお仕着せの衣を脱いで、ほっと息をつくような感覚。しかしそれに伴って、いろいろな感情や思考がどっとよみがえりそうになり、蜘蛛《くも》の巣を振り払うように首を振った。気を緩めると記憶はすぐさま心に入り込んでくる。けなげに咲いた花の後ろで死んでいた子ども。

何か気が紛れることを考えなければ。百から七を引き続けるとか、英語の詩の暗唱とか。

私はなんとはなしに、左肩から斜め掛けしている革鞄の表面を手でさすり、バックルを外して蓋を開けた。中を覗くと、配給切符と報酬の連合国マルクの束の横に、黄色い本の背表紙があるのがわかる。この御時世に本を持てるありがたさと、苦い気持ちの間で迷っているのに、手は勝手に本を取り出してしまう。

角が縒《よ》れ、ぼろぼろになった黄色い本、『エーミールと探偵たち』。それもドイツ語の原書ではなく英訳版だ。一度私の手から離れ、もう見ることはないと諦めていたのに、ほんの数日前にかつての知り合いが届けてくれた。ページをめくると、幼い頃の私がせっせとペンを走らせ書き込んだ、つたないドイツ語訳文が読める。

未来の見えない混沌としたこの街に暮らしながらドイツ人の私がアメリカ軍で仕事を得て、ちゃんとした部屋に住めるのは、元をたどればこの本のおかげだ。それと隣人だったイツァーク・ベッテルハイムがくれた英独辞書。この二冊が私に英語を教えてくれたおかげ。

父さん、母さん、アッカー通りの粗末なジードルングで暮らしていたみんな。そして、小さなイーダ。みんないなくなってしまった。私は誰も助けることができず、生まれた家も失い、思い出の欠片《かけら》すら手元に残せなかった——この本以外は。

家族や友人の顔が脳裏をよぎり、しっかり閉じたはずの心の窓に、記憶という煙が入り込みかけたその時、誰かがドアを叩いた。

「開けろ、ここを開けろ！」

拳で乱暴に殴っている音だ。私はぎくっと震えて本を取り落とした。

「我々は合衆国陸軍憲兵隊だ。ここを開けろ！」

慌てて本を鞄にしまい、急いでドアに駆け寄って鍵を開ける。すると間髪入れずにドアが押し開かれ、咄嗟《とっさ》に避けなければ顔にあたるところだった。暗い廊下に、懐中電灯を手にした黒っぽい影がふたつ、ぬっと立っている。態度と同じくらいに体の大きいアメリカ兵がふたり、MPと書かれた黒いヘルメットの下から、冷たい目で私を見下ろしてくる。憲兵だ。押し寄せる不安を抱えて何を言われるか待っていると、くちゃくちゃとガムを噛んでいる若い方が、ミントとヤニのにおいが混じった息を吐きながら訊ねてきた。

「お前はオーガスト・ニッケルか？」

いいえ、ちょっと違う。私の名前はアウグステだ。アメリカ人はろくに発音できたためしがないけれど、訂正はとっくに諦めているので、黙って頷《うなず》く。すると若い方の憲兵が懐中電灯の眩《まばゆ》い光をこちらへ向けた。まるで尋問に来た秘密警察《ゲシュタポ》のように。

「身分証を確認する。早くしろ」

「……その光を消して下さい。かえってよく見えません」

手で目元を隠しながら願ってみたが、下ろしてくれる気はないらしい。仕方なく、なるべく目を細めながら上着の内側に止めたピンを外し、連合国軍発行の身分証とアメリカの就労証明書を取って差し出した。するとようやく白い光が逸れ、ちかちかする目を何度も瞬いて視界を戻さねばならなかった。若い方がさっと確認し、年長の方に回す。

「私はアウグステ・ニッケルです。今月の十日からガリー通りにある兵員食堂〝フィフティ・スターズ〟で働いています。何か……問題でも」

すぐに頭に浮かんだのは、食堂で私を罵倒したアメリカ兵の客が、苦情をよこしたのかもしれない、ということだった。もしクビになったらまずい。上司のマクギネス特技軍曹や同僚は優しいけれど、万が一あの客が将校だったら、言い逃れはできないかもしれない。階級章をちゃんと確認しておけばよかった。今、目の前にいるふたりは、若い方が伍長で、黙って身分証をこちらに返してきた年長の方が軍曹だった。

「あそこのウェイトレスだってのはわかってる。あんたは見栄えがしないからな」伍長はにやつきながら私を舐めるように見た。「逆に印象に残ってるよ。まあ太ってて、胸だけはありそうだが」

そう言って私の胸に向かって手を伸ばしてきたので、ほとんど反射的に叩いた。これでフィフティ・スターズの看板が遠のいた気はしたけれど、この人に触られるよりましだ。すると伍長は子どもみたいに怒り出した。

「このクソキャベツ女、ヒトラーの売女《ばいた》のくせにたてつきやがって！　その肩に掛けてる鞄は何だ？　どう見ても男物だろうが。いったいどこで盗んだ？」

「やめろ伍長、彼女は我が軍が雇った従業員だぞ。それに俺たちの任務は彼女を逮捕することじゃない」

今まで一歩下がって傍観していた軍曹がやっと動き、私たちの間に入る。

「でも軍曹」

「〝でも〟とは何だこのガキめ。他の住民を見張ってろ。お前が騒ぐから注目されてる」

確かに向かいのドアの隙間から、穿鑿《せんさく》好きな隣人が顔を覗かせてこちらを見ていた。上官に叱られた伍長が「消灯時間はとっくに過ぎてるんだ！　寝ろ！　さっさと寝ちまえ！」と、隣家や階段室の上下に向かって喚《わめ》きちらすと、ばたばたとドアが閉まる音がした。八つ当たり中の伍長を横目に、軍曹があらためて私に向き直る。

「ミス・ニッケル、我々と一緒に来てほしい」

「こんな夜に？　兵員食堂は閉まってますけど」

「兵員食堂？　違う、警察署だ。と言っても、うちのじゃない」

そう面倒くさそうに言うと私の肩を押し、ほとんど強制的に家から出した。さっきの件じゃない？　私はたまらずドア枠を掴《つか》み、両足を踏ん張る。

「ま、待って下さい。もう少し詳しく教えてくれませんか。いったい何の用で警察署へ行かなければならないんです？」

馬鹿にされないよう毅然としたいのに声が震えてしまう。こんなの、父がゲシュタポに連行された時と同じだ。党は消滅して、平和になったはずなのに。政治犯として収容所に入れられ、そのまま帰ってこなかった父のことが頭をよぎる。

すると軍曹は心底どうでもよさそうに言った。

「悪いがアカを恨んでくれ。君を呼んでいるのはやつらなんだから」

「アカ……つまり、ドイツ共産党のことですか？」

「残念だが外れだ。ソヴィエトの連中だよ」

ソヴィエトと聞いた瞬間、ぞっと肌が粟立った。

「嫌です。ソ連のところには行きたくありません」

あの人たちとの繋がりなんて、あの日、私の身に起きたこと以外に心あたりがない。ほんの数ヶ月前に彼らからどんな目に遭わされたか、もしその時の抵抗が原因で呼ばれているのだとしたら理不尽だと軍曹に打ち明けてアメリカの助けを求めようとした。しかし軍曹は聞く耳を持ってはくれなかった。

「ああ、赤軍兵が女性たちを強姦してまわった話は聞いている。珍しい話じゃない。悪いが君に拒否権はないんだよ。いいから早くしてくれ、こちらも暇じゃないんだ」

真夜中、本物の黒い闇に包まれたアルゼンチン通りを、北東へ向かって走る。アメリカ軍のかの有名な〝ジープ〟は幌を開いていた上にドアがなく、まるで骸骨のあばら骨の中に座っているかのような、すかすかした心もとない感じがした。風がまともに吹き込み、スカートの裾がひるがえってしまうし、押さえようにもどこかに摑まっていないと揺れたはずみに落ちてしまいそうで、恐ろしい。

運転席と助手席の憲兵たちは無言で、連行の理由を訊ねてみても無視された。軍曹のふかす煙草の赤い火が、ホタルのように闇に揺れる。緊張で冷たくなった指先を揉みながら、輝く月を眺めて不安を紛らわせた。

長い間――六年もの間、この都市で夜に光を見ることは、ほとんどなかった。空襲に備えた灯火管制で、窓には分厚いカーテンが、車の前照灯には覆いがかけられたためだ。もし守らなければ地区防災責任者が怒鳴り込んできて、罰金を支払うはめになった。だけど今はたとえ建物が傾いていても、窓は開かれ、蠟燭《ろうそく》の暖かな橙色の火があちこちに浮かび、人々がここで生きているとわかる。

吹きつける風はうんと不潔に作ったアイントプフのようにごたまぜのにおいがした。石炭が燃える煙たいにおい、じゃがいもや豆を煮るにおい、栄養失調のせいですさまじい腐敗臭を放つ排泄物のにおい。生と死が放つ悪臭。そしてこのジープからは、甘ったるいくせにすうっとする、ペパーミント味のチューイングガムのにおいがする。

灯火管制がはじまった年、つまり戦争がはじまった六年前の私はまだ十一歳で、それ以前のことはぼんやりとして曖昧だ。私にとってベルリンは市ではなく〝大管区《ガウ》〟だし、夜の風景といえば、暗い道に夜間蛍光塗料の緑色がおぼろげに光る怪しげなものだった。

ほんの数ヶ月前まで街にはNSDAP、これからは進んでナチスと呼ぶべき党の赤い腕章をつけた党員たち、それにきっちりとプレスの利いた黒い制服姿の親衛隊《SS》が大勢いた。しかし今、彼らの姿は消え去り、代わりに星条旗つきの軍服をだぶだぶとだらしなく着崩した〝アミー〟たちが、街をうろついている。

本来のベルリンはどこまでも真っ平らな街だった。でも今は、ジープは何度もはずんだり、急に曲がったりと、かなり蛇行しながら走る。石畳が悪路なだけでなく、道に溢れた瓦礫はまだまだ片付かず、あちらこちらで山となって積まれているせいだ。運転席でハンドルを握る伍長は何度も舌打ちした。

一時間ほど走っただろうか。ようやく中央部《ミッテ》にたどり着いた。賑やかだった通りが嘘のように、空襲や市街戦で方々が焼け崩れ、ほとんどの建物が無残な瓦礫と化していたけれど、それでも自分がどこにいるかはわかる。ネオンが消えてしまった映画館のウーファ・パラストの前を通り過ぎ、黒ずんだラントヴェーア運河を渡った。もうすぐベントラー通りに差しかかる。私は急いで首をひっこめ、できるだけジープの外から自分の姿が目立たないように背中を丸めた。私は赤軍兵と口をききたくなかったからだ。このゲートの先はソヴィエト連邦の管理区域になり、近くにはかつての陸軍最高司令部を乗っ取ったソ連の最高司令部もある。

検問所が見えてくると、運転席の伍長はアクセルを踏んだまま、直進して突っ切ろうとした。しかし笛がけたたましく鳴り、道路を照らす投光器の光の中に赤軍兵が飛び出してきて、伍長は慌ててブレーキを踏む。

「おい、いい加減にしろよ！」

伍長は怒鳴って威嚇《いかく》しようとするが、ジープを止めた赤軍兵は無表情で、まるで意に介していなかった。頭に糊《のり》の利いていないナプキンのようにぺちゃんこな略帽を載せた、丸顔の東洋人歩哨だった。ソ連軍にいる東洋人をみんなモンゴル人兵と呼んでいたけれど、本当のところはよく知らない。

「プロープスク」

「プロープ……？　ああ、身分証か。そんなもんいらないだろ、どこの管理区域も行き来は自由なんだから。ああ、英語がわかんないのか」

小馬鹿にした態度を崩さない伍長に赤軍兵は更に詰め寄って、汚れた手のひらをジープの中に突っ込んでくる。不機嫌そうに唇をとがらせ、腫れぼったい目でこちらを睨みつける。金ボタン付の窮屈そうな詰襟は垢で黒ずみ、まだらになっていた。

「プロープスク」

「あのなあ、俺たちはあんたらに依頼されて来たんだぞ。さっさと通せよ」

外の様子を窺えば、十人近い数の赤軍兵がじっとこちらを監視していた。彼らは私にとって、アメリカ人よりもずっと未知の存在だった。軍人といえば一般人よりも素敵な制服を着ているものだと思っていたのに、東からやって来たこの人たちは、布の染料が足りなかったのか、微妙に色の濃淡が違う、毛玉だらけですり切れた薄っぺらいスモックやキルティングの上衣、汚れたままのズボンを軍服と呼んでいた。肩には武骨で素朴な形のライフルを担いでいる。

「おい伍長、身分証くらい出してやれ」

「イエス、サー。わかりましたよ。ったく」

アメリカの伍長はぶつくさと悪態を吐きながら、運転席の下に腕を伸ばして何かを出そうとした。しかしその時、うっかりしたのかそれともわざとなのかわからないけれど、赤軍兵はライフルを肩から下ろし、銃口が伍長の顔に当たった。

後の展開はほんの五秒ほどのうちに起こった。頭に血が上りやすい伍長は、よせばいいのに、ガンホルダーから拳銃を抜いて赤軍兵に突きつけてしまった。

軍曹が慌てて止めた時にはもう遅く、ジープをじりじりと取り囲んでいた他の赤軍兵たちまでも暴れ出し、腕が何本も伸びてきた。軍曹と伍長は服を摑まれ、英語とロシア語、そしてどこかわからない言語が入り交じった怒声が飛び、投光器の真っ白い光の下、黒いヘルメットが転がり、赤い軍帽が飛んだ。私も悲鳴を上げて目の前に迫り来る手を払いのけた——しかし軍人の力に敵うはずもなく無理矢理引きずり下ろされ、膝と手のひらを強《したた》かに打った。四つん這いになったまま、そっと右手を開いてみると、手のひらが擦れて真っ赤になっていた。

後ろからロシア語でどやされ、襟元を摑まれて顔を上げれば、異国の男の瞳が私を覗き込んでいた。まるで獣のように粗野で獰猛な瞳。知らないにおい。意味のわからない言語——たちまちあの時のことが甦《よみがえ》り、どっと汗が噴き出した。思い出したくない。思い出したくなんかないのに！

その瞬間、一発の銃声が轟《とどろ》き、全員ぴたりと動きを止めた。

アメリカ軍のジープの前で、ひとりの軍人が右腕を高く挙げ、拳銃を空に向けていた。威嚇射撃だ。続いてもう一発、雷鳴のような轟音《ごうおん》が響き渡り、私は体をびくりと震わせた。火薬の煙が闇の黒と投光器の白の境目にふわりと漂う。

ソ連の軍人に間違いはなかった。しかし他の赤軍兵とは明らかに雰囲気が違う。軍帽の黒い庇《ひさし》と赤い帯は同じだけれど、山は目の覚めるような青色だった。ズボンも青く、上衣にはアイロンが利いてピンと張りがある。

突然現れた青帽子の男は他の誰よりも若く見えた。けれど彼が鋭い口調で何かを命じると、暴れていた赤軍兵たちは互いに顔を見合わせ、それぞれの持ち場へ戻っていった。まるでより強い群れの邪魔が入り不服そうな犬のようでもある。

それでもこの反応に満足したのか青帽子の青年は銃を腰ベルトのホルスターにおさめる。それとほぼ同時に傍らに停まっていた車のドアが開いた——ソ連の将官が乗る、いかにも高級そうな黒いエムカだ。中から現れたのは、同じ青色の軍帽とズボン姿の将校だった。将校は軍人にしては華奢《きゃしゃ》な体軀《たいく》だが、勲章が五、六個ほど左胸に輝いている。威嚇射撃を行った若者も素早く敬礼した。

地べたに尻餅をついたまま呆然と目の前で起こったことを眺めていたら、後ろでエンジンをふかす音がした。私をここへ連れてきたアメリカの軍曹と伍長はいつの間にかジープに戻り、タイヤを急回転させて後退すると、土埃《つちぼこり》を立てながら来た道を走り去った。

「待って、置いていかないで!」

叫んでももう遅い。ジープは闇に消え、私はソ連の管理区域内にひとりで取り残されてしまった。これからどこへ行けばいいのかもわからないのに。検問所の様子を窺うと、赤軍兵たちはジープが去ったことは気にとめず、あっさり任務に戻っていた。さっきまでの騒ぎが嘘のように平常で、私のこともどうでもよさそうだ。私はこの隙に家に帰ろうと腰を上げ、肩掛け鞄を腕に抱きかかえ、そっとここから離れようとした。しかし後ろから呼び止められてしまった。

「フロイライン・アウグステ・ニッケル?」

おそるおそる振り返ると、先ほど黒いエムカから降りてきた青帽子の将校が立っていた。

「安心して下さい。私は何もしない」

かすかにロシア語訛りが残るものの、将校は非常に流暢《りゅうちょう》なドイツ語を話した。

「労農赤軍の同志が手荒な真似をして申し訳なかった。私は内務人民委員部、NKVDのユーリイ・ヴァシーリエヴィチ・ドブリギン大尉。あなたを迎えにきました」

間近で見ると、痩せた将校はまだ若く、二十代半ば程度ではないかと思った。頰骨が尖った精《せい》悍《かん》な顔立ち、鼻の下に黒い髭を生やし、灰色の瞳には鋭い知性の光があった。私は鞄と一緒に逃げ帰りたい気持ちを抱えたまま、ドブリギンと名乗った大尉の後について検問所を通った。今度はもう「プロープスク」とは言われなかった。

エムカの横には先ほど威嚇射撃を行った若い軍人が立ち、後部座席のドアを開けて待っていた。背が高く、肩幅もがっしりとしており、顔にはそばかすがあった。

「彼はベスパールイ下級軍曹で、私の忠実な部下です。運転の腕は確かですよ」

ドブリギン大尉に紹介されたベスパールイ下級軍曹は、ちらりと私を一瞥《いちべつ》し、早く乗れと言わんばかりに顎《あご》をしゃくった。

暗い道を走りながらも北東に向かっているのだとわかったのは、荒廃したかつての大目抜き通りウンター・デン・リンデンから、黒々と流れるシュプレー川を越え、ベルリン大聖堂の焼けた天蓋が見えたからだ。左隣に座るドブリギン大尉の様子をそれとなく窺う。黒革の長靴には艶があって汚れはなく、濃いカーキ色の上着も清潔そうだった。

じろじろ観察していると、灰色の瞳と視線がかち合い、慌てて逸らしたが、気づかれていた。

「エムカに乗るのははじめてですか？」

「……ええ」

「アメリカーニェッツのジープより乗り心地がいいでしょう。これから向かう先は警察署ですが、不安ですか？」

ドブリギン大尉の口調は柔らかく、紳士的で、私はいくらか警戒心を解いた。

「はい……アメリカの憲兵は連行の理由を話して下さいませんでしたので」

内心では、あの時のこと、市街戦の最中に私が殺した赤軍兵のことで連行されるのだと考えていた。

夜明けの前は最も暗いと言うけれど、終戦間近のあの日々は暗いどころではなく、生き地獄だった。国境の防衛戦を突破した赤軍兵にとっては、憎い敵国の女なんてただの穴の空いた温かい袋としか思えなかったのだろう。

あの日、隠れていた地下壕から赤軍兵の乱暴な手で引きずり出された女たちの中には、八歳の女の子と八十歳のお婆さんがいた。私も例外にはなれなかった。あれが起きるまでは月経なんて煩わしくて憂鬱な厄介者だと思っていた。六月の上旬にふたたび血が出てきた瞬間、私は嬉しくて泣いた。病院で看護師からもらったカーテンの切れ端を股にあてがいながら、とっくの昔に嫌いになっていた神様にありがとうと呟《つぶや》いた。

あんな惨めな思いはもう二度とごめんだった。

私はあの時、襲いかかってきた赤軍兵のライフルを奪い、無我夢中で彼の喉を撃ち抜いた。珍しいことではない、なにしろ市街戦の只中での出来事で、彼はことの最中、ずっと私の顎の下にナイフを突きつけていた。やらなければ私が殺されていたかもしれない。現に、強姦の挙句、命まで奪われた無残な女性の死体を見たことがある。私たちは敵同士だった。戦争だったのだ。

　しかし戦争が終わった今、ドイツ人は戦中の行為で罪に問われるようになり、私も他の人と同じく逮捕されるのだろうと思った。

　けれども大尉の様子には違和感があった。

「それはそうでしょう。アメリカ軍には必要最低限の情報しか与えていませんから。赤軍にも軍政府にすらも明かしていません。今回の事案は私自身が直接管轄しています。間もなく到着しますので、今しばらく辛抱して下さい」

　辛抱。もし私を同胞殺しだと思っているなら、こんな言い方をするだろうか。もやもやした疑問は解消されないまま、大尉の言うとおりそれから十五分ほどで、東地区の大通りプレンツラウアーベルクの警察分署に着いた。

　両翼を広げた鷲とハーケンクロイツの彫刻の上には看板が重ねられ、太く大きなキリル文字で何ごとか書かれている。すぐ下に小さくドイツ語で〝市警察《シュタットポリツァイ》〟とあったので意味は理解できたけれど、ドイツ語は肩身が狭そうだった。

　警察分署の中は、以前と同じ秩序警察の緑の制服を着た人が何人かいたけれど、寒々しいほど閑散としていた。壁には「求む人員　求む真の警察官　今こそ正義の人民警察設立を！　自由ドイツ国民委員会」と書いた紙が貼ってある。

戦争が終わった後、親衛隊《SS》や警察をはじめ、ナチス党員は連合国軍が戦犯収容所に連行したので、どこの警察署も人員不足だという話を思い出した。その代わりなのか、それともドイツ人の監視役なのか、軍服姿のロシア人があちこちにいて、一切笑うことなく唇を固く結び、目を光らせていた。

建物の内部は薄暗いものの、電気は通っていた。正面の壁に取り付けられた細長い蛍光灯はいかにも息絶え絶えといった様子で明滅している。その下に、ぶかぶかの制服を着た頼りなさそうな中年男性が、うつむいて書き物をしていた。ドブリギン大尉が声をかけると気の毒なくらいに狼狽《ろうばい》しながら、ずり下がった眼鏡をずりあげ「どうぞ奥へ、フロイライン」と促した。

靴音がやけに響く廊下を歩きながら、ドブリギン大尉は言った。

「あなたにはある人物の遺体を確認してもらいます。ミッテの検死所は爆撃されて使えないので、ここに安置しているのですよ」

通されたのはホルマリンの刺激臭が充満する小部屋だった。中央に処置台が置かれ、上にかぶせられた緑色の覆いは、ここに誰かが横たわっているとわかる、人型に膨らんでいた。きっと私の殺した赤軍兵だ——しかし、よく考えれば二ヶ月以上も前の遺体がここにあるはずはなかった。

中央の処置台のそばには禿頭の男性が立っていた。すり切れた上着のポケットにはハサミが何本か入っていたので、きっと医師なのだろうと見当をつけた。彼はぞんざいな仕草で緑の覆いを取り去り、私は思わず「あっ」と声を上げた。

横たわった男性の遺体。その蠟人形のように硬く、生気の失せた顔と手足。処置台からはみ出しそうなほど大きな体、がっしりとした四角い顔、豊かな白髪。かすかに開いたまぶたから覗く薄茶色の瞳は、私が殺した赤軍兵のものではなかった。別の男、知っているドイツ人だ。

クリストフ。クリストフ・ローレンツ。

信じられない。

鷲鼻で唇は薄く、右顎の下には赤紫色の小さな痣《あざ》がある。年齢は六十歳を過ぎているはずだ。最近髭剃りでもしたのか、顎には細かな擦り傷があり、唇の横に白い泡のようなものがこびりついている。

「この男性が誰か知っているかい」

医師は東欧訛りのある声で私に訊ねてきた。

「はい、知っています」

「彼の名前と、彼との関係は？」

「名前はクリストフ・ローレンツです。関係は……私にとって、いわば恩人です。いつ、亡くなったんですか」

「今日の昼だ。自宅で倒れた」

まるで心に、鎖でつないだ重い鉄の球をぶら下げられたような気分だった。

「……まさか自殺ですか」

「ドイツ人の自殺は確かに頻発しているがね、彼の場合それはあり得ない。詳しくは後で警察から聞いてくれ」

後ろに控えていた大尉から廊下で待つように命じられ、私はよろめく足をひきずって外に出る。途端に胃が猛烈にむかつき、私は慌ててトイレへ駆け込もうとするも間に合わず、廊下の隅に酸っぱい胃液を吐いた。

まさか——まさか死ぬなんて。息が苦しく、壁に手をついたままずるずると床にうずくまる。あの憎らしい赤軍兵の遺体が現れてくれた方が、まだましだった。タイル張りの床はひんやりと冷たくて、夏なのに寒気で体が震えた。

私は彼がなぜこんなところにいるのか理解できなかった。なぜソ連の管理区域に？　ローレンツ夫妻の住まいは、ここからずいぶん離れたシャルロッテンブルク地区だった。空襲で邸宅が燃えたのはよく知っている。でも、その後も馴れ親しんだ西側の家を見つけて暮らしているとばかり思い込んでいた。

ドブリギン大尉はすぐに安置室から出てきて、床に座りこんだ私の腕をそっと、しかし振りほどけない程度にはしっかりと握り、階段を上がった奥の部屋へといざなった。黒いドアの前には大柄な女性、赤軍の軍服をワンピースに仕立てたものを着た軍人が立っていて、大尉と目配せし合いドアノブを押し開ける。

通された部屋は廊下よりも暗く、中央の机の上のデスクライト以外に光はなかった。机には黒髪をぴっちりと横になでつけた、痩せぎすのドイツ人警察官が座っており、鉛筆を走らせ何かをしたためている。ドブリギン大尉がドアを閉めると、警察官は顔を上げた。眼鏡のレンズにライトが反射して、トンボの複眼のように感情が読み取れない。

「座って下さい」

私は黙って向かいに座り、大尉は警察官側に回って椅子に腰掛けた。

壁にかかった肖像画はもはやヒトラー総統ではなくスターリンで、もっさりした口髭の新しい指導者が虚空を見つめていた。この部屋はどう見ても取り調べ室だ。緊張で口の中が渇いて仕方がない。

「これは尋問でしょうか？」

するとと警察官はちびた鉛筆の先をぺろりと舐め、淡々と答えた。

「いいえ、簡単な質問をしたいだけです」

たっぷり脂汗をかいていると悟られないように、私はそっとスカートに手のひらをこすりつけた。

「フロイライン・アウグステ。昨日と今日、どこで何をしていたか教えて下さい」

「ずっと働いていました。ダーレム地区ガリー通りの兵員食堂〝フィフティ・スターズ〟で、朝八時から夜十時過ぎまで」

就労証明書を見せると、警察官は眼鏡をずらし口を半開きにしながら書類を読んだ。横を向いたので眼鏡のつるを補修した跡が見えた。

「確認しました、お返しします。仕事中に外出などは？」

「そんな暇はありません。食事も厨房でまかないを食べているくらいです」

「出勤前と退勤後はどこにいましたか？」

「家と仕事場の往復です。朝起きて、一キロメートルほど離れた仕事場へ歩いて向かい、一日中働いて、くたくたになって帰宅したらすぐ眠ってしまいます。勤めはじめてから五日ほどですが、判で捺したように同じ生活です」

「この仕事につく前はどこにいましたか？」

「アレクサンダー広場近くにあった野戦病院で手伝いをしていました」

「あなたは看護師？」

「違います。ただ、その……市街戦で負傷して、回復した後も行くところがないので、そのまま看護師の真似ごとをしたんです」

〝負傷〟と言うにとどめたけれど実際は、赤軍兵とのあの後に感染症で倒れ、病院で目を覚ましたのだった。幸い警察官はそれ以上追及してこなかった。

「わかりました。それで今月の八日にアメリカ軍がやって来てから、すぐ雇用を申請したということですね。リヒターフェルデの米独雇用事務所？」

私は頷いた。これ以上何も聞かずに解放してほしい。しかし残念ながらそうはならなかった。

「クリストフ・ローレンツ氏と最後に会ったのはいつですか？」

つま先でタイル張りの床を引っ掻くようにして足を組み替え、私は天井を睨《にら》んだ。

「少し待って下さい、思い出しますから」

本当のところ、思い出すだけなら造作もなかった。しかし頭が混乱してなかなかうまくいかない。鼻の奥がつんとして、油断すると涙が溢れてしまいそうだ。クリストフの遺体を目のあたりにしてから叫びたい衝動を堪《こら》えるのに必死だったし、警察に語るにはありったけの勇気が必要だった。幼かったイーダや両親の顔が脳裏に浮かんでは消え浮かんでは消える。まるで私を呼んでいるかのように。

それでもどうにか言葉をかき集め、私はひと呼吸置いて説明をはじめた。

「……確か、二年くらい前です。空襲が激しくなる直前に別れました。イーダが隠れ家で亡くなったので、私はもうクリストフとフレデリカの家にいる必要がなくなりましたから」

「イーダというのは？」

「ポーランド人労働者の少女です」

「なるほど。ローレンツ夫妻が戦争中にナチスの迫害から潜伏者を匿《かくま》っていたのはこちらも把握しています。あなたはそのイーダという名の少女を夫妻に預けたわけですね。いったいどういう経緯で？」

「イーダは迷子でした。父と勤務先の工場から一緒に帰る最中に、たまたま見つけたんです。私はアッカー通りに住む労働者の娘で、近くには外国人労働者たちの集団収容施設《ラーゲル》がありました」

そう、あれは一九四三年がはじまったばかりの真冬のことだった。深い霧が出て、寒い夜だった。戦争の旗色が悪くなっているのは、配給品が一層少なくなり、ほんの少しの贅沢もできなくなったあたりから、みんななんとなく察していた。占領地からやってきた外国人労働者はますます増え、私が手伝いをしていた工場でも大勢が働いていた。

「あの夜、イーダはひと気のない教会の前にぼんやりと立っていました。傍《かたわ》らには車に轢《ひ》かれたらしい女性が倒れていて――たぶん母親だろうと思いますが、すぐに亡くなりました。胸にポーランド総督府から来た労働者を示す〝P〟の布バッジをつけて。イーダはまだ子どもでした」

すると警察官はいったん鉛筆を走らせる手を止めて、私を見た。

「子ども？　ポーランド総督府からの強制労働者は、十六歳以上という決まりでは？」

「ええ、そうです。でもイーダは実際、十歳そこそこだったと思います。私の父は、イーダの母親がどうにか誤魔化して連れてきたのではと推測しました。大量に移送されてきた時期でしたし、イーダは失明していて……ひょっとしたらラーゲルで監督官にばれて、逃げる途中だったのかもしれません。とにかく父と私は、もしこのままラーゲルに戻したらこの子は処分されると考えました。それで、密かに保護したんです」

党――ナチスは、〝犯罪者のいない美しい民族共同体《フォルクスゲマインシャフト》〟を作るために、たくさんの人を迫害の対象にした。ユダヤ人はもちろん、スラヴ人やポーランド人、ツィゴイナー（ロマと呼ばれる人々を指す当時の蔑称）に共産党員、病人や障碍者、などなど。私と両親は人種調査局が発行した正式なアーリア人種の血統証明書と、鷲章判付きのドイツ国籍証明書を持っていたけれど、父は政治犯として処刑されたし、母は連行される前に自ら命を絶った。

祖父母もきょうだいもいない私にとって、イーダは最後に残されたたったひとりの身内だった。でも結局、守れなかった。

「イーダはしばらくの間一緒に暮らし、私にとって妹のような存在になりました。でも、私の両親がゲシュタポに狙われ、彼女を家で匿うのが難しくなったので、フォルクスビューネ裏の書店を通じて地下活動家を頼ったんです。その潜伏先が、フレデリカの所有する船小屋でした」

「しかし亡くなったと」

「ええ」

「お気の毒に」

私はため息を抑えられなかった。船小屋の湿った床板に敷かれた薄い毛布の上に寝かされた、斑点だらけになってしまった小さくて細い体が、記憶にこびりついて離れない。このまま感傷に浸り、机に突っ伏して泣くことができたら、どんなによかっただろう。

しかしその時、これまでずっと沈黙を守ってやりとりを見ていたドブリギン大尉が、さっと手を動かし、デスクライトを私に向けた。眩《まぶ》しい。眩しくて目を開けられない。それで悼む気持ちが散り、私は現実に引き戻された。

「イーダという少女はなぜ亡くなったのです?」

ドブリギン大尉の口調は穏やかではあったが、明らかに尋問がはじまっていた。

「病気です。私も何度か食事を運ぶのを手伝いましたが、気づいた時にはもう」

ドブリギン大尉は合図で警察官を脇に引かせると、机に両手をつき、私の真正面に立った。ライトの強い光に浮かび上がったその痩せた顔に、ぞっと寒気が走る。

「あなたはまだ、クリストフ・ローレンツ氏の死因を知りませんでしたね」

「……はい、何も」

「そうでしょうね。彼は歯磨き粉で亡くなったんですよ」

かすかに微笑みながら言う大尉に、私はどう答えればいいかわからず、間抜けな鸚鵡《おうむ》返しになった。

「歯磨き粉、ですか」

「驚くでしょう。歯磨き粉で人が死ぬなんて、私も聞いたことがありません。しかし笑いごとではないのですよ。現実にクリストフ・ローレンツは、歯ブラシに絞り出した歯磨き粉を口に含んだ瞬間に事切れたのですから。プレンツラウアーベルクの自宅で、妻フレデリカ・ローレンツの目の前で。歯磨き粉には青酸が混ぜ込まれていました。先ほど医師がお話ししたとおり、このことから自殺は考えられません。首を吊ったり飛び下りたりすればすぐに死ねるのに、わざわざ歯磨き粉に毒を仕込んで死ぬ人間がいるでしょうか。それに、この物不足の街で、どうやって歯磨き粉を手に入れたのかという疑問が湧きませんか？」

ドブリギン大尉はそう言って、私の目をひたりと見据えた。

ここに連れてこられた意味がようやくわかった。何か言わなければ。しかし声が出なかった。水がほしい。唾《つば》を飲み込もうにも口の中はからからだった。

大尉は上体を起こすとさっと手を挙げ、後ろに向かって合図した。すると奥の壁の一部分が、ふいにするりと横にずれた。室内の暗さにまるで気づかなかったけれど、隣室と繋がる隠し窓になっていたのだ。

窓扉が開かれたガラス張りの隠し窓に、先ほど威嚇射撃をした、あの背の高い下級軍曹に伴われて、ひとりの女性が姿を現した。記憶の中の彼女とはずいぶん違っていたけれど、間違いない。

「フレデリカ」

クリストフの妻、フレデリカだ。以前はぽっちゃりとして肉付きがよかったのに、今は見る影もないほど痩せ、裕福で上品だった婦人の面影は消え失せてしまった。フレデリカは私と目が合うと、さっと視線を落としてしまった。ドブリギン大尉のひどく冷徹で淡々とした声が耳に響く。

「フレデリカ・ローレンツは通報者であり、夫殺しの疑惑もかけられています。あなたはどう思いますか、フロイライン・アウグステ・ニッケル？　彼女は夫を殺すような人物でしょうか」

ドブリギン大尉は体を横にずらし、隠し窓がよりはっきり見えた。ガラスに光が反射して、私自身が窓に映り込み、フレデリカの隣に立っているようだった。

「私は」声がかすれ、咳払いをした。「フレデリカとも最近は会っていませんでした。今はどこに住んでいるのかすら知らなかったくらいです。だから、わかりません」

「ならば、あなたが会っていた頃の夫妻はどうだったか答えて下さい。ふたりは親しかったですか？　揉めごとなどは？」

「普通の夫妻だったと思います」

「普通とは？」

ドブリギン大尉は片眉を持ち上げ、口調は少し苛立《いらだ》ちを帯びはじめていた。

「つまり、その……険悪ではありませんでした。クリストフはチェロの演奏家でしたが、フレデリカは彼の才能と寡黙さを尊重しているように見えましたし、クリストフも裕福な妻を羨《うらや》まずに、明るい彼女を愛していたと思います」

夫妻はシャルロッテンブルクの賑やかな繁華街や工場街から外れた、湖畔近くの静かな地区に住んでいた。聞いた話では家はクリストフのものでなく、プロイセン貴族の血を引く一家の末娘であるフレデリカの持ち物だった。ベルリンで特に富裕層が暮らす南西部よりもシャルロッテンブルクを選んだのは、その方が音楽や文化に触れられるからだそうだ。演奏家で内向的なクリストフと、もてなし上手で社交的なフレデリカ。夫妻は表向きはナチス高官のお気に入り、裏では潜伏者に所有している家や小屋を貸す地下活動家という、二重生活を送っていた。しかし二年前の空襲で邸宅も焼け落ちた。私がふたりの家を出たのはその直前のことだった。

「それにフレデリカが人を殺すだなんて想像もつきません」

「つまり、クリストフの死にはフレデリカは関わっていないと」

「はい、そう思います」

「慈善家であろうと、衝動に駆られれば人を殺すこともあるのでは？」

「……そうおっしゃられても。私の知るフレデリカのことをお話ししたまでです」

「わかりました。では少し河岸《かし》を変えてみましょう。クリストフが使った毒入りの歯磨き粉ですが、アメリカ製の〝コルゲート〟だったのです。これはCARE《対欧州送金組合》パッケージと呼ばれる支給品に含まれているそうですね――あなたもご存知でしょう。アメリカ軍に従事するドイツ人に配られる報酬ですから。ベルリンの一般市民にとっては、きっと黄金ほども価値があるものでしょうね。歯磨き粉は石鹸以上に贅沢品ですし、とりわけアメリカ製とあっては、品質も安定しているでしようから。

ところで、あなたもコルゲートを支給されましたか?」

矛先がついにこちらに向いた。

「……はい。今月は給与が出ない代わりに、前払いとして同僚と山分けしました。その中に、確かにコルゲートがありました」

「今も持っていますか?」

「いいえ……闇市で売ってしまいました。あなたがおっしゃるとおり、高く売れるからです。実際、そのお金で久々に買い物をしました。この革靴です。男物ですけど、これで大事なものをなくさずにすみますから」

「いつ? 歯磨き粉を売った相手はどんな人物でしたか?」

「闇市に行ったのは八日です。相手はよく覚えてません。男性だったと思います」

「男性だったと思う、ですか。風貌は? 背は高い? 低い?」

「ごく普通の人です。背は高かったと思いますが」

「ドイツ人ですか?」

「……ええ、おそらくは。これが重要なことですか?」

「もちろんです。しかしおかしいですね。CAREパッケージの支給からそう日は経っていないはずですが、覚えてらっしゃらないなんて。本当に売ったんですか?」

ドブリギン大尉のあからさまな尋問に、私は嚙みつくように歯をむき出して答えた。

「売ったと言っているでしょう！　他にも売る物がありましたし、混んでいたので誰に何を売ったかなんて覚えている暇はありません！　まさか私を疑っているんですか？」

「あなたが殺したのではありませんか？」

隣室と繋がった窓の向こうには、まだフレデリカが立っていた。彼女の老いた顔も、ガラスに反射した私自身も、ひどく色の悪い顔をしている。

私は深く息を吸って吐き、慎重に言葉を選んだ。

「なぜ私が恩人を殺さなければならないんです？」

「フレデリカはあなたには動機があると言っていました。自分たちが潜伏させ、匿いきれずに亡くなった者の身内で生き残っているのはあなたくらいだから、と」

その言葉は振り下ろされたハンマーのように重く、痛かった。

考えてみればわかりきった話だった。誰かが名前を警察に教えたから、私は今ここにいるのだ。その誰かはフレデリカにほかならない。私の居場所をソ連側が把握するのも、さほど難しくなかったはずだ。何しろ私が英語を学び、アメリカに憧れていたことを、フレデリカもよく知っていたから。生きていればきっとアメリカ管理区域にいると踏んで警察に伝えた。あとはドブリギン大尉がアメリカ軍政府に依頼すれば、憲兵は住民登録簿や雇用書類を探し、兵員食堂の職員リストに私の名前を見つけたに違いない。まったく私って、なんて鈍くて間抜けなのだろう。震える手でスカートを握り、冷静になるよう自分自身に言い聞かせ、どうにか言葉を探す。

「つまり、私がイーダの死の逆恨みでクリストフを殺したとおっしゃるんですか」

声の震えは抑えられなかったけれど、聞きたいことは言えた。

するとドブリギン大尉は満足そうに微笑み、再び手を挙げた。それを合図に窓扉が閉められ、フレデリカはいなくなり、暗くなった窓ガラスには私の白い顔だけが残った。

椅子に腰掛けた大尉の振る舞いは、紳士らしいものに戻り、デスクライトの位置を戻しながら優しげな口調で言った。

「脅して申し訳ありませんでした。私は、あなたは潔白だと思っています」

「……信じられません。あなたは私を犯人だと思ってるでしょう。そうでなかったら私をわざわざ捜してまで連行しなかったはずです」

「疑うならご自由に。しかし実際、あなたのお話を伺って、無実だと確信したまでですよ。それとも疑ってほしいのですか?」

「そういうわけでは」

「お気持ちは理解しますとお伝えしましょう。こちらとしては、ドイツの新米警察官に我々のやり方を学んでもらう必要もありましてね。監獄からナチのファシストどもが戻ってくる前に、同志スターリンに忠実な警察官を育成しておく必要があります。人員は道を共にする共産党員や労働組合員から再構成するつもりですが、素人は素人なので——しかも、どうやら治安警察《シユツツポリツアイ》はイギリスにすり寄ろうとしているようでね。そうなる前に人民警察を確立せねば。ベルリンはソヴィエトのものだ」

隣で書き物を続けている眼鏡の警察官の鉛筆がぼきりと折れる音がした。

「この眼鏡の新米警察官も、以前はただの百貨店の警備員です。しかし農民が立派な兵士になったように、彼も良い警察官になるでしょう」

ドブリギン大尉はポケットからナイフを取って差し出し、警察官は礼を言ってすでにちびている鉛筆を慎重に削りはじめた。にわかには信じがたいけれど、いずれ本当に、ソ連の赤い星をつけた警察官が、このあたりを取り締まる未来が来るかもしれない。

「さて、話を戻しましょう。いったい誰がクリストフ・ローレンツを殺したか？

あなたはアメリカ製歯磨き粉を入手できる人物だ。しかし逆恨みという動機は正直薄い。いかにあなたがイーダというポーランド人少女へ肩入れしようが、復讐の矛先を隠れ家の提供者に向けるのは不自然に思えます。それに地下活動に熱心だったのはフレデリカの方で、クリストフ自身は積極的ではなかったと聞きました。正しいですか？」

「……ええ。クリストフは演奏家の仕事を大切にしていました」

「なるほど。それならば一層、あなたがクリストフを殺す動機が薄まります。恨む相手はむしろフレデリカでは？　しかし彼女はぴんぴんしている。

クリストフ殺しの犯人として最も疑わしいのは妻のフレデリカです。だが彼女は同居しているのですから、歯磨き粉に毒を混ぜるなんて込み入った真似をしなくても夫を殺せたはず。食べものにでも飲みものにでも毒を入れて殺せばいい。死体なんて街に溢れてますからね、病死したとでも言えば、誰も疑わないでしょう。それなのにフレデリカは、使用人を寄越して警察に通報した。犯人のとる行動にしては不自然じゃありませんか。

ともあれ、あなたやフレデリカのような普通のドイツ民間人による、ただの怨恨殺人であれば、いくら素人集団といえど、私もここの警察官に事件を任せますよ。国家保安人民委員会の一員である私が動いているのは、違う理由があります」

ドブリギン大尉は机に肘をついて、こちらにやや身を乗り出してきた。

「クリストフ・ローレンツ氏は今日、七月十四日の午後、アメリカ製の歯磨き粉コルゲートを使った直後に倒れ、即死しました。調査の結果、青酸カリが含まれていたのがわかった。つまり我らソヴィエトが管理する区域内において、ドイツの民間人が、アメリカ軍の支給品に含まれた毒で死んだということです。

これは慎重に、用心深く考えるに値する事態だ。意味がわかりますか？」

首を横に振ると、ドブリギン大尉は煙草を咥《くわ》え、もう一本を私に差し出してきた。普通の赤軍兵が吸うような手巻きのマホールカ煙草とは違う、真っ直ぐで白い煙草だ。闇市で売れば、一本で三連合国マルクくらいは稼げる。私は警戒を崩さないよう礼は言わずに、煙草を指先でつまんで上着のポケットに入れた。

するとドブリギン大尉はにやりと不気味な笑みを浮かべた。

「あなたの体からは、煙草のにおいがしない。しかしこれを受け取った。当然、闇市で売ることを考えたのでしょう。歯磨き粉を売ったように」

いったんポケットに入れた煙草を返そうとしたが、大尉は「売っても構いませんよ」と頷いた。

「この街では日曜になるとあちこちで闇市が開かれる。市民はそれぞれに服や靴、宝石などを持ち寄って、配給品では扱わない物を売買していますね。ドイツ人同士の自由な売買は好ましくありませんが、規制しすぎれば暴動が起きるし、今のところ軍や警察も黙認せざるを得ないでいる。他の三ヶ国も同じ気持ちでいるでしょう。残念ながら同志の中にも、闇市で時計だの外国製の金目のものだのを手に入れようとする者は多い。農民や労働者がほとんどである赤軍同志の目には、珍しい品物が魅力的に映るからです。買うだけに飽き足らず、あちこちで入手した自転車やらミルクやらを売って金を稼ぐ者もいる。

では、もしこの闇市を利用して、テロルを起こそうと企てる連中がいたら、どうでしょう。人目を惹《ひ》き、かつ口に入れるものに毒を混ぜ、闇市に流したら？

ひょっとしたらクリストフ・ローレンツ氏は、たまたまその毒入り林檎――毒入りの歯磨き粉を手にしてしまったのかもしれない」

大尉は煙草に火を点け、ゆっくりとくゆらせた。紫煙が揺らぎながら立ち上り、私の体にまとわりつく。

「たとえばこんな話はどうですか。あなたも先ほど目の当たりにして肌に感じたでしょうが、ソヴィエトと西側三国は、同じ連合国として戦いながらも、仲は非常に険悪です。特にアメリカ－ニェッツとは乱闘沙汰で死亡者すら出たほどだ。上層部も似たようなものです。ドイツが降伏し、間もなく大日本帝国も負けを認めるであろう現在、トルーマンやチャーチルといった猛禽類が、偉大なる同志スターリンの腹の内を探っています。やつらはソヴィエトの正当な取り分を奪うために、下手を打ってはいけないと必死なのです。

そこに、連合国に好ましからざる感情を抱くとある人物が、闇市を利用して、四ヶ国を分断させ戦争を引き起こそうと企んだらどうでしょう？　ドイツ人には動機があります。国土はどうせ焼け野原。混乱を巻き起こし、連合国同士が戦っているその隙を突いて、ナチスを復活させる。そう目論《もくろ》む可能性はないでしょうか」

話はわからなくはないが、私はその考えに頷けなかった。

「ドイツ人に動機があるですって？　せっかく戦争が終わったのに、わざわざそんなことはしないと思います。みんな疲れていますし、食べ物も不足しているんですよ。毎日を生きるだけで精いっぱいです」

「わかりますよ。あなた方〝善良な〟ドイツ人たちはそうでしょう。何も私はすべてのドイツ人が連合国の打破を企んでいるとは言っていません。我々だってテロルごときで揺さぶられはしない。しかしごく一部の愚かな人間——そう、今や立場が逆転してレジスタンスとなり、敵の転覆を虎視眈々と狙っているファシストなら？　逮捕の手を免れて地下に逃げたやつらが、計画を立てている可能性はある。特に、あなた方の言葉では〝人狼《ヴエアヴォルフ》〟と呼ぶ、ナチスの元工作員です。やつらは疑わしい」

〝人狼《ヴエアヴォルフ》〟——その言葉に、まだ戦争中だった四ヶ月ほど前のことを思い出した。冬が終わり道を埋めていた雪も溶けた頃、東から赤軍が、西からアメリカやイギリスがドイツのすぐそばまで迫ると、宣伝省から熱心な呼びかけがはじまった。「〝人狼〟に参加して、地下活動に備えよ！」というものだった。ナチスはそれまで反政府の地下活動家を徹底的に滅ぼそうとしていたのに、今度は進んで地下に潜れと言う。その放送を聞いた時、私は滑稽さとむなしさでつい笑ってしまった。

あの頃、まだ総統と勝利を信じていた一部の人は、「総統がまだ秘密兵器を隠している、一発大逆転でドイツが勝つ」と豪語していたけれど、ほとんどの人はもうどうでもいいから早く終わってくれと思っていた。街はすでに空襲の火や爆風で崩れ、どこもかしこも不衛生で、日用品はもちろん食べ物もないのに、今更、国のために何かしようという気になんてなるものか。それでも党は武器を手に死ぬ気で闘わない者は反逆者扱いした。そんな状況でわざわざ地下に潜ろうとする人は、私の知る限りでは皆無だった。

「確かに〝人狼〟活動の呼びかけはありましたけど、そんなに大勢いるとも思えません」

「そうですか？　そう見せかけているだけでは？　現に、鉄道や建物に爆発物を仕掛けるテロルが起きているんですよ。ご存知ありませんか？」

「……わかりません。人狼なんて、存在すら忘れていたくらいですし」

するとドブリギン大尉は微笑んで、静かに立ち上がり、ゆっくりと歩きはじめた。

「すみません、おっしゃるとおりですね。あなたのお父上はドイツ共産党員だったそうですし、誉れあるご家庭で育ったに違いありません。ナチスの支配下にあっても屈せず、哀れな強制労働者の少女を助けようとした。あなたはナチスの少女団にも入らなかったのでしょう？　お若いのに、立派なことです」

「よくご存知ですね」

「意外ですか？」

私は前を見つめたまま、こつこつと響く大尉の靴音を聞いていた。フレデリカは決して口が軽い人ではなく、むしろその反対だった。潜伏者を匿っていた戦中は、ほんの一言、わずかな不注意が命取りになった。そんな、誰よりも発言の危険性を知るはずのフレデリカが私のことを話したのは、フレデリカが私を犯人と確信しているか、ソ連の尋問がよほどだったかのどちらかだろう。暗く沈む壁、あの隠し窓の向こうには、まだフレデリカがいるだろうか。大尉の〝同志〟たちが聞き耳を立てているのだろうか。やがてすぐ右側の空気が揺れ、ドブリギン大尉がそばまでやってきたことを感じ取る。

「フロイライン、あなたは善良なドイツ人だ。覚えていたら、どんな男があなたのコルゲートを買ったのかを、きっと我々に教えて下さるはず。どうか思い出して下さい。その男はあなたからコルゲートを買って、今回のテロルを思いついたのかもしれない」

「つまり、クリストフは人狼の陰謀に巻き込まれたんですか？」

「人狼が手順を誤って巻き込んだのかもしれないし、クリストフこそが狙いだったのかもしれない。なにしろクリストフ・ローレンツは、同志文化部の元で演奏をしている、いわば関係者ですから」

なるほど、そういうことだったのか。ソ連の人間は、ドイツ人を抹殺したいほど憎んでいる。そんな忌み嫌うドイツ人がひとり死んだくらいで、なぜこれほど大騒ぎするのか不思議だったけれど、彼らにとって、クリストフはすでに身内だったのだろう。クリストフはナチス時代はナチス高官のために演奏をし、ソヴィエトが支配者になればソヴィエトのために演奏をした。それがクリストフとフレデリカの変わらない護身術なのだ。

「フロイライン・アウグステ。歯磨き粉を売った男の顔を思い出したら、いつでも連絡を下さい。あなたが頼りです」

「でも……お言葉ですが大尉、コルゲートを支給された人は大勢いますよ。小銭を稼ぎたいアメリカ兵かもしれないし、売った人は他にいるでしょう。なぜ私なんです」

顔を上げてドブリギン大尉を真っ直ぐ見つめる。彼の表情は余裕たっぷりで、尋問者というより、子どもに教育を施す学校の教師のようだった。

「長く人を見てきた者の勘、とでもいいましょうか。あなたは純朴そうだ。見た目だけでなく内面も」

尋問はこれで終わりだった。ドアが重たげに軋《きし》みながら開き、廊下の明かりが暗い部屋に四角く差し込んだ。先ほどの制服を着た女性が戸口で敬礼する姿が見える。ドブリギン大尉はもう一度こちらを振り返って私に微笑みかけると、悠然とした態度で部屋から出て行った。

残された私に、すっかり存在感の薄くなったドイツ人警察官が言う。

「お帰りになって結構ですよ」

そうは言われても、すぐには腰が上がらなかった。開かれたドアを妙に遠く、眩しく感じながら、片手を机について立つと、警察官がぱたんとノートを閉じた。

「心配せずとも、この事件は明日にでも解決しますよ。ここだけの話、あのＮＫＶＤのロシア人がひとりでから回っているに違いありません。テロルなんて馬鹿馬鹿しい。きっと誰かが、使いかけの歯磨き粉を水増しして売ろうとして、誤って青酸カリを混ぜてしまい、それに気づかないまま闇市に出してしまったんです。青酸カリなんて、ほら、それこそあちこちにありますからね。クリストフ・ローレンツ氏は運が悪かっただけですよ」

警察官は顔を上げ、かまきりのように両手をせわしなくこすり合わせながら言う。

「あなたも不用意に闇市で買い物してはいけませんよ。あんな掃き溜めのような場所、何を摑まされるかわかったもんじゃない。せっかく生き延びたんです、祖国復興のために、尽力して下さい」

祖国の復興。尽力。私に何ができるというのだろう？　そして祖国は、私に何をしてくれたのだろう？

聴取室から出ると、正面に青帽子の青年が立っていた。大尉の部下、先ほど検問所で威嚇射撃をした、確かベスパールイという名の下級軍曹だ。カーキ色の上着がはちきれそうなほど体格は立派だけれど、頰がこけ、唇の血色が悪い。それでも明るい場所だとずいぶん若く見える。私とそう変わらない年、たぶん二、三歳程度年長だろう。総統がいた頃、党は彼のようなスラヴ人を軽蔑し、劣った民族だと私のような子どもに教えた。だけど立っているだけで他人を警戒させる軍人特有の緊迫感や、こちらをひたと見据えてくる疑り深い目つきは、国防軍の兵士と同じだった。

一瞬、逮捕されるのではという恐れが胸をよぎったけれど、そうはならなかった。下級軍曹は廊下の先へ向けて顎をしゃくり、「先へ行け」と合図する。彼は歩き出した私の背後にぴたりとついたので、後頭部に視線をはっきりと感じた。戦争の間も、戦争の後も、監視する側の人間が変わっただけで、体制がやることは同じだ。

大人しく階段を降りていると、すぐ下から「頼むから、そんなに痛くしないでくれよ！」という声がして、緑の制服と帽子姿のドイツ人警官ふたりと、間に挟まれて文句を言っている男、という三人組がどやどやと騒がしく登ってきた。男は痩せていて、顔が小さいわりに大きな耳が前を向き、ぶかぶかの襟ぐりから浅黒い首が花の茎のようににょっきりと覗いている。服装はいかにも着の身着のままの風情で、濃い灰色の上着も、茶色いズボンも、シャツの上のサスペンダーもぼろぼろだった。

男は後ろ手に縛られているようで、肩をぎこちなく揺らしながら階段を登ってくる。

「だからさ、全部誤解なんだって！　少しは話を聞いてくれよ、俺は泥棒じゃない、ただ家を間違えただけなんだ！」

ずいぶん無理な言い訳を喚き散らしつつこちらに近づく男の体から、垢くささと一緒にアルコールのにおいが漂ってきた。すれ違いかけたその時、男は足を踏ん張って立ち止まると、ベスパール イ下級軍曹に向かって訴えた。

「なあそこのソ連さんよう、慈悲をくれよう。俺は善良な人間で、泥棒なんかじゃないいんだよう」

「おいやめろ、早く歩け！」

中年の警察官が叱り飛ばしたが、男は大人しくなるどころかますます声を張り上げた。

「俺は自分の家に帰ったつもりだったのさ、おたくのお偉いさんの家になっちまってるなんざ、知らなかったんだよ！　赤軍将校さんのお宅になったとわかってたら、近づきもしなかった！　誓うよ！」

警察官たちは「失礼しました」と謝りながら男を引っ張り、男は足をじたばたさせる。そのはずみでかぶっていたハンチングが落ち、丸刈りの頭が露わになり、顔立ちがはっきりとわかった。その風貌に、私ははっとした。

「……あの、ちょっと待って下さい。この人、ひょっとしてユダヤ人じゃありませんか？」

私の声はそんなに大きくなかったと思う。しかしそう口にしたとたん、全員の視線がこちらに集まり、騒ぎがぴたりと静まった。

「ユダヤ人？」

「ええ……そんな気がしただけなんですけれど。もし〝移住〟先から戻ってきたばかりのユダヤ人なら、自分の家が接収されてるとは知らずに帰ってきても、不思議じゃないかと思って。特に酔っ払っていたのなら気づきにくいのでは？」

自信がないまま当の男を見て、どきりと心臓が跳ねた。彼はさっきまでの騒々しさが嘘のように口をつぐみ、酔いでとろんとしていた顔が一転して強張《こわば》った。その表情は何かに似ている――そうだ、空襲で瓦礫の下敷きになって死んでいった人だ。自分で自分の死が信じられず驚きに目を瞠《みは》ったまま硬直したような、そんな表情。

警察官は、やはり彼も新しく採用されたばかりで不慣れなのか、おろおろと私と男を見比べた。

「かぎ鼻、濃い眉、浅黒い肌……言われてみりゃ、ユダ公、いや失敬、ユダヤ民族の特徴がある。確かにお嬢ちゃんが正しいかもしれんが」

もうひとりの警察官も頭を掻いて、助けを求めるような目でこちらを見る。すると今まで沈黙を守っていたベスパールイ下級軍曹が口を開いた。

「プロープスク。身分証は確認したか?」

大尉ほど流暢ではないものの正確な文法のドイツ語がこの若い軍人から流れ出てきて、正直驚いてしまった。ふたりの警察官は互いに顔を見合わせおそるおそる首を横に振る。

「身分証を持ってなかったんです。それに、まさかユダヤ人が残ってるとは……つまりその、ベルリンはユダヤ人不在《ユーデンフライ》になったと宣言されてましたし、つい。いやはや、こんなに早く戻って来てるとは」

「俺は疑ってましたよ!　なにせこのあたりはユダヤ人街がそばにあるし、少佐のお宅も確かに以前はユダヤ人の家でした。なかなか裕福な一家のね」

「それでは彼の主張、一理あるということか」

ベスパールイ下級軍曹は両腕を組んで壁に背をつけ、男に訊ねた。

「あなたはユダヤ人か?」

男はまるで白昼夢を見ていて、今やっと目が覚めたかのように瞬きすると、大きく息を吸い、こくり、こくりと何度か頷いた。

「ああ、ああ、そうさ。俺はユダヤ人だ」

じっとり汗ばんだ彼の顔は、やはり学校で教わったユダヤ人の図版によく似ている。警察官のひとりがぱちんと両手を打ち鳴らした。

「思い出した！　こいつ、俳優のファイビッシュ・イスラエル・カフカだ！　長いこと映画に出てないんで移住になったんだろうと思ったら！　下級軍曹、確かにこの男はユダヤ人です。映画に出ているのを何度か観ました。がめつくて嫌な野郎ですよ……っと、別にユダヤ人の悪口ではないですからね、これは」

「……同志。我々にとってユダヤ人はもはや重要事項ではない。聴取室へ入れろ。しかし、上に今の話を報告しておく」

ベスパールイ下級軍曹のこの淡々とした言葉をもって話は終わり、ユダヤ人と警察官は上へ登り、私たちはやっと階段を降りきった。

真夜中にもかかわらず、広いホールにはまばらに人がいて、その中にはフレデリカ・ローレンツの姿もあった。黒いソファの真ん中に、古めかしいデザインの菫《すみれ》色のスカートを広げて座るフレデリカは、まるで墓石へ手向けられた一輪の花のようだった。先ほど聴取室で見た時にも感じたけれど、やはり以前よりもずいぶん痩せてしまい、今にもしおれてしまいそうだ。フレデリカは黒いハンドバッグを大事そうに抱きしめ、薄暗い照明の下で、目に溜った涙を光らせている。

私は彼女に気づかれないうちにここを出て、すべてを忘れてしまおうと思った。フレデリカと向き合って話す準備はまるでできていなかったし、自分自身の気持ちの整理もついていなかったからだ。けれども私が黒いソファの脇を通りすぎようとした時、フレデリカは顔を上げ、私に気づいてしまった。そして十代の少女めいた仕草でソファから跳ね降り、駆け寄ってきた。私は彼女から罵られるか平手打ちを食らうのを覚悟した――警察に私の名を告げたのは明らかだったから。けれどもフレデリカの反応はまったく正反対のものだった。

「アウグステ、ああ、せっかくまた会えたのに、こんなことになるなんて」

そう言って、今時はめったに見かけないレースの手袋をはめた両手で、私の手を取った。彼女の裏側に悪意や嘘がないか警戒したけれど、警察署内は息苦しいほど蒸し暑いのに、フレデリカの指先はひんやりと冷たかった――私はおそるおそる、彼女の手を握り返した。

「お悔やみ申し上げます、フレデリカ。本当に残念で……悲しく、つらいです」

するとフレデリカは微笑み、目元にこまかなしわがぎゅっと寄った。

「あなたが生きていてくれて嬉しいわ。今夜はうちに泊まっていらっしゃいな。この時間に家に帰るのは大変でしょう?」

私は言われるまで、自宅へ帰る手段がないことを忘れていた。とうに鉄道は動いていない深夜だし、ここから家のあるツェーレンドルフまでは二十キロ以上距離がある。それでも私は辞退しようとした。今だって言葉を選んで話すのに必死な私が、泊まるだなんて。

「あいにくですが、私はここで帰り……」

「私のせいね、アウグステ。そうなんでしょう?」

ついぎくりとして手を強張《こわば》らせると、フレデリカはうつむき、心底すまなそうな口調で謝った。

「あなたの名前を出してしまったこと、本当にごめんなさい。私を恨むのは当然だわ。でもぜひうちに来て、休んでほしいの。夜道は危険よ。それに私、あの人がいないことにまだ慣れなくて、誰かにいてもらいたいのよ」

フレデリカの潤んだ瞳に見つめられ、私は気づいた時には頷いていた。

そうと決まればと踏み出したフレデリカは、疲労のせいか、足をもつれさせてぐらりとよろめく。急いで腕を貸すと、フレデリカは弱々しく微笑み、「いやね。体がばらばらになってしまったみたい」と呟き、私の腕に手を置いた。小刻みに震えるその手に、こんなに年老いた人だったろうかと気づく。私たちは連れだって警察分署を出た。

駐車場には車が停まっていたが、本物のエンジンを積んだ車はほとんどがソ連の赤い旗をつけられ、旗がついていないのは隅に追いやられた木炭ガス車くらいだった。地位のある人間でなければエンジン付の乗用車に乗れないのは、以前も今も変わらない。ふと、うめき声が聞こえて振り返ると、分署の建物の地面からわずかに覗く地下監房の檻の柵から男の手がぬっと突き出して、何かを求めるかのように蠢《うごめ》いていた。薄汚れた黒い袖はSSの制服によく似ている。今まで立派な乗用車を乗り回していた人は、今や地下の檻《おり》の中というわけだ。

「アウグステ、いらっしゃい」

手招きするフレデリカの先に、一台のエムカが停まっていた。赤いソ連の旗をつけているのに、乗っているのは軍人ではなく、普通のドイツ人女性だった。黒いベレー帽をかぶり、焦げ茶色のシャツを着て、男物のズボンを穿《は》いている。こんな車を運転できるなんて誰かと思えば、二十代半ばくらいのその顔には見覚えがあった。確かグレーテという名で、フレデリカの家で見かけた地下活動家のひとりだった。フレデリカは当たり前のような顔をして、グレーテが運転するソ連の将校用車エムカに乗り込み、私にも早く来るよう急かす。ふと記憶の底から、ナチスの旗を玄関ホールに飾り、高官たちを接待していたフレデリカの顔が甦り、私は頭の中でナチスの旗をソ連の旗に替えた。

深い闇を前照灯で切り裂きながら車は走る。ドアに設置されたハンドルを回して窓を開けると、火とガソリンのにおいが飛び込んできた。廃墟のあちこちで焚《た》き火が赤々と燃え、火の粉が舞い、時折アコーディオンの音色とロシア語の歌が流れてくる。ジャズとダンスとネオンを愛するアメリカ軍の管理区域とは雰囲気ががらりと異なり、東の未知の土地からやって来た異国情緒を濃く感じた。ロシア語の歌は力強く勇壮だけれど、どこかもの悲しげで耳に残り、気がつくと自分も口ずさみそうになってしまう。

夜空はいくらか霞んでいて、星があまり見えない——今年の夏がこんなに暑いのは、建物が崩落した時に舞い上がった塵だの燃えかすだの何だのが、まだ大気を漂っているから、外に熱が出ていかないためだとどこかで聞いた。今もあの空に、何日か、何ヶ月か、何年か前に燃えた塵が飛んでいるのかもしれない。

「元気だった？　アウグステ」

隣に座ったフレデリカが訊ねてきた。

「ええ、元気です」

あなたはどうですか、と聞きかけて慌てて口をつぐんだ。いくらなんでも、夫を亡くしたばかりの人にしていい質問ではないだろう。

「アウグステ、今はどこに住んでいるの？　アメリカ軍の下で働いていると聞いたけど、問題はない？」

「大丈夫です。うまくやっていますから、ご心配なさらずに」

「そう、よかった。私も昔、少しばかりロシア語をかじったことがあってね。おかげで仕事にありつけたわ」

フレデリカたちが暮らしていたシャルロッテンブルク地区は、何十年も前に起きたロシア革命の後、逃れてきたロシア人たちが住みついた時期があったという。ロシア語の本を扱う書店やキリル文字が躍る食堂が建ち、特にロシア音楽には、フレデリカだけでなくクリストフも親しんだそうだ。中にはソ連では演奏を渋られる曲もあったとフレデリカは言うが、エムカを借りられるくらいだ、きっとうまく立ち回っているのだろう。そんな雑談をひとしきりした後、ふいに口をつぐんだフレデリカの横顔から、私は目をそらした。

窓の外を通りすぎていく風景、どろりとした深い闇の中に、時折、おぼろげな緑色の燐光が浮かんだ。灯火管制が敷かれていた頃、街のあちこちに塗られた目印の夜光塗料だ。屋根と壁が吹き飛んで、えぐれた建物の端っこに痩せた子どもが腰掛けて、足をぶらつかせながらこちらをじっと見つめる。夜光塗料の怪しげな緑の光に浮かぶその姿はまるでおとぎ話に出てくる小鬼のようだった。

「奥様、まきますか」

ふいに運転席のグレーテが低い声で言った。一瞬、何の話かわからなかったが、振り返って後ろの窓越しに後続を確認すると、黒い車がぴたりとついてきており、尾行されているのだと気づいた。

「やめておきましょう。どのみち家は知られているのだから」

「そうですね、わかりました」

「どうしたんですか？　あれはソ連の車？」

不安を覚えて訊ねると、グレーテが答えた。

「ＮＫＶＤでしょうね。ソ連にもああいう、ゲシュタポみたいな諜報部があるってこと」

ＮＫＶＤ――ドブリギン大尉が名乗った時に口にした組織。つまり大尉かその部下がまだ私たちの監視を続けているのだろう。

「連中、なぜかこの件に首を突っ込みたがるの。今乗ってるこの車を貸してくれたのもそうだけど、きっと何か裏があるんだわ」

元地下活動家らしいグレーテの淡々とした説明を聞きながら、私は背筋がぞくりと冷えるのを感じた。ドブリギン大尉が尾《つ》けているのは、フレデリカか私か。それとも他の目的があるのだろうか。

フレデリカの住まいに近づくにつれ、まともに建っているジードルングが増えてきた。プレンツラウアーベルクは空襲を免れたと噂には聞いていたけれど、空襲前の風景がそのまま残っている場所は久々に見る。四車線分の道路は広くどこまでも平らで、瓦礫の山も見当たらず、中央を縦断する路面電車の線路は熱にひしゃげることなく真っ直ぐだ。手前から奥までずらりと並ぶ古き良き時代のジードルング、古い家《アルトバウ》が懐かしかった。だから一層、酔っ払って大声を出しながら通りを歩く赤軍兵たちがいなければ、と思った。

　グレーテはプレンツラウアーベルクを右折して並木道の路肩に車を止め、私たちを下ろすと、彼女自身は来た道を戻っていった。尾行の車は角に待機しており、グレーテのエムカが前を通り過ぎると、その後をついて行く。私はフレデリカに訊ねずにはいられなかった。

「まさか尾行の目的はグレーテ？　彼女も取り調べを受けるんですか」

「おそらくね。あの子は今、私たちの世話をしてくれていて、一緒に住んでいるから。でも気を緩めないで、さっき車から誰か降りたのが見えて……さあ、鍵を開けたわ。ドアを押してもらえる？」

　私はフレデリカの代わりに、正面玄関の重い鉄扉に体重をかけて開けた。

　元公務員用の集合住宅だったというこの建物は、簡素ではあるけれど、私が子どもの頃に暮らしていたアッカー通りのジードルングよりも広く、柱や階段室《エルカー》の窓の装飾も凝っていた。壁のガスランプの火を頼りに通路をほんの数歩だけ進み、内側の壁に取り付けられた木の扉を開け、住棟の中へ入る。フレデリカの後に続いて、タイル張りのホールから伸びるマホガニー製の階段を登った。フレデリカがクリストフと共に住んでいた部屋は、道路沿いの住棟の二階という、全体で最も日当たりが良さそうで、相場も高そうな部屋だった。きっと夫妻が懇意にしていたソ連の文化部将校から、特別に与えられたのだろう。それでも、あのフレデリカがこんな暮らしを我慢しているなんて、驚きだった。

廊下は短すぎるし、以前の邸宅と比べて部屋数は五分の一に減り、湿気もひどい。使用人もグレーテだけになったようで、廊下の右手にまとまった台所やトイレ、風呂などの水回りも、相当に不便に違いなかった。廊下左手の最も広い客間を日常の生活空間にしているらしく、重くどっしりとしたテーブルに、椅子が四脚ある。しかしどの椅子も様式がちぐはぐで、脚に飾りのあるものから、折りたたみ式のものまで、統一感がない。

フレデリカは帰宅して緊張の糸が切れたのか「喉が渇いたわ」と呟くと、花柄の決して彼女の趣味ではなさそうなソファに倒れ込むようにして座った。私は台所を借りて何か飲み物を拵《こしら》えようとしたが、蛇口はいくらひねってもきゅうきゅう音を立てて空回りするばかりで、水は出なかった。タイル張りの調理台の上には、乾燥じゃがいもの袋と油紙に包まれた黒パンの固まり、半分残ったソーセージ、そして澄んだ色のスープが入った小鍋があった。小鍋の隣に水をたたえたブリキのバケツを見つけた私は、においを嗅いで安全を確かめてから、湯を沸かして代用コーヒーを淹《い》れた。栗を砕いて煎《い》った茶色い液体は、脱いだ靴下を水に浸したような悪臭がするけれど、温かいものをとれば体もほぐれる。

背中を丸めたフレデリカは、私が渡した湯気の立つコーヒーカップを両手で包み、消え入りそうな声で言った。

「改めて謝るわ、アウグステ。尋問だなんて本当にごめんなさいね……クリストフが亡くなってから、頭がまったく働かないの。何が起きたのかさっぱりわからなくて、ぼうっとしているうちに、警察にあなたの名前を挙げてしまった。私はあなたを疑ってるわけではないのよ。あのNKVDの大尉が『クリストフを殺す動機のある者を挙げなければ、あなたを逮捕する』と脅してきたから、咄嗟に名前を出してしまったの。本当にあるまじきことだわ」

私はどう答えるべきかわからず、熱い代用コーヒーをすすって自分の口をふさいだ。どこかの家で赤ん坊が泣いているらしく、薄い壁を伝って声が聞こえてくる。

以前のフレデリカは上品な貴婦人で、私のような労働者階級の人間とは、永遠に接点がないはずの富裕層だった。はじめて会った時の彼女は、短めの黒髪をふんわりカールさせ、袖の膨らんだ古風なレースのドレスに、本物の翡翠《ひすい》の首飾りをつけていた。六十歳を間近にしながら立ち居振る舞いは少女のようで、ころころとよく笑った。純粋で、明るくて、慈善家で、時々こぼれ落ちる自分自身の残酷さには無邪気なくらいに気づかなくて、でも驚くほど大胆で鋭い――たった二年くらいで、人の性格は変わらないのだろう。咄嗟に私の名前を挙げてしまった時の光景が、すんなりと思い浮かんだ。

ちらりとフレデリカを窺うと、潤んで赤くなった彼女の目と目が合ってしまった。仕方がない。

「私のことはもういいんです、フレデリカ。それより……クリストフがどんな最期だったのか、教えてもらえませんか」

遺体を目のあたりにしてもなお、私はまだ彼の死が信じられなかった。

「そこのベランダでね」フレデリカはほっそりした指で、客間の奥にある広い窓の外を指さした。

「今日、クリストフが珍しく朝寝坊をしたの。毎朝の練習を怠けたのよ。私とグレーテはもう朝食を食べてしまって、グレーテは瓦礫撤去の仕事へ行くところだった」

ベランダは狭く、ふたつの小さな鉢植えがほとんどの面積を占めていた。出入り用の背の高い窓の付近は汚れ、手前の床は複数の人間が歩き回ったらしい複数の靴跡が残っている。しかし中心だけは汚れがなく、そこにクリストフが倒れたのだとわかった。

「やっと起きてきたクリストフは、朝食をとらずに煙草を吸うと、歯磨きをすると言って立ち上がったの。あなたも覚えているかもしれないけど、クリストフが朝食をとらないことは多かったから、私は『どうぞ』と言ってベランダを開けたわ。あの人はベランダがお気に入りで、いつも鉢植えのアスパラガスを見ながら歯を磨くの」

「その時、例の歯磨き粉を？」

「そうよ。歯磨き粉を持ってるとは思わなかったわ。オドル（ドイツ製の歯磨き粉）だってめったに手に入らなかったし、少し前までは塩を歯ブラシにつけていたけど、今じゃ塩も配給品でしょ。なのに、まさかアメリカ製の歯磨き粉とはね。いったいいつ買ったのかもさっぱりよ。あの人たちが来てからなのは間違いないけど」

フレデリカはため息をつき代用コーヒーをすすると、まずそうに顔をしかめた。

「ああ、身の毛もよだつ味だわね……歯を磨きはじめてからクリストフが倒れるまで、ほんの数秒に感じたわ。私はもう、本当に驚いてしまって、大急ぎでグレーテを呼びに戻ったの。後のことはほとんどグレーテ任せ」

カーテンのない窓の向こうに目をやる。今頃グレーテは警察署に着いたろうか。彼女も取調室でドブリギン大尉の尋問を受けるのだろうか。

「ドブリギン大尉は、クリストフは闇市で歯磨き粉を手に入れたのだろうと言っていました」

「そうね、たぶんそうだと思うわ。アメリカ軍がここに来たのはいつだったかしら?」

「今月のはじめ、ちょうど一週間前です」

「つまり、闇市にコルゲートが出回るのはそれからということね。クリストフはよく散歩に出かけて、途中で闇市に寄ることもあったわ。きっとその時に買ったのでしょう」

フレデリカはため息を吐きつつコーヒーカップをこちらに差し出して、まだ中身が残っているのに「これを片付けてくれる?」と当然のように言う。私は口答えせずに受け取り、台所の洗い桶に溜めてある水でカップを洗った。布巾で拭いながらふと小鍋に視線を移し、澄んだスープの中に沈む、丁寧に角切りされたにんじんのオレンジ色を見る。

「グレーテは、あの大尉から疑われないでしょうか」

「大丈夫と思いたいところね。あの子がクリストフを殺すようにも思えないし……いいえ、あなただってそうなのよ。私の夫はナチの亡霊たちによるテロルに巻き込まれたの。あるいは、誰かが毒入りのものを間違って売ってしまった」

「……クリストフが個人的に狙われた可能性はないと?」

あの取調室にいる間に、ドブリギン大尉の口調が移ってしまったらしい。客間に戻ると、フレデリカはソファに座ったまま、窓の外の遠くの空を眺めていた。

疲れが滲《にじ》んだその横顔は、この問いかけを拒むようにも、期待していたようにも見える。私は椅子に腰掛けてテーブルに指を走らせ、ぷくりと膨らんだ水滴と水滴をつなぎ合わせながら、フレデリカの返事を待った。

フレデリカは答えなかった。口元のしわを深くして私から目を逸らす。

しかしフレデリカが私から目をそらしたのは、誤魔化したかったからではないようだ。彼女はゆっくりと瞳を動かし、部屋の隅のあたりでぴたりと止めた。視線の先を追うと、そこには私の腰ほどの高さもない小さな棚があり、その上に写真立てがふたつ並んでいた。私は立ち上がって写真立てを見に行った。

一枚はフレデリカとクリストフがふたりで写っている写真、そしてもう一枚は、三人で写っている写真だった。

私が知るよりも二十歳ほど若いフレデリカとクリストフ、その間に、小さな男の子がいる。小さな歯を見せて愛らしく笑う、幼い男の子だ。黒い巻き毛に印象的な大きな目、くっきりとした眉。右の頬骨のあたりに、オリオン座のベルトのような黒子《ほくろ》が三つ並んでいる。真っ白いブラウスの襟はぴんと尖《とが》り、黒っぽいタイをしめ、濃い色の半ズボンからは丸い膝小僧が覗く。

私はしばらく写真に見入った。不思議な感覚が体を突き抜け、あやうく写真立てを落としてしまいそうだった。この子がイーダと同じ年頃だというせいもあるけれど、それ以上の別の衝撃があった。

この人を知っている——そうだ、私は、この子どもと同じ面影を持った男性を知っていた。三つ並んだ小さな黒子、黒々とした瞳を持つ人を、見たことがある。しかしどこで会ったのか思い出せない。

「誰ですか、この子は」

「甥のエーリヒよ。エーリヒ・フォルスト。私の死んだ姉のひとり息子なの。この戦争を無事に生き延びたのなら、二十六歳になるわ」

フレデリカは深く息を吐いたが、次に発した声にはわずかながら張りが戻り、何かの決意が滲み出ているのを感じた。

「姉はエーリヒが六歳の時に、流感で亡くなったの。ああ、あれからもう二十年も経つのね。義兄は前の大戦に行ったきり帰ってこなかったし、孤児院に預けるのも可哀想で、私たちで養子に迎えることにしたの」

「そんな子がいたんですね。知りませんでした」

「ええ、あまりあの子の話はしないようにしているから……あの子はね、うちに馴染まなかったの。自分の力で出て行ったのよ」

私は振り返ってフレデリカを見た。彼女はまるで美術館で名画を鑑賞する人のように小首を傾げ、窓の外に広がる夜空を眺めている。

「つまり、家出をしたんですか？」

「家出だけど、戻って来ない家出だった。他の、私たちよりももっといい両親を自分で見つけて、暮らすことにしたの」

それはエーリヒが九歳の頃——つまり十六年前の一九二九年、ベルリンの中心部にある有名な動物園《ツォー》へ行った時のことだったという。エーリヒは人混みにまぎれて迷子になり、日が傾き、夜になっても見つからず、警察を巻き込んでの大騒ぎになった。フレデリカが眠れぬ夜を過ごして三日後、クアフュルステンダムにある劇場支配人の妻を名乗る女性から、手紙が届いた。エーリヒを預かっているというその内容に、興奮したフレデリカは誘拐事件だと思い込んだが、実際はそうではなかった。

「すぐに会ったわ。向こうが指定してきたカフェ・クランツラーで、私の懇意の弁護士に同席してもらいながらね。ウンター・デン・リンデンの菩提樹並木が金色に輝く季節だった。女性は赤い上着とスカートに、おそろいの赤い帽子をかぶって、黒い手袋をはめた手でエーリヒの手を優しく引きながら現れた。隣には穏やかな顔をした紳士が寄り添っていた。ええ、ミッテに相応《ふさわ》しい洒落た装いの人たちだったわ。そして愛情深かった。エーリヒは私たちよりもこの若い夫妻に懐いているのがはっきりわかった」

エーリヒは動物園で迷子になったのではなく、自分の意思で逃亡したのだった。しかし頼るあてもなく走り出してしまったエーリヒは、本当に迷子になり、不安な夜を過ごした。それをたまたま見つけて助けたのが、その劇場支配人夫妻だったという。そしてふたりはエーリヒを引き取らせてくれないかと申し出たそうだ。

そう過去を語りながら、フレデリカは肘掛けの金具を指でこつこつと叩いた。

「正直なところ恥ずかしかったわ。いいえ、階級の違いじゃなくて……私は夫妻よりも年長だったのに、子どもひとりまともに育てられないと言われた気がして」

「そんなことは……その時はクリストフもいたんですか?」

「いいえ、舞踏会の演奏で外出してたわ。あの頃はまだ貴族やら芸術家やらがたくさんいて、時々優雅な舞踏会が開かれたの。だからって、別にエーリヒに対して無関心だったわけじゃないのよ。クリストフは子どもが嫌いではなかったし、愛のあるまなざしでエーリヒを見ていたわ。でも確かに私たちはふたりとも、子育てには向いていなかったのだと思う。小さな子に慣れてなかったのね。エーリヒを壊れもののように扱ったわりに、体調を崩した夜に、母親を求めて泣いているあの子を、うまくあやせなかった。だから私はエーリヒが支配人夫妻の養子になれるよう、手配したのよ。あの子が選んだ人と暮らすべきだと考えて」

フレデリカは忙《せわ》しなく肘掛けを叩き続ける。私は改めて写真を見つめた。幼いエーリヒの笑顔には屈託がなく、天使のように無邪気だ。おそらくフレデリカとクリストフに引き取られた直後に撮られたのだろう。両脇に立ってこちらを見ている夫妻は、どことなく緊張しているようにも思えた。

「そんなことがあったとは、気づきませんでした」

「あまり人に話すことでもないと思ったから。口さがない人に言わせると、私は甥を育てられなかった呵責《かしやく》で、潜伏者を匿ったことになるそうでね。言わないことにしたのよ。以前、こんな人がいたわ。路上生活者のための慈善炊き出しに参加したご婦人を指さして、『あの人は子どもを亡くしたことに耐えられなくて他人に愛情を向けはじめたんだ』と言ったの。だから言い返したわ、彼女はお子さんが亡くなる前から人に優しかったのよって。みんな、人の善意が妬ましくて仕方ないのよ。自分に向けられない善意には特にね」

「でも、今日は私に甥御さんの話をして下さいましたね」

「……気になることがあるのよ」

　こつこつと爪で肘掛けを叩く音が、ふいに途切れた。

「ここに落ち着く前、家を焼け出された私とクリストフ、それからグレーテは、シェーネベルクに住む知人の家に身を寄せていたの。ある日、知人の家政婦に呼ばれて下に降りると、若い男性から私宛に電話だと言われたわ。なんでも、バーベルスベルクの郵便局からかかってきたとかで」

「バーベルスベルク？　あの映画の？」

「そう。ウーファ映画会社の撮影所があるウーファシュタットよ。家政婦は穿鑿したそうだったけれど、私もいったい誰からなのかわからない。ひとまず受話器を取ったら、知らない若い男性の声で『あなたが無事で良かった、フリッカ』と言われ、すぐに電話が切れたの」

「その男性が甥御さんだと？」

　フレデリカは小さく頷いた。夫妻の家があったシャルロッテンブルクに爆弾が落とされたのは、二年前の十一月のことで、幼かった甥も立派な大人になっているだろう。

「他に思い当たる人もいないし、そう思っておきたいという私の気持ちがあったの。離れてしまっても甥が私たちのことを思い出して心配してくれたのなら、叔母として幸せだわ……だけどクリストフが死んでしまった今、何か関係があるんじゃないかと思えて」

フレデリカは両手を頬にあて、今口にした言葉を自分自身で打ち消すかのように首を振った。

「ああ、どうしましょう。こんなこと言いたくなかったのに。取調室でも大尉にはエーリヒのことを知られないようにしたのよ」

「待って下さい。〝関係〟って、つまりエーリヒがクリストフを……？」

フレデリカは力なく頷き、そのまま項垂《うなだ》れた。

「まさかそんな。だって二年も前の話でしょう？　電話の相手は違う人かもしれないし」

「その家に移ったのは確かに二年前の晩秋だけど、電話があったのは一年前の春よ。それに私のことをフリッカと呼ぶのは、死んだ姉とクリストフ、そしてエーリヒだけなの。あなたもこう聞けば納得するかもしれないわね。最近、クリストフが闇市で誰かと会っていたらしいということを」

「誰かって？」

この話はどこへ向かうのだろう――灰色の雲がぐんぐんと空を覆い尽くすかのように、雲行きが怪しくなってきた。心臓が早鐘を打つのを感じながら、私はフレデリカの返事を待った。

「私が見たんじゃないの。グレーテがそう言ったのよ。あの子にはエーリヒのことを話してあるのだけど、もしかしたらクリストフはエーリヒと会ってたんじゃないかって。彼女も姿は見ていないそうだけど、クリストフにそんな素振りがあったようよ。いずれにせよ、きっとグレーテは大尉にエーリヒの存在を話すわ。そうなったら……いえ、仕方のないことだとわかってるの。でもどうしようもなくつらくて」

全て説明されなくても、フレデリカの両目にたまった涙を見れば、彼女が何を言わんとしているのかはわかった。私はいたたまれなくなって彼女から目を逸らした。胃のあたりがぐっと重くなり、まるで黒い鉛玉が留まっているような気分だった。

「ごめんなさいね、アウグステ。私、あなたのことは警察に言ったのに、甥のことは言えなかったの。ごめんなさいね、ごめんなさい……」

フレデリカの声が震えはじめ、洟《はな》を啜《すす》り、白い頬に涙の筋が光る。私はこんな部屋の隅で固まっていないで、今すぐ彼女の隣に座り、背中をさするべきだった。しかしできなかった。写真立ての枠に彫られた溝を、手持ち無沙汰に指でなぞる。

「甥は……甥はいい子だったわ。それに夫も、物静かで素敵な人だった。みんなそう。みんないい人たちなのに、どうして……」

フレデリカは泣きながら、いかに自分の周りから人がいなくなり、守ろうとした人たちが死んでいったかを嘆いた。戦中、あらゆる偽装工作をしながら自分の持ち家に匿った潜伏者は、その甲斐もなくほとんどが終戦を待たずに命を落とした。イーダもそのひとりだ。イーダと一緒にあの湿っぽい船小屋にいた少年たちも。地下活動家も多くが殺された。フレデリカの家にいたノルウェー人コックも空襲で逃げ遅れたそうだ。しかし私は生き延びた。

私の両親が死んだのは、ふたりが反社会分子だったためだ。そして国家反逆罪に問われた両親の子どもは、矯正施設に送られて国家に従順になるよう再教育される。だから私は逃げた。全国青年指導局の大人たちが来る前に。もし捕まったら鑑別所か青年収容所に入るはめになるが、それでも逃げた。そして、イーダを預けた仲介者を頼り、フレデリカの家へたどり着き、ドアを叩いた。

「……私はあなたに感謝してます、フレデリカ。あなたが家に入れて下さらなかったら、どうなっていたか。全部、ナチと戦争が悪いんです。全部」

ほとんど自分に言い聞かせるように呟いて、そっと肩越しに振り返ると、フレデリカは両手を広げていた。

「いらっしゃい、アウグステ。こちらに」

私は躊躇《ためら》いながらも、写真立てを持ったまま、フレデリカの腕の中へ入った。首筋から古くなったカブのようなにおいがし、彼女のたるんだ頬と自分の頬とが、かすめる程度に触れる。右手に握ったままの写真立てのエーリヒと目が合う。

抱擁の時間はほんの数秒だった。私はフレデリカから体を離し、気まずさを紛らわせるために空咳をする。

フレデリカはそれからすぐに眠りについた。寝室のベッドではなく、ソファに体を横たえて、かすかな寝息を立てる。私は足音をしのばせて隣の寝室へ入り、ベッドの毛布を二枚取って戻った。明かりの下でよく見るとこれは毛布ではなく、黒々とした熊の毛皮で、さすがにぎょっと目を瞠った。ドイツではなかなか見かけないものだし、ソ連の文化部将校から贈られた品かもしれない。私は毛皮の一枚をフレデリカに掛け、もう一枚は床に敷いて、蠟燭の火を消した。

たちまち部屋は闇にとっぷりと沈み、ひび割れた窓から差し込む月光が、眩いほど明るく感じられた。私は床に敷いた毛皮に寝そべり、ずっと肩に掛けっぱなしだった黒い革鞄を枕にした。私の手の中には、あの写真立てがある。なんとなく持ったまま手放せなかったのだ。

留め具を外して裏板を取り、古くぺらぺらした写真を、破かないように気をつけながら抜く。写真はあっけないほどするりと私の手におさまった。私は仰向けになって、青白い月明かりに写真をかざした。セピア色の世界の中で、幼いエーリヒは心の底から無邪気に笑っている。

エーリヒ。エーリヒ・フォルスト。

エーリヒが動物園からいなくなり、自ら選んだ別の夫妻の養子になったという一九二九年は、私が一歳になった年だ。世界恐慌が起こった年でもある――この歴史的不景気から「総統がドイツを救った」のだと、学校ではしつこく教わった。

ふいに、聞こえるはずのない空襲警報が鳴り響いた気がした。親もイーダも喪い、たったひとりで防空壕へ入った日々の、ある一日が脳裏に甦った。

二年前、しばらくなかった空襲が再開され、仕事の後でクアフュルステンダムの宿にいた私は、地下壕へ逃げた。その時、頰に三つの黒子が並んだ青年を見た。彼は地下壕へ入ろうとしたもののすでに満員で拒まれ、外へ出たのだ。やがて朝が来て、イギリス空軍がシャルロッテンブルクに爆弾を落とし、ほとんどが燃えたという報せを聞いた私は、歩いてローレンツ夫妻の邸宅の様子を見に行った。邸宅は焼け落ち、黒ずんだ石が散乱し、残骸はまだぱちぱちと火の粉を吹く。そこに彼が現れた。服と帽子をあちこち焦がし、鼻の頭に煤《すす》をくっつけていたが、頰の黒子は隠れていなかった。焼失した家を前に、両目を瞠り呆然としていたが、私と目が合うと、焦げた帽子をかぶってさっさと立ち去ってしまった。まるで通りすがりの他人が空襲の被害にただ驚いて足を止めただけかのように。

今の今まで忘れていた。

私は首をもたげてフレデリカが熟睡しているのを確かめて起き上がり、足音をしのばせて棚のところへ行って写真立てを後ろ向きにして戻した。抜いた写真は自分の鞄にしまう。言い訳は後で考えよう。どうとでも——明日の朝ここを出るまでに咎《とが》められなければそれでいい。

床の毛皮に再び横になり、まぶたを閉じて眠ろうとした。けれども頭の中がざわざわと騒がしく、なかなか眠れない。鞄の中の黄色い本をずらして、硬い角に頭があたらないようにしても無駄だった。

言葉や人の顔、風景が脳裏に浮かんでは消え、消えては浮かび、遊園地の回転木馬のようにくるくる回って、私から睡魔を遠ざける。胃のあたりに沈んでいるごろごろとした何ものかが、どんどん重くなっていく。早く眠らなければと焦るほどに頭が冴え、結局私は、毛皮のにおいや床板に染みついた黴《かび》のにおいをかぎながら、朝の訪れを待った。

翌朝、外出禁止時刻が終わる八時を待ってから、私はフレデリカの家を出発した。フレデリカはまだ眠っており、同居しているはずのグレーテはまだ帰宅していなかった。まさか地下監房に入れられてしまったのではと不安になる。

今日もからりと晴れていた。太陽は背の高いジードルングが建ち並ぶ町を蜂蜜色に照らし、通りにくっきりと濃い影が落ちる。あちこちの煙突から、朝の支度を告げる白い煙が昇った。ドアがばたん、ばたんと開閉し、人々が動きはじめ、ねじを巻かれたおもちゃのように町が息づく。石畳がはがれかけた通りに踵を引っかけないよう気をつけながら歩いていると、目の前に裸の子どもがわっと飛び出してきて、すぐ後に母親らしき女性が続き子どもの首根っこを捕まえて、無言でセーターをかぶせ、首の穴から寝癖だらけの子どもの頭がにょきっと出てきた。

カフェが開き、白いエプロンをかけた老人が黒板の前にしゃがみ、ちびたチョークで〝本日の朝食　黒パン付き豆スープ二十連合国マルク　ソーセージ百連合国マルク、本物の牛肉スープ百二十連合国マルク〟と書いている。カフェの椅子に座るのはほとんどが軍服を着た赤軍の将校だった。その前を、洗濯袋を積んだ荷車を引く中年女性が通り、小さな女の子が小石を並べて「一個二十マルクだよ」とままごとをしていた。町の角ではソ連の赤い旗をつけた配給車が停まって、めいめい皿を持ったドイツ人たちの行列が並んでいる。行列は途中から止水栓に並ぶ列とごちゃまぜになり、薄汚れたハンチングをかぶった男性が、どちらがどう並んでいるのかわかりゃしないと文句をこぼす。二輛の路面電車が重たげにゆっくり走って来て、満員の箱に更に客が乗り、出入り口からはみ出している。

そうして生きるドイツ人たちのほとんどが、右腕や鞄、体のどこかに白い布を巻いていた。降伏の印だ。

赤軍式の緑色のトラックがクラクションをけたたましく鳴らし、荷台の赤軍兵たちが大声で喚いてドイツ人をからかっても、顔を上げるのは数人で、トラックは黒い煙を吐きつつどこかへ走り去った。広場に出れば、まるでアヒルのおもちゃみたいな形をしたT34戦車が停まり、その周りでは赤軍兵が缶詰に顔を突っ込んで、朝ご飯を食べていた。

他国の兵士たちのそばを通る時、誰もがうつむき、誰もが足早になる。私も目を合わさないようにしながら、急いで広場を突っ切った。それでも、廃墟がない道、瓦礫に埋もれていない通りを歩くのは久しぶりで、ほんの少し心が柔らかくなった気がした。

フレデリカの家から三十分ほど歩いて、昨夜の警察分署の前を通りかかった。しかし何だか様子がおかしい。

建物のまわり、敷地の外までソ連の軍人でいっぱいで、やたらと物々しい雰囲気だった。薄茶色の綿入れ生地の軍服を着た赤軍兵や、かっちりした赤い軍帽をかぶった赤軍の将兵に、真夏だというのに長い外套を翻す軍人もいる。防衛線のつもりなのか、簡単なバリケードが敷かれ、ライフルを持った歩哨が目を光らせていた。

一体何が起きているのだろう？　クリストフの件で頭がいっぱいの私はどうにも不安に駆られ、どうにかして様子を探ろうとあたりを見回した。通りを隔てたところに公園がある。その濃い緑の茂みと鉄柵の下に、蓋付きの大きなゴミ箱が置いてあった。私の運動神経はいい方とはとても言えないが、あの高さならなんとかよじ登れそうだ。道路を渡って靴を脱ぎ、ゴミ箱の上に置くと、両肘を蓋に乗せて這い上がろうと試みた。しかしなかなか膝が上がらない。体とはどうしてこうも重いのか？　足をばたつかせて四苦八苦していると、ふいに誰かに腰を支えられた。

「ほら、乗せてあげるよ」

押し上げられると余計に腹回りの肉が引っ張られて痛んだけれど、歯を食いしばってようやくゴミ箱の上に乗った。礼を言うために振り返ると、見たことのある顔が目の前にあった。痩せた頰、ぎょろりとした目、大きな鼻と耳、顎は無精髭だらけで、よれよれの襟元からはのど仏がぽっこりと目立つ。濃い灰色の上着から酒のにおいをぷんぷんと放っている。

「あの……ありがとうございました」

「こっちこそさ。ゆうべはお嬢ちゃんのおかげで助かった。無事釈放されたよ」

思い出した、昨夜、警察分署で会った泥棒だ！　本当に釈放されたらしい。

「それで、あんたは何をするつもりだい？　ここで曲芸でも披露してロシア人からおひねりをもらうのか？」

「違いますよ！　ただ、あんなに物々しい理由が知りたくて」

「好奇心は命取りになるって知ってるか、お嬢ちゃん。油断してると痛い目見るぜ」

私は彼の言葉を無視し、そばの街灯に手をついて、軍服の垣根の先を見ようとした。その時、ふと気づいた。

鞄が軽い。

振り返ると男はもういなかった。慌てて鞄のバックルに触れてみれば、確かに閉めたはずなのに開いていた。冷や汗を搔きながら中を覗くと、フレデリカの家から持ち出したエーリヒの写真がひらりと落ちかけ、咄嗟《とっさ》に掴む。鞄はからっぽだった。連合国マルクも、身分証の類いも、大切な『エーミールと探偵たち』の黄色い本も、なくなっていた。

嘘つき！　騙《だま》された！　やっぱりあの人は泥棒だったんだ！

私はゴミ箱から飛び降りようとして、高さに目がくらんでやめ、街灯にしがみつきながらなんとか滑り降りた。左右を見渡し、右手の広く平らな通りの向こうに、長い手足をせかせか動かして逃げる背中が見えた。ちょうど角を曲がるところだった。

掏摸《すり》を追いかけて通りを走ったが、すぐに息が切れる。なんとか彼が消えた角を曲がったものの、その先はT字路で、突き当たりには煉瓦造りの大きなビール工場があり、高い柵で囲われている。しかし右の道にも左の道にもひと気がない。

「どっちへ行ったの」

肩で息をしながら右へ行くべきか左へ行くべきか迷っていると、目の前のビール工場から犬のけたたましい吠え声が聞こえてきた。まさかこの中に入ったの？　とてもじゃないが、私の背丈の倍はありそうな鉄柵を登ることはできない。がっかりして鉄柵を握りしめると、左側に張られた不自然な白い板にふと目が留まった。針金でくくられた板は、四隅のうちのひとつしか留まっておらず、斜めに傾いでゆらゆらと揺れている。ためしにずらして裏側を見てみると、柵が二本折れていて、体を横向きにすればすんなりと中へ入れた。

赤煉瓦の壁の工場の前で、鎖につながれたまだらの犬が猛然と吠え、私が現れた時、男はちょうど犬の餌の入った皿を遠ざけてからかっているところだった。

「見つけた！」

男はにやりと笑って皿の位置を戻すと、くるりと上着の裾を翻して、あっという間に走って行ってしまう。

「待って……お願い、その本は大事なものなの！　お金はあげるから、本は返して！」

敷地の中にはちらほら人がいたけれど、無視して男を追いかける。

走っても走っても掏摸との距離はちっとも縮まらない。しかし不思議と、ひどく引き離されることもなかった。それどころかむしろ追いかけられるのを望んでいるかのように、ちらりちらりとこちらを振り返っては、様子を窺うようなそぶりすら見せ、私の速度に合わせて足を遅めたりもしている。

男は道をひたすら南西方向に向かい、空襲を免れた地区を過ぎ、先へ進むごとに崩れた建物や瓦礫が増えていった。途中で三角形のホルスト・ヴェッセル広場も通り抜けた——劇場のフォルクスビューネと映画館のバビロンが残っていて、父と母のこと、フレデリカの隠れ家に行かせるためここで別れたイーダのこと、様々な思い出がどっと胸に押し寄せてきた。私たち家族が暮らしていたアッカー通り沿いのジードルングは、ここから西に二キロメートルほど行った先にあった。

私の故郷。私の知っている町。だけど追い風はぐんぐん私を急き立て、塵や転がる小石とともに私は足を踏み出していく。小さくなりつつある泥棒の背中を追いかけて。

男を追って赤の広場を抜け、人でごった返すアレクサンダー広場を過ぎ、二股に分かれたシュプレー川を渡って博物館島を通る。このあたりから街の傷がぐっと深くなり、大怪我の患部に近づいていく感覚になった。平らで幅のある道のあちこちに、煉瓦やモルタルのかたまりや折れた鉄骨が転がり、歩けば歩くほどその数は多く、無傷のまま残っている建物が数えるほど少なくなっていく。私はしとどに溢れる汗を拭い、痛む脇腹を手で押さえながら、顔を上げた。

ベルリン大聖堂のかつての美しかった丸い天蓋は、修繕のための赤い網が張られてひどく不格好だ。その隣の王宮の庭園《ルストガルテン》、総統の演説を聴きに、大勢の人たちが集まった広場も今は穴だらけだ。向こう岸へと続く平らな橋の上には、物乞いや靴磨きの少年が座り、へたくそな英語の歌を歌い、アメリカ兵の靴を磨く。空が広い。空の裾と地平、そして川面が重なる線まで見えた。

掏摸はそのまま橋を渡りきり、ウンター・デン・リンデン、〝菩提樹の下〟と呼ばれるベルリン一の大通りを歩きはじめた。一・五キロメートルにも及ぶ直線の道で、突き当たりにはブランデンブルク門、ベルリンの象徴のひとつである有名な石の門が、口を開いている。

私は息が切れてもう走ることができず、震える膝をなんとか動かして歩くのが精いっぱいだった。どうしよう、このままでは掏摸を逃してしまう。しかし彼もいつの間にか走るのをやめ、とぼとぼと歩くようになった。私と同じように疲れたのか、それとも歩調を合わせているのか、と考えながら痩せた背中を観察していたら、掏摸は突然足をふらつかせて街灯に手をつき、げろげろと吐いた。あの酒臭さを考えて、どうも二日酔いらしい。掏摸は手の甲で顎を拭《ぬぐ》いこちらをひと睨みすると、走らず、よたよたと歩きはじめた。

逃げる掏摸も追う私もへとへとで、どんどん強くなる夏の陽射しの下、五十メートル程度の距離をたもちながら歩く、奇妙な鬼ごっこだ。

以前のウンター・デン・リンデンは美しかった。真っ平らでずどんと真っ直ぐな一本道で、乗用車や二階建てバス、さらには戦車までもが並んで走り、パレードでは何千もの軍人が整然と行進した。道沿いの建物はどれも巨大で、見上げると首が痛くなった。どれもこれも石の列柱を正面に構えて、まるで古代ローマ帝国の神殿みたいだった。荘厳な建物の群れに見下ろされると、人間なんてほんのちっぽけな存在じゃないかと思った。

でも、今は見る影もない。名物の菩提樹並木はなくなり、偉大だった建物群は黒焦げ、傷だらけだ。ブロックバスター弾の火が内臓を焼き、外側の石壁だけになった廃墟や、砲弾を全身に食らってあばたのようにえぐれている建物。灰色の壁に残る、巨大な猛獣が爪で薙《な》ぎ払ったかのような傷跡。

通りには何人もの瓦礫女《トリウマーフラウエン》たちがいた。崩れた建物の残骸が積み上がった山に、女性たちが登って地上までの列を作り、瓦礫を詰めたバケツを順繰りに運んで、手作業で下におろす。バケツはトラックの荷台に中身を開け、空にしてからまた手渡しで斜面を登っていく。

閉鎖した大学の敷地に、白黒模様の乳牛が何頭かいて、並んで草を食《は》んでいる。手前の切り株には木の棒を片手に見張りが座り、不届き者はいないかと眼光鋭く睨む。ウンター・デン・リンデンと交差するフリードリヒ通り《シュトラーセ》にある病院の前では、患者が入りきらずはみ出していた。街角は腐った果物のようなにおいがし、包帯を巻いた人や寝たきりのまま動けない人が地べたに座り、身を寄せ合っていた。

連合国軍のトラックが行ったり来たりする。ソ連の鎌とハンマーの赤旗、アメリカの星条旗、イギリスのユニオンジャック、フランスのトリコロールをそれぞれにはためかせ、クラクションを鳴らし、大きな声で異国の言葉をしゃべる。

彼らはカメラを構え、壊れた街や、通りすがる人々にレンズを向ける。手回しカメラで活動画を撮っている人も。たいていはアメリカ人で、腕章や星条旗のバッジをつけていなくても、姿格好でアメリカ人だとわかった。髪はきれいに梳《くしけず》られ整髪料で整えてあり、労働者でもなさそうなのに半袖のシャツ一枚で日に焼けた二の腕を露わにし、裾の短い細身のズボンの下から、形のいいくるぶしが覗いている。彼らは荷物が少なく、風のように身軽だった。

菩提樹並木がなくなったあとの中央分離帯は、キャベツやらトマトやらエンドウマメやらを植えた畑になり、暑さで蒸れた肥料の腐ったような悪臭に、近づく時は鼻をつまんで歩いた。少し離れて先へ進むと高熱でひしゃげた車の残骸や、鉄の梁《はり》や車輪、市街戦でバリケードに使った鉄板などが、まとめて捨ててあった。雨ざらしですっかり錆びつき、今やただの赤茶けた鉄屑の山だ。乾いた熱い夏の風が吹き、折れたワイパーをキイキイと鳴らし、私のお下げもいたずらに揺らす。

太陽が照るほど腐ったどぶや排泄物の悪臭が強くなり、生きている人間の体のにおいにむせかえる。

街のほとんどが破壊されても、人だけはたくさんいた。建物がないと座っていられる場所もなくなり、必然的に外をうろつくことになる。自転車を持っている男性はベルを鳴らしつつすいすいと走り、遠くから歩いてきたのか、ハイヒールを両手にぶら下げ裸足《はだし》で歩く若い婦人が、通りすがりざま文句を呟くのが聞こえた。バケツやら花瓶やらを持った女性が給水車の前に並び、腰の曲がった老婆がふたり、互いを支え合いながらえっちらおっちらと歩いて行く。荷車を引く異国の人、荷物を背負えるだけ背負ってふらふらしている人。ブラシで石畳をこすって汚れを洗う人。子どもたちは咥え煙草のアメリカ兵の後をくっついて、吸い終わったシケモクが捨てられるとわっと群がる。その傍らでは、頰の半分がやけどで爛《ただ》れた少年が、地面に這いつくばってめぼしいものを探している。

時々、楽しげな笑い声が聞こえる。子どもが倒れた鉄柱によじ登ったり、廃墟を秘密基地にしたりして、遊んでいる。

最初の空襲からもう五年が経って、壊れた街での暮らしはもう慣れっこだった。焼けた壁の前で朗らかに挨拶をし、市街戦で死んだSSから取ったヘルメットをバケツ代わりに水を汲《く》む。ひしゃげた鉄骨に腰掛けて居眠りをする。

しかしふいに空に影がよぎると、誰もがぎくりと顔を強張らせて、動きを止める。ただカラスやハヤブサが空を飛んでいっただけと気がつくと、ほっと胸を撫で下ろして再び生活を続ける。

掏摸はまだウンター・デン・リンデンを歩き続け、通りの終点である、巨大なブランデンブルク門に近づいていく。六列の石柱に支えられた石の門は、市街戦の砲弾や銃弾の痕《あと》であちこちが崩れ、てっぺんに頂いた青銅製の四頭立て馬車像《カドリーガ》も焼け焦げてしまった。その上、ソ連の占領の印である赤い布がかかっている。門の前には、赤い星を頂いた大きなスターリンの肖像画が置いてあり、赤軍兵たちが周りに花を飾っている最中だった。

ブランデンブルク門の柱には「ソヴィエト管理区域はここで終わり　ここから先はイギリス管理区域」という、ロシア語、英語、ドイツ語の三ヶ国語で書かれた看板が立てかけてある。掏摸はブランデンブルク門を通過せず、手前の角を左に曲がり、ウンター・デン・リンデンを後にした。

それからさらに十分ほど歩いて掏摸が向かったのは、ポツダム広場だった。

たちまち車通りが増え、けたたましい笛の音やクラクションが鳴り響く。赤軍のワンピースを着た女性兵士が笛を口にくわえて、きびきびした動きで旗を上げ下げし、交通整理をする横を、車や路面電車が走っていく。ここは幅の広い大きな道路が東西南北から五本集まる合流地点で、歩道には地下鉄Uバーンの駅に降りる階段があった。動いているようだが、電力不足や何かの不具合でしょっちゅう止まってしまう。

かつては百貨店のコロンブスハウスや映画館、高級ホテルなど、堂々とした壮麗な建物が広場を囲んでいたけれど、今はどれもが空襲で焼け、すっからかんの廃墟になってしまった。それでも再利用する価値はあると言わんばかりに、ベルリン市民は黒焦げた建物のうち壁が吹き飛んで開いた一階に場所を取って、それぞれに品物を持ち寄り店を開いた。活気自体に変わりはない。むしろ以前よりも騒々しくなったくらいだ。

いつもよりも人でごった返すポツダム広場に、私は今日が日曜であることを思い出した。闇市の日だ。むせかえるような人いきれの中へ一歩踏み入れたとたん、ぶかぶかの外套を着込んだ少年が私の袖を引っ張った。

「お姉さん、素敵なブローチがあるよ。メッキじゃない、純金だよ」

少年は暑そうに頬を赤くし、前髪が濡れるくらいに汗をかきながら、外套の前を開いて内ポケットに隠した何かをきらきらと光らせた。たぶん、瓶の蓋か何かだろう。私は同情はしつつも無言で首を振り、少年から逃げた。しかし次に別の少女が袖を引っ張ってくる。

人混みの中でそうこうしているうちに、掏摸の姿を見失ってしまった。

あちこちから呼び込みの声が聞こえてくる。婦人用の靴、子ども用の靴、紳士用の靴、肉の缶詰、ブラシ、ナイロンのストッキング、絹のストッキング、アスパラガスの缶、ライカ製のカメラ、香水——壁がなくなって柱だけになった廃墟の中で、歩道の真ん中で、売り物をぎっしり詰めたスーツケースや布を広げた〝店〟に品物を並べて売る。通りの向かい側では、国防軍のバルケンクロイツを塗りつぶした炊事車が湯気を立て、白いハンカチを頭に巻いた女性たちが配給切符なしでも食べられる無料のスープを配っていた。

廃墟の壁や割れた窓、柱には、伝言を書いた紙がところせましと貼られている。

〝探しています。レオポルド・バーナー、九歳三ヶ月の男の子、金髪で瞳は茶色、生まれつき右すねに濃い紅色の痣あり。見かけた方は、ヴィンダーフェルト通りのヘルガ・バーナーまで〟

〝マレーネ・インゲバルト、四十歳の健康な女性。雑用何でも請け負います〟

〝当方、夏用の紳士服あり。子ども用の冬の靴と交換希望〟

〝新鮮なキャベツ、ラディッシュ、にんじん。ティーアガルテン前にて販売中。五十グラムで八十連合国マルク、または配給券Ⅳ以上持参でも可。応相談〟

〝ルートへ。父は生きている。必ず家に帰ってこい〟

そうして何百枚も集まった色とりどりの紙は、それぞれに呟きを乗せて、吹く風にぱたぱたとはためく。歩道の石畳にもチョークや木炭などで書いた伝言が連なり、今にも声が聞こえてきそうだった。ふいにひときわ強い風が吹き、剝がれかけていた一枚があっという間に飛んで、舞い上がる砂と共に雑踏の中へと消えていった。

掏摸もどこかへ消えてしまった。この人混みに乗じて姿をくらますつもりか、それともどこかの店に潜り込んで、本を売るつもりか。英訳版の本がドイツ人に売れるとは思わないけれど、ここにはアメリカ兵やイギリス兵も来ている。

いずれにせよ、五叉路にあたるここから、どこの道を選んで逃げたかわからない。掏摸はここで本を売りさばく方に賭け、私はポツダム広場に出ている店を、ひとつひとつ見て回った。

蠟燭、端切れ布やカーテン、迫撃砲の筒やヘルメットを加工した水切りカゴなどの日用品、アメリカ軍のトランプカード。同じくアメリカ軍の足用の粉《フットパウダー》は表記が英語のみのせいか、間違って「白粉《おしろい》」として売られていた。靴紐やゴム紐、針金を売る子どもはシャツの背中に手を突っ込んで体を掻き、店舗がなくなったという薬局の店主は整髪料のポマードや、いったいどこにしまっておいたのか純良品石鹼を小さく切り分けて売っている。泡立ちにくくて薄汚い国民石鹼とは違うものを久しぶりに見た。売られるのは物だけではなく、青空の下で理髪師たちが並んで、白いケープを首に掛けた客たちの髪を切り、髭を剃っている。眼鏡を修理する職人の隣には若い女性が座り、周りに子どもたちを座らせて、ぼろぼろの絵本を語り聞かせていた。

外国人もたくさんいた。ほとんどがロシア人かイギリス人、アメリカ人で、軍人の他にも将校の妻らしき婦人が物見遊山よろしく歩きながら、口元にハンカチをあてる。赤軍兵はおなじみの単語「ウーリ」を繰り返してあらゆる人に迫り、できるだけ多くの腕時計を巻き上げようとする。

太陽は中天を目指してぐんぐん昇り、まるでオーブンのごとく頭を焼く。それにプレンツラウアーベルクからここまで十キロメートル近く歩き通し、さすがに足が痛かった。ほんの少し、一分か二分だけでも日陰で休もうと、私は壁の半分が吹き飛んでしまった廃墟に入って、露店の開いているところに腰を下ろした。

隣では長い三つ編みを背中に垂らした、私よりも三、四歳ばかり年下の少女が、緑色をした細長い瓶を売っていた。懐かしい、クルマバソウのソーダ瓶だ。とはいえ、こんなところに本物が売っているとも思えない。一本五連合国マルク、または煙草一本。ガラス瓶付きのただの水に支払うには高すぎる。

すると向こうから黒髪の少年がやってきた。背中を丸め、内股で、何かやましいことでもあるかのように、きょろきょろとあたりを見回しながらここまで来ると、少女に「やあ」と声を掛け、私のことはちらっと一瞥してすぐ目をそらした。少女は無表情のまま右手の指を二本、左手の指を三本立て「煙草二本、手で五分。アメリカ煙草なら一本でいいよ」と言う。

「その……口では？」

「口はやらない。お望みなら他をあたって」

そう言って少女は、少年が差し出した煙草を二本奪うように取った。闇市で売られるのは物だけではない。少年は格好をつけているつもりなのかポケットに手を突っ込んで口笛を吹いたが、顔は耳まで真っ赤にして、足早に裏へ回って廃墟の階段を登ろうとしている。少女はどうでもよさそうに顔にかかった髪を耳にかけ、煙草を外套のポケットに仕舞うと、ふとこちらを向いた。

「ねえ、店番をお願いしていい？　五分で済むから」

「……わかった。そのかわりこの瓶を一本もらえる？　のどが渇いているの」

「いいよ。右端のを飲んで。井戸から汲み立てで新しいから」

「ありがとう」

私はありがたく右の瓶を取り、喉を鳴らして一気に飲み干した。水は少女の薦めどおり新鮮で甘く、からからでひび割れた地面に雨が染みこむようにのどが潤い、疲れが吹き飛ぶ。

五分間の店番——さて、掏摸をどう探したものか。目の前をドイツ人、赤軍兵、アメリカ人が通りすぎていく。中にはやたらと大きな荷物を背負い、あちこちにぶつけて叱られている、途方に暮れた目をした家族もいた。たぶん、東プロイセンやポーランド総督府から引き揚げてきた在外ドイツ人だろう。解放された外国人労働者たちはもう少し元気があり、フランス語やイタリア語、よく知らない言語などが入り交じっている。

今、何時だろうか。フレデリカの家を出たのが朝八時、すでに二時間は経っているだろうから、〝フィフティ・スターズ〟の出勤時間を過ぎてしまった。無断欠勤したらきっとクビになる。もしそうなったら私はきっと家を追い出されて、次の仕事にありつかなければ路頭に迷うことになる。でも遅刻ならまだ平気かもしれない。早くあの掏摸を見つけて、本を取り返さなければ——ちょうど水入りソーダ瓶売りの少女が戻ってきたその時、熊が吠えるような喚き声が響き渡った。

みんな一斉に首をもたげて声のする方を向いた。喚き声はなおも続き、かろうじてロシア語だとわかる。すり切れた綿入れ生地の上着にズボン、肩にはカーキ色の毛布のようなものを丸めて斜めにかけた赤軍の兵士たちが、四、五人で誰かを取り囲み、口々に喚いている。そしてくたびれたナプキンのような形の略帽をかぶった頭、頭、頭の波の間から、一人の男の浅黒い顔がにゅっと伸び上がった。あの掏摸だ。しかも、右手に黄色い本を持って振り回している。

様子を窺っているとまわりにどんどん人が増えて、野次馬だらけになった。

「スラヴ人が粗暴ってのは本当ね、嫌になる！　どこかへ行ってくれればいいのに！」

「おい、ちょっと見に行こうぜ」

さっさと逃げる人、悪態をつく人、面白がって近づこうとする人。私はもみくちゃになりながら人垣をかき分け、大急ぎで騒ぎの中心へ向かった。水の中を必死で歩くような抵抗を感じながら、息を詰めて背の高い男たちの脇の下をくぐり、ようやく開けたところに出て新鮮な空気を胸一杯に吸う。目の前には赤軍兵たち。

「ねえ、ちょっと、聞いて！」

大声で怒鳴ると、群がっていた赤軍兵たちが一斉にこちらを向いた。彼らの背中で揺れる大きくて太いライフル、彼らの怒りに満ちた瞳に足がすくみそうになったが、怯《ひる》んではいけない。

騒ぎの中心では掏摸が、まるでいたずらが過ぎ、狼に追われて木に登った猿よろしく、そばにあった街灯に登っていた。私に気づくとほっと安堵したように頰を緩めたけれど、私は彼の味方じゃない。

「あなたたちの邪魔をしに来たんじゃない。そこの男に本を盗まれたの。取り戻させて。大事なものなの。お願い《ビッテ》」

「ビッテ？　ビッテ」

兵士は私の口まねをして笑う。けれどその中のひとり、丸い眼鏡をかけた小柄な兵士が、片言ながら巻き舌のドイツ語で応じてくれた。

「あいつ、だました。あなた、仲間か？」

「いいえ、仲間じゃない」

「あいつ、嘘ついた。あの本で珍しい占い見せる、言った。俺たち金払う。あいつ占いない」兵士は唾を吐き、汚れた人さし指を掏摸に突きつけた。「マシェンニク！」

マシェンニクが何を指す言葉かはわからないけれど、掏摸が詐欺を働いたのはわかった。掏摸は街灯からさっと飛び降りて逃げだそうとしたが、前線で戦ってきた歩兵相手に敵うはずもなく、一番大柄な兵士に首根っこを摑まれ、ひょろりと長い手足をじたばたさせた。

「悪かったって、俺が悪かったよ！　なあ後生だから、あんたからも頼んでくれよ。ちょっとした出来心さ！」

昨夜の警察署での懇願ぶりを思い出し、ため息をついた。

「……自業自得ね。牢屋に戻ればいいんじゃない？」

「そんな冷たいこと言わないで！　俺は確かにこいつらを騙したし、あんたから盗んだけど、でも俺も可哀想なんだぜ。腹が減って炊き出しの飯を食ってたら、せっかくあんたからもらった連合国マルクを盗まれちまったのさ」

「私、あげてないけど」

「言葉の綾だよ！　悪いのは俺の隣にいたやつだぜ、こっちの気を引いて後ろの仲間に金を盗ませたんだから」

「掏摸が掏摸にやられたってわけ？」

「仕方がないだろ、久々のまともな飯で油断したんだ。とにかく来てくれて助かった！　ほら、本を返すよ！」

あろうことか掏摸は本を投げて寄越し、黄色い背表紙が宙に舞う。慌てて手を伸ばしながら、駆け出したけれど、人が多すぎて間に合いそうもない――すると、代わりに誰かが受け取った。

青い軍帽、青いズボン。糊の利いたカーキ色の上着。ドブリギン大尉だった。

先ほどの赤軍兵たちは嫌そうな顔で右肩のあたりを指でとんとん叩き、それを合図にどこかへ立ち去った。彼らの背中にドブリギン大尉が向けた視線は冷たかったが、私にはにっこりと微笑み、濃赤の帯の下で黒光りする庇に手をやり、紳士らしく会釈した。

「おはようございます、フロイライン。またお目にかかれて光栄です」

「どうして……ここに？」

闇市の見回りだろうか、それにしては偶然が過ぎる。本を取り返したくてここまで来たのに、大尉に差し出されると、罠のように思えてならない。まるでナチスのゲシュタポがやるような手段だ。その時、はたと気づいて私は掏摸を見た——彼は情けない笑みを浮かべ、後ろにいた大柄のベスパールイ下級軍曹の陰にそっと隠れる。下級軍曹は露骨に顔をしかめているけれど。

「まさかあなた、わざと……？」

だから彼は逃げながらちらちら振り返ったのだ。引き離しすぎず、かといって捕まらない程度に逃げ、私がちゃんとついてきているか確かめるために。すると掏摸に代わってドブリギン大尉が答えた。

「ええ、私があなたをここに導くように指示したんです。警察署内は現在立て込んでますし、我々は例の事件のための調査がありましたので。このカフカ氏には釈放の見返りとして少し手伝ってもらったんです」

カフカ、確かに昨夜の警察官はそう言っていた。この男はカフカという名前の俳優だと。カフカは下級軍曹の陰から細長い指をひらひら動かして私に手を振っている。本当に腹が立つ。私はむかむかしながらドブリギン大尉の手から本を返してもらった。

「私、仕事があるんです。無断欠勤したらクビになってしまうし、こんなところで油を売ってる暇はありません。私をおびき出した理由は何なのですか？」

「お仕事については謝罪いたします。こちらからお勤め先に連絡をして、やむを得ない事情と伝えましょう。ガリー通りの兵員食堂〝フィフティ・スターズ〟でしたね」

「いいえ、自分で行きますから、やむをえない事情があったと紙に書いて下さい。遅くなったけど、今から出勤しますので」

「それはなりません」

予想していなかった返答に、思わず「はっ？」と声が出た。ソ連の軍人でなければ、もっと乱暴な言葉を吐いたかもしれない。しかしドブリギン大尉は涼しい顔で私の肩にそっと手を乗せ、「あちらで話しましょう。ここは耳が多すぎるので」と、広場のひと気のないところへ行くよう誘《いざな》った。隙をついて逃げようとしたカフカに「お前も来るんだ」と釘を刺すのも忘れずに。

黒焦げた看板が傾いでいる酒場の裏手に入り、闇市のにぎにぎしさから離れると、ドブリギン大尉は後ろの下級軍曹に指で合図し、腰帯に下げた革鞄から手帳と上等な万年筆を出させた。

「フロイライン、さっそくですがお訊ねします。あなたが歯磨き粉を売った相手は思い出しましたか？」

「……いいえ、一晩では思い出せません」

どうやら大尉は亀の食いつきくらいしつこいらしい。どうあしらおうかと考えていると、彼の方が先手を打った。

「それなら思い出す手伝いをして差し上げましょう。若い男、頬に三つの黒子がある黒髪の青年ではないですか？」

思わずぎょっと目を瞠り、私はすぐにしまったと後悔した。大尉は私の反応を見逃さず、後ろの下級軍曹がペンを走らせる音がする。

「どうやらご存知のようですね」

「違います！　あなたのおっしゃるような意味ではないんです。本当です。ゆうべフレデリカから聞いたばかりで、驚いたものですから」

「ほう？　フレデリカから」

話せば話すほど、どんどん墓穴を掘っていく。鞄にはエーリヒの写真が入ったままだが、気づかれませんようにと心の中で祈った。

「……私が知っているのは、フレデリカには甥がいて、今あなたがおっしゃった男性と同じ特徴を持っているらしいということだけです。ゆうべフレデリカの家に泊まった時、思い出話をしたので」

「なるほど、それは偶然の一致ですね。私もゆうべ、同じ人物の話を聞いたのですよ。フレデリカの付き人、グレーテ・ノイベルト嬢から。今月はじめのここでの闇市で、クリストフは誰かと会っていたそうですね。グレーテ嬢によればそれが甥ではないかということですが」

ドブリギン大尉は軽やかに言って、白くすらりとした煙草を咥えた。すかさず後ろに控えていたベスパールイ下級軍曹がマッチを擦って火を点ける。

「グレーテは今どうしていますか？　元気ですか？」

「もちろんですよ。食事も清潔な寝床も与えてますし、元気でぴんぴんしてます。もう少し詳しく話を聞きたいのですが、悪いことに今、警察署では通常業務を行うのが難しくて、そのまま滞在してもらってるんです」

「……どういう意味です？」

「いえ、今回の件とはまったく関係がないことです。ラジオは聞きませんか？　実は近日中に我らが同志スターリンがベルリンにいらっしゃるのですよ」

「えっ？」

「知らなかったとは驚きです。パレードも行われる予定ですし、ドイツ放送も含めてあちこちで大々的に報道されていますよ。もちろん、同志スターリンが警察分署ごときに寄られることはないでしょう。それでも諸々の準備が必要でしてね。同志だけではない、イギリスのチャーチル、アメリカのトルーマンもおいでになる。各国の長が一堂に会す、歴史に刻まれる出来事が起きようとしているんですよ。

　正直なところドイツ人の殺人事件にかまけていられる状況ではない。しかし私は組織の中でも異端に属する方でしてね……ドイツ語を操りますし」

　大尉は自嘲するように笑う。

「ともあれ、人狼による犯行の可能性が否定できない以上、私は調査を進めねばなりません。甘く見た結果、万が一同志に何かあっては大変なことになりますから。そこでお願いがあります。今からバーベルスベルクへ行き、エーリヒ・フォルストの居所を掴んで下さい。彼が人狼ではないか調べたい」

「……今から、私がですか？」

「はい。軍政府は多忙で人員を割けません。それに〝制服〟が行けば警戒されますし、まずは同国人であるあなたに任せたいのです。ドイツの地図によると、ここからバーベルスベルクまでの距離は三十キロメートルにも満たない。列車に乗れれば、半日で帰ってこられますよ。〝フィフティ・スターズ〟にはこちらから連絡を入れておきますし」

そういう問題ではない。あまりの無茶な注文に、私は首を横に振った。

「できません。私はただの民間人ですし、見つけられる自信はありません。それにそもそも私が売った相手はエーリヒではないんです。それだけは保証できます」

「ほう、それならどんな相手に売ったんです？」

「どんなって……はっきりとは覚えていません。でもエーリヒほど若くはなかったと思います」

「買い手を変えただけかもしれませんよ。それこそ人狼のような組織ならやれるでしょう。とにかくエーリヒ・フォルストが人狼でないのなら、その証拠がほしいのです」

私は耳を疑ってドブリギン大尉を見た。この人は本気で、エーリヒ・フォルストが人狼で、大それた罪を計画している反乱分子だと考えているらしい。確かに私はエーリヒがどんな人かを知らないし、本当に人狼かそうじゃないかはわからない。

しかしそれでも私が頷き、ドブリギン大尉の言うとおりにバーベルスベルクまで向かうことにしたのは、私はエーリヒに会わなければならないと直感したからだ。そう決めると、胃のあたりに沈んでいた重さが、少し軽くなった気がした。

「安心なさい、報酬は支払います。確かに人捜しには手がかりが少ないですが、この男を連れて行くとよいでしょう」

尖った顎をくいと上げてカフカに向ける。私とカフカは同時に抗議した。

「待って下さい、何でこの人と一緒に？」

「おいおい、俺はもうお役御免のはずだろ！　いい加減解放してくれよ！」

しかしドブリギン大尉は聞く耳を持ってくれない。ゆるく膨らんだズボンのポケットから銀の懐中時計を出すと、悠然と言い放った。

「急がないと日が暮れますから手短にいきましょう。この男、カフカは元映画俳優です。撮影所があったバーベルスベルクの地理には詳しい。そしてカフカ、お前の贖罪《しょくざい》はまだ終わっていない。牢獄に戻りたくなければ、おとなしく命令を聞きたまえ。自分で蒔《ま》いた種は自分で刈り取るんだ」

去り際、ドブリギン大尉は私に十連合国マルク紙幣一枚と煙草を二箱くれた。煙草は中世のへんてこな白い襟巻きをつけた男の肖像画が描かれた、アメリカのローリー煙草だった。

私は心からのため息をつきながら鞄に本と煙草をしまった。一方のカフカはまだ腹が決まらないのか、うじうじと文句をこぼしている。

「どうしてこんな目に遭わなきゃならないんだ。俺が何をしたって言うんだ」

「嘘をついたからでしょ。本当に泥棒だったのに、助けて損しちゃった」

「まあまあ……俺は確かに君からは盗んだけど命令されて仕方なくだし、それに家を間違えたのは本当だぞ、あの恐ろしいソ連の将校の家だとわかってたら盗みになんて入らなかったよ。何よりだな、飢えてりゃ盗みを働かなくちゃ生きていけないことだってある」

「盗みは盗み、騙しは騙し」

私はもらった十連合国マルク紙幣を日にかざしてあちこち観察し、本物かどうか確かめた。中心に三人の女性が描かれた紙幣は、どうやら本物のようだった。これは鞄ではなく、上着の内ポケットに身分証と一緒にピンで留めておく。今度は盗まれないように。

「はっきり釘を刺しておくけど、少なくとも私と歩く間は盗まないでよ。私の物も人の物もね。泥棒で詐欺師と歩くなんて嫌だから」

「つまりあんたは俺を連れて行く気ってことだな」

「他に逃げ道があるなら教えてよ。行かないと私たちきっと捕まる」

敗戦した被占領国民の立場は虫けらほど低い。私は鞄の肩紐の縒れたところを直し、胸を張って南西に向かい歩きはじめた。カフカがついて来ようと来まいと気にしないつもりだったけれど、何だかんだ文句を吐きながらカフカは後ろからついてきた。しわだらけのハンチングをぱんぱんとはたき、もう一度かぶりながら。

「逃げ道ねえ。ここには俺とあんたしかいないんだ。あんたは俺の行く先を黙って、俺もあんたのことを黙れば、きっと逃げられる」

気持ちは揺らぐけれど、でも頷くことはできなかった。戦争中のことを思い出せば、あの手の人たちの情報網や執拗さを甘く見ては危険だとわかるし、何より、私はもう決めたのだ。

「……あなたがそうしたいのなら行ってもいい。だけど私は行かなきゃ」

「なんでだよ？」

「エーリヒ。ドブリギン大尉が行方を捜せと命じた人に、私も会いたいの」

これがこの一歩を踏み出した、最も大きな理由だった。たとえ彼がここで私を待ち伏せていなくても、近いうちにバーベルスベルクへ行くつもりだったのだ。だからフレデリカの家から写真を無断で持ち出した。彼を捜したいから。

「会いたいだって？　生き別れの兄か恋人か何かか？」

「ううん、全然知らない人」

「はあ？　じゃあ、どうして……」

呆れた声を出すカフカをちらりと見上げると、ぽかんと口を開けて、長い顔がますます長くなっていた。

「別に、たいした理由じゃない。ただエーリヒ・フォルストという男性に、叔父の死を伝えたいだけ。肉親の死を知らずにいるのは、やっぱり悲しいことだと思うから」

私にはもう肉親と呼べる人が誰もいない。遺骸を埋葬することさえかなわなかった。あの日々の中で、当局が反乱分子の亡骸をまともに扱ってくれたとも思えない。きっと集団墓穴に、何の感慨もなく、ごみのように投げ込まれたのだろう。私はずっと後悔してきた。遺品も何も持たず、誰も待っていない家に帰るつらさを堪えながら。

今の私には、他のどんなことよりも、エーリヒに会って話すことが重要だった。この気持ちをカフカが納得してくれるかどうかはともかく。

しかしカフカが「ははっ」と笑った声はなんだか楽しげで、興味をそそられたようだった。結局彼はついてきて、私の小さな旅の道連れとなった。

ぐんぐん上がる気温とあちこちで焚いている火で熱がこもり、道の先は蜃気楼に揺らいでいる。高い建物が消え失せて、怖いほど広くなった空に、飛行機が白い雲を引きながら、爆弾を落とすことなく飛んでいった。

私が半歩前を、少し遅れてカフカがついてくる。はたから見たら、ただのふたりに思えるだろう。私たちが何者かを示す腕章や印はどこにもついていないのだから。

幕間Ｉ

可憐な花が風に揺れるのどかな春が終わり、眠たげだった太陽がいよいよ目覚め、力強い夏がはじまろうとする六月のある日のこと。

湿っぽく薄暗い集合住宅《ジードルング》の台所で、妊婦のマリア・ニッケルが産気づいた。夫のデートレフは工場で働いていたため、ひとりで家にいたマリアは身重の体を引きずるようにしてなんとか向かいの家のドアを叩いた。隣人一家の母親で夫の産院の看護師でもあるエーディト・ベッテルハイムは、マリアの様子を見るなり息子に湯を沸かすよう命じて手早く処置に移り、十歳になる長女エーファ・ベッテルハイムが、脂汗を額にびっしりとかき気が遠くなりかけているマリアに声をかけ、励まし続けた。それから二時間後、マリア・ニッケルは元気な女の赤ん坊を産み、報せを聞き飛ぶような速さで帰宅したデートレフによって、アウグステと名付けられた。ふたりの出会いがアウグスト通りの墓地だったからだ。

時代は一九二八年、ヴァイマル共和政下のドイツ国、首都ベルリン。プロイセンの歴史を継ぐ壮麗な建物が並ぶ一方、鉄が作り出すアーチもまた美しい街だ。

先の世界大戦に敗戦し、飢えと暴力と秩序の崩壊を経て十年の時を過ごしたベルリンには、猥雑で、日の落ちない白夜めいた、狂った明るさがあった――繁華街ではニューヨークのようなネオンサインが輝き、映画館にカバレットといった派手な見世物を彩る。酒場ではスウィングに合わせてダンサーが踊る中、セックスの相手だけでなくコカインも手に入った。火力発電所の煙突はもうもうと煙を吐き、人々の頭上には電線が縦横無尽に張られ、空を仰げば格子の下にいるような妙な気分になる。都市の整備が進むとともにスラムが撤去された後、広場では汗まみれの男たちが新規開通する地下鉄のための穴を掘るなど、どこもかしこも工事中だ。

アウグステが産まれたのは、そんなベルリン中心部《ミッテ》の西、ヴェディング地区だった。総合電機会社AEGの赤煉瓦の巨大工場が稼働し、教会とシナゴーグが祈りの声をあげるこの地区には、労働者や移民、比較的貧しい層のユダヤ人たちが多く暮らしていた。

煤塵《ばいじん》で空気が汚れ寂れたこの町に、裕福な人間は近寄りたがらない。道幅は狭く、五階建てのジードルングがところせましと隙間なく並び、地下室の小窓からは洗濯物を煮る湯気が溢れる。たわしを手にした中年の女が汗を垂らしながら壁を洗うが、どんなに熱心に掃除をしてもこびりついた汚れはなかなか落ちない。肉屋の前では人々が行列を作って何時間も待たされ、浮浪児が道路で眠り、痩せた犬が吠える。

通りの塀や家の壁には、各政党のプロパガンダ・ポスターや党機関紙が貼られたり、剝がされたりした痕《あと》がある。特に五指を広げた労働者の手のひらをコラージュしたドイツ共産党のポスターと、黒い鉤《かぎ》十字に白と赤の腕章をつけた腕が、鼻の大きな赤い人物の顔を殴っている国民社会主義ドイツ労働者党のポスターが、ひときわ目立っていた。

木々の葉が色づき、秋が深まりはじめた十月の早朝。燃料業者が木炭や石炭を積んだトラックを走らせては、それぞれのジードルングの正面玄関の呼び鈴を鳴らし、次はアッカー通りの番になった。

アッカー通り二二番地にあるジードルングの管理人、ブーツは寝ぼけ眼をこすりつつ、住民の集金で石炭をバケツふたつ分買うと、風呂のある地下へ降りた。『共同風呂　次の釜《かま》焚き日・来週の金曜、午後五時から七時』と書いた黒板を出しているドアを無造作に開け、バケツを中に入れる。

管理人は中庭《ホーフ》へ戻ると、丸い顔をしかめてマッチを擦り、煙草に火を点けた。朝の秋風が少なくなりつつある髪をそよそよと撫でる。住棟に囲まれた狭い空をつがいの鳥が飛んでいくと、赤ん坊のぐずる声が聞こえた。そこでふと思い立ったブーツは、地下室に戻り、バケツから大ぶりの石炭をふたつみっつつくすねてポケットに突っ込んだ。

一番から五番までが縦に連なる住棟を、赤ん坊の声がする奥の方へと進み、四番住棟一階の右のドアを開けて階段室《エルカー》に入った。腰の鍵束をがしゃりがしゃりと揺らしながら登ると、ますます声に近づいていく。各部屋は二戸ずつ向かい合い、ブーツが手すりを摑《つか》んで折り返して登るのを、ドアの隙間から覗き見する子どもの顔がある。

目的の三階に上がったブーツは、泣き声の発信源である右側のドアを叩いた。ややあって、赤みがかった金髪を後ろで団子にまとめた、痩せぎすの若い女性が顔を出す。管理人はいつもは無愛想な顔を不器用に引きつらせて笑顔を作った。

「おはよう、ニッケルさん。赤ん坊の調子はどうだい？」

「おはようございます、ブーツさん。うちの子、なかなか泣き止まなくて……うるさかったですか？」

管理人はマリアの答えに満足した様子で頷《うなず》き、なぜか嬉しそうに笑った。

「元気があるってことさ。こいつであったかいスープでも拵《こしら》えな。おっと、みんなには内緒だよ。特に隣のユダ公には」

そう声をしのばせて言うと、ブーツはポケットに隠しておいた大ぶりの石炭を渡し、口笛を吹きながら階段を降りていった。

石炭を受け取ったマリア・ニッケルはドアを閉めて耳を押し当て、管理人の足音が遠ざかっていくのを確認すると、ほっとため息をついた。今月、家賃の支払いがまだ済んでいなかった。咄《とっ》嗟《さ》にエプロンに包んだ、黒く大ぶりな石炭の固まりを見つめ、後で何か請求されたらという不安に唇を噛む。ブーツは気まぐれだ。怒ったかと思えば急に優しくしてくる。住民は変わりやすい管理人の気分に振り回されていた。

マリアは台所へ戻って石炭を作業台の上に置くと、ぐずっていたアウグステを抱き上げた。マリアの手は洗濯物をゆでる灰汁《あく》の熱湯で火ぶくれだらけ、指先の皮膚も洗剤で荒れていたが、娘の頬を優しくぬぐうと、アウグステはようやくぐずるのをやめて胸に顔をこすりつけてきた。奥に細長い台所の小さな窓から、弱々しく差し込む秋の陽の下、マリアは娘の背中をとんとんと叩き、ゆっくりと体を揺らしながら、歌を口ずさんだ。赤ん坊はうっとり目を細め、とろとろと眠りにつく。

娘が安心して眠ったのを確かめたマリアはゆりかごに戻し、足音を立てないように台所を出る。近くの聖セバスチャン教会の鐘の音が鳴るのとほとんど同時に、工場が騒音を奏ではじめる。夫のデートレフは今頃、工場のどこかで働いているはずで、自分も仕事の時間だ。マリアは頭に三角巾を巻くと外へ出て、隣家のドアを叩く。大きな丸い鼻をした初老のイツァークが出て、にっこりと笑う。

「ブーツに何かされなかったかい、マリア」

「少し恩を着せられただけよ、ありがとうイツァーク。エーファはいる?」

「もちろんさ。あんたが来るのを待っていたよ」

そう言うやいなやイツァークの足の間から小柄なエーファが出てきて、「こんにちは、おばさん!」と、黒い三つ編みを靡《なび》かせながらマリアの家へ入っていった。

「やれやれ、あの元気で学校にも行ってくれればいいんだけどね。勉強が嫌いなんだ」

「大丈夫、エーファは賢い子ですもの。それに私は助かってるわ」

娘のお守りはエーファに任せ、マリアは三番中庭の共同洗濯場へ向かった。

一かご半マルクで預かったシーツやシャツ、肌着などを釜付きの大鍋に入れ、灰汁で煮込み、湯気で手を真っ赤にしながら棒を使い引き揚げ、ローラーで絞っていく。午後になると学校帰りの少年たちが小遣い稼ぎに手伝いにくる。裕福なドイツ人の家にはアメリカ製の電気式自動洗濯機があったが、このジードルングに住む多くの家族は、洗濯工場に出すことすら惜しんだ。おかげで物干し紐にかける洗濯物の量は途方もなく、油断すると気が遠くなりそうになったが、淡々と手を動かせばいつかは終わる。

中庭の花壇には花や木が茂り、雨ざらしでひび割れたベンチでは髭を生やした老爺《ろうや》たちがパイプをふかしたり、老婆が編み物をしたりとくつろいでいる。一方で、新聞の求人欄ばかりを一心不乱に読む男や、まだ酒の抜けない赤い目で寝転ぶ男もちらほらいた。

四番住棟の下、四番中庭の隅には薔薇《ばら》の植え込みがあって、エーファと変わらない年頃の女児、ギゼラが秋咲きの薔薇をぼんやりと見つめていた。小さな口から舌先がはみ出して、隣に腰掛けた母親が時折ハンカチでよだれを拭《ぬぐ》ってやった。そんな母娘を仏頂面で見ていた幼い弟レオは、落ちていた枝を拾うと姉を叩き、怒鳴られる前に脱兎のごとく逃げていく。

家へ戻った母親たちは子どもたちに薄いスープを飲ませ、晩には工場や土木作業現場から帰宅した夫を迎え、マーガリンと黒パン、あるいはじゃがいもの夕食を済ませる。そういった流れが、ここに住む多くの女たちのいつもの一日だった。

この日の晩、マリアの夫でアウグステの父でもあるデートレフ・ニッケルは帰宅すると、台所の食卓でゆでたじゃがいもを頬張りながら、コンロの脇に置かれたままの石炭に目をとめた。

「どうした、立派な石炭ばかりじゃないか」

「管理人のブーツさんがくれたの。これで温かい物でも食べろって。でも家賃の支払いがまだだし、後で上乗せで請求されるかも」

「いいさ、使ってしまおう。実は明日からストライキがはじまるんだ。給料がない間も石炭なし、というわけにはいかないだろ？」

「またなの？　家賃はどうしたら？」

「僕の焙煎鍋《ばいせんなべ》を売ってくるよ。それよりこいつを繕ってくれるかい？　またやってしまったんだ」

デートレフは背こそマリアより低いくらいだが、ＡＥＧの小型モーター工場での労働で筋肉が鍛えられ、二の腕はマリアの太ももほども盛り上がり、上着の肩口がすぐ破けてしまう。マリアは少し呆れた顔でデートレフの汗がしみついた上着を受け取ると、食卓のガス灯をつけ、針仕事をはじめた。その間にデートレフは、汚れたタンクトップにサスペンダー付きズボンという格好のままで、売る前にと鉄の焙煎鍋で最後のコーヒー豆を煎《い》った。かぐわしい香りのするコーヒーをマリアと自分のマグに注ぎ、木製の椅子に腰掛けて新聞ベルリナー・ターゲブラット紙を開く。

「ツェッペリン号が無事に大西洋を横断したってさ」

「飛行船の？　いいわね、空を飛ぶってどんな気分がするのかしら」

手早く繕い終え顔を上げたマリアの目に、難しい顔で新聞を読むデートレフが映る。

「どうかしたの？」

「いや……ナチ党の報道がね、少し気になったんだ。やつらの活動は下火になったと思っていたんだが、どうもシュポルトパラストの演説で妙なものを使ったらしい。ラウドスピーカーとかいう、声を遠くまで拡散させる装置だそうだよ」

〝国民社会主義ドイツ労働者党《ＮＳＤＡＰ》〟という、舌を噛みそうな名前の民族主義者たちのことは、マリ

ア の耳にもよく入っていた。

「クーデターを起こして捕まった人たちでしょう？　もう演説ができるの？」

「演説の禁止期間が解けて、わざわざベルリンに来たそうだ。義勇軍上がりどもはせいぜいミュンヘンのビール酒場《ブロイハウス》で大人しくしていればいいものを」

デートレフは苛立《いらだ》たしげに新聞紙を揺さぶって折りたたみ、コーヒーを飲んだ。

国民は先の大戦が終わったことにほっと胸を撫《な》で下ろし、十年間の平和を享受した——とも言えなかった。ドイツはまだ混乱の最中にあった。ほとんどの国民にとって、戦勝国から与えられた条約と新憲法は、あらゆる不満のはけ口だった。仕事が見つからないのも、長い行列に耐えたにもかかわらず肉が手に入らないのも、外国人がたくさんやってきて我が物顔で街を歩くのも、すべてこの強いられた体制のせいだと。

終戦とともに皇帝を引きずり下ろした後、共和国体制という航路に進んだはずの国の舵取りを本当は誰に任せるべきか、さまざまな議論が紛糾《ふんきゅう》した。特に政府に反発したのは共産主義者と、敗戦は急進的社会主義《ボリシェヴィズム》による罠《わな》だと捉える民族主義者で、互いに激しく対立した。

後者の急進派がＮＳＤＡＰだった。アドルフ・ヒトラーという名のオーストリア出身の帰還兵は、ドイツ民族をひとつの国家に統一する「国民主義」を掲げ、「領土を失い、多額の賠償金に苦しめられるこのみじめな状況は、ドイツ征服をたくらむユダヤ人、マルクス主義者どもの卑劣な陰謀である」と主張した。

一方でデートレフは前者だった。十年前はまだ選挙権もない華奢《きゃしゃ》な勤労少年だったが、終戦を訴えるデモ行進に参加した。しかし十一月革命も結局は一筋縄ではいかず、革命派が共産党と社民党で決裂すると、成人したデートレフは最左翼のドイツ共産党員になった。現政府は裏切り者だ。しかしNSDAPはもっと気にくわない。

デートレフはマリアが繕い終えた上着に袖を通しながら、憤然と文句をこぼした。

「みんな、ヒトラーは所詮ムッソリーニの二番煎じですぐ消えると言うけどね、イタリアの二の舞になるかもとは考えないのかな。あのちょび髭野郎、『民主主義はお話にならない、経済にとっても有害だ』なんて抜かすんだぞ。それなのに、南ドイツでの支持基盤は誰だと思う？　労働者だよ。正直、みんなもっと心配した方がいい。今夜の集会には君も来たらどうかな」

マリアは熱を入れて語るデートレフを見つめ、ゆっくり首を振った。

「無茶言わないで。知ってるでしょ、共産党の集会も国が禁じたのよ、デートレフ。私まで捕まったらアウグステはどうなるの？」

「それもそうだな、すまない」

慌ただしくマリアの額に口づけをしてデートレフが出かけると、部屋はとたんに静かになった。壁の時計の針の音だけがこちこちと鳴り、やけに大きく響く。先の大戦中の食糧難で死んだ、デートレフの両親の遺品だった。

曇天が垂れ込める灰色の夜、デートレフは立てた襟の中に首をうずめてポケットに手を突っ込んだ。小銭を節約するため路面電車には乗らず、徒歩でドイツ共産党本部があるビューロウ広場へ向かう――にんにくや香辛料のにおいを換気扇から漂わせる「豚肉なし」のユダヤ料理店の前を通りすぎ、豚肉百パーセントを売り文句にする「純粋ドイツ・ソーセージ」の屋台の角を曲がった。通りでは蒸気ハンマーがけたたましい音を立てながら道路を修繕し、屈強な男たちが半裸の体を汗で濡らしながら働いている。

刻み煙草を新聞紙の切れ端で巻きながら道路を渡ろうとすると、背後から路面電車が警笛を鳴らして近づいてきたので、デートレフはわざとゆっくり線路の上を渡った。そして二輌編成の箱に乗る客たちを睨《にら》み、「いい御身分だな」とぼやいた。

普段のビューロウ広場は閑散として、目立つものといえば劇場のフォルクスビューネくらいだった。デートレフが幼かった頃はこのあたりに、東欧から来た貧しいユダヤ人が集まるスラム、穀倉《ショイネンフィアラル》街があったが、なくなって久しい。三角形のビューロウ広場の周辺にある店といえば木造のみすぼらしい建物ばかりで、華やかな中心部や富裕層が暮らす南西地区に比べると、同じベルリンとは思えないほどの吹き溜まりぶりだった。

しかし今日は人が集まってずいぶんとにぎにぎしい。ドイツ共産党本部のリープクネヒトハウスの前に、労働者や芸術家、作家などの共産党員が集まっている――画家のジョージ・グロスの姿も見える。乗り付けたトラックには〝選択は共産主義〟と白いペンキで書かれた選挙中のスローガンが書かれたままだし、党員の馴染みの店や映画館バビロンにはプロパガンダ・ポスターがずらりと貼ってあった。

「ヴァイマル連合は頼りないと思わないか？　何もかもアメリカ頼みではないか！」

「打倒政府！　共産主義万歳！　この声をモスクワに届けよう！」

男たちは拳骨を振り回し、女たちも手を叩いて吼《ほ》えた。軍服に似せた灰色の制服を着た赤色戦線の青年たちが、赤い旗を振る。しかし集会の熱気はつかの間で、誰かの通報によって警察官たちが駆けつけ、殴り合いの乱闘になる。そこかしこで悲鳴が上がり、警察の長いシャコー帽が飛んで石畳の上を転がって、労働者たちが警察官を追い詰める。すると警察隊が止水栓にホースをつないで、すさまじい水圧で広場を洗った。ずぶ濡れの党員たちは逃げまどい、仲間から遅れた男は殴られ、蹴られ、そのまま逮捕された。

デートレフは路地を駆け巡ってからくも逃走に成功し、水の溜った靴をぐちゃぐちゃ鳴らしながら、行きつけの酒場に入った。

「生きてたか、デートレフ」

正面のテーブルで友人のラウルがビールジョッキを掲げている。デートレフと違って背が高く、銀幕スターのような甘い顔立ちをしていた。

店の中にはすでに仲間たちが集まっていたが、みんな服のままラントヴェーア運河で沐浴したかのような濡れぶりで、バーカウンターの店主は今にも客をつまみ出しそうだ。

店の客も共産主義者たちがたむろしはじめると席を立ち、デートレフはすれ違いざま、「同胞を〝背後からひと突き〟した国賊どもめ」と舌打ちされた。しかしラウルは涼しい顔で、ハンチングを雑巾のように絞り、床に水たまりができていく。

「しかし政府ときたらひどいもんだな。本当にユダヤがボルシェヴィキの親玉なら警視副総監のユダ公殿はどうして俺たちをいじめるんだ？　ナチと一緒にしやがって。さて何を飲む、デートレフ?」

「金欠なんだ」

この格好で帰ったらマリアがさぞかし心配することだろう——そう考えたデートレフは上着を脱いで絞ろうとし、ウェイトレスに睨まれたので、仕方なく裏口へ回った。ドアを開けるとねずみが数匹逃げていき、デートレフはゴミ箱やら空のビールケースやらでいっぱいの裏口に立って、上着や帽子、ズボンの裾を絞った。秋の夜風は冷たく、ぶるりと体を震わせる。すると後ろからラウルがビールジョッキを手に現れた。

「ほら、飲めよ。奢《おご》ってやる」

「どういう風の吹き回しだ? お前が奢ってくれるなんて」

「この間、保険会社に転職したんだ。そこのボスのユダヤ人博士がね、気前よくてさ。やっぱり働くなら連中の会社だな。景気がいいやつは羽振りもいい。ケチなドイツ人と違って」

「なるほど。悪いな」

「共産主義に乾杯!」

満月が照らす夜、遠くから聞こえる酔っ払いの歌声を肴《さかな》に、デートレフはビールを傾ける。その時、路地の向こうからよく知っている人影がこちらに走ってくるのが見えた。ラウルは陽気に両手を広げ、迎えようとする。

「リーゼルじゃないか! どこに行ったかと思ったよ。ずいぶん遅かったな」

しかし様子がおかしかった。短い黒髪を振り乱して息を切らし、スカートが裂けんばかりの勢いで、大股でやって来る。

「ふたりとも！　聞いて、子どもが行方不明なの」

気の強いリーゼルが珍しく動揺しているので、デートレフとラウルははじめ、リーゼルの知り合いの子どもが行方不明になったのかと思った。しかしそうではなく、今出会ったばかりの見ず知らずの母親の子だと言う。そしてリーゼルの後ろから、紙よりも白い顔に絶望的な表情を浮かべた、若い母親が現れた。彼女は痩せていたが美しく、すかさずラウルが手を引いて休むように促した。緊張と恐怖で震える母親は、事情を説明した。

「私は夫と別れて、三人の子どもと暮らしています。でも……八歳の長男と六歳の長女が、クアフュルステンダムに行ったきり、帰ってこないんです」

この家族は住居を確保するために、新築の家を転々と渡り歩く「湿気取り」として暮らしているという。集合住宅は今も増加中で、出来たての家は湿気が溜りやすいが、窓も燃料も少ないと乾燥させづらかった。そのため一、二年の間は貧しい家族に住まわせて、体温で乾燥させるという仕事があった。

若い母親は吸い込み続けた湿気と黴《かび》のせいで肺を悪くしたらしく、時折激しく咳き込む。

「今はこの近くに住んでいるのですが、子どもたちは稼げるクーダム（クアフュルステンダムの略称）で、靴磨きや道路舗装の仕事をしていました。でもこんなに暗くなったのに、帰ってこないんです。警察も相手にしてくれなくて」

母親の話に三人は顔を見合わせた。確かに、威圧的な長いシャコー帽に濃紺の制服姿の警察官が、貧民のために尽力するところはあまり想像できないし、少なくとも今、共産党集会から追われたばかりでずぶ濡れのデートレフたちが分署へ行くのは危険だ。デートレフが腕組みして難しい顔をしていると、ラウルがリーゼルに見えないよう素早く片目をつぶったので、思わず天を仰いだ。ラウルとは付き合いこそ長いが、その軽さと下心にはいつも呆れてしまう。この母親はラウル好みの美人だった。

「大丈夫ですよ、ご婦人《フラウ》。俺が一緒に捜してあげましょう」

ラウルが若い母親の肩に腕を回して路地の向こうへ消えると、リーゼルは「仕方ないわね」と首を振り、ふたりの後を追いかけていった。

それから一年が経った一九二九年の秋、十月のとある木曜日。ドイツから遠く離れたアメリカ合衆国、ニューヨークのウォール街で、かろうじて表面張力を保っていたカクテルグラスのふちから、ひと筋の水が流れ落ちた。わずか八十セントからはじまった株価下落は少しずつ周囲をえぐったかと思うと、洪水のように決壊して世界中に氾濫し、株が大暴落した。その日は永遠に忘れられない、暗黒の日となった。

これをきっかけに、アメリカ、イギリス、フランス、ドイツなど、世界の先端を走る巨大国家が揺らぎ、ドイツマルクも紙くずと化し、ヴァイマル共和政は風前の灯火だった。工場では工員が大量に解雇され、デートレフも危うく失業しかけ、マリアは針仕事を請け負い、食事にはイラクサなどの野草が混ざるようになった。元々倹約を美徳としがちなドイツ人たちはより財布の紐を固くし、一ペニヒたりとも無駄にしない生活を送った。

野党はこの機を逃さなかった。各地でありとあらゆる演説が繰り広げられ、印刷所の輪転機は轟音《ごうおん》を立ててプロパガンダのチラシや党機関紙を刷り、旗や横断幕を掲げた。敵対する党の党員同士の喧嘩が相次ぎ、襲撃事件や死者が出るほどの暴行事件が、どこの陣営でも起きた。

経済の混乱が政治の混乱を呼び、選挙の回数が増えた。日曜の投票日は祝祭めいた雰囲気に包まれ、それぞれの党歌や党旗で埋め尽くされる中、国民は票を投じ、また選挙が行われると、再び票を投じた。選挙権を持つドイツ国民は、いよいよ政府の首をはねる段階になって、次は誰の頭を置くべきか考えた。

ヒトラーの演説――わが国の崩壊の原因を除去し、この崩壊から不当に利益を得た輩《やから》を〝絶滅〟させよ――この〝輩〟が何を指すかは、ヒトラーの言説から明らかだった。すなわち共産主義者とユダヤ人。聞く者の憎悪を焚きつけるだけでなくヒトラー自身が信じきっていたこの主張を、人々もまた信じた。次第に、弁護士や医師、省庁の役職など地位の高い座にいる裕福なユダヤ人が憎らしくなった。ヒトラーの緩急のついた巧みな弁舌は、広場から広場へ響き、すべての川や湖を越え、飛行機に乗って飛び回り、ドイツどころか国境の外にまで轟いた。その言葉はわかりやすく、多くの国民の胸を打ち興奮させ、涙さえ誘う。ヒトラーの語りはもはや娯楽だった。集会に集まる人の数はますます多く、会場はどんどん広くなり、あらゆる地区で開催された。映画館でかかる週間トーキーニュースでも放映されると、劇場で準備していた党員が歓声をあげるので、ニッケル一家はほとんど映画館へ行かなくなった。

変化はビューロウ広場にも起き、ドイツ共産党集会からこっそり抜け出し、NSDAPの方へ移る人の姿もあった。デートレフはNSDAPを嫌う者と同じように、彼らを「ナチス」と呼んで蔑んだ。

鉤十字をつけた人々の靴音が高らかに、整然と響く。街は平穏になるどころか大荒れに荒れ、熱に浮かされた者同士の思想がぶつかり合い、暴力的な大嵐が全土に吹き、戸口を閉めるにはもう遅かった。

そして訪れた一九三三年、一月の終わり。

四歳半になったアウグステ・ニッケルは、生まれた時から与えられた定位置の、中庭に面した台所の窓辺で、小さな木の椅子に座ってじっとしていた。

冬の夕暮れは早く、ただでさえ弱々しい太陽の光はあっという間に青黒い闇に消えてしまう。アウグステの小さな膝には、昨年の誕生日に父が買ってくれた本が載っている。不用品市で買ったもので、表紙は鮮やかな黄色で真ん中に絵が描いてあり、白い柱の陰にふたりの少年が隠れ、先を歩いている緑色の上着姿の何者かを見ている。児童書の『エーミールと探偵たち』だった。

しかしアウグステにはまるで読めなかった――言葉が難しかったせいではなく、これは英訳版だったからだ。

作者のケストナーはドイツ人だし、原書はドイツ語で書かれているが、不用品市の出品物なだけに、売れ残った外国語翻訳の本も混じっていた。本を欲しがるアウグステをデートレフがワゴンの高さまで抱き上げた時、アウグステはただ、この鮮やかな黄色に惹《ひ》かれて本を選んだ。

父は「読めない本なんて、買って損をした」とぼやいたが、娘は気にしていなかった。タイトルにある『DETECTIVES』が何を指すのかもわからないが、ページを開けば挿絵がたくさん載っていたし、絵から想像を膨らませるのは非常に楽しい遊びだったからだ。

窓の外の中庭では、すでに暗くなっているにもかかわらず、同じ四番住棟に住む子どもたちが石蹴りをして遊んでいる。アウグステは混ざりたいとは思わない。しかし真冬の花壇の片隅にひとつだけ咲いた、可憐な白薔薇は見に行きたかった。

アウグステは窓の外に目をこらし、薔薇の茂みの下にまだ車椅子が置いてあるのを見て、少しがっかりした。そこにはギゼラという名の十五歳の少女が座っている。くぼんだ小さな目をぱちぱちと瞬かせながら白薔薇を眺めるギゼラに向かって、少年たちが「うすのろ！」「おい、馬鹿！」と怒鳴ってからかう。日頃穏やかなギゼラが猫のような声で泣き出すと、少年たちは笑って逃げる。

「フロイライン、牛乳をどうぞ」

目の前に湯気の立つ琺瑯《ほうろう》のマグカップを差し出され、アウグステは顔をほころばせた。「ありがとう、お母さん《ムッター》」

「どういたしまして。本は面白い？」

「うん！」

マリアは本に夢中になる娘を少し羨《うらや》ましく感じながら、糊《のり》のきいたエプロンのポケットから白い包み紙を出し、アウグステの手のひらに乗せた。黄金色に輝く飴のかけらだった。

「お隣さんから頂いたの。奥さんが蜂蜜で作ったんですって」

牛乳の白い髭を口の周りにこしらえたアウグステは、少し不満そうに小首を傾げた。

「小さいね」

普段のアウグステはあまり贅沢を言わない。しかし隣人のベッテルハイム一家は、このジードルングの中でも比較的裕福な方だと、アウグステは思い込んでいた。何しろ産科のお医者だし、十五歳になったエーファと遊ぼうとすると、干しぶどうやくるみがたっぷり入った甘いパンが出てきて、混じりけのない真っ白な角砂糖や蜂蜜を添えた、ごまがたっぷり浮かんだ紅茶を飲ませてくれる。それなのに今日の飴はとても小さい。

あっさり飴を口に放り込んで牛乳と合わせながらころころ転がすアウグステに、マリアは小さくため息をつき、ゆるく波打つ短い金髪が揺れた。ベッテルハイム一家はユダヤ人であり、ここ最近はＮＳＤＡＰの勢力がこの地区でも強くなり、ユダヤ人に物を売らないという商店が増えてきて、マリアがこっそり買い物を代行することさえあった。それをまだ五歳にも満たない娘に説明すべきかマリアは悩み、結局言葉を飲み込んだ。

「後で御礼を言いなさいね……あら、ギゼラがまだ外にいるわ」

マリアはアウグステの頭越しに外を見て、ぽつんと呟《つぶや》いた。闇に沈んでいく中庭には母親たちが出てきて、遊んでいた少年の耳をつまんだり尻を叩いたりして家に帰している最中だが、片隅に茂る薔薇の傍《かたわ》らに佇《たたず》む、ギゼラのまわりには誰もいない。十五歳のギゼラは車椅子に座り、時折口が開きそうになると慌てて口を閉じ、丸い顎《あご》をぎこちなく袖で拭い、再び花壇を眺める。以前は母親が付き添っていたが、先月末に肺炎で死亡し、今日は誰の姿も見えない。

そうして外を眺めていると、デートレフらしき人影が、三番住棟との境のアーチの下から現れ、後ろを振り返りながら中庭を横切り、こちらに向かってくるのが見えた。

「お父さん《ヴァッター》だ！」

幼いアウグステは無邪気に浮かれ、出迎えるために椅子から飛び降り、玄関へ駆けていったが、夫の様子が妙だと気づいたマリアは顔を曇らせた。

帰宅したデートレフはアウグステを軽く抱きしめたが、その手にいつもの力はない。アウグステが訝《いぶか》しんで顔を上げると、父の顔は怪物のようになっていた——左目の上が腫れ、頬も赤黒く変色している。アウグステは悲鳴を上げ、後ろからやって来たマリアもぎょっとして立ち止まった。妻と娘の反応にデートレフは弱々しく微笑み「やあ、ただいま」といつもよりくぐもった声で言った。アウグステのぐずり声に我に返ったマリアは、台所に引き返してタオルを水に濡らし固く絞って玄関に戻ると、デートレフの顔にあてがい、もう一方の手で体を支えながら客間の椅子に座らせた。

「アウグステ。少しの間、お外で遊んでおいで」

「いや！」

「でもね。お父さんとお母さんは大事なお話があるんだよ」

「行かない！　もうお外は真っ暗だし、ギゼラがいるんだもん！」

「こら、アウグステ！」

間髪入れずにマリアが叱ると、アウグステは一層大きな声で泣いた。

「だってギゼラは変なんだもん、もう大きいのによだれを垂らしてるし」

アウグステの口から無邪気な悪意が転がり出ると、マリアは両目をぎゅっとつぶった。

引退した教師、ズーダー夫妻の娘ギゼラは、六歳で精神神経病院の医師の診断を受けた。まだダウン症という名もなく、目が小さく顔立ちがやや平坦になるところから〝蒙古痴呆症〟という呼び名が一般的だった時代、大学を出た立派な医師も教科書に倣《なら》い、ギゼラのカルテにそう書いた。年老いた夫婦と障碍者の娘という一家に対する陰口は、このジードルングでも囁《ささや》かれた。ギゼラにはレオという名の弟もいたが、ふたりが一緒にいるところはほとんど見られなかった。

アウグステは、ただでさえ父の顔が腫れて見るのも恐しいのに、母からは叱られてしまうし、混乱と怒りと恐怖で泣き止むどころではなかった。涙をぼろぼろこぼしてしゃくり上げる娘を、デートレフが抱き寄せる。

「僕らの可愛い娘、忘れないでほしいことがあるんだ」

「……なに？」

「人間にはいろんな人がいるということだよ」

アウグステはしゃくりあげながら両目をぱちぱちと瞬かせ、傷だらけの父の顔を見た。優しく微笑んだ父の顔は、さっきよりも恐ろしくなかった。

「実はね、アウグステ。ギゼラにとっては君の方が怖いんだよ」

「怖い？」驚きに瞠《みは》られた目から涙は引っ込んでいた。「私、どこも怖くないのに！」

「いいや、怖いのさ。君がギゼラを怖がるように、ギゼラも君のことが怖い」

デートレフは唇を尖らせるアウグステを抱き上げ、膝の上に乗せた。

「なぜかというと、ギゼラはアウグステに何もしていないのに、アウグステが自分のことを変だと言って、怖がったからだよ。ひどいことをされたら怒ってやり返したり、怖がったっていいけれど、でもギゼラは君を叩いたかい？　悪口を言われたかい？」

「……ううん」

「じゃあ、何も悪いことをしてないのにいじめられたり、悪口を言われたりしたら、相手を怖いと思うのはわかるかな？」

アウグステはちらりと上目遣いで父の様子を窺いつつ、こくんと頷いた。何もしていないのにからかわれると嫌な気持ちになるからだ——たとえばあの中庭で遊んでいた少年たち。アウグステが外に出ただけですぐからかってくるし、ギゼラに乱暴な言葉を吐くのを聞いて少年たちを一層怖いと感じた。ギゼラもアウグステにそう感じたのだろうか。

「私はあの子たちと同じなの？」

「お父さんとお母さんは、そうはならないでほしいと思ってるよ」

アウグステは眉間にぐっとしわを寄せ、自分の小さな頭がぱんぱんになるのを感じた。まだ言葉にはできない、ぼんやりとした輪郭の何ものかが形成されていく。

「でも……ギゼラがいると薔薇を見られない。せっかく寒いのに咲いてるから見たいのに。急に大きい声を出すし」

「一緒に見ればいいじゃないか。でも怖くてできないんだね？」

納戸から薬品箱を持ってきたマリアが、後ろでやきもきと爪を噛んでいるが、デートレフはそのまま続ける。

「怖がること自体は悪いものじゃない。突然大きな声を出されれば、お父さんだってびっくりするよ。でもね、それがギゼラなんだ。たとえばアウグステがくしゃみのない国に行って、くしゃみをしたら、くしゃみを知らない人たちはぎょっとして、アウグステを怖がるようになるだろうね。『なんだあれは？　おかしいぞ！』って」

「くしゃみのない国？　変なの！」

「変だね。でもギゼラにとっては僕らの方が変なんだよ」

「……よくわかんない」

「今すぐわからなくたっていい。ただね、アウグステ。君がここにいて良いように、ギゼラもここにいて良いんだよ。君がくしゃみをしたい時にくしゃみできるように、ギゼラが薔薇を見たい時に薔薇を見ていいんだ。もしこの先、ギゼラが薔薇を見たがっているのに、大勢の人が駄目だと言って『ギゼラ　見学禁止』の立て札を立てたとしても、アウグステは立て札を引っこ抜いて、ギゼラに薔薇を見せてあげてほしい。約束できる？」

デートレフは片まぶたが腫れた目で、アウグステが首を傾《かし》げつつも頷くのを、優しく見つめた。アウグステはまだ幼く、父の話の半分以上は理解できていない。だが今日のことを、アウグステはのちに思い出すことになる。

後ろでやりとりを聞いていたマリアは、薬品箱に腕を巻いてきつく抱いた。デートレフがなぜ今、治療を後回しにしてまでこの話を娘に語りかけたのか、理由がわかったからだった。禁止を告げる立て札には、間もなく自分たちの名前も含まれるようになるのだと。

娘との話を終えたデートレフの前にマリアが屈み、バイエル社製の消毒液で脱脂綿を湿らせ、顔の傷を拭いてやる。デートレフは痛みに顔をしかめながら囁くように言った。

「ナチの突撃隊にやられたんだ。やつらは俺たちを潰す気だ。警察もみんな言いなりで、輪をかけてひどくなってる。全員逮捕されるかもしれない」

「やめて、そんなこと」

「やめたくても、現実に迫っているんだよ。間もなくヒンデンブルク大統領はヒトラーを首相にするらしい」

「……間もなくって、いつ」

「わからないが、もうじきだろうとリーゼルは言っていた。用心しろと」

マリアは唇を噛んで首を振り、金色の髪が顎のあたりでゆるゆると揺れた。

「大丈夫か、マリア」

「大丈夫。リーゼルがそう言うのなら、本当に用心した方がいいのでしょうね。どう用心するのかはわからないけど……これから何が起こるの」

「おそらく内閣はすべて、ヒトラーの身内で占められるだろう。リーゼルは左派どころか右派もナチ党以外はすべて排除されると予想している。まだ楽観して連立政権を目指すと言うやつもいるけど、連中を甘く見すぎだよ」

ガーゼを顔に当て治療を終えたデートレフは立ち上がり、妻の肩をそっと抱き寄せた。

「夕食はまだだね？　少し外の空気を吸いに行こう。ここで塞いでたってしょうがない。リーゼルが妹の店で酒を奢るとさ。実は外に車をつけて、待ってるんだ」

「待たせてるの？　それじゃ早く行かなくちゃ」

マリアが大急ぎでアウグステに外套を着せ、手編みの毛糸帽を耳まで被せると、デートレフはアウグステを抱き上げて静かに階段を降りた。夫がなぜこれほど慎重に歩くのかマリアは不安になったが、倣って足音を潜めつつ階下へ降りる。慌てて出たためまだ手に持ったままの外套の袖に腕を通しながら一階に着いたマリアは、はっとして前のボタンを留める手を止めた。郵便受けにペンキの黒字で、暗闇でもわかるほど大きな落書きが書かれていた。ダビデの星と「出て行け、ユダ公！」という文字だった。隣人のベッテルハイム家に向けられたものに間違いなかった。

「やあ、こんばんは」

突然明るい灯火に照らされ、夫妻はぎょっとして振り返った。カンテラの灯に浮かび上がったのは、管理人ブーツの顔だった。

「今からお出かけかい？」

ここ数年で頭髪はますます後退し、腹は脂肪を蓄えてたるんでいた。濃い色の上着の襟元に、小さなバッジがきらりと光った。

「ええ……外で食事でもと思って」

「おや珍しい。お祝いでも？　しかし君の誕生日はまだだったな、アウグステちゃん」

ブーツの芋虫のような指で頬を撫でられたアウグステは、たちまち不機嫌になって顔を背けた。その振る舞いにも管理人は「可愛いね」と笑う。

「こんなに大きくなるなんてね。石炭が効いたかな?」

「その節はご親切に」

「いいさ、助け合いが肝心と言うじゃないか。まあ、ギゼラにはうんざりだがね」

ブーツはぶつくさと文句をこぼしながらきびすを返し、向かいの棟の上階に向かって声を張り上げた。「ズーダーさん、おい、いないのかい! あんたのところの馬鹿娘をそろそろ家に入れなさい! 決まりは守ってもらわんとね!」マリアは振り返ってブーツに何か言おうとしたが、デートレフが止める。

「やめた方がいい。襟の党員章を見たか? 政治には興味ないなんて面してたくせに、あっさりナチ党に入りやがった」

夫妻は管理人の怒鳴り声から逃れるように足早に住棟を抜ける。途中で上の階の窓にさっとカーテンが引かれ、マリアの胸に不吉な予感がよぎった。

集合住宅を出た道の先にリーゼルの車が見え、夫妻は急いで中に乗り込んだ。前の座席には運転席のリーゼルだけがいて、助手席は空だった。リーゼルは化粧を取らずに眠ったのか、それとも泣いていたのか、短い黒髪から覗く横顔は、落ちたマスカラで汚れている。

「ラウルは?」

「来ない」

ぶっきらぼうに答えると、リーゼルはデートレフがドアを閉める前にアクセルを踏んだ。

　車がヴェディングからカント通りまでの四十分ほどの道を走る間、マリアは不安げに窓の外を眺めた。街は何も変わっていないように見える。煤《すす》けたヴェディング地区とは違う、華やかな中心部《ミッテ》。百貨店があり、ネオンサインが輝き、真昼のように明るい映画館には人が次々と入っていく。ホテルやレストラン、カフェの並びには、毛皮の襟巻きに細身の外套を合わせた婦人や、ステッキを手にした黒マントの紳士、ニューヨーク風の革ジャケットの肩を怒らせ歩く青年などが行き交う。しかし道の曲がり角、往来の周辺には、軍服のようなダブルボタンの焦げ茶色の長い外套に、鉤十字の赤い腕章をつけ、黒の長靴を履いた男たちの姿があった。NSDAP突撃隊を名乗る者たちで、通りを行く人すべてが犯罪者といわんばかりの鋭い目であたりを見回している。

　あんなに数が多かったなんて。マリアは手を固く握り、心臓が速く脈打つのを感じながら、警察官よりも目立っている茶色い軍団を見送った。

　賑《にぎ》やかな繁華街、カント通り沿いのその店で他のドイツ共産党員と落ち合い、会議が開かれた。その中にはデートレフの知らない男たちもいた。ソ連の工作員とつながりのある〝ラブコル《労働者通信員》〟だった。しかし結局、彼らは何の解決も見出せず、話は終わった。モスクワの助けがあればナチスが政権をとってもたいしたことは起きないだろうと楽観視する者もいれば、これですべては終わると絶望する者、どちらもなだめてすまそうとする者もいて、平行線のままだった。

　だがいずれの話もデートレフの耳をすり抜けていく。店に着くやいなや知らされた、ラウルの脱退とナチス党への鞍替えが、何よりも衝撃的だったせいだ。ラウルとはほとんど同時期にドイツ共産党に入党し、これまでずっと共に活動してきた。軟派な性格だとわかってはいたが、まさかこんなことになるなんて。

喧々囂々《けんけんごうごう》と騒がしいテーブルに肘をつき、デートレフが手の中の瓶ビールをじっと見つめ、ラウルを〝正気〟に戻すにはどうすればいいか考えていたその時、小さな鐘を鳴らしながらドアが開いた。

ラウルだ。

反射的に立ち上がったデートレフの太ももがテーブルにあたり、瓶が倒れて口からどくどくとビールが流れた。

すらりとした体軀《たいく》のラウルは気障《きざ》な歩き方でテーブルの間をすり抜け、奥の席に陣取っていたデートレフたちに近づくと、斜にかぶっていた中折れ帽をひょいとあげて挨拶をした。デートレフの目は、ラウルの上着の襟元で光る鉤十字の党員章に釘付けだった。

「やあ、みんな」

「ラウル！　貴様どのツラ下げて来やがった！」

古参の党員がいきり立つと、ラウルは「まあまあ」と笑って煙草を口に咥《くわ》えた。労働者らしい巻き煙草ではなく、高級品だった。

「ちょっと話があってさ。おいで、君」

ラウルの登場の派手さに誰もが背後の人物の存在に気づいていなかったが、ラウルの脇からすっと現れた、全身黒ずくめの女性の顔を見て、リーゼルがあっと声を上げた。

それは四年前、共産党集会の後に入った酒場の裏口で出会った女性だった。子どもが行方不明になったと訴えていた、若い母親だ。

当時美しかった母親は、まだ三十歳も過ぎていないだろうに、眉間に深いしわが刻まれ、黒い帽子の下から覗く髪は白髪が混じって灰色だった。その手は五、六歳の男児とつないでいる。母親はマリアの隣に腰かけ、ひんやりと冷たい視線を党員たちひとりひとりに送った。党員たちは尻をもぞもぞさせ、ひそひそと耳打ちし合う。

喪服を着た陰気な母親と対照的に、ラウルは快活な性格を丸出しにして、こう告げた。

「実は今日は、ここにいるみんなを勧誘しに来たんだ。ＮＳＤＡＰに入れよ。今のうちに入っておけば、いい思いができるぞ」

これには党員たちの怒りがおさまらず、酔客同士の乱闘を止めるために店が雇っている屈強な男たちが止めに入らなければ、病院送りが出るところだった。ラウルは頰に出来た青痣《あざ》をさすり、肩を破かれた上着の埃《ほこり》を叩《はた》きながら、まだ鼻息が荒いもののいくらか落ち着きを取り戻したかつての仲間たちになおも入党を薦める。

「みんな仕事がほしいだろ？」

「馬鹿にするのはほどほどにしろ。仕事ならある」

「今の仕事じゃない。もっと実入りのいい仕事さ。党員になれば優先的に振り分けてもらえる。収入が増えて、洗濯工場に汚れ物を出すのをケチらなくてもよくなるし、乗用車だって買えるようになるだろう。それに指導者ヒトラーは最先端技術ってもんがわかってる。俺たちの仕事だって変わってくるはずだ」

「ふん、まだ政権も獲ってねえくせに、ずいぶん腰高じゃねえか」

「獲るさ、間違いなく。遅かれ早かれ内閣はNSDAP一色に染まる。世間の一切合財もな。そうなったら今のあんたらはおしまいだ。共産主義者はこれまで以上に邪険にされ、野良犬みたいに追い払われて、収容所送りになるぞ。その後は……」

ラウルはそう言って指で自分の首を切る仕草をした。これには全員反論できなかった。先ほどまで楽観視していた党員もちらちらと視線を走らせ、唇を噛む。

「それにだ。君たちにも彼女の復讐を果たす手伝いをしてもらいたいんだよ」

そこでやっと、ラウルはなぜ彼女を連れてきたのかを説明した。

四年前に行方不明になった二名の子どものうち、下の娘の遺体が見つかった。つい数ヶ月前のことだった。場所は姿を消したのと同じクアフュルステンダム、繁華街の地下を流れる下水道の中、白骨化した遺体がドブネズミの巣になっていたという。

「ちょうど金持ちの子息が行方不明になってくれてね。ギルベルトとかいう子だ。おかげで警察があたりをしらみつぶしに探し回って、偶然発見してくれた。娘さんの遺体の隣にはもう一体白骨化した子どもの死体があったけれど、上の息子さんではなかった。着ていた服も髪の色も違ったし、検死所の学者に言わせると女の子だったそうだから。彼の行方はまだ捜索中だ」

ラウルは、青白い顔を強張《こわば》らせている若い母親をちらりと見て、声を落とした。

「不幸中の幸いは、骨はどこも折れていなくて、暴行もされなかったらしいことだ。骨から砒素《ひそ》が検出されて、毒殺だと」

「……ギルベルトとかいう金持ちの息子はどうなったんだ？」

「ああ、見つかったよ。ちゃんと生きていた。身代金目当ての誘拐だろうって」

娘の白骨死体が見つかったのと同じ通り、クアフュルステンダムのあるジードルングの地下室で、捜査官が縄で縛られ監禁された被害者を見つけた。同じ部屋にいるところを現行犯で逮捕されたその家の住人は、ユダヤ系ポーランド人だった。

「犯人のユダ公は医学生で、金持ちの家に恨みがあったそうでね。見つかったギルベルト少年はずいぶん殴られて右腕の骨が折れていたらしい。警察は、彼女の娘を殺したのもこのユダ公だと断言しているが、しかしやつめ、他の行方不明になった子どもたちの殺害は認めてないんだ。彼女の上の息子の行方も、知るわけがないとしらを切り続けている。しかしやつがやったのは間違いないとさ」

「なぜ？」

「砒素だよ。彼女の娘さんと、隣にいた名無しの女の子の骨から、砒素が出てきたんだ。毒薬と医学生、相性がいいじゃないか。毒薬で子どもの命を奪うなんて人間の皮を着た悪魔だな」

話を聞きながらリーゼルはさっと十字を切りかけ、喪服に身を包んだ母親の冷たい視線と目が合うと、手を止めた。次は母親自身の口から語る番だった。

「あなたには感謝してます、リーゼル。私を最初に助けて下さったんですもの。それに他のみなさんも、いい方たちだと聞いています。だからこそお願いしたいのです。ユダヤ人たちをこのベルリン、いえドイツ全土から追い出す手伝いをして下さいませんか。あの連中の体には、犯罪者の血が流れているんです」

母親は肺を悪くしている患者特有の激しい咳をし、マリアがハンカチを渡してやろうとすると、目を赤く潤《うる》ませながらも拒否した。

「息子のルカもきっともうこの世にはいないでしょう。犯人の男が処刑されるのは当然です。でもあいつを殺しただけでは、また同じことが起きる。ユダヤ人たちは全員が裏で繋がっていると、本で読みました。あの男を逮捕したところで、きっと他の仲間が子どもを殺します。連中を野放しにしてはいけない！」

「でも……でもあなた、冷静になって」

感情を高ぶらせる母親に口を挟めたのはリーゼルだけだった。

「犯人は厳罰に処されるべきだし、あなたのお子さんは本当に気の毒だわ。でもだからといって、ユダヤ人全員が裏で繋がっている犯罪者だなんて。犯罪者の血の話だって、そんなのオカルトよ。犯罪者はドイツ人にだっているわ」

次の瞬間、母親はそばにあったカクテルグラスを取り、中身をリーゼルの顔にぶちまけた。リーゼルは頭から顎からウイスキーの雫《しずく》を滴らせ、両目を閉じたまま口をつぐんだ。

「やっぱり……やっぱり本当だったのね。ヒトラーさんの言葉は本当だったのね。アカはユダヤと通じてる。ユダヤはコミュニストの黒幕だっておっしゃってた。あなたたちみんなグルなのね！」

　母親の黒い瞳に、テーブルの上の蠟燭《ろうそく》の火が映る。

「やつらを地獄に落とせるなら私は命も惜しくない。あなたたちも地獄へ落ちるがいい！」

　母親はそう言い捨てると席を立ち、他の客たちの好奇の目を無視して出口までまっしぐらに突き進んだ。その後を息子が追いかけ、ラウルも「やれやれ」とぼやきながら帽子をかぶり直し、立ち上がろうとする。その腕をすかさずリーゼルが捕まえ、ラウルの袖にリーゼルの濡れた指の跡がついた。

「ひょっとしてあなたがナチに鞍替えするのは、彼女が理由なの」

「いい女だろう？　美人だし、怒りに燃えているところがそそる」

「馬鹿言わないで」

「相変わらずの石頭だな。俺はただ、色々考えているうちに共産主義もＮＳＤＡＰもそう変わらない気になっただけさ。要は共和政をぶっ潰して、あの忌々しい条約をどうにかしてくれればいい。そのためには強い国が必要で、強い指導者が不可欠だ。お前たちのモスクワ、ソヴィエーツキ・ソユーズの同志スターリンだってそうだろ？」

　顔を強張らせるリーゼルを、ラウルは憐れむような目つきで見つめた。

「考えろよ、リーゼル。俺はユダ公が嫌いだ。保険会社じゃたっぷり儲けさせてもらったが、話は別だ。みんなもそうだろう？……まあいい。シベリアのイワン（ロシア人を指す蔑称）の馬鹿の尻に敷かれるのと、ドイツ民族を束ねる力のあるアドルフおじさんとどっちがいいか、決めるなら今だぜ。もう猶予はない」

ラウルは今度こそ出て行き、リーゼルは呆然としたままだらりと手を下ろした。残された党員は何も言えず、自分たちのグラスをひたすら見つめるしかなかった。

大人たちが揉めている間、アウグステはクルマバソウの甘ったるいソーダを飲みながら、精いっぱい目を見開いて意味不明な会話を聞こうとしたが、結局途中で退屈し、母の膝の上で眠ってしまった。夢の中でアウグステは薔薇を見ていた。ふと顔を上げて家のある方を見ると、窓の向こうにギゼラがいて、アウグステの黄色い本を持っていた。

それから数日後の一月三十日、ヴァイマル共和政の首長ヒンデンブルク大統領によって、NSDAP党首、アドルフ・ヒトラーが首相に任命された。

デートレフは自分の生まれ育った故郷ベルリンに、松明《たいまつ》を掲げたヒトラー支持者たちが集い、行進するのを見た。三月になるとドイツ共産党の国会議員は逮捕され、ドイツ共産党は事実上の非合法となり、五月一日の労働者の日《メーデー》までに、労働者組合が消滅した。ドイツ共産党本部は閉鎖され、デートレフたちが集会をしていたビューロウ広場の名は、共産党の赤色戦線隊員に殺されたナチス突撃隊員、ホルスト・ヴェッセルの名に取って代わられた。

ラウルの予言は現実になった。

ベルリン南部、テンペルホーフ地区で行われたヒトラーの演説には、数キロ平方メートルもの広場を端から端まで、見渡す限りを埋め尽くす、膨大な数の一般市民が詰めかけた。ヴァイマル共和政の旗は失われ、その代わりに、真紅に白と黒い鉤十字のハーケンクロイツ旗が整然と立ち並んだ。ヒトラーが拳を振り上げながら演説を行うと、群衆は一斉に右手を前に掲げ、声も限りに叫ぶ。

「私の指導者《マイン・フューラー》、どうぞご命令を！　ドイツ民族万歳！　ハイル・ヒトラー！」

Ⅱ

闇市の賑《にぎ》わいを後にした私とカフカは、「YOU ARE NOW ENTERING BRITISH SECTOR」と太字で書かれた看板の前を通り、赤と青と白のユニオンジャックがはためく、イギリスの占領区域に出た。

ソヴィエトに遅れること二ヶ月、今月に入ってからようやくベルリンに到着した西側の連合国軍は、ベルリンの西半分を分割して駐留している。上からフランス、真ん中にイギリス、そして下をアメリカ。この体制ははじまったばかりで、いつまで続くのかわからない。ドブリギン大尉が言っていた、連合国の三巨頭が集まるという会議の結果では、また変わるかもしれなかった。

「暑くてかなわんなあ」

隣を歩くカフカがため息をつき、道の傍《かたわ》らににょきっと生えている傾いだ止水栓をひねり、あふれ出る水に坊主頭を浸した。水しぶきが陽の光を浴びて宝石のように光る。

確かに暑すぎて、私も水をがぶがぶ飲んだ。中天の太陽は「これが私の大舞台」と言わんばかりに、だだっ広い青空の真ん中で灼熱のワンマンショーを繰り広げている。雲が遮ってくれる気配もない。

闇市があったポツダム広場から旅をはじめたのは、ポツダム区内にあるバーベルスベルクへ向かう私たちにとって、奇妙な縁だったのかもしれない。ベルリンの広場なのにポツダムという名がついた由来は元々、ベルリンの隣州、ブランデンブルク州の都ポツダムへの長い街道があったためだという。列車が発明された後はSバーンのマクデブルク線ができ、ポツダム広場の駅から直通の列車が出ていた。

つまり以前なら、目的地まで一本で到着できた。ただし今は、途中の線路が空襲や市街戦で破壊された上に、ソ連の管理下に置かれたためなかなか再開できず、ベルリン・ポツダム駅も封鎖されてしまった。

そういうわけでバーベルスベルクへ向かう私たちは、徒歩である程度まで進むことにし、どこかで南西方面への列車が動いていれば、乗り継いでいくつもりだった。

しかし最初から頓挫しそうだ。広い緑地帯の道なら瓦礫《がれき》が少ないから歩きやすいだろうと考えたのが失敗だった。確かに石ころは少ないが、廃墟がなければ日陰もないわけで、この先二キロメートル以上もがらんとした野原が続く獣苑《ティーアガルテン》のそばを歩くことになるのだと、早く気づくべきだった。

かつては貴族の狩猟場だった獣苑には木々が鬱蒼と茂っていたけれど、爆弾で燃えたか燃料として伐採されたかして、ずいぶんみすぼらしくなってしまった。しかし木が少なくなっても土はある。土があるなら畑にする。耕されてこんもりと盛り上がった畝《うね》に、緑の葉がわさわさと茂っていた。鍬《くわ》や鋤《すき》を振るうのは女性たちだ。ハンカチを頭に巻き、男物のズボンを穿《は》いて、シャツの袖をまくり腕をあらわにし、ひとつひとつ手作業でこなしている。

収穫し、ポンプの水で洗ったばかりの野菜をまとめた大きな盥《たらい》の後ろには、〝今育てなければ、冬に深刻な飢餓が訪れる！〟というイギリス政府からのお達しが立て札となって刺さっていた。

その文字を読んだ瞬間、でも、どうやって？　という憤りが頭に浮かんだ。連合国は、トラクター、ショベルカー、クレーン等々、機械と名がつくものすべてをドイツ人から没収しておいて、どう効率よく野菜を育てよというのだろうか。しかも産業の要である工場まで閉鎖され、いかなる〝善きドイツ人〟であっても今後は、農民になれという。

「おい見なよ。あの勝利の女神様をさ」

カフカはいつのまにか拝借したらしいにんじんをぼりぼり齧《かじ》りながら獣苑を指さした。その先を見ると戦勝記念塔《ジーゲスゾイレ》が焼け野原の真ん中でぽつんと立っていた——てっぺんには黄金に輝く勝利の女神が両翼を広げているはずだ。

「……反射が眩《まぶ》しくてよく見えない」

「どうせ金メッキだぜ。しかしあの女神様が来てから負け続けの気もしないか？　それに、あっちに見える国会議事堂の方はせいせいしてるだろう。まわりも自分と同じように焼けたんだから」

肩越しに振り返ると、戦争前に放火騒ぎで全焼してからずっとそのままだった、国会議事堂の丸天井の骨が見える。カフカはにやにや笑いながらにんじんをすっかり食べてしまうと、残った緑の葉を道ばたに放って捨てた。すぐそばで鍬を片手に煙草を吸って一服していた女性が、こちらを睨《にら》んでいるのを、カフカは気づいていながら無視している。たぶん。

「それで、あんたの身にいったい何があったってんだい？　何でまた、よく知らない男のところへ訃報を伝えに行く？　そもそもある人って誰だ？」カフカは手をズボンのお尻で拭きながら訊ねてきた。「あのイワンの怖い旦那は〝人狼《ヴェアヴォルフ》〟がどうとかって言ってたな」

もし総統風に「カフカを信用するか？」と聞かれたら、私は迷わず「否《ナイン》！」と答える。でも彼は、エーリヒがいるかもしれないバーベルスベルクに詳しい。ベルリンから出たことがない私には手放せない道案内役だ。少なくとも代役がいないうちは。

「……昨日、私の恩人が亡くなったの。クリストフという男性で、どこかで手に入れた歯磨き粉、アメリカ製のコルゲートに毒が含まれていて、死んでしまった」

「アメリカ製だって？　ははあ、なるほど。それでイワンどもが目の色を変えてやがるのか。クリストフはソ連の関係者だった？」

「そんなところ。クリストフはチェロ奏者で、文化部将校の慰問もしていたみたい」

「で、人狼陰謀説が飛び出したわけね。元ナチのテロリストに狙われたと」

思ったよりもカフカの頭の回転が速いので、私は内心驚きながらも、それは言わないようにした。

「ドブリギン大尉はそう考えているみたいね」

「だから、被害者の甥ってやつが人狼かもしれないって？　そいつがバーベルスベルクにいるのは確かなのか？」

「少なくとも、一年前の春まではいたみたい。電話がかかってきて、取り次いだ交換手がバーベルスベルクからだと言ったそうだし」

私はエーリヒの生い立ちと、ローレンツ夫妻の養子になったものの逃げ出して、クアフュルステンダムの劇場支配人にもらわれたこと、それから夫妻とは一度も会わなかったらしいことを話した。

「なるほどね。しかし何だかクサいな。エーリヒがクリストフを殺した可能性は高いんじゃないのか？」

「さあ。人の家のことはわからないものでしょ。推測するのも失礼じゃない？」

顔のまわりを飛ぶ蝿を手で払いのけていると、カフカは何か面白いものでも見つけたような目つきで私を見た。

「まさかドブリギンのやつは、あんたのことも人狼だと疑ってるのか？」

「どうかしら。私から聞き出したがっていたのは、歯磨き粉を闇市で売った相手だったけど、内心では私も仲間だと思っているかも」

「そいつは傑作だ。もしあんたみたいな善良そうな若い娘さんが人狼だったら俺はあの戦勝記念塔に登って、女神の金メッキを剝がして全部ソ連にくれてやるよ。そもそも、なんであんたは警察分署に？」

「フレデリカ……クリストフの妻だけど、警察に質問された時に容疑者として私の名前を挙げたの。戦時中、夫妻は潜伏者を匿《かくま》う地下活動に協力してて、私と、私の身内も世話になった縁があったから」

「身内？」

「血は繋がってないけどね。強制労働でポーランドから連れてこられた女の子で、目が不自由だった。教会の敷地で母親らしい人を亡くしたばかりのところを保護したんだけど、匿いきれなくなって、地下活動家に預けたの。それから私も収容所娘《カーツエット》になったから、夫妻を頼った。つまり私自身にとっても恩人なの」

「ＫＺ娘《カーツエット》ってことは、あんたの両親も捕まったのかい」

「そう。反社会分子だって。ふたりとも死んでしまった」

私が物心ついた頃にはもう総統がいて、国旗は黒と白と赤の鉤十字《ハーケンクロイツ》旗で、他の党と一緒にドイツ共産党もなくなっていたから、父デートレフの若い頃の活動はよく知らない。ただ、時々こっそり家を訪ねてくる人がいたことや、酒場で大人たちが言い合いをしていたことはぼんやり覚えている。

「イーダ……ポーランド人の女の子は、結局潜伏中に死んでしまった。私はイーダを大切にしてたから、クリストフの件は私が逆恨みして仇を討ったのかもしれないと思ったみたい。フレデリカは後で謝ってくれたし、ＮＫＶＤに脅されたから仕方なくと言っていたけれど、本心はわからない」

「でも潜伏中に死んだやつなんて、それこそ死ぬほどいただろ」

「ええ、生き残ったのは私くらいだと思う。だから疑ったんでしょ」

〝生き残った〟と口にすると、胸のあたりにすきま風が吹いたような気分になった。私は生き残るべきだったのだろうかという、もう何度も繰り返し訊ね続けている問いが、心を締め付けてくる。

広い獣苑に沿う道はまだまだ続き、果てが見えない。日に焼けた地面が蜃気楼に揺れていた――火のにおいがする。獣苑と反対側に、誰かが火を点けたのか、それとも残っていたガソリンが太陽熱で発火したのか、国防軍の自走砲が炎に包まれていた。そのそばにぼんやりと佇む、ひとりぼっちの女の子がいる。私がつい足を止めると、カフカはそっけなく言った。

「同情しない方がいいぜ。どこかに親か保護者がいるだろ」

「別に同情したわけじゃない」

「そうか？　俺にはよくわかるよ。あんたはいかにも〝善きドイツ人〟って感じがする」

カフカは皮肉っぽく言って道に転がっていた小石を蹴ると、小石は勢いよく飛んでいった。その横顔には怒りが潜んでいるような気がした。この人はユダヤ人で、あのひどい街で生き延びたのだ。ふとベッテルハイム家の人々の姿が重なる。彼らは今どうしているだろうか。私が助けられなかった人たち。薔薇《ばら》の立て札の前に消えてしまった人たち。

「ごめんなさい」

「はあ？　なんで謝るんだよ」

「だって……怒ってるから」

カフカはこちらを見下ろして、ぎょろっとした目をぱちぱちと瞬かせ、笑顔に豹変した。いかにも役者めいた仕草だった。
「やだなあ、怒ってないさ。〝善きドイツ人〟、いいことじゃないか。さあ、さっさと先へ行って、どこかで腹ごしらえしようぜ。にんじん食ったらよけいに腹が減っちまった」

戦勝記念塔の横から伸びる道を左に曲がり、私たちは獣苑から離れ、街の中へ戻った。ベルリンで最も賑やかだった場所へと。

ネオンサインが崩れた映画館のウーファ・パラスト・アム・ツォー《ツォー》の隣は、ベルリンの子どもなら必ず一度は入ったことがある、有名な動物園だ。この一帯も爆撃が激しく、動物はみんな死んでしまったらしい。門が取り払われた入口にユニオンジャックがかかり、手前に赤いベレー帽のイギリス兵がいて、通りすがる看護師らしき格好の女性を冷やかした。

動物園の奥、真っ青な空の下には、灰色の巨大な高射砲塔〝グスタフ〟がそびえている。暗く無機質な立方体型の待避壕の上に、砲身が真っ直ぐ突き出ていた。誰かが防御壁のふちにもたれかかって、煙草を吸っているのが見える。高射砲はもう火を噴かないし、発射の衝撃で地面を揺らさない。今は下の待避壕が病院として使われているらしい。

動物園から道を隔てた向かい側、六本の目抜き通りが交差する中心には、カイザー・ヴィルヘルム教会が尖《とが》った屋根を空に突き立てていた。この教会の鐘楼にぶら下がった五つの鐘の音はとても大きくて、子どもの頃、両親に連れられて動物園へ行った時、あんまりひどい音だったから思わず耳を塞いだ。荘厳と言えば聞こえはいいけれど、子どもの耳には不気味で、無慈悲で恐ろしい神が怒鳴っているように感じた。

その鐘楼も、鐘も、もうない。四つの鐘は戦車になるために溶かされ、最後のひとつは鐘楼とともにランカスター爆撃機によってあっさり燃やされたからだ。私はその日、ちょうどこのあたりにいて、炎の中で尖塔《せんとう》の半分がごっそり削れるのを見た。今は縦にばっくりと割れた植木鉢みたいに欠けてしまった、黒焦げた屋根の先には鳥がとまり、のんびり羽づくろいをしている。下の教会堂は子どもたちの遊び場になって、きゃあきゃあと楽しげな声が弾んだ。

「さあて、ここまで来りゃ何か食えるものが見つかるだろう」

あちこちの壁が崩れていたし、弾丸の穴だらけだったけれど、さすがの大目抜き通りというべきか、カント通りとクアフュルステンダムを行き交う人は多く、騒々しくて活気があった。カフカの言うとおり、何か食べさせてくれる店くらいは見つかりそうだ。

でも動物園のすぐ隣にあるその名も動物園駅、地上を走るSバーンと地下鉄Uバーンのどちらも停車する大きな駅のまわりに人だかりができていて、嫌な予感がした。混雑はいつものことだが、今日は列が動く気配がない。そもそも私たちは、ここから列車に乗ってポツダム方面へ行くつもりだったのだ。

「ねえ、待って。その前に鉄道が動いているか確かめましょう」

街が焼けたのに駅が無事、というわけはない。ベルリンでも有数の乗換駅アンハルター駅は全焼したし、他の路線でも線路が熱でひしゃげ、車輛はバリケードに使われたり、軍に徴用されたりした。それでもたとえ一区間であっても一時間に一本を動かすのがやっとでも、何とか列車は走った。

列車の車輛はつねに、解放されて故国へ帰ろうとする外国人強制労働者とその荷物でいっぱいだが、Sバーンが動いていれば目的地のバーベルスベルクまで一時間かそこらで着くはずだ。当然途中で何度か止まったり、運転は遅いこともあるだろうが、それでもここ、ベルリンの中心部からベルリンの南端までの数十キロメートルを、歩いて進むよりは何倍もましだ。

しかし、胸騒ぎは的中してしまった。

「列車運休です！　運行中止！　地下鉄も閉鎖されてます！」

動物園駅の構内に入る前から、駅員が大声で注意喚起したものの、それでも人々は解散せず、すさまじい混雑ぶりだ。大きな荷物を持ち故郷へ帰ろうとする、東欧らしい顔立ちの元労働者たちが抗議の声を上げ、異国の言葉が飛び交った。

「なぜ動かないのかしら」

突然しわがれた女性の声で訊ねられ、カフカがまたふざけているのかと横を見ると、カフカの代わりに瓶底のような分厚い眼鏡をかけた老婦人が、いつの間にか隣にいた。スカーフを頭に巻いて、結んだところがまるで兎の耳のようにぴんと立っている。

「ねえあなた、私はどうしたらいいのかしら？　今日中にリヒテンベルクまで行く必要があるの」

老婦人は頰に手をあてながら小首を傾げ、私の返事を待たずに、今度は別の人に同じことを訊ね、そしてまた違う人に訊ねるというのを繰り返した。入れ違いにカフカが戻ってくる。どうやら鉄道員に事情を聞いてきたらしい。

「全然駄目だね、やつら『運行休止です！』ばっかりで埒《らち》があかない」

するとその時、赤いベレー帽を斜めにかぶり、カーキ色の軍服に白い斜革とベルトをつけたイギリスの軍人たちが走って来て、駅に入ろうとする集団をぐいぐいと力ずくで戻していった。中には言葉がわからない難民と駅員がもみ合い、一触即発状態になった男たちもいる。

あちこちで不満の声があがり、こちらにはじき出された初老の男性も「何してやがるんだ、トミー（イギリス兵を指す俗語）どもが」と舌打ちした。先をぴょんと上に跳ねさせたカイザー髭をたくわえ、この食糧難にもかかわらず恰幅がよく、床屋がよく着ている白いお仕着せ姿だった。

群衆の中の誰かが赤ん坊を抱いていたようで、火のついたように泣き、犬は吠え、抗議の声が上がる。その間に鉄道員がやってきて、濃紺の帽子を上下させながら両腕に大きな木箱を抱え、汗をかきかき私の前を走り、イギリス兵の方へ向かう。ややあって人垣から軍人がふたり、にょきっと生えた。ひとりは年かさで、ひとりは若い。

「諸君、どうか落ち着いてくれたまえ！」

イギリス人の気取った発音の英語で年長者が説明をはじめ、隣にいた若い方は簡単なドイツ語に訳している。

「今朝、グルーネヴァルト駅からニコラス湖《ゼー》駅間の線路で、爆弾が見つかった！　警戒と確認のため、列車は全線運休とする！　再開時刻は未定！　以上！」

イギリス軍人は一応の説明をしたが、混乱はかえって増してしまった。

「爆弾？　犯人は誰なの？」

「不発弾じゃないのか？」

人々の声がざわざわとさざめき立ち、この駅にも爆弾が仕掛けられたと言わんばかりに、大急ぎで子どもを抱きかかえ、立ち去る女性たちもいた。言葉のわからない外国人たちは情報を求めて右往左往し、駅前はますます大混乱になった。

「こっちは急いでるんですけどねえ。まったく、なんでまた爆弾なんか」

先ほどの瓶底眼鏡の老婦人がまた戻ってきてため息をつき、手にしていた桃色の巾着袋を落ち着きなく揉みしだいた。それにカイザー髭の床屋の主人が憤然と答える。

「反乱分子でしょう。この戦後に不満がある連中に違いない。やつらをしっかり取り締まらないのは警察が無能なせいだ」

「反乱分子……あらあなた、どこかで見た覚えがあるわ」

老婦人はカイザー髭を見て、分厚い眼鏡で拡大された巨大な目をぱちぱちと瞬かせる。カイザー髭はぎょっと顔を強張《こわば》らせ、こちらを見た。私たちが助け船を出してくれると思ったらしい。

「おお、君はユダヤの友じゃないか？」

「……俺のこと？」

カフカはどこか面白がっているように薄い笑いを浮かべた。とても冷たい笑みだったけれど、カイザー髭は気づかないらしい。

「そうさ！　トミーどもを説得してくれたまい。なんてったって君たちはほら、帝国の被害者で

〝善き人々〟なんだから！　連合国のやつらが融通を利かせてやろうと言うだろう。君がどうしても列車に乗りたいと言えば、都合してくれるはずさ。なあ頼むよ、俺は君のような潜伏者をたくさん匿ってやったんだぞ。それに……」

次の言葉を言いかけた瞬間、カイザー髭が勢いよく前のめりになり、たたらを踏んだ。後ろには瓶底眼鏡の老婦人が、桃色の巾着でカイザー髭の後頭部を思い切り殴りつけたのだ。

「あんた！　街区指導者のベッカーでしょ！」

そう喚きながら老婦人は再び巾着を振り上げ、カイザー髭の顔面に何度も叩きつけた。

「あんた！　偉そうに威張り散らして！　うちの息子は！　うちの息子は無実だったのに！　あんたのせいで死んでしまった！　あんなにぴかぴかに磨いていた党員章はどうしたの！　隠したのかい、それとも飲み込んだのかい！」

カイザー髭はミッキーマウス映画のように足を回転させ、慌てふためいて逃げていく。それを老婦人が追いかけ、事情を知らない通行人が何ごとかと見送った。老婦人が途中で力尽きることなく、ふたりの姿が見えなくなると、野次馬たちは気を抜かれたように三々五々、駅前から解散した。

「あのカイザー髭、通報した方がいいのかな。本当に街区指導者だったのなら」

「やめとけって。どうせああいうタイプは図太く生き延びるさ。それにここらにいる連中はみんな、すねに傷があるんだぞ。こういうのは見て見ぬふりが一番」

「でもそんなこと言ったら……」

「いいから、ほら。俺たちも行こうぜ。今度こそ飯にしよう」

確かに私もいい加減空腹が限界に達していた。朝から何も食べていないのだ。

「配給切符が使えるといいんだけど」

私の上着の裏側には身分証と一緒に、配給切符がピンで留めてある。戦時中の帝国配給券とは少し違い、品目ごとにきっちり色分けした切符を冊子にしたものではなく、べろりとした一枚の紙に数種類分の品目が、ばらばらに書いてあるものだった。一応ミシン目で区切られ、この中から欲しいものを食料品店で切ってもらい、配給品と交換するのだけれど、正直使いづらかった。「ブロート」の横に「クヴァーク（クリーム状乳製品の一種）」があるくせに、「脂肪分」はまた別のところにある。とはいえ、帝国配給券の頃は分類が細かすぎて、それはそれで使いづらかったのだが。

私の切符に記載された一番大きな文字は〝合衆国占領区域　食糧品券《レーベンスミッテルカルテ》配給番号E90　有効期限一九四五年七月から八月〟で、発行元と期限がしっかり書いてある。その次に大きな文字は「あなたのためのパンが世界から届けられています」という恩着せがましい文句だ。

「へえ、うらやましい。等級がIじゃないか！　本物か？」

カフカが肩越しに覗き込んできた上に、図々しく手を伸ばしてきたので、私は配給切符をさっと遠ざけた。

「あなただって等級Iじゃないの？　ユダヤ人なんだから」

占領軍から市民に渡される配給切符は、平等じゃない。アメリカ軍の下で働く従業員の私は最上級の等級Ⅰ。ナチに迫害されたユダヤ人も等級Ⅰのはずだ。さっきのカイザー髭が言ったような、「連合国が融通を利かせて」くれるという揶揄《やゆ》は時々聞く。そういう人は相手の反応を窺い、同意見なら待ってましたとばかりに話を続け、眉をひそめられたり咳払いをされたりすると、慌てて「でも彼らにも必要だよね」と取り繕いがちだった。

　しかしカフカは大きな鼻の頭をぼりぼり掻き、「あー」とへらへら笑った。

「俺ってば、身分証がないんだよね」

「嘘でしょ、どうしてないの？　まさか潜伏中に破棄したまま、新しいものを作らなかったとか？」

　戦争中に街で潜伏していたのなら、確かに本物の身分証は持っていない方がいい。イーダの時も身分を偽るための証明書を手に入れるのが大変で、結局は歓喜力行団《KdF》の旅行証明書を使った。でももう終戦から二ヶ月も経ってるのに。

「こう見えて多忙でね。偽造したアーリア人身分証ならあったんだけどね。そいつだと分類が〝普通の民間人男性〟になっちまうからさ、配給の等級はⅢだよ。ユダヤの美味い汁はあまり吸ってないんだ」

「なるほど」私は納得しかけたものの、おやと思った。「昨夜、警察分署で巡査に身分証がなかったと言われてたよね。その偽造身分証はどうしたの？」

「細かいことまでよく覚えてるなあ。そっちは売っちまったんだよ。可哀想な等級Ⅴのやつにね。というわけで、俺は身分証も配給切符もなし！　頼りにしてるぜフロイライン・〝等級Ⅰ〟さん」

カフカは口笛を吹きながらご機嫌でクアフュルステンダムの方へ向かうが、私はあっけにとられてしばらく呆然としてしまった。このご時勢に、身分登録もせずふらふらしてるなんて！　身分証を売った？　聞かない話ではなかったけれど、よほど食い詰めていたんだろうか。泥棒をするくらいに。

この人はいったい、どんな生活を送ってきたのだろう……きっと辛い思いをたくさん経験したに違いない。けれど道化師みたいな振る舞いのせいか、この人はユダヤ人なのだとすぐに忘れてしまう。不思議に思うほど私は彼を知らないのに、こうして一緒に歩いている。

昔から洒落たレストランや芸術家たちが集うカフェ、百貨店、劇場にカバレットなどが並んで華やかな文化の通りだった繁華街、クアフュルステンダムも、他と同じように廃墟と瓦礫だらけではあった。それでも人は、空襲や市街戦の砲撃を免れた建物や、半壊はしてもまだ使えそうな建物で店を開き、商売をする。「ハムあるよ、ハム！」客を呼ぶ係の前を荷車がけたたましい音をたてながら通り、呼び込みはますます声を張り上げる。「ハムあるよ！　ハム！」焼いたブロートを道ばたで売るパン屋、どこかで拾ってきたバケツやヘルメットなどの容器を売る子ども、路地裏で客を待つ見るからに怪しげな男もいれば、何かの符丁を書いた看板を掲げる地下室に、こそこそと入っていく人もいる。

高級で優雅なホテル・アム・ツォーは比較的無事で、一階カフェのテラス席にはちらほらと客が座っていた。てっぺんの髪を巻き、下は垂らすという髪型の女性や、ベレー帽をかぶった女性。若い男性といえば軍人くらいだ——ほとんどがイギリス兵かアメリカ兵で、軍服を着たまま足を伸ばしてくつろいだり、通りすがりの美人を口説いたり。同じ英語を話すためか、別の席のアメリカ兵たちと親しげにしゃべっているイギリス兵もいた。

青いかっちりした軍服に身を包み、にっこりと微笑みかけてくる金髪の紳士が、まさかここに爆弾を落としていったイギリス空軍兵だなんて、私には信じられなかった。地上に降りてきた彼らの印象は穏やかで、戦友と連れだって自分たちが破壊した街を歩きながら、不思議な発音の英語で談笑している。美味しい紅茶を崩れた家の下から持ってきてくれる、優しいドイツ人を探す最中なのかもしれない。

歩道には、まるでレースのように穴の空いた影が伸びていた。横を見上げてみると、たった一枚になった壁が崩れずに残っていて、板に開いたただの穴と化した窓がレースのように見えたのだった。レース状の影はこの先も続き、小さな女の子が、四角い光から光へジャンプして遊んでいる。

瓦礫は道にはみ出していたけれど、元々道幅が広いおかげで、少し迂回すれば歩けた。通りの中央に土を盛った馬車道があり、どこかの焼けた音楽ホールから運び出されたらしい、焦げた楽器がたくさん捨てられている。あの白い棒は何かとよく見ればばらばらになったピアノの鍵盤だった。

数十人の瓦礫女《トリウエーブラウフエン》たちが、角砂糖にたかる蟻さながらに瓦礫の山へ登り、小さなバケツを順繰りに運んでいく。

こうして生活する人々がもし一斉に消えてしまったら、いつか〝滅亡した文明都市〟という見出しでどこかの国の教科書に載るだろう。古代ローマや古代ギリシアの遺跡みたいに、半壊して中身が丸見えになった石の建造物の群は、いかにも文明の黄昏《たそがれ》らしい。だけど実際は、壁のなくなった一室に〝丸見えカフェ〟という看板をぶら下げる強《した》かさがあって、地上の通行人に向かって客の老人がコーヒーカップを掲げて挨拶をした。ここぞとばかりに家の中で洗濯物を干したり、プランターに野菜を育てて太陽の恵みをあびさせているコック帽をかぶった女性もいる。

更に先へ進むと、回収してまとめた瓦礫の中から、形がきれいな煉瓦《れんが》を探し、より分ける作業をする女性たちがいた。再利用できる煉瓦は荷車で運ばれ、瓦礫が撤去された更地に送られる。そこでは頭にハンカチを巻いて軍手をはめた女性たちが、コテを器用に使ってセメントで煉瓦を積み重ね、店の壁を修復していた。

ふいに明るいジャズ風の音楽が流れて、楽しげなトランペットの音色が廃墟を彩る。音楽は倒壊したままのレコード店から聞こえ、片腕のない老人が蓄音機のそばに佇《たたず》んで通りを眩しげに眺めていた。

体を動かし、何かを運び、歩き回り、掘り起こし、組み立てる。音楽をかけ、コーヒーを飲み、人と会って話す。もし止まったら、そのまま倒れ、二度と起き上がれなくなるとばかりに。

荒れた道を歩くうちに靴の中に小石が入ったようで、足の裏がごろごろした。右の靴を脱いで左足で跳びながら、胡椒粒ほどの小石と悪戦苦闘している間に、カフカは目当ての店を見つけたらしい。

「おーい、こっちこっち。ここで飯にしよう」

とはいえ、御多分に漏れずここも店が開いているようには見えない——一階は柱も窓も壊れていないけれど、そこから上はまるで怪力の巨人がごっそり持って行ってしまったかのごとく姿を消し、縮れた鉄骨だけが残っていた。一階の窓から中を覗くと家具やらなにやらが倒れてめちゃくちゃだった。でも確かに食べ物のにおいがここから漂っていて、脇に視線をやると地下への階段が見つかった。

履きかけだった靴に足を押し込みつつ私が階段の下を覗いていると、カフカが背中を押してきた。

「あんたが行って飯を調達してきてくれ。俺はここで待ってる」

「え？　一緒に行かないの？」

「いやあ、実は出入禁止を食らっててさ。役者時代によく使ったんだが、ちと酔っ払いすぎてね。味は保証するぜ」

呆れてものが言えない。私はお腹の底からため息を吐き、暗い階段を降りた。

階段を囲う古い煉瓦の壁は湿っぽくて黴《かび》くさい。正面のドアの前には八歳くらいの少年が、小石で階段に落書きをしている。私に気がつくと慌てて立ち上がり、大きすぎる帽子のつばを整えながら、番人らしく立ち塞がった。鼻の穴から見事な青《あお》っ洟《ぱな》が垂れている。

「姉さん、客かい？」

「そう。ふたり分の食事を持って行きたいんだけど」

「金は？」

上着の裏から配給切符を取って見せると、少年はふんと鼻で笑い、青っ洟が揺れた。

「こいつはダメだよ！　アメリカ軍のじゃんか。ここらはイギリス軍の管理区域だぜ。配給所で交換してもらえなけりゃ、ただの紙っきれさ」

「アメリカ軍管理区域へ行けば？」

「ダメダメ、決まりなんだから！　俺が親方に叱られちゃうよ」

仕方なく、ドブリギン大尉から預かった煙草を革鞄の中でこっそり開け、二本だけ渡す。

「わかった。じゃあこれはどう？　さあ、中へ入れて」

「……もう一本もらわねえと。持ち帰り代金がいるんだ」

何だかんだとごねてふっかけるのが、もはや挨拶代わりみたいになっている。素直に支払っていてはこちらの財産がなくなってしまう。

「じゃあこうしましょう。料理の中身を見せてもらってから渡す。お粗末なシュペッツレしか入ってないスープだったらこっちが損しちゃう」

「しょうがねえな、ったく、これだから女は！」

「これだから男は。ほら、洟《はなみず》拭きなさいよ」

ハンカチを差し出すと、少年は「けっ」と洟を手の甲で拭《ぬぐ》い、ドアを開けてくれた。

中へ一歩入ったとたん、何とも美味しそうなにおいが漂ってきた。あり合わせを煮込んだまずいアイントプフでも、〝フィフティ・スターズ〟の厨房に充満する胸焼けしそうな油のにおいでも、犬の餌みたいな缶詰肉のにおいでもない、素敵なにおいがする。まさか本物の肉を使って

がこぼれてしまう。

「な、うまそうだろ！」
得意げに胸を張る少年に頷《うなず》かざるを得ない。私の気分はたちまち期待にふくらみ、自然と笑みがこぼれてしまう。

店の中は洞穴のように暗く自分の足下すらよく見えないが、繁盛しているのはわかった。ほんの数本の蠟燭《ろうそく》がテーブルを照らし、客の顔をぼんやりと浮かび上がらせている。ここに占領軍の人間はいないらしい――しかし気安げなおしゃべりは聞こえない。よほど腹が減っているのだろう、みんな一心不乱にスープを啜《すす》り、パンを齧り、むさぼり食う音ばかりが聞こえた。

「席はいらないんだろ？　こっちだよ」
少年に袖を引っ張られながら奥へ奥へと進む。食堂の突き当たりの壁には小さなドアがあり、そこから短い通路が続いている。その先は厨房だった。

厨房といっても、昔はよく見かけたような、銀色の吊るし戸棚やコンロは姿を消し、代わりに、灰緑色の大きな調理車が、真ん中にどんと置いてあった。どうやって地下まで運んだのかはわからないが、これは国防軍の野戦炊事車だ。煙突と車輪付きで湯気をもうもうと上げ、まるで蒸気機関車に見える。コンロには大鍋が乗り、美味しそうなにおいを漂わせていた。煙突から出た煙は、開きっぱなしの裏口から外へ逃がしている。

その隣には、どこかの一般家庭から拝借したらしい、可愛らしい花の絵付きの調理台があったが、上にあるものは大きな肉切り包丁に血で赤く染まったまな板、それに何ものかの臓物が盛られたボウルだった。ボウルの一番上には、なぜかごつごつした岩が乗っている。その下に、毛足の長い茶色い雑種犬が行儀良く座っていて、舌を出し嬉しそうに私を見上げていた。

これらの中心で調理にあたっている大柄なコックは、小さなナイフを器用に扱いながらピンク色の肉を小さく刻んでいる。コック帽の代わりに白い布を頭に巻いて、あの瓶底眼鏡の老婦人みたいに、結び目が兎の耳のようにぴょんと跳ねていた。彼はこちらをじろっと見やると、また作業に戻った。

「親方、客だよ！　ふたり分、外へ持って行くって。別料金はまだだけど」

「ああ？　外で食うなら食器代を払ってくれ」

コックは無愛想に言う。

「食器はすぐ返します」

「こっちにも手間賃ってもんがあるんでね」

抗議するためにコックに近づこうと、野戦炊事車の前を通った瞬間、私の目にはとんでもないものが飛び込んできた。

「ぎゃっ！」

大鍋の中から、私の顔ほどもある大きな爬虫類の手がはみ出しており、こちらにおいでおいでをするかのようだ。思わず後退《あとずさ》ると、調理台の臓物ボウルに手が触れた。ぬるりとした感触に鳥肌が立ち、岩だと思っていたものに牙が生えていることに気づいた。

ワニの頭だ。両目を閉じて、静かに死んでいる。

声にならない声が喉の奥から絞り出て、何かで体を支えようと手を伸ばすと、そこにあったのは棚でも壁でもなくすかすかした金網だった。金網の中には白い羽毛に黄色いくちばしの大きな鳥がいた——ペリカンだった。ペリカンは私が驚かせてしまったせいで混乱し、ぎゃあぎゃあと叫んで鳥かごを揺らして、羽根が舞った。

「おいあんた、何やって……」

「ハインツ、あんたってやつは！」

コックが私に向かってきたその時、裏口から女性が怒声を上げながら飛び込んできた。すらりと背の高い若い女性で、濃紺のシャツに国防軍のズボンという出で立ち、あごのあたりで揺れる短い黒髪を振り乱している。彼女は真っ直ぐこちらに向かって突進すると、勢いよくコックに体当たりし、あっという間に彼のずんぐりとした首元を摑《つか》んだ。

「うちの動物たちよ！　返しなさい、今すぐ！」

女性に首を絞められてコックは「ぐえっ」とカエルのような声を上げ、両手をじたばたさせる。その拍子に調理台に当たってレードルが跳ね飛び、ワニの頭がぐらぐら揺れ、犬は自分の尻尾を追いかけはじめて鳥かごの中のペリカンが一層暴れる。

「やめてヴィルマ、親方が死んじまう！」

少年が慌てて止めに入り、コックの顔が赤くなりはじめたので、私も加勢する。ようやくふたりを引きはがして落ち着かせ、動物たちも静かになった。床にへたり込んだコックの前に、ヴィルマという名前の女性が仁王立ちする。

「……運河でワニを捕まえたんでしょ？　どこなの？」

コックの息がまだ荒いので、代わりに私と少年が同時に指をさした——湯気の立っている鍋を。

「ひどい。何てことなの」

事情はわからないけれど、私はヴィルマがさらに激昂して、今度こそコックを殺すのではと思った。しかし実際はその反対で、ヴィルマの顔からみるみる怒りの気配が消え、代わりに哀しみがにじみ出した。彼女は静かに鍋を確認しに行き、臓物山のてっぺんに載ったワニの頭を見て、そっと触れた。白い指先が赤く染まる。

ようやく落ち着いたらしいコックは、深々とため息をつき、頭をがしがし搔いた。

「泣いてんじゃねえだろうな？　ワニごときに辛気くせえ。こっちだって生きてかなきゃならねえんだ、食糧にいちいち涙を流せるかっての」

「この子は動物園の飼育生物だった。人に食べられるために生きてたんじゃない」

後ろを向いたままのヴィルマに、茶色の雑種犬が鼻づらをこすりつけ、尻尾をぱたぱたと揺らす。その頭をヴィルマは撫でてやった。

「犬にまで手を出すつもりじゃないでしょうね」

「犬の肉なんざまずくて売れねえよ」

コックが仏頂面で返すと、犬が吠えて合いの手を入れる。ヴィルマは天使のような微笑みでもう一度犬を撫でてやり、乱れた襟を直しながら私たちの前を横切って、ペリカンの鳥かごを抱きかかえた。コックが慌てて「おいおい、そいつは明日の！」と呼び止めても無視して、ヴィルマは入って来たのと同じ裏口へ戻っていく。

「しょうがねえな。わかったよ、持って行けよ！」

裏口から出る間際でヴィルマは振り返り、冷たい眼差しでコックを見据えた。

「次はないからね、ハインツ。もしまたうちの子たちを精肉にして客に出したら、今度こそあんたを細切れにしてスープにしてやる。そのでかい体なら、きっとたくさんの人の胃袋を満たせるでしょうよ」

捨て台詞を吐いてヴィルマは去り、怒りに満ちた靴音とペリカンの鳴き声は遠ざかって、やがて消えた。

嵐のような騒動に呆然としていると、コックがやれやれと立ち上がってレードルを拾い、汚れたエプロンで拭った。

「ひでえ女だ。動物と人間とどっちが大事なんだってての……イギリスの連中ときたらケチャップ味の煮豆とクラッカーばかり、それもほんのちょっぴりしか配らないんだぞ。連合国軍の言うとおりに暮らしてたら干上がっちまう。ほら嬢ちゃん、これ持って行きな。騒がせた詫びに容器代はまけてやるよ。次にここに来たら洗って返してくれ」

コックは〝スペシャルレーションタイプC〟と書かれたふたつの空き缶にワニのスープを注いでくれ、おまけに薄いブロートを載せてくれた。澄んだスープには刻んだじゃがいもと肉の欠片《かけら》が沈んでいる。哀れなワニとヴィルマのことを思うと胸は痛んだが、肉のエキスの香りに唾が溢れてしまう。

「ありがとう」

熱い缶の上の方を持ちながら裏口から外に出て、スープをこぼさないよう慎重に階段を登る。するとカフカの細長い顔が、ひょっこりと現れた。

「わはは、疲れた顔してるぜ」

「だって……あれ？」

階段を登りきって驚いた。カフカの隣には先ほどのヴィルマがいる。知り合いのようだが、彼女の態度からそう単純なものでもないらしいと悟る。大人しくなったペリカンの鳥かごを片手にぶら下げ、もう片方の手を腰に当てて、カフカを見る目つきは冷たい。カフカ自身はというと、鈍いのかそれとも気にしていないのか、相変わらず陽気で馴れ馴れしかった。

「ドアが開きっぱなしだからな、丸聞こえだったぞ。飼育員らしい振る舞いですことで」

「……元飼育員ね。動物園は閉園中だから」

ヴィルマはあの動物園で働いていて、空襲をきっかけに逃げ出した動物を、かれこれ二年近くにわたって地道に探し続けているのだという。ワニはそのうちの一頭だった。

カフカはワニのいきさつを聞いてもまったく躊躇《ちゅうちょ》することなく、美味しそうにスープを啜っている。

「なるほどいい味だ、ハインツにはまったく帽子を脱ぐよ。二日酔いにもワニは効くんだぜ。肝臓にしみわたる」

「そんなの聞いたことない。カフカったらまた適当なこと言って……すみません、ヴィルマさん」

「いいの、あなたもどうぞ気にしないで食べて。もうお肉になっちゃったんだもの、捨てられるよりは食べてくれた方がいいから」

そうは言いつつも、ヴィルマの青い瞳からは哀しみが滲み出ている。私は彼女の方をなるべく見ないようにしながら空き缶に口をつけ、スープを飲んだ。鶏に似たあっさりした味のスープは、確かに美味しかった。

どこからか、正午を知らせる教会の鐘の音色が聞こえてきた。一陣の風が吹き、砂埃が舞い上がって、子どもたちがけたけた笑いながら通りを駆ける。そういえば国民学校《フォルクスシューレ》の同級生たちは今どうしているだろうと、がらにもないことを考えてしまった。私には友達がいなかったというのに。

「ヴィルマさんはカフカと友達なんですか？」

ヴィルマとカフカはどちらも二十代だろう。特にヴィルマは、私が学校に通っていた頃に担任教師だったヒルデブラント先生と、同じ年頃に見える。二十代半ば——二十一、二にしては落ち着いているし、二十八、九よりは若いようだ。濃紺の上着も中に着たブラウスも、ウエストをベルトで絞った男物の軍用ズボンも、きっと着たきりで洗ってはいないのだろうけれど、瞳が青く、黒髪もさっぱりと切りそろえているので、不思議と清冽な雰囲気が漂っていた。それに引きかえカフカは畑に突っ立った案山子《かかし》みたいだ。

「友達というか、腐れ縁ね。俳優だった頃のこの人は、ここらじゃ有名人だったの。問題児で賑やかで、みんなに顔を知られていた。私も仕事場が動物園だったから、クーダムにはよく寄ったんだけど、なんだかんだで面倒をみる羽目になって」

「バーベルスベルクの家を追い出されて、お前の部屋に転がり込んだこともあったな」

「本当にいい迷惑だった。あ、誤解しないでね、恋人じゃないから。もう行かないと。これからは元気でやりなさいよ……ファイビッシュ。じゃあね」

ヴィルマは「ファイビッシュ」と言う時、妙に強調し、含み笑いすら浮かべたような気がしたけれど、すぐにきびすを返してしまったので、はっきりとはわからなかった。

「ああそうだ。おい、ヴィルマ！」

「何よ？」

立ち去りかけていたヴィルマがうんざりした顔で振り返る。

「訊ね人だよ。こういうやつを知らないか？」

カフカはエーリヒの話をヴィルマに持ちかけた。二十年前にシャルロッテンブルクの邸宅に一時引き取られ、クーダムの劇場支配人の養子になり、大人になってからはバーベルスベルクに行った男性を、見たことはないかと。私もエーリヒの幼い頃の写真を渡す。

「見覚えねえ……私はベルリン出身だけど、さすがにわからない。フォルストという姓は、その支配人夫妻のもの？　それとも本物の親の？」

聞き返されてはっとした。そんなの考えつきもしなかった。フレデリカはどちらの意味で彼の姓をフォルストと言ったのだろう？　人捜しなのに名前が不正確なんて、とんだドジを踏んでしまった。するとヴィルマは励ましてくれるかのように私の肩にそっと手を置いた。

「大丈夫、きっと見つかるわ。少なくとも、私が知っている劇場支配人でフォルストという名の人はいなかったから、本当の親の姓の可能性は高いわね。養子の中には元の姓を名乗り続ける人もいるし」

「そうでしょうか」

「きっとね。ねえ、もし時間があるならうちへ寄っていかない？　同僚は私より長くここに住んでいるし、そろそろ戻ってくる時間だから、すぐに会えるわ。ひょっとしたら何か覚えているかも」

ヴィルマの住まいは、クアフュルステンダムを西へ進んで左に折れ、ブランデンブルク通り沿いにあるプロイセン公園の、裏手にあった。目抜き通りから一歩離れたこの区画は、歓楽的なクーダムとは打って変わったビジネス街で、民間企業や銀行、庁舎などの、立派で厳めしい建物があちこちにあった。崩れたコンクリートから突き出た鉄骨に薄汚れたハーケンクロイツ旗が無残に刺さって、風に揺れていた。

途中の集合住宅《ジードルング》の前にひとだかりができて、女性たちが毛布にくるんだ長いものを外に運び出していた。通りすがりざまにちらりと見ると、こめかみに穴を開けて死んでいる中年の夫婦が横たえられていた。ふたりはそれぞれ背広とワンピースドレスという外出着姿で、死の旅へいざ行かんとばかりに髪もきれいに整えてあった。妻の方が腕に何か抱いている――立ち止まってよく見れば、それは総統の肖像写真だった。自殺する人は多い。今も。ただ、自殺する人の種類が、戦争中とは正反対に変わった。

ヴィルマに案内されたのは古めかしいホテルで、壁のあちこちが砲弾や銃弾の痕でえぐれてはいたけれど、頑丈そうな建物だった。入口の前ではイギリス兵が若いドイツ人女性をくどき、その後ろでは赤ん坊を背負った母親が盥の水で服を洗っていた。ヴィルマは上着を脱いでペリカンの鳥かごを覆い隠すと、さっさと中へ入っていった。

ホテルの受付には誰もおらず、壁にはイギリスのユニオンジャックが貼られている。ヴィルマの話では、経営者はどこかへ逃げ、もぬけの殻になった建物をイギリス軍が接収し、家のないドイツ人を住まわせているのだそうだ。元々の顧客が中間層だったようで、装飾が少なく、廊下も狭い。階段を登る間も、赤い絨毯《じゅうたん》張りの廊下を歩く間も、誰かしらとすれ違った。いかにもブルジョアらしい風貌の銀髪の老婦人が、美しいパールピンクのハンドバッグを片手にやって来て、「ご機嫌よう。どなたかこのハンドバッグと配給券を取り替えて下さらない？」と声を掛けてくる。誰も買わないとみるとあっさり別の部屋のドアを叩き、中の住人に同じ質問を繰り返した。

「さあ、入って」

ヴィルマに促されて中へ入ると、たちまちむわっとしてツンとくる獣のにおいが鼻を刺激した。ペリカンも同類の存在を察知したのか、上着で覆われた鳥かごがぐらぐらと動く。

「よーしよし、いい子ね。もう少しの辛抱だから」

ヴィルマの部屋は動物と植物でいっぱいだった――全面に新聞紙やぼろ布が敷かれた床にプランターが並び、細いながらも木が植えてあり、緑の葉のそばには鳥かごが設置されている。かごの中には美しいトルコ石色のオウムと、ランタナのような愛らしい黄色とピンク色のオウムがいて、主人の帰還に目を覚ますと羽根をばたつかせた。手前の大きな檻《おり》には二匹のキツネが寄り添い、不審そうにこちらをじっと見つめている。足下を何かがすり抜けていったと思うと、その正体はなんとアルマジロで、甲羅のような丸い背中を揺らし、太く短い足でどたどたと奥へ逃げていく。その後ろを首輪をつけた黒猫が追いかける。カフカは腹を抱えて笑った。

「こりゃすごい、ノアの方舟《はこぶね》じゃないか！」

「まさか動物園が焼けてからずっとここで飼育しているんですか？」

「ずっとじゃないわ。基本的には無事だった檻に集めてどうにかやっていたけど、赤軍が来る直前に、無事だった子をトラックで安全な場所に運んだの」

そう話しながらヴィルマはシャワー室を開け、ペリカンの鳥かごを入れに行った。様子を覗いてみると、水を張ったバスタブからカバが顔を出したので、私は飛び退いた。昔見たカバよりは小さいが、シャワー室でカバがくつろぐのを見るなんて、こんな機会はもう二度とないだろう。

「この子は両親とも亡くしてね、まだ子どもなの。早く広いところに移動させないと」

ヴィルマがペリカンをかごから出してやると、ペリカンは驚くほど大きな翼を広げ、ばさばさと動かした。カバと同居させてもいいらしい。

「動物園の動物は全滅したんだと思ってました」

空襲で動物園に落ちた爆弾は、檻にいた動物たちを殺し、なんとか脱出したものも、飢えた人間に食べられたという。それに獣苑と動物園は市街戦の激戦区だ。敵の攻撃はもとより、あのグスタフ、高射砲塔が都市防衛のために降らせた弾幕は、敵だけでなく地上の市民も巻き込み、ひとたまりもなかった。

「実際、ほぼ全滅よ。三千頭以上いたのに、生き延びたのは今のところ八十九頭で、飼育員がみんなで手分けして世話をしているの。最初の空襲からもう二年経つし、仲間からももう諦めろと言われるけど、まだ私は生き残りを探して、街で情報を集めてる。そのおかげで、ほら、今日はこの子が保護できた」

ヴィルマはシャワーの栓をひねってあたりを水浸しにすると、愛おしげにペリカンの背中を撫でた。

男性の飼育員はほとんどが徴兵されて、戦場からまだ戻ってきていないという。今は女性の飼育員だけで土木作業をして金を稼ぎ、動物の糞は肥料として売り、餌代の足しにしているそうだ。元はホテルだった建物も、調度品のたぐいは占領軍に接収されたのか、座る椅子もなければコーヒーを飲むテーブルもなく、代わりにひっくり返した木箱とカバーのないクッションが床の隅に用意してあった。ヴィルマの生活の形跡は、簡易台所のコンロの赤いやかんくらいで、暮らしは整頓されている。壁には、嚙み終わったガムか何かで接着した表が貼られ、何という名前の動物が誰のところにいるか、住所と連絡先、健康状態、不足品などがきっちりと書いてある。それによると、虎を二頭も預かっている飼育員もいるらしい。

「ガレージを借りて、象の世話もしてるの。でもやっぱり不便だし、もっとちゃんとした環境にいさせてあげないと、この子たちはノイローゼになるでしょうね。だから今は仲間と一緒にトミーと交渉して、動物園の復興を進めてるところ」

「上手くいくといいですね」

「ありがとう、たぶん大丈夫。あの人たち、動物と子どもは可愛がってくれるから」

そう言ってヴィルマがいたずらっぽく笑ったその時、同僚が帰ってきた。

ヴィルマよりもいくらか若い女性だった。長い金髪を一本の三つ編みにまとめ、オレンジ色の帽子をかぶり、半袖のブラウスにヴィルマと同じ軍用ズボンを合わせている。健康的な雰囲気を放つ快活な人だ。

「わっ、どうしたの？　何の集まり？」

くりっとした目を更に見開いた彼女は、それこそ動物園の小型の猿に似てる。

「紹介するわ、こちらはエリ。私の同僚で、子どもの頃からクーダムのそばで暮らしてた。あなたたちの助けになるといいんだけど」

まだ目を白黒させているエリに、ヴィルマが説明し、私がエーリヒの写真を渡す。

「生きていれば二十六歳なら、私の四歳年上ね。そうだなあ、子どもが多かったし……」

私にはきょうだいがいないが、ひとりっ子は珍しく、一家庭に三人以上子どもがいるのが一般的だ。ひと口にクアフュルステンダムと言っても三キロ以上ある通りだし、その周辺からひとり捜せとは、難題に違いなかった。

エリは爪を噛みながら写真をひとしきり眺め、私に返した。

「どうでしょう、お心当たりはありますか？」

「うーん、記憶が曖昧なの。ただ、養子をもらったっていう劇場支配人がいたことは覚えてる。私がまだ幼稚園にいた頃に、近所で子どもの行方不明が続いてね。みんな〝クーダムの笛吹き男〟って呼んで、年上の男の子なんかが驚かしてきてさ、私泣いちゃったもん。ちょうどその頃に劇場支配人夫妻のところに子どもが増えたんで、もしかして誘拐したんじゃないかって。まあ、誰も本気では言ってなかったと思うけど」

「誘拐じゃありません、この子は自分から叔父叔母の元を去っただけで、正式な手続きを踏んで引き取られたそうです」

「うん、濡れ衣だったろうね。お金持ちの子どもを誘拐した犯人のユダヤ人が捕まってから、クーダムの笛吹き男の噂はおさまったんだよね。でもその劇場はいつの間にか閉まってた。支配人の風貌もほとんど覚えてないけど、当時の流行の格好をしてて、いかにも芸術の通りクーダムらしくて素敵だった」

「引っ越し先はバーベルスベルク？」

「可能性は高いかも。映画の都ウーファシュタットなら、元劇場支配人にも仕事がありそうだし」

エリは頷く。ならばこのまま予定通りバーベルスベルクへ向かおう。ほっと安心した私だが、カフカはもう少し詳しい情報が欲しいと言う。

「せめて劇場支配人の姓くらいは知っといた方がいいだろ」

「そういえば、カフカは心当たりないの？　元劇場支配人の夫妻とその息子、ウーファにいなかった？」

「あいにくだけど劇場出身の人間は多いんだよ。それに俺がウーファ・シュタットにいたのは一九四〇年から三年間だけなんだ。あそこは広いし、いろんな職種があるんでね」

私たちが話し合っている間に、エリはリュックサックから缶を出して、イギリス兵がお土産にくれたと言いヴィルマに渡した。それは本物の紅茶だった。原産国のインドはイギリス軍に従ったし、戦争がはじまって以来もう何年も、紅茶なんて味わうどころか見てすらいなかった。ごくまれに輸入された紅茶や中国茶は、党幹部がせしめるか高額で闇取引されたという噂だ。

ふたりは気を遣ってくれ、私とカフカの分の紅茶も淹れてくれた。軍のものだからきっと上等な品物ではないだろう。それでもひさびさに飲むほのかに香る渋いお茶は美味しかった。

「うちの父親なら、もう少し詳しく覚えているかもしれないけど」

私たちが辞去する間際、エリは躊躇《ためら》いがちに言った。

「でも母さんが榴散弾の巻き添えで死んでしまってから、父親は変になって。まあもともといい人ではなかったけど、ますますね。お酒を飲むと特にひどくて」

「君の家でお父様にご挨拶？　いいけど、俺この服しか持ってないんだよ」

カフカはこんな時でも調子に乗る。ヴィルマは戸惑うエリに「相手にしなくていいから」と冷静に言い、紅茶のカップを片付ける。エリは頬を掻きながら話を続けた。

「えーと……あいにく、うちの父さんはもう家にいないの。家自体はあるんだけど、出て行っちゃって」

「どこにいるんだい？　亡くなったお母さんの眠っている場所の近くとか？」

「まさか！　遺体はうちの庭に埋めたの、だから出て行ったんだよ。うーん、でもやっぱりあの人に会うのはお薦めしないな」

「お願いします、少しでも手がかりが欲しいんです」

私が頼み込んでもエリはまだ気乗りしない様子で渋い顔をしたが、ヴィルマが意味ありげにカフカをちらと見て、「いいんじゃない？　教えてあげたら」と言うと、とうとう折れてくれた。

「どうしてもと言うなら、グルーネヴァルト湖へ行ってみて。ピュックラー通りから狩猟宮殿のある方へ向かって、途中で森の左手に入るの。今はたぶん泳ぎに来てる人で賑わってるからすぐわかると思うけど、着替え用の小屋がたくさん並んでて、そのすぐ裏側に窪地があるんだ。そこに父のバルドゥール・ハッセが座ってるはず」

私たちはふたりに礼を言い、部屋を後にした。


プロイセン公園から、ベルリンの西側一帯に広がる森と湖の緑地地帯グルーネヴァルトまで、徒歩で行くとなると二時間以上かかる。夏は昼が長いとはいえ、このままでは明日になってしまうだろう。

地下鉄Uバーンが動いているか確かめに、試しにフェーアベリナー広場へ行く。帝国穀物局《ライヒスゲトライデシュテル》だった建物の前には、イギリス軍とアメリカ軍の将校らしき立派な服装と帽子の軍人を乗せた四輪駆動車が、交差点を行ったり来たりしていた。帝国穀物局は立派な建物で、曲線を描く正面壁は訪問客を圧迫する印象があったけれど、こうして見ると半分に切った巨大なバウムクーヘンの内側に立っているみたい、と思った。バウムクーヘンの内側には星条旗とユニオンジャック、トリコロールがかかっている。模様が違うだけでどれも赤青白だ。

幸い地下鉄は再開したようで、動いていた。階段の手前の黒板によると、南方面の路線は爆弾騒ぎがあったグルーネヴァルトより先には行かないが、ダーレムドルフ駅までは行くらしい。これなら十分だ。

薄暗い構内に、四角い顔をした濃い黄色の車輛が、丸い目玉をふたつ輝かせながら入ってくる。昇降する客は大きな荷物を手にした人が多い。背負ったリュックサックには水筒や鍋、巾着袋などがぶら下がり、両手も袋や子どもでふさがっている。留め具代わりにシーツやロープでぐるぐる巻きにして固定した荷物を担ぐ人も大勢見た。荷物が少ないのは占領軍の軍人ばかりだ。

南方面行のホームに滑り入った列車は、戦火をくぐり抜けてきたのがよくわかる、傷だらけの車体だった。到着した列車の車輛ドアのハンドルを力を込めて倒し、手動で重いドアをスライドさせて中へ入る。女性の駅員が旗を揚げ、ようよう発車した列車は鉄の車輪を重たげに軋《きし》ませながら、暗い地下線路をゆっくり走った。車輛の天井には大きな穴が空き、窓はところどころガラスの代わりに木の板が釘づけされている。

木のベンチは満席で、乗客は地下鉄の振動に揺られながら眠ったり、隣の誰かと話したり、何も見えない暗い窓の外を見つめたりしている。車内にはさまざまな言語が囁《ささや》かれ、走行音と混ざって膨らむ。ドイツ語、英語、フランス語、ポーランド語、ロシア語。つい半年前までは、一種か二種の旅行証を持たないごく普通の一般人は、たとえ車輌ががらがらに空いていても列車に乗るのを禁止されたなんて、夢の出来事みたいだ。

これからどうなるんだろう。銃の音も悲鳴も、稲妻のような高射砲塔の砲撃音も聞こえず、誰かに密告されると怯《おび》えずにすむのは嬉しい。でもNSDAPがいないドイツなんて、総統が法律を作らないドイツなんて、本当にうまくいくんだろうか？　私は総統もナチ党も愛してはいなかった。それでも、この地下鉄のように周りは何も見えないまま、知らない土地に連れて行かれてしまうという不安が拭えない。

「どうした、ぼうっとして」

隣のカフカに肩をつつかれて、はっとする。

「別に。少し思い出してただけ。列車に乗るとつい考え事しがちで」

「気持ちはわかるな。鉄道に乗る孤独な者はみな即席の哲学者になる……おい、ほら見ろよ」

カフカは天井を指さした。地下を走っているはずなのに、大きな穴から空が見えた——途中の坑道に砲弾が落ちて崩れたまま、塞いでいないのだろう。つかの間、差し込んだ陽射しにみんな顔を上げ、ぎざぎざの青空を仰いだ。

十五分ほどで終点のひとつ手前、ポドビエルスキ通り駅に着き、私たちは降りた。以前はSバーンを使ったので、徒歩で向かうのははじめてだけれど、グルーネヴァルトの森にはとても馴染みがある。ベルリンに暮らすなら、まずここでピクニックをしなければ。

ベルリンは南西へ向かうほど緑と湖の多い田園地帯で、富裕層が多く、街中のような集合住宅《ジードルング》とは違う一戸建てで専用庭付きのヴィラが、広々と間隔を置いて立っていた。でも今、庭の木々を剪定《せんてい》したり、屋根を補修したりしているのは、イギリス軍の小柄な従卒、工兵たちだ。将校の家族がこちらに来ても暮らせるよう、家を整えている。将校が豪華な家に暮らしたがるのは、アメリカ軍管理区域でもソ連の管理区域でも同じだ。

中心部《ミッテ》へ繋がる太い幹線道路を渡り、湖へと続く森の舗装路を行くと、たちまち鮮烈な土と樹皮の香りに包まれた。森の木々は生い茂った緑の葉を重たそうに傾け、吹く風にざわざわ、さわさわと揺れる。黄金の木もれ日が地面にいっぱいに網目模様を作り、行き交う人々も光と影のまだらになる。気温は街と二、三度は違いそうだ。炎天下の焼けつくような暑さと比べて、木陰の何と涼しいことか。いつか森や緑豊かな庭のある家に住みたいと考えて、ふと、家に置きっぱなしのラディッシュの鉢を思い出した。帰ったらすぐにでも水をやらなければ。

小鳥が囀《さえず》る森の道、私たちの前をめかしこんだイギリス兵と、さわやかな半袖のワンピースを着たドイツ人女性が、腕を取り合って歩いている。後ろから走ってきた四輪駆動車の後部座席には、三人のドイツ人女性が乗り、黄色い歓声をあげた。みんな、この先にあるグルーネヴァルト湖で遊ぶのだろう。向こうから戻ってくるジープのアメリカ兵たちは、胸元に銀色の認識票をきらきら光らせながら、水泳パンツ一丁の半裸を晒《さら》していた。

「見ろよあのへんてこりんな日焼けを！　腹ばかり白くてまるでカエルだ」

カフカがしゃくりあげて笑うと、前を歩いていたイギリス兵とドイツ人女性のカップルがぎょっとして振り返り、早歩きしてこちらと距離をとった。

やがて狩猟宮殿の青い標識が見えたところで、私たちは左に曲がり、道から外れて森へ入った。柔らかい土を踏む。栄養をたっぷり含んだ土のふかふかとした感触を楽しみながら、木々の奥へと進むうちに、むっとする悪臭が漂ってきた。体を洗ってない、鳩尾《みぞおち》のあたりをむかつかせる垢《あか》のにおいだ。誰かいる。

臭気がどんどん強くなると思うと、急に視界が開けた。たじろいだ私は小枝を踏み、ぼきりと嫌な感触が足裏に伝わる。開削地だ。伐採された木の代わりに、数十名の人々が座っていた。さんさんと照りつける太陽の下、疲れ果てた様子の人々があちこちに横たわり、険しい顔で眠っている。エリが目印にと教えてくれた水着に着替えるための小屋は見当たらなかった。彼女の言う「今はたぶん人で賑わっているから」とは、きっと水遊びに来た客のことであって、このことではないだろう。父親には会いに来ていない様子だし、現在の状況は知らないに違いない。

上着やシーツを結んで枝に通した即席のテントがあちこちに張ってあり、火を焚《た》く人もいる。ここに留まってずいぶん長いらしい。男性も女性も、老人も子どももいた。ポーランドや東方の強制労働者と明らかに違うのは、彼らは悪臭を放っているにもかかわらず、身なりがいい点だ。買った当時は上等だったはずの上着、ブラウス、天の丸い山高帽、金髪を三つ編みにして頭に巻き付けたドイツ風の髪型。それなのに全員みすぼらしく、汚くて、痛々しいほど惨めだった。

「……ドイツ人の難民か」

彼らの姿を見たカフカがぽつりと呟く。東プロイセンの他に、総督府や保護領、つまりドイツが獲得した国に移住したものの、赤軍に追われて祖国へ引き揚げてきた人たちだ。行き場がない難民は外国人だけではない。欧州は難民だらけだという噂は聞いたけれど——今、目の前にいる人たちも、難民のほんの一部なのだろう。

周りにはイギリス軍の四輪駆動車と軍用トラックが一台ずつ停まり、〝検疫所〟という立て札があるが、数名の兵士がただこの場を囲んでいるだけで、医者らしい人の姿はない。手にライフルを持った歩哨たちの目は、ごく最近まで何度となく見た、敵を監視する兵士の目つきだった。相手を人間だと思っていない目だ。

「気づかれたら面倒だ。森の中をぐるっとまわって裏に回ろうぜ」

私たちはそっと歩き出した。

小屋は消えていたが、エリが言っていた窪地は、難民の臨時キャンプから離れ森を数十メートル進んだところにあった。

薄汚れた黒い上着姿の男性が丸めた背中をこちらに向けて、窪地の縁に腰かけていた。誰もいない宙を相手に、白髪が数束まばらに生え残った禿頭を振り、ぶつぶつと話しかける。後ろから覗き込むと、窪地の土に小石を埋めて並べ、四角い枠のようなものを作っている。男性の姿にカフカは「なるほど」と呟く。私は思い切って声をかけた。

「失礼ですが、バルドゥール・ハッセさんでしょうか」

教えてもらった名前で訊ねてみると、老人はゆっくり振り返った。

「……売買には応じんぞ。俺は家を建ててるんだ」

まさかこれは家の基礎部のつもりだろうか。老人の両目は赤く潤《うる》み、吐く息はひどく酒くさい。

彼の傍らには瓶があって、底に透明な液体が残っている。カフカはぶらりとハッセ氏の横にしゃがみ、瓶の口に鼻を近づけると顔をしかめた。

「爺さん、こいつはやめといた方がいいぜ。燃料アルコールだ。イワンにでも売りつけられたか？」

その時、ハッセ氏が突然カフカの手首を握った。弾みで酒瓶が転げ、土にどくどくとアルコールがしみわたっていく。

「貴様、なぜこんなところにいる？　ユダヤの豚め」

虚ろだった老人の目に、みるみる力が戻っていく。

「汚らわしい口を開いて俺に意見するとは無礼者めが。〝星〟はどうした？　家に置き忘れたか？　貴様の血で俺が印を書いてやろうか」

「……あんたこそ党員章はどこへやったんだ？　怖くなって捨てちまったか？」

カフカは手首を摑まれたまま唾を吐き、老人のたるんだ頰にべとりとくっついた。

老人の怒りはすさまじかった。顔を赤く膨れさせ、口からよだれを垂らしているとも気づかずに怒鳴り散らし、カフカの顔面に拳を叩き込もうとしてかわされ、そのまま地面にもんどりうった。私は思わず悲鳴を上げて老人を止めようとしたが、老人が転がった酒瓶を摑む方が早かった。老人は瓶をそのままカフカの頭に打ち下ろし、ガラスが砕け、水晶のように輝きながら飛び散る。カフカの額から一筋の赤い血が垂れ、老人は「総統よご命令を！　あなたに従います！」と叫んだ。

「やめて！　誰か！」

「何の騒ぎだ？　そこの三人、手を挙げろ！」

背後からイギリス兵の歩哨が、ライフルを構え銃口をこちらに向けながらやって来る。私は慌てて両手を挙げ、カフカの横に行った。

「俺たちは被害者です。いきなり攻撃されました。ナチの残党です」

カフカは額から流れる血を拭おうともせず、あっさりと言った。まだ青年と言えるくらい若いイギリス兵二人組は、たぶんドイツ語がわからなかったのだろう、最初は訝《いぶか》しげにカフカを見た。しかしカフカの血と、「ナチ」という単語と、ハッセ氏の手の中の割れた酒瓶から、銃口を老人に向けた。老人はようやく酔いが醒めたのか「手が滑った」「わざとじゃない！」と言い逃れようとしている。ようやく体の震えと呼吸が落ちついてきた私が英語で説明しようとすると、カフカに止められた。

「ほら、この隙に逃げるぞ」

イギリス兵が老人に注意を向けているうちに、私たちは少しずつ後退り、窪地から出たところできびすを返し、思い切り走った。後ろから、殴りつけ蹴飛ばす音、若者の笑い声、老人の悲鳴が聞こえてきたが、私は振り返らなかった。

闇雲に木々の間を走ってようやく森を抜けた時、とんでもない場所に出たらどうしようと不安を覚えたが、何のことはない、よく見知った通りに出ただけだった。ツェーレンドルフ、つまりアメリカ管理区域の我が家のすぐそば。歩道を行くアメリカ兵が「変なやつらだ」と言わんばかりの目つきで通りすぎていった。

イギリス兵は追ってこなかった。カフカは息を切らし、額の汗を汚れた袖で拭おうとする。動いたせいでまだ出血が止まっていなかった。私は慌てて彼の手を止める。

「ちょっと、傷にばい菌が入るよ！」

「平気だよ」

「化膿すると怖いんだからね」

病院のことを思い出すと今も背筋が凍る。赤軍が〝カチューシャ〟で空を焼くのを見た後、数日の間があって、ふいに火の手が上がった。白旗を揚げても無駄だった。地下室に臨時で作られた野戦病院は、果物の腐ったような甘ったるい悪臭と血のにおいでいっぱいで、何度となく吐き気を催した。看護師の手伝いとして居残った後、新鮮な空気を求めてたまに地上へ出れば、亡くなった患者たちの死体がまだ外に積まれて、蠅が卵を産んでいた。あれからまだ二、三ヶ月しか経っていない。

「わかったよお嬢さん。じゃあ殺菌のために酒がいるな」

「……とりあえず水で洗いましょう」

通りの手押しポンプは幸い誰も並んでおらず、私が棒状のハンドルを上げ下げし、溢れる清水でカフカは顔を洗った。怪我をした左の生え際を見せてもらうと、親指の爪ほどの傷がぱっくり口を開けている。軽傷だけれど額にあるせいか水で洗って拭ったのもつかの間、すぐに鮮血が流れ出す。

「何かで止血しなくちゃ。とりあえずこのハンカチを使って、昨日洗って干したばかりできれいだから。それから私の家に寄りましょう。病院でもらった救急キットがあるの」

〝私の家〟。自分でそう口にしておきながら、改めて不思議な言葉だと思った。私にとってはほんの二年前まで、東地区の煤《すす》けた工場街、痩せた犬が唸る狭い路地裏が、紛れもない私の家だったのに。今は西地区でアメリカ軍に管理されながら暮らしているなんて。

通りの標識には、ナチス時代に好まれた飾り文字フラクトゥーアとはまるで違う、アメリカ軍らしいシンプルで読みやすい太字で〝クレイ大通り〟と書いてある。クレイ、アメリカ陸軍大将の名前だ。

この道をまっすぐ南へ進んで、オスカー・ヘレーネ・ハイム駅を右に曲がり、アルゼンチン通りをオンケル・トムズ・ヒュッテ駅の方へ向かえば、私の住むジードルングに着く。ガリー通りまで行かなければ〝フィフティ・スターズ〟の同僚たちに見つからずにいられるだろう。

「結局、エーリヒの里親の名前はわからずじまいだな」

「そうね。フォルストの名前のままでいることを願いましょ」

「……俺の友達がまだウーファに残ってるはずなんだ。そいつだったら知ってるかも」

「本当に？　よかった！」

「あんまり期待するなよ。あのへんはだいぶ赤軍にやられたって話だ、死んでるかもしれない。ま、その時はその時だな」

最後は明るく言い切るとカフカは額にハンカチを当てて上を向いたまま、綱渡りの興行師みたいに片手で重心を取りながら歩きはじめた。木陰で涼んでいた若い女性たちに笑われ、私は脇腹を小突いてやった。

「やめてよ。ふざけてないで。エリにどう謝ればいいか考えないと」

「なんで？」

「だって、お父さんはきっと収容所送りだから。エリはきっと悲しむでしょう」

ハッセ氏のあの行動。きっと熱心な党員で、総統に心酔していたに違いない。窪地に石を並べて家を建てるつもりの彼の、頭の中では何が起きているんだろう。

私はふと、かつて同じジードルングで暮らしていたレオという青年を思い出した。もし彼が生きていたら、今頃人狼になって、線路に爆弾をしかけているかもしれない。

しかしカフカは「あっちが先に手を出してきたんだ、しょうがないさ」と肩をすくめた。

「あのエリって子だって、具体的に父親がどんなやつなのかは隠してたろ。俺みたいな見てくれのやつに会わせたらどうなるか、教えてくれてもよかったけどな」

「知らなかったんじゃない？　お父さんとはあまり親しくなさそうだったし」

「どうだか。そういやヴィルマのやつ、『いいんじゃない？』とか言ってたな。クソ……まあ、もう過ぎたことだしな、考えるのはやめだ。しかしあんたも変なやつだな。さっきはカイザー髭を通報しようとしたじゃないか」

「それは……そうだけど」

「家族を知ってるから同情しちまうんだろ？　まあ気持ちはわかるけど」

図星を突かれて、私は何も答えられない。

「ひょっとしてエーリヒを探してるのもそれが理由か？　もしそうなら、あんまり気にしない方がいいぜ。恩人の死を背負う必要なんてないんだから」

私は黙って、木もれ日の下、先を歩くカフカの背中を見つめる。

白い陽射しが照りつける高級住宅街のヴィラのあちこちから、英語のラジオ音声や明るいスウィングが聞こえた。丸い車体のアメリカ車ビュイック・エイトが走り、ＤＤＴや、プールにまくのと同じ塩素のにおいが漂う。通りの向こうでは色鮮やかなネクタイを締めた記者たちが集まって何やら話し込んでいて、傍らではカメラマンがジープに乗ったアメリカ兵にシャッターを切っていた。カメラマンは半袖のシャツを無防備にまくって日に焼けた二の腕の筋肉を自慢げに晒している。

「そういえばアウグステさんよ。あんたはなぜ英語の本を持ってるんだ？　あれって『エーミールと探偵たち』だろ？　中を見て驚いたよ」

目に垂れる血を鬱陶《うっとう》しそうに拭いながら訊ねてきたカフカに、私は少し考えてから正直に教えることにした。午前中よりもいくらか親しみが湧きつつあるらしい。

「子どもの頃、両親に誕生日の贈り物を買ってもらおうとして、間違えて手に取ったの。古書店の不用品市でね。でもおかげで英語を勉強しようと思えたし、今は仕事がある」

「クビにならなきゃな」

「本当にそう」

地下鉄線駅オスカー・ヘレーネ・ハイム駅の前では、アメリカ兵相手の商売をしにドイツ人が露店を出していた。靴磨き、宝石や婦人靴、香水、ラジオやら機械の器具やらをシーツに並べた店もある。『お手持ちのＶＥ―３０１型、35ＲＭの受信局増やします。修理・部品交換承ります』とドイツ語と英語で併記した看板の後ろで、ハンチングをかぶった初老の男性がドライバーを手にラジオをいじくっている。見本のラジオからは澄んだ音声が流れ、アメリカ人アナウンサーがニュースを報じていた。

〝ポツダム会談のために巨頭が動いております。かつては大西洋憲章のためにルーズヴェルト大統領を運んだ駆逐艦オーガスタが、今度はトルーマン大統領を乗せてアントワープ港に昨日到着、アイゼンハワー元帥の歓待を受け……〟

その隣では、青白の縞模様のテントを張ったワゴンが出ていて、子どもたちが群がっていた。白い略帽とエプロン姿のコック兵が、ピンクの紙でラッピングしてある黄色いコーンに、チョコレートアイスクリームを載せて、子どもたちに差し出すところだ。小さい手を懸命に伸ばしてアイスをせがむ子どもは、全身が汚れ、半ズボンの下のふくらはぎは泥だらけ、髪には木の葉やらモルタルの粉塵やらがくっついている。

少し離れたところにフィルムカメラを担いだカメラマンが立ち、レンズを子どもたちとアメリカ人コック兵に向けた。

「ほら押すなって、順番だよ！」

しかし子どもたちは言うことを聞かず、我先にと手を出してアイスクリームを奪おうとし、そのはずみにアイスが地面に落ちてしまった。コック兵は笑って「落ち着けって。大丈夫、まだたっぷりあるから」と言うと、次はもっとたっぷり盛ったチョコレートアイスクリームを、一番手前にいる小さな女の子に渡した。落ちたアイスクリームは待ちきれない子どもが指で掬《すく》って舐めている。

「あっ、こら！　お前たち！」

叫んだのはコック兵ではなく、カメラで様子を撮影していたカメラマンだった。腕を振り上げて、わあっと逃げていく子どもの後ろ姿に怒鳴り、追いかける。注意を逸《そ》らした隙に鞄を盗まれたらしい。感心しているのはカフカだけだった。

「やるなあ。そういえばこのあたりに、孤児や浮浪児ばかり集めた窃盗団があるらしいぞ。しかも複数ときた」

「詳しいね。泥棒仲間から教えてもらったの？」

嫌味を返し、カフカがそれにまた応酬するという何でもないやりとりをしながらアルゼンチン通りを歩いていると、ボンネットに大きな白い星印をつけたジープが走って来て通りすぎた。かと思ったら急にブレーキをかけ、クラクションを鳴らし、「おい、君！　そこのかわいこちゃん！」という声が続く。

またアメリカ兵が誰かをナンパしている——少なくとも私ではない。しかしジープはわざわざバックして、私たちのすぐ横でまた停車する。さすがに気になって横を見ると、二十歳《はたち》そこそこの若いアメリカ兵がひとりで運転席に乗って、左腕をジープのドアにもたせかけた。逆さまにしたボートみたいな形の略帽をあみだにかぶり、野戦服とは違う丈の短い焦げ茶色のジャケットに、ベージュのネクタイを締めている。

「昨夜はどうも」

英語を聞き取り損ねたのかと思った。昨夜？　あの憲兵？　まさか、まったく違う。あんな馬面の嫌なやつとは似ても似つかないし、あいつが「かわいこちゃん」と言うなんてぞっとする。しかし「無事に帰れたみたいでよかったな」と言う声は、確かにあの憲兵、伍長だった。あの時は真夜中で暗く、〝MP〟印のヘルメットを目深にかぶっていたから、顔がよくわからなかったのだ。

「置いて帰ったこと怒ってるのか？　任務だったんだ、気を悪くすんなよ」

くちゃくちゃとガムを嚙みながら伍長は私の顔と胸、そして隣のカフカを見た。

「こいつは？　まさか恋人？　ユダヤ人たあ、あんたもいい趣味してるぜ」

「まさか！　違います。用があって」

「ふうん。額のハンカチが真っ赤じゃないか。怪我でも？」

「ちょっと事故に遭って。これからうちに寄って治療をするところなんです」

「うち、ねえ。そのままベッドで治療か？　なあ？」

伍長はにやにや笑いをやめない。もううんざりだ。無視してそのまま歩き出したが、伍長はアクセルを軽く踏んで追いかけてくる。

「怒るなって、本当に根性曲がりのキャベツ女だな。乗れよ、応急処置《ファーストエイド》キットならジープにあるし、俺けっこう応急処置うまいんだぜ」

「おい、こいつ何言ってるんだ？」

英語がわからないカフカが屈んで耳打ちしてきた。

「救急キットを持ってて、治療してくれるって」

「本当に？　じゃあお言葉に甘えようぜ！　正直、ちと痛いんだ」

確かにカフカに貸した私のハンカチは血で濡れているし、ここで意地を張るのは非効率だろう。

私はため息をついて、伍長のジープに乗ることにした。

伍長は確かに手際が良かった。ジープの座席の下から〝FIRST AID〟と書かれた緑色の缶製トランクを出して開け、ガラスケースの脱脂綿をピンセットでひとつ取り、傷の周りの血を拭う。ほとんど包帯の包みばかりのトランクからサルファ剤の小袋を探し出して口で破り、粉末をかけ、ガーゼつきの包帯で縛る。

「傷は浅いから縫わんでいいだろ。清潔にしてりゃ二、三日でふさがるさ」

「あの、ありがとうございました」

「いいって。それでだ。デートの邪魔でなければ、このままドライブでもしないか？」

一瞬、何を申し出られたのかわからず、私は「はい？」と聞き返した。ドライブ？　またソ連管理区域に連れて行かれるのだろうか？　しかし彼の顔がうっすらと赤くなっていることに気づき、ようやく悟った。誘われているのだ。

「あ、えっと……」

「今度はどうしたんだ、え?」

言葉はわからなくとも気配を察したのか、頭に包帯を巻いたカフカがにやつきながら私の脇腹を小突いてくる。まったく腹が立つ。

「ドライブしようって」

「いいじゃないか! 俺はお邪魔だろうな、退散しようか」

「やめてってば。私たちエーリヒを探しているんだからね。早くバーベルスベルクへ行かないと。あなたも一緒によ、カフカ」

その間、伍長は煙草をふかし、ジープのドアをとんとんと指で叩きながら待っている。私は咳払いして伍長に事情を打ち明けた。

伍長の運転は相変わらず荒い。スピードを出しすぎだし、幌のないジープは風がまともに当たる。私の長い三つ編みは乗馬の鞭のようにしなった。

私は親類がバーベルスベルクに住んでいるから、会いに行く途中なのだと嘘をついた。伍長は快く——カフカが残ることには不満そうだったが——引き受けてくれ、こうして私たちを運んでくれている。私は助手席に、カフカは後部座席に。しかしアメリカのジープはやはり壁が少なすぎ、どこかに摑まっていないと、重心を崩して転げ落ちてしまいそうだ。私は計器盤にしがみついてできるだけ身を縮め、奥歯を嚙みしめた。

車はアルゼンチン通りを西へ進む。緑の木々の向こうに五階建てのジードルング群が見え、私の家がある棟の前も通った。アルゼンチン通りはゆるやかにカーブしながら南へ伸び、伍長はハンドルを少しずつ左に傾けながら、アクセルを踏み込んだ。クルンメ池駅を過ぎ、ツェーレンドルフ西駅へと差しかかる。アメリカ兵が多い、賑やかな駅前には、軍の慰安映画館の大きな看板が出ていた。休暇用のきれいな軍服姿で略帽をかぶったアメリカ兵たちはそれぞれに女性を連れている。ほとんどがベルリンの女性だ。髪をきれいに整えて、おそらく一張羅だろう青やピンクの色鮮やかなワンピースを着て、にこやかにデートの相手をしていた。そんな光景をぼんやり眺めていると、ふいに伍長が言った。

「実はさっき、〝フィフティ・スターズ〟へ行ったんだぜ。あんたの様子を見ようと思って。でも来てないと言われてさ。辞めたわけじゃないよな、なあオーガスタ？」

「……ええ」

たぶん、と心の中だけで呟く。さっきまで解雇されたらどうしようかと心配で仕方がなかったのに、今は辞めたくなってきた。それに、名前がまだ間違ってるのをいつ訂正したらいいだろうか。

「数日は大統領が来るから難しいんだが、終わったら飯を食いに行くからさ。帰りに映画を観よう」

同僚のハンネローレの気持ちが今ならよくわかる。手の甲をつねったり、「いや」と気軽に断れたらどんなにいいかと思うが、もしここで下ろされたらと考えると断れない。それに彼はあの伍長だ。私を赤軍の真ん中に置き去りにして逃げた伍長。

彼は私がまだ返事をしていないというのに、自分がこれまでに観た映画の話をはじめ、それが終わると次は、慰安訪問はマレーネ・ディートリヒよりもベティ・グレイブルの方がずっと好きだ、彼女は脚線美が売りで後ろばかり向いているが、俺は前を向いたピンナップがほしい、彼女は巨乳だからと言い、ちらりと私を見た。

それで、私は肩越しに振り返り、後部座席でのんびり体をのばしてくつろいでいるカフカに目配せをした。カフカがどうにかしてくれるとは思わなかったが、これ以上伍長の隣にいたら吐いてしまいそうだった。

「どうした？」

「悪いけど、やっぱり歩いて行こう」

「そうか。じゃあ止めてくれって言えば？」

英語がまるでわからないカフカは、どんなやりとりをしたのかも知らず、きょとんとしている。やはり勇気を出して下ろしてくれと頼むしかない――すると、私が躊躇っているのを感じ取ってくれたのか、カフカは「ああ」と呟くなり突然頭を押さえて呻《うめ》いて、伍長の肩にぽんと手を置いた。

「頭が！　傷が痛い！　たすけて！」

伍長はぎょっとして前と後ろを交互に見ながらも、まだアクセルを踏んでいる。しかしこれなら私も言いやすい。

「すみませんが、車を止めてもらえますか？　彼の面倒をみないと」

そう頼むと伍長はようやく路肩に車を寄せ、止まった。痛がる演技を続けているカフカをいったんジープから下ろし、道路脇の緑地に生えた並木の根元に座らせる。伍長はこれでふたりきりでドライブできると思ったようだが、私がカフカとここにいるので、今日はもう別れましょうと頼むと、苛立ちを露わにした。

「ひょっとして俺から逃げるつもりか？　あん？」

するとカフカはぱちりと目を開け、「何で怒ってんだ、アミーのとんまは」と言ってしまった。

「今〝アミー〟と言ったな？　聞き取れたぞ、俺のことを言ったな？　こいつの痛みも演技か？」

伍長は突進する前の闘牛のように鼻息を荒くし、猛然とカフカの襟首を摑んで引き揚げ、「ちょっと、待った待った！」とカフカが両手を挙げるのを無視して、左頰に右の拳を思い切り叩き込んだ。カフカはくらりとよろめき、そのまま倒れる。伍長はさらにカフカの腹部を蹴った。

私は悲鳴を上げ、伍長の腕を取って止めてくれと懇願したが、そのぎらつく目に睨まれて、足がすくんだ。

「……ジープに乗るよな？」

私は頷くしかなかった。他に何ができた？

「そうこなくちゃ。俺は優しいからな。その前にこいつをもっとちゃんとした場所に送ってやるよ」

伍長は気絶したカフカを乱暴に後部座席へ放り込むと、運転席に戻ってジープを急発進させた。

「どこへ行くんですか？」

声が震え、こんなに太陽が照っているのに、体が冷たい。心臓が痛いくらいに早鐘を打ち、息が上がる。

「どこへ行くんですか⁉」

伍長は答えない。ジープはポツダム街道を走り、途中で〝至バーベルスベルク〟の標識を見かけ安心したのも束の間、ジープは急に左折した。針葉樹がまとまって生えた区画の脇を通った後、盛り上がった土に片輪を乗り上げて停車する。あまりにも急に曲がったのでちょうど身を乗り出していた私はフロントガラスの鉄枠に額を強かに打ち、目の前を星が瞬いた。

「ここで待ってろ。今日は夜から非番なんだ。付き合えよ」

伍長は私をもう一度舐めるように見ると、後部座席のドアを開けた。まだ目覚めないカフカの両脇に腕を入れ、ジープから引きずり下ろすと、まるで負傷兵を運ぶかのように上半身を支え、周囲を針葉樹林が囲う道を連れて行く。日に焼けた黄色い地面にカフカの踵《かかと》の跡が二本、くっきりと残る。その先に白い木製のゲートと小さな歩哨小屋が見えた。

ゲートは検問所よりもしっかりした作りで、MPのヘルメットをかぶったアメリカ軍の歩哨がいた。全員ライフルを肩に提げ、バリケード代わりの車輛の上には機関銃のような形の影まで見える。ここで揉めたら、私はともかく、カフカがどうなるかわからない。

私はジープから身を乗り出したまま、どうすることもできず、引きずられていくカフカの姿を呆然と眺めた。どうか昨夜のように、ゲートが開きませんように。

当たり前だが赤軍のゲートとは違い、アメリカ兵同士、仲間のゲートはやすやすと開く。それどころか他の憲兵が助けにやって来て、カフカの足を抱えると、ふたりがかりで中へ運び入れ、ゲートが閉まった。

ここがいったいどんな場所なのか確かめようにも、ゲートには英語で〝DPキャンプ〟という看板しか立っていない。キャンプは集落、あるいは収容所を指すのだろうが、DPとはいったい何の略なのだろう？　この近くにはマクデブルク線のデュッペル駅があるはずだ。それならDüppelの略かもしれない。でも誰を収容しているのかまではわからなかった。入口のゲートの幅は大型のトラックが二台通れるほど広く、外から見た限りでは、敷地はかなり広いように感じる。周囲は針葉樹林でどこかに抜け道でもないかと考えたが、探す間に捕まってしまうかもしれない。

アメリカ人はユダヤ人に優しいという噂だ。でも本当に？　本当にそうなのだろうか？

どうしよう。どうしたらいいんだろう。私のせいだ、私がカフカに助けを求めたから、こんなことになってしまったのだ。

どこかの教会が鐘を鳴らしている。もうすぐ夜になる。助けるなら急がなければ。

しかし占領軍に被占領民がたったひとりで向かったところで、訴えが聞き届けられるはずもない。それどころかゲートにいる兵に訴えたところで、お仲間の伍長が戻ってきたらおしまいだ。これからあの伍長が私に何をしようとしているのか、わかりきっている。今のベルリンで夜に〝付き合え〟と占領軍の兵士から言われて、食事だけで帰れると思うほど私も初心《うぶ》ではない。あの目つき、舐めるように胸を見る目つきを思い出すだけで吐き気がした。でもどうやって逃げる？　徒歩で？　周りに味方はいないし、隠れる場所もない。狩猟場に放たれる前のキツネはこんな気分かもしれないと額の汗を拭いながら思った。

のろのろと顔を上げたその時、目の前に薄汚れた顔が飛び込んできた。黄色味を帯びはじめた西日に照らされ、らんらんと光る目と目が合う。

悲鳴を上げる寸前に口を手で塞がれ、「しっ、静かに」と囁かれる。子どもだ。まだ十四、五歳の小柄な少年。大きな帽子をかぶり、黒くべたっとした長い前髪の下に、油断のない賢そうな黒い瞳が素早く動く。

伍長はジープの右のタイヤを土に乗り上げさせたので、助手席側に針葉樹が沿う位置に停まっている。どうやら少年はこの小さな林に潜み、私が悩んでいる隙にこっそり乗り込んだようだ。目だけであたりを確認すると木陰には他にも子どもたちが隠れていて、少年が右手でくいいと合図すると、子ネズミのようにわらわらと現れ、音もなくジープを襲った。乗り込み、下に潜り、めぼしいものを盗んでいく。小さな手にレンチやドライバーを持って、アメリカ文明の鉱脈を探っていた。カフカが言っていた、孤児ばかりの窃盗団に違いない。

私は自分の革鞄を盗まれないよう胸に抱きかかえ、ただ背筋を伸ばし、何も起きていないふりを続けた。子どもたちから敵と見做《みな》されるのは危険だったし、伍長をはじめアメリカ兵に助けを求めたくもなかった。

最初に私の口を塞いできた少年が、この窃盗団のリーダーらしい。ドイツの子どもは、ヒトラー・ユーゲントのせいもあって普通は半ズボンを穿く。けれどこの子は大人のように長いズボンを穿いていた。不良だ。全身からガソリンや潤滑油などのオイルのにおいを放っている。彼は相変わらず私の口を左手で押さえたまま、右手を運転席の前に伸ばし、ハンドルの裏側に設置されているホルスターからライフルを抜き取り、肩掛け紐に腕と頭を通し斜め掛けにした。ちょうど子どもたちの盗みも終わったらしく、木陰へと再び戻っていく。

「じゃあな、ねえさん。黙っててくれてありがとうよ」

少年は声変わりがはじまったばかりのようなかすれ声で私に耳打ちし、そっと後ろ向きに下がってジープから降りると、針葉樹林の裏側へ消えた。

「……待って！」

私は思わず呼びとめた。子どもを頼るつもり？　自分で自分の行動に驚きながら、ゲートの歩哨がよそ見をした隙に、腰を横に滑らせてずり落ちるようにしてジープから降りた。幸い、少年はまだ木の向こう側にいて、重そうな布袋に通した紐を肩に担いでいるところだった。

「何だよ、やるってのか？」

「違うの。あの……助けてほしいの」

「はあ？　あんた、アメ公のスケなんだろ。ここにいりゃいい思いができるんだからじっとしといた方がいいぜ、俺たちと違ってさ」

「そうじゃなくて。私はあの伍長に無理矢理連れて来られて、ここにはいたくない。でも友達が中へ連行されてしまった。怪我もしてる。お願い、助けるのを手伝って」

少年は表情こそ疑わしげだが、真っ直ぐ私を見据える瞳の奥に、冷静な知性が素早く思考を巡らせているのがわかる。その時、にわかにゲートの方から会話が聞こえてきて、子どもたちが一斉に「ヴァルター、早く！」と急《せ》かした。

ヴァルターと呼ばれた少年はさっときびすを返し、腰をかがめて姿勢を低くしながら林を駆けて行ってしまう。誰でもいいから私には味方が必要だ、追いかけるしかない。

林は狭く、すぐに緑の道は終わり、灰色のポツダム街道に戻った。先ほどはなかったアメリカ軍のジープが数台道ばたに停車していて、ヴァルターは「迂回するぞ！」と命じ、まっすぐ街道を横断した。小さな子どもたちはまるで子狼の群れのようにリーダーに続き、弾み、駆ける。めいめい肩に担いだ布袋がかちゃかちゃとけたたましく鳴った。西に傾きつつある太陽がまぶしく、私は左手で眉庇《ぜー》をしながら、群れの後ろについて走った。

シュラハテン湖地区の閑静な高級住宅地を、泥まみれで薄汚い子どもたちは、垣根を越え、下をくぐり、美しい木々が葉を茂らせる庭から庭へと走り抜ける。途中の庭ではふたりの男女が裸同然で芝生に転がっていて、子どもたちが飛び込むと悲鳴があがった。子どもたちは囃《はや》したてからかいながら、ちゃっかりビーチボールやらホースやらを失敬していく。

「おい、こら！　コソ泥の不良ども！」

大人が止めようと怒鳴ろうと、子どもたちはつむじ風となってその手をすり抜け、尻を叩いておちょくり、小鳥のさえずりのような笑い声が流れていく。

黄金色を帯びはじめた夏の空の下、太陽の方角に向かって走り続け、やがて開けた牧草地帯に出た。ピクニックには最適な公園、レーヴィーゼだ。土をならしていないので緩やかな傾斜があり、楢《なら》や楡《にれ》の木がのびのび育っている。その向こうにアウトバーンの高架の影が見えた。

「みんな止まれ！　……よし、全員いるな？」

ヴァルターは私をちらっと一瞥《いちべつ》したが、無視して子どもたちだけに話しかける。子どもたちは背筋から指先まで伸ばし、ユーゲント式の気をつけをする子もいれば、げらげら笑いながらおかしそうに体をくねらせ、落ち着きのない子もいる。

「それでは全員、戦利品を袋に入れろ！」

ヴァルターがリュックサックを広げて隊長らしく命じると、子どもたちは列の端から、金具やパイプ、ねじ曲がった鉄線、スコップ、何かのがらくたなどをリュックサックに入れていった。ヴァルターの格好はだらしなく、薄汚いシャツの裾が長ズボンの腰からはみ出し、ナチスの少年団や少女団のリーダーにはふさわしくない。でも彼は子どもたちのまとめ方をよくわかっていた。戦利品の回収が終わると、ヴァルターは子どもたちの袋にオーツ麦を椀に一杯ずつと、角砂糖の包みもいくらか入れてやった。

私はこの風景をどこかで見たことがある、と思い出して、笑いそうになった。『エーミールと探偵たち』だ。ヴァルターはクラクション少年、グスタフにどこか似ている。子どもたちを引き連れているところなんてなおさらだ。

「では皆の衆、ご苦労であった！　用心を怠らず、めいめいの住処《すみか》に帰還せよ。解散！」

子どもたちは小さい手を斜めに挙げて総統式の敬礼をし、ケラケラ笑いながら三々五々散っていく。残ったのは私とヴァルターのふたり——しかしヴァルターは私には目もくれず、片付けをしてライフルを担ぎ直し、行ってしまおうとする。

「待って」

再び声をかけるとヴァルターは心底面倒くさそうに振り返った。

「何だよ？　アメ公から逃げられたんだからもういいだろ」

「私じゃなくて友達のこと。あのゲートに戻って、助けるのを手伝って。私だけだと、ゲートの守衛に伍長を呼ばれておしまいだから」

「おいおい、俺に何ができるって？　こっちはどこにでもいるしがない孤児だよ。アメ公に頼む前に乞食だと思われて追い払われちまう。もしくはＵＮＲＲＡ（連合国救済復興機関）の慈善家どもに引き渡されるかだ」

「無茶を言ってるのはわかってる。それならせめてゲートの向こう側は何があるのか教えて。そうしたら私も対策が練られるかもしれないから」

「助けて」と頼むだけでエーミールのようにあっという間に仲良くなれるほど、現実はお話みたいに甘くない。私は一歩前に踏み出し、息がかかるくらい距離を縮める。ヴァルターは私よりも年少だし、もっと小柄だった。

「もし助けてくれないのなら、今からあのゲートに戻って、あんたたちがアメリカのジープに何をしたか告げ口してやるからね」

するとヴァルターはぐっと言葉に詰まって、一歩下がった。意外と感情が顔に出やすい、素直な子だ。

「俺だって単独で動いてるわけじゃない。勝手なことをしたらやばいんだよ」

「どういうこと?」

「俺もあの施設が何なのかよく知らねえんだ。少し前に出来たんで様子を見たことがあるくらいで。俺は英語も読めねえし。まあボスは知ってるみたいだけど」

「じゃああなたの親分に会わせて」

するとヴァルターは両腕をぐっと組み、黒い瞳で睨みつけてきた。

「却下」

「どうして?」

「……ボスは、俺が今ここにいることを知らない。さっきの子どもたちは俺が勝手に使ってるやつらで、今回の稼ぎは……つまり知られたらやばい」

なるほど。つまり彼はボスに断りなく狩りをしたわけだ。

「私が見たこと、あなたのボスには言わないから。お願い。今日中にバーベルスベルクへ行って、人を探さないといけないの。でもあの友達がいないと探せない、案内人だから」

ヴァルターはまだ黙ったまま、うんと頷いてくれない。私はもう一押しと肩掛け鞄のバックルを開き、中から煙草を取って突きつけてやった。すでに二本使ってしまった方ではなく、まだ開けてすらいない、新品の方だ。一箱で五十連合国マルクにはなる。ヴァルターは目をぎょっと見開いたが、誘惑を振り払うように首を振る。

「嘘だ、どうせ偽物だろ？　空き箱に切った新聞紙がぎっしり入ってるんだ。開けた口は何で留めた？　ペリカン糊《のり》かよ？」

「何の細工もしてない本物のアメリカ煙草だよ。私はアメリカ軍の兵員食堂で働いてるの。英語が話せるから。煙草なんて酒保ですぐ買えるし、家にはCAREパッケージで支給された物資もある。塩だって持ってるよ。もし手伝ってくれたら、まずあんたにこの煙草をあげる。ボスには内緒で」

半分は本当、半分は嘘。私は軍の酒保で買い物なんかできないし、家に残してある物資だって、そう多くはない。塩の袋は棟の住人と共用で使ってる。だけどこういうのははったりが肝心だ。ヴァルターだって私がいくらか盛ってるのを見越した上で、落としどころを探っているはず。

ヴァルターは私の手から煙草をひったくるように奪い取ると、犬のように鼻をひくつかせて煙草を嗅いだ。そしてじろっとこちらを睨み、煙草をズボンのポケットに押し込む。

「いいだろう、ついて来いよ。でも期待はするな、ボスは魔女だから」

魔女、と言われて私は老婆を想像したけれど、実際は私とほとんど同い年の少女だという。ヴァルターとは縁もゆかりもない赤の他人で、彼女も親兄弟を亡くし、似た境遇の浮浪児を集めて面倒をみているそうだ。「優しい人なのね」と言ったら、ヴァルターは酸っぱくなりすぎたザワークラウトを食べたみたいに、顔をしかめた。

「ガキに泥棒の技を仕込む元締めの女が、優しい人間だと思うか？」

太陽は更に西へ傾き、地面に伸びる影もずいぶん長くなってきた。ヴァルターは「ついて来い」と言ったくせに、引き離そうと企んでるのではと思うくらい、悪路ばかり行く。停車中のアメリカ軍車輌と車輌の間をすり抜け、枯れかけた灌木をかき分け、階段のない土手の斜面を登った。

私も息を切らしてどうにか斜面をよじ登ると、とたんに視界が開けた。ベルリンの外周をぐると囲う計画だったはずのまま工事が停まっている帝国高速道路《ライヒスアウトバーン》と、一般道が接続する立体交差点だ。

兵員や資材を積んだ軍用車輌がびゅんびゅんと通りすぎ、くさくて煙たい排気ガスで咳が出る。下の道路に目をやると、ここにも難民たちが大勢集まっていた。老人から幼い子どもからどの人も顔が日焼けして黒く、荷物でいっぱいの重たげな荷車を引き、あちこち穴や戦車の轍《わだち》ででこぼこした道を、南へ向かう。故郷はまだずっと遠い先だろう。

私はヴァルターを追って道路を横断し、アスファルトから雑草がぼうぼうに生えた斜面を滑り降り、ふたたび針葉樹の林に入った。今度はさっき以上に木々が鬱蒼とした野性的な林だった。あちこちに新聞紙やぼろ布で作ったテントや、煮炊きのための鍋があり、ここで生活している人がいるのがわかる。

針みたいに細い落ち葉が積もった、柔らかい土を踏みしめ、奥へ奥へと進む。針葉樹独特の清々しくもつんとする香り。さっきもカフカとこんな林を歩いたばかりなのに、今はヴァルターという名の見知らぬ少年が前を歩いている。

ふいに生ゴミの悪臭が鼻をつき、蠅の大群がぶうんと翅《はね》を震わせて頭の上を飛んだ。悪臭の源はどうやら右手の方にあり、ちょうど〝USシヴィリアン〟の腕章をつけた民間のドイツ人作業員が、トラックの荷台から大量の粉を注ぎ入れるところだった。

「アメ公のゴミ捨て場だよ。やつらの潔癖症っぷりときたら！　まだ食べられるものが山とあるのに、全部石灰をかけてダメにしちまうんだからさ」

「そう……ねえ、隠れ家ってまだなの？　早くしないとカフカが」

「連れて来てやってるんだから、うるさく急かすなよな。せっかく目の前に入口があるのに」

案内されたその場所は、一見他と何も変わらない、ただの落ち葉だらけの地面だった。しかし転がった丸太の下にヴァルターが手を突っ込み、ロープを引っ張ると、落ち葉が一気に引き揚げられ、下からマンホールが現れた。落ち葉は手製の迷彩網で、外から見えないようにしていたのだ。蓋を外したとたん、ぽっかり口を開けた暗い穴から冷たい風が吹き上がり、スカートの裾がはためいた。

「アメリカ軍には気づかれてないの？」

「まったくね。ドイツ人にも知られてなかったらしい。ボスいわく、昔シュラハテン湖からニコラス湖《ゼー》を通す地下水路を作ろうとして、どこかの方向音痴が間違えちまい、盲腸みたいにはみ出しちまった道なんだって」

穴はずいぶん深いようで、声が反響する。中を覗き込むと、コンクリートで固めた壁面には鉄製の簡素な梯子があった。ヴァルターがリュックサックから出したカンテラに火を点け、持ち手の輪っかを口にくわえながら「先に入れ」と顎《あご》で促す。私は黙って梯子に足をかけ、深い闇に踏み入る。上の方でヴァルターが蓋を閉める気配がし、カンテラの灯だけが頼りになった。

一段一段梯子を降り、五メートルほどの深さに達したところで、地面についた。想像と違い、地下水路はとても短く、少し歩けばすぐ行き止まりになった。ただし壁をよく見ると、色と溶け込むように濃い灰色に塗られた、鉄扉があった。どうやら方向音痴の作業員は、水路だけでなく部屋まで作ったらしい。そのことを指摘すると、ヴァルターはにやっと笑った。

「ボスは、数十年前にここを掘った作業員がドジだったんだと言うけど、俺はそうじゃないと思ってるんだ。確かに地下水路ができたのはずいぶん前だ。でもこの扉は新しいだろ？　つまりナチがいる頃に誰かここにいた」

「……まさか潜伏？」

「潜伏か、潜伏者を匿うためか、それか敗戦を予期したナチのやつが、ここを自分の隠れ家にしようと企んだか。そこの突き当たりの壁、ちょっと触ってみろよ」

言われるまま指先で触れてみると、壁はふにふにとして柔らかい。これは知っている。マンホールの蓋を覆っていた迷彩網と同じ、部屋や扉を隠しておくためのものだ。木材で骨組みを作った後、コンクリートは使わずに綿やおがくずを詰め、漆喰《しっくい》で塗り固めるのだ。ぱっと見ただけでは壁に見えるが、鎚《つち》などで強く打てばもろく崩れる。

「この壁の向こうは本物の水路だ。こいつのおかげでうちの隠れ家は見つかってない。まあここを作ったやつ自身は、どうなったか知らねえけど」

「なるほど。あんた頭いいのね」

素直に感心したら、ヴァルターは嫌味と受け取ったかそれとも照れたかむっつりとして、さっさと壁の鉄扉を開いた。

「珍しい、連れがいるの？　隅に置けないわね、ヴァルター」

倉庫とも言えそうな狭い地下壕の真ん中に、若い女性がすっと背筋を伸ばして座っていた――緑色の上等なひとりがけ椅子に腰かけ、白いブラウスと青いスカートの上から、毛布ほどもありそうな黒いストールに包《くる》まり、美しい金髪を三つ編みにして胸元に垂らしている。目鼻立ちがはっきりして、瞳は青く、党の青少年指導者がよだれを垂らして喜びそうな〝アーリア人〟らしい美貌の持ち主だった。

彼女の周りには子どもたちが五、六人いて、地べたに座って内職をしていた。箱から食器やら燭台やらを取り出して布で拭いては隣の箱に入れたり、煙草の吸い殻を針金でほぐし、おがくずを混ぜて紙で巻き、見た目は新品同様の煙草を作ったりしている。

「姿が見えないからどこへ行ったかと思えば、女の子とデートなんて。まあ勝手にすれば。でも自分の体を思い出して泣かないでよね」

少女の言葉の意味は、私にはわからなかった。ヴァルターは帽子を脱いで頭を掻きながら、ぶっきらぼうに答える。

「連れじゃない。金づるだよ」

「金づる？　この子が？」

「アメリカ軍の下で働いてるんだと。それで物資と交換に取引をしたいらしい……じゃあな、俺は役目は果たしたぞ」

ヴァルターが部屋から出て行くと、少女はひたと私を見つめた。高級な陶器のように白く尖った顎を軽く上げ、こちらを小馬鹿にしたような態度を取る。私はつい、学校で同級だった意地悪なブリギッテを思い出し、頭の中でこの少女にブリギッテ二号という渾名《あだな》をつけた。

「悪いけどあたし、歩けないの。こっちに来て、就労証明書を見せてちょうだい」

ブリギッテ二号は肘置きに腕をついて頰に手を当て、片方の足をぶらつかせた。それは木製の義足だった。

そんなことより早くカフカを助けなければと気持ちが苛立《いらだ》ちはじめていたけれど、堪えて歩み寄り、証明書を差し出す。そして彼女があくびをかみ殺しながら書類を読む間、やきもきしながら部屋を見回した。ヴァルターが言ったとおり、ここを作った人物はおそらく、長い時間潜伏する気だったのだろう。壁の上部には丸い通気口が空いて、地下道の泥くさい空気を運んでいる。棚に並んだ箱にはすべてに錠前がかかり、鍵の持ち主しか開けられないようになっていた。

部屋の奥は右半分がカーテンで隠され、左半分は隅に机が置いてあり、ひょろりと痩せた青年が帳面に書き物をしていた。

「ふうん、本物ね」

ブリギッテ二号は退屈そうに言いながら私に証明書を突き返すと、「ハンス」と後ろに向かって手を振り、机に向かっていた青年を立たせた。どうやらこの青年が最年長らしい——私とこの少女よりもひとつかふたつ、年上だろう。つんつるてんの短い半ズボンを穿き、うっすらとすね毛の生えた長い脚がむき出しで、本人はそれが恥ずかしいのか決まり悪そうに背中を丸めている。きっとヒトラー・ユーゲントの制服を着たままなのだ。彼もまだ習慣から抜けられないのか、きれいな金髪はぴっちりと七三に分けてあった。

「ハンス、お客さんのために飲み物を拵《こしら》えてきて」

若き女帝に命じられた半ズボンの青年は頷くと、部屋から出て行った。

「飲み物なんて。それより、早く……」

「私のすることに文句をつけるつもり？」

ブリギッテ二号は高慢に言い、冷たい視線を私に注ぐ。ここで追い払われるわけにもいかない。私は黙って従った。

「それで？」

私は彼女を完全に信用する気にはならず、友人が「DPキャンプ」というところへ連れて行かれたとだけ話し、ドブリギン大尉から受け取った十連合国マルク紙幣を出して見せた。

「友達はアメリカ兵に連れて行かれた。私自身はアメリカ兵に近づけない事情があります。もし助けるのを手伝ってくれるなら、このお金をあげます。助け終わったら、うちにある物資を」

するると少女は突然、堪えきれなくなったように吹き出し、反り返ってげらげら笑った。

「すっごいおかしい、善良でまぬけなお嬢さんね、あんた」

「……何がおかしいの」

「アメリカ軍の下で働いてるのにわかんないの？　DPっていうのはね、デュッペルの略じゃないわ。Displaced Person、つまり〝難民〟のこと」

彼女の英語は私よりもずっと美しい発音だった。こちらの戸惑いなどお見通しだと言わんばかりに、頬杖しながらにっこりと微笑む。

「あたしナポラ出身なの。小さい時、アメリカに一時留学したこともあるのよ。頭も見た目も血も、あんたよりもずっと優秀。それなのにアミーどもときたら、あたしを雇うどころか強姦しようとしたんだからね。地獄に落ちるがいい。まあそれはともかく」

ポケットから煙草の箱を出したブリギッテ二号は、まるで卵を扱うような慎重な手つきで箱を開けて、白い上等な煙草を口にくわえた。すかさず子どもがひとり駆け寄ってマッチを擦り、火を点ける。たちまち紫煙がゆったりと揺らぎ、天井を舐めた。

「あんたの友達はユダヤなんでしょ？　大丈夫よ、心配しなくても。きっと今ごろいい思いをしてるはず」

「……どういう意味？」

「そういうとこに連れて行かれたから」

まだわかんないの？　と言わんばかりに私を見て、悠然と義足の足を組む。

「連合国の難民キャンプはあちこちにある。ドイツに来て、まだ処分が決まってない大勢の汚いスラヴ人だのポーランド人だのを押し込めておくための、不衛生で食べ物の少ないバラックよ。ただしアメリカが用意したユダヤ人用のラーゲルはちょっと違うの。〝移住〟先からのこのこ戻ってきたユダヤを、アミーのお馬鹿さんが面倒見てんのよ。偽善者がね、金持ちのアメリカ・ユダヤと国際社会の目ってやつを気にしてるってわけ。そこに送られたのなら、あんたの友達はユダヤだわ。よかったわね、SSがここにいなくて」

「ラーゲルって……ひどい場所でしょう」

私の頭にあったのは、イーダたち東方労働者がいたような、汚らしくて狭い、物置小屋が集まったような灰色のバラックだった。しかしブリギッテ二号は「まさか」と嘲《あざわら》う。

「そこのデュッペルのラーゲルは知らないけど、国境にあるバラックはどれも清潔で新品だって。噂じゃコックや医者、ラビもいるそうよ。そのうち郵便配達員やら法務担当官やらもつけるんじゃない？」

ブリギッテ二号のつんと尖った鼻の穴から、紫煙がすうっと立ち上った。

「ねえ、ずるいと思わない？　あたしらにいじめられたから、ユダヤは救済されて当然ってわけ。でもあたしはラジオでゲッベルスさんがユダ公用の収容施設はとてもいいところだと言うのを聞いたし、ニュース映画に出てたユダ公も〝幸せです〟って答えてるのを見た。いじめてなんかいないのにね！　この戦争で一番美味い汁を啜ったのはやつらよ。配給品もいいものばかりもらってる。この国でいじめられたのなら早く出て行けばいいのに、〝小包目当てのユダヤ人《パケート・ユーゲン》〟、まったくどこまでも狡賢《ずるがしこ》い連中よ！」

私は頬を引っぱたかれたような気分だった。

隣人のベッテルハイム一家が全員亡くなったという報せを聞いたのは、昨年の大規模な空襲の直後だった。私は両親の死以来離れていた生家の様子を見に行き、残骸と化したかつての集合住宅で、知り合いの女性から教えてもらったのだ。一家は爆撃で死んだのではない。それよりも前に、どこかへ〝移住〟させられて、病気や事故で亡くなった。死亡通知はビルケナウとダッハウという、聞きなじみのない場所から郵送で届いた。ベッテルハイム一家とは親しかった。私が生まれた日からそばにいて、英独辞書をくれたのもあの人たちだった。

……病気だの事故だの、とても信じられない。一家の長女で私の幼なじみ、エーファは結婚して家を出て、幸せになったはずだったのに。他のユダヤ人たちもみんないなくなってしまった。だけど手品だって種がある。彼らはどこかにいるはずだった。消えてしまったんじゃない。

目の前の美しい少女は、うっすらと笑みを浮かべて私を見ている。まるでこちらが無知だと言わんばかりに。

「だから、ユダヤになんか親切にしなくていいのよ。学校で教わったでしょ。助けてあげなくたって、あんたの友達は楽しく幸せに生きていける」

ブリギッテ二号の肩を揺さぶり、あんたは何を知ってるのと問い糺《ただ》したかった。その時ちょうどハンスが外から戻り、私に湯気立つマグカップを「どうぞ」と手渡してきた。口元はつとめて笑おうとしているが、どこかぎこちない。カップの中身は、コーヒーに似ていると言えなくもない黒っぽい液体だが、代用コーヒーのにおいすらしなかった。

「……だけど、あんたの持っている物資もほしいわ」

ブリギッテ二号はそうひとりごち、両目を細めた。

「飲みなさい、それを。そうしたらあんたの友達を連れ出してあげなくもない。これって体にいいの。滋養強壮、肌も綺麗になる」

　黒い液体はどう見てもコーヒーではない。いったい何だろう? 唇に近づけようとしてちらっと視線を上げると、若き女帝の背後に立つハンスが小さく首を横に振った、気がした。

「喉は渇いてない」

「飲まないのなら、あんたの頼みはなかったことにするけど?」

　この人に助けてもらったところで、カフカは喜ぶだろうか。その時、部屋の奥にかかっているカーテンが動いた気がした。隙間からか細い腕が突き出て、少女を呼ぶかすれた声がする。その腕にはぽつぽつと小さな痕があった。モルヒネ中毒者の腕だ。

「姉さん……姉さん、注射針が折れちゃった」

「しょうがない子ね、ハンス、針をあげて」

　開いたカーテンの下から覗いたのは、まだ幼い少女だった。どことなく女帝と似ている気がする——その後ろにはモルヒネの瓶と、ペルヴィチンのラベルを貼った瓶が無造作に置かれ、白い錠剤が散らばっていた。そして中毒の子どもの横に、真っ黒くひからびた何かの死体があった。赤ん坊の死体だ。

　手の中のマグカップが滑り落ち、茶色い液体が飛び散った。

　もうここにはいられない。私は走って部屋から飛び出し、大急ぎで鉄扉を閉めて「捕まえな!」の声を塞ぐ。光の差さない地下道は、カンテラなしでは暗すぎて何も見えない。まごついていると、鉄扉が内側からどんと押され、慌てて体で塞ぎながら手探りで南京錠を外側からかける。乱暴に叩かれるドアの音に震える指先で壁を伝い梯子を摑んだ。

後ろから追ってくるだろうか。あの南京錠は錆びついていたし、隙間からバールか何かで壊してしまえばあっけなく出て来るに違いない。私は祈るような気持ちで梯子を駆け上がり——そして天井にぶち当たった。

「開けて！　誰か！」

マンホールの蓋は下からではびくともしない。どこかにハンドルか蝶番《ちょうつがい》があるのだろうが、こう暗くては何もわからず、私はすっかり平静を失って、マンホールを叩き続けた。下を見ると、鉄扉の隙間から光がかすかに漏れ、思ったとおり、バールで錠を破壊しようと試みる音が聞こえてきた。

息を飲んだその時、天井が鈍い音を立てて開いた。ヴァルターが明るい光の中にいて、私を見下ろしている。

「こっちだ。早く登れ」

ヴァルターは相変わらずのむっつり顔だが、手を伸ばして私を引き上げてくれた。今までどこで何をしていたのか、体を燻製器にかけたようなにおいがする。首にオートバイのライダーがつけるようなゴーグルをひっかけ、両手に革の手袋をはめ、腰には黒く汚れた布を挟んでいた。

「な、ひでえ魔女だっただろ」

地上に出ると、どっと疲れが体に襲ってきた。四つん這いになったまま息を吸い、肺いっぱいに酸素を取り込む。空気が甘い。空は黄金色に輝き、日が暮れつつある。こっちが本物の世界で、さっき見たものは、きっとただの悪夢だ。このまま柔らかい土に寝転がって、眠ってしまいたい。しかしヴァルターは私の腕を強く引いて、いいから走れと命じる。

「走れって、どこへ？」

「いいものがあるんだ。手伝ってやるよ」

木の根が太く張った段差を飛び降り、そのままゆるやかな下り坂を走る。その先にひときわ大きな唐松の木があり、そこから何やらもくもくと白い煙が出ていた。ヴァルターはさっと身を翻して根の下に潜り込み、こっちへ来いと手招きする。ちょうど土がえぐれたところに、唐松の太い根が張って、大きなものを隠すには都合がいい窪地になっていた。

そこに黒いオペル車が停まっていて、私は息を飲んだ。

ただし本物の車ではない。正確には、オペル車の殻をかぶった、お手製の木炭ガス車と呼ぶべきだろう。

木炭ガスで走る車は、ガソリンが軍や党の重役以外に供給されなくなってから、いろいろな車会社が開発して普及し、戦時中からあちこちで目にした。でもヴァルターのこの車は大きさや規格がちぐはぐで、どう見ても市販品ではない。部品をこつこつ集めて自作したのだろう。

外側こそまるっこくてオペルらしい車体だけれど、後部のトランクの後ろには寸詰まりの木製荷台がついていて、まるで巨大な湯沸かし器のような銀色の釜と発生炉、それから濾過器がどんと搭載されていた。上に伸びる排気管からごうごうという音とともに白い煙が出て、近くによると煙たい。車の屋根には釜に補充するための小さく切った薪の袋が積んであった。

車内を覗いてみると、ボルトで締め付けた無骨な鋼鉄製のダッシュボードがついていて、むき出しのハンドルと軸、気圧計や速度計が設置されている他、私には用途がわからない銀色のクランクやら何やらがあった。足下にはしっかりアクセルとブレーキのペダルもある。

座席はどこかで拾ってきたらしい色も形もちぐはぐな四つの椅子が置いてあり、鉄のフレームにボルトとナットで無骨に固定されていた。

開きっぱなしのボンネットのエンジンルームからもう一本突き出した排気管からも、白っぽい気体が溢れ出している。ヴァルターはマッチを擦って火を近づけ、火が強くなったのを確かめると、煤まみれの革手袋で口を塞ぎ火を消した。

「これは試作品第一号なんだ。さっきのジープの部品で完成した。安全性は保証しないけど、ちゃんと走るぜ。どうする？」

首にゴーグルをぶらさげたヴァルターは、にやりと不敵に笑った。きっと急いで整備したのだろう、顔もシャツのまくった袖の下も真っ黒に汚れている。木炭ガスは、二十分は焚かないと十分なガスが蓄積できず、エンジンも動かない。まさか私が戻ってくるのを見越して、用意してくれたのだろうか。

「なぜ乗せてくれるの？　お仕置きされない？」

「その方が俺の都合もいいんだ。あの氷の魔女とおさらばするいい機会だから。飲み物をハンスが持って行ったろ。飲んだか？」

首を振ると、ヴァルターはほっとしたように笑った。

「あれは罠なんだ。泥水を湯で溶いたもんにカルモチンが混ぜてあるんだよ。飲んだら一発で寝ちまう。その間に身ぐるみ剝いで、女だったら隣のクラインマハノウ地区のイワンどもに売る。身分証の住所をたどれば家の中も漁りたい放題ってわけ。まあ、ハンスはいくじなしだからな。顔に出てたんじゃないか?」

何かあるとは思ったけれど、まさかカルモチンが入っているとは思わなかった。ハンスが首を振ってくれなかったら飲んでいたかもしれない。

ヴァルターはエンジンキーをひねり、エンジンを噴かした。木炭ガスは上手く発生したようで、ごとごとと大きな音を立てながら息を吹き返し、いつでも発車できるぞと言わんばかりに唸っている。

「とにかく乗れよ。急がねえと魔女が来る」

もちろん、と頷きかけたその時、すぐそばで誰かが枝を踏む音がした。

「あ、ああ……こんなところにいたのか」

私が後部座席のドアに手をかけた瞬間、噂のハンスが唐松の上から顔を覗かせた——そして顔色を変えた。

「ヴァルター? 君たち何をしてる?」

「急げ、早く乗れ!」

ヴァルターにどつかれ大慌てで後部座席に体を滑り込ませたが、ハンスの身は意外に軽く、木の根をひらりと飛び降りてやって来る。ヴァルターが運転席に座った時には、ハンスは助手席のドアを開けていた。

「仕方がねえ、ハンス、お前も乗れ！ 道連れだ！」

目を白黒させながらもハンスは言われたとおりに細長い体を縮めて中へ入り、助手席についた。

ヴァルターが思い切りアクセルを踏み込み、タイヤはすさまじい金切り声をあげたが、土をまき散らしながらも走り、林道を駆けた。

後ろから子どもたちの喚き声が聞こえた気がしたけれど、ボイラーの音がうるさすぎて、空耳だったのかもしれない。

幕間Ⅱ

一九三九年。

八月の終わり、十一歳のアウグステは中等学校《ミッテルシューレ》での新学期が億劫でたまらなかった。

夏の長期休暇とは名ばかりで、やれ労働奉仕だの夏期キャンプだのに駆り出された上に、毎朝早くから集団体操に参加させられ、総統を讃える歌を歌わされた。本を読もうにも、少女団《ユンクメーデルブント》で渡される本はたいてい最後は金髪碧眼のドイツ民族が勝って終わるので、何のひねりもなく退屈きわまりない。

学校へ行けば、どこかで素晴らしい休暇をすごしたであろうブリギッテが大興奮で威張り散らすのを、聞かなければならない。彼女は国民学校《フォルクスシューレ》からの同級生で、ことあるごとに両親ともにナチスの上級党員であることを話すのだが、昨年の夏はとにかくひどかった。地区のドイツ女子同盟《BDM》で最優秀だった姉が、ニュルンベルク全国党大会に参加して何かのスピーチをしたと自慢する。「あなたのご家族は？　党大会に参加したことがおあり？」と訊ねてくるのだった。

アウグステは背中を丸め、背負った鞄の肩紐をぎゅっと握って、「クレーンが倒れるか工事による地盤沈下か何かで校舎が破壊されていろ」と呪いながら、のろのろと中等学校へ向かう。しかしあいにく校舎は今日もそこにあり、国旗であるハーケンクロイツ旗を上から垂らし、女生徒たちを次々飲み込んでいく。

教室に入ると、すでにブリギッテが休暇の思い出話を披露し、五、六人の同級生が感心して頷《うなず》きながら話を聞いているところだった。今年は党大会ではなく、帝国に併合されたばかりのオストマルク州（現在のオーストリア）ウィーンでのオペラ観劇のくだりでアウグステは教室に入り、なるべく気づかれないようにそっと後ろへ回ったつもりだったが、「ハイル・ヒトラー、アウグステ！」と声をかけられてしまった。

「……ハイル」

「やだ、見てよあのふくれっ面！　きっと夏はどこにも行かれなかったんだわ。だってお父さんが党員じゃないんだもの」

聞こえよがしにブリギッテが取り巻きの少女たちに話すのをアウグステは無視して、一番奥の窓際の席に座った。適当なことを言って！　と内心でブリギッテを馬鹿にし返す。父は確かに党員ではないが、労働戦線《DAF》には入っているし、歓喜力行団《KdF》を通して、日帰りではあるが船旅をした。ただ、はじめて乗ったKdF大型客船の揺れで吐き続け、まったく楽しくはなかったが。

教室には国旗とアドルフ・ヒトラー総統《フューラー》の肖像画がかかっている。フューラーの黒い瞳をアウグステが睨《にら》んだところで、教師のヒルデブラントが入って来た。

「ハイル・ヒトラー、みなさん！」

「ハイル・ヒトラー、先生！」

席に着いた少女たちが一斉に挨拶すると、ヒルデブラントはにっこりと微笑んだ。すらりと背が高いヒルデブラントは、華奢《きゃしゃ》な体をぴんと張り、冬の晴れた日の空を思わせる青い瞳の持ち主で見事な金髪をすっきりと結い上げた模範的な教師だった。純白のブラウスの袖には真紅のハーケンクロイツ腕章をはめ、襟には党員章が輝いている。

生徒たちは起立して、ヒルデブラントが奏でるアコーディオンの『世界に冠たるドイツ』に合わせて「ドイツよ、この世のすべてのものの上に」と歌った。

音楽が鳴り終わったところで教室のドアが開き、生徒たちと同じ年頃の少女が姿を現した。後ろに黒い制服姿の親衛隊《SS》がいる。少女はうつむき、なかなか入ってこようとしないが、親衛隊に乱暴な手つきで背中を押され、ようやく入室する。生徒たちは小声で囁《ささや》き合い、教室はさざめきで騒がしくなった。

「あの子、ユダヤ人じゃないの？　なんでここに？」

以前は同じ学《まな》び舎《や》で過ごすこともあったユダヤ人やジプシーの子どもたちは、今はほぼ完全に普通の学校から離され、ユダヤ人学校に通っているはずだった。

「静粛に、静粛になさい。さてみなさん、最初の授業は人種優生学です。国民学校でも習いましたね？　これはとても大切な、世界でも最先端の学問ですから、しっかり身につけなければなりません。ではさっそく復習しましょう」

ヒルデブラントは最前列にいた生徒に手伝わせながら、黒板に大きな図版を貼った。どこにでもある雑貨店の風景を描いた絵で、客が何人かいる。カウンターの内側には太った婦人がおり、売場には優しげな笑みを浮かべるヒルデブラントに似た金髪の母親と子ども、黒いユダヤ帽をかぶり髭を生やした老人、栗色の髪の女性、手に鞄を持った男性などだ。

「さあ、この絵にはおかしなところがありますね。この雑貨店はアーリア人商店ですが、ここにいてはいけない人たちがいます。誰かわかりますか?」

するとブリギッテが高らかに「ユダヤ人です!」と答えた。ついため息が出てしまったアウグステは、隣席の生徒に聞かれたかどうかが気になったが、おかっぱ頭のその子は右隣の席の子どもと内緒話をしていて、まったく関心を払っていなかった。

アウグステはノートの隅に落書きしながら、ちらりと視線を上げて、ドアの前にいる見知らぬ少女を見た。入室したのに放っておかれ、うつむき、今にも泣き出しそうだ。まだ授業ははじまったばかりだというのに、アウグステも家に帰りたくてしかたがない。

「あなた。この中からユダヤ人を探してちょうだい」

指名された生徒は渡されたチョークで、ユダヤ帽をかぶった老人に丸をつけた。しかしヒルデブラントはまだ生徒を戻さない。

「まだいるわ。もうひとりね」

生徒は少し悩んでから、鞄を持った若い男性に丸をつけた。彼は横を向いており、はっきりと鼻が大きく、肌は浅黒くて、眉毛は濃く太く描かれていた。表情はいかにも底意地が悪そうにゆがみ、この雑貨店を乗っ取ろうとしているかのようだった。

「正解です。よく出来ましたね」

褒められた生徒はスキップをしながら席へ戻り、得意げに顎《あご》を上げた。ヒルデブラントは白い教鞭で、鼻の大きな男の顔を示す。

「ユダヤ人といっても、わかりやすい服装をしているわけではありませんし、身分を隠してアーリア人店で買い物を試みる、ずるい嘘つきもいます。あきらかな法律違反ですね。

ユダヤ人はみなドイツ民族を憎み、共産主義者と一緒に国を乗っ取る機会を窺っています。ですから絶対に親しくしてはなりません。彼らは憐れな演技がうまいです。しかし優しいドイツ民族に付け入っているだけですから、騙《だま》されてはなりませんよ。おかしいな、と思ったら必ず身分証の提示を求めましょう。その際、星のスタンプだけ確認するのではだめです。私たちは民族共同体の一員として、彼らがちゃんとユダヤとわかる人名を名乗っているか、男ならイスラエル、女ならザラが入っているか確かめましょう。みなさんは血族調査局からアーリア人身分証を発行されましたね？」

一斉に「はい、先生」の返事があがる。そこで教室の中央席にいた生徒が手を挙げた。

「先生、私の近所に住む一家なんですが、父親はユダヤ人なのに、子どもの身分証は混血児と書いてありました。そういう時はどうすべきですか？」

するとヒルデブラントは「あら」と目を丸くした。

「その事例はおそらく、母親がアーリア人なのですね。混血は嘆かわしい問題ですが、すぐに総統が正しい答えを私たちに示して下さるでしょう。

結婚と混血については次の授業でやりますから、今はまずユダヤ人について学びましょう。劣等民族の身体的特徴について。目がくぼんでいて、鼻が大きく、性格は狡猾《こうかつ》で、いつも悪だくみをしている。額が狭くて後頭部は崖のように平らなので、必然的に脳は小さくなり、知性が劣ります」

ヒルデブラントはうつむいたままのユダヤ人少女に素早く手招きし、黒板の前に立たせ、それから「あなたも来て、フロイライン・ヘルプスト」とブリギッテを呼んだ。ブリギッテは黒板の前に立つと、ユダヤ人少女に向かってくさいものを嗅いだように鼻をつまみ、半数の生徒たちは笑い、もう半数は気まずそうに目をそらした。ヒルデブラントは教鞭の先で、「人種優生学」の標本となったふたりの少女を指し示す。

「みなさん、よく見て下さい。後頭部の形を。北方系の純粋ドイツ民族であるフロイライン・ヘルプストは見事な曲線を描いていますが、このユダヤの少女はかなり絶壁です。顎や鼻の形、目の印象もずいぶん違いますから。見比べ、観察しましょう」

子どもたちが鉛筆をノートに走らせ、スケッチとユダヤ人の特徴を書き込む間、教師はふと顔を上げて、アウグステと目を合わせた。

「そうだわ、フロイライン・ニッケル。後で校長室にいらっしゃい」

「……はい、先生」

周りの生徒が、はじめてアウグステの存在に気づいたかのようにじろじろとこちらを見るので、アウグステはノートの上で右手をそっと動かし、高慢ちきに振る舞うヒルデブラントの似顔絵を隠さなければならなかった。

やがて標本扱いから解放されたユダヤ人少女はSSに連れられて教室を出て行き、ヒルデブラントは冊子の束を前列の生徒に渡して、全員に一冊ずつ回すよう命じた。

「次はわたくしたち自身、つまりドイツ民族とアーリア人種についての話に移りましょう。先ほども少し話が出ましたね。ドイツ民族が栄えるためにわたくしたちドイツの女性は、健康で良質な、純粋な血を持つ子どもを多く産む必要があります――」

すべての授業が終わり、ベルと共に外へ出ていく子どもの群れに、アウグステの姿はなかった。

校長室ではさんざんな目に遭った。校長やら教員主任やらドイツ教員連盟の役員やら、赤いハーケンクロイツ腕章をつけた五、六人の大人に囲まれて、父デートレフについて根掘り葉掘り聞かれた挙句、提出済みの家系図を引っ張り出され、頭部の計測までやるはめになった。デートレフはすでにドイツ共産党から抜けており、数年前からタービン工場の班長の任についている。しかし今も入党しておらず、またマリアとの間の子どもがひとりしかいないという国家方針に則さない状態から、目をつけられやすかった。

それ以上に最悪だったのは、計測器を手にしたヒルデブラントが「アーリア人種にしては後頭部が平らですね。こんな頭でちゃんと本が読めるのかしら」と言ったことだ。アウグステは肩を怒らせ、石畳をどすどすと踏みしめながら大股で家路を急ぐ。

街はいたるところに、赤地に白い円、黒い鉤十字《ハーケンクロイツ》の国旗を掲げていた。病院や郵便局といった公共施設はもとより、ホテルや個人商店、道の街灯や電信柱でも旗は翻る。第三帝国の象徴である鉤十字印は、国旗だけでなく、あらゆるものに刻印された。便箋、絵葉書の消印、映画館や列車の切符、おもちゃに本、缶詰や小麦粉の袋にまで――もちろん人も例外でない。鉤十字をつけるのが普通であり、ついていないものは異端。たとえばユダヤ人の家や病院などは、国旗を掲げたくても掲揚を禁止されていたので、ますます異端扱いになった。

アウグステの帰路の途中にあるユダヤ人女学校もそのひとつだった。

にんにくやスパイスのにおいがしみついた薄暗い通り、アウグステの少し前を、標本にされたユダヤ人少女がとぼとぼと歩いていた。短いおかっぱの髪は誰かに鷲掴《わしづか》みされたのか、乱れている。アウグステは学校鞄の肩紐を握りしめ、今こそ話しかけよう、と思っては勇気が出てこずにだんまり、を繰り返した。やがてアウグステの両親がはじめて出会った場所というアウグスト通りの古い墓地を通り過ぎ、煉瓦《れんが》造りの学校前に差しかかると、ユダヤ人少女は細い腕でドアを重たそうにしながらなんとか開け、中へ入っていった。

ドアが開いたほんの数秒間、アウグステは校内の、美しい緑と白に臙脂《えんじ》を組み合わせたタイルの床や壁を見た。中庭から差し込む陽射しできらきらと輝いている、と思ったのもつかの間、外壁に投げつけられた生卵や落書きで汚れたドアが閉まり、見えなくなった。ドアには〝当該学校にはすでに立ち退き指示が出ている。厳然たる法令違反である。迅速に退去すべし〟という貼り紙があった。

公園ではヒトラー・ユーゲントが行進の練習中で、その先のシュテッティナー駅からは、大勢の背広姿の会社員や親衛隊が降りてくる。以前はよく見かけた勤労女性の姿はなく、ほとんどの女性は小さな子どもか買い物袋を抱えていた。夏の終わりの赤い夕暮れ空を見れば、遠くに大きな赤煉瓦の建物、ＡＥＧの工場が見えた。通りを行き交う車は以前より軍用車が増えたとアウグステは思った。党の祝日に開かれる軍事パレードもますます派手になり、不吉な気配を感じ取る市民も少なくなかったが、アウグステも含めみなあまり考えないようにしていた。

アウグステはアッカー通りの集合住宅《ジードルング》に帰り着き、地下室を工事中の作業員の視線を避けつつ、自宅のある四番中庭へと真っ直ぐ進む。ドアを開けて階段室《エルカー》に入ると、ちょうど隣人ベッテルハイム家の老父、イツァークが階段を登ろうとしているところだった。ＮＳ医師連盟から産科医の職を追われて以来めっきり老けこみ、膝と心臓を悪くしたイツァークはふうふう息を切らしながら右手で手すりにしがみついて、左手に袋を提げている。アウグステが手を貸してやると、イツァークは灰色の髭に覆われた顔をほころばせた。

「おお、おお、我が隣家の娘よ、その優しさは野花のごとし」

「何言ってるのイツァーク。またゾフィーエン・ゲマインデの墓地に行ってたんでしょう。あんまり危ないことしないで、エーファが心配する」

各地区のユダヤ人共同体《ゲマインデ》は次々と封鎖され、まだ残っている場所も党によって監視されていた。しかしイツァークは首を振り、アウグステが幼児だった頃の愛称〝ガスティ〟と呼ぶ。

「明日は金曜日だよ、ガスティ。蠟燭《ろうそく》を手に入れんと。シナゴーグから譲ってもらえなくなっちまったからなあ」

イツァークの左手の袋には、蠟燭の束が入っていた。明日の日没からはじまる安息日の準備だ

──アウグステは学校で起きたこととユダヤ人女学校の落書きのことを思い、なぜ危険を冒してまで宗教にこだわろうとするのかと、首を傾げてしまう。

「命の方が大事でしょ、我慢してよ。去年の秋のこと覚えてるでしょ？」

昨年の秋の終わり、昔からユダヤ人が多く住んでいたこのヴェディング地区は、過激なナチス突撃隊の襲撃の的になった。礼拝堂シナゴーグは焼かれ、ユダヤ人商店は破壊されて、ショーウィンドウのガラスが粉々に砕け散った。ユダヤ住民は殺された者もいたが、罰せられたのは突撃隊ではなく、ユダヤ人だった。

「しかしねガスティ、どれだけ絞め上げられようと人の心は自由なんだよ」

階段を登るイツァークの、にんにくと乳香のにおいがしみついた体をアウグステが支え、やっと三階にたどり着いて鍵を開ける。たちまちベッテルハイム家特有の香辛料のにおいがふわりと漂う。部屋の作りはどこもほぼ同じはずだが、廊下の印象も空気のにおいも自分の家とはまったく違う。幼い頃は、だからこそわくわくしたが、今は不安とかすかな違和感が胸をざわつかせる。

イツァークの帰宅に、台所からエーファが顔を覗かせる。すっかり大人になり、黒いワンピースがよく似合っていた。

「ありがとうね、アウグステ。うちがあんたの面倒をみてたのに、今じゃ逆ね」

アウグステがマリアの腹にいた頃から世話になっている、十歳年上の幼なじみだ。しかし今日は学校での出来事を思い出してしまい、エーファをまともに見られない。確かに、少し鼻が大きく、目が丸くてくぼんでいて、肌が少し黒い……アウグステが自分の中のヒルデブラントと戦っている間に、イッァークがぶつぶつ何ごとか呟《つぶや》きながら家へ入っていく。エーファはため息まじりに父を見送ると、気を取り直すかのように明るく言った。「そうだ、ちょっと待ってて」とアウグステをその場に待たせ、古い革の本を持って戻ってきた。

「これをあげる。ガスティ、ずっと英語の本が読みたいと言ってたでしょう」

それは英独辞書だった。アウグステは学校のことなど頭から吹き飛んで、ぱっと顔を輝かせる。

「いいの？　本当に？　やった！」

エーファは微笑んで頷き、美しい黒い巻き毛が揺れる。

「弟たちも使わないって言うし、使ってくれる人が持ってるのが一番だからね。でもうちからもらったことは内緒にした方がいいわ」

昔のように「なぜ？」と聞き返せたらよかった。しかし今のアウグステには、エーファの言葉の意味は嫌になるほどわかる。アウグステは礼を言い、向かいの自宅に帰った。

両親はまだ戻っておらず、家の中はがらんとして静かだ。父はAEGの工場で空軍用のタービンを作り、共働きの禁止令で工場で働けない母は買い物に出かけているらしい。アウグステは台所に入ってガラスのコップに牛乳を注ぎ、ちびちび飲みながら窓から外を眺めた。

四番中庭のベンチは昔から変わらない古めかしいものだったが、座っているのは老人ではなく、どこかの棟に住む中年の党員ふたりで、大声が三階まで聞こえてくる。

「うちの倅《せがれ》が第一防空隊ってやつに配属されてね。前の戦争じゃ聞かん部隊だし、何のこっちゃと思ってよ」

「君、そりゃ防空とかいう新しい防衛の……何だね、まあしかしかいい配属先だ。軍備を整えるのは平和維持に役立つからね。一度も争わずに領土を取り戻せるのもそのおかげさ。フランスやイギリスだって恐れをなしてるじゃないか。総統はまったくすごい御方だよ」

中庭の壁には十月からはじまる党の冬季救済事業の告知ポスターや、〝自家用車に乗りたいなら毎週五マルク貯めよう〟の積立金ポスターが並ぶ。中庭で遊んでいた少年たちは成長し、徴兵で軍隊にいるか、ユーゲントで労働奉仕をしているかで姿が見えない。

変わらないのは薔薇の茂みの前に座るギゼラだ。エーファと同じく大人に成長したため、車椅子は大きくなったが、ギゼラは今も薔薇《ばら》を愛していた。傍《かたわ》らには、背中がすっかり丸くなり老いた父親が付き添っている。

アウグステは牛乳をまたちびりと飲み、自分の寝室へ向かった。以前は両親と共同だった長い部屋は、真ん中に薄い壁を立てて仕切り、奥の狭い方がアウグステに与えられた。本棚がわりの小さな木箱には英訳版『エーミールと探偵たち』が大切に仕舞ってある。

鮮やかだった黄色い表紙は経年で色あせ、食べこぼしや日焼けであちこちが汚れていたが、アウグステにとっては馴染みの顔にある黒子《ほくろ》やそばかすのようなものだった。父が手作りした机に向かって本を開き、隣にもらったばかりの英独辞書を置いて、深呼吸した。古い本独特のかびのにおいが心地よかった。

やっと読める。

隠しきれない笑みをこぼしながらアウグステは本を開いた。

ヒルデブラントはアウグステの平らがちな後頭部に、「こんな頭でちゃんと本が読めるのかしら」と言った。だがアウグステは英訳文をひとりで読んでいる。作者ケストナー自身による「鯨の足の数が気になったせいで南洋小説を書くのをやめた」という、本気なのか法螺《ほら》なのかわからない冒頭のくだりを翻訳し、笑い転げた。

アウグステは自分を愚かだとは思わなかった。同時に、本を読むのが苦手な母や父のことも愚かだとは思わなかった。

元医師のイツァークの英独辞書は年季が入っており、手書きのヘブライ語であちこちに註釈が記してある。アウグステは少しずつ翻訳しながら『エーミールと探偵たち』を読み進め、先に原書で読んでしまわずによかった、と思った。そもそもケストナーの本は党の焚書《ふんしょ》の対象だ。人気作だったためにかろうじて残すことを許された『エーミールと探偵たち』も、閲覧制限があった。

ドイツ帝国内に存在するものには、なんでもかんでも党の鉤十字がついている――それは本も例外ではない。どれも帝国文学院の検閲に合格した党のお墨付きで、ドイツ民族を讃える内容か、ユダヤ人や共産主義者を批判する話ばかりが本棚に並ぶ。シンデレラと王子は愛ではなく純血同士だから再び出会えて幸せになる、という結末の童話に変更された。作家はふるいにかけられて作品内容は検閲される。たとえば、戦争は怖くて悲惨だとか、自由な人生を自分の意思で進もうだとか、国境なく平等に人を愛そうだとか、そういった内容の本はすべて書店や図書館から撤去され、広場で燃やされた。最初に本に火を点けたのは大学生だった。

それが普通である世の中において、アウグステはなぜ自分が国に奨励されないケストナーの本でわくわくするのか、不思議だった。なぜブリギッテと仲良くしたくならないのか、なぜ、いずれドイツ女子同盟《BDM》に入らなければならないと考えるとうんざりするのか、水曜の夜の「家庭の夕べ」が退屈で仕方がないのか、不思議だった。ミッキーマウスの短編映画はあんなに面白いのに、ウーファが作る映画がはじまるといつの間にか眠ってしまい、時々前列で監視しているヒトラー・ユーゲントに叩き起こされた。

自分は異端なのかもしれない。そんな思いに駆られると、アウグステはよく自らを人魚姫に喩《たと》えた。海にいなければ死んでしまうのに陸に焦がれ、ついに陸へ揚がるのだ。魔女との契約によって美しい声を代償にしてでも、ここにはないものに惹かれる気持ちを完璧に消すことなどできない。それに異端者は、何だかかっこいいような気もした。

この日、八月三十一日までのアウグステは、これから先の日々について不満はあっても、命の危険までは感じていなかった。明くる九月一日の早朝、ラジオの国民受信機《フォルクスエンプフェンガー》の口から、総統その人の声が流れてくるまでは。

「ねえ、みんな！　ラジオを聞いて！」

午前七時頃、下の階の住民が台所の窓から顔を出して、大声で周りに呼びかけた。しかしすぐに反応が返ってこないとみるや、彼女は裸足《はだし》で外へ飛び出し、四番中庭に立って国民受信機か小型受信機を聞くよう呼びかけた。普段は洒落者で、貧しいなりに流行の格好を心がけている彼女が、ピンクのカーラーを巻いた頭を人前に晒《さら》しているので、他の住民はよほどのことだと気づいた。

──私は忍耐強く、何度も交渉を持ちかけたが、ポーランドの返事は挑発行為だった。我々は本日五時四十五分以降、敵の砲火に対し砲火で応戦している──

アウグステは母マリアと父デートレフとともに、居間でラジオを聞いた。総統が「私は神聖な軍服を再び身につけた。勝利が確保できるまで脱ぐつもりはない」と言い、演説会場の議場に集まった閣僚が「勝利万歳《ジーク・ハイル》！」と唱和すると、デートレフは無表情でラジオのスイッチを切り、あとは小鳥ののどかな囀《さえず》りと、台所で湯気を吹いているやかんの音ばかりが聞こえた。はっと我に返ったマリアは台所に駆け込んでやかんを火から離し、デートレフは煙草を咥《くわ》えて火を点ける。そして呆然とラジオを見つめているアウグステに片目をつぶって言った。

「連中が〝勝利万歳！〟って駆け出してくるまであと何秒か賭けるか？」

アウグステは両目をぱちぱちと瞬かせ、父の冗談に笑った。

「三十秒」

「よし。父さんは十秒に賭ける……三、二、一」

「ひとつの民族、ひとつの帝国！　ドイツ！　勝利万歳、ハイル・フューラー！」

ジードルングに住む数人の党員があちこちの中庭に出てきて、歓喜の声を上げてハーケンクロイツ旗を振った。

「ほらな、父さんの勝ちだ。帰りに煙草を買ってきてくれ。この先は配給制になっちまうだろうから」

そう言って父はいつものように仕事へ出かけ、アウグステも学校へ向かった。

頭の中は戦争の文字でいっぱいだった。予感だけはずっとあった――しかし現実に起きると、空の色が急に緑色に変わるわけでも、鳥が鳴くのをやめるわけでもないので、人間だけが浮いているように思えた。道ばたで話し込んでいる老人ふたりの会話から「また飢餓の冬が」「若者も死ぬ」という言葉が聞こえてくれば、意気揚々と行進するヒトラー・ユーゲントが「敵を討て！」と叫ぶ。ゴミ捨て場の前にいた婦人たちは「だって、ポーランドが悪いんでしょう。総統は『平和のための攻撃』とおっしゃったし、国を守るためにやむなくよ」と話していた。

校内は授業がはじまってもざわざわと騒がしく、教員のヒルデブラントすらぼうっとして、何度か心ここにあらずな瞬間があった。アウグステの隣席の子は「みんな死んじゃうのかな？」としゃくりあげて泣きやまない。さすがにブリギッテも意気消沈しているのではとアウグステは期待したが、彼女はむしろ元気になっていた。

「みんな、なぜ落ち込むの？　ドイツ民族再統一は総統の悲願。不当に奪われた領土を取り戻して生存圏《レーベンスラウム》を広げるの。私たちは民族のために戦わなくちゃ！　少女団の旗にもあるじゃない、〝君たちはドイツのために死ぬべく生まれてきた〟って。私たちの命をドイツに捧げましょう！」

ブリギッテが立ち上がって鼓舞すると、ヒルデブラントはハンカチで目の端をぬぐって拍手をした。

学校が終わり外に出ると、帝国防空同盟の腕章をつけた組合員たちが、縫ったばかりの砂嚢《さのう》を配っていた。通りの角を曲がると荷台に砂を積んだトラックが停まり、婦人会の女たちが砂嚢に砂を詰め、それを男たちが塀や路肩に積み上げる。食料品店はショーウィンドウに第九防衛地区配給所の看板を下げ、すでに買い物客の長い行列が出来ていた。

「買い溜めは禁止！　さっき法令が下ったんだよ！　買い溜めしようとする奴は、その場で全部食べてもらうからね！」

店主の大声が通りを隔てて聞こえてくる。アウグステは父の煙草を買おうと並んだが、すでに品切れだった。

へとへとになりながら帰宅して台所を覗くと、母マリアが作業台の前で難しい顔をしていた。タイル製の作業台には、じゃがいもの山と、色とりどりの紙を綴じた小冊子が載っているのが見える。

「どうしたの？」

「見て、これ。どっちもじゃがいもの配給券なの。でもこっちは貯蔵用で、こっちは調理用だそうよ」

そう言って〝貯蔵証明書〟と書かれた紙をアウグステに見せてきたので、ふたりは「貯蔵用は調理に使っちゃいけないの？」「まったくドイツ人の律儀さと書類好きときたら！」と腹を抱えて大笑いした。実際、帝国配給券は仕組みも分類も細かく複雑すぎ、非常に使いづらかった。

最初の空襲警報はこの日、開戦が告げられた夜に鳴った。

大きなサイレンと小さなサイレンが重なり合いながら街中に響き渡り、いつまで経っても鳴り止まなかった。まるで聞いたこともない音、人間の聴覚を逆撫でして不安を駆り立てる音に、市民は右往左往した。夕食中だったニッケル一家は、マリアがスプーンを落とし、アウグステがそれを拾う間、デートレフがカーテンから外を確かめた。

「……みんな地下室に避難するようだ。管理人のブーツが誘導してるよ。僕らも行こう」

マリアは貴重品を入れたハンドバッグを抱え、娘の手を握ろうとした。

「アウグステ！ どこにいるの？」

「待って、母さん」

アウグステは寝室に行って、枕カバーの中に『エーミールと探偵たち』とイツァークの英独辞書を大急ぎで詰め込むと、両親の後に続いた。ニッケル一家は夕食をテーブルに残したまま外へ出て、隣家のドアを叩いた。サイレンはまだ止まらず、青白い月の光が、階段室の窓から差し込んで来る。

ようやくドアが開き、イツァークの妻エーディトが隙間から顔を覗かせる。

「デートレフ、どうしたの。私たちは安息日の最中なのよ」

「安息日だって？ そんなのはいいから、一緒に下へ降りよう。万が一本当に爆弾が降ってきたらどうする？」

しかし中庭に出たニッケル家とベッテルハイム家の前に、管理人のブーツが立ち塞がった。ブーツは地区防空責任者という腕章をつけている。

「あんたらはいい。だがユダヤは外だ！ 地下室に入ってはならん！」

「何だって？ 爆弾が降ってくるんだろ？」

「いいから外だ！ 地下室は狭いんだよ、ニッケルさん。ドイツ人が最優先という決まりだ。文句を言うならあんたにも出て行ってもらう」

デートレフはなおもブーツに食ってかかろうとしたが、向かいの家のレオ、すなわちギゼラの十八歳の弟が「ユダヤは夜八時以降外出禁止だぞ！」と怒鳴ったために、イツァークがデートレフの腕を取り、灰色の髭に覆われた暗い顔でゆっくりと首を振った。ベッテルハイム一家、老いた両親とエーファ、そして十代の弟たちは、階段室へと戻っていく。レオは歓声をあげ、他の住民たちは目をそらすしかない。

デートレフは唇を噛み、アウグステとマリア、そして去りゆく隣人の後ろ姿を見比べた。そして「君たちは下にいろ。いいね？」と言い残し、隣人の後に続いた。その時マリアはアウグステの肩をぎゅっと掴み、「母さんから離れないで」と囁き、他の住民と共に地下へ入った。母の手の震えはアウグステにも伝わっていた。父がいなくなったとたん、ブーツが嬉しそうにほくそ笑んで母を見たことも。

幸い、空襲警報は鳴っただけで、ドイツのどこにも爆弾は降ってこなかった。

警報だけは連日鳴り響き、軍施設の探照灯が空を照らした――とりわけ、ポーランドからの撤退を求めるイギリスとフランスの最後通牒期限が切れ、二国とも開戦してからは、明日にも大規模な空襲がはじまると言わんばかりに、党が総力を挙げて国民の戦意を駆り立てようとした。

学校では避難訓練とガスマスク着用訓練の授業が行われ、『灯火管制――しかし、どうやって？』という小冊子が配られた。ブリギッテの兄は親衛隊の一員だが、親衛隊特務部隊に入るそうで、ヒルデブラントや校長から激賞された。

「最高の血統ですもの、当然ね」

ブリギッテの家はもはやヴェディング地区の酒屋ではなく、誰もが震える古参党員のエリート一家となっていた。ブリギッテは帰り道にアウグステを見つけると、追いかけてきてちょっかいを出した。

「あんたのとこ、〝役立たず〟がいるでしょ」

アウグステが目から炎を噴かんばかりに睨みつけると、ブリギッテは「いやねえ、あんたの家の人じゃなくて」と笑った。

「ギゼラのことよ。可哀想だけど仕方ないわよね。弟のレオ、血族調査局の証明書を親衛隊から返却されたんですって。当然よね、入隊できるのは健康な家系が続いているアーリア人だけなんだから」

アウグステは思わずブリギッテのおさげを掴んで引っ張り、ふたりは大喧嘩になった。しかし駆けつけた大人たちから厳重注意を受けたのはアウグステだけだった。その中の良心的に見えた若い男性がこう言った。

「嬢ちゃん、あの子に逆らっちゃだめさ、家族のことを思うならね」と。

ジードルングでは管理人のブーツが張り切って、党から次々に発令される法律を忠実に守った。防火用の水を入れたバケツを地下室へ運び、住民が座りやすいようベンチを入れ、救急箱も用意した。帝国防空同盟の婦人部が縫った灯火管制用の黒いカーテンを全家庭に配り、もし夜間に窓から少しでも灯が漏れた家はすぐ通報すると脅すチラシをあちこちに貼った。

同じ頃、ベッテルハイム家ではエーファと十代後半の弟たちとともに、年老いたイツァークまで働かされるようになった。ゴミ処理か、鉄道の深夜の作業のどちらかを命じられ、イツァークはゴミ処理を選んだ。他のユダヤ人たちとともに早朝から夕方まで休みなく、悪臭を放つ不衛生なゴミを手で回収し、車もなしでゴミ処理場へ向かう。イツァークはますます衰え、高熱を出したが休めなかった。

一方アウグステの家ではデートレフの帰りが遅くなっていた。ブルンネン通りに建つAEGのタービン工場のラインはほぼすべてが軍需品生産に変わり、人手不足も相俟《あいま》ってまるで仕事が追いついていなかった。

しかし帰りが遅い理由は残業だけではなかった。同僚のひとりがひそかにDKE38型ラジオを改造し、イギリスのBBC放送を受信できるようにしたので、仕事を終えると数人の同僚と共に彼の自宅へ寄ったためだ。国外からの情報は貴重だ。それによるとヒトラーの演説にあった「ポーランドが先制攻撃した」事実はなく、ドイツ軍が一方的に侵略したという。軍備が整っていなかったポーランドは軍人民間人ともに大量の死者を出し、十月、開戦から一ヶ月あまりで降伏し、地図上から国名がなくなった。

その直後、デートレフをひどく落胆させる出来事が起きた。ヒトラーはソヴィエトに不可侵条約を持ちかけ、スターリンがそれを受けたのである。ドイツとソヴィエトは西と東からそれぞれポーランドに侵攻し、領土を分け合った。これにはナチスの党員も、地下活動を続けて生き延びている共産主義者も、困惑した。

「ヒトラーはまずイギリスとフランスをやっちまうつもりなんだろう。東とも西とも一度に争うのはきついからな。スターリンも戦略家だ。手を結びやすい」

ラジオの持ち主である同僚はそう冷静に分析したが、帰宅したデートレフは、床板の下に隠しておいたレーニンの肖像画や赤い旗を暖炉に突っ込み、マッチを擦って燃やした。

イギリスの偵察機は主に夜間ドイツ上空を飛び、ベルリンでも空襲警報は毎晩のように鳴り、青い探照灯が暗い雲間に姿を捉えると、どこで誰が何をしていようと親衛隊や帝国防空同盟の面々が現れ、「早く避難せんか!」と喚《わめ》いた。しかし爆撃機が実際に爆弾を落とすことはほとんどなく、かわりに降伏を促す伝単（ビラ）をまいたので、紙ばかりがひらひらと上から落ちてきた。次第に警報が鳴っても市民は気にせず日常を送る方が多くなっていた。

ある日、学校から帰ってきたアウグステの耳に、誰かの押し殺した嗚咽《おえつ》が聞こえた。ちょうど三番中庭を通り過ぎて四番中庭へ入るところで、アウグステはそっと足音を立てないように、アーチをくぐった。

いつもの薔薇の茂みの前にギゼラがいて、その傍らの老いた父親が、背中を丸め、肩を震わせていた。アウグステはもう一歩中へ進んで、ぴたりと足を止めた。ギゼラの父親がなぜ泣いているのか、訊ねずともわかった。四番中庭の壁に、〝遺伝子疾患患者を支え続けるとあなたの平均寿命が縮む〟という文句のもと、健康な金髪の青年が〝遺伝子疾患〟を抱える人間を重たげに支えている党のプロパガンダポスターが貼ってあった。ポスターは一枚ではなく、中庭をぐるりと囲えるほどある。〝役立たず！〟と落書きされたものまで見つけた。

ギゼラは普段どおり、薔薇がしおれていても花壇を眺め、父親だけが泣いていた。アウグステは何も言えなかった。いつだったか、自分自身の父親に「薔薇の『ギゼラ見学禁止』の立て札を抜いてあげなさい」と諭されたことを思い出し、今がその瞬間なのだろうか、とぼんやり考えた。

しかし何も出来なかった。

アウグステはくるりと方向転換すると、まっすぐ階段室のドアへと突き進み、中へ入った。ドアを閉めればもう父親の嗚咽は聞こえないかと思った。しかしどこまでもついてくる。二階へ、三階へ上がり、家へ帰っても、洟《はなみず》を啜《すす》り、喉を震わせ、泣く老人の声は聞こえた。

弟のレオが姉ギゼラをティーアガルテン四番地にある保健局事務所に通報し、ベルリン大管区の国家保健局から係員がやって来たのは、それから数日後のことだった。

冷たい雨が降りしきる夜、住民の多くが窓からそっと中庭を覗き、一部始終を見た。

「そんなことをしたって親衛隊には入れないのに」

アウグステの隣でマリアが呟く。

しかしアウグステはレオなどどうでもよかった。アウグステには機会があったはずだった。体を震わせて泣くギゼラの父親に声をかけ、どこかへ逃げなさいと言うか、このポスターを貼った人物を見つけて、立ち向かうことができたかもしれなかった。しかし自分はそうしなかった。ギゼラが薔薇を見ることを禁ずる立て札を、抜いてやらなかった。

ギゼラが輸送車に押し込められ、前照灯を光らせて走り去る間、レオは直立不動で右手を挙げ敬礼をしていた。それは去りゆく姉に対する手向けでなく、国家保健局と、この件に付き添った親衛隊に捧げた敬礼だった。薔薇の前では父親が項垂《うなだ》れていた。

通達状によると、ギゼラは「特別な施設で最新の薬物療法を」受けるという。しかし続報は入らず、面会申請も曖昧に濁されて許されず、年が明けてしばらくすると、ズーダー家の郵便受けに「あなたの娘ギゼラ・ズーダーは腸炎により死亡した」という通知と「感染を防ぐためすでに火葬された」旨のそっけない手紙が届いた。

翌朝、薔薇の後ろの壁で、ギゼラの父親が首をくくって死んでいるのが見つかった。

Ⅲ

ヴァルターの木炭ガス車、試作品第一号は、林から抜けるまでは大変な暴れぶりだった。どこかにしがみついていなければ窓から落ちてしまいそうで、私はハンスが座る助手席につかまり、舌を噛まないように奥歯に力を入れた。気圧計の針は低い数値を指し、ヴァルターがアクセルを踏むほどエンジンは破裂するような音を立てた。

「ちょっと我慢しろ、道路に出れば安定するから！」

茂みに突っ込んで枝を引きちぎったかと思えば、タイヤがぬかるみの泥を跳ね、休んでいた鳥たちも慌てて逃げていく。木々をぐんぐん追い越し、前がどんどん明るく、視界が開けてきて、最後に斜面を登れば舗装された道路に出られる……試作品第一号は唸《うな》り声を上げ、前輪がこんもりとした土に乗った。そして、そのまま止まってしまった。後輪が回転してますます泥を跳ねる。

「無理か。ふたりとも悪いけど後ろから押してくれよ」

木炭ガスはガソリンよりも数段馬力が落ちるので、ベルリンのバスでも時々こういうことはあった。私とハンスは急いで外に出て、熱いボイラーに触らないよう気をつけながら車体を押した。出発間際で仲間に加わったハンスは、なかば無理やり車に乗せられたようなものなのに、逃げなかった。そんなことを考えているとハンスが車を押しながら話しかけてきた。

「あの」

「何？」

「さっきは申し訳なかった。ごめんなさい」

あの飲み物のことだろうか。私は両手を突っ張ったままハンスを見て、「今、それどころじゃない」とだけ答え、試作品第一号を押した。別にハンスのことは恨んでいない。むしろあれを飲まないように合図してくれたのは彼だ。腰を落として両足を踏ん張り、怒りと一緒に目一杯力を込めて車を押すと、本当にどうでもよくなってきた。

ヴァルターがアクセルを踏み、試作品第一号はどうにか斜面を登りきった。私もハンスも泥まみれで息を切らしつつ、ふたたび乗り込む。

平坦なベルリンの、それもアウトバーンに接続する大きな街道は、舗装も石畳ではなくアスファルトで、木炭ガス車でもかなり走りやすい。試作品第一号もトタトタと軽い音を立てながら、滑らかに進むようになった。ただ時々、赤軍の戦車の履帯が削った穴が空いたままのところは、避ける時に多少揺れたけれど。

ゆるやかに暮れていく夏の夕暮れの下、窓のない木炭ガス車に乗って走るのは心地よかった。風向きが変わり煙が反対方向になびくと、西の空に落ちていく太陽と地平線の境界から、清々《すがすが》しい風が吹いてくる。どこか甘いような、じんと切ないようなにおいを嗅ぐと、時間にも香りがあるという気になる。

「やれやれ、これで魔女ともおさらばだ」

ヴァルターは帽子を脱いで頭を振り、汗に濡れた黒髪を犬みたいにして乾かした。

ドライリンデンの針葉樹林からクルッ・ツェーレンドルフに出て立体交差を左に曲がり、ポッダム街道を北へ戻る。速度計の針は時速六十キロを指し、この速度なら、カフカが連れて行かれたDPキャンプまで十五分もかからないだろう。しかし事情を聞いたハンスは、「迂回した方がいいよ」と言う。

「正面ゲートは危ないいし、いったん迂回して線路沿いに裏から回った方がいい。裏の林は以前僕が偵察したんでわかるんだ」

広いポツダム街道には難民送還用車輌部隊のトラックが並び、山ほどの荷車やスーツケース、布袋を抱えた外国人たちの長い長い列ができていた。肩に炎を帯びた剣のワッペンをつけたアメリカ軍の兵士が、難民をひとりずつトラックに乗せていく。その脇を試作品第一号が通りすがると、運転席に乗っていたのが少年だったせいか、それともオペルの死体をかぶった木炭ガス車がおもしろかったせいなのか、難民やアメリカ兵たちがこっちを見て囃《はや》したてた。しかし気むずかしげな下士官は笛を鳴らしてくる。

「止まれ、そこの子ども！」

ヴァルターは窓から手を突き出して、雲に茜差《あかねさ》す夏空のもとで中指を立てると、後ろに向かって叫んだ。

「ファック・ユー、アメリカ！　ファック・ユー、モーゲンソー！」

ヴァルターはげらげらと笑いエンジンをふかせ、難民やアメリカ兵たちを追い越していく。

「当然だろ？　モーゲンソー、あのクソユダヤ人がアメリカで『ドイツ人から工業を奪え、総農民化しろ』なんて馬鹿な計画を出しやがったんだ。ナチが怖くてドイツから亡命しやがったくせに、今になって口出しすんなっての」

ヴァルターはハンドルを握ったまま外に唾を吐いた。

窓の右手側に針葉樹並木が見え、奥まった小道の向こうに、伍長のジープで連れてこられた白いゲートがあった。

「このあたりは元々貸し農園だったんだ」

ハンスがそう教えてくれると、ヴァルターが茶々を入れる。「党幹部の優雅なみなさまが野菜やら何やらを植えて、心を癒やしてきたってわけ。なあハンス」

「言い方が癪《しゃく》に障るけど、そうだよ。難民キャンプはそこを潰して作ったんだろう」

ヴァルターはともかく、ハンスはこの状態をどう思っているのだろう。ふたりの仲は悪くはなさそうだし、ヴァルターの逃亡を止めないあたり、彼も一緒に行くつもりなのかもしれない。ハンスの混じりけのない金髪は少し伸びていたけれど、風貌はいかにも上流育ちらしく、穏やかで品があった。なぜ子どものギャング団に入っていたのだろう？　すると私の視線に気づいたハンスが肩越しに振り返った。

「僕の顔に何かついてる？」

「えっ、ううん、違うの。ただ気になって」

「俺にはわかるぜ、お坊ちゃんが何でここにいるのか、だろ。ハンス、浮浪児とつるんでる理由を説明してやれよ」

するとハンスは「ああ」と頷《うなず》き、「ヴァルターは押しが強いから」と笑った。

ハンスは十八歳で、法律で決められていたとおり少年団からヒトラー・ユーゲントへと順序正しく進み、そして今年の春、市街戦の直前に徴兵されたそうだ。国民突撃隊ではなく、国防軍の兵士として。

「橋の防衛戦に配備されたんだ。生き延びたのは、出撃直後に気絶しちゃったおかげ」

少し恥ずかしそうに言って、色白の頬に朱が差す。

「ところが家に帰ってみたら、誰もいなかった。みんな僕を置いて、赤軍が来る前にベルリンから逃げたんだ。僕は家族に嫌われてたから――厄介払いされたんだとすぐ理解したよ。家政婦に雇っていたチェコ人のおばさんも逃げて、僕はひとりになった上に、赤軍がやってきて家を乗っ取った。赤軍は男を見つけたら殺すと聞いてたから、僕は何も持たずに逃げたんだ。シュラハテン湖《ゼー》の森に入って飲まず食わずで三日過ごして、倒れた」

「それを俺が拾った」

「あの時はひどかったたな。ヴァルターは僕を死体だと勘違いして、思い切り背中を蹴飛ばして穴に埋めようとしたんだから」

「むしろ人道的だろ！　市街戦の最中でも死体をちゃんと埋葬する、俺っていいやつ」

ふたりはそれから〝魔女〟ブリギッテ二号に雇われ、子どもの窃盗団に入ったが、逃げる機会を窺っていたらしい。私はあの薄暗い地下室で見た、片足が義足の高慢な少女と、背後のカーテンの内側で、おそらくモルヒネ中毒になっている妹らしき子、そしてひからびた赤ん坊の死体を思い返した。

「あなたたちの〝魔女〟ってどういう人なの？　あの赤ん坊は？」

訊ねると、運転席と助手席のふたりは顔を見合わせ、ほぼ同時にため息をついた。

「同情するなよ」

「……彼女はとても怒っているんだ。信じていた国に棄てられて、母親は赤軍に殺され、父親と兄は戦場から戻らない。片足は空襲で落ちてきた瓦礫《がれき》に潰されて、彼女自身命が危うかったそうだ。あの赤ん坊は、妹とユーゲント隊員との間に出来た子で、産まれてすぐに死んでしまった」

「妹がモルヒネ中毒になったのはそのため？」

「わからない。僕らが彼女と出会ったときにはもう、ペルヴィチンやらモルヒネやらで薬漬けだった」

ハンスはそれ以上何も言わず口をつぐみ、車内に重い空気が流れる。それでヴァルターが咳払いした。

「だから同情するなっての。見ろよ、これ」

そう言ってアクセルを踏んだままハンドルから両手を放し、肘の上まで袖をたくしあげた。肘の下から二の腕にかけて、丸い小さな火傷の痕が無数に残っている。

「灰皿代わりだけじゃないぞ。あの女はハンスを男娼にしようとした。その上、自分の妹に種付けさせようとしたんだ。〝生命の泉《レーベンスボルン》〟って聞いたことあるか？　あそこにいるナチの医者みたいにさ」

「……ヴァルター、彼女は妹が今度こそ健康な赤ん坊を産めば元気になると信じたんだよ」

「馬鹿言うな、薬漬けでどうやって健康な赤ん坊が？　それにあいつは、そもそもお前には無理だと知ってて強《し》いたんだぞ。忘れたのかよ？　ハンス、自分を殺すな」

ヴァルターはハンドルを右に切り、DPキャンプの囲いの角を曲がった。敷地は縦方向にも長く、面積はかなり広いようだ。中の様子を探りたくても、赤松や唐檜《とうひ》といった植林の壁がずっと続いているので、何も見えない。

DPキャンプの裏手もまた針葉樹の植林地帯になっていて、車は再びでこぼこした地面を大きく左右に揺れながら走るはめになった。雑草が野放図に生えている木陰で車を止め、エンジンが静かになると、DPキャンプの方からハンマーが杭を打つ音が聞こえてきた。

急いでカフカに会わなければ。もしブリギッテ二号の言うとおりユダヤ人にとって居心地のよいところだとして、彼が残りたいと言うのならそれでいい。ただ、せめてバーベルスベルクにいるという知り合いがどこの誰かは教えてもらわないと。私は早速ドアを開けて車から降りたが、ヴァルターとハンスはそのまま座っている。

「……一緒に来てくれないの？」

「もう充分だろ？　あんたは英語を話せるが俺はちんぷんかんぷんだし、どっちみち役に立たねえよ。じゃあな、お友達によろしく」

そう言ってヴァルターがエンジンキーをひねろうとするので、私は慌ててかまをかけた。

「この先も手伝ってくれるなら、もっとたくさん物資をあげる。それに仕事がないんでしょ？私なら紹介してあげられるかも」

ヴァルターはハンドルにもたれかかりながらしばらく首の後ろを掻いていたが、「わかったよ」とため息をついて帽子をかぶり直して、車から出てきてくれた。ハンスはここで車の番をすることになり、私とヴァルターのふたりでDPキャンプに近づいていく。

杭を打つ音や重機のエンジン音に向かって進むうち、木陰や草葉の陰に何人かの人影を見かけた。スカートを広げて、松葉や木の枝、食べられる野草や太った幼虫を採集している女性や、アメリカ兵が捨てた吸いさしやゴミを拾う子ども、それに下半身を露わにしてまぐわっている男女。何度となく見てきたいつもと変わらない光景だ。こういう場所は足下に用心しないと、ウサギやリスを捕獲して食べるための罠に引っかかってしまう。

土に落ちた小枝をぽきぽき踏み折り、林からの侵入者を防ぐ針葉樹の壁と鉄のフェンスの隙間から、DPキャンプの中を覗く。広々とした敷地に、白いテントが十個ほど張られ、ロープが解けた覆いの布が、風にばたばたとはためいていた。さぞかし難民がたくさんいるだろうと思っていたけれど、敷地にいるのはアメリカ軍の工兵ばかりで、杭に横木を渡して柵をこしらえたり、新たなテントを張ったり、別段急ぐ様子でもなく咥え煙草で作業にあたっている。こんな態度の兵士、国防軍だったらひどく叱られたに違いない。西の空に落ちていく夕日が逆光になって、濃い肌色の兵士の顔に影が落ちた。私はアメリカ軍やフランス軍がやって来るまで、黒人を見たことがなかった。多くのドイツ人がそうだったろう。

「お友達はいたかよ？」

「……ううん。アメリカ兵ばっかりで、難民らしい人影もない」

「できたてだから未完成なんだろ。反対の西側に行ってみようぜ——ここの貸し農園は東西でふたつの区画があるんだ。野道を隔てて分かれてるんだけど、どっちもキャンプに使ってるはずだからさ」

どのみちフェンスに破れなどは見つけられず、ここからは入れない。ヴァルターの考えに従って、西側の区画へ向かった方がよさそうだ。私たちは沈む太陽を正面に見ながらフェンスづたいに進み、いったん木々の並びが途切れるところで止まった。フェンスの代わりに今度は「貸し農園」の薄汚れた札をかけた鉄門と鉄条網が、東西の区画を分ける道を、外から侵入されないよう塞いでいる。門の隙間から道の様子をそっと窺うと、輸送トラックやジープが停まる縦列のずっと奥に、カフカが連れていかれた白いゲートの裏側が見えた。なるほど、あの先はこうなっていたのか。

口笛に顔を上げれば、いつのまにかヴァルターが先に進んでいて、膝を立てて手招きしている。

「こっち、こっち。ここから入れる」

小走りで鉄門の前を通ってヴァルターの横へつくと、確かに鉄条網が破れ、門の鉄柵も折れた箇所があった。

「前にも侵入者がいたんだろうな。ここから入れよ。言っとくけど俺は行かないからな。あとはひとりでがんばれ」

「……入ったらどうすればいい？　あんなに軍人ばかりで、すぐ捕まりそう」

するとヴァルターは、この世で一番面倒なのは泥棒や不法侵入の経験がないやつだと言わんばかりに、顔をしかめた。

「よく見ろよ。トラックは軍用ばかりじゃない。ＵＮＲＲＡやＪＤＣ、国際赤十字のスタンプを車体に捺《お》してるのもあるだろ」

ＵＮＲＲＡは軍ではなくイギリスとアメリカの民間組織で、兵員食堂のそばで一度、難民向けの炊き出しや生活用品を配っているのを見たことがある。

その時の人たちと同じような、頭にハンカチーフを巻き、エプロンをつけた女性や、真っ白な看護服を着た女性が、木箱をトラックから降ろしては運んでいた。

「あの連中に混ざれ。あんたは英語も話せるし、適当な積荷を持って中へ入れば怪しまれない。じゃあな、健闘を祈る」

確かにヴァルターは若すぎるし、どう見ても救済活動に携わる民間人ではない。私は服と靴についた土塊や泥をはたき落とし、深呼吸をした。

「私はＵＮＲＲＡの職員、私はＵＮＲＲＡの職員」

繰り返し自分に言い聞かせ、壊れた鉄門の穴を抜けひとりで敷地内へ入った。

深緑色の軍用トラックの横を歩く時、走らないように、と自分に言い聞かせた。あの頃みたいに――潜伏中のイーダに食事を届けるようになったあの日々で、私は絶対に走らないことを覚えた。

　でもだからって慣れはしなかった。アメリカ軍は親衛隊《SS》や秘密警察《ゲシュタポ》とは違う。たとえ見つかっても、事情も聞かずにギロチンで首をはねたり、銃で撃つような真似はしない。それはわかっているけれど、中へ侵入した後は心臓が不安ではち切れそうだった。

　U.S.ARMYの白いスタンプを車体につけた軍用トラックの運転手は、汚い靴下を窓から突き出して、軍機関紙『スターズ・アンド・ストライプス』を読んでいた。次のトラックは空いた荷台で兵士がトランプのポーカーに熱中し、次のUNRRAのトラックは、運転席のドアを開けて腕組みした民間人の男性が、いびきをかき、こくりこくりと船を漕いでいる。左肩の下にUNRRAの赤いワッペンがあった。私は前後左右を確認して、そのワッペンをつまんでみた——幸運にも、ずいぶん雑に縫い付けたらしく、糸がほつれ、少し引いただけで赤い糸が布地からするする抜ける。彼を起こさないよう慎重にワッペンを取り、私は上着の裏に身分証を留めている安全ピンをいったん外し、身分証は鞄にしまって、ピンでワッペンを上着の左肩に留めた。

　外側からはトラックの陰になって見えなかったが、道の歩道には折りたたみテーブルがいくつも出ていて、積荷の仕分け作業が行われていた。それぞれ〝衣類〟〝日用品〟〝食糧〟の貼り紙がしてある。早口でおしゃべりしながら仕分けしていく女性たちの隙を見て、私は積まれた木箱のひとつを抱きかかえ、軍人や慈善組織の職員に紛れ、西側の区画に入った。

　区画の入口にも簡単なゲートがあり、黒人の工兵が、トラックや通行する人を検問していた。兵員食堂の洗い場担当にどことなく似ているが、階級章は特技軍曹で、身分はもっと上だ。私はふっと息を吐きながら、頭の中で何度も英語での受け答えをシミュレーションし、開きっぱなしのゲートに突き進んだ。私にはやましいところなど何もない。許可された人間だ。

しかしあと一歩で敷地内に入れるというところで、「おい、君!」と呼び止められてしまった。

「何ですか?」

心臓が暴れて口から飛び出しそうだ。大柄な兵士は黄色っぽい目で私をじっと見つめ、穏やかな口調で言った。

「靴の紐がほどけているぞ。ちゃんと結ばないと転んで、荷物をひっくり返す」

木箱を置き、履きつぶしてぼろぼろになった靴の紐を結び、礼を言って中へ入る——やった、作戦成功だ! 自分の機転が誇らしく、にやけないよう奥歯を嚙みしめた。

DPキャンプ内は、濃い消毒液のにおいが充満し、マスクをつけた工兵がバケツを手に何かの薬品を散布していた。

西の区画も工兵たちが杭を打ったりテントを張ったりしていたが、明らかにこちらの方が建設が早く進んでいる。運搬路を挟んで、左手側と右手側をそれぞれ白いフェンスでぐるりと囲い、左手側には大きなプレハブのバラックが何棟か立ち、ドイツ語と英語で〝管理棟〟〝医療棟〟〝検疫室〟などの立て札があった。敷地は広大で、特に左手側の区画は国民学校の校舎が四、五棟分はすっぽり入りそうだ。建設は手前から進み、奥へ行くに従って更地になり、資材を積んだトラックや工兵たちがたくさん行き来している。

一方で、右手側は雰囲気が違った。白いフェンスの前には歩哨がふたり立ち、バラックは上等でポーチと階段まであり、立派な軍帽をかぶった将校が中へ入っていく。その壁には〝ベルリン地区　アメリカ陸軍DPキャンプ管理指令本部〟という看板がかかっていた。

入ったはいいけれど、どうやってカフカに会おう？　管理指令本部にはまずいないだろうから、物資を運ぶふりをして左手側の区画に潜り込むのが一番な気がした。そちらには人が大勢いるし、何より、バラックの開いたドアから縞のパジャマのような服を着た人々の姿がちらほら見える。

さっそく行ってみようと一歩踏み出したその時、後ろから腕を摑《つか》まれた。ぎょっとして振り返ると、先ほどの検問所の兵士が私を見下ろしていた。

「……そっちは違うよ、お嬢ちゃん。変装するならちゃんと服を洗濯して、きれいな格好をしないと。支給品目当ての泥棒かい？　それともスパイかな？」

指令本部の中は、新築らしい接着剤のにおいがした。廊下の入口から短い廊下に入って角を曲がり、ガラス窓がはめられたドアをノックして開ける。そこは書類キャビネットや机が並んだ事務室で、五、六人の主計兵たちが仕事をしていた。彼らはちらりとこちらを見ただけで、すぐ手元のタイプライターに視線を戻す。私を連行する黒人兵は腕を離さずに部屋を進み、奥にいた痩せた白人の小柄な下士官に話しかけた。「ワシントン特技軍曹だ。中佐殿に用がある」と告げると、主計兵はぞんざいに鉛筆を振って部屋へ入るよう促した。

「失礼いたします」

ドアを開けるとたちまち視界が白く濁り、強烈な煙草の煙でむせた。私は最後の抵抗に足を踏ん張ったけれど、兵士に敵うはずもなく、引きずられるようにしてドアの向こうへ押し込められた。

青いカーペットが敷かれた部屋は、中央にソファとテーブルの応接セットが置かれ、左手に主のデスクと背の高いキャビネット、星条旗があった。ブラインドのかかった窓を背後に、中年の将校がデスクの椅子に座り、その傍らにもうひとり将校がいた。どちらも焦げ茶色の常服姿で、階級章は中佐と少佐だった。少佐は若く髪も黒いが、中佐の頭は雪でもかぶったように真っ白だ。少佐が鷹揚なそぶりで灰皿に煙草を押しつけ、敬礼したまま立っているワシントン特技軍曹に言った。

「ワシントンか。資材の搬入が遅れでもしたか?」

「いいえ、妙なドイツ人の娘がうろついていたので連れてきました」

「そんなものは追い出すかドイツ人の警察へ連行しろ。こっちは忙しいんだ」

「承知しています。しかしこの娘は、友人が誤ってここに収監されたと訴えていまして」

ワシントン特技軍曹は私の背中を押し、身分証を出すように命じた。手が震え、うまく鞄のバックルを開けられずにいると、壁際で待機していた従卒がさっとやってきて、私から鞄を奪い、乱暴に逆さまにして、中身をすべてぶちまけた。『エーミールと探偵たち』が逆さまに落下し、ページが折れてしまった。従卒は勝手に私の身分証と就労証明書を拾い上げると、少佐に渡す。

「……はん、〝フィフティ・スターズ〟の従業員ね。クビを切るだけで処分は充分か?　それとも公安部に連絡して収容所に入れるか?」

もう終わりかもしれない。くらくらめまいがして、氷のように冷たくなった手を握り、どうにか倒れないように堪《こら》えた。

「いいえ、この娘は犯罪行為は犯していないのです、サー。申し上げましたように、友人が誤って収監されたと訴えに来て、道に迷ったと」

　ワシントン特技軍曹は私の言い分を将校たちに話してくれたが、少佐の後ろでむっつりとこちらを睨《にら》む中佐の目つきには、明らかに侮蔑が浮かび、それも私だけでなく特技軍曹にすら向けられていた。万が一にも「よし、お友達を探してあげよう」などという展開があり得ないのはわかった。

「こんな小娘相手に時間を無駄にするな。追い出せ、〝黒んぼ〟の馬鹿者め」

のっそりと低い声で吐き捨てるように中佐は言った。ワシントン特技軍曹がぎゅっと拳を握るのが目の端で見える。しかし特技軍曹が「はっ、失礼いたしました」と敬礼してきびすを返すと、少佐が呼び止めてきた。

「いや、待てワシントン。中佐、ちょっとよろしいですか」

　少佐は特技軍曹と私を待たせ、中佐に何やら耳打ちした。中佐の表情は相変わらず憮然としていたが、最終的にはどうにでもしろと言いたげに片手をあげた。

　こちらに向き直った少佐はヒキガエルみたいな顔に笑みを張りつかせ、「お前は持ち場に戻れ」とワシントン特技軍曹を下がらせる。私は味方になってくれそうな人をすべて失い、ひとりで、自分より三倍ほど年配の男の前に立たされた。恐怖で膝が震える。何て馬鹿だったんだろう

――考えなしで、こんな場所に来るなんて。

「お嬢ちゃん。兵員食堂で働いているということは、英語がわかるね？」

「……はい、わかります」

「それなら単刀直入にいこう。爆弾をどこに仕掛けた？」

「爆弾？　何の話です？」

何の話か読めずに口がぽかんと開いてしまう。しかし少佐は私がとぼけていると思っているようだ。

「知らない？　今日だけで、線路に五ヶ所も爆弾が見つかったんだよ。ここはユダヤ人の収容キャンプだ。ナチの残党なら、木っ端微塵に爆破したいと企むに違いない」

「私はナチじゃありません」

「ほう、本当に？　みんなそう言うんだよ、自分はナチじゃなかったって。『党に入ったのはそうしないと自分の身が危なかったからです、ヒトラーなんて嫌いでした！』」

少佐は一オクターブ高い声色で口真似し、笑った。

「どんなに言い訳しようと、ドイツ人は全員ヒトラーの狂信者だ。実際、やつの遺志を継ぎ、今も連合国軍を倒そうと企み、第三帝国の再興を目指す連中がいる。せっかくこちらが民主的な国として復興させてやろうとしているのに、手を煩わせ、志を挫《くじ》けさせてくる……認めたまえ、君はその一味だと」

「違います、信じて下さい。本当に、あのワシントンさんが言ったとおり、友達が間違ってここに入れられてしまったので、助けに来ただけなんです」

「その友達も〝人狼《ヴエアヴオルフ》〟の仲間ってわけか。いい加減にしたまえ、嘘は聞き飽きた。まったくナチというやつはこんな少女にまでも洗脳を……」

しかしその時、ふいに外が騒がしく、誰かが慌ただしい様子で廊下を走って来る音がした。

「中佐、失礼いたします！」

ノックの返事も待たずにドアが開き、少佐と中佐は顔を引きつらせたが、ドアを開けた張本人の主計兵は怯《ひる》まなかった。

「今しがた事務局に電話が入りました」

「電話？　馬鹿者めが、事務局に電話があって何がおかしい」

「それが普通じゃないんです、サー……ソ連のＮＫＶＤからで」

「何だと？」

「ここにドイツ人少女の訪問者がないかと、訊いてきたんです」

ぎょっとして危うく声を上げるところだった。まさか、どうして？　ドブリギン大尉の油断ない目つきが甦《よみがえ》る。偶然にしてはできすぎだ。

アメリカの将校たちは不審感を露わにして私を見ている。

「それで、サー、その……〝いる〟と答えたのですが、これでよかったでしょうか？」

すると中佐は顔を真っ赤にし、今にもこの事務兵を牢屋に叩き込まん勢いで立ち上がった。

「この馬鹿者、なぜ正直に答えた！」

「お、おそれながら、ソ連は連合国の同胞でありますし情報の共有は……」

「貴様もくそったれのコミュニストか？　今すぐに銃で自分の頭を撃ち抜くか、外へ行って不審人物がいないか見てこい！」

今にも卒倒しそうに青ざめた主計兵は敬礼してきびすを返し、上官の前から去ろうとした。けれども「あっ」と小さく叫んで硬直する――ほとんど同時に、「待て！　止まれ！」の声が聞こえてきた。そして司令室の戸口から、がっしりとした体格の、青帽子に青ズボン姿のソ連軍人が現れた。

星の付いた赤い帯に黒い庇《ひさし》の下、油断のない鋭い光を宿した瞳で私を見つめ、それからアメリカ軍の将校たちを見た。ドブリギン大尉の部下、ベスパールイ下級軍曹だ。

その後ろからメガネの主計兵が慌てて追いかけてきた。

「申し訳ございません、ロシア人が急に入ってきて」

「馬鹿者、見ればわかる！　いいから下がれ！」

アメリカ側は大わらわだが、下級軍曹は表情ひとつ変えない。彼は片言で、ごろごろとしたきついロシア訛りはあるが、英語で話しはじめた。

「突然の来訪、お詫びします、閣下」

「君は……まず名乗るのが礼儀では？　話はそれからだ」

「失敬。私はアナトーリー・ダニーロヴィチ・ベスパールイ下級軍曹。我が同志ドブリギン大尉からの言づてをあずかって来た」

改めて大尉の名を聞くと、首筋がぞわりとした。彼はいったいどうやって私がここにいると突き止めたのだろう？　まさかしらみつぶしに片っぱしから電話をかけて所在を探したなんてことはあり得ない。おそらく私がこのDPキャンプにいるのを知って、その中でも正確な居場所を確認するために指令部事務室に電話をしたのだ。でもどうしてここにいるのがわかったの？　カフカと歩いている時ならまだしも、伍長のジープに乗ったり、ヴァルターの試作品第一号に乗ったのは、彼らにも予測不能だったはずだ。徒歩からいきなり車に乗り換えたら、追いつけないだろう。それに不審な車は――いや、なかったという確信が持てない。伍長やヴァルターがソ連の手先だったとか？　まさか。

将校たちはベスパールイ下級軍曹を警戒し、睨みつけている。

「……どういうことか説明して頂けますかな。NKVDの……下級軍曹殿。ご返答によっては貴軍に異議申し立てを致しますが」

私はどちらにつけばいいのかわからなかった。アメリカの将校たちは、はっきり言って嫌いだ。だけどこの青年兵やドブリギン大尉には謎が多すぎ、恐ろしかった。私は一歩、二歩、後退《あとずさ》り、少しだけ少佐の方へ近づいてみる。それで少佐が中佐に素早く耳打ちしている声が聞こえた。

「NKVDはスターリンの犬であるラヴレンチー・ベリヤの組織、内務部ですよ。赤軍とは違う。なぜこんなところに？　まさかUNRRAがらみでしょうか。噂で聞いた横流しは……」

「待て少佐。スミス、そこの小娘をさっさと監房にでも何でも入れてしまえ。邪魔だ」

やはりアメリカ軍は頼りにならないらしい。従卒が大股でこちらに近づいて来た――その進路の間に、ベスパールイ下級軍曹がずいっと割り入る。

「彼女、こちらで引き取る」

「何だって？」

「なるほど、この小娘は人狼ではなくソ連の手先だったか」

「違います！　私は……！」

するとベスパールイ下級軍曹がしゃべるなと言わんばかりに冷たく私を睨み、すげなく会話に戻る。

「閣下、私の用件を申し上げる。ここに収容された、ある人物の引き渡しを要求したい」

「ある人物？　まさかこの小娘が言っていたユダヤ人か？」

中佐は下級軍曹を睨みつけながら、ゆっくりと椅子に腰を下ろした。

「何か裏があるな、下級軍曹。我が軍は我が国に不利益となることを承服しない。その人物は本当にただの民間人か？　ＮＫＶＤの諜報部員ではないのか？　……全員拘留する。貴君も取り調べを受けて頂こう」

「私を取り調べるのは賢明でない、中佐殿」

「ふん、単なる手続きだよ、〝同志〟下級軍曹殿。あなた方が我々に害をなさない保証があるなら、出して頂きたいものですな」

「アメリカーニェツに害？　誤解だ。その反対である。我が同志ドブリギン大尉は、当該のユダヤ人を殺人および窃盗犯として逮捕するつもりだ」

ぎょっとしてベスパールイ下級軍曹を見上げた。しかし軍人らしい鉄の無表情に覆い隠され、意図は読み取れない。彼は将校から目を離さずひたと見据えたまま、胸ポケットから紙を抜き取り、少佐に渡した。少佐は怪訝《けげん》そうに受け取り、眼鏡をかけて読み上げはじめた。

「……〝貴施設に誤収容された人物の返還を願いたい。当該人物は、ソ連の管理区域内で婦人を惨殺した上、金品と数百連合国マルクの窃盗を行った。被害者は赤軍少佐の細君である。貴殿の収容施設を訪れているアウグステ・ニッケルは当該人物の友人で、逃亡に力を貸している。調査によれば、貴陸軍憲兵隊の伍長は、ふたりに懇願され車に乗せ、途中で当該人物をユダヤ人難民と誤認し、ここに送った。鬼畜非道である殺人犯の引き渡しを所望します、閣下。ふたりは我ら共通の敵、人狼の可能性もある。成されなければ我が祖国と貴国との間に必ずや深刻な溝が出来るでしょう〟」

嘘だ。でもこれはつまり、ドブリギン大尉は、話を膨らませてまで、私たちを助けようとしてくれたのだろうか。

少佐は手紙を読み上げると、大きな鼻の穴をますます膨らませ、下級軍曹と自分の上官とを見比べた。中佐は薄い唇を固く結び、両腕を組んで空を睨みつけている。下級軍曹は、先ほど私がヴァルターにかまを掛けた時のように、もう一歩踏み出し将校に近づいた。

「返答を頂きたい。貴殿の答えはどうだ。ソヴィエトの敵を匿《かくま》うか？　我々の間だけで済ませた方が貴殿のためだが」

すると少佐は声を潜めるのも忘れて中佐に諫言《かんげん》した。

「中佐、ここはいったん引きましょう。明日には大統領と軍政長官がいらっしゃいます……もしこいつらが変に話をこじらせたらどうなります。この程度の件で大統領にご迷惑をおかけするのは」

結局、この最後の一押しが効いたらしい。中佐は深々とため息をつくと、従卒を呼んで、私を解放し、床の荷物をまとめるよう命じた。

私はこの無表情なソ連の軍人とともに外へ出され、プレハブの棟が並ぶ区画の、入所口の前でカフカを待った。太陽はさらに沈み、あたりはずいぶん暗くなってきた。私は白いフェンスにもたれかかり、何ごとかとこちらをじろじろ見てくる、アメリカ兵から顔を背けた。水場が近いのか、水鳥のオオバンの鳴き声が聞こえてくる。夕日はすでに黒ずんだ木々の梢に隠れて見えず、西の空は血のように赤く染まり、私は空襲の日の空を思い出した。心が安らげる日なんて、たぶんもう来ない。

人ひとりに会う、それだけでこんなに難しいのは、党があった頃から変わらない。終戦前、反ナチだった人は、連合国が来たら自分たちを解放して自由にしてくれるだろう、と信じていた。でも違った。待っていたのは正義の使者なんかではなく、ドイツ人は全員が総統の信仰者で、全員が同じ思想を持っていると思い込んだ、普通の軍隊だった。

ちらりと横を見ると、ベスパールイ下級軍曹は軽く足を開いて胸を張り、軍人らしく待っている。私よりほんの少し年上くらいなのに、どうしてこうも違うのだろうか。

その時、夕風の音に紛れて、こつこつという靴音が近づいて来た。ようやくカフカが来たのかと思ったけれど、違う。

ベスパールイ下級軍曹が素早く敬礼し、ロシア語で何ごとか言う。ドブリギン大尉は頷き、ねぎらうように部下の肩を叩いて私を見た。

アメリカの合理主義的で清潔な、真っ白いフェンスとプレハブバラックを背景に、かっちりした青い制帽と金ボタンが並ぶ緑色の上着、膨らんだズボンと黒い長靴という出で立ちのスラヴ民族が立つと、ここがどこの国なのかわからなくなる。

もはやドイツという国は存在しない。兵員食堂から帰る時に見る、あの垂れ幕を思い出した。確かにそのとおりだ。

「フロイライン・アウグステ・ニッケル。ご無事で何よりです」

「……こちらこそ、ありがとうございました。助けて下さって」

礼を言うと大尉はにっこりと微笑んだ。

「どういたしまして。カフカは間もなく来るでしょう。ところでエーリヒ・フォルストの手がかりは摑めましたか?」

「それが、まだ。あの……なぜ私の居場所がわかったんです?」

「いいから、これまでの旅がどうだったか教えて下さい。ずいぶん歩いたでしょう」

つまりは聞くなということだろう。大尉の表情はにこやかだが、目はまったく笑っていない。

私は仕方なく、今日の出来事をかいつまんで話した。そういえばヴァルターはどうしたろうか。彼のことだ、ひょっとするともうどこかへ逃げてしまったかもしれない。

「人捜しは時間がかかります、すぐ見つからなくても仕方がありませんよ……手続きはまだかかりそうですね。あの男を待つ間、暇つぶしに少しお話をしましょうか」

「え？　ええ、はい」

ドブリギン大尉は妙なことを言う。彼が煙草を口に咥えると、すかさずベスパールイ下級軍曹がマッチを擦って火を点けた。

「暇つぶしと言えば、最近私は退屈すると、アレクサンダー広場の刑事警察署へ行って、面白いものを読んでいるんですよ。ドイツで過去に起きた犯罪の記録です。興味深い事件が色々ありました。たとえば〝Ｓバーンの殺人鬼〟。ご存知ですか？」

もちろん知っている。あれは確か開戦から一年が経った頃、ドイツ空軍がイギリス本土からドーバー海峡にかけての上空でＲＡＦ《ロイヤル・エアフォース》と戦い、毎日のように戦況がラジオを通じて流れていた時期のことだった。ＲＡＦの爆撃機がドイツまでおよび、本格的に空襲がはじまろうとしたので、街は灯火管制が続き、すべての窓に暗幕がかかり、電灯には覆いをかぶせ、道には蛍光塗料の怪しげな緑の光が、目印として光っていた。ベルリンの動物園や公園で高射砲塔の工事がはじまったのはこの頃だった。

その闇に乗じて、帝国鉄道Ｓバーンを使った殺人事件が起きた。乗客の女性が八人、強姦のあとに殺されたのだ。誰もが知る有名な事件だ。

「ナチスの広報紙は外国人やユダヤ人が怪しいと報じたそうですね。しかし結局犯人は鉄道職員で、しかもナチスの党員だった」

「……ええ、そうです。信号係助手でした。刑事警察が逮捕してすぐ処刑されたはずです」

「覚えてらっしゃいますか?」

「有名な事件ですから」

「なるほど。ではこれはどうです? クアフュルステンダム周辺で起きた、子どもの失踪事件。これはまだ行方不明者も多いようですが、殺されている子もいますね」

私はドブリギン大尉の青い瞳に見つめられ、首を振った。

「あいにく、そこまで殺人事件に詳しいわけじゃありません。それにこの国では子どもは大勢死んでいます」

その時、黙って聞いていたベスパールイ下級軍曹が鼻で笑い、「Какая, Безжалостная девушка」と呟いた。意味はわからなくても侮蔑されたことは感じる。大尉は煙草の灰を落とし、

「ダニールィチ、Приведи его сюда」

と兄が弟を諭すように静かに命じた。下級軍曹は小さく敬礼してきびすを返し、どこかへ小走りに駆けていった。

「……彼、何と言ったんです?」

「〝無慈悲な女の子だ〟と言ったんですよ、フロイライン」

ぎくりとして、心が凍りついた。冷水を浴びせかけられたように。大尉は私の表情が固まったのを見透かしたのか、こんなことを言った。

「彼は子どもの頃、ウクライナで本物の飢えを生き延びました。両親は亡くしています。軍人に

なってからも人々が飢えで凄惨に死んでいくのを見ましてね。あなたがたドイツ国防軍に包囲された、レニングラードの補給輸送作戦に参加したんですよ。私は話に聞いただけですが、食糧がまるでなかったそうです。人々は布や紙どころか、ベルトや靴の革、塗装油まで食べた。時には犬猫を、そして人間までも。悲惨です。あまりに酷い。しかし不屈の精神で乗り切り、非道なるあなたがたに勝利したわけです」

部下の過去を語る大尉の話しぶりは淡々として、聞きようによっては冷たくもあった。何か隠しているのか、それとも部下からの話をたいしたものとは思っていないのか、掴みかねる。どう返せばいいものか。

「……みんな、戦争が悪いんです。私はそう思います」

「そうですか?」

「ええ。私もあなたたち赤軍に辱められました」

大尉はにやりと唇を歪ませ、紫煙を吐いた。

「フロイライン、あなたも苦しんだのでしょう。しかし忘れないで頂きたいのは、これはあなた方ドイツ人がはじめた戦争だということです。〝善きドイツ人〟? ただの民間人? 関係ありません。まだ『まさかこんな事態になるとは予想しなかった』と言いますか? 自分の国が悪に暴走するのを止められなかったのは、あなた方全員の責任です」

この人はあれが私のせいだというのか。ドイツの女性たちは父や兄や弟が他国で人を殺した代償に、陵辱されたのか。

押し寄せてくる感情を、何と表現したらいいのだろう。名前のつけられない気持ちが爆発して、胸がはち切れそうだった。しかし導火線はくすぶるだけで、なぜか火種は消えてしまう。まるで心が瓶になり、コルクの栓が固く閉められたみたいだった。暴れ回りたいのに出口が詰まって、感情の持って行き場がどこにもない。

血のように赤い空。

大尉は煙草をフィルターまで吸い尽くすと、指で弾き捨て、長靴の底でぎゅっと踏みつけた。吸い殻は潰れてフィルターがほぐれ、泥だらけになった。

「つい感情的になって申し訳ありません、フロイライン。しゃべりすぎました。まだエーリヒ・フォルスト探しは続けるのでしょう?」

「……ええ。カフカが戻ってくれば」

「よかった。彼はそろそろ現れるでしょう。ほら」

青い軍帽をかぶり直し、ドブリギン大尉は入所口の方へ視線をやった。逆光となって濃い影が落ちるバラックの前に大勢の人影が現れはじめた。フェンスのドアが開き、ベスパールイ下級軍曹のシルエットの隣には、ひょろりとした痩せた男がいる。カフカに違いない。しかし様子がおかしかった。項垂《うなだ》れたまま、その場から動こうとしない。下級軍曹は小さな鞄を手に、さっさとこちらへ戻ってきて、大尉に何やら耳打ちすると敬礼し、キャンプの検問所から出て行った。

「そうそう、フロイライン・アウグステ」

ドブリギン大尉は、動こうとしないカフカから視線を外さずに、妙なことを訊ねてきた。

「カフカの名前を聞いた時、あなたは変だと思いませんでしたか？」

「いいえ。俳優だとは教えてもらいましたけど、私は映画をあまり観ないですし」

「そうですか。では、彼がユダヤ人からひどく憎まれていることについては？」

消毒液の人工的なにおいがする生ぬるい風が、ざわざわと草を揺らし、土埃《つちぼこり》を立てる。フェンスの向こうに佇《たたず》む人々の影と、外に出てきたもののうつむいたまま動こうとしないカフカ。彼らはみんなユダヤ人に違いない。

「……まさかカフカは密告者《グライファー》だったのですか？」

学校にいた時、同級生は先生に褒めてもらいたい一心で、あの子はユダヤ人雑貨店で買い物をしたとか、あの子のお母さんは冬期救済事業団の寄付に参加してないとか、喜んで密告した。同じ現象は学校の外でも、当局と市民という形で起きた。一方でユダヤ人の中には、自分や家族を迫害から守るために、同胞を売る人が現れたと聞いたことがある。

カフカは同胞を売る密告者だった。そう考えると、彼が身分証を持たない理由の、つじつまも合う気がした。今更ユダヤ人共同体《ゲマインデ》に行くこともできないだろう。そういえば、以前からカフカを知っていたヴィルマも、何か含みがある言い方をしていた気がする。

しかしドブリギン大尉は首を振り、「違いますよ」と否定した。

「ナチス時代、そちらの内務省には姓名課というものがあったと聞いています。ダビデの星を付けさせるだけでなく、ユダヤ人にユダヤ人らしい名前を名乗らせるため、改名の法律があったと」

思いも寄らない方向からの話に、私は首を傾げるしかなかった。

「どういうことですか？」

「姓名課には、確かグロプケ課長が作ったというリストがありました。アーリア人らしい名を持つユダヤ人が、今後名乗るべき改名案を記した参考リストです。アメリカ軍の公文書担当次官が内務省の廃棄書類の山から見つけましてね。そんな顔をしないで下さい、私には優秀な部下がおります。このくらいの情報入手は朝飯前だ」

「……いえ、なぜこの話をされるのかと、不思議で」

するとドブリギン大尉は、にこりと笑い、ほんの一瞬だが得意げにしている男の子みたいな表情が覗いた。しかしすぐに元の秘密警察らしい顔に戻る。

「リストの情報を手に入れた私の部下は、ユダヤ系でしてね。笑ってましたよ、リストに連なった改名参考例を見て、こんなものはあり得ないと。何となくヘブライ語に聞こえるが、珍妙で存在しない名前ばかりだと言っていました。ファレーグ、ファイテル、そしてファイビッシュ」

めまいがしそうだ。額に手をやり、頭を整理したくてもできない。

「当然、そんなリストを実際に使ったユダヤ人はいなかったでしょう。ヘブライ語の名前を名乗れと言うなら、自分たちでちゃんとしたものを名乗るはずです。それにもかかわらず〝ファイビッシュ〟と名乗る男がいる」

「でも、それは芸名だからでは？」

「おっしゃるとおり確かに芸名です。では映画会社ウーファの話をしましょうか。最高総司令部スタフカは、アメリカ軍よりも先にウーファの遺産を継ぎ、CCPの映画技術を高めろとおっしゃいましてね。四月にウーファシュタットを制圧した際に書類や情報、フィルムと、様々な品物を押収しました。もちろん中身は我々がすでに検閲済みです」

ひときわ強い風が吹き、ドブリギン大尉の軍服が揺れる。彼の背後のフェンス、その向こう側で、黒い人影がどんどん増えていた。

「それでわかったんですが、ゲッベルスは、映画産業から徹底的にユダヤ人を追い出したそうですね。しかし相変わらず宣伝映画が撮影され、公開された。さて、ユダヤ人を現場から追放したのなら、誰がユダヤ役を演じたと思います?

答えは、ドイツ人俳優がメイキャップをしてユダヤ人に化けた。時にはユダヤ人と見紛う容貌のドイツ人が素顔のままで演じた。黙っていて申し訳ありませんでしたが、昨夜の取調べですでに判明してます。そのひとりがファイビッシュ・イスラエル・カフカ、本名ジギスムント・グラスです。

彼はユダヤ人ではない。ユダヤ人を貶《おとし》めるためにユダヤ人に化け、金を稼いだ、正真正銘のアーリア人ですよ」

気がつくと、ドブリギン大尉は私の前からいなくなっていた。検問所のゲートを通って出て行く後ろ姿だけが見える。

私のすぐ後ろに、誰か立っている。振り返らずともわかる。

「……カフカ、どうして」

彼は答えない。

「なぜ嘘をついたの？　なぜ話してくれなかったの？　なぜ」

なぜ私は彼をユダヤ人だと信じたのだろう。私だけではない、留置所にいた元自転車屋の警官も、エリの父親ハッセ氏も、みんな彼をユダヤ人と思い込んだ。脳裏にヒルデブラント先生の授業が甦る。浅黒い肌、大きな鼻、濃い眉、落ちくぼんだ目。売店や道ですれ違った相手を、「あの人はユダヤ人じゃなくて？」とこそこそ耳打ちし合い、密告すべきか迷う人たち。隣人だったエーファの顔。

まだ戦争が激しくなくて、学校や映画館があった頃、私たち子どもは何度もスクリーンの前に、ほとんど強制的に座らせられた。嫌だと感じた子は少なかっただろう。娯楽の最高峰が映画だったから。劇場でも講堂にぶら下がったスクリーンでも何でも、映画が観られるだけで嬉しくて、夢のようだったから。私もはじめは素直に喜んだ。

でも繰り返し観ると飽きてくる。総統の演説やオリンピックの映像、そして〝意地悪でろくでもないユダヤ人〟にいじめられたドイツ民族の子どもが、ユダヤ人に勝つという子ども向けの啓蒙作品。見終わると感想文を書かされる。そこでもし「退屈でした」とか「私の友達のユダヤ人はいい人です」などと書こうものなら、懲罰矯正キャンプに入れられる。

そういった映画のユダヤ人役を、迫害される心配のないドイツ人が演じていたなんて。しかも彼は、今日一日ずっと私のそばにいたのだ。

私は彼の腕を揺さぶった。痛いと訴えられてもおかしくないほど強く握り、言い訳でも何でもいいから言葉を引き出そうとした。しかし彼は項垂れたままだった。

フェンスの向こうでどんどん増え続けた人影が、静かに佇み、こちらをじっと見つめている。そのうちの何人かが私たちに近づき、金網に指をかけた。

強い死の臭気が立ちこめた。

みんな、まるで棒のようだった。細長い棒きれのてっぺんに、不釣り合いなほど大きな、丸刈りの頭が乗り、ありあわせのぶかぶかな服を着ている。雲が流れ、茜色に眩《まばゆ》く輝き、それぞれの顔を照らした。

彼らは私たちを見つめた。亡霊とはたぶん、こんな姿なのだろう。聖書にある最後の審判の後、煉獄から帰された死者たちが、久々の現世に呆然としているかのようだ。

草は繁茂し木の枝は伸び、虫がぶうんとうなって飛んで、水鳥のオオバンが鳴く。空も大地も生命力に溢れていた。

ただ人間だけが死にかけていた。

その時、運搬口から赤十字のトラックがやって来てハンドルを左に切り、後退しながら検問所の前に車体の尻をつけた。腕章をつけた衛生兵たちが順々に降り、荷台の幌を引きあげる。暗がりから何かが蠢《うごめ》いたと思うと、奥から縞模様の囚人服を着た人たちが、ゆっくりと姿を現した。

フェンスの内側にいる人々と似ているけれど、もっと土気色で、ひどい状態だった。背中も手足も曲がり、老人の姿にしか見えないのに、皮膚のどこにもしわがなかった。頭蓋骨に直接なめし革を貼りつけたみたいに、異様なほどつるりとしている。痩せすぎて、しわやたるみを作れるほどの脂肪すらないのだ。唇の肉も失われて、歯がむき出しの人もいた。服は薄汚れていたが、左胸だけ、ダビデの星の形に、白っぽい痕が残っている。

彼らには、ある強烈な違和感があった――まるで、全員同じ造形に作られた、物言わぬ案山子《かかし》みたいだ。違和感の正体に気づいてぞっとした。

〝個〟がないのだ。普通は、髪の色や服装の違い、太ったり中肉だったり、陽気な瞳や陰気な唇、そういった、誰もが持っているはずの人格が、ない。彼らの体からごっそりと削ぎ落とされていた。

もし、今この中の五人がここで倒れて死んでも、数が少し減ったとしか思えないかもしれない。新しくDPキャンプにやってきた彼らは、衛生兵の案内に従って、おそるおそる荷台から降り、〝検疫所〟のバラックへ列を作る。バラックの外にはシーツが広げられ、着替えの服が畳まれて並んでいる。列はゆっくり進む。一歩踏み出したとたんに気を失い、衛生兵に運ばれていく人もいた。

ほんの数分間の出来事だった。それなのに、永遠の時間が流れたと錯覚してしまうほど、長く感じた。

最初に、後ろから小石が飛んできた。親指の先ほどの小さな石が、遠慮がちに、収容所のフェンスの内側からこちらに向かって飛んできて、私の踵《かかと》にあたって、かつんと音を立てて跳ねる。振り返ると、バラックの前の人々が、めいめい石を持って構えていた。次の小石はもう少し大きく、勢いがあり、カフカだった男、偽物のユダヤ人のふくらはぎのあたりに当たった。次に唾《つば》が吐かれ、彼の頬にぴちゃりと垂れる。

「行っちまえ」

「消えろ、いますぐ。お前らのせいで俺たちは」

「二度とここへ来るな。これ以上辱《はずかし》めないでくれ。放っておいてくれ」

ひどくかすれた声だったが、はっきりと聞こえた。風は彼らの腐った卵のような呼気を運び、私は確かにそれを嗅いだ。

彼らは間違いなくここにいた。ブリギッテ二号は知らない。そして私も――しかし今は目の前にいる。〝移住〟から戻ってきたユダヤ人たちの姿に、〝移住〟の先の地獄を見た。


林に戻った頃には、時刻は外出禁止時間をとうに過ぎていた。あたりはとっぷりと暮れ、空の裾は一日の中で最も濃い赤色に染まり、中天は深い青、星が瞬きはじめていた。シケモク拾いや食べられるもの、燃やせる枝を採集していた人々もいなくなって、鳥たちもそれぞれの寝床へ帰った。

針葉樹の清々しい香りは空気を澄ませる。でも体にじっとりと絡みついた、彼らの存在は消えない。

外出禁止時間中にうろつくとまた面倒が起きるかもしれず、私たちはこのまま林で野宿することにした。夏だから凍えることもない。とはいえ、気分が落ち込んでいるせいか少し冷えてきたし、野犬避けにもなるので、窪地の真ん中に穴を掘り、松葉や小枝を入れて焚《た》き火を熾《おこ》した。青い闇にオレンジ色の火が爆《は》ぜ、小さな火花が咲く。

「……大丈夫?」

私は彼に声を掛けた。彼の馬面の顔はぼこぼこに殴られて、唇の端が切れ、頬には赤紫色の痣《あざ》ができている。殴ったのはヴァルターだ。

今ここにいるのは私と彼のふたりだけで、ヴァルターとハンスは、農園だった頃の水源である、池の方にいる。

二十分ほど前、DPキャンプから戻った私たちを、ヴァルターは裏手側の鉄門の前で迎えてくれた。逃げずに待っていてくれたのだ。そしてカフカ、本当はグラスという名前の男と、私、ふたりの表情がよほど沈んでいたのだろう。ヴァルターはぽかんと口を開けて、何が起きたのかと心配してくれた。

「まずいことでもあったのか?」

まずい? そう、確かにまずいことは起きた。でも〝何が〟まずいのかと説明しようとすると、言葉に詰まる。今この目で見てきた光景、隣でまだうつむいている嘘つき男、そして私。彼らからすれば同罪の私自身。ドブリギン大尉が口にしたとおり、すべてはドイツ人全員の責任ならば、私は彼を責められる立場にない。

それでも私は、彼が嘘をつき、本当はナチスの反ユダヤ映画にユダヤ人役で出ていた俳優だったと説明した。

するとヴァルターの表情が一変した。

止める間もなかった。一瞬のうちにヴァルターは彼に飛びかかり、林のゆるい傾斜を滑り落ちた。ヴァルタ卜は馬乗りになって彼を殴り、ふたりの帽子が地面に飛ぶ。私は慌ててヴァルターを後ろから止めようと腕を摑んだけれど、強い力でふりほどかれ、転んだ拍子に小枝で頰を切った。

「ハンス、ハンス！」

私は林を駆け、試作品第一号を探した。幸い車は窪地に停まったまま、中でハンスが居眠りしていた。大急ぎで起こし、来た道を戻ったものの、ハンスだけではヴァルターの猛烈な勢いに勝てず、私とふたりがかりでやっと彼から引きはがした。

彼はまったく抵抗せず殴られっぱなしで、ヴァルターの体には傷ひとつついていなかった。ヴァルターは奥歯を嚙みしめ、声を殺して泣いていた。

「ヴァルターはツィゴイナーの子なんだ」

ヴァルターをいったん車に乗せて落ち着かせている間、ハンスが教えてくれた。

「それにお祖母さんがユダヤ人だったんだよ。家族はみんな〝移住〟のリストに載った。ヴァルターはそれよりも前に、その……」

ハンスは口ごもり、ため息をついて腰に手を当てた。

「断種（外科処置で生殖機能を奪うこと）をさせられたらしい。全国保健局で」

国が迫害した人たちの中には、ツィゴイナーも含まれていた。時々刑事警察の車が集合住宅《ジードルング》の前に停まり、ツィゴイナーらしき人たちを車に乗せ「特別居留区」と呼ばれる場所に連れて行くのを見た。それにお祖母さんがユダヤ人なら、ヴァルター自身、ナチスが定めるところの〝四分の一ユダヤ人〟になる。試作品第一号の運転席でハンドルに突っ伏しているヴァルターと、先ほどのフェンスの向こう側にいたユダヤ人たちが重なる。

「ヴァルターが助かったのは、居留区の管理棟に通信器具を取り付けたエンジニアの男性が、弟子としてベルリンに連れて出てくれたおかげらしい。ヴァルターは断種をしたおかげで許されたって茶化したけどね。とにかく、家族の行方はわかってないみたい」

子ども窃盗団の地下基地に降りた時、ブリギッテ二号が私を連れてきたヴァルターに向かって「自分の体を思い出して泣かないでよね」と言ったのは、このことだったのだろう。

「もしかして、DPキャンプに付いてきてくれたのは、家族の……」

〝移住〟先の収容所から生きて解放されていたら、いずれかの難民キャンプにいる可能性は高い。ハンスは「たぶん」と同意してくれたが、私は首を振らねばならなかった。

「ハンス、ヴァルターにはあそこのキャンプを見せちゃだめ」

「どうして？」

「ひどすぎるから」

それから私とハンスは、ヴァルターと彼はしばらく離しておくべきと結論し、ハンスはヴァルターを連れて近くの池へ、私は彼とここに留まることにした。

彼は膝を抱えてうつむき、相変わらず一言も発しない。私は試作品第一号のタイヤにもたれかかって、ハンスが置いていってくれた水筒の水を飲んだ。少し鉄くさくて冷たい水が喉から空っぽの胃袋に流れると、頭がいくらかすっきりした気がした。彼もきっと喉が渇いているだろう。

「ほら。脱水で倒れちゃうよ」

水筒を差し出すと、彼はゆっくり顔を上げた。ヴァルターから食らった暴力による痣や傷が痛々しい。受け取るまで待っていたら、彼はやっと腕を伸ばして、水筒を受け取った。

「……アウグステは怒らないのか」

かすれた声だ。鬱陶《うっとう》しかったあの陽気さや厚かましい軽薄さは消えてしまっている。

「怒ってほしいの？」

彼は答えず、のど仏を上下させて水筒の水を飲んだ。

怒れたらどんなに良かっただろう。まるで殻を割られて瀕死のカタツムリみたいに、無防備で青白く力のないその顔に、私はどうしようもない悲しみを感じた。

ここのところ晴れが続いていたせいか、松葉がよく燃える。私はあぐらをかいて、焚き火に新しい小枝をくべ、火がまんべんなく回るように太い枝でかき混ぜた。

「動物園駅の騒ぎの時、あなた自分で言ったじゃない。誰でもすねに傷があるって。私だってそう。話してないだけ」

「君もユダヤに悪さをしたのか？」

彼が受け答えをしてくれて、少しほっとする。でももう私たちは、引き返せないところにいるのだ。逃げたって現実は必ずこちらを捕まえる。

「……色々あるの。エーリヒに会えたら、その後で話す」

自分の罪を自覚していなかったわけじゃない。ただ認めたくなかっただけだ。

近くで小枝を踏む音が聞こえ、はっとして振り返ったが、暗い木立に囲まれて何も見えない。ヴァルターとハンスが戻ってきたのか、他にも野宿をする人がいるのか、それとも野犬や強盗か。念のため、試作品第一号の後部ドアを開け、座席の下からライフルを取った。ヴァルターが伍長のジープから盗んだ例のライフルだ。ずっしりと重く、不格好にもてあますくらい長い上に、胴回りに太さがある。私の小さな手では銃身を握るのも一苦労だけど、護身用に近くに置いておきたかった。アメリカのライフルははじめてだが、市街戦の直前に教わったモーゼル製カラビナの知識ならある。ソ連のは撃つこともできた。ただあの時は、銃弾を込めたままのライフルを奪ったから、引き金を引くだけで弾が出たのだけれど。

驚きに見開かれた赤軍兵の瞳。喉元からほとばしった鮮血。勇壮に戦場を駆けていた自分が、ズボンを下ろしたままの格好で死ぬなんて、思いもしなかったに違いない。

もし私があの男を殺さず、今も生きていたら、勲章をもらい、笑顔で汽車に乗って、家族のもとに帰っただろうか。小さな妹や可愛らしい恋人に、ぴかぴかに磨いた勲章を見せて、いかに戦場はすさまじかったか、どれほど君たちが恋しかったかと、語るのだろうか。

何も知らない家族や恋人が、あの男の死を悼んで、私を殺しに来るのだろうか。知ったところで「そのくらいであの人を殺すなんて」と呆れながら、私の首に縄をかけて復讐を果たすかもしれない。

それに、人を傷つけ死に追いやっても、まったく胸を痛めず、それどころかすべてを相手になすりつける人間がいることを、私は知っている。だけど、だけど――あの赤軍兵は生きて、後悔に苛《さいな》まれ、悪夢を見たかもしれない。その後悔すら奪う権利が私にあったのかは、わからなかった。

いずれにせよ、〝戦争だったから〟〝非常事態だったから〟目を覚ました猛獣が、私自身の内側にいたのは確かだった。

私はいつから狂ってしまったんだろう。いつから、人の死を願うことを、死の引導を渡すことを、躊躇《ちゅうちょ》なく正しいと思うようになったのだろう。いや、狂っているのは世界の方じゃないのか？　なぜこんなに苦しみ、自分を責めねばならないのだろう？　総統の自殺も恨めしく思う。あの人は自分に罰を下したのだろうか。それとも、追いかけてくる現実や未来から逃げるために、死の扉を開けたのだろうか。もうわからない。

ふいの衝動に駆られて、ライフルの銃口を覗き込んだ。丸くて暗い穴。もしライフルを支えるこの手が滑って引き金に触れたら、私の目の中に銃弾が撃ち込まれ、私は死ぬ。やってみたい、という思いが体を駆け抜ける。やってみたい。何も考えずに引いてみたい。私は顔を銃口に近づけ、視界いっぱいに広がるぽっかりした穴を見ながら、震える指を引き金にかけた。そして、息を止めた。

「……あ」

本当に撃ちかけたところで、弾倉が空だと気づいた。

「挿弾子《そうだんし》をはめないと撃てないぞ」

彼がぽつりと指摘する。私のやることをずっと見ていたらしい。私は黙って試作品第一号の後部座席を再び漁り、銃弾を縦に並べて固定した挿弾子を見つけた。彼は私の手からライフルと挿弾子を取って弾倉に押し込めると、ふたりの間に立てかけた。私の体を駆け巡った、撃ちたいという衝動はすでに萎《な》えていた。

膝を抱えて、焚き火の爆ぜる音を聞く。今日一日歩き通しで、ふくらはぎが痛かったし、全身が汗で汚れてしまった。どうもあせもができたらしい背中や首の後ろを掻き、あくびをかみ殺す。

すると、彼が口を開いた。

「ユダヤ人みたいだと言われたのは、子どもの頃からだった」

「……えっ？」

「俺の話さ。聞きたいだろ？」

聞きたいか聞きたくないかと問われたら、確かに興味はあった。小さく頷くと、彼は静かに話しはじめた。

「家族の中でも俺だけが特異だった。チビの頃から、両親が何度も言い訳するのを聞いたよ。『家族にユダヤ人がいたことはないんですがね、ただの偶然なんです』ってね。ユダヤ人や外国人への悪口は近所じゃ挨拶くらいに気軽なもんだったからな。親父は仕事から家に帰ると、よくお袋を殴った。どこぞのユダヤ人と通じて俺が産まれたんじゃないかってさ。母はいつも泣いて、不貞を働いたことは一度もないと訴え、ユダヤ人を遠ざけて口も聞かず接触もしないようになった。実際、俺は親父の子だよ。なにせあいつと同じく、小指がやけに短いからさ」

彼はそう言って両手を挙げて見せた。確かに彼の小指は他の指と比べて短く、薬指の第二関節くらいの長さだった。

「俺の産まれはミュンヘンだ。そう、ナチがはじまった街で俺は育ったんだよ。物心ついた頃にミュンヘン一揆があったし、まだ若かった総統やゲーリングを見たこともある。洗濯工場のケチな工場主だった俺の親父は、やつらがビール酒場《ブロイハウス》でテーブルの上に立って演説をしていた頃から、ナチに傾倒していた。

俺がまだ小さかった頃、親父が新聞を読みながら「黒人の恐怖だ」だのぶつくさ言ったのを覚えてるよ。フランス軍が賠償金を強請《ゆす》るためにライン川を越えて、黒人兵がドイツの女性をレイプしてるってね。そんなのただの噂だが、「国は何をやってるんだ」ってキレてた。

ある日、親父は本屋で一冊の本を買ってきた。『わが闘争』だ。親父は夢中になった……まあ実際、あの分厚い本をどこまで自分で読んだかは知らんがね。とにかく本には共和政府も、フランス軍の侵入も、黒人兵も、共産主義も、ユダヤのせいだと書いてあったらしい。それから親父は悪いことは何もかもがユダヤの陰謀だって言いはじめた。自分の息子がこんな顔をしているのも陰謀なんだってさ。お袋は俺がいると親父がおかしくなるからと、俺だけ別の部屋で食事をさせた。兄弟と出かける時も、一歩離れて歩かせられた。親が行動すると子どもも真似をする。兄と弟は俺をいじめて遊んだ」

焚き火に赤く照らされたグラスの横顔は、ただ寂しげだった。

「そんな家だから帰りたくなかったけれど、学校もひどいもんだった。友達を作ろうにも、ユダヤは仲間に入れないとか、ユダヤ人学校へ行けよと言われる。そんなのが積み重なって、俺はユダヤ人を憎んだ。よく、『俺はあいつらとは違う、〝ちゃんとしたドイツ人だ〟』って怒鳴ったよ。だからか、本当のユダヤ人も俺を嫌って、味方はしてくれなかった。

仕方なく、俺はいじめっ子の言うなりになった。ひとりぼっちで生きるのが怖かったんだ。毎日毎日、地面に膝をついて泥だらけの靴を舐《な》めるのと、近所に住む不細工な婆さんの家からズロースを盗むのと、どっちがよりマシかを考えて、選んだ。マシってのは、道徳的にじゃないぞ。ただ自分にとって楽な方を取った。

そのうち成長して、色々と知恵が働くようになり、図太くもなった。ひねくれが一周回って、陽気な人間になってな。俺はシェマ・イスラエル（ユダヤ教の律法に記された最も重要な祈りの言葉）を暗記して、親父の洗濯工場から盗んだ黒い帽子と毛皮のマフラーのつけ髭で変装して、みんなの前で〝アホのラビ〟を演じて見せた。

大受けだったよ。みんなが見たいと思ってるユダヤ人は、俺自身がなりたくないと思うユダヤ人と同じだったから、それをなぞればよかった。浅黒い肌に大きな鼻と耳、変な髭を生やして、おかしな帽子をかぶり、香辛料のにおいをぷんぷんさせる。それからがめつく金勘定してみせたり、アドナイだのエホドだの祈って、ソーセージに向かってがみがみ喚《わめ》けば一丁上がりだ。たとえばソーセージを地面に置いて、『豚肉だ！　ミンチになったって豚肉は豚肉だ！　汚らわしい！』と怒鳴り散らし、最終的には踏みつぶしちまうんだが、実は犬のうんこだったたってオチをつけたりしてな」

「みんな笑ったの?」

「そうさ。いじめっ子だったやつも、先生のお気に入りの優等生も、いつもはおとなしいやつも、みんな笑った。教室に数人いたユダヤ人の生徒でさえね。

笑わなかったのはたったひとりだった。金髪碧眼の、さっき俺を殴った坊ちゃんを止めてくれた青年みたいな、いかにもアーリア人らしい見た目のやつだけが、冷たい目で俺を睨み、後で文句をつけに来た。そいつはラビの孫で、ユダヤ人だった」

彼はズボンのポケットをまさぐり、短くなったシケモクを口にくわえると、細い枝を焚き火に入れて火種を拾い、煙草をふかした。白い煙が夜の闇に溶けていく。

「そいつは言ったよ。『君のしたことは間違ってる。ラビはソーセージに怒鳴るような愚か者じゃない、なんだかんだ言ってもドイツ人のお前には絶対、この国でシェマ・イスラエルを祈るユダヤ人の気持ちはわからないだろう』ってさ。

実のところ、そいつはとても正義感の強い男で、一度だって俺をいじめなかったし、俺が昼飯を持たせてもらえなかった日には、林檎《りんご》を分けてくれたこともあった。だけど十二、三歳だった頃の俺は、みんなに受けたのが嬉しくて有頂天で、こいつはとんだ石頭のつまらないやつだ、冗談も通じないコチコチ野郎だ、ってせせら笑った。

女がどうだか知らないが、男ってのは不思議なもんでさ。みんなが同じ体験を共有してる時に、水を差されるのが大嫌いなんだ。特に悪ふざけの間は、意志を持って注意してきたやつを煙たがって、つまはじきにしちまう。俺はそれを利用した。

簡単だった。また〝アホのラビ〟をやってくれとせがまれた時に、悲しそうな顔を作って『あいつに止められたからもうできない』とひとこと言えば、一発だった。

そいつは頭も運動神経もよかったんで、それまでは一目置かれてたんだが、あれを境に立場が逆転した。いわば英雄の転落さ。みんなあいつが何か言っても、ユダヤ教徒のくせに、偽物のアーリア人めって、陰口をたたくようになった。すでにミュンヘンはナチ党一色だったし、ユダヤ系商店の不買運動が起きたりして、ユダヤ人はどんどん肩身が狭くなっていた頃だった。俺はだめ押しで、やつがアーリア人みたいな見た目をしてるのは、母親が不倫したせいだって吹聴した。この誹《そし》りは効果があると俺は身をもって知ってた。ラビの孫はあっという間におとなしく、影の薄いやつになり、誰にも知らせずにベルリンに越した。

実科学校を卒業した俺はろくに働きもせず、この外見を使った面白おかしいユダヤ人芸で、小銭を稼いでいた。ヒトラーが総統になって、ミュンヘンは大賑《おおにぎ》わいだった。俺は地元ではほとんどいじめられなくなっていた。街角で芸を披露していると、時々何も知らないよそ者が『おい、あのユダヤ人を黙らせろ！』と罵《ののし》ったが、誰かしらが『いやあいつは本当はドイツ人で、間抜けなユダ公を演じてるだけさ』と教えてやれば、一緒に笑い出す。

しかし家の中はますますひどくなっていた。古参党員の親父はすっかり金鶏ぶり（古参党員のバッジの色になぞらえた揶揄《やゆ》）を見せつけて、地区の名士にまでのし上がり、母はアルコールに溺れた。洗濯工場はナチの融通でずいぶん大きくなったが、兄と弟が継ぐのは決まってる。俺は家に残る理由はなかったが、俺はこの外見以外に何も持っていない。芸をするか、ポン引きで日銭を稼ぐか——でも売り物の女に手を出してクビになってな。とにかく、ろくでもない生活を送っていた。

四、五年が経った頃だった。ウーファがプロパガンダ映画に登場する、ユダヤ人を演じる俳優を募集したのは。

俺は一も二もなく飛びついたよ。人前で演じるのは慣れていたし、俺の唯一の特徴であるこの外見を生かせる、天職が見つかったたってな。

それでスーツケース一個をぶら下げて家とオサラバし、列車に乗って、バーベルスベルク＝ウーファシュタットと改名されたばかりの駅に降りた。白いニッカボッカの作業員が、駅前の看板にクリスティーナ・ゼーダバウムのでかいポスターを貼ってたよ」

私はきらめく銀世界に降り立った彼の姿を想像した。映画館のウーファ・パラストはきらびやかで、ネオンや連なる電球で光り輝き、とても豪華だった。撮影現場はさぞ派手なのだろうと思ったが、そうでもないらしい。

「一般人が見たら幻滅するかもな。撮影所ってのは地味なもんで、巨大な倉庫があっちこっちに建ってて、どっちかというと工場に近い。一番多いのは普通の見た目のスタッフで、そこらじゅう金槌《かなづち》の音が響いてる。セットを荷台に載せたトラックがあちこち走ってはクラクションを鳴らす。時々、ドレスを着た女優やら燕尾服の男優やら、ローマ皇帝の格好をした男なんかがうろつくのは面白いけどね。真夏に毛皮のコートを着て寒がったりな。右へ行けばローマの神殿、左へ行けばパリのシャンゼリゼ、奥へ進めば中国の赤い柱と龍の門。だけど裏を覗けばベニヤ板が貼りつけてあるのさ。一度あそこで生活してみると楽しいぞ。悪い現実なんて全部忘れちまう。ガードルとストッキングだけ穿《は》いた足を晒《さら》して、ハイヒールで堂々と歩く女優は、素晴らしい眼福だったな。まあつまり、撮影所ってのは壮大な嘘をつくための工場なんだ」

彼は唇をすぼませて紫煙をふっと吐くと、ちびた煙草を指で弾いて捨てた。

「映画の都に到着した俺は、面接会場はどこかと受付に訊ねた瞬間から、手応えを感じていた。受付嬢は俺をユダヤ人と勘違いして警備員を呼びかけたし、身分証を見せてどうにか誤解が解けた後も、まわりはじろじろと俺を見た。

面接会場じゃ、宣伝省の下っ端役人とウーファの製作部の採用部員が、あんぐりと口を開けたのをよく覚えてるよ。あいつらの狼狽《ろうばい》ぶりときたら……汚くて狭苦しい物置に閉じ込めたか、重労働させてひいひいしてるはずのユダヤ人が、元気な姿で意気揚々と現れ、目の前で『ハイル・ヒトラー！』と挨拶しやがったんだからね。

後は、いつものように演じればよかった。みんなが見たいと思っている〝卑しくて狡猾《こうかつ》で、アーリア人には敵わないユダヤ人〟の姿を、仰々しく誇張して見せてやればよかった。

もちろん大好評さ。まあ少々やりすぎちまって、本当に俺はアーリア人なのかと何度も確かめられ、身分証の提示に飽き足らず、住宅局やら人種政策局やら家族調査官やらに電話をかけまくった。たまたま見学に来ていた帝国文化院《ライヒスカルチュアカンマー》の上役が、俺の親父を知っていてね。ミュンヘンのグラス洗濯工場の倅《せがれ》だとすぐにわかってくれ、喜んで『総統に忠実なドイツ民族でアーリア人一家の息子』と太鼓判を押した。それで俺は晴れてウーファの俳優ファイビッシュ・イスラエル・カフカになった」

「……なぜ本名でやらなかったの？」

「俺の顔がユダヤに似すぎているからさ。ジギスムント・グラスなんていう立派なアーリア人名を名乗ると、映画を観た観客が混乱するって言われてね。そりゃそうだ、ナチの科学によれば、純粋ドイツ民族にこんな外見の人物はいない、ってことになってるから、スクリーンに映るとまずいのさ。俺は神妙に、与えられた芸名を拝受し、それ以降はこの名前を名乗った。

はじめての出演作は残念だが映画じゃない。ニュース映画〝ウーファ週間トーキー〟のでっちあげ映像の仕事が多かった。盗みを働くユダヤ人のスクープとか、暴力行為を働く共産主義者とかの役さ。それから脇役や、すぐ死ぬユダヤ人役や共産主義者、みみっちい悪役で映画に出るようになった。俺の名前がわかるなんて、昨日の警察分署にいた巡査はなかなかの映画好きだよ。

それからほどなくして、戦争がはじまった。
愕然《がくぜん》としたね。いずれ普通の民間人も徴兵されるだろうから——俺は絶対に兵隊になりたくなかった。ナチも総統もどうでもいい、国のために死ぬなんざまっぴらごめんだった。

兵役を免れる方法のひとつが、ナチに気に入られるか、国内で必要不可欠な仕事につくことだった。しかし当時はヴェルナー・クラウスとか、あくどい演技がうまい名優がたくさんいたし、正直、メイキャップでどうとでもなる。素顔がユダヤ人に似てるってだけじゃ、役はもらえなかったのさ。だから俺は必死で宣伝省や映画院に媚《こ》びを売り、俺は必要な人材だと思わせようと、見世物の役割も進んで演じた。パーティについていって、ユダヤ人ネタで笑わせ、相手が満足するまで罵声を浴びたりした。面白半分に唾を吐きかけられ、鞭で打たれても笑い続けた。ベルリンに出て、あっちこっちのパーティに顔を出しては、お偉いさんのご機嫌を伺い、クーダム（クアフュルステンダム）のカバレットで飲んだくれ、レストランを汚しまくって出入禁止令を食らい、毎朝違う女のベッドの中で挨拶する生活を送った。

ちなみに、元飼育員のヴィルマとはじめて会ったのはその頃だよ。酔っ払ったついでに美人の女の部屋に潜り込んだら、同居してた姉さんが帰ってきて悲鳴を上げた。その姉さんがヴィルマだったのさ。『不埒《ふらち》な偽者俳優が、うちの大事な妹に手を出すな』って、すさまじい剣幕で怒鳴られて追い出されたよ」

「じゃあやっぱり、ヴィルマはあなたが偽者だと知っていたのね」

「ああ。戦中から色々小言はもらってた。『あんたは安全な場所であの人たちを演じ、あの人たちを追い詰めている』とかな。確かにそのとおりだけど、俺はこっちもユダヤにはさんざん迷惑してるんだから、少しくらい儲けさせろと言い返した。引っぱたかれたよ。

あのハインツのレストランでばったり再会した時、後生だから君には黙っててくれって頼んだんだよ。もし本当のことがばれたら君は怒るだろうし、絶交されたら飯を食いっぱぐれちまう。君の等級Ⅰの配給切符はよだれが出るほど魅力的だったから。ヴィルマは何だかんだで情の篤いやつだから了承はしてくれたけど、俺のことを蛇蝎《だかつ》のごとく嫌ってるのは変わらない。妹は空襲で死んじまったそうだから、よけいに俺が憎いんだろ。思い出しちまうもんな」

話に集中するうちに焚き火の火が弱くなり、風に煽《あお》られて頼りなさげに揺れた。そこに彼が足下の枝を拾ってぽきりと折り、放り込む。

「ヴィルマには本当に世話になりっぱなしだよ。一時期、俺は家から一歩も出られなくなっちまった。面倒をみてくれたのはヴィルマだった」

「お腹でも壊した？」

「残念ながら、面白い話じゃないんだ。耳触りの悪い、ひどく深刻なやつだよ」

彼は深い、深いため息をついて、言葉を切った。

風向きが変わって雲が動き、青い夜空に真っ白な月が顔を出す。勢いを増した火が穴からオレンジ色の舌をのぞかせ、燃える薪のにおいが強くなった。彼は深く息を吸い、覚悟が決まった様子で、再び語りはじめた。

「忘れもしない。一九四二年の暮れのことだ。なあアウグステ、あの頃は街がどんなふうだったか覚えているか？」

三年前——何年に何が起きたのか厳密には思い出せないけれど、一九三九年に戦争がはじまってから、日常に落ちる影が濃くなり、生活の制限もどんどん厳しくなっていったのは確かだった。ヴェディング地区は様変わりして、ユダヤ人たちを締め付ける政策が毎日のように加えられ、イツァークが倒れた。丸一日休みなく労働させられた挙句、作業中に心臓発作を起こし、そのまま帰らなかった。ちょうどハイドリヒ国家保安本部《RSHA》長官がチェコで暗殺され、ベルリンで大規模な葬儀が行われた頃だったのを覚えている。イツァークを亡くしたベッテルハイム一家に、ユダヤ人共同体《ゲマインデ》から〝移住〟前の財産申告書のリストが届いたのはその後、確か四二年の晩秋だった。

結婚して家を出ていたためにエーファは除外されたけれど、少し経ってから死亡通知が届いたので、最終的には彼女も〝移住〟させられてしまったようだ。

同じ頃に、彼の身に何があったというのだろう。

「四二年がもうすぐ終わろうという冬の夜、俺はフェアベルリナー駅近くの酒場でしこたま飲んで、いつもと逆方面、東に行くSバーンに乗っちまった。気がついたら獣苑《ティーアガルテン》もフリードリヒ通りも過ぎて、証券取引所駅でやっと居眠りから醒めて、飛び降りた。もう少しでアレクサンダー広場に出て、刑事警察署《アレックス》の留置所に自分から入る羽目になるところだった。

雪が降りしきる夜だ。灯火管制用の蛍光塗料の緑が、真っ白い雪の上で妙に光るから、なんだか幻想的だったのを覚えている。列車の中じゃあ酔っ払って眠りこけていたけど、あまりの寒さに一気に目が覚めたよ。もし外で寝ちまったら間違いなく凍死する。酒のぬくもりはどこへやら、俺は歯を鳴らしながらどこかの安宿に潜り込めないかと歩き回った。だけど、道にひと気が全然ないんだ。こんな晩なら、非合法娼館の呼び込みがひとつくらいあっても良かったはずだが、そんなのは一切ない。不気味なくらい静かだった。雪は音を消すが、それ以上の何かがあった。

理由は間もなくわかった。雪の中、通りを歩きながらふと顔を上げたら、向かいの石の建物のてっぺんに、傾いたダビデの星があった。シナゴーグだ。〝水晶の夜〟に燃やされたきり、煉瓦《れんが》の壁もきれいな丸いドームも焼け崩れたまま放置されている、ユダヤの礼拝堂が目の前にある。

俺は慌てた。いつの間にかユダヤ人街に来ちまってたんだ。ユダヤへの政策がどんどん厳しくなるごとに、俺もできるだけやつらの暮らす地域には近づかなかったのに……この顔で巻き添えになったらしゃれにならない。秩序警察には知り合いの巡査が大勢いたが、もし勘違いで逮捕されて、俺の素性を知るやつが居合わせなかったら、面倒どころか、何をされるかわかったもんじゃなかった。だから普段は、アーリア人の友達をそばに置いたり、金髪のかつらをかぶって出かけたり、できる限りの予防をしてた。

しかしあいにくこの日は俺ひとりで、何の変装道具も持っていなかった。安宿になんか泊まらなくていい。大急ぎで駅へ戻ろうとしたが、道も家々も雪が積もったせいで全部が同じに見え、道に迷っちまった。自分の勘を信じてあちこち曲がっているうちに、急に開けた場所に出た。駅に戻るどころか、実際は街の奥へ奥へ進んでいた俺は、侘《わび》しい墓地の前にいた。ユダヤ人の専用墓地だ。塀はあちこち落書きされて、尊厳なんてもうないに等しいのに、雪が積もっているせいか、なんだか惹《ひ》きつけられちまって、しばらくぼうっとその場で突っ立っていた。

すると女の泣き声が聞こえてきたんだ。はじめは幽霊かと思ったよ。本当に、ただの幽霊なら良かったんだが。続いて男の怒声と、せせら笑い、そして別の懇願するような声がした。雪で最初は気づかなかったが、墓地の隣にある建物の前に、国家保安本部の黒い車と保安警察のトラックが停まってたんだ。

それでやっと〝移住〟だと気づいた。

いつもの、ユダヤ人が警察に見張られながら家からもっと狭い家へ移される時だったら、ちょっとした見世物みたいになる。囃したてる子どもがいたり、主がまだいるうちに、あの絨毯《じゅうたん》が欲しいだの簞笥《たんす》をくれだのと財産管理局の役人やユダヤ人共同体《ゲマインデ》に言う連中もいた。俺自身は気まずくて、迂回して別の通りを選んだり、入るつもりのなかった出会い酒場のドアを開け、女の子としゃべるかアスバッハ・ウーアアルトを一杯引っかけるかして、終わるまでやり過ごしたりした。連中がどんな表情で引っ越すかなんて、見たくもなかったから。

　だけどあの晩は、いつもの見世物めいた雰囲気はなかった。グロースハンブルガーという通り全体が、死んじまったみたいだった。親衛隊員の黒いやつらが数人、銃を持って見張ってたせいもあるかもしれない。

　やり過ごせそうな都合のいい店がなく、俺は手近にあった公衆電話《テレフォンツエレ》の箱に入って、その場に留まることにした。顔の位置に窓ガラスははまっているが、屈めば壁に身を隠せるからな。下手に動いて見咎《みとが》められるのも怖かったし、何より、胸騒ぎがしたからだ。

　俺は曇った窓ガラスを袖で拭いて、様子を窺った。やがて墓地の前に、胸と右肩のうしろにダビデの黄色い星をつけたユダヤ人たちがぞろぞろ出てきて、どこかへ──おそらくモアビートの方面へ向かって、歩かされていた。それをユダヤ人共同体《ゲマインデ》の同胞が、項垂れながら見送るんだ。

　後で知ったんだが、墓地の隣の建物は、ユダヤ人のギムナジウムだったんだな。学校を閉鎖した後、家から追い出されたユダヤ人たちを大勢詰め込んで、〝移住〟まで待機させる徴集所にしていたらしい。俺が居合わせたのはその何回目かの集団〝移住〟の現場だった。

　寒い日だった。見た限り若い男はいなくて、爺さん婆さんやおばさん、若い女、子どもばかりだった。止めどなく降る雪の下、ろくな外套も着ないで、薄着で震えながら歩いて行くんだ。赤ん坊のぐずる声がして、見張りの親衛隊が叱っていた。親衛隊も保安警察も役人も、立派な外套に頑丈な長靴姿だったんで、元気そのものなのさ。

列から、腰の曲がった爺さんがひとり遅れていた。雪に足を取られて転び、鉄柵にしがみつきながら起き上がろうとするが、うまくいかない。その時、憤然と戻ってきた親衛隊員のひとりが、ようやく立てた爺さんの胸を思い切り突き飛ばした。爺さんは崖っぷちのドナルド・ダックみたいに両手を振り回して、ひっくり返った。悪いことに、爺さんの真後ろには、柵の固い土台があった。嫌な音がしたよ。あっという間に雪が血で染まり、爺さんは石の台を枕にしたまま、体をびくびく震わせて、変な声を出した。

誰かが悲鳴を上げた。親衛隊員は『おいおい、まだ街中だぞ』と言いながらも、こんなに笑える芸は見たことがないと笑っている。動揺は伝染し、赤ん坊は火がついたように激しく泣いた。保安警察が静かにしろと怒鳴ったが、逆効果だ。

〝移住〟の列は先へ進み、爺さんの死体と赤ん坊、それから母親だけが残された。母親は必死で親衛隊員に懇願した。怖くて泣いているんです、どうかこの子だけは助けてもらえないかと。すると親衛隊員はにっこり笑って、母親の腕から赤ん坊を預かると、革手袋をはめた大きな片手で口と鼻を――」

その結果は、口に出されなくともわかる。私は思わず彼から目を背けた。

「……すべて見ていたユダヤ人共同体の連中は何も言わない。誰も抵抗しなかったし、赤ん坊の母親さえ、雪の上に跪《ひざまず》いたまま絶句していた。墓地のまわりは恐ろしいほどの静けさに包まれ、吐く息の音まで聞こえてきそうだった。俺は電話ボックスの中で、叫び出さないよう自分の口を押さえなければならなかった。この場に残った自分の判断を呪いながら、なるべく体を小さくして、早くあいつらがどこかへ行ってくれるように、久しぶりに神に祈った。

その時、あいつが帰ってきた」

「あいつ？」

「俺の英雄。実科学校にいたラビの孫、金髪碧眼のユダヤ人だよ。ミュンヘンからベルリンに越したのは知っていたが、まさかこんなところでまた見かけるなんて、俺は自分の目を疑った。だけどいくら痩せてしまっていても、あの端正な顔や、不安に駆られると唇を突き出す癖は、間違いなくあいつだった。よく考えれば、ベルリン中のユダヤをまとめて押し込んでるんだから、徴集所の近くに行けば会うのも不思議なことじゃないんだが、当時の俺は神か悪魔の意地の悪いいたずらだと思ったよ。

あいつの他にも若い男が十人以上いた。全員汚れた服の胸にユダヤの星をつけて、呆然とその場で突っ立っていた。おそらく〝軍需用ユダヤ人〟として、強制労働の仕事場から帰ってきたばかりだったんだろう。手も顔も黒いオイルだらけだ。

男たちは様子がおかしいことに気づき、近づくのを躊躇《ためら》っていたが、労働局の監督員に『歩け！』と命じられて、こっちに近づいて来た。ちょうど俺が隠れている電話ボックスの前を通った時、俺はあいつの青白い横顔ばかり見つめちまった。

男たちがギムナジウムの収容所へ入っていき、監督員がトラックの前で国家保安本部の連中と何やら話している間、あいつだけが立ち止まった。後ろ姿しか見えなくても、動かなくなった爺さんと赤ん坊を前に、呆然としているのはわかった。

そして赤ん坊の母親が、あいつの名前を呼んだ。

彼女はあいつの妻だった。つまり死んだ赤ん坊は、あいつの子どもだ。

夫の顔を見て緊張の糸が切れたのか、妻は泣きながら、赤ん坊を殺した親衛隊員のズボンにすがりついて、自分も殺すよう懇願しはじめた。他のユダヤ人は追い立てられながら雪の中へ消えていき、残ったのはあいつと妻、それから親衛隊員がふたりになった。

親衛隊員は乱暴に足を振り上げて彼女の手を振り払うと、長靴の底で頭を踏みつけた。するとあいつは親衛隊員の隣に立って、頭を下げ、彼女は子どもを喪って動揺している、体を起こせば冷静になるだろうから、手伝わせてほしいと訴えた。

親衛隊員は吸っていた煙草をあいつの頭に押しつけて消し、自分の妻の服を脱がして、裸で寒空の下に立たせるのなら許してやってもいい、と答えた。むちゃくちゃだ。

正義感の強いあいつのことだ、きっと拒否するだろうと俺は考えた。子どもの頃、みんながどんなに笑ってラビを馬鹿にしても、あいつだけは信念を曲げなかったのだから。

しかし違った。あいつは妻に、服を脱ぐよう命じたんだ。

妻がどんな顔をしたか、俺の位置からはよく見えなかった。見えたのは、真っ白な雪片を浴びながら震える手で上着を脱ぎ、ブラウスのボタンを外し、浮き上がったあばら骨と、破れたブラジャーからゆったりした乳房がこぼれるように現れたところだけだ。スカートとズロースを下げる姿は、とてもじゃないが正視できなかった。

親衛隊員は何も言わない。白い息だけが汽車の煙突みたいに揺らぐ。そしておもむろにコートをごそごそやりはじめた。きっとズボンを下ろして彼女を犯すんだろう——だが違った。その親衛隊員が抜いたのは自分のちんこじゃなくて、拳銃のルガーだった。ひと言、『豚め』と罵り、銃声が響き渡り、肌をさらけ出した彼女の体がぐにゃりと歩道に倒れた。豊かな長い黒髪の女性だった。額に開いた穴から血が溢れ、目を見開いたまま、夫を凝視していた。

その時のあいつの声といったら、形容のしようもない。たとえ自分の指が一本ずつ切断されようと、俺にはあんな声は出せないと思う。

ふたりの親衛隊員はリストの削除を命じると、あいつを置いて四輪駆動車に乗り込み、立ち去り際に一発、あいつを撃った。雪が積もった道には、数本のタイヤの痕と、爺さん、赤ん坊、女の死体、それから死にかけのあいつが転がった。あいつは血まみれの腹を手で押さえ、雪の上をごろごろしながら、妻に近づこうとする。

ナチがいなくなってから、自分も星をつけてるユダヤ人共同体のやつらがひでえ暗い顔で、のろのろ出てきた。残った同胞にスコップや荷車を持ってこさせ、近所に見られないうちにって、大急ぎで隣の墓地へ埋めるよう命じた。その隙に俺は逃げた。電話ボックスから飛び出し、やつらに背を向けて、一目散に逃げたのさ。

俺はあいつを助けなかった。まだ息があるのに埋めるなと言えなかった。あいつらの遺体を隠すなと言えなかった。そこらじゅうのドアを叩いて、ここで虐殺が行われていると叫ばなかった。でも叫んだところで誰が相手にする？　駅を目指して無我夢中で走り、息を吸うたび冬の凍てつく空気が肺を刺して、苦しかった。

最終の列車に飛び乗り、ようやくバーベルスベルク近くの家にたどり着いた俺は、そのまま寝込んだ。たぶん風邪も引いてたんだろうが、便所へ行く以外はベッドから出られなくなっちまったんだ。ベッドから便所、便所からベッドを往復する生活。食事ものどを通らないし、水すら飲みたくないんだ。

俺の脳裏に、あいつとあいつの家族の姿が焼き付いて、気が狂いそうだった。いや、ひょっとしたら実際にもう狂ったのかも」

話を聞くうちに焚き火のことを忘れ、松葉や小枝はいつの間にか燃え尽きていた。林は暗く沈み、夏の夜なのに、今にも雪が降りそうな気さえした。ふいに手のひらが痛んで月明かりにかざすと、無意識に折っていた枝の先で、傷がついていた。

彼はいったん言葉を切って、水筒の水を飲み、長い息を吐いた。

「……悪夢にうなされ熱は下がらず、管理人が嫌々差し入れてくれたブロートだの牛肉缶だので食いつないで、まるまる十日休んだ。いくらか元気になった頃に仕事に復帰した。流感にかかった上に親類が死んだことにしてさ。

しかしあんなに得意だったユダヤ人の役が、さっぱり演じられなくなっちまっていた。『ヴェニスの商人』のシャイロックばりのがめつい役どころか、何度も人前でやってみせた〝アホのラビ〟でさえ無理だった。なぜか体が言うことを聞かず、声が出てこなかった。カメラが回り、カチンコが鳴って、監督からどやしつけられても、俺は冷や汗をだらだらかきながら、真っ白な照明を浴びて呆然としていた。

あっさりクビだよ。金は底を尽きて家も追い出された。俺はただのジギスムント・グラスに戻った。ドイツ労働戦線に登録したけど、国家労働奉仕団に入れられそうになって、逃げ出した。重労働も兵役訓練もごめんだからさ。日雇いで融通が利く左官に皿洗い、競馬や賭博場の呼び込み、ハンブルクまで行ってレーパーバーン（ナチス当局によって指定された公認売春街）で、観光客の案内をして食いつないだ。家賃を滞納して住宅局に家を追い出されて、今度は公園や路地裏で寝ちゃあ、巡回の警察やらヒトラー・ユーゲントのパトロール隊やらが来る前に場所を移動する。

冬が終わると、警察に呼び止められることが増えた。星をつけたユダヤ人が街から一切消えちまったせいで、余計に目立つようになったからだ。俺はかつらをかぶったり、帽子をかぶったりして、できるだけ人目に付かないようにした」

彼の言う冬の終わりは、四三年の二月と三月のことだろう。私もよく覚えている。AEGのタービン工場で職工長になってから、すっかりやつれてしまった父が、工場で働く〝軍需用ユダヤ人〟の代わりに、これからはポーランド人労働者や東方労働者が多くなる、と言ったからだ。イーダと出会ったのはちょうどその頃だった。

「俺もいいかげん家なしじゃ困ると考えて、ヴィルマの世話になった。ヴィルマは俺を更生させようと努力した。まともな職を得て、まともに暮らせってさ。だが〝まとも〟って何だ？　銃を持った監督官に監視されながら、くたびれた面の東方労働者や捕虜たちと一緒に、戦車の部品を作ることか？　それとも国家労働奉仕団に入って、気がついたらヘルメットをかぶって前線で手榴弾を投げていることか？　党員の靴を舐めない同僚を密告してギロチン台に送ることか？　それとも『どっちもどっち』と訳知り顔で肩をすくめる？　哀れなユダヤ人や東方労働者にこっそり配給切符を都合してやりながら、『ヒトラーは独裁者だ、目を覚ませ』ってわかりきってることをチラシに書き、あちこちにばらまいて逃げる？　どれが〝まとも〟なのか教えてくれよ！」

彼は興奮気味して前のめりになりながら一気にまくし立て、肩で荒く息をした。

「……わかってる。ヴィルマが言う〝まとも〟はそのどれでもないし、俺をただ心配してただけだって。でも俺は逃げたかった。小言が面倒になって、結局ヴィルマの家を出たよ。

空襲は激しくなり、男どもがどんどん徴兵されても、俺はうまくすり抜けて生き延びた。やっと総統が死んで戦争が終わった時、心底ほっとした。もうこそこそ隠れなくていい。きれいさっぱり過去と決別して、新しい人生を歩める。俺はナチに入らなくてよかった、本当に！　やつらはやばいと思ったんだよ、俺の見立ては間違ってなかった！　って言いふらしながらね。

ある日、俺は連合国軍から配給切符をもらうために、ベルリン市会食糧局に行った。そこで見たんだ。建物から、上着に星をつけたままのユダヤ人が出てきた。他のドイツ人はみんな遠巻きに、生きていたのか、って顔でこそこそ耳打ちし合ってた。生き延びたユダヤ人は配給切符をいくらかちぎると、残りは路地裏の闇業者に売りつけた。俺は後をつけて、業者に何等級の切符だったか尋ねた。返ってきた答えは『等級Ⅰ』だって！　つまり、俺のユダヤ顔は今〝お得〟だってわけだ」

いったん言葉を切って水を飲み、汚れた袖で口をぬぐう。

彼は続きを話してくれるだろうと思った。しかし水筒をじっと見つめたまま、なかなか口を開こうとしない。林のどこかでふくろうが鳴く声がする。

「大丈夫？」

「いや……何でもない」

彼は咳払いし、洟《はなみず》を啜《すす》った。

「……ろくな生活をしてなかったせいで体は痩せていたし、俺の姿は潜伏して生き延びたやつに見えた。たとえユダヤの身分証がなくても、逃亡の際に身分証は捨てましたと説明したら、俺は等級Ⅰの配給切符がもらえるかもしれない。絶好のチャンスだ。たらふく食えるし、売ればかなり儲かる。俺はやつらみたいに頭を丸刈りにして〝ジギスムント・グラス〟の身分証をいったん公園の土に埋め、食糧局の出口からはみ出している列に並んだ。

俺の心臓は、ウーファの面接を受けたあの日よりもすごい速さで動き、息苦しいくらいだった。大勢の人間が配給切符の等級に一喜一憂する顔を見送りながら、俺自身には輝かしい未来が待ってると、期待で胸がいっぱいだった。善と悪のシーソーなんか無視して、自分にとっての得だけを考えた。俺は生まれてはじめて両親に、この顔に産んでくれたことを感謝したよ。

だけどな。前に並んだやつの順番が来て、いよいよ次が俺っていう段階になった時、俺は列から抜けた。あたかも忘れ物をしたうっかり屋のふりをして、長蛇の列をどんどん遡《さかのぼ》り、食糧局から飛び出した。埋めた身分証を掘り返して、そのまま目の前に寝ていた病人にあげちまった。今考えると馬鹿げてるよな」

私はぽかんとして彼を見た。みんな食べるために必死だ。そのために誤魔化したり詐欺を働いたりするのは、無理のない話だし、この男の性格を考えると驚いてしまう。つまり泥棒で嘘つきがついに良心の呵責《かしやく》に耐えかねたのではと、私は勝手に想像した。

「信じられないけど……でも、すごいことじゃない？　嘘をつかなかったんでしょ？」

「そう思うか？」

私には、彼がどうして苦汁をなめたような顔をしているのかわからなかった。

「……ええ。だって、〝カフカ〟を演じなかったのは、いいことだと思うから」

「はは、誤解だよ。現に俺はその後で〝カフカ〟になったじゃないか」

確かにそうだ。だからこんなことになったのではないか。私がぐっと言葉に詰まると、彼は少しだけ笑い、寂しそうに前を見た。

「良心の呵責、だったらよかったんだけどな。俺は別に、ユダヤに悪いと思って配給切符を受け取らなかったわけじゃないんだよ。照れとかじゃないぞ。本当に、ただただ、ばれるのが怖くてやめたんだ。俺が戦中に何をやったかっていうところまでばれたら、他のナチみたいに殺されちまうって。

ソ連管理区域の警察分署に連行された時、君が『ユダヤ人じゃないか』と言って、俺は今度こそ覚悟を決めようとした。今こそ『違う、俺はユダヤ人じゃない、だから君の弁護はあてはまらない』と答えなきゃって。だけど現実に起きたのは、君が見たとおりだ。あいつらが被っていた惨状を目の当たりにして、やっといつかのヴィルマの言葉を理解した。何だかんだいっても安全な場所にいる自分と、国家の権力の下で簡単に殺されていくあいつらとじゃ、まったく釣り合わないって。ウーファで演じられなくなった理由は、それが大きかったと思う。

……俺は、後悔はしていた。すまないことをしたと思ってはいた。あいつらが被っていた惨状を目の当たりにして、やっといつかのヴィルマの言葉を理解した。

でも結局、俺は我が身が一番かわいかった。ソ連の連中に尋問されたくない一心で、あっさり名乗っちまった。今だってそうさ。死にかけで帰ってきたユダヤから、自分たちを骨の髄までしゃぶって、直接手は下さなくともプロパガンダに荷担して、死に追いやったひとりだと指摘された。それなのにまだ俺は、今後二度と〝カフカ〟を名乗らないと誓えない。きっと俺はまたやる。またしでかしちまう」

声を震わせながらも、彼ははっきりとそう口にした。月明かりの下、ヴァルターに殴られて腫《は》れた目、痣になった頬に、一筋の涙が伝い落ちる。

その横顔は、学校の黒板に貼り出された図版の男と、本当に瓜ふたつだった。あの時、馬鹿馬鹿しいと退けたい気持ちと、確かにユダヤ人の特徴だと納得してしまう気持ちの両方が、心に生まれたことを思い出した。

そして今の私は、どちらも正解ではないと感じている。

私は立ち上がって松葉や小枝を集め、焚き火の穴に放り、マッチを擦って火を点けた。たちまち、松葉の燃える荒々しいにおいが鼻を刺激し、オレンジ色の炎がめらめらと燃え上がった。

「……あなたのこと、これから何て呼べばいいの?」

火は松葉を飲み込み、どんどん大きく盛っていく。返事がないので肩越しに振り返ると、彼は目を潤《うる》ませぼんやりした顔で、どうでもいいと肩をすくめた。

「好きに呼びなよ」

「何言ってるの。本名はジギスムント・グラスっていうんでしょ? カフカの時と同じで、名字で呼べばいい? それとも別の呼び方? ひょっとしてカフカのままでいいとか?」

すると彼はようやく我に返ったように、ぱちぱちとまばたきして、「ジギ」と呟《つぶや》いた。

「昔の友達は俺のことをそう呼んでた。〝ジギ〟って」

「そう。じゃああなたはジギね」

その時、がさっという茂みを揺らす音がし、ジギの背後から何者かの顔が、ぬっと現れた。丸く瞠《みは》った両目と、目が合う。

私は息を飲み、後退り、危うく焚き火に足を突っ込むところだった。

「あっつ!」

「どうした、アウグステ……うわっ!」

不審な男はいきなりジギの後ろから飛びかかり、ジギは体勢を立て直せずに地面に顔を打ち付けた。見たこともない、知らない男だ。顔は髭で覆われ、爛々と光る目の下にはくまがあり、明らかにペルヴィチンか何かの薬漬けだった。薄汚れた肌着に、黒いズボン、長靴を履いている

——特徴的な膨らみのあるズボンと長靴には、見覚えがあった。親衛隊の制服だ。

男はぐったりと力の抜けたジギに馬乗りになり、片手を振り上げた。長い刃渡りのナイフが月光に光る。

「やめて、やめなさい！」

私は叫び、焚き火から火のついた枝を取って投げつけた。男は一瞬ひるみ、焦点の合っていない瞳でこちらを見る。手のナイフの柄飾りは髑髏《どくろ》の形をしていた。

「彼を殺さないで！　あっちへ行って！」

親衛隊の亡霊だ。戦争が終わったのを知らないのか、それとも知っていて認めたくないのか、帝国の残像にしがみついている亡霊だった。男はジギから手を離し、私を凝視しながらこちらに近づこうとする。右手のナイフの切っ先がこちらに向かって真っ直ぐ突きつけられた。私はもう一度焚き火から火の枝を取って身構え、ジギはジギで呻《うめ》きながらも手を伸ばし、親衛隊の亡霊の長靴を摑む。

怒った亡霊がジギの襟を引き揚げた時、私はそばにあったはずのライフルがなくなっているのに気づいた。次の瞬間、耳をつんざく銃声が鳴り響き、巣で眠っていた鳥たちが一斉に飛び立って、梢という梢から逃げていった。

男は膝からくずおれ、どうっと前に倒れた。手から髑髏の柄飾りのナイフが転がり落ちる。久しぶりに嗅ぐ硝煙のにおい、荒い息、起き上がるジギ——窪地の土壁にもたれかかったジギの腕の中に、ライフルがあった。

「まさか、撃ったの？」

「……撃っちゃ悪かったか？」

銃口から白い煙が細く伸びて、ゆっくりと消える。親衛隊の男は俯《うつぶ》せに倒れ、地面にじわじわと血が広がっていく。目は開いたまま、ぴくりとも動かなかった。後頭部の髪が風に揺れている。すると林の向こうからまた足音がこちらに近づいて来た。すっかり動揺していた私とジギは、ライフルを構えたが、現れたのはヴァルターとハンスだった。

「銃声がしたから……うわ、どうしたの？」

ハンスが窪地に降りてきて親衛隊の顔を覗き込んだが、手を触れる勇気はないらしく、屈んだ姿勢のままおっかなびっくり後退る。相棒に呆れた様子のヴァルターが続き、つま先で親衛隊を転がして仰向けにさせた。

「死んでるな。ざまあみろだ」

「本物のSSかな」

「そんなの、裸にしてみりゃわかる」

ヴァルターはポケットに手を突っ込むと、折りたたみナイフを取って刃を出した。乱暴に肌着を切り裂いてはだけさせ、左の二の腕を露わにする。男は完全に死んでいた——まるでゴムで出来た人形のようにぶるんと震える。

「ほら、腕の内側を見ろよ。Aの刺青がある。こいつの血液型だ。本物の親衛隊員だぞ」

「そんな人がなぜ林に？」

「潜伏中なんだろ、連合国軍に捕まらないように……地下活動、人狼関連かもな」

なるほど、きっとどこかに隠れやすい穴か、地下室に通じるマンホールか何かがあるんだろう。私たちを襲撃したのは、食べ物を狙っていたのかもしれない。

彼を殺した当人、ジギは、ライフルを抱いたまま、血の海に横たわる親衛隊員を呆然と見下ろしている。このまま死体を放っておくのも忍びなくて、どこか埋められる場所を探そうかと提案すると、ヴァルターは「馬鹿言うな、ほっとけよ」と吐き捨てた。

ハンスはしばらく死体を観察してから「早くここを離れよう」と言った。

「もしかしたらこいつの仲間がいるかもしれない。本当に人狼の一味だったら、報復される危険があるよ。それに銃声はかなり遠くまで響く。DPキャンプのアメリカ兵が見回りに来たら面倒だよ」

「そうだな。でもすぐには無理だぜ」

ヴァルターは試作品第一号に顎《あご》をくいっと向け、「二十分……いや、十五分くれ」と言った。

ガソリンと違い、木炭ガスはエンジンを動かせるだけの力がたまるのに時間がかかる。ヴァルターとハンスは手早く、荷台から薪袋を下ろして、手のひらにおさまるくらいの角材を、ボイラーの上口から炉に詰め込んだ。

「……俺も何か手伝うよ」

おずおずと切り出したジギをヴァルターは完全に無視し、代わりにハンスが「じゃあ送風機を回してもらえますか」と答える。

「ハンス、それは俺がやる」

ヴァルターは縄張りに手を出すなと言わんばかりに鼻息をふんと強めたが、ハンスは気にしない。

「じゃああなたは灰を取って下さい」

これはヴァルターもあまりやりたくない仕事らしい。ジギは火口の下にある丸い蓋を開き、小型の火かき棒を突っ込んで、中の燃え尽きた灰をこそぎ落とした。それが終わるとヴァルターは焚き火から種火を拾って手早く火口に入れ、送風機の丸いハンドルをぐるぐると回した。たちまちトタタタと音がして白い煙がもうもうと溢れてくる。

「ハンス、ボンネット開けとけ」

「はいはい」

手回し送風機はかなりの労力を使うようで、ヴァルターはあっという間に汗にまみれ、ふうふうと息を吐きはじめた。途中で私が代わり、ハンドルを回してみたが、すぐに腕がだるくなった。結局ジギも入れた全員で交替しながら送風機を回し続け、ヴァルターはその間にマッチを擦っては、ボンネット側の排気口で何かを確かめている。

「……よさそうだ。みんな乗れよ」

運転席でヴァルターがキーをひねると、試作品第一号は息を吹き返し、勢いよく唸りはじめた。私は来た時と同じく後部座席に、ハンスは助手席に乗り込んだ。ジギも少し躊躇いながらもおずおずと私の隣に乗る。全員が乗ったところで、林の奥の方から、ドイツ語で誰かの名を呼ぶ複数の声が聞こえてきた。あの男の仲間かもしれない。突然ヴァルターがドアを開けて運転席から飛び出し、死んだ親衛隊員の方へ走ると、足を開いた。

「何してるんだ、あいつ。おい、ヴァルター！　早くしないと！」

ハンスが大声で呼んでも、ヴァルターはこちらに背を向けたまま数秒佇み、それからお腹のあたりをごそごそさせながら、駆け戻ってきた。

「あのクソ野郎に小便を引っかけてきた」

「はあ？」

ヴァルターは強張《こわば》った笑みを浮かべてアクセルを踏み、タイヤは泥を跳ね散らしながら発進した。

私たち四人を乗せた試作品第一号は、相変わらずの暴れ馬ぶりを発揮しつつ、飛び跳ねるように木々の隙間を抜け、こんもりした土の上を走る。

さっきの声の主は、やはりあの隊員の仲間だったらしい。エンジンの音に紛れて、男たちの怒号と銃声が聞こえてきた。ヴァルターは一層アクセルを深く踏み込み、タイヤが泥や土塊をまき散らしながら、林を出た。

ようやく道に出たと安堵したのもつかの間、今度は前からふたつの前照灯を眩く光らせながら、大型のトラックがこちらに迫ってきていた。ヴァルターは凄まじい速さでハンドルを切り、試作品第一号は片輪に重心をかけて右に曲がり、私とハンスは悲鳴を上げた。なんとか体勢を立て直したものの、相手のアメリカの輸送トラックは可哀想に、避けようとして操作を誤り、道から脱輪して、車体が半分林に突っ込んでしまった。

「見たか、あのへったくそ」

ヴァルターは涼しい顔で言うと、レバーやらコックやらを動かし、試作品第一号はようやく普通に走りはじめた。

揺れがおさまったからと、ハンスがリュックサックから食糧を出して分けてくれた。透明なセロファンで包まれた四枚入りのK－1ビスケットに、じゃがいもで水増ししたべちょべちょの配給黒パン、全員でひとかけらずつのチーズ。

「火の通った料理じゃなくて悪いね」

ハンスはそう言うけれど、胃袋が満たされるだけで幸せだ。ワニのスープ以来、水以外何も口にしていなかったから。

四人でしばらく無言で食べ、水筒の水を回し飲みし、楽しんだとはとても言えない食事をした。昨夜の私は、まさか二十四時間後にこうしているなんて思いも寄らなかっただろう。まったく見ず知らずの三人と、こうして木炭ガス車に乗って晩ご飯を食べ、野宿する場所を探すだなんて。それにしても、思ったより時間がかかってしまった。クリストフの甥、エーリヒの捜索は明日中に終えなければ。

横目で隣のジギを窺うと、彼は食欲がないのか、ビスケットを持ったままぼんやり外を眺めていた。腕にはまだライフルを抱いている。

「ライフル、下ろしたら」

「え？　ああ……」

ジギはライフルの存在を忘れていたのか、びっくりしたような顔でライフルを座席の下に下ろした。

「アメリカのライフルが撃てるなんて、すごいですね」

ハンスが穏やかな調子で話しかけてきた。

「いや……単に引き金を引いたら、弾が出ちまっただけだよ」

「それでもすごいですよ。僕は敵を前にしただけで逃げましたから」

ハンスは軍の訓練を受けた者らしい言葉でジギを励まし、ヴァルターに出会う前、橋の防衛に配置された時の詳しい話をした。

部隊と共に橋に到着したハンスは、たった一本だけ支給されたパンツァーファウスト（使い捨ての携帯式対戦車擲弾発射器）を抱きしめながら、他の青年兵とともに、橋のたもとで震えていたそうだ。しかし緊張が頂点に達してしまい、どうしても便意が堪えきれなくなった——ハンスは上官に罵倒されながらも、近くの民家のトイレを借りた。家の持ち主はすでに避難したのか不在で、ハンスはトイレに直行したが、用を足したそのままの姿勢で、気を失ったのだという。

「我に返った時には、もう赤軍が入って来てたよ。仲間の安否を確かめる余裕もなくて、僕はパンツァーファウストを捨てて逃げた。走りながら、ヘルメットも、軍服の上着もズボンも全部脱いで、下着姿になった。赤軍兵に見つかったら殺されるし、味方に見つかっても、敵前逃亡で処刑される。

とにかくこのままじゃいられないから、死んだ人の服を借りたけれど、虫がひどくてね。痒《かゆ》いのをどうにか堪えながら、服を着替えに家へ帰った。でも家族はとうに出て行って、残っていた家財道具や服も、使用人に雇っていた労働者たちに盗られた後だったから、家にはほとんど何もない。唯一残ってたのが、このユーゲント時代の半ズボンだったというわけ。これも早く着替えたいけど、お金はないし、僕は盗みも下手なんだ」

「お前は盗まなくていいって言ってるだろ。俺がやるってば」

「だめだよ、ヴァルター。君はもう泥棒から足を洗うべきだ。そのために僕らはあの子の地下室から逃げたんじゃないか」

「そういうでかい口は、稼げてから叩けよな。お前みたいなぼんぼんが親なしでどうやって稼ぐんだよ」

　ヴァルターはこの中で一番年下だが、態度は一番大きい。ハンスはため息をついて、汚れでも落とすかのように爪を半ズボンの裾にこすりつけ、ぱっぱっと手で払った。そういえば、ハンスはなぜ家族と険悪になったのだろう。

「家族にはもう頼れないの？」

「そうだな、一生無理だと思うよ……僕は一度、ユーゲントの矯正施設に入れられたことがあるんだ。家族が僕と縁を切ったのはそれが理由で」

ハンスは少し頭を下げて、フロントガラスの向こうで輝く月を覗き見た。

「ユーゲントの夏の行事で、キャンプファイヤーをした時に、仲間とキスしたのを見つかってしまったんだ。精神療法研究所の治療が終わったのは、去年のクリスマスだった。親は僕に召集がかかったことすら知らないと思う。子どもは親を愛するべきなのかもしれないけど、正直、僕はふたりの墓の前で笑い転げる自信がある」

「つまり俺たちは迫害された者同士、傷を舐め合ってるのさ。俺は女が好きだがタマなしで、こいつは男が好きでもう大人なのに半ズボン。笑わなきゃやってらんねえよ」

来た道を戻り続けていた車は、ついに林を抜け、ヴァン湖《ゼー》の畔についた。

こういう湖畔は、野宿したり、恋人がむつみ合ったりする場で、意外なほど人が多い。ヴァルターはハンドルを切りながら空いている場所を探すと、茂みの陰に車を止めた。木炭ガス車はため息をつくような音を立てて静かになる。

湾と見紛うほど広いヴァンゼーの湖面は、風を受けてゆるやかにさざ波立ち、きらきらと輝いている――特に奥の岸の周辺は、眩い電灯が連なり、宝石のように明るかった。あそこはナチスの大管区指導者など、上級幹部の別荘があった高級な地帯だ。今ではきっと、アメリカ軍の上級将校たちが夏の夜を過ごしているのだろう。対して、こちら側はインク壺の中のように暗い。月明かりが唯一の灯火だ。

「約束どおり、俺はあんたの友達を助ける手伝いをした」

ヴァルターは私の隣に立つと、ぼそっと言った。

「そうね」

「……俺がするのはここまでだ。明日の朝になったらお別れだからな」

すっかりふたりに頼り切ってしまったが、確かに、そろそろ巻き添えにするのはやめるべきだろう。

ヴァルターはジギを憎んでいる。その気持ちは痛いほどわかるし、むしろ今夜一緒に野宿をしてくれるだけでもありがたいくらいだ。

「本当にありがとう。御礼はちゃんと渡すから」

「餞別に聞くけど、あんた、バーベルスベルクへ行って何をするつもりなんだよ?」

そうだ、〝カフカ〟のことで頭がいっぱいで、元々の事情は話していなかった。私は人捜しをしていて、それはソ連領域内で青酸カリを摂取して死んだ、恩人クリストフ・ローレンツの甥なのだと、話した。

「変なの」

ヴァルターは顔をぎゅっとしかめて、そばかすだらけの鼻にしわを寄せた。

「あんたがエーリヒってやつを探す理由、あんまり腑に落ちねえな。たとえばあんたがエーリヒを犯人と確信していて、恩人の仇討ちをするってのなら、わざわざ行方を捜す理由も納得できる。だけどそうじゃないんだろ?」

「訃報を伝えに行くのがそんなにおかしい? だって身内の死を知らないのはつらいでしょ」

自分で口に出しておきながら、私はしまったと後悔した。ヴァルターだって家族がどうなったか知りたいだろうに、慎重なくらいそのそぶりを見せないから。

「ええと……少なくとも、クリストフの妻のフレデリカのことは、電話して息災かどうかを訊ねるくらい心配してたとわかってるし」

ヴァルターは帽子を脱いで頭を掻き、肩をすくめた。

「どうだかね。電話したのはひょっとして殺す準備だったんじゃ？　ちゃんとそこにいるか確かめとかないと、殺せないだろ」

「まさか！」

私は笑って否定した。まさか、エーリヒはクリストフを殺したりしない。それは誓って言える。

ふと気配がして振り向くと、ジギが立っていた。ヴァルターはそそくさといなくなって、ハンスの方へ行ってしまう。

「もう寝ようぜ。明日また考えればいい」

確かにジギの言うとおり、体は疲労困憊《こんぱい》で目を閉じればすぐにでも眠れそうだった。

夏だし凍えることもないだろうと外で寝ようとしたら、ハンスに止められた。私は試作品第一号の中で、他の男性三人は外で眠ると言う。

「本当にいいの？」

「ここらはハッテン場でもあるからね、女の子は安全な場所にいた方がいい。それに全員で狭い車に固まって眠るのは非効率だよ。この空なら雨も降らないだろうし、野原で体を伸ばして寝た方が疲れも取れる」

ハンスは車のトランクから薄い毛布を出し、一枚を私に、後の残りは外に出した。

「ありがとう」

後部座席のいびつなシートに横たわって目を閉じたとたん、私はまるで底なし沼に勢いよく飛び込んだかのように、夢の中へと引きずり込まれた。

夢は、昼間の記憶を切れ切れに見せたり、両親の亡霊を連れてきて、助けて、と訴えてきたりした。ライフルを片手に両親を助けに向かい、地下室の扉を開ける。するとそこに倒れていたのはイーダと、喪服に身を包んだ白髪の女性だった。驚いて飛びすさった私を支えたのは、エーリヒ・フォルストで、その手に歯磨き粉のコルゲートの赤いチューブを握っていた。

幕間Ⅲ

フランス降伏が伝えられた翌日、一九四〇年六月二十二日、土曜の午後、十二歳になったアウグステは父とともに、中心部《ミッテ》の動物園前にいた。

厳冬だった一月、二月のひどい寒さが嘘のように、初夏の空はよく晴れてじわりと暑く、動物園前のアイスクリームの屋台では、夏至のお祝いを書いたクッキーがついてきた。無事に戦勝パレードを見送り、アウグステは父にアイスをひとつ買ってもらった。通りにそそり立つカイザー・ヴィルヘルム教会の鐘楼を見上げながら、甘くて冷たいバニラ・アイスクリームを口に運び、「この瞬間今日が終わって、戦勝記念行事も全部飛ばせたらいいのに」と思った。

今晩予定されていた少女団の夏至祭は、間違いなく対フランス戦勝行事に変わるだろう。ベルリンではどの家も窓から鉤十字《ハーケンクロイツ》旗を出し、わざわざ縫わなければならない人もいたくらいだった。ベルリン市民が全員出てきたのではと思うほど混雑した大通りの歩道には、さっき最後尾がいなくなったばかりの戦勝パレードの紙吹雪が、雪のように積もっている。それでも、このブダペスター通りより、ウンター・デン・リンデンの戦勝パレードは数倍すごかったという。父娘の近くにいた若いカップルは、もっと早くに出ればそちらのいい場所が取れたのに、と互いに互いの落ち度を責め合っていた。デートレフにとっては、ここにいるだけでも苦痛だったが、行かなければ近所に何を言われるものかわかったものではない。

歩道に並んでいた観衆は赤白黒の手旗を持ってぞろぞろと移動し、緑の制服を着た秩序警察が車輛通行止めの標識を片付けたり、ほうきとちりとりを手にしたユダヤ人たちに後片付けを命じたりした。

「夏は天気がよくて結構だが、暑いのは好かんなあ。アイスはうまいけどね」

ふとアウグステの隣に見知らぬ男が立って、にこりと笑いかけてきた。中折れ帽をかぶり、丸い眼鏡をかけた、三十歳前後の男だった。手にはアウグステと同じアイスクリームのカップを持っている。口ひげをたくわえたいかにも会社員らしい働き盛りの男が、黒い肩掛け鞄を提げ、アイスを「アイスはやっぱりチョコレートに限る」と言いながら食べるのを、アウグステは「大人なのに子どもみたい」と笑い返した。

「変なの。それにね、アイスはバニラが一番だよ」

「ははん、君はバニラ党か。チョコレート党に対する反乱分子だな。逮捕するぞ」

「娘が何か？」

見知らぬ男を不審に思ったデートレフが割って入ると、男は目を丸くし、慌てて「ああ、これは失礼を」と帽子を軽く持ち上げた。

「僕はホルンと言います。実は先頃四番住棟に越しまして、時々お嬢さんをお見かけしたものですから。つい気軽に話しかけてしまいました。すみません」

「そうでしたか、これはどうも。ニッケルです」

ふたりが握手をするのを、アウグステは眩《まぶ》しそうに顔をしかめながら見上げた。父デートレフは初対面の相手に対して警戒するのを知っていたからだ。その顔はやはり強張《こわば》っている。対して相手のホルンはというと、飄々《ひょうひょう》として、あまり気にしていない様子だった。

「今日はおふたりで、戦勝パレードの見学ですか?」

「……ええ、まあ。妻が婦人団で手伝うことになりましてね。終わるのを待ってるんです」

取り繕うのが苦手なデートレフはついため息をついてしまい、「いえ、少し疲れまして」と言い訳をした。もしこの男が党員や秘密警察の手先であれば、フランスに勝利したことに不満があるのかと突っ込まれかねない行動だったからだ。しかしホルンは気に留めず、残ったチョコレートアイスクリームをクッキーで拭った。

「うーむ、美味しいアイスでした。とりわけそこの屋台はいいですよ、〝勝利万歳〟なんてクッキーに書いてませんから」

そう言ってひょいとクッキーを口に放り込み、口の端から欠片《かけら》をこぼしつつ食べる。やりとりを間近で見ていたアウグステは、父の体から緊張が抜けたのを感じ取った——おっといけない、アイスクリームが溶けて垂れてしまう。せっせと食べていると、歩道の向こうから母マリアが戻ってきた。アウグステはアイスクリームでべたつく手を振った。

ドイツ帝国は戦勝に次ぐ戦勝で、領土を拡大していった。北欧を続けざまに降伏させたドイツ軍は、オランダとベルギーを攻撃して都市部を空襲で燃やした。まんまと誘い出されたフランス軍とイギリス軍は海際に追いつめられ、六月のはじめにイギリス軍がダンケルクから逃げ出すと、フランスが陥落。各地で収奪した戦利品の数々がどっとドイツに送られ、倉庫はあっという間にいっぱいになり、異国の品をひとつでも買おうとする人の列ができた。街の掲示板に貼られた〝東方ヨーロッパ、運命の戦い〟という前線地図の前には人がたかり、我らがドイツ国防軍はどれほど強いのか、生存圏《レーベンスラウム》はどこまで広がったかを確認した。

「イギリスは虫の息だろう。空軍が爆弾を雨あられと降らせりゃ、チャーチルの豚野郎だって負けを認めるさ」

精肉店が特別配給の豚肉を切って秤にかけながら豪語すると、たいていの客は頷《うなず》いたが、時々「あんまり戦争を軽く見ると痛い目に遭うぞ」と返す者もいた。そういう人物は、たとえば家具工場、あるいは土木作業での労働から帰宅する途中に、保安警察に連れて行かれ、二度と姿を見せなかった。

その年の夏の終わり、買い物から帰宅したマリアは、配給品の統一石鹼と、やっと溜められたポイントで買ったアウグステ用の新しい靴を風呂場に出してから、紙袋を台所に置いた。クヴァークと赤キャベツ、ソーセージ、ソーセージの形をした乾燥エンドウ豆スープの素の上に、アーティチョークが載っている。花びらが緑色の石でできた薔薇《ばら》のつぼみのような、奇妙なこの野菜は、占領下のフランスから送られてきた特別配給品だ。いったいどう調理したものかわからず、マリアは首を傾《かし》げる。

「エーディト、エーファ、いる?」

マリアは料理上手な隣人ならアーティチョークの調理法を知っているのでは、とドアを叩いた。ややあって出てきたエーディトは、まだ五十歳にもかかわらず、七十歳の老婆のように髪が白く顔もしわだらけでくたびれ、夏だというのに咳をしていた。

ショックを受けたマリアは大急ぎで家に戻って薬と牛乳、砂糖の壺、それから少し躊躇《ためら》いながらも牛肉の缶詰を持ち、ベッテルハイム家を再び訪問した。エーディトをソファに寝かせ、台所を借りて小鍋で牛乳を温め、砂糖を溶かす。レードルでかき回しながら、食糧棚にはものがなく、芽の出たじゃがいもが数個あるきりだと気づいた。

「ごめんなさいエーディト、コーシェル(ユダヤ教の戒律に基づく食事の清浄規定)ってよく知らないのだけど、牛乳は大丈夫?」

「平気よ、ありがとう」温めた牛乳を注いだカップを受け取りながら、エーディトは弱々しい笑みを浮かべた。「今となってはコーシェルより、食べられるだけありがたく思わないと。イツァークはまだ嫌がってるけれどね」

マリアは心の中で自分を罵《ののし》りながらため息をついた。「私ったら、アーティチョークなんて!」と。起き上がったエーディトの隣に浅く腰かけたマリアは、何の気なしにテーブルに視線をやり、出しっ放しの出生証明書を見てしまった。それぞれの名前に変更があり、男には〝イスラエル〟、女には〝ザラ〟といういかにもユダヤ的な名が、人種局によって加えられている。あのくだらない法令は本当に実施されてるんだわ——マリアは思わず固まったが、はっと我に返った。

「牛肉缶も持ってきたからどうか食べて。少しだけど、子どもたちに」

しかしエーディトにはすべて伝わっていた。しわだらけになった頰を涙がはらはらと流れ落ち、マリアはたまらずその肩を抱きしめた。ふたりの女たちはしばし黙って互いの体温を感じた。

エーディトが泣き止んだ後も手を握り合い、エーディトがぽつぽつと呟《つぶや》く言葉に耳を傾けた。今日、軍需用配送倉庫の強制労働で空腹のあまりに危うく気絶しかけ、職業主任の機転がなければ秘密警察に捕まるところだったこと、重い所得税のために週に二十マルクの賃金しか支払われず、闇市でパンを一斤買おうにも、四十マルクもすること。成人したばかりの息子たちに課された重労働の不安。長女エーファが同じユダヤ人男性から求婚されたが、断ろうとしているという話も、震える声で打ち明けた。

「あの子、〝自分がいなくなったらきっとブーツは父さんたちを追い出す〟と言うの」

マリアは腹の底からため息をついた。管理人ブーツのやりそうなことだ。

ブーツは少しでも美しいと感じた女の住人の後をつけ、ささやかな恩を売って見返りを求めてくるような男だった。たとえば中庭で洗濯物を干す時、ブーツが地下室の窓から覗き見ても文句を言わないなどの要求を、とろっと潤《うる》んだ目で「この間あれをしてやっただろう」とせがむのだった。集合住宅《ジードルング》の女たちはブーツを、一週間洗ってない靴下以上に嫌悪していたが、管理人に加え建物の防空責任者という党の役職についた人物には、逆らえなかった。

そしてエーファは美しく、ユダヤ人という立場の弱さがある。

「こんな世界、神様がお許しにならないわ。ささやかな幸せすら高望みなの？」

「大丈夫よエーディト、エーファは幸せになれるわ。当たり前でしょ」

マリアは震えるエーディトの肩をもう一度抱き、目の端に溜った涙をそっと拭《ぬぐ》った。

夕方五時になると、あたりに今年何度目かの空襲警報が鳴り響いた。はじめは誰もが、イギリス空軍が落とすのは爆弾ではなく今回も紙切れだろうと思った。しかし違った。爆弾は軍需省を燃やし、衝撃で地面が揺れ、各街区の防空監視者が通行人に防空壕へ入るよう命令した。

デートレフはマリアとアウグステとともに、ジードルングの地下室へ向かった。消火用の砂と水を溜めたバケツがドアのそばにあり、棚には住民が二、三日は持ちこたえられそうな量の備蓄食糧が並ぶ。電気は消え、地下室内は海の底のように暗い。壁にはどこに出入口のドアがあるかを示す夜間蛍光塗料の緑色の矢印が浮かんでいた。一家は狭いベンチに肩を寄せ合って座り、別の家族の小さな息子たちが、避難訓練すごろくを床に広げて「よく見えないよ!」と笑いながら遊んでいるのをぼんやり眺めた。その隣では、界隈で一番の小粋な女性——開戦時にラジオをつけるよう、髪にカーラーをつけたまま叫んだ住民——が、グミの小袋からひっきりなしに口に放り込みながら、真新しい代用革とコルク製の靴を履き、形が足に合うか、足が痛まないかどうかを試している。しかしどうも具合が悪いようで、最後は諦めた様子で首を振った。

ベルリン大管区では軍需省が燃えたものの、空襲はさほど激化せず、地下室に避難する住民はまばらだった。それどころか面白がって屋根に登り、爆弾が燃やした家や木を見物し、帝国防空協会に捕まったり、罰金を支払ったりした。

デートレフが必ず地下室に入るのは、管理人ブーツの監視と密告を警戒したからだ。戦争がはじまって以降、デートレフはますます無口になり、左翼活動にもまったく近づかなくなった。かつて彼が熱心な共産党員だったことは警察にも知られていて、下手を打って捕まれば処刑は間違いない上、家族が巻き添えになってしまう。それに、もはやデートレフ自身が、ボリシェヴィキを信じられなくなっていた――マルクスやレーニンが語った理想はただの夢物語で、現実にはヒトラーと手を結び、他国を侵略するような連中だったのだ、と。

ヒトラーがドイツ第三帝国の頂点に立ってから、仲間のドイツ共産党員は次々に逮捕され、かつて敵の捕虜を収容していた刑務所に入れられて、絞首刑やギロチンで命を落とした。中にはソ連の情報作戦を手助けした者もいたが、スターリンはヒトラーを選んだ。スターリンにとってロシア革命に憧れ必死に活動していたドイツ人など、所詮は払えば落ちる塵にすぎないのだ。デートレフは深く失望した。青春を燃やした炎は消えてしまった。

以来デートレフは、AEGのタービン工場でも淡々と仕事をこなし、どんな話の輪にも加わらず、ひたすら就業時間と課せられた生産量を守った。改造ラジオでBBC放送を聞いていた同僚たちは、作業員のふりをした党のスパイに密告され、ある日姿を消した。同僚には共産主義系地下活動組織「赤いオーケストラ」の〝音楽家〟もいて、ひとりが拷問で死んだ。噂を聞いたデートレフは平静を装ったが、内心では小便を漏らしそうなほどがたがた震えていた。自分がこれまで行ったことの恐ろしさを思い知った。

ふいに地下室のドアが開き、ブーツの面倒くさそうな「ほら、入って下さいよ、先生」という声が聞こえ、若い男が蹈鞴《たたら》を踏みながら階段を降りてきた。丸眼鏡は片方のつるが耳から落ちているし、黒髪は寝癖だらけ、服は寝間着だった。

「おや、ホルンさん」

ホルンは顔からずり下がった眼鏡をかけ直しながらデートレフを認めると、「ああ、どうも」と力なく笑った。新聞を買った帰りに、管理人とばったり会ってしまったらしい。

「避難は面倒でねえ。今日も寝過ごしてやろうと思ってたんですが、カウチで新聞を読んでいたら、ブーツさんに引きずり出されましてね」

ホルンはそう言ってニッケル家のそばに座ると、新聞を広げてのんきに読みはじめた――が、すぐに「しまった、暗くて続きが読めん」とぼやいた。デートレフは党員ではないホルンに少なからず好感を抱いていたので、煙草を勧めながら訊ねた。

「何か重要なニュースはありましたか？」

「そうですね……ああ、ひとつ注意したい記事が」

煙草に火を点けるためマッチを灯した時、新聞がドイツ語ではないことに気づいて、デートレフは「おや」とホルンを改めて見た。英語だ。アメリカ大使館の人間が読むような新聞。まだアメリカとは交易関係があり、記者や旅行客などのアメリカ人がベルリンにいた。隣の娘をちらりと窺うと、すでに興味津々でホルンの新聞を凝視している。

「どうもベルリンで子どもが行方不明になってるそうでね」

「子どもが行方不明？」

「ええ。しかし妙な事件だそうで。あの緑色の夜間蛍光塗料ですがね、壁にべとっと塗ってあるところに懐中電灯を当てると、光の痕が残って絵が描けるんですって。子どもはその手の秘密くさいおもちゃに弱いでしょう。親の目を盗んで夜中に遊びに行っちまった子が何人かいて、そのうちのふたりが帰ってこないのだとか」

「それは危険ですね。この近所の子ですか？」

「いや、クアフュルステンダムです」

嫌な予感がして、デートレフは顔をしかめた。ずいぶん前に起きたクアフュルステンダムでの失踪事件、かつての仲間だったラウルの裏切り、その苦い記憶が甦《よみがえ》ってしまう。息子と娘を失ったあの哀れな母親は、今どうしているのだろうか。

「クーダムですか」

「はい。お宅のお嬢さんもどうかお気を付けて。あの辺は人が大勢いますし、車通りも多いですからね。おそらく事故に遭ったんだろうと、アメリカ人の記者は書いてます」

「アメリカ？　おじさん、アメリカの人なの？」

話に入りたくてうずうずしていたアウグステが、ついに間に割り込んできた。マリアがひと言叱って止めたが、ホルンは「いいんですよ」と笑った。

「お嬢さん、僕は残念ながらアメリカ人じゃないんだ」そう言って、ちらちら視線を送っては窺っている他の住民、ヒトラー・ユーゲントの制服姿の少年を見ながら、「君と同じく民族同胞だよ」と答えた。少年はさっと目を背け、小さな弟たちの相手をはじめたが、耳をそばだてているのは間違いなかった。

「おじさんはね、以前は学校の先生だったんだけど、アメリカ人に通訳を頼まれて、仕事を変えたのさ」

「すごい、それなら英語が話せるのね？」

「もちろん。君は英語に興味があるのかい？」

するとついにヒトラー・ユーゲントの少年が業を煮やしたのか口を挟んできた。

「君、英語よりも母国語を学びたまえ。どうせ英語などドイツ語に駆逐されるんだから」

その時空襲警報がようやく止み、代わりに警報解除を知らせるサイレンが鳴った。すぐさま洒落者の女性が立ってグミを噛みながら電球のスイッチを入れると、たちまち地下室は明るくなり、ヒトラー・ユーゲントの少年はまるで酔いが醒めたような顔をした。威勢を失った少年は気まずそうに背を向け、小さな弟たちに「すごろくを片づけて」と言う。他の住民たちもやれやれと腰を上げ、コルクのハイヒールを軽やかに鳴らしながら女性が階段を登り、外へ出て行く。

アウグステは名残惜しそうにホルンを振り返りながら、マリアに手を引かれて階段を登り、地下室には最後にホルンとデートレフが残った。

「利発そうなお嬢さんですね。それに今時、英語に興味を示すなんて珍しい」

「自慢の子です。僕も妻も本はまるきり読みませんが、あの子は辞書を片手に、ひとりで英語版の『エーミールと探偵たち』を読んだんですよ」

ホルンは丸眼鏡の輪郭そっくりになるほど目を丸くした。

「そりゃあ驚きです。僕の生徒だったら、さぞ誇らしかったでしょうね」

ふたりは揃って外へ出た。まだ灯火管制の影響でどの家の窓も暗く、秋がはじまりつつある夜空には、満天の星が輝いていた。デートレフはいつか友人のラウルと飲んだ晩のことを思い出し、かぶりを振る。あいつはもういい。帰ったらすぐマリアに、ホルンのことを話さなければ。

以前のデートレフであれば、愛娘が資本主義の権化であるアメリカ合衆国に惹《ひ》かれたなんて、快く思わなかっただろう。しかしこの時のデートレフの頭には、アウグステはホルンに英語を教わってはどうか、という考えが芽生えた。アウグステが英語を学びたがっているのはデートレフもマリアも知っていた。しかし現在の学校は愛国主義の教育と家政科に力が入り、外国語はおろそかになっていた。アウグステが英語を学べる機会は、乏しい環境での独学以外にない。

マリアの同意を得たデートレフは、アウグステに「ホルンから英語を学ぶ気はあるか」、と訊ねた。アウグステは前のめりで、ぜひやりたいと答えた。

それから毎週二日間、ニッケル家の夕食にホルンが加わり、アウグステは自宅で英語を学ぶことになった。ホルンは元教師である上に、現在はアメリカ大使の身内や記者の通訳を生業にしているだけあって、読み書き、会話、聞き取りなど、アウグステが吸収できるものは非常に多かった。親しくなるにつれ、ホルンという男がどのような人物なのかもわかった――大使から通訳に引き抜かれたとは建前で、実際は高等学習についてドイツ教員連盟と対立した結果、英語教師の職を追われ、どうにか大使館の仕事にありついたにすぎず、それをきっかけに妻と離婚したとのこと。

ホルンはアウグステの教科書用にと、大使館の売店でアメリカの小説を手に入れたが、党員から「勉強熱心だな。アメリカに毒されたんじゃないか？」と見咎《みとが》められると、懇意にしている書店の主人を頼り、北ドイツ、キール港の港湾労働者の伝手《つて》を使うようになった。一九四一年までは両国はまだきわどいながらも付き合いがあり、貿易航路が生きていた。港で荷下ろしを担当する労働者の中には、ナチスの高官やコネのある党員、学者、一部の好事家などが購入するための、アメリカの小品を闇に横流しする者がいた。ナチスにコネがない者はそこから買った。

こうしてアウグステの元には、二ヶ月に一冊程度の周期で、アメリカの、時にはイギリス作家だと気づかれないまま船に乗せられた娯楽小説が、届けられた。アウグステは特にメアリ・ロバーツ・ラインハートという名の作家を気に入り、よく読み込んだ。

新しい本が読める喜び。見知らぬ物語が楽しめる喜び。総統の輝かしい功績を讃える気配も、ドイツ民族同胞を誇る言葉も、劣等民族への侮蔑も含まれず、検閲で黒く塗りつぶされた文章もない本は、とても新鮮だった。遠い国で書かれた本は、暴力的で、自由で、無邪気で、汚れていて、哀しみと未来があった。民族や国家というくくりではなく、たったひとりの人物に寄り添う物語は、アウグステの心をどうしようもなく揺さぶった。まるで、本物の友人とようやく出会えた気分だった。

アウグステは、どんなに学校で窮屈な思いをしようが、口を滑らせる危険に震えようが、家に帰って本を開けば、文字の向こう側から未知の風に吹かれ、胸いっぱいに空気を吸い込めた。物語は裏切らない。エーミールが仲間と出会ったように、物語は困っている私を励まし、守ってくれる。

翌一九四一年は、戦争が次の段階に移り、ついにすべてが出揃った年になった。

六月、イングランド航空戦にドイツ空軍が敗れ、戦線は東部に切り替わった。ヒトラーはスターリンと結んだ独ソ不可侵条約を破り、国防軍をソヴィエト連邦領域内に侵攻させた。不意を突かれ、激怒したスターリンは応戦し、東部戦線の火蓋が切られる。

半年後の十二月、枢軸国としてドイツの同盟軍であった大日本帝国海軍が、アメリカ領の真珠湾を攻撃。ドイツは日本に応じてアメリカ合衆国に宣戦布告、アメリカは正式に連合国軍として、参戦することとなった。敵性外国人となったアメリカ人はドイツ国内から退去し、ホルンはまたしても職を失い、新しい英語の本は入手できなくなった。それでもホルンはニッケル家を訪れ、アウグステは英語を学び続けた。

そして一九四二年、初夏。アウグステは十四歳に成長した。

学校の教師は全員、肩や胸に喪章をつけていた。ベーメン・メーレン保護領のプラハで襲撃され、死亡したラインハルト・ハイドリヒ国家保安本部《RSHA》長官の葬儀が昨日あったばかりだからだ。アウグステたち学校の生徒も、遺体の大葬送行列を見送りに、ヴィルヘルム通りやフリードリヒ通りで片手をあげながら待っていなければならなかった。

生徒の数は減った。疎開中か、農業奉仕団に参加して田舎へ行き、時々戻ってくるような生徒が多かったからだ。教室の前列の空席には、占領地でアーリア人と認定された〝民族ドイツ人〟と呼ばれる金髪碧眼の美しい少女が座った。彼女は家族から引き離され、ドイツ語も英語もわからず、しょっちゅう泣いた。ブリギッテは進んで少女の隣に座り、熱心に面倒をみて、鉛筆とノートでドイツ語や、総統の言葉を教えた。

ブリギッテの兄は北方軍集団に配属され、東プロイセンから出撃してソ連と戦った。しかし夏、レニングラードで戦死し、ブリギッテは真っ赤に目を腫《は》らして同級生に別れを告げ、家族とともに東プロイセンへ渡った。ブリギッテだけでなく、家族が戦死した生徒は日に日に増えていった。

アッカー通りのジードルングからも、働き盛りの男性や青年はほとんど姿を消していた。アウグステは台所に立ち、いつもの窓から中庭を見下ろす。子どもの頃、自分をからかった年上の男の子たちは、全員軍服を着て、母親やきょうだいと抱き合い、手を振りながら戦場へ向かった。ギゼラが愛した薔薇は根こそぎ処分され、花壇は鉄条網で囲まれた煙草の葉とにんじんの農園になった。

どこの植え込みも公園の土も、ウンター・デン・リンデンの中央を走る馬車道さえ耕されて畑になって、キャベツや二十日大根、トマトなどの緑が生い茂った。

終わる気配のない戦争に、ベルリンはますます適合し、変貌していく。

市民の憩いの場だった動物園や広い公園には、巨大な鉄筋コンクリート製の建造物が姿を現した。高射砲塔と呼ばれる、横の一辺が七十メートル、厚みは三・五メートルあるこの灰色の砦は、内部が市民用の待避壕として使われることになっていた。四角い基礎部のベランダには軽・中砲が、四隅に設《しつら》えられた塔には重砲が配置、長い砲身が空を睨《にら》む。

ミッテの文房具店でノートの特別配給があると聞いたアウグステは、久々にバスの切符を買って、街へ出かけた。手提げ袋には、先日爆撃されたケルンに送るための古着が入っている。バスの中には宣伝省の啓蒙ポスターが貼ってあり、〝石炭泥棒！　ガスの無駄遣いはやめよう！〟〝敵は聞いている〟などの標語と、どこか不気味な絵が描いてあった。窓の外を見れば、国防軍のトラックや党員が乗り回す黒くてつやつやしたガソリン車が道路を走るが、普通の市民は自転車か木炭ガス車、または二階建てバスを使った。東部戦線のせいで石油がドイツに届かなくなったためだった。

アウグステはバスから降り、賑やかな通りを歩きながら、人々は三色に分かれているように思った。最も華やかな色合いは党員、親衛隊、国防軍、ユーゲントやその身内たちで、その次が普通の一般市民の中間色、そしてもっとも暗いのが、占領地から連行された外国人労働者や、労働徴用された捕虜、黄色い星を胸と右肩の後ろにつけてどの方向からでもそうとわかるようにさせられたユダヤ人たちだった。外国人労働者の収容施設《ラーゲル》は街の外れに密集し、彼らはそこから歩いてくるが、多くの一般人は関心を示さない。三色の階層に分かれた人々は往来ですれ違い、同じ空間にいるにもかかわらず、互いに互いを見ていなかった。

あちこちの壁に矢印と〝公共防空壕〟の標識があり、歩道の端に立った止水栓には〝消火用、緊急時以外使用不可〟と書いた紙が針金でくくりつけてあった。隣の質店はドアに〝国家財務局認可古物商〟の札をぶらさげ、ショーウィンドウにユダヤ人から押収した家財が安価で売られていた。

配給品の文房具を手に入れたアウグステは片手に紙袋を抱き、片手にバッグを提げて、通りすがりに百貨店のショーウィンドウを覗いた――絹のストッキングをこれ見よがしにするマネキンの足や、リボンがついた赤くてきれいな箱に入った青色の靴、細工が美しい香水の瓶、最新式のタイプライターに、電気湯沸かし器、おしゃれなコーヒーミル。そしてそれらの下には決まって、『展示品は非売品です』というプレートが置いてあった。実際に百貨店を覗くと、ごく普通のもの、石鹸や蠟燭《ろうそく》、電線といった生活用品を扱う棚はすっからかんで、品薄状態だった。

百貨店の隣には国民福祉団の事業所があり、店頭のカウンターに戦時拠出受付が出ていた。上には〝美しき都市ケルン、爆撃さる！　今こそ愛国扶助の精神を見せよう！〟という垂れ幕がかかっている。アウグステは、ボランティアのドイツ女子同盟《BDM》の黒いネッカチーフを巻いた少女に声をかけると、「ハイル・ヒトラー！」ととびきりの笑顔を向けられた。

「どうも……あの、服をケルンに」

「ああ！　ありがとう、きっとケルンの民族同胞たちも喜ぶでしょう。この書類に名前と住民登録番号を書いて」

アウグステが鉛筆で書類の枠に書き込む間、BDMの少女は〝ケルン行き　空襲被害者用〟の箱にニッケル家の古着を入れた。背後の壁には、ドイツ空軍がイギリス、カンタベリーの街に報復爆撃した新聞記事が貼ってあった。

商店が並ぶ通りは毎度何かしらの行列ができていて、男手が減ったせいで洗濯工場で働くようになったマリアと合流した後、ふたりはとりあえず目にとまった行列に手分けして並び、二時間後ににんじんとマジパン、豚の腎臓をどうにか買った。マジパンのピンク色の糖衣は可愛らしかったが、食べると食感は砂利のよう、サッカリンの嫌な味と苺と言えなくもない人工香料の強烈なにおいがした。デートレフと合流し、たまに家族揃って大衆食堂に入れば、薄汚いテーブルに出てきたソーセージはおが屑で水増しされていたので、アウグステは慎重にフォークでより分けて、食べた。

久々に家族で出かけた帰り、三人は冗談を言って笑いながら中庭を抜けた。しかし四番住棟に着いたとたん、アウグステは胸騒ぎがした。上から誰かの泣く声が聞こえる。

一家団欒《だんらん》のぬくもりは一瞬にして冷めた。階段室に入ると、郵便受けの前に背広のホルンと、鮮やかな水色のドレスを着た洒落者の女性が階段を見上げ、眉を顰《ひそ》めている。ふたりは一家に向かって小さく首を横に振る仕草をし、気をつけるよう合図した。

デートレフに続き、アウグステも急いで階段を登った——三階、ベッテルハイム家の前に、左腕にハーケンクロイツの腕章をつけた中年の女がいた。ちょうどドアが閉まり、きびすを返し階段を降りていくところで、女は冷ややかな視線をデートレフとマリアに向けると、無言で立ち去った。

女がいなくなったのを確かめてから、デートレフはそっと隣人の家のドアを叩いた。

「ベッテルハイムさん」

アウグステは心臓が早鐘を打つのを感じながら、涙ぐんでいる母のそばに寄り、たいしたことは起きていませんようにと祈った。しかしその祈りは天に届かなかった。

イツァークが、軍需用ユダヤ人として徴用されていたダイムラー・ベンツ社の工場で倒れ、そのまま息を引き取った。先ほどの女は事務員で、「死体は当局が処理したので戻らない。葬儀と墓を不要にしてやったのだから、国と総統に感謝しなさい」と言ったそうだ。

エーディトは息子たちに支えられながらソファに横たわっていた。この数年で一気にしわと白髪が増え、老けこんだエーディトの体はますます小さく見える。ガラス玉のようになった目で天井を見つめ、マリアがそばに寄っても気がついていないようだった。息子たちは、父さんは死んでいない、遺体を見るまで信じない、と強く主張した。デートレフは廊下に小さなトランクがひとつだけ置いてあるのを見て、ブーツがこの一家を出て行かせるのかと思ったが、家を出るのは私だけだとエーファが言う。

アウグステはエーファの部屋に行き、しばらく一緒にいた。黄色い星を胸につけたエーファは、窓辺に腰かけ、短い黒髪をかきあげる。

「恋人と結婚するんだ。明日にはエーファ・ザラ・ザームエルになる」

その恋人は若く体力もあり、機械洗浄の傍《かたわ》ら在独ユダヤ連合に加わっていた。その組織はユダヤ人から成っているが、党が下した命令をユダヤ人に対して行うために、強制的に作らされた組織だった。しかしだからこそ、夫がそこに所属していれば今のところ〝リスト〟に載る可能性が低くなる、という。

アウグステは駄々をこねて泣き出したいのを堪えて、「おめでとう」と返した。笑顔は作れない――エーファも、まるで蠟のように白い顔をして、両目を真っ赤に腫らせていた。

翌朝、エーファは持ち出しを許された小さな荷物を持って、家族に見送られながら、ジードルングの四番住棟から出て行った。アウグステは台所の窓に立ち、十歳年上の幼なじみが旅立つ後ろ姿を眺めた。エーファは振り返り、こちらを見上げる。アウグステはたまらず窓から飛び退き、それからしゃがんで泣きじゃくった。またやってしまった。今すぐ走ってエーファに飛びつき、絶対戻ってきてと言えばよかったのに！　しかしアウグステにはできなかった。これ以上エーファの悲しい顔を見たくなかった。

四ヶ月経った秋の終わり、母と息子だけになったベッテルハイム家のドアを、エーファの結婚相手と同じ在独ユダヤ人連合から来た男が叩いた。感情を押し殺した顔で茶色いブリーフケースの中から取り出したものは、エーディトと息子たちに対する徴集収容所への出頭命令書と、秘密警察《ゲシュタポ》からの財産没収処分命令書だった。すぐさま命令は実行に移され、エーディトと息子たちは、ほとんど何も持たずに家を出て行き、二度と戻らなかった。マリアはその日体調を崩し、夜まで寝込んだ。

それから翌年にかけて、星をつけたユダヤ人たちが小さな鞄ひとつだけで、ぞろぞろと同じ方角を目指して歩いて行く姿が、ドイツ中のいたるところで目撃された。ベッテルハイム一家がいなくなり、上級裁判所によって封印された隣家は、しばらく放っておかれた。

同じ頃、デートレフはある伝言を受け取った。今はホルスト・ヴェッセル広場と改名された、かつての共産党本部があったビューロウ広場の劇場、フォルクスビューネ。その裏手にある楓蚕《ふうさん》蛾書店はデートレフの行きつけで、老店主とも親しかった。そこで買った本にこっそりと紙片が忍ばされ——デートレフは近くの公衆トイレで伝言を読んだ。生き延びた共産党員による地下活動組織「赤いオーケストラ」が、秘密警察に一網打尽にされたという。女性のものらしい筆跡の伝言には「リーゼルはかろうじて逃亡し、ノイケルン地区のカトリック教会に匿《かくま》われている」とあった。親しかった友の顔が浮かぶ。デートレフはすぐさまマッチを擦って紙片を燃やし、灰になるまで見守った。

気温がぐっと下がり、冬の冷たい雨が曇天から矢のように落ち、工場街の灰色の屋根をしとどに濡らす。空気は濃い灰色の煙と煤《すす》、黒いオイルのにおいが充満している。

ドイツ中のすべてのものが戦争のために奉仕していた。大人も子どもも、商店や学校も。どこへ行っても軍隊の号令が聞こえ、屋上に登れば巨大な高射砲塔が見え、否応なしに戦争を思い出させる。工場の製造ラインは軍需品のためにのみ働き、プロペラやタービン、エンジンといった大きなものだけでなく、小さなネジやナット、聴音機用のコイルなど小さなものまで作った。家具工場は椅子や箪笥《たんす》を作るのを止め、板を組み立てて、爆弾の輸送に使う箱を作る。

工場のそばには、各企業が労働局を通じて雇用した外国人労働者たちの収容施設《ラーゲル》があった。工業地帯のヴェディング地区は特にラーゲルが多く、アッカー通りの裏手にもバラックが建てられた。

鉄条網と木の柵で囲まれたラーゲルには、フェルトで屋根を葺《ふ》いた木製の小さなバラックが、何十棟もひしめき合って並んでいる。ここにポーランドと東方、ウクライナやベラルーシなどから集められた人々が暮らし、朝が来ると仕事に出て、夜まで帰らない。アウグステは学校から帰る途中で、雨に濡れるバラックを眺めながら、これを建てる土木作業にはベッテルハイム家の息子たちも駆り出されたことを思い出し、心が軋《きし》んだ。

ベッテルハイム家がいなくなった空き部屋には、青年とその母親が入居した。挨拶もなく、時折激しく咳込む音が聞こえてくる他は静かに過ごしていた。咳をしているのは中年の母親の方で、まるで姿を見せず、出入りするのは息子である青白い顔をした青年だけだった。次男だという青年は、一週間に一度ほど、買い物袋を持って帰ってくる。それでもアウグステは一度だけ、母親の姿を見たことがあった。顔立ちはマリアとそう変わらない年頃なのに、髪は真っ白で、葬儀の帰りなのか、漆黒の喪服に身を包んでいた。アウグステと目が合うと彼女はにっこり微笑んだ。

姿を現さないといえば、国の総統も同じだった。戦況は悪化し、ラジオ演説には宣伝大臣ゲッベルスばかりが登場した。

ゲッベルスが国民に総力戦を呼びかけた後、一九四三年、二月下旬、凍える寒さの日。アウグステは早く授業が終わると、父の工場へ寄り、作業員食堂の手伝いとして働いた。労働許可年齢には達していなかったが、若い男性のほとんどが徴兵されて工場の働き手は女性ばかりとなった今、厨房も例外なく人手不足で、アウグステは少女団の労働奉仕員として無償で配膳を手伝った。

工場に一歩入ると、熱気がむわっと立ちこめ、鉄と汗の入り交じったにおいが鼻を刺激した。耳栓を詰めなければ気が狂いそうなほど騒々しい、鉄骨製の三角屋根の下、巨大な機械の足もとで、大勢の女工や外国人労働者たちが、ずらりと並んで作業をしている。壁の〝勝利のために生産性を上げろ!〟のポスターを通りすぎ、管理棟へ向かい、階段を駆け上がって厨房へ入る。

すでに料理はできあがり、業務用の巨大なガスコンロには、大鍋が三個、湯気を立てていた。

ひとつはドイツ民族同胞用のソーセージと野菜のスープ、ひとつは東方労働者用の屑野菜のスープ、最後のひとつはポーランド労働者とユダヤ人労働者用の少量のカブを煮てさらに薄めたスープ。アウグステは頭にハンカチを巻き、ブロートの塊にパン切りナイフを当て、何十枚も切り分けていった。

やがて工場の作業ベルが鳴り、アウグステたち食堂職員は腕まくりをして、腹を空かせてやって来る作業員を待った。最初に作業服を着たドイツ人たちがトレーを持って配膳カウンターに並び、食堂職員は順番にスープをよそい、皿の脇に薄いブロートを載せていく。職工次長の「次!」の声が響くと〝OST〟の布バッジをつけた労働者がやってきて、その次は〝P〟の労働者。大勢いたはずのユダヤ人労働者はなぜかひとりも来ていなかった。

「料理が無駄になっちまったじゃないか!」

「……どうしたんだろうね。そういえば今朝方、朝靄の中であの人たちがどこかへ行進するのを見たよ。ひどく項垂《うなだ》れて」

「そりゃ十中八九〝移住〟だろうね」

「〝移住〟って何さ?」

「あんた〝移住〟を知らないの? 総督府や保護領に立った衣食住完備の収容所で暮らすんだ。それでそこの工場で働くんだよ。労働力さ。やつらにタダ飯食わすわけにもいかんだろ」

厨房の女たちは舌打ちしたり、そわそわと囁《ささや》きあったりし、アウグステは黙々と薄いブロートを皿に載せた。食堂はふたつに分かれ、ドイツ人労働者は手前の明るい席に、外国人労働者は奥の暗くて狭い方に、ぎゅう詰めになって食事を取った。

「あっ、イワンが！」

配膳係長の太った女が舌打ちをした。ロシア人捕虜がひとり、なぜか食堂の入口前で呆然と立っている。見るからにやつれ、土気色の顔をしていた。ロシア人捕虜用の食事はない。敵軍兵への温情は禁じられていた。

「……お腹が空いているんじゃないの？」

「しいっ、聞かれちゃうわよ。同情しちゃだめ」

女たちはそそくさと洗い物や片付けに戻り、配膳係長は憤然としながら大股で厨房を出て、労働者を監視する特別全権委員に報告をした。茶色い軍服を着た特別全権委員は、すぐさまロシア人捕虜を怒鳴りつけ、蹴飛ばし、後ろ手にひねりあげてどこかへ連行した。

その日、アウグステはすぐに家に帰らず、工場の正門前にあるベンチに腰かけ、終業時間のベルが鳴るのを待った。

あたりには濃霧が出ていた。日没直後、青みがかった霧は深く、守衛室の赤い照明灯が、ひどく不穏に見えた。フンボルトハイン公園の高射砲塔の向こうに、クレーンの首が垂直に折れ曲がったシルエットがぼんやりと浮かび、異次元に幻の竜が蠢《うごめ》いているようでもあった。終業ベルがけたたましく鳴り、どこかの開いた窓から「勝利万歳《ジーク・ハイル》！」の唱和が聞こえ、やがてどやどやと人々が出てきた。輪郭がはっきりしない灰色の群衆が左から右へ流れていく——人影が見えても、手が触れるほどそばに近づくまで、誰が誰だかはっきりとわからない。目の前をデートレフが通らなければ、互いに気づかなかったくらいに。

「父さん！」

呼び止めて振り返ったデートレフの顔は、いつもアウグステの前で見せる父親の顔ではなく、ひとりの疲れた労働者の顔をしていた。

「……大丈夫？」

父は「いや、少し忙しかっただけだよ」と答えたが、どこにいるかわからない密告者を懸念しているのは明らかだった。

濃霧の中を歩くと外套がじっとりと濡れ、体が芯から冷える。ふたりは、早く帰って代用コーヒーで暖まろう、母さんはもう帰ったろうか、と当たり障りのない会話をぽつぽつと交わしながら、並んで家路を急いだ。薄暗いフシステン通りを横断し、聖ゼバスティアーン教会の角を曲がったところで、デートレフがふいに足を止めた。異変を察知した獣のように首を伸ばし、教会の方を見ている。

「どうしたの？」

父は「しっ」と人差し指を唇に当て、何かを聞こうとしている。後ろから来た男がわざとらしくぶつかって「邪魔だ、この野郎」と舌打ちしたので、アウグステは父の袖を引っ張ろうとした。しかし父は首を振る。

「誰かが呻《うめ》いている。怪我をしているのかもしれない」

葉が落ちて裸になった木の向こう、濃紺の夜と霧に沈む聖ゼバスティアーン教会の庭に、確かに小さくて痩せ細った人影が立っていた。野良猫のようにぼさぼさの頭をした、少女だった。デートレフが近づいても、逃げずに呆然と立ち尽くしている。その足下の石畳に、若い女が仰向けで倒れていた。右足がおかしな方向に曲がっており、ブラウスは赤く染まって、道路からここまで一筋の血の痕が残っていた。手遅れだ。手の中にはオレンジ色の紙切れが握られている——よく見れば、それはパンの配給切符だった。女は最後に小さく異国の言葉で呻き、深く息を吐くと、目は死んだ魚のように生気がなくなり、ぴくりとも動かなくなった。風が女の茶色い髪の束をむなしくそよがせた。

占領地から強制連行されて来た外国人労働者に間違いなかった。そばでひと言も発さずに立っている子どもの胸には、ポーランド人労働者を示す〝P〟の布バッジがあった。年齢は十歳前後だろうか、ぶかぶかの上着は明らかに大人用のものだ。デートレフは「自分の上着をこの子に着せたのだろう」と推測した。

「君は怪我していないか？　この人はお母さん？」

しかし反応がない。そこで肩に手を置いてみると、少女は突然顔を上げ、溺れた人がようやく水面に出たかのように大きく息を吸う。そして誰もいない空中に向かって「イーダ、私は働きます《イッヒ・ヴエルデ・アリバイテン》、下さい《ビッテ》、パン《ブロート》」と片言のドイツ語でしゃべった。デートレフもアウグステもぎょっとして互いに顔を見合わせた。

その時、フシステン通りの方から、エンジンを噴かせる音と男たちの大きな笑い声が聞こえてきた。ガソリンを使えるのは親衛隊《SS》や警察、党員などのナチスに近い者だけだ。見れば、黒いS

S専用バイクと、軍帽をかぶった集団がそばにいる。

デートレフは咄嗟《とっさ》に少女の上着を脱がせて自分の服を着せると、手を引いて、何ごともなかったかのように教会の敷地から出た。父の意図を察したアウグステも大急ぎで追いかけ、少女のもう一方の手を取った。

心臓がはち切れてしまいそうなほど早く打つ。アウグステの頭に「今、私は道を逸《そ》れた、規則違反だ」という思いがよぎり、かぶりを振った。脂汗がじっとりと手のひらから滲《にじ》み出る。その時、少女が手を握り返してきた。まるで本物の家族にするように強く、しっかりと。

ドイツ語が話せず目の見えない少女がどの程度状況を理解しているのかはわからない。それでもアウグステは少女に手を握り返された瞬間、恐怖で縮み上がっていた心臓に熱が戻るのを感じた。鼓動はなおも大きかったが、戦いに挑む者のそれに近い緊張に変わっていく。

デートレフは車道側、アウグステは家屋側に立ち、ふたりは少女が車道から見えないようにしつつ、ジードルングを目指した。デートレフは濃霧が自分たちを隠していると感じながら、政府が発令した〝夜と霧〟法令（当局は国籍の如何《いかん》を問わず誰でも拘引できるとする法令）を逆手にとってやったぞ、と思った。

すでに帰宅していたマリアは、突然夫と娘が見知らぬ外国人の少女を連れて帰ってきたので、驚きと戸惑いを隠しはしなかったが、すぐに風呂場へ連れて行き服を脱がせ、灰色の統一石鹼で全身を洗った。代用品で泡は立ちにくいものの、ごしごしこすってどうにか体をきれいにできた。それでもごわごわの髪に絡みついたシラミは取り切れず、少年のように短く刈らねばならなかった。

アウグステのお古のワンピースを着た少女は、客間のソファと壁の隙間にうずくまり、また同じ言葉を言った。「イーダ、私は働きます、下さい、パン」。

「そう。あなたはイーダという名前なのね」

マリアは温めた麦粥《むぎがゆ》を琺瑯《ほうろう》のコーヒーカップに注ぎ、少女の手をそっと握って持たせた。イーダは食べ物のにおいに鼻をひくつかせ、スプーンを使って食べはじめる。

「……目が見えないみたいだね」

ニッケル一家は少女のそばでソファに腰掛け様子を見ながら、どうしたものかと話し合った。イーダに着せられていた上着のポケットには、ふたり分の身分証があった。ひとつは三十二歳の女性とあったので、おそらく亡くなった上着の持ち主だろうと見当がついたが、もうひとつは、十六歳の少女と書かれていた。しかし少女はどう見ても十歳か十一歳程度だ。

デートレフは煙草の紫煙を吐きながら頭を掻いた。

「ちょうど今日、労働局の役員から伝達があったんだ。数日中にドイツ帝国内に残ったすべての〝軍需用ユダヤ人〟を切って、今後はポーランドや東方の労働者を増やすって」

「〝切る〟って……エーディトたちのように逮捕されるの？　結婚したばかりのエーファも？」

「おそらく」

〝移住〟――ラジオや新聞は、テレージエンシュタット収容施設について、「ユダヤ人は衣食住が保証された整った環境で幸せに暮らしている」と報じていた。万が一逮捕されたとしても、エーファはそこへ行くに違いない、アウグステは自分にそう言い聞かせようとした。

ふいに冷たい手がアウグステの手を握り、はっとして隣を見ると、青白い顔をした母マリアがいた。どちらも冷え切っていたが、重ねると体温を交換し合って少しずつ温かくなる。そのぬくもりに、アウグステはイーダの小さな手を思った。

「父さん、それであの子のことは？」

「ああ……ポーランド人もウクライナ人やベラルーシ人も、労働年齢は十五歳以上だ。それ以下は土地に置き去りになる。この子の身分証は十六歳とあるが、どう見ても嘘だろう。推測だが……ひょっとしてこの子は、そばで死んだ女性、おそらく母親が、一緒にいられるよう誤魔化して連れてきたのではないか？」

その身分証には顔写真がない。それに急激な人員増加を要求され、総督府での選別はだいぶ粗かったのでは、とデートレフは言った。実際、アッカー通りの裏手にあるラーゲルも、人で溢れかえりそうになっていた。

「たぶんドイツに到着したばかりなのだろう。僕が思うに、ここの労働局で身分証の偽造と年齢の詐称を見破られ、〝P〟のバッジがもらえなかったんじゃないかな。足手まといの子ども、それも目が見えないとなったら……後は送還か処分か。それで子連れで脱走を図り、怪我をして亡くなった。当局は騒いでいなかったから、逃亡の最中に霧のせいで車にはねられたのかも」

外国人労働者の待遇について、一般のドイツ人が改善を訴えることも難しかった。中には上級党員とのコネを使ってうまく庇《かば》いながら雇用する経営者もいたが、それはごく少数で、ほとんどの場合、彼らについてものを言う時は「悪臭をどうにかしろ」「治安が悪くなる」などの文句と決まっていた。ドイツ人が外国人労働者と親しくし、温情をかけること自体が、固く禁じられたためだ。

帝国の人員はみな、もれなく〝国家の所有物〟だ。もしラーゲルから労働力を引き抜いたと見做《みな》されたら、ニッケル一家もただではすまされない。だが、戻したらほぼ間違いなく収容所に送られて処分される。

けれどアウグステはもう、イーダの手が握り返してきたあの感触を忘れることができなかった。イーダはきっと、本物の家族と勘違いしたのだろう。イーダがドイツ語を理解できたのなら、まったく笑わず、それどころか手を振り払って逃げたかもしれない。しかしだからと言って――いや、だからこそ、あの時に信頼を寄せようとしたイーダの心を踏みにじることはできない。アウグステの心にはそんな思いが芽生えていた。ギゼラにもエーファにもできなかったことができるかもしれないと。

翌日の早朝、デートレフはひとりで家を出て路面電車に乗ると、証券取引場駅で降りた。ローゼンターラー通りの立派なタイル壁のジードルング、ハッケシャーホーフ。その裏手には、表とは裏腹に薄暗くてじめじめした、モルタル壁の居住区がある。そこに小さな工場があった。デートレフは錆びた鉄階段を登ってドアを叩き「朝早くにすみませんが、緊急です」と申し出た。ややあって、事務員の中年女性が躊躇いがちに現れ、デートレフはハンチング帽を脱いだ。

「ああ、よかった。実は折り入ってお願いが……」

事務員の女性は「しっ」と人差し指を口に当て、何気ないそぶりで室内に招き入れると、天気の話をしながら紙とペンを出し、ここに事情を書け、と手で合図した。スパイによる盗み聞きを恐れているとデートレフは察した。住宅が密集した建物では、どこに敵が潜んで聞き耳を立てているかわからない。

ここの工場長は目が不自由で、似た境遇の人々を雇っていた。手作業で植毛したブラシを国防軍に納入する工場だった。職人はみな盲目か聾唖《ろうあ》のユダヤ人だが、まだ〝移住〟を免除されていると聞いたデートレフは、もしイーダを預けることができたらうまく切り抜けられるのではと考え、頼みに来たのだった。

「まったく、嫌な天気ですよ。手数をかけてすみませんね、書類の不備があって」

「いいえ、仕方がありませんわ。総統の御手を少しでも煩わせないようにしなければね」

「ジーク・ハイル！　帝国の勝利は目前ですよ」

心にもないおべっかを口にしながら、まったく違う内容を紙に書くのは至難のわざだった。デートレフが書きあげると事務員はさっと目を通し、眼鏡を外しながら「本当に春が待ち遠しいですわね」と言い、返事を書いた紙を返した。

〝工場長は今日はプリンツ・アルブレヒト通りへ直訴に行っています。明日また改めていらしてください。どうか幸運を〟

そう書かれた紙をデートレフはまた公衆便所で読み、マッチで火を点け、完全な灰になってからトイレに流した。

しかし翌日、デートレフがブラシ工場を再訪することはなかった。一九四三年二月二十七日、ドイツ国内に残っていたすべてのユダヤ人は、たとえ軍需産業に従事して働いていようと、徴集収容所への出頭を強制された。これまでの徹底した身分調査でユダヤ人の行動を把握していた当局の目から逃れるのは難しく、黄色い星をつけた人々は一斉に、指定された住所へ向かった。ブラシ工場の目の不自由な作業員たちも、互いの肩に手をかけ、列になって歩いた。

そうして徴集収容所に集められた人々は、数日以内に再び移動を命じられ、特別運行の列車に乗せられた。線路はポーランド総督府などの、ドイツ人の目の届かない場所にある、収容所へ続いていた。その主な行き先のひとつが、アウシュヴィッツ゠ビルケナウ絶滅収容所だった。

ニッケル一家に、最近は清掃局の作業員をしているホルンが加わり、イーダをどうすべきか四人で静かに話し合った。イーダは疲れが溜っていたのか熱を出して、客間のソファで眠っている。アウグステは当然のようにこの子をこのまま保護すべきだと主張した。放っておけば死ぬかもしれないとわかっていて外へ出すなんてとても無理だと感じたからだ。全員同意してくれるものと思ったが、しかし大人三人は険しい顔をする。

「……母さんもそうしてあげたいけど、この建物はあまり安全じゃないわ」

「どうして？　じゃあ見捨てろと言うの？」

嚙みつくように言い返すとホルンが間に入った。

「アウグステ、落ち着きなさい。僕もマリアの言うとおりだと思うよ。良心に従えば、確かに君の言うとおりこの子を家に置くべきだ。しかしこの建物の壁は薄いし住民が多すぎる。管理人のブーツの目もある上に、向かいにはレオ・ズーダーがいるんだぞ。見つかったらどうする」

実の姉を収容施設に押し込め死に追いやったレオ・ズーダーは、今や街区指導者だ。

「党の役職持ちがうろうろしていて、潜伏の準備もできていない部屋に匿うつもりかい？　君たちも危ないが、結局はイーダ自身に危険が及ぶぞ」

「じゃあどうするっていうの、先生？　ラーゲルに戻して、処分されるのを待つ？」

「もちろん違うよ。イーダをラーゲルには戻さない。僕の考えはこうだ。この子の隠れ家を探すべきだと思う」

ホルンは、ベルリンのユダヤ人を一掃する一斉退去令の最中にも、ごく一部ではあるが、地下活動家が用意した隠れ家に、生き延びているユダヤ人が暮らしているらしいと言った。

「僕自身の伝手もないわけじゃないが、どうも金目当てで動いているようなやつでね。あまり任せたくない。君はどうだ、デートレフ」

「……そうだな、心当たりはある。信用できる筋だ」

デートレフの頭には、楓蚕蛾書店で渡された伝言があった。リーゼルが地下活動を続けているなら、イーダを任せられるかもしれない。デートレフは共産主義活動から離れて久しかったが、以前からリーゼルの顔は広く、共和政時代にベルリンへやってきたソ連工作員の偽造身分証を作成した、パス＝アラートの人間とも繋がりがあったのを覚えている。リーゼルを探し出してイーダの身分証を手に入れ、隠れ家を用意する。ニッケル一家と友人のホルンはその結論に達した。その

デートレフはさっそく、伝言にあったノイケルン地区の教会に行き、リーゼルを探した。その

教会からすでに移動していたが、一キロも離れていない別の教会に彼女はいた。若かった彼女も年を取り、黒髪には白いものが混じっているが、眼には力がある。彼女はドイツ共産党から離れたデートレフに嫌味を言いはしたものの「そのポーランド人、まだ小さい子どもなんでしょ。協力はするわ。任せなさい」と請け負ってくれた。

しかし実行までには時間がかかる——当局の監視を免れている安全な場所、偽造証明書を作る技術者、信頼できる協力者、食糧、人間ひとりを生き延びさせるために必要なもの、どれもが足りなかった。準備が整うまで、イーダはニッケル家で預かることにした。

狭い家の中でほとんどの時間を過ごすイーダに、マリアは太陽を浴びて新鮮な空気を吸わせないと、とできる限りの工夫をした。窓を頻繁に開けたり、外から見えない死角を探してイーダを立たせ、差し込む日光にしばらく当ててみたり。アウグステは体を動かして遊ぶ方法を考えた。客間にある椅子やソファを中央に寄せて島に見立て、テーブルで橋を作った。アウグステはイーダの細い手を取って、ひとつずつ、ここは岩礁、ここは山、ここは草原だけど、危険なライオンがいて、今にも食べようとしてる、などと話しながら遊ばせてみた。しかし、イーダは怖がって乗ろうとしない。

イーダは言葉が通じず、目も不自由だ。アウグステは悩みながら、以前読んだヘレン・ケラーの伝記を思い出し、イーダを風呂場に連れて行って、水に触らせた。しかしこれもあまり反応がない。仕方なく、アウグステは風呂場にいるままで歌を歌った。知っている歌は党歌ばかりで、まるで自分がブリギッテになったような気分だったが、イーダの反応はこれまでで一番よかった。

アウグステが知っている限りの歌を歌い終わり、最初からまた歌いはじめた頃、ニッケル家のドアがどんどんと叩かれ、アウグステは体を緊張させる。

「やかましいぞ、静かにしなさい！」

「あら、ブーツさん。どうしましたか？　娘は党歌を練習していただけですが」

「……党歌は結構だが、もう少し声量を落とすように娘を躾《しつけ》るんだ。お隣から苦情が出てるんだよ」

「お隣？　あらそうですか。党歌を嫌がるなんてとんだお隣さんですわね？」

アウグステはイーダを残して風呂場のドアを開け、マリアの後ろからそっと様子を窺った。ブーツは顔を真っ赤にしつつ口ごもり、結局「俺の立場も考えてくれよ、マリア」とぶつぶつ呟いて行ってしまった。マリアは勝ち誇った様子で腰に手を当て、堂々とドアを閉めかけた。完全にしまる直前、アウグステは向かいの隣家のドアが開き、喪服姿の女性の白い顔が覗くのを見た。マリアは気づいていなかった。

夜、アウグステはイーダと並んで、ひとつのベッドに横たわった。眠る前にもう一度歌うと、イーダがアウグステにすり寄り、小さな声でポーランドの歌を歌った。それはアウグステが知っている力強いドイツの歌とは違い、もの悲しく、透き通るような旋律で、遠く東の風がここまで吹いてきたような気がした。アウグステはイーダの背中に手を回し、そのまま目を閉じた。

窓から吹く風は冷たいが、少しずつフリージアの香りが漂ってきた。間もなく春が来る。しかしニッケル一家には暗い運命が待ち受けていた。

一九四三年は、ナチス・ドイツにとって終わりのはじまりの年だった。戦況は泥沼化し、対ソヴィエトの東部戦線では血で血を洗うスターリングラード攻防戦が繰り広げられ、赤軍が四十万の戦死者を出しながらも勝利した。ハンガリーおよびルーマニアの戦線も赤軍に突破され、ドイツ軍は五月には北アフリカ戦線から撤退、枢軸国の同盟だったイタリアはムッソリーニが退陣、連合国に降伏した。

ラジオやニュース映画がいかに戦意を鼓舞しようと、国民の不安は拭い去れない。ドイツ全土に潜んでいる反ナチス主義者たちは、国民の間に総統大本営への不信感が広がりつつあるのを感じ取り、少しずつ活動をはじめた。

どうにかしてヒトラーの尻尾を摑みたい。根気強く訴えれば、国民も目を覚まし、あの独裁者を引きずり下ろせるに違いない——活動家たちは葉書やチラシにナチスへの批判を書き、あちこちの家にこっそり配った。

警察の警笛が鳴り響き、住宅の中庭から飛び出してきた男女が、チラシを石畳の道に四散させながら倒れ伏し、取り押さえられる。アウグステは今朝、自宅のドアの隙間に挟まっていたチラシを、ブーツに報告すべきかどうか迷っていたが、顔に痣《あざ》を作ったふたりが護送車に押し込まれるのを見て、チラシは報告せず、火を点けて暖炉で燃やした。

一方で、リーゼルたちベルリンの地下活動家は、宣伝省から報道規制を強《し》いられ続けている新聞社の記者を味方につけ、輪転機をアジトに隠し持ち、摑んだ特ダネを記事にし、大量に刷ってばらまこうとしていた。

ナチスと昵懇《じっこん》の巨大公益企業のひとつ、化学薬品会社I・G・ファルベンの事務員として入り込んだスパイが、受注リストに妙な数字があると報告した。ナチス当局は、害虫を駆除する毒薬としてチクロンBを採用した。販売経路はI・G・ファルベンの共同経営会社デゲシュを通すのだが、その過程で、武装親衛隊衛生部のとある送付先に、通常の四倍量の毒薬が販売されていたという。送付先はアウシュヴィッツ＝ビルケナウ収容所とあった。

ユダヤ人潜伏者の多くが「収容所へ行けば殺される」と口走るのをリーゼルたちは耳にしてきた。先に収容所へ送られたユダヤ人家族との連絡が取れなくなると、数週間か数ヶ月ののちに、素っ気ない死亡通知が郵便受けに届いた。都市にまだ残る四分の一ユダヤ人や、ドイツ人妻を持つユダヤ人夫たちが、何かおかしなことが起きていると耳打ちし合った。総督府に派兵されている息子や弟、夫からの手紙で、「罪深いユダヤ人やポーランド人、ツィゴイナーたちを殺し、世界平和に貢献した」と誇らしげに書かれた報告を受け取ったドイツ人もいる。しかし多くの場合「これは戦争だから敵が死ぬのは当然だし、ユダヤ人が収容先で死んだのなら、文句は総統では なく収容所の問題なので、管理者に言えばいい」と考えがちだった。当局も「総統を貶《おとし》めるための連合国軍のプロパガンダなので、優秀なドイツ国民は信じないように」と声明を出した。

それでも一部のドイツ人は何かおかしなことが起きているのを感じていた。収容所の建設に関わった者や、受注生産書類に奇妙な点を発見した者、収容所へ向かうユダヤ人たちに振るわれる暴力を見た者。リーゼルにもたらされた情報もそのひとつだった。リーゼルはデートレフにこのことを打ち明けた。しかし、耳はどこにでもついているものだ。

リーゼルは輪転機を隠しているアジトから教会へ帰る途中で、秘密警察に捕まった。すでに仲間の何人かはプリンツ・アルブレヒト通りの秘密警察本部で尋問を受け、ひとりが口を割った。そこからリーゼル一派の地下活動家は、ブルドーザーで土ごとえぐられる雑草のようにあっという間に捕まり、処刑された。リーゼルは絞首刑だった。

報せを受けたデートレフは大急ぎで家族に命じ、反動的と思われるものをすべて暖炉に突っ込んで燃やした。ホルンが苦労して手に入れたアメリカの小説もその犠牲となった。しかしアウグステは、どうしても『エーミールと探偵たち』だけは燃やせなかった。

アウグステは枕からカバーを剝がして中に『エーミールと探偵たち』を隠し、両親が片付けに集中している隙に階段を駆け下り、二階のホルンのドア下に本を滑り込ませ、大急ぎで家に戻った。ホルンならすぐわかってくれるはずだ。

「残るはイーダだ」

「でもまだ隠れ家が決まってないんでしょう？」

「もう待てない。楓蚕蛾書店を頼ろう。あそこの老店主は抵抗派と繫がってるし、信用できる。とにかく出なければ」

マリアがイーダに帽子をかぶせていると、窓から中庭の様子を窺おうとしたアウグステが小さく悲鳴をあげた。野菜園と化した花壇の脇で、ギゼラの弟、レオ・ズーダーが煙草を吸っていた。突撃隊に似た茶色い制服に身を包み、かつて姉がいた場所で雑誌を広げ、くつろいでいる。ジーかせた。

ドルングは構造上、外へ出るには必ず中庭を通らなければならない。デートレフは家族に言い聞

「ゆっくり歩くんだ。絶対に走ってはいけないし、焦ってもいけない。俺たちはこれから凧《たこ》を見に行く。イーダは友達の娘だ。いいね？」

階段室《エルカー》を降り、中庭へのドアを開ける。幸い、レオ・ズーダーは肉体美を露わにした女性のブロマイドに夢中で、「どこかへ？　凧？　いい一日を、ハイル・ヒトラー！」と面倒そうに声をかけてきただけだった。それでも四番中庭から一番中庭まで抜け、フォルクスビューネにたどり着くまで、全員生きた心地がしなかった。

リーゼルなしで隠れ家を探すには、別の仲介者を頼るほかない。デートレフが書店の主に頼み込んで緊急連絡を繋ぐ間、マリアとアウグステはイーダを連れて、ハーケンクロイツ旗が翻るホルスト・ヴェッセル広場で待った。

三本の通りが囲む三角形の広場に、初夏の心地よい風が吹き、アウグステの汗ばんだ額を冷やした。空を見上げると、夏ほどくっきりしておらず、冬ほど弱々しくもない、若々しく澄んだ水色に、ちぎった綿菓子のような薄い雲が尾を引いている。太陽は穏やかにあたりを照らし、新芽の色が濃くなりはじめた楡《にれ》の木から、小鳥がはばたいて飛んでいく。

アウグステはこの時期のドイツの空が一番美しいと思った。そしてこんなに空がきれいでなければよかったのにと恨んだ。父がまだ戻ってこない。心臓が破裂しそうな速度で脈打っている。指先は緊張で凍え、ついイーダの手を強く握りすぎてしまった。

イーダが痛がって手をふりほどいたその時、ふいに横から手が伸びてきて、イーダを奪われた。アウグステもマリアも、声を出す間もなかった。

「可愛い子ね」

喪服を着た、雪のように白い髪の女だった。手慣れた仕草でイーダを引き寄せ、優しく抱く。戸惑いを隠せず両手をばたつかせるイーダを見つめるその瞳は深海のように青い。素早かったのはマリアだ。すぐさまイーダの手を取って奪い返すと、真っ直ぐに睨みつけた。

「断りもなく他人の子に触るのは、感心しませんね」

すると喪服の女はにっこりと微笑み、

「あら、あなたの子でしたの。ちっとも似ていないから勘違いしました。ねえ」

と言ってアウグステの方を見た。アウグステはあっと声を上げそうになった——隣に越してきた母親に間違いない。わけもわからず呆然とするアウグステの手を、マリアが握った。その手は小刻みに震えていた。

「母さん？」

マリアの耳にアウグステの呼びかけは届いていなかった。その場で立ち尽くして喪服の女の後ろ姿を見送っている。デートレフが戻ってくるとマリアは今あったことを耳打ちした。アウグステは父の顔が強張るのを見た。しかし両親は口を閉ざし、アウグステは何が問題なのかを教えてもらえなかった。

やがて水色だった空に茜《あかね》が差す頃、黒髪の小柄な女がイーダを迎えに来た。デートレフの緊急連絡を受けた活動家の中で、シャルロッテンブルクの富豪に伝手のある者がおり、その女は使者でグレーテと名乗った。

「居場所は追って、書店に伝言します。それでは幸運を」

グレーテはイーダの手を引いて、雑踏の中へと消えていった。アウグステは手のひらに残ったぬくもりが、どんどん失われていくのを感じた。

三人がジードルングへ戻ると、入口の前に国家保安本部の黒い車が停まり、中庭にいた住民がそそくさと家へ入っていった。四番中庭に残っているのは、クジャク色のワンピースを着た洒落者の女性と、レオ・ズーダーだけだった。行きはまるで無警戒だったにもかかわらず、今のレオは街区指導者らしい顔に戻り、一家が階段室へ入るのを監視した。二階のドアの前ではホルンが腕を組み、唇を嚙んで三人が通りすぎるのを見つめた。

デートレフも、マリアも、アウグステも、これから何が起きるのかわかっていた。ニッケル家の三人は互いに抱き合ったまま、無情に過ぎていく時間を呪った。アウグステは父のがっしりとした体に腕を回し、背中を摑み、あたたかな体温と安心するにおい、心臓の音を感じた。涙が溢れるのは止められず、父の上着を濡らした。デートレフはマリアの震える唇に口づけると、細い手に、親指ほどの小さな紙包みをふたつ渡した。

ややあって、玄関のベルが鳴った。

ドアが蹴破られる前にデートレフが開けると、秘密警察が飛びかかってきて、デートレフの顔を殴り、腹部を蹴った。マリアは悲鳴を上げるアウグステを抱きしめ、泣きじゃくりながらも三つ編みのお下げ頭をなで続けた。

「止めて下さい、彼は無抵抗ですよ」

開きっぱなしのドアの向こうから、ホルンの震える声が聞こえる。

「あんたは誰だ？　共産主義者を擁護するとあんたも逮捕するぞ」

「階下の者です……近くに妊婦がいます。　静かにしてもらえますか。　驚いて流産してしまう。　そうなったら党事務局に訴えますよ」

するとようやく秘密警察はデートレフを殴るのをやめ、無理矢理起こして下へ連行した。

秘密警察に荒らされて、マリアとデートレフが十六年間暮らした部屋はずたずたに切り裂かれ、壁のモルタルが砕かれて、内側の煉瓦の欠片が散乱した。それでも、社会の敵を示す証拠を見つけられず、三十分ほどで家を出て行った。

六月二十二日、民衆の前に姿を現さなくなった総統の代わりに、宣伝相ゲッベルスが「ベルリンはユダヤ人のいない《ユーデンフライ》街になった」と、声も高らかに宣言した。

残されたマリアは憎しみに駆られ、デートレフやリーゼルを密告した人間を探そうと試みた。最初に疑ったのはホルンだったが、彼はデートレフが殴られている時に「妊婦がいる」などという嘘をついてまで間に入り、秘密警察に脅された。自分で密告しておいてそんな危険をおかすだろうか?

次に疑ったのはかつての仲間で、ナチスが政権をとる直前に、ナチス党に鞍替えしたラウルだった。

ラウルは順調に出世して、帝国芸術院の主任になっていた。突然訊ねてきたマリアをラウルは迎え入れたが、しかし本人は疑惑を鼻で笑って否定した。

「俺が今更昔の仲間を密告して何になる？　下手に動いて自分の過去をばらされたら、俺だって無傷じゃいられないってのに」

「じゃあいったい誰が？」

「……わからないのか？　密告者の目的をよく考えてみろ。どうして今更密告されたのか……リーゼルとデートレフは何をしていたのか、そこに理由はある。〝移住〟先でユダヤ人たちがどんな目に遭っているか突き止めてチラシをばら撒《ま》こうとしてたそうじゃないか。そんなことをされて世論がユダヤ人を哀れむようになったら、悲願が果たせなくなる。そう考えるやつでお前たちを個人的に知る人物に心あたりがあるだろ？　ここからは昔なじみとして言うぞ。よく思い出せ、リーゼルやデートレフのことを知っていてユダヤ人を死ぬほど憎んでいる女がいたのを」

マリアはそれから家へどうやって戻ったのか、覚えていない。気がついたら馴染みの台所で椅子に腰かけ、デートレフのマグカップを見つめていた。

あの日——もう四年も前、リーゼルの妹が経営する酒場で会った女のことなど、すっかり忘れていた。彼女は母親だった。クアフュルステンダムで三人のうち二人の子どもを誘拐され、娘が白骨死体で見つかってから逮捕されたユダヤ人を憎み、ユダヤ民族への復讐を誓い、ヒトラーの言葉を盲信した母親。

帰宅したアウグステにそのことを話すと、アウグステは躊躇いがちに、新しい隣人は、フォルクスビューネの前でイーダの手を引いた人に似ている、と打ち明けた。

その瞬間マリアは弾丸のように家から飛び出し、向かいのドアを叩き、殴り、蹴り飛ばし、これまで一度も発したことのない乱暴な言葉で罵った。しかし反応はない。隣人はデートレフが捕まったその日に、再び引っ越したのだという。

以前、リーゼルが教会に逃げたという伝言を、デートレフはリーゼル本人からの連絡だと思い込んでいた。しかし真相は違った。店主に伝言を挟んだ本を預け、デートレフに渡すよう言ったのはあの時の母親だった。ずっとリーゼルたちを監視し続けており、機会を見計らって、一度は抜けたデートレフをも巻き込んで一網打尽にしようと目論《もくろ》んだのだ。

マリアが気づいた時にはもう遅く、どうにもならなかった。

プレッツェンゼー刑務所に入れられたデートレフ・ニッケルは死刑囚となった。マリアが藁《わら》をも摑む思いで法務省に送った請願書は〝却下〟のスタンプが捺《お》され、そして七月二日、デートレフは公衆が見守る中、ギロチン台に横たわり、大勢の死刑囚たちが流した血のにおいを嗅ぎながら、鋼鉄の冷たい刃で首を落とされた。

報せを受けた時、マリアは毅然としていた。

「奥さん、あなたも共産党集会に出たという証言があります」

中折れ帽を目深にかぶり、デートレフを相手にした時よりも紳士的な秘密警察は、円盤状の警察章を見せながらマリアに言った。彼の後ろには管理人ブーツがにやつきながら立っていた。

「……出頭する必要がありますか？」

「ええ。一緒に来て下さい」

「それなら準備をさせて下さい。娘がいるんです。女同士でしなければならない話もありますから、少し外で待ってもらえますか」

秘密警察は渋ったが、マリアは背筋を伸ばし、堂々と言った。

「逃げません。私みたいな女が、窓を割ってここから飛び降りられると思います？　ご存知の通り、出入口はこの扉しかないんです。心配なら、中庭から窓を見上げて下さってもいいわ」

幸運だったのは、この場にいた秘密警察が、彼女には度胸も高い知能もなく、本当にただ「女同士の話」をするのだろうと思ったことだ。しかし秘密警察は出て行ったが、管理人が一歩前に出て、生臭い息を吐きながらマリアを脅した。

「マリア、あんな話に俺が騙《だま》されるとは思わんね？　俺の言うとおりにしろ、そうすれば」

赤く潤んだ目つきでマリアの体を舐めるように見回す管理人を、マリアは笑った。もうこれ以上我慢する必要はないと言わんばかりに。

「助けてやるって言うの？　冗談言わないで。あんたがナチを好きな理由はよくわかるわ。怖いものを後ろにつければ、今まであんたを馬鹿にした人間もみんな、あんたの言うことを聞くから」

マリアは目を爛々《らんらん》と光らせ、胸に溜め込み続けたものを一気に吐き出した。

「だから全能になったと思ってるでしょうけど、でもね、所詮はこのジードルング限定の、防空責任者程度の存在よ。秘密警察に何が出来るって言うの？　それに私は、ナチがいようといまいと、戦争があろうとなかろうと、あんたとセックスするなんて、一週間洗ってない靴下を嗅ぎながら自慰するよりも最悪だってことを忘れないで」

そう言ってマリアは管理人の鼻先でドアを閉め、内側から鍵をかけた。怒った管理人ブーツは、ドアノブを引っ張り、叩き、それでも開かないと悟ると、管理人用の鍵束を取りに行くと宣言して、猛然と階段を駆け下りていった。

その頃にはすでに、マリアは寝室でアウグステを抱きしめ、赤ん坊の頃のように背中を優しく叩いていた。アウグステは泣きじゃくり、母を繋ぎ止めようとした。このまま秘密警察と出かけたら二度と帰ってこない。父のように。だから必死で背中に爪を立て、母の細い体から手を離さないようにした。娘のきつい抱擁にマリアは痛みを堪えつつ、自分自身がゆりかごに変化したつもりで、ゆっくりと揺れた。

「……いいこと、アウグステ。あなたは生き延びなさい。だけど武器も必要ね。今から十数えたら、台所の窓辺に行きなさい。父さんと母さんからの贈りものがあるわ」

「……え？」

アウグステが母の言葉を聞き返し、力がふと緩んだ瞬間、マリアは娘の体を突き飛ばして寝室から押し出し、ドアを閉めた。

「母さん！」

アウグステは半狂乱になってドアを開けようとしたが、マリアが鍵をかけた上に自分の体でドアを塞いだので、びくともしなかった。

「アウグステ、聞いて。母さんは尋問に耐えられない。きっとイーダのことも、ホルンさんのことも、そしてあなたのことさえも、話してしまうわ。そんなことになったら、父さんに何て謝ればいいの？」

「そんなの私だって同じだよ、母さん、開けて！」

「あなたは大丈夫。あなたはまだ子どもだもの。矯正施設はつらいでしょうけど、でも命は見逃してもらえるから」

アウグステは懸命にドアを叩いたが、母は開けなかった。

「いいこと。ひとつだけ注意しなさい。広場で会ったあの白髪の女性、この間まで隣に住んでいたあの人に用心なさい。彼女は昔、可哀想に、クーダムで子どもを殺されたの。連続殺人事件に巻き込まれたのよ。捕まったのはユダヤ人だった——だから、彼らを助けようとした人をも恨んだ。彼女はずっと憎んでいた。その憎しみがこちらに飛び火して——でも私は彼女のことを忘れてしまっていた」

最後は自分に言い聞かせるように呟き、マリアはドアに背中をつけたまま、ポケットから紙に包まれた小さな容器を出した。中から現れたのはガラス製の小さなアンプルだった。

「愛してるわ、アウグステ。私たちの大事な娘。母さんを許してね。あなたの人生が幸せであることを祈ってるわ」

透明な液体の入ったガラスのアンプルを口に含み、奥歯で首をぽきりと折る。あっという間に青酸カリ液がマリアの口から喉へと流れ落ち、心臓を止めた。即死だった。

どさりと倒れる音がする。ドアの隙間から、母の体から力が失われていくのが見える。頬を涙で濡らしたアウグステは、堪えきれずに絶叫した。

Ⅳ

夢を見ていた。

大切な人の皮をかぶった生々しい幻のいる世界。そこから醒める瞬間は引きはがされる痛みと切なさがあるのに、目が覚め、深く息を吸えば、もう粉々になった断片しか思い出せなくなる。

朝日が眩《まぶ》しい。いつもと違う低くて狭い天井、窮屈な椅子。囀《さえず》る鳥の声。

私はかちこちに強張った腰や膝をどうにか伸ばして起き上がり、窓から差し込む光から逃れた。夢のせいか心臓がまだどきどきしている。

そうだ、ここは車の中。運転席やハンドルに黄金色の陽光が照りつけ、きらきらと輝いた。髪を手櫛でさっと梳《す》いてふたつに分け、お下げに編み直しながら、空を仰ぎ見る。よく晴れて空気はすがすがしいが、かすかに焚き火のにおいが紛れ込む。湖畔で寝泊まりしている人々の焚《た》く白い煙が、あちこちからふわりふわりと昇っていく。戦争の煙ではなく、生活の穏やかな煙だ。

ヴァルターとハンスはもう起きているようで、風に乗ってここまで声が届く。ジギはどうしただろう――気になったところで、反対側の窓から低いいびきが聞こえた。窓の下を覗いてみると、試作品第一号の影が落ちる野原に、仰向けに寝そべり眠りこける、ジギスムント・グラスがいた。

雲は少なく、つるりとした空は青く、今日もいい天気になりそうだった。東の空から昇った朝日が湖面を照らし、草むらは明るい金色に輝いている。夏の早朝、気温が高くなる前の、闇や澱《おり》を洗い流したかのような、清浄な気配。

車を出て、朝露をふくらはぎに感じながら草むらを歩き、湖の冷たい水で顔を洗ってから、ヴァルターとハンスのところへ向かう。ふたりは焚き火のまわりに腰かけて、朝食を作っていた。直火にかけたせいで真っ黒になったブリキ缶に、どこかで拾って来たらしいひしゃげた金属のスプーンを突っ込んで、どろどろした液体をかき回している。その不気味な灰色具合に、さわやかな朝の気分が台無しになった。

「……何、これ」

「リュックに残ってたじゃがいも粉と、そこの茂みで獲ったカエル、ヴァン湖《ゼー》の新鮮な水。心配するなよ、食えるもんしか入れてないから」

ヴァルターがスプーンで中身をすくい上げると、指先を開いたまま硬直している哀れなカエルの足がぶらさがっていた。

「せめて皮は剝いでほしかった」

「そんな手間をかけられるかっての。自分の皿は自分で調達してくれよ」

湖畔には、錆びた空き缶やら、何かの部品だったらしい鉄の棒やら、薬莢やらがたくさん落ちている。泥まみれのコンドームを踏まないように気をつけつつ、私は背の高い草を踏み分けて、穴が開いていなくて、残った中身が腐っているわけでもない、一番まともそうな豆の空き缶と、スプーン代わりになりそうなひしゃげた金属の板を拾った。湖の水で濯《すす》ぎ、濡れた缶を振って水滴を切っていると、湖の浅瀬に沈んだ不発弾が見えた。

ヴァルターのリュックサックには塩が入っていなかったので、朝食のスープは味がしなかった上、どろどろの液体にまぎれて硬いカエルの肉が口に入る。大丈夫、カエルは食べられる生物だと自分に言い聞かせながら、無理矢理飲み下した。私は舌の上に残った皮と骨を草むらに吐き出しながら、これに比べれば〝フィフティ・スターズ〟の油っぽいまかないは天国の食べ物で、一日履き続けた靴下みたいな代用コーヒーの味でさえ、今なら美味しく感じるだろうと思った。

それでも、胃に温かいものが入るとそれだけで体がぽかぽかして、頭もまわりはじめる。私はヴァルターとハンスに向き直り、せめてあと数時間、バーベルスベルクへ着くまでは車を出してくれないかと頼んだ。

ハンスは快く引き受けてくれたが、ヴァルターはなかなか首を縦に振ってくれない。ジギがいる限りは当然だろう——しかし引き下がろうとすると、ヴァルターはぶっきらぼうに試作品第一号の方を指さし、「あいつを起こしてくれ」と言った。

ジギは野原に敷いた毛布の上で、まだいびきをかいて熟睡していた。開きっぱなしの口から吐き出される息はくさくて、淀んだ沼のようなにおいがする。昨夜ヴァルターに殴られてできた頬の痣《あざ》は、一晩経って赤黒い色になっていた。濃い眉と眉の間には深いしわが刻まれ、浅黒い肌に脂汗をかき、喉の奥から苦しげなうめきが漏れる。

何度か肩を揺さぶってやると、ジギは大きく息を吸いながら両目をかっと開き、焦点の合わない瞳で宙を見つめた。

「起きて。ヴァルターが呼んでる」

「あ、ああ……」

ジギはむくりと上半身を起こすと、長い指で顔を拭《ぬぐ》った。

結論から言えば、ヴァルターはジギを許しはしなかった。当然だ、半径十メートル以内で一晩を過ごしたくらいで、憎しみが消えるはずもない。それでもヴァルターは、バーベルスベルクまで送ってくれると言う。

「ただし条件がある」

ヴァルターは皿代わりの空き缶にカエルのスープをよそうと、焚き火を挟んで向かい合ったジギに突き出した。

「それを全部食え」

ジギは受け取り、缶の中を見て顔を強張《こわば》らせた。私もさっき食べたよ、と言おうと横から覗き込んで、思わず口を押さえた。胃がひっくり返って出てきそうだ。

淀んだ灰色の液体に沈んでいるのは、カエルの頭だった。腫《は》れぼったいまぶたから、煮えて白く潰れた眼球が覗いている。尖《とが》った鼻の下にある口がかすかに開いて、私はカエルが事切れただろう瞬間を想像してしまった。

こんなものを食べろだなんて、たちの悪い嫌がらせでしかない。いつか四番中庭で見た男の子たちの度胸試しと同じだ。私はヴァルターに抗議しようとした——けれど、できなかった。長い前髪の下に隠れたヴァルターの瞳は残酷な暗い光を帯び、ジギだけを見つめていた。

ジギは小さく頷《うなず》くと、おもむろにカエルの頭にかぶりつき、目を白黒させながら天を仰いだ。浅黒いのど仏がぐっぐっとおかしな音を立てながら上下に動いて、丸ごと飲みこんだのがわかる。空を見上げたまま呆然とするジギの手から力が抜け、缶はスープをまき散らしながら草むらに転がった。

ヴァルターは無表情のまま腰を上げて、焚き火を踏み消した。

「……いいだろう」

そう言ってさっさと木炭ガスのボイラーに火を入れ、ジギは無言でついて行き送風機を回す。試作品第一号は大きな音を立てて煙を吐き、車体が小刻みに揺れる。ハンスを窺うと、彼もこちらを見て首を振り、呆れた様子で口の端からぷうっと息を吐いた。

「ヴァルターはいつもああなんだ。相手がやりたくないと思うことをさせて復讐する」

「そんなのまるでギャングじゃないの」

「まあね。でもヴァルターはこれでも手ぬるいと思ってるんじゃないかな。総督府から命からがら逃げてきたドイツ人が言ってたけど、解放されたユダヤ人が暴徒化して、逃げ遅れた親衛隊《SS》をリンチした挙句、首をくらせたらしい。その話をヴァルターにしたら、『俺もやりたかった』って」

ハンスは半ズボンからむき出した自分の膝に触れ、這っていた小さな蛭《ひる》を指でぴんとはじき飛ばした。蛭は草むらに転げ落ち、姿が見えなくなる。私はずっと心にのしかかっている思いを、ふとハンスに訊ねてみたくなった。

「……ハンスなら、憎らしい相手に会ったらどうする?」

「そうだなあ」

ハンスは指を半ズボンで拭いながら言った。

「僕だって、薔薇《ばら》色の三角形で僕に印をつけて矯正させようとしたあの人たちに、復讐したい気持ちはあるよ。女の子の裸のブロマイドをスライドで見させられたり、〝正常な生殖活動〟の尊さや義務を教えられ、男が男を好きになるのは気の迷いだとか言われたりして、〝自分はおかしいんだ〟って思うまで追い詰められた時はあっちが死ぬか僕が死ぬかだと思った。もし今だったら、あの時の医者や心理学者たちを殺しても咎《とが》められないかも。だってナチスの悪いやつらだからさ」

湖を向くハンスの横顔は、たゆたう水のずっと先、彼自身にしか見えない何かを見ているようだった。

「でも僕は臆病だし、正義って何なのかわからなくなった。だからあの人たちが、もうとっくに死んでて、復讐しなくてすめばいいなって思うよ」

ちょうどその時、「おい、お前ら! 出発するぞ!」というヴァルターのがなる声が聞こえてきた。

試作品第一号の窓にはガラスがないので、走行中は風に容赦なく煽《あお》られ、まるで耳が太鼓になったかのように、ボボボボ、と鼓膜が震える。

私たちは湖畔を出て一般道へ戻り、ヴァンゼー駅からポツダム街道に差しかかった。トラックやジープのまわりにいるアメリカ兵たちに変化はなく、特に騒動などは起きていないようだ。工事が中止になったまま放置されている帝国高速道路《ライヒスアウトバーン》の前に停めたジープにもたれかかり、ヘルメットを脱いで頭を無防備に晒し、のんびり煙草を吸っている。

さっきハンスと話してから、私は頭の中で彼の言葉を反芻《はんすう》し続けていた。無視したくても、骨に達するほど深く刺さったナイフのように、容易には抜けない。もし抜いたら血が大量に溢れて、私は死んでしまうだろう。

大通りのポツダム街道を少し走ってからヴァルターはハンドルを右に切り、運休中のSバーンの線路沿いを行った。ライヒスアウトバーンは使わない——あちこちが途切れ途切れで未完成が多く、まともに繋がっているのはベルリン＝ミュンヘン間だけだから。

どんどん高くなる気温に、赤錆びが目立つ線路は見ているだけで暑そうだが、左手の森は木陰が涼しい。こういう時、全部森になってしまえ、と思う。地球にあるすべての鋼鉄が緑に覆われて、涼しくしてくれたらいいのに。

バーベルスベルクへ通じるドライリンデンの森を走る間、難民の集落をいくつか見た。その中に、ユダヤ人組織〝巡礼《アリヤー》〟のものとおぼしき集落があった。横断幕が木の枝と枝の間にぶらさがり、「民なき土地に土地なき民を！　いざゆかん巡礼《アリヤー》に、約束の地エルサレムへと！」「パレスチナの同胞と合流せよ、今こそユダヤ人国家イスラエルを建国せん」とドイツ語とヘブライ語で書いてあった。

それを見たヴァルターは、通りすがりざまに「はっ」と鼻で笑った。

「〝民なき土地〟だってさ。やつらにとっちゃパレスチナ人はこの世にはいねえらしい。約束の地だとか言って乗っ取るつもりならどこかの誰かさんたちと何が違うんだ?」

「ヴァルターはお祖母さんがユダヤ人なのに反対なの?」

「だって、民族主義が俺に何をしてくれた? あんなクソを他人に味わわせたいと思わないね。俺たちだからこそやっちゃいけねえよ」

ヴァルターはそう吐き捨てた。

森の木に囲まれたアリヤーの集落、幹と幹の間に見えた男性は、まだダビデの黄色い星を胸につけていた。あれを心底つらそうにつけていたエーファたちとは、どこか違う。あたかも、そうすることで自分たちの民族を、血を、誇るかのようだった。

「……で、どうするよ?」

ヴァルターがハンドルにもたれかかりながら、ぶっきらぼうに言う。試作品第一号は、ウーファシュタット=バーベルスベルク駅の手前までたどり着いたところで、止まらなければならなかった。

普段であれば、どこの国の管理区域であろうと自由に行き来できるし、よほどのことがない限りは身分確認もされない。だけど今日は、〝通行止め〟の看板と背の低い木製ゲートが道を塞ぎ、中へ入ろうとしたらイギリス軍兵士に「だめだだめだ、入っちゃいけない」と追い返されてしまった。

　この界隈は湖と森が広がる自然豊かな保養地で、そこかしこに風光明媚な高級ヴィラが立っている。かつては大勢の銀幕スターたちが降り立ったというウーファシュタット＝バーベルスベルク駅の道路を隔てて向かい側には、広葉樹に囲まれた美しいグリーブニッツ湖が陽射しに水面をきらめかせていて、ハンスは「このままピクニックでもしようか」と冗談めかして言った。

　私は車を降り、煉瓦《れんが》作りの駅舎から列車が出ているかを確かめた。しかし駅員も兵士たちを指さして首を振るばかりだ。

「今日明日は諦めな。三巨頭《ビッグ・スリー》が来ちまってるんだ。会談が終わるまでは、運休だよ」

　駅員は白い口ひげの下を掻きながら教えてくれた。私が今いるのは駅の北口だが、構内の地下をくぐれば南口にも出られる。しかしそちらも通行止めで同じ状況だという。

「会談ってバーベルスベルクでやるんですか？」

「いや、記者が言うにはツェツィーリエンホーフ宮殿だとさ」

　ツェツィーリエンホーフ宮殿はここから五キロメートル以上先に進んだ場所、プロイセン時代の宮殿や庭園群の中にあるはずだ。

「そんなに遠いのに、ここから封鎖するんですか？」

「俺もそう思ったんだが、なんでも、トルーマンにチャーチル、それにスターリンも、グリーブニッツ湖畔のヴィラに泊まるんだと。こっからすぐ目と鼻の先だよ。民間人が不用意に近づいて、悪さしないように警戒してるのさ。それにな、お嬢ちゃん」

駅員は暑そうに帽子を脱いで、禿げた頭にハンカチをぽんぽんと叩き当てながら汗を拭った。

「バーベルスベルクはソヴィエトの連中がたくさんいて、今もウーファの資材を運び出してる。爆撃と市街戦のせいで街はほとんど廃墟も同然だし、中身はすっからかん。よほど大事な用でもなけりゃ、近づかん方がいいと思うね」

そうやって話している間も、自転車や荷車を引いたドイツ人たちが向こうからやって来ては、ゲートの前で憲兵に戻れと命じられている。その脇をイギリス、アメリカ、そしてソ連の国旗をつけた高級軍用車や、立派な帽子をかぶった将校を乗せたジープがひっきりなしに通り、私たちを追い抜いていくのだった。駅前の広場では〝報道〟の腕章をつけた男性、少数ではあるが女性も加わり、ジープに機材やらラジオのブースやらを載せていた。

私は仕方なく試作品第一号に戻り、これからどうすべきか三人と話し合った。

「森から回ってみたらどうかな」

ハンスの提案は、私もさっき考えてはみた。ベルリンの南西からポツダムにかけては森や水場の多い緑地帯で、ウーファシュタット＝バーベルスベルク駅は、交通用に木々を伐採した整備地に立った駅だ。ポツダムの宮殿群は確かに、お城らしく周りをぐるりと水に囲まれているから、橋や船などがなければ渡れない。だけどバーベルスベルクはその手前にあって、陸続きで繫がっている。この道を塞がれたところで、迂回して森の中を進めば難なくバーベルスベルクへ着けるはずだった。

しかしこれにジギが反論した。

「ゲートを回避したところで、敷地内でふらふらしてるのが見つかったら、どっちみち捕まっちまう。変装でもしない限り民間人だってすぐばれるよ。それに万が一変装できたところで、俺とハンスはまだしも君らは難しいだろ」

確かに私は女だし、ヴァルターはどう見てもまだ子どもだ。ソ連の軍人なら女性も多いけれど、もしアメリカ軍の変装をしたら、まず間違いなく怪しまれる。

「悪いけどあんたらのために危険をおかすのはごめんだぞ」

「出直したらどうかな？　何もこんな時に人捜ししなくてもいいじゃないか。日を改めて、ビッグ・スリーが帰った後に来たらいいよ」

ヴァルターとハンスの意見に、私の決心が揺らぎそうになる。夏の太陽が輝き、湖畔からさわやかな風が吹いてくる。こんないい天気の日に、いるかいないかもわからない人を捜して無理して向かうなんて、馬鹿馬鹿しい気もする。ハンスが言ったようにピクニックでもして、湖畔に寝そべり、自然が与えてくれる恵みを享受したら、一切合切を忘れて家へ帰ってしまえばいいじゃないか。

それでも私は、気がついた時には首を横に振っていた。

「私はここに残る」

「本気かよ？　残るったって、どうするんだよ」

「森を迂回するか、住宅街を回り込んで中に入る。どこかに穴くらいあるでしょうし、忍び込んでエーリヒを探してみせる。捕まるかもしれないから、みんなは街に戻って。どのくらいかかるかわからないし、待たなくていいよ」

ヴァルターは心底呆れながら、諭すような口ぶりで私を説得しようとする。

「お前、暑さで頭がどうかしちまったんだよ。エーリヒは逃げていかねえって。訃報なんていつでも伝えられるだろ? わざわざ今日行く必要はない」

「だめ。今じゃないと、私はもう二度とここに来ない気がするから」

「なんで?」

「だって……」私はどう答えたものか悩み、言葉を選んだ。「面倒だからよ。昨日のことを思い返してみても、ここまでたどり着くのがどれだけ大変だったか。また繰り返すのは嫌でしょ? 仕事もあるし」

靴のポケットに隠しておいた部屋の鍵を取り、彼らの前で振って見せた。

「ほら、これ。持って行って。私の家の鍵だから。手伝ってくれてありがとうね」

「……こんなもん、どうしろって」

「言ったでしょ、私はアメリカ軍に雇われた従業員なんだって。勝手に開けて家の中からめぼしいものを持って行っていいよ。全部は困るけど。戸棚に缶詰やクッキーがあるし、塩も少しなら瓶に入ってる。現金がよければ、ベッドの枕カバーの中に隠してあるから。それと、窓辺にあるラディッシュの鉢植えに水をやってくれる?」

ヴァルターが運転席から煤《すす》で汚れた手を伸ばしてきたが、私は少し考えて、さっと鍵を上に逃がした。

「おい、ふざけんなよ」

「ふざけてるんじゃないの。ひとつ約束して。ジギにも分け前をあげるって」

隣に座っているジギが驚いたように私を見る。ここまでついてきてもらって、何も渡さないわけにもいかないだろう。ヴァルターは舌打ちした。

「わかったよ。約束する」

私はひとりで試作品第一号を降り、走り出す車に向かって手を振った。去り際、ハンスは何か言いたそうにしたけれど、結局手を振りかえしてくれた。

煙を吐きながら遠ざかっていく車の後ろ姿を見送りながら、これでいいんだ、と私は自分に言い聞かせた。もしエーリヒを見つけられないまま捕まったとしても、それはそれで神様が与えた天命だと思えば、悪くはない。しかし煙が晴れた時、私はぎょっとした。ジギが車を降り、ひとりでこちらに向かってきたからだ。

「……どうしたの？」

「俺は最後まで君に付き合わないと。ドブリギン大尉にどやされちまう」

「逃げちゃえばよかったのに。今が絶好の機会じゃない」

「まあね。あいつらがおっかない連中でなきゃ、今頃ベルリンからおさらばしてるさ。でもあの青帽子の連中、濡れ衣を着せるのなんて屁とも思ってないからな。下手したら俺がクリストフを殺した犯人にされちまうかも」

道連れができるのは嬉しかったけれど、本当は少し残念だった。一晩明けて私はエーリヒと一対一で会いたい気持ちに変わっていた。でもドブリギン大尉の瞳の冷たさを思うと、ジギの危惧は的外れではない気がしたし、私のわがままのために彼が捕まるのは避けたかった。

私たちはいったんウーファシュタット＝バーベルスベルク駅構内へ入り、階段から地下道を通って、反対側の南口へ出た。駅員の言うとおり、確かにここにもゲートがあり、兵隊がうろうろしていた。北口よりも道が広いために、ゲートの幅が足りないところは、軍用トラックで隙間を埋めている。

バーベルスベルクになど興味はない、この近くのヴィラに用があるんだというふりをしながら、私たちはゲートを横目に道を横断し、そのまま木々が生い茂る細い道へと向かった。右手に大きな赤い壁の建物が見える――窓の数は三階分だが、威圧的に感じるほどどっしりとして、何メートルにも渡って長く続いている。戦車が突破したらしく赤煉瓦の塀はあちこち砕かれ、敷地内が見えた。建物が濃い影を落とす裏庭に、病院着や看護服が山積みに捨てられ、その中にドイツ赤十字の旗と鉤十字旗《ハーケンクロイツ》が挟まっていた。ここはどうやらドイツ赤十字の施設だったらしい。

その時、一台のトラックがすぐそばを猛スピードで通りすぎ、あやうくジギが轢《ひ》かれるところだった。

「あぶねえな、気をつけろよ！」

ジギが腕を上げて抗議すると、運転席から顔を覗かせた軍人がちらっとこちらを振り返り、すぐに引っ込めて走り去った。連合国軍のトラックはどれも似たようなカーキ色で、素人目にはどれがどこの国のものか区別がつきにくいけれど、今のトラックがソ連のスチュードベイカーだとはすぐにわかった。市街戦で嫌と言うほど見たからだ。基本的には輸送トラックだけど、幌を外すとシャーシが傾斜して、何十発ものロケット弾を放つ。みんなが〝スターリン・オルガン〟と呼んだ恐ろしい武器の、発射台になるのだった。

トラックは一匹狼だった——他の車輛はゲートの順番待ちをして並んでいるのに、そこには合流せず、一台だけで森へ向かっている。するとジギが変な提案をした。

「あれについて行こう。抜け道があるのかも」

「どうしてそうなるの？　単に別の任務であっちへ行っただけでしょ？」

「俺の直感がそう言ってるんだ」

しかしそんなことを言っても、トラックは車、こっちは歩きだ。とても追いつかず、赤い建物が終わる角で左へ曲がった。

「ほら、反対方向じゃない。バーベルスベルクへ行くのなら右に曲がるはずでしょ」

「おかしいな……」

ジギは首をひねって、なかなか間違いを認めようとしない。

しかし私たちも左へ曲がらざるを得なくなった。周辺は赤軍兵が物々しく警備している上、戦車まであった。

「非常線はいったいどこまで張られてるんだ？　この調子だと、ウーファシュタット全体が囲まれているかもしれないぞ」

ジギが言うには、映画の撮影所であるウーファシュタットは元々、外部の人間が不用意に侵入できないよう塀で囲い、守衛室も完備していたそうで、非常線は張りやすいだろうという。

「俺の友達はウーファシュタット内にいるはずだ。この騒ぎで連合国に追い出されてなけりゃね」

「……その時はその時で考えましょ」

どんどん高くなる太陽を睨《にら》みつけながら、ハンカチで汗を拭っていたその時、ひとりの男がこちらに近づいて来た。

両手を住宅の塀について手すり代わりにしながら、一歩一歩、片足だけで飛び跳ねて、どうにか移動している。濃い灰色のズボンは、右足だけ裾をぎゅっと縛ってあり、平らで、前に進むごとにゆらゆら揺れた。年齢は四十前後だろうか、目の下や眉間に深いしわが刻まれ、無精髭だらけで、顔色が悪い。私たちの前で立ち止まると、男は片手を塀に置いて体を支えつつ、呼び込み芸人めいた、媚びを売るような笑みを浮かべた。

「やあおふたりさん！　ちょっと頼みがあるんだがね」

「何です？」

ジギはたちまち商売気のある笑顔に変化し、両手をこすりあわせた。

「売り物かい？　貴重な絵画？　それとも本物のブランデーかな？　悪いが、詐欺《さぎ》にかまってられる余裕はこっちになくてね。失せた方がいいよ、連れの嬢ちゃんがしびれを切らしてあんたを撃っちまう前に」

撃つですって？　私は唇の端をゆがめて鋭く息を吐き、ジギに抗議した。男は慌てたように片手を挙げる。

「いや、いや、いや。そうじゃないんだ。この格好を見てくれ。松葉杖を盗まれちまって、どうにも歩きづらくてさ。家へ帰るまで、ちょっとばかり助けてもらえないか？」

「もちろん、お手伝いします。お気の毒に」

私は急いで彼の汗ばんだ脇の下に自分の肩を滑り込ませ、右手を腰に、左手を彼の手首に当てた。反対側をジギが支える。

片足を失った男性、フリードリヒの自宅は、角を左に曲がって百メートルほど直進したところにあった。もし爆撃やソ連の進駐がなければ、優雅な一日を堪能できそうな場所だ。けれどここも他と同じくあちこち崩れ、廃墟も多かった。折れた木の梢が屋根に覆い被さっていたり、塀に突っ込んだ自走砲が放置されていたり。

フリードリヒの体を支えながら、伐採した木を積み上げた集積場の前を通り過ぎたところで、角にスチュードベイカーが一台停まっているのに気づいた。

「ここです」

フリードリヒが左手で指し示したのは、赤い三角屋根の、郊外ではごく一般的だけれど、私の両親には一生働いても手が届かないようなヴィラだった。こんなところに住めるなんて、フリードリヒはずいぶんお金持ちか、ナチの高級官僚か何かだったのかもしれない。

塀に取り付けられた鉄扉は片側の蝶番《ちょうつがい》ごと破壊されて、斜めに傾《かし》ぎ、風にキイキイと軋《きし》んでいる。あちこちに散らばる砕けた煉瓦を踏まないように気をつけながら中へ入った。庭には廃棄処分するつもりなのか、それとも売るのか、大きな空の食器棚や、布で包まれた額縁の絵、蓄音機などが出しっぱなしになっていた。

「さあ、あともうひと息です。部屋の椅子までお付き合い願えますか？　御礼に熱いコーヒーをご馳走しますよ。とっておきの、本物のコーヒー豆です」

「そりゃいいね。しかしフリードリヒさんよ。さっきから気になってたんだが、あんたの体つきはずいぶん逞《たくま》しいな。まるで兵士だ」

ジギがそう言った時にはもう、私たちは家の中へ入っていた。そして大理石の玄関に足を踏み入れるやいなや、閉じ込められた。

「すまんね」

弱々しかったはずのフリードリヒは私たちを思いきり突き飛ばすと、左足だけで器用に後ろへ下がり、ドアを閉めた。ジギが急いでドアノブを摑む前に鍵がかかる音がする。続いて、重いものを引きずって外側からドアに押し当てる音。慌ててドアを叩いたが、びくともしない。きっと庭に出しっぱなしだった食器棚で塞いだのだろう。ジギが拳骨でドアを叩き、「畜生、あの野郎！」と吼《ほ》えた。

「フロイライン・アウグステ・ニッケル」

突然後ろからきついロシア語訛りで名前を呼ばれ、私はぎょっとして振り返った。

奥へ向かって真っ直ぐ伸びる薄暗い廊下の突き当たりに、赤軍の野戦服に身を包んだ男性が立っている。背後の窓から陽が差し込み、逆光で顔がよくわからないが、声の印象は若々しい。そこにジギが食ってかかった。

「あんた誰だ？　さっきのトラックを運転してたのもあんたか？　俺たちを罠《わな》にはめたつもりかよ？」

闘牛のように突進しようとするジギを、腕を引っ張って止める。相手は兵隊だ、撃たれることを警戒しなければならない。しかし彼は「ニェット！」と言い、銃を構えるそぶりは見せなかった。

「私は手伝う。それだけ」

「何だと？　閉じ込めておいて手伝うだって？」

若い兵士は呆れたようにため息をつきながらこちらにやって来た。玄関の小窓の光を受けて浮かび上がった顔に驚いた、彼はドブリギン大尉の部下、ベスパールイ下級軍曹だ。

「……ドイツ人と親しくする、よくない。嫌いだ。だが同志大尉はそうせよとおっしゃる。私は任務をこなすだけ」

今日の下級軍曹は、いつもの青い帽子と軍服ではなく、普通の赤軍兵と同じ野戦服を着ている。ひしゃげた略帽に、カーキ色の薄っぺらいスモックの上から、細長く丸めた毛布を斜め掛けにしている。ズボンもカーキ色で、足下は長靴ではなく、布を巻きつけた下に、ぼろぼろの靴を履いていた。

「へえ、よく似合ってるじゃないか。ＮＫＶＤから赤軍に異動したのか？」

ジギがにやにや笑いながら切り返すと、ベスパールイ下級軍曹はふんと鼻を鳴らした。

「あなたに理由を話す必要、ない。それより、他にふたり、少年がいたはず」

感情の読めない瞳で、私をひたりと見つめる。心臓のあたりがぞわりと凍り付いた。

「なぜそれを知ってるんです？」

ヴァルターとハンスのことは、ドブリギン大尉も知らないはずだ。いったいどこから監視していたんだろう――ＤＰキャンプの時もそうだ。今だって、後を尾行された気配はないのに、いつの間にか先回りされている。

「説明する必要はない。私は任務をこなすのみ」

ふたりとは別れたことを伝えると、ベスパールイ下級軍曹は、カーキ色の布袋を私とジギにそれぞれ放って寄越した。

「着て。検問所を通す」

つまり、ソ連の兵士に化けて検問所を通過するということか。私は驚きに戸惑いつつ、袋の口を開いて中の軍服を出した。広げた瞬間に背筋が冷えた。一応は洗ってあるようだが、スモックとズボンの腹部に血とおぼしきしみがうっすら残っている。

「労農赤軍狙撃兵の女の服。丈は合うはず」

下級軍曹がドアを五回ノックすると、重い棚がどかされる音と鍵の開く音がし、ドアが開いた。さっさと外へ出て行こうとする下級軍曹を呼び止める。

「待って！……服の持ち主はどうなったんです？」

彼は無表情で振り返り、「気になさらず。死にましたから」と答えた。

　足下の板張りの床に、黄色っぽい光の粒が、まるで星空のように点々と散っている。幌に無数の穴が空いていて、太陽の光が差し込んでくるのだ。トラックが速度を上げ、風に幌の布がはためくと、光の粒も小刻みに揺れた。丸くなったり楕円や半月型になったりする光の形に、ふとイーダの笑顔を思い出した。

　スチュードベイカーの荷台には、何かをぱんぱんに詰めて膨らんだ大きな麻袋が二十個ほど積んである。中身が何か気になったけれど、ДやГといったキリル文字はまるで読めず、見当もつかない。床板には足跡や何かの液体で黒ずんだしみがある。全体が獣の巣穴のようなにおいがする。窓は小さなものがふたつ、運転席と会話するためのものと、後ろに開いている猫の額ほどの穴だけで、今どこを走っているのか、不安になった。

　私は折りたたみ式の狭いベンチにジギと並んで座り、向かいのベスパールイ下級軍曹を見た。他に兵士はいない——とはいえ、運転手はいる。あのフリードリヒだ。彼はドイツ人なのに、ソ連の味方をした。

　私たちは全員、ベスパールイ下級軍曹とほとんど同じ、赤軍の歩兵の野戦服を着ている。ジギはまるで似合っていなかった。服装だけ真似したところでまったく強そうには見えない。一方、そのジギは私を「似合うなあ」と褒めた。

　血の染みが残ったままのズボンに足を通した時、私は体が震えて、気を緩めたら泣いてしまいそうだった。国防軍のものとは違う、薄っぺらくてごわごわした生地の、へその下あたりに弾痕らしき穴が開いていて、指でなぞらずにはいられなかった。私は深呼吸しながら、襟の詰まったスモックを下からかぶり、三つ編みを抜いて、胸の下あたりまでしかないボタンを掛け違わないよう慎重に留めた。上からベルトを締め、ボートをひっくり返したような形の略帽をかぶる。女性兵のものだそうだが、元々男物なのだろう、裾をめくってみると長すぎた丈を折り縫い詰めたのがわかった。ベルトと斜め掛けの革鞄を身につければ、血の染みはほとんどわからない。

ヴィラのクロゼットの薄汚れた鏡に映った私は、いかにも赤軍の女性兵らしく見えた。彼女もこれを着て、脇の下がぶかぶかだ、と不平をこぼしたのだろうか。

彼女はどんな人だったのだろう。戦争中には考えもしなかった敵兵に対する共感が、心の奥底から湧き上がってくる。

私たちはみんな、走って、走って、息が切れ心臓が止まるまで走って、戦争を駆け抜けた。服の元の持ち主は狙撃手だったという。私のようなドイツ人からすれば、女性が戦場で戦うのはにわかに信じられないことだし、苦労もあったろうと思う。それでも銃を担ぎ、戦場で人を殺す決心をした時、彼女はどんな気分だったのか。

そう鏡の中に映る私に問いかけた時、私は自分で自分を嘲《あざけ》った。馬鹿だね。決まってるじゃない、私のようなドイツ人を殺すためにこれを着て、そして死んだのだ。

トラックに揺られながらぼんやり物思いに耽《ふけ》っていると、ふいに外から男の声が聞こえ、トラックが停まった。相手は英語話者で、運転手と通行証のやりとりをしている。ベスパールイ下級軍曹も様子が気になるのか、立ち上がって運転席との間の窓から窺っている——と、腰のあたりに違和感があって振り返ったら、ジギが私の鞄にじゃがいもとカブを入れていた。

「何してるの？」

「いいからいいから」

ジギは積荷の布袋から食糧を盗んでいるのだ。中にはドイツ製の軍用パンの包みまである。めくられた毛布の下に、聴音部隊が瓦礫《がれき》のあるところで使っていた聴音機や増幅機に似た器材が紛れていた。キャビネットにつまみやらコードやらをたくさんつけたものだが、私には無線機のようにも見える。

トラックが無事に走り出し、下級軍曹がベンチに戻ってくると、ジギは毛布を覆い直し素知らぬ顔でそっぽを向き、口笛を吹き出した。

ジギの様子をベスパールイ下級軍曹は顔をしかめて見ている。「怒られるからやめなさいよ」とジギの脇腹を肘でつつく。しかし下級軍曹は意外な反応をした。

「……その歌。なぜ知ってる？」

「なぜって」ジギは肩をすくめた。「知ってるから知ってるのさ。〝かわいいミンカ〟ってね。オペラ座でも歌ってるぞ」

するとベスパールイ下級軍曹はますます変な顔をした——唇を出したりすぼめたり。もっと積極的に言い合いたいような、我慢して堪《こら》えていなければ躊躇《ためら》うような、そんな表情だ。

「〝かわいいミンカ〟？　これは『Їхав козак за Дунай』、ウクライナの歌だ」

「ふうん。そりゃあ良かった。俺たちの共通点が見つかったな」

下級軍曹は何か言い返そうとして、口を閉じた。急に恥ずかしくなったのか、それとも自分の立場を思い出したのか、そばかすだらけの頬が少し赤くなっている。

はじめて出会った時から、若いくせに無表情だし骨の髄まで軍人なんだと思っていた。でもこういう姿を見てしまうと、体つきのわりに童顔な点や、仕草から子どもっぽさが抜けていない点が気になってくる。それに、どことなく、ＮＫＶＤの青い帽子よりもこちらの方が似合っている気がした。ドブリギン大尉や、無表情で何を考えているかわからないＮＫＶＤの集団とは、どこか違う。

「出身は？　下級軍曹」

「……私はソヴィエトの人間だ」

「ソヴィエトだって？　ったく、いいじゃないか、ここにあんたの上官はいない、俺たちしかいないんだし。ウクライナの民謡を知ってるなら、そっちの出身なのか？」

下級軍曹は薄茶色の瞳でジギをじっと見つめ、ふいと逸《そ》らし、首の後ろを掻いた。

「生まれはウクライナ。小さな集落。でもすぐに出た。両親がコルホーズで働いた」

「ずいぶんドイツ語が達者だが、どこで学んだんだ？」

「十代のはじめ、キエフで。技術学校ではドイツ語習います。英語はついでに」

「へえ、頭がいいんだな。君と一緒じゃないか、アウグステ」

ちょうどその時、トラックが停まった。ベスパールイ下級軍曹の少し柔らかくなりかけた表情が、たちまち軍人のそれに戻ってしまう。

「外へ出ます。ここから先は無駄口禁止です」

幌をめくり上げて、荷台から飛び降りる。〝アウグスト＝ベーベル通り〟という標識を立てた、さほど広くもない通りの向かい側に、赤煉瓦の壁が、まるで中に秘密の施設があるかのごとく囲んでいる。

隣のジギをちらりと見上げると、昨夜昔の話を聞かせてくれた時と同じように、真剣な眼差しでウーファを見ていた。正確には元ウーファを。

菱形にUfAの文字を配置した看板を掲げる、入口の門には守衛室があり、赤軍兵が警備をしていた。ベスパールイ下級軍曹を先頭に、私とジギ、そしてなぜかついてきたフリードリヒの順に続く。フリードリヒは義足をはめて、同じく赤軍の軍服に身を包み、平然と歩いている。私はいくらか緊張したけれど、ＤＰキャンプの時ほどびくつきはしなかった。何よりも安心したのは、守衛室の前には赤軍兵だけでなく、ドイツ民間人が立っていたことだ。私服で、キリル文字ПОЛИЦИЯとドイツ語の〝POLIZEI《警察》〟が併記された腕章をはめている。これで、エーリヒが三巨頭騒動で追い出されていない可能性が出てきた。

ベスパールイ下級軍曹は手慣れた様子で赤軍の歩哨とロシア語で言葉を交わし、にこやかに笑いながら煙草を渡して、火を点けてやった。そして私たちの方を見て、何か言う――歩哨も私とそう変わらない年齢のようだ。私と目が合うと、こちらが照れてしまうくらいに初心《うぶ》な微笑みを向けてきた。垂れ目がちで愛嬌のある、優しそうな顔立ちの青年だ。胸がどきどきして切なくなり、私は慌てて目を背ける。

私が殺した赤軍兵は、この青年だったかもしれないのに。彼も私がドイツ女だと知ったら、態度を変えるかもしれないのに。

歩哨はあっさり門を通してくれ、私たちはとうとう中へ入った。

守衛室から真っ直ぐ伸びる道の脇には、伐採された木の切り株や丸太の集積所、徴収した品々があった。守衛室以外の建物はほとんどが焼け、道に伸びる影だけ見るとまるで岩場だ。

そこからほんの十メートルほど歩いた先に、ウーファ撮影所があった。

爆撃で廃墟になってしまったものから、黒焦げた程度でまだ使えそうなもの、まったく無傷なものなど、数棟の建物が、あちこちに点在していた。黒焦げた骨組みも、倒壊した建物も、瓦礫も、放置されたままほとんど片付いていない。石畳は戦車の履帯の痕《あと》に沿って剝がれ、ひどく歩きにくかった。

ジギは小声で、ここはかつて広場で、俳優やスタッフたちの食堂や、休息所だったのだと教えてくれた。食堂は私が想像した〝映画の都の大食堂〟とは違い、ごく普通の、街中にあっても見逃してしまうような平凡な建物だった。二階建てで、壁面には何の飾りもなく、屋根も地味な焦げ茶色のスレート葺《ぶ》きだ。広場には他に、田舎の素朴な商店といったなりの建物もある。

建物群から少し視線を移すと、縦に長いがらんとした空き地が、奥までずっと続いていた。以前は芝地だったようだけれど、砲弾や戦車の轍《わだち》で土がぐちゃぐちゃに盛り上がり、雪を踏み荒らした後の土のように汚らしかった。熱い風が吹いて木々の梢をざわざわと揺らす。空襲からまだ日が浅いのか、かすかに焼夷弾の油のにおいが漂い、空気にはまだ煤が混じっている。

華々しく勇壮たるドイツ映画の砦。ここもまたベルリンと同じく爆弾の集中砲火を浴び、市街戦の激戦区となったようだ。私はベルリンが最も激しく燃えた日の、数週間後や数ヶ月後がどうだったかを思い出さずにはいられなかった。

みんなスターリンを迎えに行っているのか、ウーファの中の赤軍兵の数は少ないどころか、警備といえるほども集まっていなかった。三巨頭が泊まるらしいグリーブニッツ湖のほとりと、このウーファ撮影所はそれなりに離れているし、並木と煉瓦塀という壁がある。警戒の必要は低いと判断されたのだろう。

おかげで私たちは小声でならドイツ語で話していいと許可してもらえた。

「ああ、あれは焼け残ったんだな」

ジギはため息交じりに言い、手で眉庇《まびさし》をしながらある建物を見上げた。ずらりと並んだ大きな窓が印象的な三階建ての建物で、壁は黄色く、柱は赤煉瓦だった。

「これは事務所棟だ。以前は左側にガラスハウスっていう、古いスタジオがあった。照明機材がろくになかった時代に、太陽光で撮影できるように作られたんだと」

ジギは建物に近づいて、窓から中を覗き、ドアを揺さぶった。鍵がかかっているらしい。

「だめだな、誰かいる気配はするんだが。この軍服のせいでびびっちまってるのかも」

ジギは赤軍の服を指でつまんだ。

「なあ、これ脱いじゃだめか？　話を聞こうにも相手に逃げられちゃしょうがない」

「……考慮する」

「じゃあせめて荷物を置かせてくれよ。偽装が本格的すぎて重いんだよ、これ。俺、兵役訓練すら受けてないへなちょこだからさあ」

ジギは背中に、脱いだ服を私の分も合わせて背負っている。しかしベスパールイ下級軍曹は無視して、さっさと広場を横断してしまう。

「おい、どこへ行く?」

下級軍曹は広場を隔てて向かいにある、平屋建ての黄色い建物のドアに手をかけ、力いっぱい押し開けた。そしてなぜかフリードリヒに声をかけた。

「来い。報酬を渡す」

フリードリヒは嬉しそうに顔を輝かせ、義足の右足を器用にあやつりながら、下級軍曹が開けたドアの中へと入っていく。その後ろ姿を見送りながらジギは両腕を組んだ。

「あいつ、いったい何者なんだ?」

「兵隊じゃないの?」

「そりゃ年齢は若いしあの足だ、兵隊だったのは間違いないだろうが、しかしスチュードベイカーを運転できるんだぞ。明らかにドイツ人だし、言葉に外国語訛りはなかったってのに」

その時、火薬の弾ける音、銃声のような音がかすかに聞こえた。

「ねえ、今の音」

「え? 何か音がしたか?」

ジギには聞こえなかったらしい。空耳かと思ったが、ふたりが消えた建物の屋根に留まっていた鳥が一斉に飛び立ったので、確かに音がしたのは間違いない。心臓が早鐘を打つ。ややあってドアから出てきたのは、ベスパールイ下級軍曹だけだった。表情は中に入る前と特に変わらず、様子もおかしくない。

「さて、行きましょうか」

「……あの、フリードリヒは?」

「帰りました。報酬を受け取って」

下級軍曹の口調に、どこか圧力を感じるのは気のせいだろうか。さっさと背を向けて、道を歩いて行こうとする。ジギが「おおい、待った！　そっちよりこっちの方が近道だよ」と追いかける。私はすぐに動けない。鳥は屋根から飛び立ったきり戻ってこない。


事務棟の横の道を通り、奥へと進む。さっきまでの区画は食堂や売店など、控え室の趣が強かったが、ここから先は本物の撮影現場だった。

不思議な街があった。オランダやフランスの片田舎を思わせるような、素朴で可愛らしい家々。

「あれは何?」

「セットさ。立派なのは見かけだけで、中はがらんどうだよ」

冗談かと思ったが、本当にハリボテだった。表面だけ凝って作ってあり、裏側は鉄骨や木材などの資材がむき出しになっている。石造りの立派なファサードの裏側は、ベニヤ板で足場が組まれている。この街も攻撃を受け、あちこちが壊れて、奥の偽の銅像は背を折られて地面に頭をつけていた。戦争があった街の中の街にも戦争があったような、奇妙な感覚がした。

セット群の隣には、背の高い木立で左右と奥を囲む、広い草原があった。ところどころ人工の丘が作られ、白い道もある。歩いてぐるりと散策するだけで十分程度はかかりそうだ。周りは鉄骨の建物がある撮影所なのに、ここだけフレームで切り取れば、素敵な保養地で過ごす人の風景が撮れるのだろう。

厩舎もあり、以前はここで育てた馬に鞍をつけて、時代物の衣装を着た俳優が乗り、カメラの前で演技をしたんだと想像した。でも今は飼い葉《は》を食む馬の姿もない。

ジギは旅行の案内役のように、あちこちを指さしては、かつての姿を教えてくれる。

「あそこは小道具を作る工房だった。そこはフィルム工場……大勢従業員がいた。たぶんフィルムは全部焼けちまっただろう」

フィルム工場の裏手に、赤軍兵とアメリカ兵、それに民間人らしき男性が立っていた。荷車に機材やフィルムリールとおぼしき銀色の円盤を載せ、何やら話し合う。ジギは慌てて、厩舎の影に隠れる。

「顔見知りかも、今見つかったらまずい」

私たちもジギに続き、厩舎の横に茂っていた灌木《かんぼく》の裏に潜んで、彼らがいなくなるのを待った。

ブリキのバケツに張った腐った水に、ボウフラがわいている。私はバケツにぶつからないよう後《あと》退《ずさ》り、ベスパールイ下級軍曹から少し距離を取る。フリードリヒを殺したのだろうか？　だとしたらなぜ？　いや、やはりあれは聞き間違い、あるいは別の音で、彼が言うように本当にフリードリヒは帰っただけなのだろうか？　さっきの建物には裏口があって、そこから出たのか？

下級軍曹の横顔はいつもと変わらない。そばかすだらけの頬に産毛が生え、睫毛《まつげ》や眉毛は薄茶色で、むっつりと唇を尖らせる仕草は、どこか子どもっぽい。私はつい、これが人を殺した人間の表情だろうかと考えてしまって、かぶりを振った。

「Один, два, три. 労農赤軍が五名、アメリカ兵が三名、民間人が一名」

人数を数えながら左手首の腕時計を確認する。

「五分待ちます。それまでにどかなければ、行きます」

赤軍兵とアメリカ兵は、のんびり煙草を吸いながら、フィルムリールをそれぞれの荷車に載せていく。互いに会話が成立しているとは思えないけれど、なぜか雰囲気は和やかで、どちらも笑顔を浮かべている。

「シカゴ！　シカゴ！」

ロシア人はアメリカ人に「シカゴ」を連発しながら、両手を顔の前に挙げてトランペットを吹く真似をした。アメリカ人は「そりゃシカゴとは言わないぞ」と笑いながら、指を鳴らして「タララタッタッタ」と〝フィフティ・スターズ〟で聞いたことのある楽しげで明るい歌を歌いはじめた。

ひとりがトランペットの真似を、二人目が旋律を重ね、三人目は手を叩いてリズムを取る。するとロシア人たちは嬉しそうに拍手をし、口笛を吹いた。「ハラショーハラショー！」アメリカ人はまんざらでもなさそうに両手を広げる。今度はロシア人たちが、まるで熊や鼬《いたち》のような獣めいた風貌からは想像できないほど、美しく澄んだ声で歌を返した。短調だけれど暗いわけではなく、旋律はのびやかにふくらみ、何度も繰り返す。まるで遥か遠い場所にいる誰かに語りかけているようだった。不思議なのは、私はロシアを見たことがないのに、彼の地はきっとどこまでも広大で、ここと負けないくらい青い空があるのだろうと想像できたことだ。いつかの日に、イーダが歌ってくれた歌とどこか似ている。

一昨日の晩に見た、ソヴィエト検問所での騒動が嘘のように、灌木の茂みの隙間から見える、ロシア人とアメリカ人の集まりは親しげだった。チューインガムやチョコレートと、蒸留酒らしき瓶を交換し、ロシア人が白い顔がはち切れんばかりの満面の笑みでチョコレートを食べると、アメリカ人は笑って「もっといるか?」と雑嚢《ざつのう》を探る。

しかしベスパールイ下級軍曹はいい顔をせず、ロシア語でぶつぶつと文句をこぼす。今にも腰を浮かせて、赤軍兵の後を追いかけて行きそうだ。その腕をジギが取って止める。

「おいおい、水を差すなよ。仲が良さそうでいいじゃないか」

下級軍曹は苛立たしげに腕を振り払う。

「そういうわけにもいかない。危険思想だ。アメリカーニェツの主義に染まる。同志兵士を処罰せねば。私の任務だ」

「待てって。あんたここから出て行って、内務人民委員部だって身分を明かすのか?　その格好で?」

するとと下級軍曹は、自分が赤軍兵の変装をしていることを忘れていたようで、ぐっと言葉に詰まった。

　腕時計の針が五分を過ぎる前に、アメリカ兵と赤軍兵は互いに帽子を取って、礼儀正しく挨拶をしながら別れた。ドイツの民間人がフィルム工場のドアを閉め、通りの向こうへ去って行くのを確認してから、私たちは膝に付いた泥を払いながら立ち上がった。

「あんたもとんだ石頭だな、下級軍曹。長ったらしいな、名前は何だっけ？」

「……アナトーリー・ダニーロヴィチ・ベスパールイだが」

「そうか、トーリャか」

　軽々しく渾名《あだな》で呼ぼうとするジギを、下級軍曹は「やめろ。私は馴れ合わない」とぴしゃりとはねつけ、さっさと先へ行ってしまう。

「本当にお堅いな。俺の知ってる赤軍兵はもっと愛想がよくて面白いぞ。ＮＫＶＤは政治教育もやるんだろ？　もうちょっと柔らかくないと、ソヴィエトの印象が悪く……」

「Да ты ничего не знаешь!」

　ぺらぺらとしゃべり続けるジギに下級軍曹は勢いよく振り返り、指をつきつけて食ってかかる。

「説教をするな！　私が赤軍を知らないとでも？　私は……」

　しかし途中まで言いかけて、下級軍曹は口をつぐんだ。息を荒らげて肩を上下させ、自分自身の発言に戸惑うかのように目を泳がせると、きびすを返してずんずん先へ行ってしまった。

　食堂、セット群、フィルム工場を通過して、黒ずんだ赤煉瓦の建物の前を通る。さっき聞いたばかりのロシア語の歌が耳に残り、つい口から出そうになる。歌うと下級軍曹は怒るだろうか。

その先に、まるで戦闘機の工場のような、仰ぎ見るほど巨大な三角屋根の建物がそそり立っていた。少し焦げた痕はあるものの、崩れていない。

「ほら、見てくれ。あれがノイバーベルスベルクの大スタジオだ」

どっしりとした赤煉瓦の外壁、窓がいくつかあるが、まるで建物が牛肉の塊で、窓はオーブンの火を通りをよくするためにナイフで切り込みを入れたかのごとく、細長く、上から中間までの中途半端な位置に並んでいる。高さは五階分くらいか、しかし窓の形が普通と違うので、内部がどうなっているのかわからない。横幅だけで三十メートル、全長は百メートル以上ありそうだ。

ベスパールイ下級軍曹は、先ほど食ってかかったことも忘れたのか、ぽかんと口を開けて大スタジオを見上げ、略帽を取って頭を掻いている。

「すごい……中も大きいですか」

「そうだな、床面積だけで八千平方メートルはあるはずだ。ここでたくさんの映画が撮影された。でも俺の友達はここにはいないと思う。この先だ」

ジギの後に続いて大スタジオの裏手に回る。製作部が入っていたという平屋の細長い建物の先に、奇妙な形の、まるでトーチカのように堅牢な建物があった。ここからだと、ふたつの棟が直角に繋がっているのがわかる。

「ここがトーンクロイツだ。トーキー（有声映画）がはじまった頃に建てられたスタジオだよ」

高さこそ大スタジオより低いが、威圧感がある。赤煉瓦の壁に窓がないせいだ。

「壁が厚くて窓が少ないから、外部の音を入れずに録音ができるのさ。こっちの大スタジオからこいつを見ると、十字架の形をしてるのがわかる……ほら」

確かにぐるりと回ってみると、第一、第二棟と同じ形をした第三棟が、直角に繋がっていた。

「反対側には第四スタジオがある。それで〝音の十字架《トーンクロイツ》〟と呼んでるのさ」

トーンクロイツの外壁には、温室程度の大きさの部屋が寄り添うように併設されている。これはクロークで、スタジオ内に入る前に、ここで俳優やスタッフが荷物と外套を預けたのだという。

「トーンクロイツは製作チーフのポマーが建てたんだ。ドイツ映画はハリウッドに比べて、トーキーがずっと遅れていたから、お偉方を説得するのが大変だったらしい。ま、俺はその頃俳優の仕事をしてなかったから、受け売りだけどね」

下級軍曹は途中で話に興味を失ったらしく、近くにあるドア、両開きの重そうな鉄の扉に手をかけた。把手《とって》は円型のハンドルで、潜水艦のハッチのように回して開けるようだけれど、鍵がかかっていて回らない。

「ああ、そいつは開かないよ。鉄扉はセットを搬入出するためのものでね、防音のために密閉できるようになってるのさ。ここからだとすぐ撮影スタジオに出ちまうから、普段は鍵がかかってるんだ。他の通用口から行こう」

トーンクロイツは四棟がそれぞれ独立していて、この鉄扉だけでなく、従業員が出入りするための木のドアもあり、各棟についているという。ジギは「どこから攻めるかな」と、長い人差し指を唇に当てて思案し、おもむろに左側の棟、南棟に向かった。しかし木製のドアも締め切られている。

最終的に開けることができたのは、北側の棟の、十字架の繋ぎ目にあたる角に取り付けられた、通行用の木製ドアだった。ドアノブを引いてみると蝶番が軋みながら難なく開き、私たちは互いに顔を見合わせた。

「やったな」

窓がなく、日が遮られているせいか、外の気温よりも二、三度は低く感じる。ひやりとした空気はかび臭く、もう長いこと使われていないようで、慌てたネズミが足下を走って行く気配がする。壁のスイッチをひねってみると、ジジジ、という音と共に、白熱灯がゆっくりと灯った。

「電気は通っているんだな。自家発電機かもしれないが……換気扇も回ってる音が聞こえるし、誰かいるんだ」

「ここにジギの友達がいるの？」

「いつもだったらね。やつは音響技師なんだ。ここの音響設備に惚れ込んで、いざとなったら建物ごと死ぬってくらいのやつでさ。でも本当に死んでるかもしれないし、あまり期待はせずにいこう」

入口の先は音楽ホールのように小さな附室になっていて、奥にもう一枚ドアがある。どっしりと重いその分厚いドアを開けると、電気がついた明るい通路に出た。ジギの言うとおり、確かに誰かいるらしい。

通路は右手と左手の二手に分かれている。ここは十字架型に四方を向いた棟の中央部分で、回廊に沿って歩くとそれぞれのスタジオへ行けるそうだ。

「まずは北側からだな」

スタジオのドアは分厚く、非常に重かった。ジギが腰を落として把手を力いっぱい引くとゆっくり開き、防音用附室の先のドアも開いて、やっとスタジオに出た。急に視界が開け、思わず息を飲んだ。

映画を撮影する場所と言われても、いまひとつ想像ができなかったが、一歩入ってみた最初の印象は「まるで泥棒が入った後の倉庫」だった。ゆうに三階分はありそうな高い天井は工場と似ているけれど、窓が一切ないのはどうにも息苦しく感じた。

「ああ……ひどいな」

隣でジギが呻《うめ》いた。

スタジオのセットは壊され、ずたずたに引き裂かれた布が散乱し、脚の折れた椅子が転がっている。破壊の限りを尽くした痕跡だ。以前は俳優がこの上で演じたのだろう、木製の舞台も、あらかた板を剝がされて骨組みだけが残っていた。

真ん中には、公衆電話の箱に似た、ガラス張りの四角い鋼鉄の箱が、横倒しで転がっている。割れたガラス窓からコードが、車に轢かれて死んだ蛇のようにぺたんこに潰れ、床に伸びていた。

「あれはカメラ室だよ。カメラってのはすごい音がするんで、せっかくマイクを用意しても肝心のカメラが雑音の元になっちまう。だからあそこに入れて撮影したんだ。マイクは……ああ、あれは奪われなかったんだな」

ジギの視線を追うと、天井には巨大なマイクロフォンがぶら下がっていた。ジギは腹の底からため息をつき、両手を腰に当ててベスパールイ下級軍曹を睨んだ。

「赤軍殿がもう少し大事に扱ってくれりゃあな」

「我々は報酬を得ただけ。勝者の権利だ」

「報酬だって取り方ってもんが――まあね、俺たちドイツだってさんざん他人のものをむしり取ったさ。やれやれ、やめよう。さっさとあいつを探さないと」

しかし、第一から第四まですべてのスタジオを回り、壁の裏側の調音室まで念入りに調べても、ジギの友達はいなかった。フィルムを保管する部屋や、換気扇のモーター室、撮影中の音を確認するための針録音と音盤録音の再生部屋にも、先に来た者が踏み荒らした足跡とネズミの黒いフンがあるばかりで、無人だった。

「やっぱりどこかへ行ってしまったんじゃない？　電気だって、誰かが点けっぱなしで出ただけなのかも」

そう言ってジギの方を見ると、彼は再生部屋の隅に置いてある化粧台のようなものを開けたり閉めたりしていた。

「何してるの？」

「音響に関係ないもんがどうしてここにあるのかと思ってさ。まあそうだな、諦めるか……いや、もう一ヶ所いいか？　屋上があるんだ」

中央エレベーターは壊れていたので、私たちはスタジオの壁際にぶら下がっている作業用通路から、梯子を登って屋上に上がった。

涼しかった室内と違い、日陰もなく直射日光が照りつける屋上は、灼熱の暑さだった。コンクリートの床はコンロにかけたフライパンかと思うほどで、素肌で触れたら火傷してしまいそうだ。夏のからりとした風が吹き付けて、髪とシャツの裾をはためかせる。ここから見渡すと、なるほど確かに、トーンクロイツは十字架の形をしているのだとわかる。中央だけがすこんと抜けて、下は中庭になっているようだった。

手で眉庇をして、人影を探す。すると、はす向かいにあたる北棟の塔屋の日陰で、人がひとり、煙草をふかしていた。黒縁の眼鏡をかけ、中折れ帽をかぶり、シャツの袖を肘までまくっている。でっぷりとした体格にサスペンダー付の縞のズボンが似合い、どことなく遊園地のピエロを彷彿《ほうふつ》とさせる。こちらには気づいていないようだ。ベスパールイ下級軍曹がさっさと行こうとして、ジギが止めた。

「頼む、ここは俺に任せてくれ。おい、ダニー!」

ジギが大声で呼びかけると、黒縁眼鏡の人物ははっと顔を上げたが、懐かしがるどころか、こちらの姿に驚いて逃げようとする。それはそうだ、私たちはまだ占領者の服を着ているんだから。

「違う違う、赤軍じゃない! 俺だよ、カフカだ!」

ジギは慌てて略帽を取り、大きく手を振って大股で歩み寄っていく。ダニーと呼ばれた人物は、かなり警戒した様子だったが、ジギが回廊をぐるりと回って北棟の屋上へ着くと、ようやく嬉しそうに顔をほころばせた。

「カフカ! ファイビッシュ・カフカじゃないか! 本物か? 幽霊じゃないよな?」

「抱いて確かめてみろよ！」

ふたりは両手を広げてがっしりと互いを抱き合い、無事を確認するように肩を叩いた。私と下級軍曹も北棟へ渡る――近くで見ると、ダニーは女性だとわかった。物腰は落ち着いていて、ジギの方が五、六歳は若く感じる。無性に懐かしさが湧き上がってくる。性別も体格も違うけれど、丸い眼鏡のせいか、優しげな瞳のせいか、私に英語を教えてくれたホルンさんにどこか似ているのだ。

「二年ぶりか？　心配したぞ。お前のその顔じゃ〝移住〟させられてたんじゃないかって」

「ああ……なあダニー。実は、俺はもうカフカをやめたんだ。本名のジギと呼んでくれ」

するとダニーは一瞬目を丸くしたが、納得したのか穏やかな表情で深く頷いた。

「そうか、ジギか」ダニーは私とベスパールイ下級軍曹にも視線を向ける。「この方たちは？」

「ああ、俺たち、人捜しの最中なんだ。女の子はアウグステ・ニッケル。彼女はドイツ人だが、男の方は本物の……えっと、赤軍兵だ。この軍服を貸してくれて、中に入る手伝いをしてくれた」

「赤軍兵か」

「大丈夫、お前を捕まえたりはしない。このフロイライン・アウグステの護衛みたいなもんだと思ってくれ。彼女が人捜しをしてるんでね」

ダニーはひび割れたレンズの向こうからこちらをじっと見据えたかと思うと、さっと片手を突き出してきた。

「はじめまして、ダニエラ・ヴィッキです。お会いできて光栄です」

私はすぐその乾いた柔らかな手を握り返したが、下級軍曹は躊躇っているのか、警戒しているのか、肩にかけたライフルの肩掛け紐に手をやったまま、差し出された手をじっと見下ろしたまま固まった。するとダニーがこう言った。

「あなたは我が国の客人だ。人間同士、挨拶をしましょう」

声色は落ち着いているものの、主張ははっきりと滲《にじ》み出る。下級軍曹の頭の中でどのような算段が行われたかはわからないが、彼は素早く手を伸ばして握手をし、亀の首のごとく引っ込めた。それでもダニーは満足したらしい。

ダニーはウーファの音響技師で、トーンクロイツのマイクロフォンや蓄音機の針録音、さらに音声を光の信号に変えてフィルムに記録する光学録音など、最先端の録音器材を扱う専門家だという。

「男どもが戦争に行った後、ダニーが音響を仕切るチーフになったんだ。しかしまあ、本当にここで会えるとはな。あんたこそよく生きてたよ、ダニー」

「ここ以外に居場所がないからさ。それに空襲もあったし、市街戦はきつかったよ。仲間はずいぶん死んだ。お偉方はみんな連行された。知ってるか、カール・ダンネマンは赤軍に捕まりかけて自殺したぞ」

「ダンネマン？　ああ、あのおっさん俳優か。嫌な野郎だった」

「そう言うな。誰しも死ぬときは可哀想なものだよ」

ウーファは今やすっからかんだという。戦死者は多かったし、総統とナチスを賛美するプロパガンダ映画を撮り続けたウーファには、戦犯の裁判が待っているそうだ。宣伝省と懇意だった上層部や大物俳優たちは、ソ連軍に捕まって収容所行きになった。しかしうまく立ち回った幹部や、宣伝省に直接関係しなかったスタッフは、少数ながら残っている。

「連合国は二律背反ってところさ。国威発揚映画で国民を焚きつけたプロパガンダ集団は罰したいが、映画会社としてのウーファの技術は高い。金はナチからたんまり給付されてたからね、いい器材も、優秀な技師も揃ってる。連合国はウーファの資産を頂戴したいんだよ。ソ連もアメリカも。おかげで私はひととおりの尋問だけで逮捕は免れたから、ありがたいけどさ。でも戦争が終わっちまうと、女の技師は煙たがられる予感がするよ。男どもに仕事を取られて家に押し込められる。ははっ、こんなこと言っちゃいかんな」

「あんたは大丈夫さ」

「どうだか」

そう言ってダニーは紫煙を吐き、煙草を屋上の縁に押しつけて消した。これは下の中庭で育てている煙草の葉を使っているらしい。

「ま、今のところは配給品をちょろまかしたり、煙草を勝手に育てたり、技術者特権をありがたく使って、わりと強《したた》かに生きてるよ。私の技術は交渉材料になるし。ただ、たぶん近いうちに、東と西、どっちにつくか迫られることになりそうだけど」

ふっくらした頬を皮肉っぽくゆがめる。

「さて、人を捜していると言ってたね。どんな人だい？」

「この人なんですが」

私は鞄からエーリヒの写っているあの写真をダニーに見せた。

「子ども？」

「いえ、これしか写真がなくて。今は成人しています。生きていれば二十六歳、ジギと同じくらいのはずです。バーベルスベルクにいたらしいんですが」

「名前は？」

「エーリヒです。エーリヒ・フォルスト」

ダニーは写真を受け取って、顔に近づけたり遠ざけたり、ためつすがめつしながら眺める。

「……この三つ並んだ黒子《ほくろ》が特徴だね」

「ご存知ですか？」

「いや、記憶にはないな。バーベルスベルクとひと口に言っても、ここは結構広いよ。従業員も多いし。この人はウーファに勤めていたのかい？」

私は自分がかなり無謀な、それでいて確たる手がかりもないまま人捜しをしていることを改めて思い知りつつ、ダニーの関心が薄れないよう懸命に説明した。

「……ウーファに勤めていたかどうかはわかりません。ですがバーベルスベルクから、彼の叔母のところに電話があったそうで。バーベルスベルクといえばウーファですし、きっとここだと思います」

「なるほど」

「なあ、従業員名簿はどうだ？　守衛室の入場記録とか、何がしか取ってあるだろ」

ジギが提案すると、ダニーは残念そうに首を振った。

「アメリカが押収してしまったよ。ドイツ人の身元調査をする時に、誰がどこの役職に就いていたのか、書類と照会する必要があってね。証券関係も帳簿も全部ない。事務所はもぬけの殻さ。せめてエーリヒが大人になってからの写真があれば」

その時、ダニーは自分で自分の発言に驚いたかのように目を丸くした。

「ちょっと待てよ」

「どうした？」

「君たちはその格好じゃなきゃだめなのか？」

「は？」

意味を計りかねて、私とジギは互いに顔を見合わせた後、ベスパールイ下級軍曹の意見を窺った。彼は首を振るだけだ。

「……トーリャの石頭からこのままでいろとのお達しだ」

「その名で呼ぶな、私は馴れ合わない」

むっとする下級軍曹と、軍人をからかえて楽しげなジギの間に、ダニーが両手を挙げて割って入る。

「わかった、わかった。頼むからここで喧嘩しないでくれ。じゃあトーンクロイツ内のどこかで待っていてくれるか？　ちょっとあたってみたいものがある。持ってくるよ」

トーンクロイツにいるなら、下へ降りて中庭に出るのがいいだろうと薦められ、私たちはダニーと別れた後で、回廊からいったん地下に降り、階段を上がって外に出た。一転、目の前に美しい中庭が広がった。

窓がないトーンクロイツの刑務所めいた外観に反し、中庭は確かに居心地がよかった。中央に大きな胡桃《くるみ》の木が生え、花が咲き、ほどよく日陰だ。その下のベンチに腰かけてダニーが分けてくれたビスケットをかじり、水筒の水を飲む。どこかで小鳥が囀《さえず》っている。茂みから虫が翅《はね》を震わせて飛び、風がふくよかな土とさわやかな夏草のにおいを運ぶ。小さな平和の箱庭だ。

できることなら、このまま留まっていたい。もうすぐエーリヒに会えるかもしれないと考えるだけで、緊張で指先が冷たくなる。私はもう決めたのだと何度自分に言い聞かせても、逃げたいという気持ちが湧き上がってきてしまう。

隣にはジギが座り、その向こうにベスパールイ下級軍曹が軍人らしく背筋を伸ばして立っている。胡桃の木の下で日光浴を楽しむジギに、珍しく下級軍曹の方から話しかけた。

「あなたは、捕まらないのか？」

ジギは頭の後ろで組んでいた手をほどき、「何だって？」と訊ね返した。

「あなたは人を騙《だま》した。反ユダヤ主義に荷担した。労農赤軍にもよくいる、しかしＮＫＶＤではそういう者取り締まる。今のドイツもそうだ、みな収容所へ行く」

「ああ……」

深く長いため息を吐いて、ジギはぼんやり庭を眺めた。葉擦れがさわさわと聞こえ、細長い葉が一枚、回転しながら落ちてきた。見上げると、枝と枝の間に、丸いヤドリギが宿っていた。

「正直に名乗れば捕まるだろうな」

「ではなぜ名乗り出ない？　卑怯《ひきょう》だ。Хамство」

「卑怯？」ジギはふんと鼻を鳴らした。「卑怯で結構、俺は鏡が嫌いなのさ」

抜けるように青い空を、飛行機が飛んでいく。壁に囲まれた中庭の、狭くて四角い空を、飛行機が一直線に雲を引きながら飛んでいく。どこへ向かうのかはわからない。行く旅なのか帰る旅なのか、それすらも――だから私は想像する。あの飛行機に誰が乗り、何のために空を飛び、どこへ到着しようとしているのかを。

三十分ほど経って、ダニーは戻ってきた。両手に木箱を抱え、えっちらおっちらと運んでくる。

「おおい、手伝ってくれ」

私たちは急いで回廊へ戻る。入口前に荷車が止まり、何かが山積みになっていた。分厚くて大きな本だ。天鵞絨《びろうど》地の立派な装本で、大事に保管されていたのだろう、虫食いや日焼けもほとんど見当たらない。回廊の照明が暗いので、抱きかかえて中庭のベンチへ持って行った。あっという間に本の山ができる。

「これは何ですか？」

「現金でも証券でも、名前を連ねた名簿でもない。連合国軍には無価値だから残っているんだ。それでも、私や生き残ったスタッフにとっては、かけがえのない宝物だよ」

胡桃の木陰でダニーは本を一冊取ると、優しい手つきで表紙を開いた。

それは写真アルバムだった。

台紙に丁寧に貼られた白黒の写真——晴れた空の下、床屋の白いケープを首に巻いた女性が、ふたりがかりで髪を直されながら、こちらに向かって手を高く挙げている。ここはたぶん、先ほど通ったあの偽ものの草原だ。次の写真に写る厩舎にはまだ馬がいて、穏やかな顔をしたしわだらけの老人が馬の背中にブラシをかけてやっている。

撮影に疲れたのか、床に丸まって昼寝をしている子役たちの写真。カフェ&レストランの看板の下、ふたりの女性が並んで別々の本を読みながらくつろいでいる写真。真剣な面持ちでセットを組み立てている大道具係の写真。高層ビルのベランダから今にも落下しそうだけれど、実は背景の絵の前に立っているだけだ、というトリックを披露している男性たちの写真。フィルムを透かす女性、煙草を片手に泣く男性の横顔、犬に餌を与えている子どもたち、眩《まばゆ》い陽射しに溶けてしまいそうな誰かの後ろ姿、ただただ美しい草原と、ハリボテの家たち。

ページを一枚めくるごとに、撮影所の日々を切り取った思い出が、彼らを知らない私の心にも流れ込んでくる。たとえ色は白と黒と灰色ばかりでも、鮮やかな瞬間が見えた。

「いい写真だろう? こればかりはよそのやつには渡せないね」

ダニーは牽制するように、下級軍曹を見る。彼はいつものように憮然とするかと思いきや、素直に頷いた。

「あなたの仲間たちだ。大事にして下さい」

「ありがとう。そう言ってもらえて嬉しいよ」

ダニーは眼鏡のレンズをシャツの裾で拭いてかけ直し、まくり上げたきりぐしゃぐしゃに乱れていた袖口をもう一度まくる。

「では安心して、アルバムを徹底的に捜そう。もしヘア・エーリヒ・フォルストが映画関係者ならば、どこかしらに映っているはずだ。みんな撮られるのが好きだから。プリント工場の従業員だって、集合写真を撮ってるしね」

私は比較しやすいようにエーリヒの写真をベンチに置き、風で飛ばないよう小石で押さえた。ひとり一冊ずつアルバムをあたり、作業を開始した。最初は不参加だったベスパールイ下級軍曹も、落ち着きなく行ったり来たりした後、ふいに荷車からアルバムを取って、丁寧な手つきでページをめくりはじめた。

一冊、三冊、五冊……胡桃の木の葉がゆらゆら落ちてくるのを払いながら、昼下がりの明るい陽射しの下で、映画の都で生きた人々の記憶をたどった。プリント工場で働いている女性作業員の写真から、ふと隣の写真に目を移したところで、私は手を止めた。

白いバックスクリーンの前で、ひょろりとした体軀《たいく》の男性が、台本を読んでいる。前世紀の商人らしい袖の膨らんだシャツと黒いベスト、大きな帽子という衣装を着て、うつむいた横顔は真剣そのものだ。ジギ――カフカだった頃の彼の写真だ。スポットライトに照らされて、床に長く濃い影が伸びている。美しい写真だった。

私はついジギに教えたくなって顔を上げたが、目と目が合った瞬間その思いは引っ込んでしまった。たぶん彼は私の笑顔から、私が何を見つけたのか悟ったのだろう。口にしなくとも、彼はもう見たくないのだとわかった。

ダニーが持ってきてくれたアルバムは二十冊あり、隅から隅まで捜すのはかなり骨を折った。私たちは日陰を求めて、半地下になっている階段まで降り、作業を続けた。途中でダニーが食堂から持ってきてくれたタンポポの根の代用コーヒーを飲み、ブロートをかじり、こぼれたパンくずがアルバムに挟まらないように注意する。

その時、下級軍曹が「あっ」と声を上げた。

「見て下さい」

下級軍曹が興奮気味に鼻の穴を膨らませながら指さしたのは、ページのちょうど真ん中にある写真だった。

上映会の前か後か、ホールに並んだソファに、ハーケンクロイツの腕章をつけた、高級そうな背広や国防軍の制服、親衛隊将校の軍服に身を包んだ男性たちが座って、互いに談笑している。衣装を着た俳優ではない。本物の将校に違いなかった。レンズが捉えた写真の主役は彼らだ。場所はおそらく、どこかの映画館か試写室のようだが、下級軍曹が注目したのはこのきらびやかな連中の一員ではない。一歩離れた、右側の壁際に佇《たたず》んでいる青年だった。

癖の強い黒髪、印象的な大きな瞳、左目の下に三つ並んだ黒子。物静かそうだが、内側に何か秘めたものを隠しているような、そんな雰囲気がある。見紛うはずがない。私があの日、焼け落ちたローレンツ家の前で出会った青年、その人だった。

心臓がどくんと跳ねる。彼がエーリヒ・フォルストだ。

彼の隣には、白髪に白い髭を生やした老人が、緊張した面持ちで立っている。ふたりの左腕にはハーケンクロイツの腕章があった。

「どう思う、アウグステ？　俺は子どもの頃の写真にそっくりだと思うが」

「うん。私も間違いないと思う」

襟元に手をやってはやる気持ちを抑えながら、私はダニーに訊ねた。

「これはどこで撮った写真ですか？　彼は今どこに？」

「ウーファの敷地内で撮られたものなら試写室だろうが、ウーファのフィルムラッシュ用試写室とは違うようだ。もう少し近くで見せてくれ」

ダニーはアルバムを受け取ると、首をゆっくり振って前髪を払いのけ眼鏡をかけ直し、高い鼻先がくっつきそうなほど写真に近づいた。

「……やはり天井の装飾が違う。しかし妙だな、客はナチの高官ばかりだ。これだけのお偉方を集めたのなら、ミッテにある最先端のスピーカー付きの、いつものウーファ・パラストに招待するはずなんだ」

「では中心部《ミッテ》を探し直さないといけない？」

「いや……劇場にあるはずの二階席もなければ、室内は狭いし、天井が低すぎる。一般向けの劇場には見えない。それに、ほら。ここに〝ウーファシュタットにて〟って書いてある。このアルバムは元々、撮影所で撮影されたものをまとめる目的で作られたんだ」

確かに、写真の台紙に鉛筆で小さく日付と撮影場所が書いてあった。日付は一九四二年三月。

「だが少なくとも私の知っている敷地内の試写室やホールじゃない」

「党の決起集会で、撮影所の近くのホテルや幹部の家にスクリーンとスピーカーを持ち込んだとは考えられませんか？」

私はフレデリカの邸宅のような、豪華な場所を思い描いた。たとえばヴァンゼーの宮殿のようなヴィラ。しかしジギが間に割り込んできて否定する。

「いや、それはないな。ここを見ろよ」

ジギの長い指がこつこつと写真を叩く。男たちが座る横の通路に、口紅を塗って首もとにスカーフを巻いたブロンドの女性が、天使のような微笑みを浮かべながら、男たちの手にグラスを渡している。その後ろに続く女性の表情はやや堅く、シャンパンの瓶を持っていた。

「酒だ。それに煙草をふかすやつまでいるぞ。決起集会じゃあり得ない光景だね、総統は酒も煙草も忌み嫌って、軍にも禁じてたくらいだから。それに、邸宅の客間ってこんなに内装が地味なのか？」

そうジギが分析した瞬間、ダニーが指をぱちんと鳴らした。

「わかったぞ！　こいつは外国映画の試写会だ！」

「えっ？」

「総統もゲッベルスも芸術の愛好家だ。ナチの高官や信頼の篤い公益企業の幹部、将校の中から同好の士を集めて、外国映画、特にハリウッド映画を観る秘密クラブを作った」

私ははっとした。鞄の中の英訳版『エーミールと探偵たち』が、急に重たくなったような感じがした。外国語で書かれた本。外国の文化。外国の映画。長い間、自分の国から禁じられていたもの。

「……まさか、将校や親衛隊が、外国映画を観てたんですか？　私たちには禁じたのに？」

　思わず声が震える。

外国の文化に触れるのは〝いけないこと〟だった。外国の芸術作品で許されるのは、ナチスに共鳴して、賛美してくれる国のものや、外国人作家のものだけだった。子どもたちは学校や少年団で、異なる文化を持つ人々はすべて悪だと教えられた。国の外に住む人たちにも、感情が、痛みが、悦びが、怒りが、未来があると、想像すらしなかった。彼らの生のままの声を受け取ったことがなかったから。

　父が秘密警察に捕まる前、私はホルンさんが必死で集めてくれた外国の本を暖炉に突っ込み、火をつけて燃やした。この英訳版『エーミールと探偵たち』だけはできなくて、ホルンさんに預けたのだ。ホルンさんは後で捕まった。フォルクスビューネの裏の楓蚕蛾《ふうさんが》書店が空襲で崩れた時、みんなが隠しておいた外国の本を瓦礫の下から救い出していて逮捕されたのだ。当局以外の人間が瓦礫の下から持ち物を捜して持っていくことは犯罪だったから。その上、手にしていたのが禁制の本だった。ホルンさんは二重の罪で刑務所へ送られた。私の父と同じ刑務所に。

　私の『エーミールと探偵たち』はホルンさんが床下に隠しておいてくれたおかげで、没収されなかった。届けてくれたのはジードルングに住んでいた、とてもお洒落だった女の人だ。彼女はホルンさんと〝いい仲〟で、刑務所に送られた後も彼と連絡を取ろうとした。そして、あの親切な英語教師ホルンさんは、処刑されたそうだ。彼女は「証拠はない、希望はまだあるよ」と言ったけれど、私のすっかり冷たくなった心は、彼はもうこの世にいないと感じている。

ダニーは、どこかホルンさんを思わせる瞳で、私をじっと見つめた。

「君の憤りはもっともだ。みんなに禁じておきながら、彼らはこっそり輸入して、フィルムの上映会をやっていたんだ。敵国の状況偵察っていう名目だったけど、要は観たかっただけなのさ」

ウーファ撮影所は映画のフィルムを保存する設備が整っている。宣伝省は密かに輸入したハリウッド映画などを、上層部だけが入れる場所に保存したそうだ。

「帝国映画資料館の保管倉庫にあるっていう噂だった。帝国映画資料館自体は、ベルリンのダーレムにある。でもそこはあくまでも〝帝国にとって好ましい〟映画のアーカイヴでね。ご禁制品の場合は、木の葉を隠すなら森の中、バーベルスベルクに保管した。

そして私にはひとつ心当たりがある——確かにバーベルスベルクには特別な許可がなければ立ち入りを禁じられた倉庫があったんだ」

ダニーは両腕を組み、手をむっちりした顎《あご》に当てて考える仕草をとった。

「ひょっとするとそこに試写室があったのかもしれない。だから私らはエーリヒの顔に見覚えがなかったんだ。秘密の試写室の作業員なら、面識がなくて当然だ」

「その倉庫はまだありますか？」

「どうかな……私は外からしか見たことがなくてね。資料館じたいは戦闘で半壊してしまったって話だ。保管倉庫は基本的に地下にあったから、土台が崩れてなければ無事かもしれないけど、貴重なフィルムが燃えたとも聞いた」

「そうですか……」

芽生えて膨らみつつあった希望がみるみるしぼんでいく。心からのため息が出てしまうと、ジギに背中を叩かれた。

「しょげるなって。ここまで来たんじゃないか、だめで元々、行ってみようぜ。ダニーだって生き延びたんだ、エーリヒもきっと無事さ。ダニー、その資料館ってやつの場所を教えてくれないか？」

親切なダニーは道案内に同行しようと申し出てくれたが、ベスパールイ下級軍曹が「民間人がいると危ない」と忠告したので、ダニーとはここで別れることになった。

ジギはウーファ最後の映画『コルベルク』の裂けたポスターを持っている——裏にダニーが地図を書いてくれたのだ。秘密の保管倉庫はウーファ撮影所の外にあったため、ウーファシュタットを出て、アウグステ・ベーベル通りに停めたままのトラックに乗り込んだ。もういないフリードリヒの代わりに、運転席にはベスパールイ下級軍曹が乗った。

トラックはウーファ撮影所の長い塀の角を曲がり、バーベルスベルクの更に奥へと走る。ディーゼルエンジンのにおいで少し気分が悪くなってきたが、脂汗をすり切れた袖で拭い、どうにか堪えた。私は運転席と通じる幌の窓から向こうを覗いて、助手席で地図を広げているジギに訊ねた。

「このまま進むと、三巨頭会談の真ん中に突っ込んじゃいそうだけど、大丈夫なの？」

「心配するな、ハーフェル川よりも手前だから、あっちには渡らないよ。それに南側は警備が手薄らしいし」

　私はふたりから離れ、荷台の後ろにひとりで座り、幌の端を少し開いて外を眺めた。赤軍兵の格好でソ連のトラックに乗っていてわかるのは、同胞のはずのドイツ人たちからの鋭い目つきや、顔を背けてそそくさと逃げていく態度だ。道ばたに背中の曲がった老婆がいて、まるで悪魔を相手にするかのように、何度も何度も十字を切った。私は何もしやしない、だけど向こうにそんなことがわかるはずもない。

　十五分ほど走ったところで、目的地に着いた。倉庫と聞いていたけれど、実際は邸宅と言ってもいいくらい豪華な建物だった。緑豊かな広い敷地はまるで公園のようで、うっかりすると子どもを遊ばせる市民が出てしまいそうだが、それはここの管理者も考えたのか、敷地は先の尖った鉄柵に囲まれ、入口の白い門柱にも堅牢そうな鉄扉がついている。両方の門柱の同じところが砕かれているのは、きっとハーケンクロイツを持った鷲のレリーフがあったからだろう。

　しかしダニーが教えてくれたとおり、肝心の邸宅は戦車の砲撃を食らったようで、棟の右側が食べかけのケーキみたいに削られている。壁は弾痕であばたのようだし、火炎瓶でも叩きつけられたのか、表面があちこち黒焦げていた。

落ちる。

L字型の邸宅の左手には背の高い木が枝葉を広げ、風が吹くたびに木の葉や花序がばらばらと落ちる。

玄関のドアを叩いてみても反応がなく、鍵がかかっていて開かない。こんなところに誰か残っているのかと思ったけれど、割れた窓ガラスには板が打ち付けられているし、触ってみるとあまり泥がついておらず、最近取り付けたのだろうとわかった。周りをぐるりと回ってどこかに入口がないか捜してみる。正面から見たときに食べかけのケーキだと感じた部分は、屋根から下まで削られて壁に裂け目が出来、室内が丸見えどころか、ひとりずつなら入ることさえできそうだ。内部は瓦礫と粉塵で白っぽく、折れた水道管からしみ出した水が洗った部分だけが、濡れて色合いがわかる。美しい赤い絨毯、豪華なピアノや客用の翡翠《ひすい》色のソファも水浸しだった。ハーケンクロイツ旗がびりびりに引き裂かれて床に落ちている。何か黒くひからびたものが転がって、誰かが旗の上でわざと脱糞したのだとわかり、心の底からげんなりした。

「誰かいますか?」

裂け目から声をかけてみるが、反応はない。先にベスパールイ下級軍曹が瓦礫をまたぎながら中へ入り、私とジギがその後に続く。

室内は黴《かび》と腐った水のにおいがした。配管から一定の速度でしたたり落ちる水の音が聞こえる。歩くたびに何かを踏んで、靴裏からじゃりっと嫌な感触が伝わる。おそらくここは応接間、仲間同士が葉巻を吸ったり本物のコーヒーを飲んだりしながら語らい、くつろいだ場所だったのだろう。本棚の棚板は折れ、絨毯《じゅうたん》についた丸いへこみだけが、ここに椅子やテーブルがあったことを示していた。壁に触ると、付着していた粉塵で指先が白くなった。丸い天井には、それほど豪勢ではないけれどレリーフが施され、シャンデリアはない。壁にキリル文字で何か書いてあるが、下級軍曹は「意味を知ったら殴り合いになる」と言う。

「酒があればと思ったんだが、なさそうだなあ」

ジギはあっちこっちをひっくり返しながら、酒を捜しているらしい。

「お酒じゃなくてエーリヒを捜してよ」

ドアを開け、玄関ホールや便所、台所などを捜してみたが、エーリヒどころか人影すらない。フィルムリールすら見当たらなかった——表向きはごく普通のヴィラだ。

「本当にここなのかな」

私は応接室に戻り、途方に暮れながら棚にもたれかかった。ダニーの記憶違いかもしれない。だとしたら手がかりをすべて失った状態で振り出しに戻ることになる。

唇を噛みしめてふと部屋の向かいを見ると、かすかな違和を感じた。

応接室は物が散乱し、足の踏み場もないくらいなのに、私の向かいにある壁のまわり、ちょうど大きな食器棚がひとつ収まりそうなスペースだけ、妙にすっきりと片付いているのだ。

その白い壁には、ごく小さな絵が掛かっていた。初老の女性の絵だ。緑の草原に青いドレスの裾を膨らませて座り、どこか遠くを眺める女性の、素朴な油画だった。赤軍兵が無価値と判断したのか持ち去られずここに残ったらしい。ふと心を惹《ひ》かれて、よく見てみようと近づく。白い壁に手を突いて背伸びをして——その時、他の壁と違いざらつく感触がなく指先も汚れないことに気づいた。

「ここだけハタキで掃除したとか？　まさかね」

よく見ると、上から下まで一直線に細い溝が走っていた。足下を見下ろすと、枯葉が壁と床の間に一列に溜っている。隙間がある。風が吸い寄せられるように中へ入っていく。

体中が心臓になったみたいに、脈が激しく波打った。

「ふたりとも、来て！」

私は壁を押してみたが、びくともしない。ドアノブのようなものも見当たらず、私は壁の溝に両手の爪をひっかけて引こうとし、ジギも加勢してくれたが、爪が痛くなるだけで無意味だった。すると長身のベスパールイ下級軍曹がひょいと絵を上げた。その下にレバーが隠されており、引き下げると壁はたちまちドアとなって、ごとごとと歯車のような音を立てながら右へスライドした。その先に、地下へ通じる階段があった。

地下室は広く、上の邸宅よりも面積があった。コンクリートがむき出しの、何の装飾もない無骨な空間で、はじめは地下壕として作られたのかもしれない、と思った。その無機質な灰色の部屋に鋼鉄のラックがずらりと並び、フィルムリールや書籍が置かれていた。ここは赤軍兵も見つけられなかったようで、無傷だった。

右手の通路の先に、黒い防音用ドアがあり、その向こうは小さな劇場になっていた。赤いシートを張った観客席に、大きなスクリーン、スピーカーそして中二階のガラス張りの映写室。空気は埃《ほこり》っぽく、黴くさい。

劇場の隅には螺旋《らせん》階段が上に伸び、映写室へと通じていた。木の板を踏み鳴らしながら中二階へ昇り、映写室を覗いてみる。誰もいない。だが、狭い部屋の隅に、白いシーツでくるんだマットレスと、毛布があった。つい今し方ここで眠り、起き上がったかのように、毛布はめくれマットレスも凹んでいる。傍《かたわ》らには缶詰と蠟燭《ろうそく》を利用した灯と、水筒、雑嚢が置いてあった。

「ここに誰か住んでる」

「ああ。ここの構造を知っている人間に違いないな。きっと戻ってくるだろうが、ここで待つか？」

「そうね……でもその前に、ちょっといい？」

緊張で気が急《せ》くせいか、私は差し込むような尿意を感じ、ひとりで上に戻り、便所へ行くことにした。

便所を使ってみて、水道はきちんと通っており、石鹸も連合国の配給品だとわかった。間違いなく誰かがここで暮らしている。私は地下へ戻らず、外へ出て周辺を散策することにした。邸宅にばかり注意が向いて、敷地には他に何があるか、捜していなかったから。

胸が高鳴るけれど、従業員の誰が残っていてもおかしくないわけで、期待しすぎるのも良くないだろうと思う。鍵をひねって玄関ドアを開くと、たちまち青々しいにおいのする熱風が吹きつけ、私は顔をしかめた。

その時、物音がした。

シャベルを土に突き立てる、ざくっという音。掘り返した土を脇に盛る鈍い音。再び、ざくっ。

私は傍らに立つ木の太い幹に手をやり、耳を澄ませた。音は邸宅の裏手から聞こえてくるようだ。おそるおそる、足音を忍ばせて近づき、邸宅の陰からこっそり様子を窺う。

そこは小さな馬場だった。奥に厩舎があり、白い柵で四角く囲われた内側に緑はなく、黒々とした地面が広がる。そこにひとりの男性が、腰をかがめながらシャベルを突き立て、土を掘り返していた。男性はすらりとした体軀で、やや癖のある黒髪は少し長く、薄茶色の外套を着ている。

「おい、何してるんだ？」

後ろから声をかけられて私は飛び上がった。

「ジギ、やめてよ！」

いつの間に来たのか、ジギとベスパールイ下級軍曹が不審げに私を見ている。

「なかなか戻ってこないから探しに行けってトーリャがうるさくてさ……あれ、あいつ誰だ？」

「今それを確かめようとしてるんじゃないの」

あまりにも間が抜けているジギにうんざりしつつ視線を馬場に戻すと、男性と目が合った。まっすぐな黒い眉の下の、驚きに見開かれた大きな瞳。三つ並んだ黒子。

急に膝から力が抜け、私はそのままかくんと跪《ひざまず》いてしまった。

彼は私たちを見るなりシャベルを放り出し、脱兎のごとく逃げようとする。しまった、また変装のことを忘れていた。しかし呼び止めたくても喉に力が入らず、邸宅の壁にもたれかかって喘《あえ》ぐと、代わりにジギが叫んでくれた。

「待ってくれ、俺たちは変装してるだけだ！　あんたの同胞だよ！　あんたに会いに来たんだ！」

しかし彼は耳を貸さず、足で土を跳ね上げながら、どんどん遠ざかってしまう。私は拳を握り、無理矢理腹筋に力を入れて声を振り絞った。これですべての力を使い果たしてもいい。

「エーリヒ、クリストフ・ローレンツが死んだ！」

するとエーリヒの背中がびくりと震え、走るのをやめた。息が苦しい、でも言わなければならない。

「クリストフが一昨日、死んだ！　私はこのことをあなたに伝えに来たの！」

エーリヒはゆっくりと振り返った。血の気の失せた蒼白な顔で、私を見る。

「……クリストフが死んだ？」

そう問い返す声は若々しく、かすかにうわずっていた。

「ええ」

「どうして？　いつ？　なぜ……」

「なあエーリヒさんよ、とりあえずこっちに来ないか。ちゃんと話し合おうぜ」

エーリヒはぱちぱちと目を瞬き「ああ、そう、そうだな」と頷いて、長い脚をもつれさせながら、こちらにやって来た。

ジギが「外で話そう、せっかくいい天気だし」と言うので、私たちは応接室から使えそうな椅子や酒瓶が入っていたらしい木箱を持ち出し、玄関先の木陰に座った。

エーリヒは突然の訪問と報せで混乱したのか、テーブル代わりにした木箱についた黒っぽい汚れを見つめたまま固まっている。ジギはエーリヒから隠した酒の在処《ありか》を聞きつけて取りに行ってしまったし、私もうまく話を切り出せず、スモックの裾の毛玉をひとつひとつつまんでは捨てた。

この停滞した雰囲気にしびれを切らしたのはベスパールイ下級軍曹だった。

「それで、ヘア・エーリヒ・フォルスト。あなたはクリストフ・ローレンツを殺したのか？　殺していないのか？」

布張りの手帳と鉛筆を手に、まるで尋問官のように訊ねる。彼のあまりの単刀直入さにエーリヒは完全に虚を突かれた様子で、ぽかんと口を開けた。

「殺した？　殺したって、つまりクリストフは殺されたんですか？」

エーリヒは〝殺した〟と繰り返し、片手で額を押さえた。

「毒を盛られたのです。知らなかったですか？」

「知るも何も、死んだことすら今聞いたんですよ！」

「グレーテ・ノイベルトは、あなたと思われる人物が数日前にクリストフとポツダム広場の闇市で会っていたと」

「一体何の話です？　ポツダム広場って、ベルリンの？　そもそもベルリンにすら行かないですよ！　闇市はこちらにもありますし。まったく何なのですか？」

ベスパールイ下級軍曹は感情的になるエーリヒをなだめるでもなく、淡々とメモに書き付けていった。エーリヒは動揺も露わに、下級軍曹を睨みつける。ああ、ジギは何をしてるの？

「そのグレーテ何とかという人は、何を根拠に僕がそこにいたと？」

「証拠はありません。ただクリストフが、そこで『懐かしい人に会った。過去が会いに来た』と言うのを聞いたそうです。それで、あなたのことだと」

エーリヒが私に視線をやり、私はつい目を伏せてしまう。クリストフがそんなことを言ったとは知らなかった。

「君たちは僕を逮捕しに来たのか？　僕が叔父を殺したと？」

「違います……そうじゃありません。私はあなたに、訃報を伝えに来ただけです」

「訃報を伝えに？　本当にそれだけ？　そもそも君は何者だい？」

いったいどこから話をするべきか……私は両目をつぶって深呼吸をした。夏のにおい、蒸れた土と生命力に満ちた草の青い香りをいっぱいに吸い込む。木の葉がこすれるざわざわという音。

「私はアウグステ・ニッケル、クリストフ・ローレンツとフレデリカ・ローレンツに匿《かくま》われた、KZ《カーツエットー》娘です。両親が秘密警察に狙われて殺された後、クリストフたちに助けてもらいました。彼らは戦中、潜伏者を匿う地下活動に手を貸していたので。私の……義理の妹も、フレデリカが提供してくれた隠れ家で世話になりました」

イーダのことを私ははじめて義理の妹と呼ぶことができた。あの子も悪くないと思っていてくれる。きっと、そう信じたい。エーリヒは少しずつ落ち着きを取り戻した様子で、「そうだったのか」と呟《つぶや》いた。

「知らなかった。フリッカ……フレデリカの性格を考えると、慈善活動くらいはやりそうだとは思ったけど……フレデリカは今、どうしてるんだい？」

「クリストフの死を悲しんではいますが、今のところ体は問題ないと思います。あなたのことを心配していました。居所を教えてくれたのも彼女です」

汗を拭うのに汚れた手や袖口を使うので、エーリヒの顔のあちこちに泥がついたが、彼はまるで気に留めていない。

「聞きたくないことを聞くが……まさか、フレデリカがクリストフを殺したのか?」

彼の緑がかった瞳は不安と恐れに揺れていた。

「違います。フレデリカはクリストフを殺していません。確かに疑われはしましたけれど、もう家に帰っていますよ。私がここに来た理由のひとつは、あなたがソ連の秘密警察に疑われていると教えたかったことです。結局尾行されてしまって、一緒に来る羽目になりましたけど」

視界の端で、ベスパールイ下級軍曹の視線を感じたが、私は彼を見ない。私はエーリヒだけを見つめる。

「クリストフは毒の入った歯磨き粉を、自分で口に含んで亡くなったんです。もうこの世にいません」

「毒で……」

エーリヒの顔に浮かんだ表情を、何と形容したらいいだろう。戸惑いと驚きに、安堵が加わったような、でもにわかには信じられないという——口を半開きにして呆然となったエーリヒは、ぶるりと首を振って「よかった」と静かに答えた。

しかし困惑したベスパールイ下級軍曹が立ち上がり、私たちの間に入った。

「よかった？　何がです？　自分の叔父の死がですか？」

　エーリヒはぎょっとして顔を上げ、急いで取り繕った。

「叔母のことです。叔母が叔父を殺さなくてよかったと。でもあなたの反応を見ると、どうやら犯人は捕まってないようですね」

「……そう。容疑者はいるが。あなたの叔父は〝人狼《ヴエアヴオルフ》〟に殺された可能性がある。何か心当たりは？」

「人狼？　まさか、心当たりなんてありませんよ。みんな従順に占領軍の言うことを聞いている。やっと戦争が終ったのに、どうしてわざわざ危険を冒すと思うんです？」

　エーリヒがはっきり言うと、ベスパールイ下級軍曹はむっつり唇を尖らせつつも、座り直した。エーリヒの顔色はいくらか良くなり、忙《せわ》しなく揺すっていた膝の動きも止まって、私に話しかける口調も穏やかになった。

「アウグステさん。あなたの義理の妹はどうなりましたか？　無事ですか？」

「亡くなりました、残念ながら。潜伏先の船小屋で」

「そうか……それは気の毒に」

　私はエーリヒをほとんど知らない。空襲があった直後、フレデリカの邸宅で見かけた男性が彼女の甥だとは思いもよらなかったし、焼け落ちた家を前に何を考えていたのかなんて、想像する必要もなかった。一昨日の夜、彼の写真を見るまでは。だけど今、私の心をいっぱいにしている感情はただひとつだ。それは共感だった。

やっとたどり着いた。

ちょうどジギが酒瓶を手に戻ってきて、人数分の欠けたグラスや琺瑯《ほうろう》、ステンレスのマグに酒を注いでいく。

「まあ、一杯行こうぜ。クリストフを殺したやつが誰かなんてことは忘れてさ。戦争を生き延びた俺たちに乾杯！」

酒はほとんど飲んだことがなく、舐《な》めてみるとやっぱりかっと口の中が熱くなり、私はジギにあげてしまった。ベスパールイ下級軍曹は断るかと思いきや、酒は水といわんばかりにどんどん飲んでいる。エーリヒもようやく肩から力が抜けたのか、ゆっくりと味わうようにコップを傾けた。

ここから見ると、ずいぶん眺めのいい場所だと思う。鉄柵の向こうには青々しい森が繁茂し、そこかしこで赤や白の花が咲いている。空を仰げば木の枝葉が輝く複雑な網目模様を作り、その更に高いところを雲がのんびり流れる。

クリストフの死をエーリヒに伝えられたし、下級軍曹がちゃんと報告してくれれば、エーリヒへの妙な疑いも晴れるだろう。

戦争は終わった。世界は美しい。そして私がやるべき役割も、これで終わりだ。あとひとつを残して。でもそのことは、まだ今は考えたくない。

ジギがエーリヒに煙草をやりながら質問をする間も、私の心は凪《なぎ》の海のように穏やかだった。

「なあ、エーリヒさん。あんたの話を聞かせて下さいよ。そもそもなぜローレンツ夫妻から離れたんだい？ あんたはまだ子どもだったそうじゃないか。そんなにひどい養父母だったのか、クリストフとフレデリカは？」

エーリヒはちょうど、煙草に火を点けようとマッチを擦るところで、ぼきりとマッチ棒が折れた。

「……そうですね」

エーリヒはマッチ箱からもう一本取ろうとしたが、傍目《はため》にもわかるほど指先が震えて、うまくいかない。横からベスパールイ下級軍曹がさっとマッチ棒を取り、代わりに火を点けてやった。

「……ありがとう」

「気にするな」

エーリヒは美味しそうに煙草を吹かし、長く長く紫煙を吐いた。

「フレデリカ、つまり僕の死んだ母の妹は、親切でしたよ。時々は鈍感だけれど、いつも愛に溢れている人で、人からも愛される人だった」

「クリストフは？」

「彼とは……あまり会話をしませんでした。チェロの演奏家で、家にいる時も練習ばかりでしたし、無口で」

「じゃあ、あんたが夫妻から離れたのはなぜなんだい？」

エーリヒはカップの酒をしばし眺めてから、ぐっと飲んだ。

「当時の僕は〝斑点〟のせいだと思っていました」

「斑点が怖くて逃げたんです」

「斑点？」

「ええ、おかしいでしょう？　僕は斑点が怖くて逃げたんです」

ジギと下級軍曹は互いに顔を見合わせ、あからさまに〝この男は狂気に頭をやられた〟という仕草をしたが、エーリヒは小さく笑っていなし、静かに語りはじめた。

「斑点を怖がるようになったのは、僕の両親が亡くなって、シャルロッテンブルクにあるローレンツの家に移ってから、三年が経った頃のことでした。それまではクリストフ家にも乳母がいたんですが、次の年からギムナジウムに入ってもひとりで眠れるよう、訓練がはじまったんです」

エーリヒは九歳、一九二九年のことだった。心細い思いを堪えつつ、子ども部屋のベッドにひとりで入り、眠りにつく。するとエーリヒはしばし悪夢を見た。普通の悪夢も多かったが、一週間か二週間に一度、どんなに楽しい夢でも、最後になるとなぜか息が猛烈に苦しくなる、ということが起きた。

そのことをフレデリカに打ち明けると、彼女はエーリヒの精神状態を心配して、主治医に往診をさせた。主治医は両親を亡くしたエーリヒの心に強い負担がかかっていて、このままでは神経衰弱になってしまう、と言う。フレデリカは主治医のいいつけどおり、エーリヒをピクニックや、動物園など気分転換のできそうな場所へ連れて行き、新鮮な空気を吸わせ、栄養価の高い物を食べさせた。

ある日、フレデリカは「いい薬があるの」と言って、エーリヒに薬を飲ませるようになった。液体は緑色で、クルマバソウのソーダのように甘い。はじめのうち、エーリヒは薬が気に入った。

けれど数ヶ月経っても悪夢は続き、その上、起きていても体がだんだんだるく、咳込むようになってきた。顔色が悪いエーリヒを医師は「寝不足でしょう」と診断し、軽い睡眠薬を処方した。確かに眠れるようにはなったが、体調は一向に良くならない。そして、体に斑点が現れた。最初は手のひらが緑がかって、日光や電灯の加減でそう見えると思った。しかし次第に、指先から少しずつ、まるで日に焼けた皮膚が剝がれていくかのように白くなっていき、反対に手のひらは黒ずんでいった。あちこちに黒い斑点がぽつぽつと出てきた時、エーリヒは手のひらを強くこすりつけて消そうとした。しかし斑点はますます増え、まだらのカエルの背のようになった。あまりにも恐ろしく、九歳のエーリヒはフレデリカに言わなかった。言えば必ず病院へ連れて行かれる。もし死の病で、あと一ヶ月しか生きられないと宣告されたら、どうしようと。エーリヒは我慢し、つねに拳を握って手のひらを隠して過ごした。

さまざまな疑問でもやもやとしながら、気分転換にと連れて行かれた動物園で、エーリヒはふとした衝動に駆られ、クリストフとつないでいた手を離した。

「当時の僕は、彼の大きな手がとても怖かったんです。それにクリストフはとても背が高く、僕の顔を覗き込もうと覆い被さってきたので、慌てて視線を下に落としました。その時、クリストフの指先がやけに白く、手のひらには、僕と同じ斑点があるように見えたんです。恐怖でいっぱいでした」

エーリヒは手を払い、クリストフを見上げた。しかし逆光で表情は影になり、よく見えなかったという。それよりも、無言が怖かった。九歳だったエーリヒにとってクリストフは立ちはだかる壁のように巨大で、このままではひねり潰されてしまう、と思った。

「こんな人知らない――僕はそう思いました。よく覚えていますよ。本物の両親はこんな人ではなかった、気がついた時には、クリストフに背を向けて、動物園の人混みの中を駆け出していました。後先なんて考えてなかった」

そして動物園から逃げ出したエーリヒは、フレデリカに何度か連れてこられた馴染みのカフェに入った。ウェイトレスの少女はエーリヒを歓迎してくれ、気が緩んだエーリヒの両目からどっと涙が溢れた。そのせいで、初老の店主が店の奥に引っ込み、警察を呼んだことには気づかなかった。しかしエーリヒは幸運だった。ウェイトレスが温かいチョコレートを出してくれ、泣き止んだエーリヒがにこにこと笑いながら顔を上げると、ぴかぴかに磨かれた銀の盆に、広いガラス窓の向こうの景色が映っていた。フレデリカとヴァイマル共和政時代の秩序警察の高いシャコー帽が、こちらに向かって走ってくる。

おそらくエーリヒの不在に気づいたフレデリカは、すぐさま動物園の事務所に飛び込んで、警察に連絡させたのだ。一方でカフェの店主は、常連客の子どもがひとりで来て泣いていると、同じく警察に通報した。電話交換手がほんの二回ほど回線をつないだだけで、エーリヒの居場所はばれてしまった。

エーリヒはクリームたっぷりのチョコレートを飲むことなく、店を飛び出した。

この経験でエーリヒは、馴染みの場所へ行くとすぐにフレデリカが飛んでくる、と学んだ。フレデリカの取り乱した顔を見るのはつらかったが、クリストフの手に浮いた斑点のことを思い出すと、どうしても足が家の方を向かない。エーリヒは心を胡桃の殻のように固く固く閉ざし、見知らぬ道を選んで歩いた。お金も持たず、食事も取れず、エーリヒの仕立てのいい濃紺の上着と半ズボンはすっかり汚れ、移民の子が道ばたで食べるふかしたじゃがいもを、物欲しそうに眺めた。

死んだ両親に会いたいと願った——フォルストの姓は、亡くなった父親のものだそうだ。エーリヒはベルリンにあるはずの両親の墓のもとへ行こうとした。そこの教会の神父は心優しかった覚えがあるし、会えばきっと保護してもらえると考えたからだが、しかし葬儀の際に行ったきりの墓地などすっかり忘れていて、ほんの数百メートル歩いただけで道に迷ってしまった。

寝る場所が見つからないまま日が沈み、夜、天は雨を降らせた。エーリヒは雨粒をしのぐために、閉店している劇場の路地裏の屋根を借りた。その場でしゃがんで膝を抱え、革靴のつま先を雨粒が叩くのを見ながら、ぐうぐう鳴る腹を押さえた。

その時、チーズをくわえて運ぶドブネズミが、すぐ脇を通りすぎて通りへ出ていった。エーリヒははっとして、ドブネズミが来た路地を振り返ると、チーズを拝借したドブネズミが三匹、まだ食事中で、その前に赤茶色のドアがあるのが見えた。ドアはわずかに開いていた。

小さなエーリヒはこのドブネズミさながら、ドアの隙間に体を滑り込ませた。そこは劇場の役者たちが通る裏口のドアで、地下へ通じる階段がまっすぐ下へ伸びていた。エーリヒは迷うことなく階段を降りた。

役者や踊り子が身支度を整える楽屋の、香水と白粉《おしろい》、汗と黴が長年しみついて饐《す》えたにおいを放ち、化粧台にはかつらをかぶったマネキンの頭がずらりと並んでいる。化粧台のうち一台だけ誰かが電気を消し忘れたようで、鏡の縁に沿って連なる電球が煌々《こうこう》と光った。

エーリヒはマネキンの頭に恐怖を抱きながら楽屋を通り抜け、重いカーテンを開き、奥のリフト台を過ぎ、小さなソファにたどり着いた。

「食べ物を捜すべきだったのですが、ソファの誘惑に勝てず、そのまま突っ伏して眠ってしまいました。どれほど眠ったか――僕はこの日ほど深く眠ったことはないと思うほど、夢も見ずに眠りました。気がつくと、あたりは全部電気が点き、奇妙な化粧をした大人たちが僕を囲んでいた。その後、支配人のシュルツ夫妻が湯気立つアイスバインの鍋を持って、僕に会いに来てくれたんです」

シュルツ夫妻は、自分にとって申し分のない完璧な両親だった、とエーリヒは語った。小さな少年の訴えに耳を傾け、その日から、劇場の上にある自宅の寝床と、質素だが温かい食事を与えてくれただけでなく、フレデリカにも連絡を取って、正式に養子として迎えてくれたという。

「久々に会うフレデリカは、最初はとても怒っていて、僕は養母の陰に隠れて成り行きを見守りました。フラウ・シュルツがしっかりした口調で話すうちにフレデリカの警戒もとけていきましたが、哀しげな表情で見つめられて、僕はたいそう罪悪感を抱きました。彼女を傷つけてしまった負い目はまだあります」

シュルツ夫妻には子どもがなく、エーリヒに持てる物をすべて与えた。劇場の演《だ》し物、文化、映画館で上映されるさまざまな作品。エーリヒはヴァイマル共和政時代に撮られた『メトロポリス』が好きで、三番館で上映されるたびに観に行ったそうだ。恐ろしかった斑点は消え、原因不明の体調不良も改善した。エーリヒは元気に成長した。

だが五年後、ナチスが政権を獲得し、ヒトラーが総統になってからは、風向きが変わった。

「養父母や劇場の俳優、芸術家仲間たちは自由主義者が多かったですから、それまではナチスなんて取るに足らないと考えていましたが、そうもいかなくなりました。これまでの芸術が批判され、養父母が〝あんな頭のすっからかんなやつ〟と揶揄《やゆ》していた脚本家や俳優が、党員章を手に入れるなり幅を利かせて街を歩くようになり、劇場を占領しはじめた。友人だった芸術家たちもプロパガンダに浸食され、考え方が変わった。それは僕や養父母も例外ではありませんでした」

シュルツ夫妻はナチスの党員になり、エーリヒもヒトラー・ユーゲントに入った。間もなく夫妻は帝国文化院の映画院の役職付となり、ウーファシュタットに移った。そしてこの帝国映画資料館の分館、外国映画を保存する秘密倉庫の管理者になったという。

「ここの地下に通じる隠しドアは見つけましたか？　あの絵は養母の肖像画です。養母は三年前に、養父は三ヶ月前の空襲で亡くなりました」

「なるほど、だからあなたは試写室の写真に写っていたんですね。家族三人ここで働いていた」

「ええ。たくさんの金とコネを使って兵役も免除してもらいました。市街戦と赤軍の尋問はなかなかきつかったですが、釈放してもらいましたよ。さっきは、赤軍兵が来る前に土の下へ隠しておいたフィルムリールの一部を、掘り返していたんです」

エーリヒは話し終え、ぐっと酒を飲み干すと「もう少し酒を持って来よう」と席を立った。長い話を聞いていたせいか、ジギも下級軍曹も酒が入り、顔に朱が入っている。

「聞き捨てならん。ロシアにもいい映画はある。ソヴィエトはウーファを生かせる」

下級軍曹はむっつりと唇を尖らせ、よせばいいのにジギが茶々を入れる。

「へえ、そうかい。どうせうちの真似をしたんだろ?」

「なめるな」

そこにエーリヒがラジオと酒瓶を持って現れた。スピーカーからボツボツした雑音とともに、ドイツ語の音声が流れてくる。

〝ベルリンに滞在中のイギリス・チャーチル首相とアメリカ・トルーマン大統領は、ともに総統官邸を訪れ、市民の歓迎を受けました。報道カメラに向かってお馴染みのピース・サインを掲げた首相ですが、本当に平和はもたらされるのでしょうか。今日、ソヴィエトのスターリン書記長の姿はありませんでしたが、これから三巨頭による会談が行われ、我が祖国ドイツ、および今なお交戦中の日本への対応について、話し合われます〟

「――ニェーメッツはいつもそうだ。我々を愚鈍な農民や労働者だと侮る。気取り屋で、すぐ人を軽んじる。だから戦争負ける」

「ようしイワン、ドイツ人と議論するつもりだな? 日が暮れ夜が更けて朝になってもしゃべり倒してやるぞ」

まだ口論を続けているふたりの間に割り込んで、エーリヒが空いたグラスとマグに酒を注いでいく。酒瓶のラベルを見たジギは目を丸くした。

「アスバッハだ！」

「酒！」

「若造め、お前にアスバッハの味がわかるのか？」

「笑わせないで下さい、こんなのただの茶色い水ですよ。ウォトカの澄んだ水と違う」

ジギとベスパールイ下級軍曹は一気にあおって飲み干した。

「どうだ、美味いだろ？」

「まあまあですね」

ふたりは競い合っておかわりし、飲み干し、またおかわりをせがむので、うんざりしたエーリヒは瓶ごと下級軍曹に渡してしまった。

下級軍曹の口からロシア語の悪態らしき言葉がするすると出てきて、彼は楽しそうに笑った。大きな体をゆらゆらと左右に揺らす姿は、ＮＫＶＤの厳格なベスパールイ下級軍曹ではなく、ジギが言うような〝トーリャ〟という愛称がしっくりくる。

「トーリャはハリウッドに勝つつもりかよ？」

「今は負けている、それは認める。だがじきにハリウッドにも赤い旗が翻る」

「ベルリンみたいに？」

「ベルリンみたいに」

ふたりの酔っ払いは何が面白いのか、顔を見合わせてげらげら笑っている。

「なあトーリャ、あんたはどんな子どもだったんだ？」

「Что ?」

「どんな子どもだった？　何で軍に入ったんだよ？」

「ああ……別に、理由はないです。自分の命より祖国が大事。ドイツ人は嫌いだし」

　アナトーリー・ダニーロヴィチ・ベスパールイ下級軍曹は、はじめは赤軍兵だったという。生まれた年ははっきりとせず、気がついた時にはウクライナの外れにある小さな集落で、貧しい農民の末息子として、二頭しかいない雌牛の世話をしていたそうだ。ふたりの兄はすでに家を出ていたので、トーリャはほとんどひとりっ子のように育った。集団化がはじまってから、両親と共に集団農地《コルホーズ》に移動したが、労働はつらく、両親ともウクライナを襲った飢饉で死んでしまったという。

「孤児の私を救ったのは、ソヴィエトだ。新しく村にできた初級学校、文字を教わった。〝スターリン〟の書き方を教わり、偉大な本当の父の姿を、共産主義の素晴らしさを教わった。私は勉強が好きだった。十五歳になって、兄が私を迎えに来た」

　年に数回しか顔を合わせたことのなかった兄は「これからキエフへ行こう」とトーリャを誘った。兄は共産主義青年同盟《コムソモール》の一員となり、赤軍に配属されたコムソオルグだった。そしていずれ徴兵される弟が首尾良く出世できるように手配した。そしてトーリャは兄とともに汽車に乗り、キエフに着いた。駅には制服姿の青年が出迎え、兄と固く抱擁し、親しげに笑い合ったという。

「それが若き同志ドブリギン大尉だ。ＮＫＶＤ特別任務学校の生徒だった」

「なるほどね。じゃあ昔なじみってわけか。それからずっと上官と部下なのか？」

「いや……同志は不運だった。講師が粛清されて、同志ドブリギンは獲得したばかりの東ポーリスカヤ、スモレンスクへ。私は普通の学生だ」

トーリャは兄が紹介した下宿の世話になりながらキエフの鉄道技術学校に通い、兵科とドイツ語を習得した。それから二年後、この国、ドイツ帝国が条約を破って進軍した。キエフはドイツ軍の支配下になった。

たまたま課外授業中で国境近くにいたトーリャは、他の学生とともに列車で街へ帰還しかけたが、途中で空襲に遭ってしまったという。ほとんどの学生は避難を繰り返しながらキエフへ戻ったが、トーリャははぐれてしまい、彷徨《さまよ》ううちに偶然退却中の赤軍と合流した。

「村はファシストどもに焼かれた。滅ぼされた。行き場をなくした孤児が、通りすがりの同胞の世話になること、よくあった。みんなドイツ人を憎み、銃を取り、〝連隊の息子《スイン・ポルカ》〟と呼ばれて可愛がられる。私は戦車で安全な場所に送られ、同志に教わったとおり、徴兵司令部に行った。最初は予備隊、集団農場で働いて、次に歩兵師団。普通の順序だ」

だから大して面白くない、と酒で顔を赤らめたトーリャはしゃっくりをしながら結んだ。ジギはしつこく食い下がり、「それで何で赤軍からＮＫＶＤに転属したんだよ?」と訊いたが、彼はもう身の上話をしなかった。

それでも機嫌はいいようで「Выходила на берег катюша」と口ずさむ。ウーファ撮影所やあちこちで聞いた、耳から離れないあの歌だ。

「大変だったでしょう、あのふたりと一緒に歩くのは」

いつの間にか隣に来ていたエーリヒが苦笑して、私もつられて笑ってしまう。

「確かに色々ありました。でも今は、灰色の曇天がやっと晴れた心地でいます」

「僕を見つけて、叔父の訃報を伝えられたから?」

穏やかに言うエーリヒに、私は頷いた。

夏の空は海のように青い。手を伸ばせば指先を空に浸せるかのようだ。最後に海水浴をしたのはいつだったろうか?

砂浜にパラソルを立て、母がのんびりと日光浴をする。父は海で一泳ぎした後、頭に海草をくっつけて戻り、家族はげらげらと笑った。私は何をしていただろう? 浜辺に打ち上げられた貝殻を拾っていたら、小さなヤドカリを見つけたのではなかったか。イーダもそこにいて、生まれてはじめて見るヤドカリに、目を丸くしたのではなかったか。

いや、これは全部嘘の記憶。いつか見た幸せな夢を、現実と思い込みたいだけだ。

灰色の街、工場の煙突が吐き出す煙、うつろな目をして配給品の列に並ぶ人々、誰が違反をして、誰がずるをしているか穿鑿《せんさく》して報告し、一秒でも早くバスに乗って席を取ろうとする人々、甲高い空襲警報、青い探照灯の光、毎晩のように高射砲が轟《とどろ》き、地面が震え、眠れない。逃げ惑う靴音、悲鳴、SSの怒鳴り声。子どもの死体。私の手を握り返したイーダの手。二度と動かない母の指先。

私が海水浴へ行ったのは、少女団の歓喜力行で出かけた一度きりだ。父も母も、当然イーダもいない。引率の大人はみんなナチの腕章をつけ、口元だけ笑い、目は油断なく動かして、私たちを見張っていた。

「君はきっと、とても苦しい思いをしたのだろうね」

エーリヒの声に私は現実に引き戻され、はっとした。

「……えっ？」

「まだ十七歳だ。でも君の瞳はまるで老人のようだよ」

思わず手で自分のまぶたを触る。確かに鏡を覗くたびうんざりしたけれど、老人だなんて。

「すまない、揶揄のつもりではなかった。ただ僕は――君よりも年長の者として申し訳なさでいっぱいになる。壊れた家の前でこんなことを言っても無意味だけど」

乾いた熱風に乗って砂塵が巻き上げられ、思わず両目を固く閉じる。

「いいんです。私は私で、決着をつけないと」

その時、エンジン音が聞こえた。複数の車輛がやってくる音だ。

ぎょっとして目を開けると、濃い青色をした小型バスのような車輛が門扉に体当たりし、破壊した鉄柵を引きずりながらこちらへ向かってきた。その後に続いて、黒いエムカがやって来る。

私たちは一斉に立ち上がった――一番動揺していたのはトーリャ、ベスパールイ下級軍曹だった。大きな鳥が門柱から飛び立ち、翼を広げて逃げていく。私たちは逃げられない。逃げ場がない。

黒いエムカが止まり、中から青帽子の将校が現れた。その姿を見た瞬間、背筋にぞっと冷たいものが走った。部下を引き連れた彼は、艶《つや》のある長靴でさくさくと草原を踏みしめてやって来て、私たちの前に立つ。

「こんにちは。午後の憩いの時間を邪魔して申し訳ないが、そろそろ潮時だ」

「ドブリギン大尉」

後ろに控える五名のNKVD職員たちは、全員青帽子に緑の上着、青いズボンを穿いて、まるでおもちゃの兵隊のように一糸の乱れもなく並んでいる。大尉はその部下のひとりに大声でなにごとか命じ、邸宅に走らせた。

ドブリギン大尉は私の前を素通りし、起立したまま震えているベスパールイ下級軍曹の襟首を掴むと、腹部を思い切り膝蹴りした。下級軍曹はくぐもったうめき声を漏らし、そのまま四つん這いになって嘔吐した。

「Что ты делаешь? Не доверяй немцам дурачок」

大尉は長靴のつま先についた彼の吐瀉物を、彼の服で拭った。邸宅から先ほどの部下がバケツを手に戻ってきて、下級軍曹の頭から水をぶっかけた。トーリャは四つん這いになったまま、全身ずぶぬれで震えている。

「Виноват, товарищ капитан」

「Подъём! младший сержант. Быстро быстро」

トーリャは足をもつれさせながら立ち上がり、ふらふらと青帽子たちの前へと向かって歩いていく。

「いったい何が起きたって言うんだ」

事情を詳しく説明しなかったせいで混乱しているエーリヒに、ドブリギン大尉はにっこりと微笑みながら向かい合う。

「敷地内で騒いで申し訳ない。しかしあなたに知っておいてもらいたいことがある。この者たちは平和を脅かそうとする人狼です。彼らの言うことを信用してはなりません」

「何だって、おい？」

「言葉を慎みたまえ、ジギスムント・グラス。貴様には反逆罪ですでに逮捕状が出ている。この娘もだ。農赤軍の軍服を奪って変装し、重大会議が開かれる場に忍び込んだ。狙いは同志スターリンの首、また我が祖国に不利益をもたらす行為」

奈落に突き落とされる感覚は、もう何度も経験した。それでもまだ慣れない。ドブリギン大尉は私をやすやすと突き落とし、あっという間に闇に沈めてしまう。

私が平和を脅かす人狼？　言われてはじめて、やっと気づいた。自分がしていること――赤軍兵の格好をして、検問を誤魔化して突破し、三巨頭が集まっている場所のすぐそばにいる。

……まさか、ドブリギン大尉もベスパール下級軍曹も、最初からそれが目的だったのだろうか？

「違います！　大尉、あなたが一番ご存知でしょう、私はあなたに言われて……あなたがエーリヒを疑うからです！　私は人狼じゃない！」

ドブリギン大尉が合図をすると青帽子の部下職員たちが一斉に駆け寄ってきて、私とジギの腕をひねり上げる。骨がおかしな方向に曲がりかけ、あまりの痛みに叫ぶ。

「От этой девушки слишком много шума. Уведи её отсюда и заставь замолчать.

あなたもご同行願おう、ヘア・フォルスト」

「待ってくれ、なぜ僕が？」

「あなたには軍文化部の演奏者であった同志クリストフ・ローレンツ殺害の容疑と、人狼を手引きし、この小娘から歯磨き粉を手に入れた容疑がかかっている」

「は、歯磨き粉だって？　何だそれは？」

しかし私たちは抵抗も出来ず、濃い青色の護送車に押し込められ、金属製の重いドアが鈍い音を立てて閉まり、鍵をかけられた。光はほとんど差さず、薄暗かった。


「説明してくれ、つまり君たちは僕を罠にはめたのか？」

「違う、俺たちがはめられたんだよ！　畜生、ふざけやがって」

ジギは後ろ手に縛られた状態で思い切り壁を蹴飛ばそうとしたが、見張りの青帽子に強烈な平手打ちを食らい、そのまま床に顔をこすりつけた。彼らにドイツ語や英語は通じない。こちらがロシア語で説明できなければもうどうにもならない。

荷台の隅にはトーリャ、ベスパールルイ下級軍曹が膝を抱えて座っている。見張りが向ける懐中電灯の光にも反応しない。凛《りん》として気高かった瞳は、まるで魂が抜けて脱け殻になってしまったかのように虚ろだった。

護送車の窓は塞がれ、外の様子はまったく窺えない。どこへ向かっているのかすら不明だった。急カーブで見張りがバランスを崩し、悪態をついている間に、私はベスパールルイ下級軍曹の方へにじり寄った。吐いたアルコールと胃液がぷんぷんにおうが、護送車そのものが血なまぐさくて、嗅覚がおかしくなりそうだ。

「下級軍曹、教えて下さい。これはすべて仕組まれていたんですか。あなたはまさか」

「……まさかだったらどうします」

「だとしたら、なぜあなたまで捕まったんですか？」

下級軍曹の両手も私たちと同じく細いロープで縛られていた。

「そういうものだからです」

「意味がわかりません、任務中に酔ったからですか？　私たちと親しくしたからですか？」

「……どのように振る舞おうと結末は同じ。私はただの駒だ。それに敗北者にはふたつの道しかない。屈服して同化するか、抹殺されるか」

素っ気なく呟く下級軍曹が、さっき「自分の命より祖国が大事」と言ったのを思い出した。

「これがあなたの祖国のためなんですか？　私とジギとエーリヒに濡れ衣を着せることが、祖国のためになると？　どんな利益なんですか、それは」

「私に聞かないで下さい。そういうものなんです」

やがて車輌は停車し、ロシア語の鋭い合図と共にドアが開き、眩《まばゆ》い日光が目に襲いかかった。犬が猛烈に吠える声が聞こえる。何も見えない、瞬きして目を慣らす間もなく男たちが突入してきて、腕を摑まれ、私が床に顎を打ち付けて視界がちかちかしようがお構いなしに、外へ引きずり出された。

そこは森だった。ポツダムのどこかの森だろう。ふくよかな土のにおいも針葉樹のつんとした香りも、いつものように心を和ませてはくれない。私たちは青帽子と凶暴に吠える犬に追い立てられながら、森の奥、木々と草むらの間に立たされた。穴が四つ掘られていた。それだけでこれから何が起きるのかわかった。

ジギは抵抗して暴れ、後ろでロープを持っていた青帽子に銃把で殴られた。穴の前に突き出される。後頭部に冷たくて固い感触を感じる。銃口だ。膝が震える。

しかしすぐに撃たれず、穴を挟んで向かいにドブリギン大尉が立つ。

「さて君たち。ここに突然連れてこられて驚いていることだろう。貴様は違うな、同志ベスパールイ下級軍曹。ダニールィチ。Возражения есть?」

「……Нет, Никак нет, товарищ капитан!」

ベスパールイ下級軍曹の声は小さかったが、震えてはいない。

私は人狼じゃない。ドブリギン大尉はもちろんわかっている。私たちは餌につられて罠にもぐりこんだウサギだ。そしてベスパールイ下級軍曹は、どうしてそうできたのか私には理解できないけれど、自分が粛清されるのを覚悟の上で罠の一部になったのだ。

ドブリギン大尉はロシア語で何か滔々《とうとう》と語りながら、ゆっくりと歩き回る。後ろにいる青帽子たちに語りかけているのだろう。

ふと視線を動かすと、四つ掘られた穴の横に、草の生えていないこんもりとした土の山があった。その下から、誰かの指先が見えた気がした。胃のあたりがぐっとせり上がり、私はたまらずに吐く。ダニーにもらったブロートと酸っぱい胃液が私の足にかかる。

「解放してくれ、大尉。俺たちが人狼じゃないとあんたは知ってるだろう？」

ジギが呻くとドブリギン大尉は胸を張って宣言した。まるで立派なことを話しているかのように装っている。

「人狼か、人狼じゃないか？　真実は問題にならない、重要なのは〝どう見えるか〟だ。貴様も映画関係者なら理解できるだろう、ファイビッシュ・カフカ」

「一緒にするな。それに答えになってないぞ、なぜ俺たちを人狼に仕立て上げる？」

大尉はすっと目を細め、問いかけたジギではなく、ベスパールイ下級軍曹を見た。

「祖国のため、大祖国戦争に勝つため——私はいつもそう言ってきた。隠された真実を話すのはかえって薄情というものだ」

「どういう意味だよ」

「ジギスムント・グラス、貴様は同志ではない。今さら思想教化も無意味だろう。疑問を抱えたまま己が祖国の土に還るがいい。他のふたりも同じだ。私はずっと監視していたが、貴様らは全員不合格だよ」

すぐそばで尿がしたたり落ちる音がし、むっとするにおいがたちこめた。エーリヒが堪えきれずに漏らしたらしい。私はせめてもの思いで叫んだ。

「待って、お願いだから待って下さい。エーリヒを解放して、彼は何も関係ないのです。私は彼に歯磨き粉を売っていない。それどころか、私は誰にも売っていません」

「フロイライン、それは」

エーリヒは失禁するほど怖がりながら、それでも私を止めてくれる。もうそれだけで十分だ。

「私はあのことを今までずっと、〝戦争だったから〟と自分に言い聞かせてきた。でもわかったんです」

ドブリギン大尉は興味深そうな目つきで私を見ている。

さっきまで、今日の空がこんなに美しくなければよかったと思っていた。私の心と同じく、雨が降り出しそうな重苦しい曇天であればばと。だけどそうじゃない。これで正しかった。晴れていてよかった。

「ベスパールイ下級軍曹……トーリャ。どうか他の人たちにも通訳して伝えて下さい。大事な話をします。

私はクリストフ・ローレンツを殺しました。毒入りの歯磨き粉を彼に渡したのは、外ならぬ私自身です。誰にも売っていません。人狼なんていないんです。こんな格好をしてまで、エーリヒにどうしても会って伝えたかったのは、彼をおびえさせた人はもうこの世にいないと、安心してほしかったから。そして、告白すべきだったから。

私が直接歯磨き粉に毒を入れて、クリストフ本人に持たせたんです。なぜなら」

幕間Ⅳ

マリアが自ら命を絶った後、異変に気づいた秘密警察《ゲシュタポ》が階段を駆け上がってくる前に、アウグステを助け出したのはホルンだった。彼は緊急時用に渡していた鍵で部屋に入って来て、台所の窓辺に佇《たたず》んでいるアウグステの腕を引き、「おいで、早く」と急《せ》かした。

アウグステの手には、マリアが死に際に「父さんと母さんからの贈りもの」と言い遺した、小さな白い包みが握られている。

階段の下から駆け上がる足音が迫る。ホルンは隣家のドアを開けてアウグステを中に押し込め、自分も体を滑り込ませた。ドアに耳を押し当て、のぞき穴から様子を窺う。階段からふたりの秘密警察と管理人ブーツが現れ、先に秘密警察がニッケル家に上がり込み、大声で管理人を呼ぶ。恫喝《どうかつ》されたブーツの後ろ姿は震え、大慌てでニッケル家に入る。その一瞬の隙をついて、ホルンはアウグステを外へ出した。

「靴を脱いで、さあ早く」

「でも母さんが」

「マリアの遺体は僕が請け負う。安心して、とにかく逃げなさい」

母を目の前で失い、魂が抜けた状態のアウグステは、まるで自分が機械になったような気分で大人しく靴を脱ぎ、ホルンの後に続いて階段を駆け下りる。そこに、別棟に住む、集合住宅《ジードルング》で一番の洒落者の女性が待っていた。立ち襟とくるみボタンが特徴的な黄緑色の上下を着て、栗色の巻き毛に濃い緑色の帽子をかぶっている。

アウグステは女性が自分を通報しに来たのかと思ったが、そうではなく、実際はホルンからアウグステを引き取る役割を引き受けていた。彼女はアウグステのお下げを手早く上げ、つば広の帽子の中に押し込んで隠すと、持っていたピンク色のショールを肩に巻かせ、手を引いて歩き出した。長い脚で黄緑色のスカートをさばき、踵《かかと》を鳴らしながら大股で歩道を進む。

「あの、ホルンさんは？」

「彼はあんたの一家と親しかったんだから、これ以上は逃亡幇助《ほうじょ》で問い詰められちまう。とりあえずあたしに任せな……なんだ、あんたまだ靴を履いてなかったのかよ？」

ふたりがラザルス教会を通ってSバーンのシュテッティナー駅に飛び込んだ時、ちょうど列車がホームに滑り込んできた。女性は乗車ドアの重いハンドルを下げ、ハイヒールの足を踏ん張って力いっぱいスライドさせる。板張り床の車内に乗り込むとふたり掛けの木のベンチにアウグステを座らせ、自分も隣に腰掛けた。

「やれやれ、あたしもしばらくは外にいた方がいいらしいね」

「……あの、ありがとうございました」

女性のそばに座ると、華やかないい香りがした。香水を嗅ぐのは久しぶりだ。物不足の時代にもかかわらず、唇には真紅の口紅を塗っている。

アウグステはこの洒落者とほとんど口をきいたことがなかった。棟が違ったし、食糧や日用品よりも服飾品を大切にする彼女は、まわりから浮いていたからだ――〝まわり〟にはニッケル一家も含まれる。デートレフもマリアも、この女性とどう付き合えばいいか最後までわからなかった。

アウグステはもっと早くこの人と話していればよかったと後悔しながら、「どうして助けてくれたんですか?」と訊ねた。すると彼女は鼻で笑った。

「モーリンゲンに行きたいなら置いていくよ」

モーリンゲンは悪名高き施設で、多くの青少年がその名に震え上がった。素行の悪い青少年や、家族が反動的活動に加わった子どもを収容し、再教育で矯正する施設だ。

列車には他に、帽子を目深にかぶって眠る国防軍の将校や、小さな子どもを膝に抱いて不安げに窓の外を眺める女性、ナチ党の腕章をつけた婦人に、黒いスカーフと青いスカートのドイツ女子同盟《BDM》の制服姿の少女などが乗っていた。一見すればごく普通の昼下がりの風景だった。表面だけなら、この中にやましい事情を抱えた人物がいるかなんて、判断できないだろう。

フリードリヒ通り駅に着く直前で、前の車輌にハウンド犬を連れた鉄道警察の黒い制服が、検札に回っているのが見えた。女性は舌打ちし列車が停車するやいなや素早くアウグステと共に降りた。

「いいかい、家に戻ってはだめだからね。もしあたしかホルンに連絡をしたい時は、ファルス・

ホールかフォルクスビューーネ裏の楓蚕蛾《ふうさんが》書店に伝言するんだ」

「ファルス・ホール？」

「知らないの？　ああ、まあそうだな、石頭のニッケル一家の子じゃ知らなくて当然か。禁制音楽のダンスホールだよ」

「あなたの名前は？」

「内緒。万が一あんたが尋問に遭うことになったら嫌だもん。ほら、行きな」

女性は餞別にと言って、十ライヒスマルク札二枚と、肉の青い配給券のかけらをアウグステの手のひらに無造作に載せると、最後まで名乗らないまま去った。

フリードリヒ通り駅周辺は人でごった返していた。体に新聞紙面を貼りつけた新聞売りの少年の呼び声が響く。

「そこ行く殿方ご婦人方！　スモレンスクはカチンの森でポーランド軍将校の死体が大量に見つかったよ！　うちの新聞には国際調査団の報告掲載！　鬼畜ボリシェヴィキはいまだ認めず！　悪魔の所業を知りたいそこの方！　一部十ペニヒだよ！」

往来は、二年前と比べて明らかに男性が減り、女性が多い。アウグステは何度となく、赤みのある金髪の巻き毛の女性や、柔らかな声の持ち主に反応しては、その姿を視線で追い、母ではないことを確かめた。

今し方、目の前で母を喪った。ドアの隙間から見えた母の白い腕、横顔――大きく息を吐いて止まり、二度と吸い込まなくなった瞬間まで、一度たりとも目を逸《そ》らさずに見届けた。

それなのに実感が湧かない。あれは母の分身か何かで、この駅にも、あの通りにも、その店にも、母がいる気がした。

アウグステはシュプレー川にかかる石橋のたもとに座り、秩序警察の緑の制服が往来を歩いて来るのを目撃するまで、少しだけ休んだ。ほどけた靴紐を結ぶとぶつんと切れ、切れ端を川に放って捨てる。

歩道のあちこちに設置されている緑の止水栓のポンプを上下させ、顔を洗い、水を飲む。腹はまったく空いていなかった。その上、過度に緊張したせいか心臓がおかしな具合に脈打ち、アウグステは息がつまって何度も咳き込む。

「大丈夫かい」

通りすがりに、ユーゲント・パトロールの腕章をつけた少年がアウグステに声をかけたが、咳が一層激しくなったために、伝染病を恐れて行ってしまった。

いつの間にか太陽が西に傾き、色の淡くなった空が黄金をまぶしたように輝く。アウグステは胸を押さえながらゆっくり歩き、女性が渡してくれたライヒスマルク札で地下鉄の切符を買うと、Uバーンに乗って東地区へ向かった。思いつく安全な行き先は、フォルクスビューネ裏の楓蚕蛾書店しかなかった。

幸い、書店は営業していた。アウグステは何度かここに足を運んだことがあったが、カウンターの中にいる店員は見覚えのない若者で、しばらく様子を見ることにした。本を探す読書家のふりをしながら、〝週末にアイントプフを食べよう!〟のポスター前を通り過ぎ、適当な本を取った。皮肉にも手にしたのは、出版されたばかりの『欧州はドイツで働いている』で、表紙は〝P〟や〝OST〟の布バッジをつけた労働者が、清潔な工場で作業する風景を写した写真だった。労働者の顔に楽しそうな笑みが浮かぶ。いつも工場にいるような本当の強制労働者の姿はない。

店員の若者は客に「ハイル・ヒトラー」と挨拶している。本当にこの店で間違いなかっただろうか？　父と懇意だった初老の店主はどこへ行ってしまったのだろうか？　ひょっとして連行されて殺されたのだろうか？

脂汗がにじみ出るのを感じながら、アウグステが二時間ほどやりすごしたその時、レジスターの方から「グーテンターク」という挨拶が聞こえた。

急いで書架の隙間から様子を窺うと、丸眼鏡をかけた初老の店主がいた。彼はすべての客に「グーテンターク」、「あなたの良い一日を」と挨拶していた。若い店員が白い目を注いでも、一向に気にしていなかった。

アウグステは本の在庫を尋ねるふりをして、自分の身分証をこっそりと手渡し、祈るような思いで反応を待った。老店主はアウグステの来訪を予期していたのか、驚くそぶりも見せず、「それでしたら、書庫をお探しします。A三八の棚でお待ち下さい」としわがれた声で言い、店の奥に姿を消した。

指示されたとおりA三八の棚の前で待ち、三十分ほど経った頃、茶色の帽子をかぶった小柄な女性が近づいてきた。そばかすがある逆三角形の顔はどことなくリスを思わせる。

「あら、ガスティ！　久しぶりね、元気だった？」

年上の見知らぬ女性に親しげに話しかけられ、戸惑っていると、腕を掴《つか》まれ耳元で「友達のふりをして」と囁《ささや》かれた。その時、彼女はイーダを保護したグレーテだと思い出した。

デートレフはイーダを預けた際に、妻と娘が逃げてきたらよろしく頼みたいと、老いた書店主に依頼していた。アウグステはグレーテの車に乗せられ、すでに手配が済んでいた隠れ家へ、即座に案内された――車は官僚や上級党員しか乗れないガソリン車だった。

アウグステはてっきり、隠れ家とは噂に聞くような四阿《あずまや》や、屋根裏、音を立てないように暮さなければならない部屋を思い描いていた。しかし獣苑《ティーアガルテン》を一直線に通りすぎ、集合住宅《ジードルング》が建ち並ぶ界隈からへーア通りを、オリンピックスタジアムや森林地帯へ向かった先、ヴェステント地区に到着すると、アウグステは驚きに目を瞠《みは》った。

ツェーレンドルフやヴァンゼーで高級将校や高官が暮らすような邸宅が目の前にある。緑の庭には小さな噴水、充分にゆとりのある二階建てで、壁に細工が施された中央部から線対称に棟が広がっている。

「ようこそ、いらっしゃい。事情は聞きましたよ、大変でしたね」

出迎えたのは家主のフレデリカ・ローレンツ本人だった。年齢は五十歳前後、宝飾類こそ身につけていないが、薄紫色のつややかに光るドレスを着て、白髪交じりの髪も優雅に整えている。

玄関ホールは吹き抜けで、中心から対称に二階へ向かうふたつの階段が、ゆるやかに弧を描く。左手には柱時計の金の振り子が重たげに揺れ、その先の開け放ったドアの向こうには客間があり、黒いグランドピアノがちらりと見えた。しかし一番目立つのは、正面の階段の上に掲げられた、巨大な鉤十字《ハーケンクロイツ》旗だ。

「これはおべっかよ。表の私は精いっぱい良い顔をしているの」

ローレンツ家には頻繁にナチス党の幹部、親衛隊や国防軍の将校などが訊ねてきて、夫クリストフとそのオーケストラ仲間たちによる演奏会が開かれるのだという。フレデリカが精一杯の愛想をふりまき、時々求めに応じて、貴重な絵画や宝飾品などを渡し、どうにか当局に徴用されずに切り抜けている、という。

「でも安心して、あなたが暮らすのはこの裏にある離れだから。そちらにあの人たちは来ないし、万が一ここを明け渡す日が来ても暮らす家はあるわ」

「えっ、あの、まさか私もここに住むんですか？」

「隠れ家はどこもいっぱいなの。でも書店主、古馴染みのユルゲンから直々にお願いされたとあってはね。大丈夫、うまく誤魔化すから。あなたアーリア人なんでしょう？」

アウグステは小さく頷《うなず》いた。

フレデリカは邸宅の中を案内しながら、普通の潜伏者たちの隠れ家暮らしはとてもつらい、と話した。潜伏中に死ぬことは多い。食糧はいつ届くかわからず、ジードルングの一室に潜んだ場合は、隣人への音漏れを恐れて、水道やトイレも容易に使えない。協力者の家に潜む場合は、協力者自身の身に危険が迫るため、裏切りに遭うこともある。

「あなたは未成年だし、その外見ならうまくいくはずよ。ただ労働者というのが難しくて。立ち居振る舞いはそうそう変えられないから、私の親類という設定はやめた方がいいわね。だから申し訳ないけれど、以前世話になった職人の娘さんで、社会勉強をしに来ている、ということでいいかしら」

他に行き場のないアウグステは承知するしか選択肢がなかった。

フレデリカは優しく、何かというとアウグステに気を配り、不足はないかと訊ねてきた。夫のクリストフは寡黙だが、アウグステの姿を見かけると、大きな頭をゆっくり上下させて、挨拶をした。

毎日取り替えられるしみひとつないまっさらなシーツも、高級な白磁の食器も、労働局から雇った使用人のノルウェー人夫婦も、不満はない。肉の配給がない日でも、時々グレーテが〝ベランダ豚〟すなわちウサギの肉を持ってきてくれ、食事は他の世帯よりずっと充実していた。しかし貧しい労働者が住むジードルングで生まれ育ったアウグステの体には、ローレンツ家の暮らしはまったく馴染まなかった。

きっと、この生活を目指して奮戦する人も世の中にはいるだろうとアウグステは思った。だが何を見ても、何に触れても、狭くて粗末ながらも居心地のいい家と、両親を比較してしまう。十五歳になったアウグステは学校へは行かず、十五歳以上は必ず入らなければならないＢＤＭにも入らなかった――身分証の手配は二月末のユダヤ人一斉検挙以来の潜伏者の増加で、偽造がまったく追いつかなかったし、見破られる危険な橋を渡るよりは、潜伏者として一切を放棄した方がよかった。

そもそもアウグステは学校になど行きたくなかったし、BDMに入団せずに済むのは大歓迎だった。しかし偽装として、家から出るときは必ず着るようにとBDMの制服を渡された。ブラウスに腕を通し、スカーフを巻き、茶色い上着と青いスカートを穿くと、吐き気がした。ハーケンクロイツ旗を腕にはめる時は、手近なものをひとしきりベッドに投げつけ、片付けながら悪態をつきまくった。

久々に外を散歩して立ち寄った湖畔のカフェで、ラジオの〝VE―301《ゲッベルスの口》〟が、〝ハンブルク空襲の続報です。昨夜非道なるイギリス王立空軍による爆撃により、帝国が誇る大都市ハンブルクが焼かれました。これに対し――〟としゃべった。

カフェの客たちが悲痛な嘆きや怒りを露わにする中、アウグステはひとり、薄暗い店の隅で代用コーヒーにサッカリンの粉を落とし、ひたすらかき混ぜ続けた。心が干上がった湖のように乾き、どんな慰めも、ひび割れた地面に数滴垂らされた水程度に過ぎなかった。美しい夏の空も、緑豊かなハイキング道も、温かい肉料理も、ただの情報として頭が認識するだけで、何も感じない。

部屋の窓を開け、桟から半身を乗り出し、このまま手を離したい衝動に駆られるという行為を毎日繰り返したある日、アウグステはようやくイーダと再会した。

八月、隠れ家に食糧を届けている地下活動家が、秘密警察の尾行をまく最中に、路面電車に撥《は》ねられて死亡した。不幸中の幸いに、隠れ家の痕跡は何も身につけていなかったため、場所は暴かれなかったものの、協力者の人数を増やさなければならなくなった。グレーテがフレデリカに報告する間、ドアの裏から聞き耳を立てていたアウグステは、青白い顔でふたりの前に姿を見せ「私にやらせてください」と申し出た。何でもいいから動いていないと気が変になってしまいそうだった。

グレーテから渡された配給切符で品物を買い、その足で、記憶した地図を頼りにあちこちの隠れ家を回り、食糧と水を届ける。ジーメンスシュタットにある集合住宅の空き部屋とされている一室、湖のそばの船小屋、うらぶれた墓地の廟——潜伏者はひとりきりの場合も、狭い室内に五人が暮らしている場合もあったが、一様に疲れ切っていて、病気をしている者もいた。イーダも例外ではなかった。

イーダはいくつもある湖のひとつに立てられた、貸しボート屋の地下室にいるという。日光浴をしに来た人々が多い場所で、隠れ家には不向きに思えたが、出発前にグレーテが「〝灯台もと暗し〟というでしょう」と説明した。「だから、決して感情を表に出したり、取り乱したりせず、落ち着いて行動すること。何があっても走ってはだめ。でないと気づかれて、密告されるから。密告者はこの場にいる全員と思いなさい」。

行楽地で知られるその湖畔では若い男女がくっつき合い、丸太の上で青年がギターを弾き、子どもたちが走り回っていた。アウグステは高鳴る鼓動を抑え三十分ほどかけて散歩してから、ふと思いついた体《てい》を装いつつ貸しボート屋へ向かった。

アウグステは指示されたとおり主人に手数料を渡し、便所のありかを示す案内板の矢印に沿って奥へ進む。そして便所の手前で左に折れ、小さな物置に潜り込むと、壁の手前から三枚目の木板をずらし、鍵を取った。掃除用具をかき分け、その鍵を壁の穴に差し込む。バネが跳ねる軽い音がし、扉が開いた。

地下へ続く梯子を降りると、腐った藻や下水のにおいが鼻を刺激した。地下は狭い小部屋で、便所や水回りの汚水を流す錆びた太い管が、コンクリートの床を這って貫き、更に下層へと続いている。アウグステは下水管をまたぎ、狭い通路を三メートルほど歩いた先、突き当たりの壁にかかったハーケンクロイツ旗をめくった。その裏に隠し扉があった。

「イーダ！」

ほんの十センチばかりの窓から差し込む、わずかな太陽光に照らされた部屋に、子どもが三人いた。七、八歳の少年と五歳くらいの少女、そして壁に背をつけてぼんやりしているのが、イーダだった。アウグステが名前を呼ぶと、イーダは勢いよく立ち上がり、何もない空中に向かって両手を突き出し、ぼろぼろと泣きはじめた。

「ごめん、遅くなってごめんね、心細かったよね……」

アウグステはイーダを抱いて腕を回し、ぎょっとした。以前も痩せていたが、今は骨があたって痛いくらいだ。夏で汗ばむ暑さにもかかわらず震えている上、顔や手足が汚れて、血色もひどく悪い。他のふたりの子どもも似た状態だった。他の隠れ家に潜んでいるUボートたちもひどい有様だったが、ここまでではない。イーダの鼻の下には鼻血の痕がこびりついており、アウグステは袖口でイーダの顔をこすった。子どもたちは全員顔色が黒ずんでいた。しかし妙に指先が白く、そこだけは日に焼けた皮がむけたかのようになっている。

「……可哀想に」

イーダと一緒に匿《かくま》われた他のふたりは親が移住させられたユダヤ人の子どもで、いくらか口をきけ、春にここへ潜伏するようになってから、ずっと具合が悪いと言った。「おうちに帰りたい」「のどが渇いた」とべそをかく。

アウグステはイーダと子どもたちを置いて帰る時、ひどく胸を痛めた。フレデリカにイーダを連れて帰れないかと訊ねたが、「それが出来ていたら隠れ家になんて潜ませないし、他の場所にいる子どもたちはどうするの」と返され、答えに窮した。

夏から秋にかけて、街を巡回する制服の数は倍に増え、人混みには私服の捜査官が紛れ、当局は潜伏者を一度に十数名逮捕し、警戒を強めた。総統に忠実な住民や、巻き添えの恐怖に飲まれた住民は、メモを片手に隣人を監視の上密告した。その結果、囚人護送車、通称〝緑のミンナ〟が何台も街を走り、プリンツ・アルブレヒト通りの秘密警察本部には、連日大勢の〝反社会分子〟が連行された。フレデリカの下で働く地下活動家も例外ではなく、信頼できる人間はもはやグレーテを含めた三名だけになった。

街の緊張が高まるのは、戦況がますます不利になり、もはや泥沼にはまったという証左でもあった。帝国内では七月にハンブルクがイギリス空軍による空襲で焼け、火災嵐と呼ばれる猛烈な火柱と爆風により、大量の死者が出た。八月の終わりにはベルリンにも再び爆弾が落ちた。

「総統は何をやってる？」

臆面もなく苛々《いらいら》と悪態をつくベルリン市民が現れはじめた。

占領国各地に潜むレジスタンスやパルチザンの活動も活発化した。輸送用線路が立て続けに爆破されたために、ドイツ内に入ってくる物資が減って、毎日買い物が出来る人間など、ナチス高官の家族でさえもそうそうはいなくなった。それは潜伏者を匿う反ナチも同様だった。

潜伏者への食糧は、配給所で手に入れずにローレンツ邸の貯蔵庫から捻出するようになったが、見る間に棚の空いた場所が目立つようになった。フレデリカはドレスや靴、残しておいた宝石、絹のストッキングなどあらゆるものを売ったが、それでも潜伏者の食糧をまかなえるほどの量は買えなかった。

「やむを得ない、食糧を運ぶ頻度を減らしましょう」

二週間に一度、あるいは三週間に一度、アウグステは顔も知らない協力者の女性と交替で運んだ。イーダはますます力を失い、顔や手足に奇妙な斑点が出はじめた。脈拍も弱くなり、手の皮膚がやけに固く、爪に白い線が浮き出している。

アウグステはフレデリカに、医者を三人の子どもたちのところへ寄越してほしいと懇願した。しかし地下活動に携わっていた医師は一年前に捕まり、強制収容所へ送られてしまい、新しい医師を捜すのは不可能に近いと断られてしまった。

ダイニングテーブルにつき、フレデリカは陶器のカップで本物のコーヒーを飲む。アウグステはその色白で華奢《きやしや》な手を叩いて、忌々しいKPM（ベルリン王立磁器製陶所）のカップを割ってしまいたい、この上品な貴婦人の耳に「ちゃんと話を聞きなさいよ」と怒鳴りたい衝動に駆られ、堪えるために拳を固く握りしめた。

「ねえ、アウグステ。イーダは大丈夫よ」

「なぜそう言えるんです？」

「前からクリストフに見て回ってもらってるの。彼、少し医学の知識があるから。前の大戦では衛生部隊にいたのよ。医師の代わりにみんなの健康を確認してる。イーダには来た時からビタミン剤をあげてるのよ」

フレデリカは落ち着いてカップをソーサーに置き、気性の荒い患者を相手にする看護師のような、淡々とした口調で言った。

「彼は、子どもたちもじきによくなるだろうと言ってたわ。確かに栄養失調は起こしているけれど、ビタミン剤と薬を増やせばよくなるって。だから安心なさい」

「そうですか……」

アウグステは不承不承ながらも納得した。クリストフとはほとんど会話らしい会話をしたことがないが、賢い人なのだろうというのは、何となく感じていた。時々ノルウェー人メイドのカミッラが帳簿の計算に困っていると、紙も鉛筆もなく暗算ですらすらと数字を答えたり、はじめて見る譜面でもあっという間に暗譜してしまうからだ。

クリストフは無口で、あまり家にいない。毎朝起きると本邸の音楽室でチェロを演奏し、ひととおり終わると外へ散歩に出かけ、日が暮れるまで帰らない。月に一度か二度、中心部《ミッテ》の音楽堂か、歌劇場のオーケストラにチェロ奏者として参加する。晩は食卓を共にするが、ナイフとフォークを動かす音くらいしかろくに発さず、会話はなかった。

「あの人、無口だけど結構優しいのよ」

記憶の中の景色を懐かしむような目つきで、フレデリカは言った。

「今じゃ感情を表に出すのは苦手になってしまったけれど、昔はよく笑うし、ドイツ人の割りに冗談も得意な人だった」

そんな姿はまるで想像できずアウグステが眉間《みけん》にしわを寄せると、フレデリカはころころと楽しそうに笑った。

「無理もないわ。遠い昔の話だもの。彼が前の大戦で従軍したのは三十代の頃よ。兵隊の中ではかなり年長だし、大学出だったから、軍医としての教育と訓練を受けて衛生部隊に入ったのよ。たくさんの戦場を生き延びたのは幸運だったけれど、ソンムへも行くことになってしまって」

ソンムはアウグステも知っている。先の大戦でも最も悲惨な激戦だ。塹壕戦《ざんごうせん》がはじまった初日だけで二万の兵が死亡するほどの猛烈な殺し合いが、その後四ヶ月続き、両陣営に百万人以上の犠牲者を出した。クリストフはその渦中で負傷兵を治療し、喪い、それから人付き合いが極端に下手になったのだとフレデリカは説明した。

「でもね、だからこそあの人は人の痛みがわかるの。子ども好きだし、公園で遊んでいる子がいたら、愛おしそうに微笑んで目を細めるくらいよ。だから安心して。もしイーダに何かあったら、クリストフが見逃すはずはないんだから」

しかし、クリストフとフレデリカの見解に反して、イーダはますます弱っていく。他のふたりの子どもも同じように体力がなくなり、起き上がることすらままならなくなった。クリストフがあげているという薬がないか捜したが、深緑色のガラスの薬瓶はもう空だった。アウグステは冷たい床に跪《ひざまず》いて、粗末な藁《わら》の上に横たわる三人の子どもを看病した。湖で汲んだ水にハンカチを浸して固く絞り、じゅわりと音がしそうなほど熱い額に当てがう。イーダは乾いてひび割れた唇をかすかに開き、小さな声で歌を歌う。はじめて一緒に眠った晩、イーダが歌った歌だった。

やがて子どもたちは腹を下し、尿を出すと痛がるようになった。便所がわりの泥炭置き場はすでに便でいっぱいで、悪臭がひどく、こんなところにいたら余計に悪化すると、アウグステは必死で三人の子どもを地上へ出そうとした。しかし子どもたちは立ち上がれず、膝がぐにゃりと曲がってしまう上に、貸しボート小屋のある湖畔は、日光浴の客よりもユーゲント・パトロールや秩序警察の巡回が増えていた。アウグステは二重にしたハンカチで口と鼻を覆い、目を刺激するアンモニアと吐き気に涙を流しながら便所を掃除したが、半月後に訊ねた時にはもう元に戻っていた。

十一月。アウグステはせめて栄養をつけさせようと、残っていた十五ライヒスマルクを精肉店の主人に握らせ、貴重な缶詰スープを手に入れた。

これだったら子どもたちも食べてくれるに違いない。アウグステは浮かれた気分で地下に降りた。すでに子どもたちは便も尿も出ず、便所の泥炭はきれいなままだが、これならきっと食べてくれるに違いない。さっそく缶詰の牛コンソメを開け、台所から持ち出したスプーンですくって口元へ運んだ。

きっと子どもたちは「おいしい」と微笑んでくれる。アウグステは自分が選んだこの高い缶詰で、子どもたちが喜ぶだろうと想像した。

しかし看病は夢想通りにはいかない。花のつぼみのようだった子どもの小さな唇は、今やひび割れ、色もなくなっている。アウグステはブリキのスプーンの先をその乾いた唇に押し当て、こじ開けさせて、中へ流しこもうとした。しかし子どもたちは両目をつむったまま頑として受け付けず、ひと口たりとも飲んではくれず、スープは顎を伝い落ちて服を濡らすだけだった。

イーダが右手をふらつかせながらスプーンを払いのけたその瞬間、心の何かが決壊して徒労感が雪崩のようにどっと押し寄せ、窒息しそうだった。

きっとこの行為は甲斐がある――それはアウグステの思い込みだった。苛立ちと怒りに飲まれ、恩を仇で返された気になってしまい、アウグステは乱暴に缶詰の中身を泥炭に捨てると、憤然と梯子を登り、空き缶を蹴飛ばして湖に捨てた。

帰り道、やっと冷静さを取り戻しはじめたアウグステは、次こそもっとあの子たちが喜ぶものを、と考え、自分自身の体を抱くように腕を組み、洟《はな》を啜《すす》った。

しかし次はなかった。イーダと他の子どもたちは、この三日後、誰も見ていない時に相次いで死に、それから更に一週間が経ってから、次の当番だったグレーテが遺体を発見した。グレーテはそのまま立ち去り、子どもたちの埋葬はされなかった。

フレデリカから報せを受けた時、台所で食器を洗っていたアウグステの手から、フレデリカの白磁のカップが滑り、タイルの床に落下して割れた。アウグステは破片を片付けようともせず、エプロンをつけたままふらふらと歩き、家から通りへ出ようとした。

「何をしているの？　貸しボート小屋へ行ってはだめよ！」

「だったら……遺体は？　せめて土に埋めてあげなければ」

するとフレデリカは首を振り、厳しい口調で諌めた。

「いけない。そのまま放っておきなさい。行ってどうするの？　どこに埋めるの？　埋めているところをもし誰かに見つかったら？　それとも何か証拠を残した？」

アウグステが項垂《うなだ》れて首を振ると、フレデリカはほっと肩の力を抜いて口調を和らげた。

「つらいのはわかる。だけど危険を冒してはなりませんよ。もしあなたが捕まって、尋問されたらどうします？　あの人たちはきっとあなたの口からすべてを引きずり出してしまう。自分は絶対にそんなことをしないと思っているのなら、大間違いですからね」

こうして、アウグステの身内はすべてこの世から消えた。

なぜ……なぜ最後の日に、苛立ちをぶつけてしまったんだろう。最後だとわかっていたら、スープを飲まないくらいで失望したりはしなかった。なぜもっとそばにいてあげなかったのだろう？　そもそも、あの子を引き取ろうだなんて。収容所《ラーゲル》の責任者はあの子を殺したかもしれないが、生かす可能性だってあったのに。

そう思い至った瞬間、アウグステの足下にあった大地が、がらがらと音を立てて崩れ落ちていくのを感じた。

そうだ。私が両親を殺したも同然だ。もし――もし私がイーダを匿おうと言い出さなかったら、父は地下活動に戻らず、密告もされなかったに違いない。母は青酸カリのアンプルを嚙み砕いて自害せず、今もあのジードルングで微笑んでいたかもしれない。

しかし、アウグステはイーダを家族と同じように愛していた。ひとりっ子で、学校どころか国にもなじめず、親しかった幼なじみを失ったアウグステの前に現れた、妹だった。もしまた同じ状況が繰り返されても、次も一度繋いだ手を離すことはできないだろう。

イーダを助けたかった。まだほんの十歳程度の女の子ひとりくらい、簡単に助けられる気がした。両親が命を落とした後も、イーダさえ生き延びさせることができたら、父も母も天国で笑ってくれるに違いないと、信じていた。

イーダは保護すべき存在であり、トーテムだった。デートレフとマリア、そしてアウグステ、一家全員の良心を象徴するトーテムだった。

それを永遠に失ってしまった。

三人の子どもたちの遺体が当局によって発見されたのは、それから二日後のことだった。それからしばらくの間、フレデリカをはじめ、協力していた地下活動家たちは息を潜めて様子を窺ったが、このことはUボートの潜伏と結びつけられなかった。子どもたちはアーリア人の身分証こそ持っていなかったが、ひどく痩せた体と皮膚の斑点は、どこの民族かを分析させるのを困難にさせたからである。三人は空襲の被災児とされ、貸しボート小屋の主人が逃亡し、行方をくらましたために、この男による誘拐殺人事件と見做《みな》された。

フレデリカたちは捜査の手は伸びてこないと安堵したが、アウグステの凍りついた心にはまるで響かない。むしろ心が慰められたのは、それから数日後の十一月半ば、再び街を襲いはじめた空襲だった。

十八日の夜。八月末から静まっていたベルリンの空襲警報が、高らかに響いた。開戦当初は四百機足らずだった連合軍の爆撃機は、七月にハンブルクを焼いた時点で千機を超え、ベルリンに再び戻ってきた頃には、千六百機に達していた。

ネオンが輝く劇場で、代用コーヒーと代用ケーキで誕生日を祝うカフェで、子どもに布団をかけ、椅子に腰かけひと息ついた自宅で、人々は近づいてくる不穏な音を聞いた。ドイツ空軍による訓練飛行でありますようにと祈った人もいただろう。しかし鼓膜を震わせる不快な低音が次第に重奏へ、壁を揺らすほどの轟音《ごうおん》となり、空襲警報が叫ばなくても、どれほどの大軍が空を覆おうとしているのかわかった。

探照灯の青い光が暗い雲間をまさぐりはじめた直後、空から赤と緑の光が落ちてきた。モスキート機のマーカー弾だ。クリスマス・ツリーを彷彿《ほうふつ》とさせる赤と緑の光がゆっくりと空を降下した直後、爆弾が列となって街に降り注いだ。高射砲塔がいくら火を噴いて砲弾を放ち、弾幕を張ろうとも、上空を覆い尽くす無数の爆撃機には敵わない。

邸宅の離れ、三階の屋根裏で眠っていたアウグステは飛び起き、ふらふらと窓に近づいて、震える手で開けた。熱い。熱風から顔を手で守りながら細めた目で外を見た。遠くの空が燃えている。まるで街に溶かした鉄を大量に流したかのようだ。爆撃は徐々に近づき、煌々と猛る炎と立ち上る黒煙、建物は次々に破壊されて、その身を粉々に飛び散らせる。灰はアウグステの元まで飛んできて、頬や額にくっつき、目を開けているのも困難になった。空襲警報のサイレンは止まらず、人々の悲鳴と消防車のサイレンが轟《とどろ》く。敵への憐れみなど微塵も存在しない。爆弾は市民を殺すために絶え間なく降り続けた。

ああ、これは鉄槌《てっつい》だ。紛れもない、怒りの鉄槌だ——アウグステは足の裏から全身に、興奮が走るのを感じぞくぞくした。

敵よ、この街を燃やせ。私から父と母、そして妹を奪ったこの国を燃やし、そしてみんなを死に追いやった私自身を、その火で焼き尽くしてほしい。人間の形をしたこの罪深い害虫を薙《な》ぎ払い、鉄槌を下せ。

油のにおいがする熱風が吹く。激しい憤怒と破壊の愉悦に浸るアウグステの長い髪を、寝間着のスカートの裾を、風が煽《あお》った。

アウグステはクロゼットの扉を開け、スカートのポケットに仕舞ったままの、親指ほどの小さな包みを出した。マリアが死に際に贈り物だと言ったものだ。白い紙をそっとめくると、ガラスのアンプルが現れた。中にマリアの命を奪った青酸カリが入っている。デートレフが用意した毒薬だ。これを飲み下せば、爆弾がここを襲う前にすべてを終わりにできる。

しかし、勇気が出ない。いざ死ぬと考えると、恐怖で手が震える。死後はそれぞれの神の御許へ行くと信じる人がいるのはわかるが、アウグステにはそれが真実とは思えず、死んだ先には何もない、と考えていた。しかし〝何もない〟とはどういうことなのだろう?

それにアウグステにはまだ生きる目標があった。イーダの死はどうしても納得がいかなかったし、両親を死に追いやった喪服の女に会わなければという強い望みがあった。

今日を生き延びたら出て行こう、この邸宅を。保護されなくてもいい。アウグステはアンプルを丁寧に紙で包み直し、ようやく地下壕へ逃げた。

フレデリカとクリストフ、それにノルウェー人の使用人夫妻はすでに地下壕にいた。アウグステは彼らから距離を置いて地下壕の隅に座り、爆弾の衝撃でぱらぱらと落ちてくるコンクリートの粉塵を睨《にら》みつけながら、嵐が過ぎ去るのを待った。

この日、ベルリンを襲った火の嵐は四十五分間続いた。夜明け、アウグステはまだ朝日が昇ることに驚きを感じながら、ＢＤＭの制服を着て、小さなスーツケースに衣類やブラシ、フレデリカが調達した布タンポンなどの日用品を詰め、何も言わずに家を出た。

たった四十五分間の空襲にもかかわらず、ベルリンの街は無残に崩壊していた。建物を飲み込んだ火は、ねっとりとした油を含む爆弾の炎で、燃えさかったまま消えない。ひっきりなしに防空部隊や消防団のポンプ車が道を通ろうとするが、道路は瓦礫《がれき》や鉄骨で埋まり、あちこちで立ち往生している。通りには制服を煤《すす》だらけにした少年団員が立って誘導し、火災の激しい場所へ行かないよう通行人に案内をしている。人々は睡眠不足と疲労で、瓦礫の上だろうが人の家の前だろうが、ところかまわず座り込んでぼんやりした。

残りわずかな金と配給切符を上着の裏にピンで留めたアウグステはその足で社会福祉事務所へ向かい、長蛇の列の後ろについて並んだ。一時間が経ったところで振り返ると、後ろには通りの先まで長い列が続いていた。

福祉事務所は大量の市民でごった返し、受付の女性たちは慣れない作業で手一杯だった。アウグステが年齢を十八歳とさばを読み、被害のひどかった地区に住んでいたと嘘の申請をしても、ちらりと顔とBDMの制服を見ただけで、あっさり空襲被災証明書を発行した。

「怪我や具合が悪いなどはありませんか？　今晩泊まる場所はありますか？　あちらで婦人団体がパンを配っていますのでどうぞ。ハイル・ヒトラー」

空襲被災証明書は、それだけで身分証になる。アウグステはそのまま北へ向かい、ジーメンスの工場へ入って、働き口と住まいを手配された。被災者証明書はさまざまな点で融通が利くだけでなく、大いに同情された。ナチスの党員章をつけた、総統と同じく黒髪をぴっちり七三分けにした事務員は、ドイツの若者らしい勤労意欲を褒め称《たた》えた上で、一週間後からの雇用証明書に判を捺《お》した。ナチ党員に褒められたのはこれがはじめてだった。

戦況が変化している。開戦直後の、あまり深刻ではなかった空襲にイギリスの兵力を笑い、国防軍の前線がどこまで進んでいるか地図で確かめて、浮かれていた頃とは、明らかに違った。

五日後の二十三日、日没直後。再びイギリス空軍が戻ってきた。大量の爆撃機、七百五十機を超える大軍が、ベルリンの濃紺の夜空を飛んできた。

爆撃時間は前回の半分、たった二十分間だった。しかしもたらされた被害は倍以上だった。動物園では哀れな動物たちの悲痛な鳴き声が響き渡り、焼け死んだ。線路は溶けてねじ曲がり、横倒しになった列車から黒い煙が上がる。

十二月、三たび戻ってきた大編成の空軍部隊に、シャルロッテンブルクやヴィルマースドルフ、クロイツベルクが焼かれた。それまでの三週間、アウグステは爆弾が直撃してひどい被害を受けた工場の後片付けに追われていたが、たまたまその日に休暇が取れ、シャルロッテンブルクへ買い物に出ていた。すでに空襲の被害を受けている街には、ろくなものがなく、買い物袋には代用バターと混ぜ物の代用小麦粉しか入っていない。

方々歩き回って日が暮れ、どこかでひと休みしようかと、とある中流ホテルの前を通り過ぎた時のことだった。空襲警報が鳴る前に、ふたりの女性がばたばたと出てきて、アウグステにぶつかった。ふたりは謝りもせずに「避難して、避難！」と言って、周辺にいる人たちに手当たり次第に声をかけ、地下壕へ行くように促した。不審がっているとアウグステの肩を摑んで揺さぶり、「爆撃機軍団がハノーファーを超えてくる」と強い口調で訴えてきた。その手に改造ラジオがあるのを見て取った直後、空襲警報が鳴り出した。

アウグステは地下壕に逃げ込む前、赤と緑のマーカー弾〝クリスマス・ツリー〟が、シャルロッテンブルクの上空を落ちていくのを見た。間髪入れずに大型爆弾ブロックバスター弾が、まるで魚が大量の子どもを産むかのごとく、次から次へと落とされた。

最初の報せのおかげで公共地下壕へ入ることができたが、あっという間に通行人やホテルの宿泊客でいっぱいになって、息苦しさを感じるほど空気が薄くなった。壁の燭台《しょくだい》に取り付けられた酸素計測器代わりの蠟燭《ろうそく》が頼りなさげに揺れる。その時ドアが開いて、みな一斉に新参者を睨みつけた。戸口に立っていたのは若い男性で、人々の〝もうひとり分の余裕もない、出て行け〟と言わんばかりの視線にたじろぎ、すぐ引き返した。去り際、ちょうど右の壁際にいたアウグステは彼の目元に特徴的な三つの黒子があるのを見た。

やがて爆撃機の轟音と、動物園の高射砲塔の弾幕に続いて、爆弾が降ってきた。直撃を食らった建物は激しい炎が火柱を吹き上げ、猛烈な爆風が膨れて破裂し、周辺の建物をえぐり、薙ぎ倒した。雷鳴のような轟音に数キロ離れていても振動だけで床が抜けそうだ。焼夷弾は石の建物の内部まで侵入し、油を付着させ、人々の体を焼いた。

密集した集合住宅は延焼し、地下壕に避難した住民は隣の地下壕との防火壁を破って逃げたが、逃げ遅れた人々も多かった。オレンジ色の炎に包まれた建物の熱で、地下壕は超高温の蒸し風呂となり、酸素が欠乏し、たくさんの人が窒息と火傷で死んでいった。

アウグステが隠れた地下壕のある通りも、近くで爆弾が建物に直撃したようで、地下壕は激しく揺れ、人々は悲鳴を上げた。繋がったどこかの地下室から隙間を通じてすさまじい熱風が吹き付けてくる。防火壁が破られ、パニックに陥った人が将棋倒しになり、子どもが悲鳴を上げたかと思うと、恐ろしいほど静かになった。誰かが「ガスだ！」と叫び、出口に殺到する者と、更に隣の防火壁を破ってそちらに移ろうとする人に分かれた。アウグステは出口を選んだ。

冬にもかかわらず汗ばむほど暑かった。一面が焼け野原で、どんどん梁《はり》が落ち、建物がしぼみ崩れていく。目を開けると熱い塵《ちり》が飛び込んできて痛み、とても前が見えない。アウグステは咳き込みながら目の前の大通りを渡った。幸い向かいの通りは直撃を受けず、道幅が広かったため、延焼も免れていた。細い路地の少ないベルリンの長所だった。

買い物袋をいつの間にかなくしたアウグステは袖口で鼻と口を塞ぎながら、他の逃げ延びた人々と共に、夜をしのげる場所を捜した。隣の地下壕に移った人々はどうなったろう――ようやく他人の心配ができた頃、興奮のせいか激しい心的負担のせいか、鼻血が出て、なかなか止まらなかった。やがて見つけた被災者用に開放された音楽ホールに倒れ込むと、泥のように眠った。死に直面し続けるうちにイーダへの哀しみは薄れ、もうあの爆弾に「鉄槌を下せ」とは思えなくなった。

翌朝、あの地下壕一帯は全滅だったと知った。火はシャルロッテンブルクとヴェディングの境まで伸びたという噂を聞いたアウグステは、ローレンツ家の様子を見に、徒歩で向かった。ようやくたどり着いた頃には太陽は高く昇り、アウグステは空中に舞い飛ぶ煤と油で全身が黒ずんでいた。

ローレンツ家の豪奢《ごうしゃ》な邸宅は全焼し、裏の離れも潰れて、膨らみ損ねた失敗作のケーキのようだった。すでに鎮火されていたが、水を滴らせる家にはもう二度と住めないだろう。アウグステはふたりを捜した。道には何人かの遺体が横たえられていたが、その中には見つからなかった。諦めて引き返そうとしたその時、消し炭になった木陰に、ひとりの若い男性が佇んでいた。すらりと背が高く、くるくるとした癖のある黒髪、上等の背広とズボンはあちこちに焦げがある。彼はきびすを返してアウグステのそばを通りすぎ、どこかへ姿を消した。すれ違いざま、左目の下に並んだ三つの黒子を見た。地下壕に入りそびれたあの男性だ。

あの人は何をしていたのだろう――興味を引かれたアウグステが、男性が立っていた場所へ行くと、足下の焼け残った石畳に、〝クリストフ、フレデリカともに無事です。知人のフラウ・フォン・シュタインを頼ります〟という、石のかけらの先で書いたような白っぽい文字があった。

それからベルリンは一年半後の終戦まで、何度となく爆弾に襲われる。イギリス・アメリカ空軍のドイツ全土への出撃回数は、一九四三年だけで五万回近くに上った。ゲッベルスがいかに戦意を鼓舞しようと、総力戦だと焚《た》きつけようと、ほとんどの国民はもう聞かなかった。

「総統はどうした？　だんまりを決め込みやがって」

「くっちゃべってるのはゲッベルスばかりじゃないか。総統の声を聞かなくなってどれくらい経った？　せめてこの惨状を見に来いよってんだ」

戦争に勝つことよりも、見る影もなく崩れ、ぺしゃんこに潰れた自宅の前で、査定局の評価委員が調査書を書き付けるのを冷ややかに見ながら、今日はどこで眠ればいいのか、あの瓦礫の下に埋もれた財産は取り返せないのかという問題を解決するため一分一秒を過ごす方が重要だった。瓦礫の下にいる人を助けようにも、国内戦線部隊の重機がやってくるにはまず道を片付けねばならず、ロシア人捕虜を瓦礫の山に登らせるなどしてひとつひとつ撤去した。生存者不明の建物の残骸跡には、軍服を着た聴音部隊が増幅器を手に回り、生存者の応答を待った。食べ物はますます少なくなり、公共福祉団の配給では足りず、焼け死んだ馬が出ると市民はナイフを片手に寄ってたかり、肉を削いで持ち帰った。道に生えたイラクサを茹で、タンポポをかじり、ウサギやカエル、リスを食べる。

爆弾は昼はアメリカ空軍、夜はイギリス空軍からと、昼夜を問わず誰の上にでも降りかかった。

国防軍の高官、親衛隊の幹部、その妻、労働者の子ども、潜伏者を匿った者、大切に育てられた花、ペット、歴史ある建物、重要な線路、見事なブランデンブルク門や大聖堂の上にも。空は何日も黄色い煙に覆われ、汚れた灰色の雨が降り、外国人強制労働者たちが列を成して瓦礫を撤去する。ドイツ人も手を傷だらけにしながら穴を掘る。無残な姿に変わった亡骸《なきがら》が横たえられていく。何もかもが気の遠くなるような作業だったが、何もしないでいると心が壊れ、立ち上がれなくなった。

アウグステの故郷ヴェディング地区にも爆弾は落ちた。

工場のラジオで知ったアウグステは、仕事先のジーメンスにもう戻らないつもりで、歩いて向かった。彼女を待っていたのは、何もない、ただの煉瓦《れんが》とモルタル、飛び出した鉄骨が積み上がって山と化した、かつてのジードルングだった。一番から五番まで並んでいた住棟のほとんどが崩れ、かろうじて残っているのは一番住棟の壁だけだ。花壇の跡すらない。

中庭には住民たちの遺体が並べられている。見覚えのある人ばかりだ。五番住棟に住んでいた人、四番中庭でしょっちゅう政治談義に花を咲かせていたナチ党員のふたり、戦地の息子からの手紙を待っていた母親、息子を失った父親。管理人ブーツも顔を傷だらけにして死んでいた。そして実の姉を精神療養施設へ送ったレオ・ズーダー。彼は自らが愛したナチスの茶色い制服を着たまま、右半身が潰れていた。ズーダー一家は全滅した。当局から届けられた通知では、ギゼラは腸炎で死んだという話だったが、最近になって、精神療養施設に送られた人々は安楽死させられたと、聞くようになった。アウグステは神様が間違えずにギゼラを天国へ、レオとブーツは地獄へ送ることを祈ったが、死後の世界はただ冷たいだけの虚無だとも思う。

ホルンと、アウグステを助けてくれた女性の姿は見当たらなかった。

「嬢ちゃん」

ふいに声をかけられて振り返ると、あの女性が立っていた。顔と右腕に包帯を巻いて痛々しいが、生きていた。相変わらずハイヒールを履いた彼女とアウグステは優しく抱き合った。

「あんたが元気で嬉しいよ。今、どこに住んでるんだ？」

「一応、アレクサンダー広場のそばに移ることになってます。どのジードルングなのか、まだわからないですが」

「そう。落ち着いたら連絡して。ホルンがドジを踏んだんだ」

「……何か、あったんですか」

遺体がなく、てっきりホルンは生き延びたのだと思ったアウグステは顔を強張らせた。

「実はさ、フォルクスビューネ裏の楓蚕蛾書店もやられたんだ。店主も亡くなっちまった。そしたらホルンの馬鹿、防空部隊や監視員がまだ来ないうちにって、瓦礫をひっくり返して中の蔵書を持ち出そうとしたんだよ。あそこにはアメリカの禁制本がまだ残ってたんだとさ。嬢ちゃんが生きてるなら読みたがるだろうしって」

しかしひとりの手で瓦礫が掘り返せるわけもなくホルンは防空部隊に見つかり、「大惨事を無責任に利用し国民に害をなした」略奪行為の罪で逮捕され、デートレフと同じプレッツェンゼー刑務所に収容された。

「処刑されたと言うやつもいる。でも、証拠はない。希望はあるよ」

悲しい報せはそれだけではなく、ベッテルハイム一家の死亡通知が、アウシュヴィッツ＝ビルケナウから届いたという。エーディトは病死、ふたりの息子は作業中の事故。エーファはダッハウで機械に挟まれて。

「あんたも気をつけな。生き延びてまた会おうよ」

ふたりはもう一度抱き合って、別れた。

一九四四年六月六日、ついに連合国軍がヨーロッパ大陸に上陸した。フランスのノルマンディーから、八月にはパリが解放され、西からはイギリスとアメリカが、東からはソ連の赤軍が迫っていた。十月には市内に残っていた十六歳から六十歳までの国民突撃隊が編制され、〝VE―301《ゲッベルスの口》〟は、「逃亡者を密告し処刑する組織〝人狼《ヴェアヴォルフ》〟へ参加し、最終戦に備えよ」と言った。

一九四五年、ナチス・ドイツ最後の年。

牛乳はベルリンに届かなくなり、「最後のひとりまで戦え」と焚きつけ続けたラジオの音声もついに途切れた。ちぎれたハーケンクロイツ旗を気にする市民はいない。水道管か貯水槽が破壊されたのか、水も出なくなった。石炭はとうに姿を消し、ガスはほんの少ししか出ず、充分な煮炊きができないのに、手に入る食糧といえばじゃがいもばかりだった。中にはせっかくの割れていない貴重な植木鉢に、野菜ではなく煙草を育てる中毒者もいる。空襲はまだ続き、毎日四六時中警報が鳴るので、人々はほとんどの時間を地下壕や掩蔽壕《えんぺいごう》で過ごすようになった。この頃、アウグステはアレクサンダー広場のそばにあるジードルングで暮らしていた。住民は女性ばかりで、一ヶ月前に届いた新聞をまだ回し読みしている。

そこには〝鬼畜ボルシェヴィキ〟のドイツ女性に対する凄惨な扱い、強姦と殺人について書かれていた。すでに赤軍に侵略された街を取材した記者が書き、輪転機を回して情報を刷って売った。しかし新聞配達が途絶えてもう二週間以上が経つ。逃げ場もなくただ待つしかないというのは、女性たちにとってひたすら恐怖だった。

バリケードを作り、顔に斑点を描いて病気を装い、髪を短く切って男のふりをする。しかし成人男性は赤軍に容赦なく殺されるという。男になっても女になっても地獄が待っていた。

「最近、一秒でも早くイギリスとアメリカが来てくれるように神に祈ってるの。イワンにはらわたを切り裂かれるよりましだわ」

アウグステは給水車の列に並びながら、後ろの女性がそう口にするのを聞いた。洗面器とバケツに水を汲んだ帰り道に、親衛隊や人狼が殺し、見せしめに吊し上げたドイツ人〝逃亡者〟と〝裏切り者〟の遺体が、風に吹かれてゆらゆら揺れているのを見たが、感情は疲弊して動かなかった。

やがてその日が来た。給水車のあの女性の祈りは通じず、ベルリンに一番乗りしたのは赤軍だった。市街戦は激しく、すでに空襲でぼろぼろだった街を更に火の海にした。高射砲が唸《うな》り、赤軍の戦車撃破を試みたが、榴弾砲が住宅を直撃したり、落下した弾殻で大怪我をした市民も大勢いた。子どもと老人を寄せ集めた国民突撃隊に渡された武器は、新兵器と豪語されたパンツァーファウスト一本きりで、あっさりと殺された。スターリン・オルガンが黄緑色の火を噴き、ロケット弾がすさまじい勢いで次々と発射された。住宅の瓦礫が、馬の死体が、破壊された列車や自走砲が、そのままバリケードになった。

大勢が自決した。結婚式に着たドレスに身を包んだ妻の頭を夫が撃ち抜き、夫は妻の傍《かたわ》らに横たわって、ハーケンクロイツ旗を握りしめたまま自分のこめかみを撃った。寝ている子どもの口に青酸カリのカプセルを押し込み、顎を叩いて毒を飲ませた親もいた。帝国の敗北を悟った人々は、首を吊り、身を投げ、迫り来る未来から逃れた。

アウグステたちが隠れていた地下壕のドアは、突然開いた。悲鳴を上げる間もなく。獣のようなにおいを発する赤軍兵たちが、銃口を女たちに突きつけながら近寄ってくる。ロシア語は誰もわからなかった。ひとりの女性を三人で囲み、笑いながら襲いかかる赤軍兵たちにめまいを感じながら、もつれる足で歩く。

相手の顔も、どのくらいの年齢だったのかも、よく覚えていない。アウグステは他の女性たちが地下室から引きずり出された後、最後にやって来た兵士によって、ひと気のない廃墟に連れ込まれた。アウグステは冷たい壁に押しつけられ頭を打った。静かで、周囲に人はいない。仲間のいるところでやりたくないと考えたこの兵士はいくらか繊細だったのかもと、後になって男性医師から言われたが、容赦なく服を裂き、頬を殴りナイフをつきつけてきて、いいかどうかも聞かずに割り入ってきた相手のどこが繊細なのか、アウグステにはわからなかった。この時の彼女はただ、相手が無造作に床に置いたライフルにのみ、意識を集中させた。ここからでは手を伸ばしてもまだ届かない。

すべてが終わり、気を抜いた兵士が腰を浮かせて体の上からどこうとした瞬間、アウグステは上半身をよじって男の下から逃れるとライフルを取り、引き金に指をかけて兵士の喉を撃った。銃声はどこでも聞こえる。誰も気にしない。ほとばしる赤い血がじわじわと床を這ってくる。アウグステは重く手に余るライフルを抱えたまま、ひたすら走った。そして、大破した車と車の間に横になれるくらいの隙間を見つけ、潜り込んだ。

人を殺した罪悪感はなかった。誰もが殺し合う日々だ。やらなければやられる。アウグステはまるで戦いに勝った手負いの獣のように興奮していた。車の中には死体があったが気にもならない。ただソ連のモシン・ナガンを抱きかかえたまま、暗闇でじっとしていた。何者も近寄らせてなるものか――しかし徐々に意識が朦朧《もうろう》として、倒れた。感染症でひどい高熱を出していた。

気がつくと、アウグステは病院にいた。ほんの数本の蠟燭が灯るだけの、窓のない薄暗い掩蔽壕の中、粗末なベッドが並び、隙間にも藁《わら》とシーツを敷いて、病人や怪我人が寝かされていた。ドイツ語を話さない外国人医師、軍の衛生兵、頭にハンカチを巻いただけの婦人看護師が、野戦病院を右往左往する。濃厚な血のにおいと腐った果物に似た甘ったるい腐臭。病院は抗生物質も痛み止めも足りず、アウグステも命を落とす危険があったが、幸い起き上がれるまで回復した。自家蒸留のシュナップスでのどの渇きを癒やし、固い軍用パンをかじる。隣のベッドの女性から、今はもう五月だと教わった。

眠っている間に戦争は終わっていた。

「外に出るなら、何か白いものを身につけた方がいいよ。旗でも腕章でも。赤軍がおっかないからね。総統は自殺したって。飼い犬もエーファ・ブラウンも、ゲッベルスも一緒に」

頭に包帯を巻いた隣の女性はどうでもよさそうにしゃべるが、反対側の隣の女性は「総統、おいたわしや、総統」とさめざめ泣いている。アウグステは味のしないパンを口に押し込んだ。

アーリア人医師がアーリア人患者のみを診る清潔な病院も、ユダヤ人や東方人が同胞を診る薄汚れた病院も、もう存在しなかった。ナチス党員章をつけた民間人の脈拍を、上着から布バッジを外した痕のある医師が測り、傷ついた少年兵の包帯を、地下活動家の生き残りが取り替える。

だが地上では、解放された囚人やユダヤ人潜伏者がナチス党員に唾《つば》を吐き、自殺しきれなかった親衛隊員を私刑にかけ、殴り殺す場面もあった。暴徒が溢れ、ハーケンクロイツ旗を燃やし、党員の妻や親ナチスだった女性の髪を丸刈りにした。

六月に入るといくらか情勢が安定し、ソヴィエトはすべてのドイツ人を殺す方針から、優しく接するように方針を転換した。赤軍の政治部門がドイツに歩み寄りはじめ、食糧や医薬品が市民に配給されるようになった。ソヴィエトのスカート姿の衛生指導員が薬品を届けに来て、ドイツ国防軍の衛生兵がそれを受け取った。

アウグステは回復した後もしばらく病院に留まり、看護師の手伝いや、支給されたくず肉や野菜を野戦炊事車で調理し、患者に与えた。そんなある日、病院に虫の息の女性が担ぎ込まれてきた。

彼女を知っている。密告者、隣人の喪服の女性だ。

毒薬を飲んで自殺を図り、医師はひと目見るなり「もう手の施しようがない」と首を振った。看護師も去り、担架のまわりから人がいなくなる。ただひとりアウグステだけが残り、静かに枕元にしゃがんだ。怒りがふつふつとこみ上げてくる。

「……あなたを知ってるわ。デートレフの娘ね」

今も黒ずくめの喪服に身を包む女性は、喘《あえ》ぎながら言った。

「そうよ。あなたは父を密告した」

「ええ。あなたのお父さんが、ユダヤ人を助けようとしたから。でも、間違っていた。騙《だま》されたの」

いつもこうだ。ナチスに心酔していた人は、必ず「間違えた」の後に「でも騙されただけ」と続ける。アウグステはうんざりして立ち上がろうとした——しかしその時、死の淵にいるとは思えないほど強い力で、手首を摑まれた。

「待って。違うの……本当に、私の思い違いだったのよ。湖畔の貸しボート屋の下で子どもたちの遺体が見つかったと新聞で知った時、どうせ潜伏者が死んだのだろうと、特に気に留めなかった。でも次の報道を見た時……私は自分の過ちを知った」

喪服の女性は目を見開き、かすれた声で懸命に語りかける。

「私は保安警察の担当者に伝手《つて》があった。検死を担当した医師に会って、遺体も見た。変わり果てていたけれど、あなたたちが匿った子どもだとわかった。あなたのお父さんとお母さんが亡くなった後、別の隠れ家に移され、そこで死んだのだと」

女の爪がアウグステの皮膚に食い込み、鋭い痛みが走るが、ふりほどくこともできずに奥歯を嚙みしめる。

「聞きなさい、デートレフとマリアの娘。私の子どもは砒素《ひそ》で殺されたの。そしてあなたが匿った子も、砒素で殺されていた」

アウグステは耳を疑った。この女は、イーダの死が毒殺だと言う。

「十七年前、私の娘は監禁され、殺された。骨にまで反応が残っていたこと……この憎しみを一生忘れるものですか。同じ。同じ犯人なのよ、全部つながってる。私は過去の事件を調べた。行方不明になってから遺体で発見された子どもの中に、砒素中毒が死因の子が何人か見つかった。私は、娘を殺したのはあの医学生のユダヤ人と信じて疑わなかった。彼の処刑で全て終わったと思っていた。まさか続いていたなんて。でも……ユダヤ人はもうこの街に残っていない。たとえ残っていても、街を自由に歩ける状態じゃなかった。それなのにまた子どもが砒素で死んだ。私は……間違っていた」

その言葉を最後に、喪服の女性の意識は混濁し、あとはただ、両目を見開いて苦しげに喘ぐだけだった。一時間後、喪服の女性は事切れた。

イーダの体に浮かんだ斑点。砒素。薬品のことはアウグステにはわからない。しかし、あの貸しボート屋の地下へ食糧を運んだ人物の中で、ひとり、医学に通じている人物がいる。

クリストフだ。

彼は薬を子どもたちに与えた。イーダと一緒にいたドイツ語が話せる子どもは「ここに来てからずっと具合が悪い」と言っていた。そして喪服の女性の子どもの死と関連があるのなら、少なくとも十七年前にはクアフュルステンダムの周辺にいて、砒素を手に入れられる立場だった。砒素は薬局で殺鼠剤として売られ、薬剤師が渋らなければ簡単に買える。その条件に当てはまるのは、クリストフだけだ。

「彼はあの子たちに薬を与えていた——毒薬を」

いつだったかフレデリカは、クリストフが子どもを見る時「愛おしそうに微笑んで目を細める」と言った。それは本当は、獲物を吟味する鷲の目ではなかったのか。アウグステは壁に背中を押し当てたまま、ずるずると腰を下ろし、両手で頭を抱えた。腹の奥底から呻きと嗚咽《おえつ》が漏れた。

それから半月あまりが経った七月一日、日曜。

アウグステは闇市へ買い物に出かけた。五本の道路が集まる巨大な交差点、ポツダム広場の焼け落ちた廃墟は、売り買いする人で活気に溢れている。日曜に開かれる、ベルリンで最も大きな闇市。戦争直後のベルリンは何もかもが足りず、売り物にならないものはない。衣類、本、新鮮なキャベツ、枝を束ねただけの薪、裏面が白いチラシ。買い物袋を提げて順繰りに覗いていたアウグステは、病院から少量分けてもらった消毒液と脱脂綿と交換で、割れていない植木鉢と男物の鞄をひとつ買うと、ぴたりと歩みを止めた。

人混みでも頭ひとつ抜き出た大男がいる。広い背中を窮屈そうに丸め、大きな頭をうつむかせて歩く姿。

間違いない。クリストフ・ローレンツだ。すぐには信じられず、アウグステは我が目を疑ったが、彼本人だ。彼もこの戦争を生き延びていたのだ。

クリストフは、ある出店の前で立ち止まった。拾ったガラス瓶を売る、五、六歳の小さな子どもだ。クリストフは腰をかがめ、話しかけている。

アウグステはスカートのポケットを摑み、そこにまだ青酸カリのアンプルが入っていることを確かめたが、心臓は破裂しそうなほど早鐘を打ち、行動に移すことはできない。そうこうするうちにクリストフは子どもの前から離れ、人混みの中へ消えていった。

その翌日、アウグステはチラシを見かけた。ベルリンに到着したアメリカ軍が、英語の話せるドイツ人職員を募集する、とある。アウグステは荷物をまとめて、世話になった野戦病院を後にした。赤軍兵に陵辱され、相手を殺害したアウグステは、ソ連軍の管理区域から出られるだけで嬉しかった。そしてリヒターフェルデ地区の米独雇用事務所のドアを叩き、ナチ党員だったかどうかなどを問う黄褐色の質問表《フラーガボーガン》に回答した。レントゲンで体を撮影され、健康診断を受け、簡単な英会話力を検査された後、採用された。

そして兵員食堂〝フィフティ・スターズ〟でウェイトレスとして働きはじめ、オンケル・トムズ・ヒュッテ駅から十分ほど歩いた場所にある、爆弾を免れたジードルング群の一室に、腰を落ち着けた。

部屋には契約金代わりのCAREパッケージの半量が届けられた。箱を開けて、長い間憧れてきたアメリカの品物を手に取り、書いてある英語をむさぼるように読んだ。そしてコルゲート社製の歯磨き粉に触れた。

歯磨き粉なんて、もう何年も見ていない。闇市で売ればきっとかなりの高値が付くだろう。赤いパッケージのチューブをしげしげと眺めるアウグステの頭に、ふとひとつの考えが浮かんだ。

V

フロイライン・アウグステ・ニッケル様

親愛なるアウグステ

やあ、元気にしているか。ジギだ。

手紙を書くのは苦手だが、やっぱりそろそろ連絡を取らないとまずい気がして、久しぶりにペンを買った。これがまた法外な値段をふっかけられてさ。それにペン先とペン軸とインクが全部ばらばらの店で売られてるもんだから、買うのにえらく骨を折ったよ。ちなみに便箋も買うつもりだったんだが、長くなりそうだし、金もなくなりそうだしで、地道にかき集めたポスターやらチラシやらの裏に書いてる。何枚かは配給で手に入れたけど、この紙は拾いもんでね。裏をひっくり返してみろよ。〝ヒトラーは殺人者だ、市民よ目を覚ませ！〟だって。ちょっと前までこんなもん手に入れただけでしょっぴかれたのにさ、今じゃ裏を手紙に使われるくらいに安くなっちまった。まあそんな時代になったんだから、これを書いたやつもちょっとは報われるかもしれないけど。

それにしても、冬が来ると夏の暑さをさっぱり忘れちまうね。毎日毎日曇りか雨か雪ばかりで、青い空と太陽が恋しいよ。寒いのは嫌いだし、暗いと一層気が滅入る。こればかりは長年暮らしてても慣れない。でも南半球は今が真夏なんだって。羨ましい限りじゃないか！

前置きが長い、としかめ面してる君の顔が浮かぶよ。君はとても真面目だし、なんでも四角四面に受け取るだろ？ もう少し軽く考えれば楽なのにと言いたいけど、俺はこの軽さで人生を失敗してきたわけだし、君が真剣に話を聞いてくれたから、救われた。だから、どうかどこにいても、そのままでいてくれ。俺ごときに言われなくてもわかると思うが。

あれからもう半年も経ったなんて、信じられないな。君と一緒にいた二日間は、俺の人生の中ではほんのわずかな、膝にこぼれたパンくずひと粒にも満たないくらいちっぽけな時間だったはずなのに、会えなくなると寂しいもんだ。君が気にしていたラディッシュだが、ちゃんと実をつけて、俺たちでおいしく頂いたから安心しろよ。

エーリヒはベルリンを出るそうだ。クリストフの死を伝えてくれて本当にありがとうと言っていた。おかげで久々に叔母に会えたってさ。

なぜ君はあんなに苦労をしてまでエーリヒに直接訃報を伝えようとしていたのか、やっと腑に落ちたよ。つまり君は、クリストフには幼い頃家出をした甥がいると知った瞬間、彼はクリストフの被害者になりかけたのだと気づいたんだな？ 一度味わった恐怖は忘れない。だがせめて死を知らせれば、少しは心が安らかになるかもしれない、と考えた。そうだろう？　急いだのは、自分が逮捕されて訃報を伝えられなくなるのを恐れたから。もしくは懺悔《ざんげ》のためかい？

まあいい。ヴァルターとハンスは元気だ。まあ、俺と会話するのは相変わらずハンスだけだよ。気を遣わせるのも悪いから、ほとんど会わないようにしている。許されないのは当然だと思うし。

ふたりは闇市で商売をはじめているよ。アメリカ軍の残飯漁りをしていたら、孤児を憐れんだ将校の奥方様が、庭掃除に雇ってくれたそうでね。報酬で手に入れたチョコレートやらキャンディやら一ダースの鉛筆やらを、ばらばらにしてひとつずつ売ってる。合計すると仕入れ価格より高くなる設定でさ。一カートンの煙草より一箱の煙草、一箱の煙草よりも一本の煙草の方が儲かるのと同じ原理だ。こんなのはどこの商売人でもやっていることだが、ヴァルターの威勢の良さは好かれるし、頭もいいからうまく儲けられるだろうよ。

ハンスが教えてくれたんだが、ヴァルターは金が貯まったら新しい車を作って、今度はそっちを売りたいらしい。商売の才覚もありそうだから、ひょっとしたらそのうち、巨大車会社の社長になっちまうかも、なんてな。

当のハンスはというと、記者になるか、それか勉強をし直すために、外へ出るかもと言ってた。おつむのいいハンスちゃんはこう言ってた――「僕らが受けてきたすべての教育が戦争と独裁体制に凝り固まりすぎていたのがわかった。今やドイツの若者の学力は地に落ちている。これじゃドイツの未来を支えられない」だと。

まったく嫌になるよ、若いやつらを見てるとさ。うらやましくて。

子どもは貪欲だし残酷だ。大人が言う「若者の柔軟さ」なんて大嘘だね。あいつらほど思い込みが激しくて信じやすくて生真面目な世代は他にいない。あっという間に新しい時代に慣れていくだろうが、過去や後悔は成長して大人になるまで棚上げだ。俺はいじめっ子を恨んでるのかって？　ああそうだよ。

でも、だからこそうらやましいんだ。希望ってのは概して、無鉄砲で無邪気なもんだと思うからさ。

まあ俺のくだらんご託はどうでもいい。ヴァルターはきっちり君の部屋から報酬を受け取ったようだが、君のことは心配しているらしい。

そして誰よりダニー！　最高に賢いダニー！　俺はクズ野郎だが、ダニーと友達ってことだけは誇れる。大音量の音声がこっちまで響き渡った時の、やつらの狼狽《うろた》えぶりときたら！　もしあれがなかったら、俺たちは今頃仲良くバーベルスベルクの土の中だ。俺はもう俳優業から足を洗ったし、何よりあの場所に骨を埋めるなんてごめんだよ。

君がクリストフを殺したと告白して、トーリャがロシア語に通訳した時、青帽子の連中も少しは動揺した——少なくとも、俺の後頭部に突きつけられてた銃口は、びくっと震えたよ。

その直後にあの大音量だ。トーンクロイツの屋上にありったけのスピーカーを出し、電気を通して、マイクを取ったダニーがしゃべった。半径何キロくらいまで聞こえたのか聞いたら、「ポツダム宮殿前のハーフェル川までは届いたろうな」って言ってたよ。

まるでアメリカのラジオ放送みたいな陽気な声で、ダニーはドブリギン大尉を名指した。「この件から手を引き、みんなを放さないと、ここで全部話すぞ。今はドイツ語だが、次はロシア語で、あんたのやってることを全部ばらしてやる。あんたの大事な同志にも聞かせてやるよ」ってさ！

今思い返してもわくわくするけど、でもあの時は生きた心地がしなかった。やばい、死ぬって、俺まで小便を漏らしちまいそうだった。

まあ、はったりだと思うよな。だけどそこはダニエラ・ヴィッキ、ちゃんと手を打っていた。スピーカーを用意するのに、近くにいたアメリカ兵と赤軍兵を呼んで、手伝わせたのさ。覚えてるだろ？　フィルム工場の前でたむろってた、陽気な連中だよ。

ダニーはドイツ語しか話せないし、そこにいたアメリカ兵も言葉が通じない。でも、かえってそれがよかった。ダニーが何をしゃべってるのかわからなかったから。何か楽しい放送をしてるんだと思ったようだし、たぶん今もそう信じてるだろう。ダニーは赤軍兵を手招きして、マイクに向かって話させた。生まれてはじめてマイクを手にした彼は、上機嫌で歌を歌い出した。次はアメリカ兵だ。ちょっとふざけすぎたが、まあ、ポツダム会談自体は次の日だったし上官のお咎《とが》めはなかったんじゃないか？　どっちみち、俺に責任はないけど。

三ケ国の人間がここにいると伝われば、ドブリギンを躊躇《ちゅうちょ》させるのには充分だった。

最後の一押しに、トーリャが「引いて下さい、同志」と言ってくれたのもありがたかったな。おかげで俺とエーリヒは侵入者として一日ぶちこまれただけで済んだ。君はクリストフの件で、トーリャは民間人に軍服を貸し出した件で残ったが——でも、生きてる。ドブリギンの罪を証言したからだ。すべてはやつの命令だったという真実を。

ドブリギンはトーリャが証言する前に、殺して口を塞ごうとしたらしい。だが「ある人物」から下った命令によって、ドブリギンは逮捕された。罪状は〝反革命罪〟。ある人物って誰だよ？反革命罪って？　釈放された後、懲罰で北東の労働へ向かう前のトーリャに聞いた。やつはちょっと躊躇《ためら》ってから「名前は教えられない。強《し》いて言うと過去だ。同志大尉が恐れてきた過去」と妙に詩的なことを言った。トーリャが以前、ドブリギンとはじめて会った話をしたこと、覚えているか？　彼は不運だったと言っていた。その影響がまだ残ってたんだろう。

ドブリギンは、決めた線路を暴走する列車みたいなもんだった。自分が練った計画が完成するまで、何があろうと力業でねじ伏せ、薙ぎ倒し、最終地点へ向かうことだけに執着するでかい列車。「国家のためやむなし」は耳にタコができるくらい聞き飽きた。本当は自分のために動いているやつでもそう言う。ドブリギンもそうだった。

私利私欲で権力を利用した者は、ナチの下でも、ソヴィエトでも、見つかり次第即刻、処刑だ。だけど裏じゃみんなやってる。隠し通せさえすればガッポガッポ儲かるからな。ＮＫＶＤだって相当、あれこれ賄賂《わいろ》を贈っては便宜を計ってもらってるってさ。

でもドブリギンの動機は金じゃなかった。

過去の清算。ドブリギンはあの時すでに立場が危うかった。トーリャいわく、ドイツ語と英語に堪能だと、スパイ容疑をかけられやすく粛清されやすいんだと。でもそれだけが原因じゃない。

ドブリギンは今や反革命罪の反逆者だ。トーリャの口が固くても、ロシア語がわかるやつに頼んで少し調べてもらったら、だいたいの概要はわかった。どうやらドブリギンは特別任務学校時代、エジョフだかいうやつの派閥にいた講師に、目をかけられていたそうだ。しかしエジョフはスターリンに粛清され、派閥の連中もほぼ全滅。学生だったドブリギンは生き延びたものの出世の道を絶たれ、汚れ仕事が多かったらしい。そういえばやつはスモレンスクにいたって話だったな。

ともあれ、大尉はどうにかして「自分は〝偉大なるソヴィエト連邦〟に忠実で粛清の対象から外す必要がある」と上に信じさせ続けなければならないほど、追い詰められていたそうだ。特に戦争が終わって目先の敵がいなくなると、内務部は自分のところをごちゃごちゃ探り出した。いかにも冷静沈着って顔の裏で、相当焦ってたんだろうな。いくらか賄賂も使ったそうだがせいぜい焼け石に水だったようだ。

そこに、「ソヴィエト文化部の演奏家クリストフが、アメリカ軍の歯磨き粉に含まれた毒により、ソ連軍領域で死んだ」という報せが飛び込んできた。

なにしろあれは、本物の三巨頭が集まって、ドイツの戦後処理と、まだ降伏していなかった日本をどうするかを話し合う、重要な時だった。三ヶ国の諜報部はそれぞれに、妨害工作が起こらないよう神経を張り詰めていただろう。ちょっと陰謀論を囁《ささや》いてやるだけで、警報をうるさく鳴らして騒ぎ立てるに違いないくらいに。

だからドブリギンはクリストフが死んだ事件に注目して、警察に介入し、利用価値があるかどうかを見極めようとした。そこに現れたのが君だ、アウグステ。

彼にとって君は「自分の言いなりになる、御しやすい小娘」だったはずだ。ひょっとしたら君がクリストフ殺しの犯人だと見抜いていたかもしれないが、それについての告発はどうでもよかった。ただ言葉をうまく使って、自分の思い通りの動きをしてくれる〝生贄《いけにえ》〟が欲しかったんだ。

ドブリギン大尉は君を尋問しながら、あれこれ計算しつつ、布石を打っていった。君と〝人狼《ヴエアヴオルフ》〟に何らかの関係があるという疑いを口にし、警察官に書かせた。狡猾《こうかつ》な蛇みたいなあの目つきをつい思い出しちまうよ。

だがこれだけではまだうまくない、クリストフの死と人狼の陰謀は結びつくが、人狼と三巨頭会談がまだ繋げられない。大尉は考えあぐねた。

トーリャの話では、大尉が事件を利用できると判断した最大のきっかけは、フレデリカに仕えるグレーテ嬢の取り調べだったそうだ。グレーテ嬢は、ローレンツ夫妻にはエーリヒという甥がいて、しかもバーベルスベルク——ポツダム会談が行われる宮殿の目と鼻の先に住んでいるっていう情報を、大尉に教えた。

これで、殺されたクリストフと三巨頭会談との間に、地図上の関係が生まれた。

舞台と脚本を揃えた大尉は、俺に保釈をちらつかせて「朝になったらアウグステ・ニッケルをポツダム広場へ連れて来い」と命じた。実は、俺はあの晩、フレデリカと君が眠るジードルングの下で張り込んでいたんだ。そしてご存知のとおり、俺は君に会い、『エーミールと探偵たち』を盗んで、君を誘い出すという任務を無事に果たした。

ドブリギン大尉は、ポツダム広場で再会した君が、これからバーベルスベルクに向かうと言ってくれて、内心じゃあ飛び上がるほど嬉しかったと思うよ。〝生贄〟は難なく、思いどおりに動いた——エーリヒに会いに行こうとした本当の君の動機は、まったく違ったけどね。

後は君を三巨頭会談が行われる間に、自力でバーベルスベルクまでたどり着かせればいい。自分自身と関連させないよう、本当なら、道中では一切関与せずに済ませたかったんだろう。しかし不測の事態はやっぱり起きて、トーリャを使って後始末をさせた。俺がDPキャンプに入れられた時はさぞかし焦っただろうな。

ともあれ、生贄は無事にバーベルスベルクに着いた。あとは警察分署での尋問と記録に基づき、NKVD職員を動かして、間抜けな偽兵士の格好をした君と俺を捕まえ、スパイ容疑と陰謀犯として処刑して、手柄をひとり占めしようとした。計画の一部を知り、荷担したトーリャも始末する方を選んだ。しかし思いがけない方向から計画は頓挫、自分が陰謀を企てたとして、よけいにでかい墓穴を掘っちまった。

以上、これがことの顛末《てんまつ》だ。

慰めになるかは知らんが、NKVDを知るやついわく、やつらはでっち上げの手練《てだ》れらしいぞ。だから、なるべくしてなったのさ。気にするな……というのも変だが、そういうことってあるんだと思う。湖に投げた石の波紋ってやつさ。君にとっては小石だが、水面には波が立って、浮かんだ枯葉に乗った虫が飛び去ったりするんだ。

ドブリギン大尉は、昨日粛清されたそうだよ。もしかしたら君の耳にももう届いているかもしれないけど。万が一すべてがうまくいって、俺も君も処刑されていたら、どうなっていたんだろうな。少しだけ気になるよ。

……とまあ、あの時のことを長々と振り返ったのには、理由がある。まだ書いていないことがあるんだ。俺ははっきり言って、君もよくよくわかってるだろうが、謝るのが苦手だ。それでも俺は謝らなきゃいけない。悪かったよ。

何のことかって？　それを今から書くから……ああ、やっぱり苦手だ。

ここまでの流れを改めて振り返ると、君もきっと思うはずだ。「なぜダニーはあんなにいいタイミングで、大音量マイク放送をしてくれたんだ？」ってさ。

その種明かしをする。

俺はドブリギンの野郎に仕込まれたスパイだったんだ。君を人狼に仕立て上げるためには、確実にポツダムまで行かせる必要がある。だから窃盗罪で捕まった俺を釈放で釣って、君と一緒に行動させた。あるものを持たせて。

不思議だったろう。あのユダヤ人難民キャンプに俺が収容されちまった時、ドブリギン大尉はどこから嗅ぎつけて、俺たちの居場所を把握したんだ？　ってさ。バーベルスベルクでもそうさ。トーリャ、ベスパールイ下級軍曹は、どうやって俺たちを見つけたんだ？　こっちが苦労してたどり着いたエーリヒのいる倉庫に、NKVD職員を連れた大尉があっさりたどり着けたのはなぜだ？　俺たちは誰からも尾行されていなかった。ドブリギン大尉は何でも聞ける魔法の耳でも持っていたのか？

正解、ご明察。大尉は魔法の耳の持ち主なのさ。

それは銀色の細長い棒に、ミシンのボビンを少し大きくしたような、金属の塊がついている、妙な〝耳〟だった。俺は理由も教えられずに、ただこいつを上着の裏につけて、君のそばから離れるな、と命じられた。そして「万が一他の人間に見せたり、手渡したりしたら、貴様の命で償わせる」とさ。

小心者の俺はへこへこして言うことを聞いた。君は何度か俺に、逃げればいいのにと言ったが、これを持ってどこかへ行こうもんなら、俺は殺される。正体がわからないし……だって万が一こいつが新型の爆弾で、どこかに置いて逃げたとたんに爆発したらどうする？　それにドブリギンがどうしてそこまでして君に執着するのかも気になったし、君が意地になってエーリヒに会おうとする理由も知りたかった。

だから一緒に旅を続けた。この銀の棒の正体をちゃんと知りたくなったのは、バーベルスベルクに着いた時のことだ。通りすがりに見かけたアメリカ軍の兵士のひとりが、無線機を背負っていた。見たことあるか？　長方形のでかい箱に電話の受話器がついてるやつさ。その無線機に、細長い棒が上に向かって伸びていた。おや、と俺は思った。頭の中でふたつのことがカチッと組み合わさったんだ。

トーンクロイツでどうしてもダニーに会いたかったのは、エーリヒの件もあるが、銀の棒についてどう思うか、本物の音響技師に聞いてみたかったってのもある。

エーリヒの居場所を地図に書く前に、紙を探しに行ったダニーの後を追いかけて、俺はこっそり訊ねた。上着の裏に縫い付けた銀の棒を見せると、ダニーはいつもの真剣な目つきになって、調べてくれた。そしておもむろに紙に書いた。「こいつは爆弾じゃない。だがこれについてしゃべるな。ここに書け」とね。こいつの前で物音を立てたり、迂闊《うかつ》にしゃべったりしない方がいいから。

盗聴とか通信傍受の話はアウグステも知ってるよな。軍隊でもしょっちゅうやってる。どでかい機械を使って、ヘッドフォンをつけ、敵の通信の周波数を盗んで聴くんだ。

銀の棒はその一種で、しかもおそらく、ドイツ国防軍の通信部隊でさえ持っていなかった技術だとダニーは言った。

あんなただの棒が音声を拾ってラジオみたいに電波を出すなんて、信じられるか？　そもそも電気コードすらついてないんだぞ、動力はどこから来てる？　バッテリーもついてないんだ。俺は混乱した。こんなものがあったら、壁とか、机の下とか、電話の中とか、身の回りのどこでも〝耳〟になっちまう。それに、ドイツやアメリカならまだしも、持っていたのがソヴィエトだぞ。赤軍の通信手段はえらくお粗末で、いまだに有線通信を使ってるって話だ。赤軍の装備のひどさはいつだってみんなの物笑いの種だった。生まれてはじめて使うマイクに感動して、歌を歌い出す兵士がいるくらいなのに！

しかしダニーは、子どもの頃、ロシアの奇妙な楽器テルミンヴォクスの演奏を聴いたことがあるそうだ。テルミンヴォクスは俺も話に聞いたことがある。何の変哲もない箱に、銀の棒と、U

の形をした銀の輪が付いていて、手をかざすだけで音楽が演奏できるんだって。いつだったか、ウーファ・スタジオの食堂で音楽家が言ってたのを聞いた覚えもあるから。「こいつの仕組みはさっぱりわからないが、ロシアならやれるかもしれない」とダニーは紙に書いた。「この盗聴器の発する電波を私も拾おう。ベスパールイが気になるんだ。ドイツ人に軍服を貸すなんて妙すぎる」。

ＮＫＶＤ、内務人民委員部は人の会話を盗み聴く技術がもっとも必要な組織だから、開発もむべなるかなだとダニーは言った。

あまり時間をかけて話し合うとトーリャに怪しまれるから、俺がダニーとあの場で話したのはそこまでだ。

後でダニーから聞いた受信の方法は、いくつかあった。改造ラジオ、聴音部隊が残していった聴音機と増幅器。結果的には、ゲシュタポが捨てて逃げた受信機と改造ラジオを合わせたダニーの発明品が一番役に立ったらしい。トーンクロイツの再生部屋に、似つかわしくない化粧台があったのを覚えているか？　あれに隠してあった。ダニーはテルミンヴォクスの原理を考えて、試しに電波を発信してみた。するとある特定の周波数を出した時、俺の声が聞こえてきた。俺たちがエーリヒに会い、ドブリギンがやって来るまでの間に、彼女はヘッドフォンを耳に装着して、俺たちの会話を聞いたってわけ。そして、音を封じるためのトーンクロイツの屋上で、大音量を放った。生の音は遮られることなく、あの森まで届いた。

俺に〝耳〟を渡したことも、君に人狼の濡れ衣を着せることも、全部ドブリギン大尉が単独で

判断して動いたことだ。しかし最先端の新技術を被占領民に渡したってだけで、発覚すれば機密
漏洩の罪に問われる。ドブリギンは、腐っても優秀な内務部職員だからな。ダニーの声を聴いた瞬間、俺たちが銀の棒の正体を暴いた上に、通信を傍受したのを悟り、諦めたのさ。
そうそう、トーリャがなぜ赤軍からNKVDに移ったのか、聞いたよ。
赤軍にいた頃のトーリャは、人が人を食って生きながらえるほど凄惨だったレニングラード包
囲戦の補給作戦に参加したり、一生懸命戦って、少尉にまで昇進したそうだ。つまり、今は降格
したってわけ。

ある戦いで、トーリャの部隊は俺たちドイツの国防軍に囲まれ、捕虜に取られた。収容所《ラーゲル》送り
さ。トーリャが入れられたラーゲルは、ウクライナの豚小屋が豪邸に感じられるくらいに、劣悪
だったそうだ。数千人収容予定の施設に、一度に数十万単位の捕虜を入れたら――どんなことに
なるか、ベルリンでこき使われるロシア人捕虜や、移住から戻ったユダヤ人たちを見た俺たちに
は、容易に想像がつくよ。

しかし良い面もあった。多すぎる捕虜のせいで監視の目が届かず、脱走はさほど難しくなかったそうだ。愛国心の強いトーリャはひとりの部下を連れて、隙をついて干し草の山に隠れ、夜の闇に乗じて収容所を脱走した。とはいえ途中で監視台の射手に撃たれて、部下は死んでしまったそうだ。

ひとり生き残ったトーリャは、友軍を求めて何日も歩き通し、やっと合流した――懐かしい行

進、マホルカ煙草のにおい、フェルトの長靴ワレンキ、地面に掘られた半地下のゼムリャンカ。焚《た》き火の赤い炎。透明なウォトカ。

見知らぬ赤軍兵はトーリャを歓迎してくれた。しかし中隊付の政治将校に捕まり、収容所から脱走した勇気よりも、捕虜になったことを責められた。そして懲罰大隊送りになった。

君はあの赤軍の「ウラー!」って雄叫びを聞いたことがあるか? あれはすごいぞ、俺は市街戦の直前にあれを聞いたんだが、地鳴りみたいな声でさ。懲罰の話を聞いて、赤軍のやつらがどうしてあんなに、死を覚悟してまで敵に突撃してくるのか、何となく理解できた気がしたよ。逃亡は即処刑、敵を前に降参したら、問答無用で懲罰が待っていたんだ。

懲罰大隊に入ったトーリャは将校から一兵卒に戻って、地雷原で撤去作業にあたったそうだ。トーリャは「思い出したくない、悲惨な一ヶ月」としか言わなかった。

ある冬の日、トーリャのいる部隊はまたしても危険地帯に派兵された。命令を聞いた兵のひとりが半狂乱になって、野営地のゼムリャンカを飛び出し、降り積もった雪をかきわけて森へ逃げようとした。仲間たち全員でそれを見てしまった。見た以上は封殺部隊に報告しなければ、何をしていたのかと問われる。だが誰も動かない。脱走を試みた男はすでに五十歳を過ぎていて、もう十分だと思われたからだという。

真っ白い雪に霞んでいく後ろ姿に呆然と立ち尽くしていると、トーリャの隣で、ひとりの兵士がライフルを差し出して「撃て」と言った。撃てば自分の功績になる。そうすれば懲罰期間はすぐに終わり、ここから出られる、と。トーリャは、この兵士を知らなかった。仲間の顔と名前を覚えるのは得意だったはずなのに、隣にいる兵士が誰なのかわからなかった。

その先の出来事はまるで夢を見ているかのようで、現実感がない、トーリャはそう話した。彼は兵士からライフルを取ると、森に消えようとする男の背中に照準を合わせ、引き金を引いた。男は音もなく倒れた。

「悪魔の囁きでした」とトーリャは小さく呟《つぶや》いたよ。

そそのかした兵士にはその後二度と会わなかったが、彼の予言どおり、トーリャは捕虜となった罪が雪《そそ》がれたとして、栄光三級勲章を与えられ、懲罰大隊を出ることになった。普通はこの後、階級を返され、元いた原隊に戻れるのだそうだ。

しかしそうはならなかった。

少尉の階級は返されず、徴兵司令部へ送られ、なぜかキーロフへ向かうように命じられた。理由を問い詰めても担当官は、ただレーニン通り九六番地へ行けと首を振り、それ以上は何も教えてくれない。トーリャは不満が体の内側で爆発するのを感じつつ、キーロフへ向かった。そこにあったのは、内務人民委員部、つまりＮＫＶＤの支局だった。

彼を出迎えた人物こそ、かつての兄の友人、ユーリイ・ヴァシーリエヴィチ・ドブリギンだった。ドブリギンは親しげに〝ダニールィチ〟と呼んだ。兄と同じ父称、ダニーロヴィチの愛称だ。トーリャは久々に少年の頃の自分を思い出し、ドブリギンを慕った。

それからトーリャはＮＫＶＤ配属となり、ドブリギンの下についた。

ドブリギンから命じられたことは何でもやった。殺しも、密告も、濡れ衣を着させる工作も。

トーリャは彼の腹心の部下となり、ドイツ語と英語を覚え、捕虜から情報を入手した。

トーリャ自身は時々後ろめたくなることもあったと言う。内務部よりも赤軍の方が性に合っていたし、戻りたかった。しかし上官命令は絶対だ。自分の望みのために動けば、祖国への背信と同義になってしまう。

この話も、懲罰労働に向かう直前に聞いた。

汽車に乗る別れ際、最後にトーリャは面白いことを言ったよ。最後にドブリギンの行為を証言したのは、ドブリギンが逮捕されたからに外ならず、祖国のためならやむを得なかったからだ、とさ。

さて、紙の残りが少なくなってきた。そろそろ書き終わらないといけないな。

ところで、アメリカ赤十字病院はどんな感じだい、アウグステ？　君がそこにいて、少しでも安心しているなら嬉しい。

トーリャの証言とアメリカ軍の協力のおかげで、せっかくソヴィエトの監獄からは釈放されたのに、今度は警察分署の留置所に入り直そうとするなんて、どういうつもりか俺にはわからないよ。まさか牢屋が好きなのか？　あの狭くて固いベッドじゃないと眠れないとか？　まあでも、十七歳の頃ってそうだよな。思い込みが激しくて、なにもかもが自分の責任だと信じてしまう。悪い大人ってのはそこに付け入るんだが、あの分署の連中がそうじゃなくてよかったよ。

クリストフは子どもたちを誘拐して殺した連続殺人犯で、だから殺したのだと君が告白した時、俺は「それは殺して当然だろう」と思った。だってどう考えても、クリストフは許せない極悪人だからだ。

後になってエーリヒだってそう思ったと言っていた。トーリャにドブリギン、後ろで聞いていた青帽子たちでさえ、俺たちに同意するはずだ。なんたって、俺たちはこれまでそうやって、人を罰するのが普通の世界で生きてきたんだから。ソ連のやつらは児童殺害犯の話なんかろくに聞かずに即刻処刑するだろうな。理想の足並みを崩す輩《やから》は死を以《もっ》て排除するしかない、ってのは、ナチの民族共同体《フォルクスゲマインシャフト》も、ソヴィエトの共同体も、同じ論理だ。

だけど君は嫌なんだろ?

ツェーレンドルフのアメリカ赤十字病院にいる君のところに、ソヴィエト管理区域の分署の情報がどれだけ入っているかわからないから書くが、クリストフの部屋から砒素《ひそ》が見つかった後も、フレデリカはクリストフは潔白だと主張しているらしいな。手首が緑がかっているのは、砒素を扱うのに手袋を使った証拠だそうだが、フレデリカはそれでも、使用人にやらせずに自分で殺鼠《さっそ》剤を用意するからそうなった、ってさ。

ローレンツ家をよく知っているエーリヒも、クリストフは連続児童殺害犯に間違いないと言うし、エーリヒが子どもの頃に逃げたのは、クリストフに殺されると直感したからだ。

だがフレデリカはまだ、夫の正体を認められずにいる。たとえ彼が子どもを殺した殺人鬼なのだとしても、「彼の死を穢《けが》さないで、彼はソンムを見た可哀想な人なのだから」とね。

しかしフレデリカが何と言おうと、クリストフの死を悼む人は、彼女の他には現れないだろう。どう考えても、子どもたちは彼の体験と無関係だからさ。戦争で心に傷を負った彼のために生贄になれってことか？　殺された子どもたちは二度と生きられない。十年にも満たない人生を、他人の手で勝手に終わりにされてしまった。俺がもし君だったら、もっとひどいやり方でクリストフに復讐したと思う。当然の報いだ。

それでも君は、隠した血濡れの鉄槌《てっつい》を、みんなに見せる方を選んだ。君の怒りと哀しみがどれほど激しく深いものか、そしてどんな思いで自白したのか、俺には想像も出来ない。

責任を感じているのだろうし、償わなきゃならないとは思う。しかしな、君もまだ子どものはずなんだ。十七歳だぞ。ファシストどもでいっぱいだったついこの間までは確かに、十七は兵隊に行かされる年齢だった。パンツァーファウストを持って戦車に突っ込んで死んでこいと言われた。だから君が自分を追い込む気持ちはよくわかる。

そんな世の中になっちまったのは俺たち大人のせいだってのに。

ツェーレンドルフの分署に出頭した君から事情を聞いたのは、ドイツの婦人警官だったそうだな。彼女が分署を管理するアメリカの行政部に連絡して、そこから慈善団体が君を保護したと聞いた時、そういうやり方もあるのかと感心しちまった。ハンスが「勉強し直さなきゃ」と言ってたけど、皮肉じゃなくてなるほどと思うよ。これからまだ手続きやら聴取やらあるのかもしれないが、とにかく病院のやわらかいベッドでゆっくり休め。

ただ……ひとつだけ気になっていることがある。

君はクリストフに歯磨き粉をどう渡したんだ？　「これで歯を磨いて」って騙《だま》して渡した？　それとも……毒入りだと教えてから渡したのか？　前者ならわかる。しかし後者なら……クリストフの死はいったい何だったのか、俺はこの先ずっと考えちまいそうだ。


ちなみに俺はすこぶる元気だ。まあ寒いけど……まだガスがこないんだ。石炭も足りない。昨日アメリカ軍の特別配給があって、ココアが買えたんだが、牛乳も脱脂粉乳もない上に、湯で溶こうにも火が焚けない。それで、みんなで中庭に竈《かまど》を作った。昔みたいに少しずつ石炭やら木炭やら薪やら持ち寄って、共同で使ってる。

しかし冬が越せるか心配だよ。街の爺さん婆さんは昔の戦争を思い出すらしく、あちこちにルタバガ（カブの一種）を植えて育ててる。さすがに三十年も前の状態には戻らないと思いたいが、俺たちの生死は連合国様の指のひと振り次第ってのも事実だ。

本当にベルリンは復興できるんだろうか。西側三ヶ国と東のソ連はますます睨《にら》み合うばかりで、このままだと八つ裂きにされる気がしてならないよ。イギリスの首相はアトリーとかいうやつに変わったし、どうなることやらだ。

配給品はどんどん減ってる。これから気温が氷点下になる季節だってのに、防寒具も毛布も足りない。連合国はまだ重機を返してくれない。寒さで瓦礫《がれき》が凍っちまって、もうお手上げだ。

でもさ、まだ瓦礫は片付かないし、食べ物は足りないし、凍りついたバケツの水にブラシを浸して、道路に這いつくばって血が残る石畳を磨く毎日でも、どこかで希望を求めちまう。不思議だよな。ちっぽけなシャベルで霜の張った土を掘り返して、空襲で死んだ母親の横に、戦死した兄の認識票を埋めて、これでやっと家族全員を埋葬できたって、喜ぶんだよ。やってらんないよ。

俺たちはこれからどうなって、どこへ行くんだろう。

この国は、もうずいぶん前から、沈没しかけの船だったんだ。どこがまずかったのか、どこから終わりがはじまってたのか、最初の穴を探し回っても、誰もはっきり答えられない。全部が切れ目なく繋がっているからさ。

だけど俺たちは意気揚々と――あるいはおっかなびっくりで船に乗り込み、自信満々で新しい国旗を翻させる船員たちに舵《かじ》をまかせた。

船室にゆとりをもたせるために、邪魔な乗客を海に放り込んでいる、という噂が流れた時、俺たち乗客は甲板に出て、どんな様子か探ることだってできた。だけど下手を打って自分が海に放り込まれるのが恐ろしくて、船室に閉じこもり、この船がいかに美しく、自分たちは素晴らしい乗客であるかと教えてくれる話ばかり聞いて過ごした。

やがて船は嵐に突っ込んでいき、海は荒れ、よその船を攻撃し、奪い取り、吹きすさぶ嵐の中で艦隊はどんどん大きくなった。船頭に従えばいつか海は穏やかに凪《な》ぎ、明るい世界に出られると信じて。
　しかし四方八方から敵が迫ったとたん、船頭は舵取りを放棄して、黒々とした海に飛び込み、
　物言わぬ死の国へ逃げてしまった。振り返れば船員も乗客も大勢死んで、死体が山積みになって
いる。
　残った船員と乗客は途方に暮れる。敵はついに船を乗り付けて乗り込み、好き勝手に船を動か
しはじめた。
　船頭に捨てられ、沈没しかけた船で、舵に触ることも許されずに、乗客は途方に暮れる。マス
トを見上げりゃ、敵だった国の旗がはためいて、自国の国旗は海に浮かぶ。お前はこの船で何を
していた？
　その上、乗り込んできたやつらは勝手に、西に行こう、いや東だ、と舵を奪い合う。嵐は容赦
なく、船は激しく揺れて、誰の目にも亀裂が入りはじめているのがわかる。
　次は誰を船頭にすればいい？　誰に舵取りを任せればいい？　誰が誰を裁き、自分たちはこれ
からどんな国旗を掲げればいいんだ？
　良識ある善人たちは、どこかに答えがあるはずだと、誰しも納得する正解があるはずだと、静
かに座って目を凝らす。でも見えるのは、右往左往するか図々しく振る舞うか、激怒するか長い
ものに巻かれるか、いつまでも出ない答えに悶々《もんもん》とするか――すなわち何も変わらない、いつも
と同じ人間たちの姿しかない。
　やがてみんな気がつく。いちいち気にしてたらこっちの身が持たないってね。だから、目の前

にあること、手の届く範囲のことだけを考えて生きるんだ。そうすれば少なくとも、心は平穏無事だから。

船や人についた傷は絶対に消えない。海に落とされた人は戻ってこない。

だったら見なければいい。戦争ってそういうものだから、ひとつひとつ見ていたらきりがないから、誰しもみんなすねに傷があるから、言い出したらきりがないから、見ないし、話さない。

俺はそれでいいと思う。だけど君は誤魔化さずに、一歩前に踏み出した。

俺は悩むのが苦手だ。楽な方ばかり選んで生きてきた。勇気なんて持つ必要ない人生を送ってきた。だのに、君に出会ってから、俺は考えたくないことを考え続けている。

さっき書いたこともそうだ。クリストフはあれが毒入りと知らなかったのか、それとも知っていたのか？　知ってて口に含んだなら、自殺じゃないか。そうなったら意味が違ってくる……。

どうしたらいいんだ？

今、机の上に何があると思う？　俺がファイビッシュ・カフカだった頃の写真だ。ダニーにお願いして譲ってもらったのさ。こうして見ると、恥ずかしいくらいに気取っちゃってる。

俺は死なない。何があっても生きてやるさ。だけど生き続けるには、やることがあるらしい。

君と同じようにね。

俺はこの写真を持って、警察分署に行こうとしている。それで俺はナチスのプロパガンダに荷担したと自首する。

だけど滅茶苦茶悩んでいる。実は写真の隣には旅券があるんだ。エリが外へ行かないかと——

猛反対しているヴィルマを押し切って、誘ってくれた。この旅券があれば、ドイツから出られる……そう、そんな選択肢もあるんだよ。

警察に行きたくない。逃げ出したい。なあ、俺はどっちを選ぶべきなんだ?

追伸

この間、〝フィフティ・スターズ〟のウェイトレスと一緒に君の部屋を整理しに行ったら、君に来客があった。華やかできれいな女性と、頭と片腕に痛々しい包帯を巻いた、眼鏡の男性だ。男性はホルンと名乗った。すぐに君のいる病院へ見舞いに行くと言っていたよ。そうそう、ラディッシュの種も渡しておいたからな。会えていますように。

幕間Ⅴ

アウグステの日の前には、病院から盗んだ注射器と布手袋、両親から贈られた青酸カリのアンプル、そして歯磨き粉のコルゲートがある。

部屋の硬いベッドに腰掛け、これらをしばらくの間睨《にら》みつけていたアウグステは、おもむろに立ち上がると、手袋をはめ、青酸カリを手に取った。液体量は、小さなアンプルに一ミリリットルにも満たない。

ガラスのアンプルの首をぽきりと折り、中身を注射器で吸い出し、蓋を開けておいたコルゲートの、チューブの口のすぐ下に液体を注入した。余分な液体が入ったことで、チューブの口から白い歯磨き粉が少量、紙袋の中にぽとりと落ちる。アウグステは蓋を閉め、手を水と石鹼でよく洗うと、布手袋とアンプル、紙袋を布袋にまとめて厳重に縛り、病院の鍵付ゴミ箱に〝毒物〟と書いて捨てた。

翌週の日曜、七月八日、アウグステは布で包んだ毒入りのチューブを持って、朝早いうちにポツダム広場の闇市へ向かった。そして十歳以下の子どもの売り子がいる店を探して回った。通りの端に、まだ八歳くらいの、赤いズボンを穿いた少年がいた。

「私の代わりに、ある男の人にこの歯磨き粉を売ってほしいの。必ず買うだろうから」

少年はあからさまに嫌な顔をしたが、アウグステがCAREパッケージに入っていたランチョンミートの缶とミルクチョコレートを渡すと、あっさり承諾した。アウグステは少年の隣に座り、頭からハンカチをかぶって顔を隠し、クリストフが来るのを待った。

クリストフは来る。絶対に。

太陽が中天に上った正午過ぎ、クリストフは姿を見せた。

その一瞬だけ、アウグステの耳にはまわりの音が入ってこなくなり、世界から、クリストフと自分自身以外のすべてが失われたように思えた。あとは獲物に向かって、ただまっしぐらに突き進めばいい。

人混みの中でも頭ひとつ抜けて、よく目立つ大男は、アウグステの読み通り子どもの売り子がいる店ばかりを回っている。そして三十分ほど経つと、ついに目の前にやって来た。

人相を教えていた少年は、かなり緊張した声でクリストフに話しかけた。

「おじさん、これどうだい？　ア、アメリカ軍からもらった……手に入れた、本物の歯磨き粉だよ。ずいぶん磨いてないでしょう？　歯」

クリストフはにっこりと、フレデリカが評したように確かに優しげににっこりと、少年に微笑みかけた。

「それはいいね。坊やはいらないのかい？」

「へん、俺は歯磨きなんか嫌いなのさ。えっと、二十連合国マルクでどうだい？」

クリストフが財布を出そうとしたその時、アウグステは自分の意思に反して、手を伸ばした。そのまま歯磨き粉をクリストフの手から奪う――少年はぎょっとして「なんだってんだ！」と抗議したが、一番驚いているのは、アウグステ本人だった。

なぜ割って入ってしまったの？　今が最大のチャンスだったのに！　しかし、もう引き返せない。アウグステはめまいを堪《こら》えながら顔を上げた。

「クリストフ。私のことを覚えてる？」

そう言って頭にかぶっていたハンカチを取り去る。自分よりもずっと背が高く、ずっと年上のクリストフが、こちらを見下ろしている。

「ああ、君か」

記憶に残っていた印象と何ら変わらない、ガラス玉のような瞳だとアウグステは思った。他に何と言ってほしかったのだろう。いったい、どんな反応が返ってくるのを期待していたんだろう――現実は、想像のように楽にも劇的にもいかない。口にしなければ、手を動かさねば、ひとつたりとも動かない。アウグステは自分を止めようとする躊躇《ためら》いを押しのけ、震える足で一歩前に出た。

「用があるの。こっちへ来て」

アウグステはクリストフを誘って、ポツダム広場のひと気のない隅へ向かった。交差点の真ん中では、赤軍の女性兵が旗を上下させて、交通整理をしている。ふたりは交差点を左に曲がり、人がまばらな廃墟の前で立ち止まった。

「クリストフ。あなたがイーダを殺したのね」

前置きも挨拶もせず、単刀直入に訊ねると、クリストフは否定も肯定もせずに、悲しげな瞳をアウグステに向けた。

「もう一度訊く。あなたが子どもたちを殺したのね。十七年前から、ひょっとするとその前から……どうしてなの」

まったく似つかわしくない、とアウグステは思った。敗戦なんて関係ない、廃墟だらけでもいい、大勢の人々が戦争が終わったことを喜び、生き延びたことを祝い、青空の下、命を謳歌している。

だけどまだ戦争は終わってない。まだここにある。私とこの男の間には、戦争と同じ憎しみが横たわっている。

「あなたは罪もない子どもを殺した。警察が相手にしないほど貧しい子や、灯火管制のごたごたの最中や、潜伏者だからいつ栄養失調や病気で死んでもおかしくない子どもを、選んで殺した。それも砒素《ひそ》で少しずつ時間をかけて……それが衝動だと言うの？　違う。あなたは頭を働かせて、計画通りに殺した！」

もし、彼がクアフュルステンダムで貧しい子どもたちを殺さなければ、あの喪服の女性の子どもは元気に成長して、彼女の人生は違っていたかもしれない。そうだったら、冤罪をかけられた男を憎むことなく、父を密告しなかったかもしれない。

何よりもイーダ。ギゼラも隣人のベッテルハイム一家も助けられなかったアウグステが見つけた少女。あの子を助けることで、私が助けられていた。薔薇《ばら》の立て札、闇の中で光る両親のトーテムだった。

それをこの男が奪い去ったのだ。

今すぐ鉄槌《てっつい》を下さねばならない。生かしておいたらこの先も子どもを殺すかもしれないのだ。私は、もうすでにひとり殺している。私を犯した赤軍兵を殺した。戦争だったから。やらなければやられる。

だがアウグステは躊躇う。

ああ、私にはわからない。私にはわからない。わからない。何も。

アウグステは右手をクリストフに差しだした。手のひらには、握りしめていたせいで温くなった、歯磨き粉の赤いチューブが載っている。

穏やかな表情を浮かべたまま首を傾《かし》げるクリストフに、アウグステは言った。

「……この中には、青酸カリが入っています。本当は罠《わな》のつもりだったの。私はあなたのことをとても憎んでいる。だから何も言わずにこれを使わせて、あなたを殺すつもりだった。でも……できない。だから教えておきます。これを使えば死ぬと」

小さな白い手のひらに、影が重なる。クリストフの大きな手のひらがチューブを取った。

「わかった」

クリストフは毒の歯磨き粉をズボンのポケットに押し込むと、アウグステに背を向けて、夏の陽射しがきらめく喧噪《けんそう》の中へと消えていった。

疲れ切った重い体を引きずるようにして、アウグステはオンケル・トムズ・ヒュッテのジードルングへ帰り、ベッドに突っ伏した。靴を履いたまま、夢も見ずに、深い深い眠りにつく。夢の中で、クリストフが赤い歯磨き粉を使って見知らぬ子どもを殺し、アウグステは飛び起きた。

窓の外は夕日が落ちていくところで、あたりが血のように赤く染まっている。ぼうっとする頭で、すぐそばで物音がするのを聴いた。誰かが玄関のドアを叩く音だ。

「ニッケルさん、あなた宛の小包ですよ」

アウグステは足をもつれさせながら部屋を横切り、ドアを開けた。管理人だった。留守の間に荷物を預かったので届けに来たという。小包は紙袋を紐で縛った、平たく固い代物で、食べ物ではなさそうだ。

アウグステは礼を言って部屋に戻り、ベッドに腰かけて包みの紐をほどいた。紙袋から葉書がはらりと落ちた。

「あんたの住所を捜すのにだいぶ骨を折ったけど、元気にしているなら良かった。忘れているかもしれないけど、大事なものを送るよ。それから、いい報せがあるんだ。しばらくしたらまた来るから、ここで待ってて。じゃあね」

間違いない、同じジードルングに住んでいた洒落者の女性だ。相変わらず名前が書いていないけれど、筆致でわかる。

いったい何を送ってくれたのだろう？　アウグステは紙袋に手を突っ込んで、手に触れた瞬間、あっと小さく叫んだ。

この厚み、この手触り、忘れるものか。

アウグステはゆっくりと中のものを紙袋から抜き取った。

一冊の本。懐かしい黄色い本だ。

あの日、どうしてもこれだけは捨てられず、ホルン氏の家のドアの下に滑り込ませたのだ。彼はそれを守ってくれた。

あらゆる感情がアウグステの心にどっと押し寄せた。

ページをめくる。子どもの頃に書き込んだ拙い翻訳文がそのまま残っている。食べながら読んだ時に落ちた食べこぼしのしみ、読みかけのページの角を折った耳。自由の象徴だった本。家族の声、隣人の声。穏やかだったぬくもり。

窓の外は静かで、爆弾はもう落ちてこない。生き延びるために堪え忍んだり、心の奥底に隠した勇気を奮い立たせ、必死で走る必要もない。

自由だ。

もうどこにでも行ける。何でも読める。どんな言語でも――

失ったと思っていた光が、ふいにアウグステの心に差した。そしてその光は、今のアウグステには白く、眩《まぶ》しすぎた。

主要参考文献

『戦時下のベルリン　空襲と窮乏の生活一九三九―四五』ロジャー・ムーアハウス著／高儀進訳／白水社

『ナチス・ドイツ　ある近代の社会史　ナチ支配下の「ふつうの人びと」の日常』デートレフ・ポイカート著／木村靖二・山本秀行訳／三元社

『ヨーロッパ・ユダヤ人の絶滅』（上・下）ラウル・ヒルバーグ著／望田幸男・原田一美・井上茂子訳／柏書房

『ベルリン陥落一九四五』アントニー・ビーヴァー著／川上洸訳／白水社

『ベルリン終戦日記　ある女性の記録』（著者匿名）／山本浩司訳／白水社

『わが闘争』（上・下）アドルフ・ヒトラー著／平野一郎・将積茂訳／角川文庫

『ウーファ物語《ストーリー》　ある映画コンツェルンの歴史』クラウス・クライマイアー著／平田達治・他訳／鳥影社

『ドイツを焼いた戦略爆撃　一九四〇―一九四五』イェルク・フリードリヒ著／香月恵里訳／みすず書房

『ナチスの戦争　一九一八―一九四九』リチャード・ベッセル著／大山晶訳／中公新書

『暗闇の中で　マーリオン・ザームエルの短い生涯　一九三一―一九四三』ゲッツ・アリー著／鷲巣由美子訳／三修社

『ナチズムに囚われた子どもたち　人種主義が踏みにじった欧州と家族』（上・下）リン・H・ニコラス著／若林美佐知訳／白水社

『ヒトラーランド　ナチの台頭を目撃した人々』アンドリュー・ナゴルスキ著／北村京子訳／作品社

『ゲッベルスと私　ナチ宣伝相秘書の独白』ブルンヒルデ・ポムゼル、トーレ・D・ハンゼン著／石田勇治監修／森内薫・赤坂桃子訳／紀伊國屋書店

『兵士というもの　ドイツ兵捕虜盗聴記録に見る戦争の心理』ゼンケ・ナイツェル、ハラルト・ヴェルツァー著／小野寺拓也訳／みすず書房
『ヒトラーとナチ・ドイツ』石田勇治著／講談社現代新書
『ヒトラー演説　熱狂の真実』高田博行著／中公新書
『ホロコースト　ナチスによるユダヤ人大量殺戮の全貌』芝健介著／中公新書
『ベルリン・歴史の旅』平田達治著／大阪大学出版会
「私たちを助けてくれたベルリンっ子たち　ユダヤ人を救った人々（10）」平山令二／『人文研紀要86号』中央大学人文科学研究所
『図説　都市と建築の近代　プレ・モダニズムの都市改造』永松栄著／学芸出版社
『戦後ドイツのユダヤ人』武井彩佳著／白水社
『愛と欲望のナチズム』田野大輔著／講談社選書メチエ
『イワンの戦争　一九三九―四五』キャサリン・メリデール著／松島芳彦訳／白水社
『戦争は女の顔をしていない』スヴェトラーナ・アレクシエーヴィチ著／三浦みどり訳／群像社
『ヒトラーの最期　ソ連軍女性通訳の回想』エレーナ・ルジェフスカヤ著／松本幸重訳／白水社
『消えた将校たち　カチンの森虐殺事件』J・K・ザヴォドニー著／中野五郎・朝倉和子訳／みすず書房
『KGBの内幕　レーニンからゴルバチョフまでの対外工作の歴史』（上・下）クリストファー・アンドルー、オレク・ゴルジエフスキー著／福島正光訳／文藝春秋
『1945 Deutschland die letzten kriegsmonate』Stiftung Topographie des Terrors
『BERLIN BETWEEN PROPAGANDA AND TERROR』Stiftung Topographie des Terrors
『BERLIN 1945 Eine Dokumentation』Stiftung Topographie des Terrors

『Berlin in frühen Farbfotografien 1936 bis 1943』 Michael Sobotta Sutton Archiv
『The Soviet Soldier of World War Two』 Philippe Rio histoire&collections

〈地図等〉

・PHARUS-PLAN BERLIN 1944
・Otto Kohtz UFA, Tonfilmatelier Tu Berlin Architektrumuseum, Inv.
・Studio map Studio Babelsberg.com

〈映像〉

Berlin and Potsdam 1945 - aftermath　BERLIN CHANNEL
Nazi Germany 1936 - 1945 (in color and HD) chronoshistory
BS世界のドキュメンタリー『アフター・ヒトラー』前後編　原題 After Hitler 制作 CINÉTÉVÉ　フランス二〇一六
NHKスペシャル映像の世紀　第四集『ヒトラーの野望』第五集『世界は地獄を見た』第七集『勝者の世界分割』

〈WEBサイト〉

・洞窟修道院　ロシア史　ソ連軍資料室　兵士たちとの対話
http://www.geocities.co.jp/SilkRoad/5870/beseda.html
・DP Camp in Europe
http://www.dpcamps.org/dpcampseurope.html

・UNITED STATES HOLOCAUST MEMORIAL MUSEUM
https://www.ushmm.org/
・Vom Roten Kreuz zum Hakenkreuz von Steffi Pyanoe（Der Tagesspiegel Potsdam）
http://www.pnn.de/potsdam/1076629/

〈小説〉
『占領都市ベルリン、生贄たちも夢を見る』ピエール・フライ著／浅井晶子訳／長崎出版
『ベルリン一九四五』クラウス・コルドン著／酒寄進一訳／理論社
『ベルリンに一人死す』ハンス・ファラダ著／赤根洋子訳／みすず書房
『さらば、ベルリン』ジョゼフ・キャノン著／澁谷正子訳／ハヤカワ文庫ＮＶ
『スウィングしなけりゃ意味がない』佐藤亜紀著／KADOKAWA
『双頭のバビロン』皆川博子著／東京創元社

本書執筆にあたり、以上の他にも多くの文献、映像資料、ウェブサイトを参照致しました。研究者のみなさま、アマチュア研究者のみなさま、翻訳家のみなさまの、日々の精緻な探求と取り組みのおかげを持ちまして、本書を執筆することがかないました。そして資料を読み込みあるいは体験を経て紡がれた、優れた小説たちも道しるべとなりました。この場を借りて篤く御礼申し上げます。

また、本書内に誤りがございましたら、前述の参考資料にかかわらず、すべて作者深緑野分の責任であることをここに明記致します。

本作品には、ダウン症候群の少女が登場します。現在の医療ではダウン症候群の研究が進み、支援とサポートによりQOLを改善し日常生活を周囲と同じように送ることが可能です。しかしながら、一九六五年にWHOが廃止するまで〝蒙古痴呆症〟または〝蒙古人症〟という呼び名が一般的であり、支援体制も整っておらず、更にナチス時代にはT4作戦により重症患者や障害者たちとともに多くのダウン症候群患者が迫害され、亡くなっています。

本作品ではその時代を鑑み、状況を反映した症状の描写を含んでおりますことを、ご承知置き下さい。

謝辞

本書が完成に至るまでの長い道のりは、私ひとりでは到底歩き抜けられませんでした。

ベルリンにまつわる資料と逸話を授けて下さった、ドイツ語文学・翻訳家で和光大学表現学部教授の酒寄進一先生、ドイツの雰囲気や社会、軍事、ドイツ語や語句のチェックをして下さったマライ・メントラインさん、神島大輔さん、ベルリン取材の際に丁寧なガイドをして下さったライターの久保田由希さん、中村真人さん、取り次いで下さった山田静さん。貴重なアドバイスを授けて下さった設定考証・リサーチャーの白土晴一さん、ロシア軍事研究家の小泉悠さん、漫画家の速水螺旋人さん、イラストレーター・画家の小山義人さん。

ベルリンのプレンツラウアーベルクにあるBauen und Wohnen in Prenzlauer Berg um1900で二〇世紀初頭の集合住宅の暮らしを解説して下さったボランティアの博物館員の女性、たまたま同じツアーになった縁で色々と昔話をしてくれたドイツ人家族のみなさん、Berliner Unterwelten 地下壕見学ツアーのガイドさん。

担当編集者Tさんをはじめ、本書に関わって下さったみなさん。

名前のわかる方もわからない方もいらっしゃいますが、お力添えを頂いたみなさまにこの場を借りて心から御礼申し上げます。誠にありがとうございました。

また、文庫化にあたり、帯の惹句をお引き受け下さった逢坂剛先生、解説をお引き受け下さった酒寄進一先生にも感謝申し上げます。

度重なる動乱や変革を一身に受け、未だ解決されない問題と生々しい傷を抱えながらも、旅人を親切に受け入れてくれたベルリンの街にも感謝します。ほとんどの生徒と教師が収容所で亡くなってしまったユダヤ人女学校の美しい緑色のタイル、窓から差し込むやわらかな光。今もなお安全のため鉄格子と巡査の警備に守られているユダヤ人カフェで、店員の優しい老婦人が運んでくれた、ゴマがたっぷり浮かんだ甘い紅茶の味が忘れられません。

最後に支えてくれた家族と友人にも感謝を。私の執筆速度が遅いばかりに本書の完成を待たず亡くなった、最良の読者だった母、郁子にこの本を捧げます。

解説

酒寄進一

本書は、二〇一五年に戦争と料理をドッキングさせた小説『戦場のコックたち』（東京創元社）で人気を博した作者が満を持して発表した長編小説だ。本書でも冒頭でさっそくコカ・コーラとコンビーフ・ハッシュが話題になる。主人公はアメリカ軍の慰安用兵員食堂のウェイトレスだ。冒頭ではしばらくこの食堂の描写がつづく。やはり料理が重要な要素なのだ。

舞台は一九四五年七月のベルリン。五月にドイツが無条件降伏してまもない時期だ。アメリカ兵とは違い、敗者となったドイツ人は食糧難の中にある。カエルをつかまえて食べる。いや、動物園から逃げだしたワニまで料理してしまう。じつに貪欲だ。いや、この小説自体がとても貪欲だといえるだろう。冒頭の「コカ・コーラ」で、ぼくはビリー・ワイルダーのコメディ映画『ワン・ツー・スリー』を脳裏に浮かべた。コカ・コーラ社の西ベルリン支店長を主人公にして、東西の対立を皮肉った痛快な映画だ。公開が一九六一年なので、本書の十五年ほど後のベルリンだが、併せて鑑賞するといろいろとおもしろい。本書の作者はかなりの映画好きらしく、実際作中の随所に映画ネタが見つかる。主人公としばらく行動を共にする人物は元映画俳優だし、ふたりがめざすのはポツダムのバーベルスベルク地区。戦前、戦中にかけてドイツ映画界を代表するウーファの映画スタジオがあったところだ。大ネタ、小ネタ含めて映画好きにも堪えられないストーリーだと保証する。

またこの物語はミステリ仕立てでもある。主人公アウグステはある晩、突然アメリカ軍の憲兵隊によってソ連の内務人民委員部に連行され、戦時中に世話になった人物クリストフ・ローレンツを殺害した嫌疑をかけられる。アウグステは一旦釈放されるが、戦前にやはりクリストフの世話になった若者にその死を伝えるためにバーベルスベルクへ向かう。そこでクリストフ・ローレンツ殺害事件はおもわぬ展開を見せる。

この小説は本編と幕間で構成されていて、本編では主人公がベルリンからポツダムまでの道すがらさまざまな人間と遭遇する。動物園の元飼育員、浮浪児の強盗団、その強盗団を牛耳る魔女のごとき女。だがそれぞれにいろいろな過去を背負っている。過去を背負っているといえば、主人公と共に行動する男もそうだ。名前はファイビッシュ・カフカ。ユダヤ人を名乗る二十代の若者。これを鵜呑みにしてはいけない。というのも、彼は「ウーファ・シュタットにいたのは一九四〇年から三年間だけなんだ」と漏らしているからだ。ベルリンから数万人にのぼるユダヤ人が計画的に強制収容所へ移送され出すのは一九四一年だ。矛盾する。しかも名前もあやしい。ファイビッシュにはたしかにユダヤ人っぽい響きがあるが、実際には存在しない名だ。カフカも世界的なユダヤ人作家フランツ・カフカの名を知っている読者には違和感がないかもしれないが、カフカは「コガラス」を意味するチェコ語で、本来ユダヤ人の姓ではない。さて、ファイビッシュ・カフカというあやしい名を持つこの人物にはどんな過去が隠されているのか。

秘めた過去をもつのは主人公も同じだ。五回にわけて主人公の視点で語られる幕間はその種明かしのパートともいえるだろう。幕間はアウグステが一九二八年に生まれるところからはじまる。父親はナチ党と対立した共産党の党員だ。同じアパートには親しく交流し、助け合っていたユダヤ人一家がいるし、ダウン症を患う年上の少女も暮らしている。ナチ党が権力を掌握するのが一九三三年だから、物心つくにつれて主人公の周辺がどうなっていくか想像に難くない。共産党員弾圧、ユダヤ人迫害、そして「社会の役に立たない」人々の安楽死計画など、ナチ政権の悪行が点描されることになる。また一九三九年に勃発する第二次世界大戦の経過と銃後の生活、そしてローレンツ家に匿われるようになるまでの経緯がアウグステの目を通して活写される。「ひとつの民族、ひとつの帝国」が叫ばれる中、アウグステはこう思う。

「自分は異端なのかもしれない。そんな思いに駆られると、アウグステはよく自らを人魚姫に喩えた。海にいなければ死んでしまうのに陸に焦がれ、ついに陸へ揚がるのだ。

魔女との契約によって美しい声を代償にしてでも、ここにはないものに惹かれる気持ちを完璧に消すことなどできない。それに異端者は、何だかかっこいいような気もした」

主人公のアンビバレントな思いがよくわかるだろう。そしてこうしたアウグステを要所要所で癒やしてくれるのが『エーミールと探偵たち』の英訳本だ。ドイツ人の作家エーリヒ・ケストナーの児童文学をドイツ人のアウグステが英訳本で読むという設定がすでにかなりねじれているが、一九三三年に著作が焚書にあい、作家活動を禁止されたにもかかわらず、ナチの崩壊までドイツに留まったケストナーもまた充分にアンビバレントだった。ケストナーはナチ政権末期に身の回りで起きたことを書きつづった『終戦日記』（拙訳で近刊予定）を公刊している。その日記によると、ナチ党の暗殺リストに載った時点で、ケストナーはウーファの撮影隊にまじってアルプスの山奥の村に逃れ、終戦を迎えている。このあたり、いろいろと本書のストーリーとかぶっていて興味深い。

さて、ここまで書いて、すでに読者のみなさんは気づいているだろう。本書には日本人が出てこない。これは『戦場のコックたち』も同様だ。ナチ時代前後のベルリン、東西に分断され、壁崩壊を経験したベルリン。ベルリンは二十世紀を象徴する都市で、たしかに多くの作家の創作意欲を刺激している。ただしドイツ人以外の作家は、物語に自国民を登場させることが多い。手塚治虫の『アドルフに告ぐ』の日本人特派員しかり、また須賀しのぶの『革命前夜』の日本人留学生しかり、またジェフリー・ディーヴァーの

『獣たちの庭園』でも、ナチ高官暗殺の使命を帯びたニューヨークの殺し屋が一九三六年、オリンピック開催直前のベルリンに行く。たぶんそういう設定の方が、自国の読者を感情移入させやすいからだろう。またその視点人物を通して、ドイツ人にとってはあたりまえの状況や景色を、自国の読者向けにわかりやすく描写できるという利点もありそうだ。

ドイツ人にとってはあたりまえの状況や景色をどう表現するか。おそらくこれが本書を楽しむ上でも重要な要素だと思う。ただし著者の狙いは「わかりやすく描写する」こととはどこか違う。その一例はドイツ語のルビの多用にあるだろう。国民受信機＝フォルクスエンプフェンガー　公衆電話＝テレフォンツェレ　勝利万歳＝ジーク・ハイル、お願い＝ビッテ。風景や建物や生活（とくに味覚やにおい）の描写が微細であるのも、おなじ狙いがあってのことだろう。その狙いとはずばり「ドイツ的」な空気を醸しだすことにあると思う。本書を読んで、ぼくが忸怩《じくじ》たる思いを抱いたのもまさにそこだ。ぼくはナチ時代前後を描いたドイツの小説を多く翻訳しているが、その作品を日本の読者に受け入れやすくするため、できるだけ文章を自然な日本語に近づけ、ドイツ臭を削る。本書の著者がしていることはその逆だ、日本語のテクストにドイツっぽさをだす。

たとえばフォルクスエンプフェンガーをぼくならラジオと訳す。ラジオは外来語だが、すでに日本語の市民権を得ているからだ。ではヒトラーやゲッベルスが演説したことで知られるベルリンの多目的ホール Sportpalast はどうするか。一般には「スポーツ宮殿」、「スポーツパレス」と訳される。ところが本書では「シュポルトパラスト」と原語に忠実にカタカナ書きする。翻訳者には逆になかなかしづらいことだ。

味覚やにおいにつづいて音の響きも、その土地と時代を彷彿《ほうふつ》とさせるための重要な要素だろう。ベルリンからポツダムへと旅をするアウグステの感覚が捉えるものを読者は追うことになる。この小説がロードムービーと同じ空気をまとっていると思うゆえんだ。

ところで本書をハードカバーで手にしたとき、ふと思い起こして掌《てのひら》にのせたものがある。はじめてベルリンを訪れた一九七九年にノミの市で手に入れた掌サイズのオルゴールだ。紙のカバーに包まれていて、下部に半円状の切れ込みが四つあり、それを立てると車輪になる。紙に印刷されているのは手回しオルガンだ。街角に立つ手回しオルガン弾きはベルリンの風物詩といっていい。このオルゴールのレバーを回すと「Berliner Luft」という曲が鳴る。非公式だがベルリンの市歌といってもいい地元では人気の曲で、ベルリン・フィルの六月の野外コンサートでかならず最後に演奏される。ケストナーが『終戦日記』の一九四五年五月二日の項で、ヒトラーから後継者に指名されたデーニッツ大提督の声明に対して「手回しオルガン弾きは変わったが、奏でるのはやはり古くからの曲だった。『ハイル・デーニッツ！』」と皮肉ったときも、彼の脳内で響いていたのはこの曲に違いない。Berliner Luft はなんと訳そう。「ベルリンの空気」「ベルリンの風」が通例だが、いまはあえて「ベルリンの空」と訳したい。この曲を聴けば、物語の世界がどんなに殺伐としていても、「晴れた空」の下、ずんずん歩いていけると思うからだ。本書のお供にぜひおすすめしたい。YouTube で Berliner Luft と検索すればすぐに見つかる。

（さかより・しんいち　ドイツ文学者／翻訳家）

沈黙博物館　小川洋子
「形見じゃ」老婆は言った。死の完結を阻止するために形見が盗まれる。死者が残した断片をめぐるやさしくスリリングな物語。（堀江敏幸）

星間商事株式会社社史編纂室　三浦しをん
二九歳「腐女子」川田幸代、社史編纂室所属。恋の行方も友情の行方も五里霧中。仲間と共に「同人誌」を武器に社の秘められた過去に挑む!?（金田淳子）

つむじ風食堂の夜　吉田篤弘
それは、笑いのこぼれる夜。――食堂は、十字路の角にぽつんとひとつ灯をともしていた。クラフト・エヴィング商會の物語作家による長篇小説。

通天閣　西加奈子
このしょーもない世の中に、救いようのない人生に、ちょっぴり暖かい灯を点す驚きと感動の物語。第24回織田作之助賞大賞受賞作。（津村記久子）

この話、続けてもいいですか。　西加奈子
ミッキーこと西加奈子の目を通すと世界はワクワク、ドキドキ輝く。いろんな人、出来事、体験がてんこ盛りの豪華エッセイ集！（中島たい子）

君は永遠にそいつらより若い　津村記久子
22歳処女。いや「女の童貞」と呼んでほしい――。日常の底に潜むうっすらとした悪意を独特の筆致で描く。第21回太宰治賞受賞作。（松浦理英子）

アレグリアとは仕事はできない　津村記久子
彼女はどうしようもない性悪だった。すぐ休み単純労働をバカにし男性社員に媚を売る。大型コピー機とミノベとの仁義なき戦い！（千野帽子）

まともな家の子供はいない　津村記久子
セキコには居場所がなかった。うちには父親がいる。うざい母親、テキトーな妹。まともな家なんてどこにもない！　中3女子、怒りの物語。（岩宮恵子）

こちらあみ子　今村夏子
あみ子の純粋な行動が周囲の人々を否応なく変えていく。第26回太宰治賞、第24回三島由紀夫賞受賞作。書き下ろし「チズさん」収録。（町田康／穂村弘）

さようなら、オレンジ　岩城けい
オーストラリアに流れ着いた難民サリマ。言葉も不自由な彼女が、新しい生活を切り拓いてゆく。第29回太宰治賞受賞・第150回芥川賞候補作。（小野正嗣）

冠・婚・葬・祭　中島京子

人生の節目に、起こったこと、出会ったひと、考えたこと。冠婚葬祭を切り口に、鮮やかな人生模様が描かれる。第143回直木賞作家の代表作。（瀧井朝世）

とりつくしま　東直子

死んだ人に「とりつくしま係」が言う。モノになってこの世に戻れますよ。妻は夫のカップに弟子は先生の扇子になった。連作短篇集。（大竹昭子）

虹色と幸運　柴崎友香

珠子、かおり、夏美。三〇代になった三人が、人に会い、おしゃべりし、いろいろ思う一年間。移りゆく季節の中で、日常の細部が輝く傑作。（江南亜美子）

星か獣になる季節　最果タヒ

推しの地下アイドルが殺人容疑で逮捕!? 僕は同級生のイケメン森下と真相を探るが――。歪んだピュアネスが傷だらけで疾走する新世代の青春小説！

ピスタチオ　梨木香歩

棚（たな）がアフリカを訪れたのは本当に偶然だったのか。不思議な出来事の連鎖から、水と生命の壮大な物語「ピスタチオ」が生まれる。（管啓次郎）

図書館の神様　瀬尾まいこ

赴任した高校で思いがけず文芸部顧問になってしまった清（きよ）。そこでの出会いが、その後の人生を変えてゆく。鮮やかな青春小説。（山本幸久）

マイマイ新子　髙樹のぶ子

昭和30年山口県国衙。きょうも新子は妹や友達と元気いっぱい。戦争の傷を負った大人、変わりゆく時代、その懐かしく切ない日々を描く。（片渕須直）

話虫干　小路幸也

夏目漱石「こころ」の内容が書き変えられた！ それは話虫の仕業。新人図書館員が話の世界に入り込み、「こころ」をもとの世界に戻そうとするが……。

包帯クラブ　天童荒太

傷ついた少年少女達は、戦わないかたちで自分達の大切なものを守ることにした。生きがたいと感じるすべての人に贈る長篇小説。大幅加筆して文庫化。

うれしい悲鳴をあげてくれ　いしわたり淳治

作詞家、音楽プロデューサーとして活躍する著者の小説&エッセイ集。彼が「言葉」を紡ぐと誰もが楽しめる「物語」が生まれる。（鈴木おさむ）

尾崎翠集成（上・下）　尾崎翠／中野翠 編

鮮烈な作品を残し、若き日に音信を絶った謎の作家・尾崎翠。時間と共に新たな輝きを加えてゆくその文学世界を集成する。

クラクラ日記　坂口三千代

戦後文壇を華やかに彩った無頼派の雄・坂口安吾との、嵐のような生活を妻の座から愛と悲しみをもって描く回想記。巻末エッセイ＝松本清張

貧乏サヴァラン　森茉莉／早川暢子 編

オムレット、ボルドオ風茸料理、野菜の牛酪煮……。食いしん坊茉莉は料理自慢。香り豊かな〝茉莉ことば〟で綴られる垂涎の食エッセイ。文庫オリジナル。

紅茶と薔薇の日々　森茉莉／早川茉莉 編

天皇陛下のお菓子に洋食店の味、庭に実る木苺……森鷗外の娘にして無類の食いしん坊、森茉莉が描く懐かしく愛おしい美味の世界。（辛酸なめ子）

ことばの食卓　武田百合子／野中ユリ・画

なにげない日常の光景やキャラメル、枇杷など、食べものに関する昔の記憶と思い出を感性豊かな文章で綴ったエッセイ集。（種村季弘）

遊覧日記　武田百合子／武田花・写真

行きたい所へ行きたい時に、つれづれに出かけてゆく。一人で。または二人で。あちらこちらを遊覧しながら綴ったエッセイ集。（巖谷國士）

わたしは驢馬に乗って下着をうりにゆきたい　鴨居羊子

新聞記者から下着デザイナーへ。斬新で夢のある下着を世に送り出し、下着ブームを巻き起こした女性起業家の悲喜こもごも。（近代ナリコ）

私はそうは思わない　佐野洋子

佐野洋子は過激だ。ふつうの人が思うようには思わない。大胆で意表をついたまっすぐな発言をする。だから読後が気持ちいい。（群ようこ）

神も仏もありませぬ　佐野洋子

還暦……もう人生おりたかった。でも春のきざしの蕗の薹に感動する自分がいる。意味なく生きても人は幸せなのだ。第3回小林秀雄賞受賞。（長嶋康郎）

老いの楽しみ　沢村貞子

八十歳を過ぎ、女優引退を決めた著者が、日々の思いを綴る。齢にさからわず、「なみ」に、気楽に、と過ごす時間に楽しみを見出す。（山崎洋子）

遠い朝の本たち　須賀敦子
一人の少女が成長する過程で出会い、愛しんだ文学作品の数々を、記憶に深く残る人びとの想い出とともに描くエッセイ。（末盛千枝子）

おいしいおはなし　高峰秀子編
向田邦子、幸田文、山田風太郎……著名人23人の美味な思い出。文学や芸術にも造詣が深かった往年の大女優・高峰秀子が厳選した珠玉のアンソロジー。

るきさん　高野文子
のんびりしていてマイペース、だけどどっかヘンテコな、るきさんの日常生活って？　独特な色使いが光るオールカラー。ポケットに一冊どうぞ。

それなりに生きている　群ようこ
日当たりの良い場所を目指して仲間を蹴落とすカメ、迷子札をつけているネコ、自己管理している犬。文庫化に際し、二篇を追加して贈る動物エッセイ。

うつくしく、やさしく、おろかなり　杉浦日向子
生きることを楽しもうとしていた江戸人たち。彼らの紡ぎ出した文化にとことん惚れ込んだ著者がその思いの丈を綴った最後のラブレター。（松田哲夫）

ねにもつタイプ　岸本佐知子
何となく気になることにこだわる、ねにもつ。思索、奇想、妄想はばたく脳内ワールドをリズミカルな名短文でつづる。第23回講談社エッセイ賞受賞。

回転ドアは、順番に　穂村弘　東直子
ある春の日に出会い、そして別れるまで。気鋭の歌人ふたりが、見つめ合い呼吸をはかりつつ投げ合う、スリリングな恋愛問答歌。（金原瑞人）

絶叫委員会　穂村弘
町には、偶然生まれては消えてゆく無数の詩が溢れている。不合理でナンセンスで真剣だからこそ可笑しい、天使的な言葉たちへの考察。（南伸坊）

杏のふむふむ　杏
連続テレビ小説「ごちそうさん」で国民的な女優となった杏が、それまでの人生を、人との出会いをテーマに描いたエッセイ集。（村上春樹）

月刊佐藤純子　佐藤ジュンコ
注目のイラストレーター（元書店員）のマンガエッセイが大増量してまさかの文庫化！　仙台の街や友人との日常を描く独特のゆるふわ感はクセになる！

エレンディラ
G・ガルシア＝マルケス
鼓直／木村榮一訳
大人のための残酷物語として書かれたといわれる中・短篇。「孤独と死」をモチーフに、大著『族長の秋』につらなるマルケスの真価を発揮した作品集。

素粒子
ミシェル・ウエルベック
野崎歓訳
人類の孤独の極北にゆらめく絶望的な愛——二人の異父兄弟の人生をたどり、希薄で怠惰な現代の一面を描き上げた、鬼才ウエルベックの衝撃作。

地図と領土
ミシェル・ウエルベック
野崎歓訳
孤独な天才芸術家ジェドは、世捨て人作家ウエルベックと出会い友情を育むが、作家は何者かに惨殺される——。最高傑作と名高いゴンクール賞受賞作。

きみを夢みて
スティーヴ・エリクソン
越川芳明訳
マジックリアリズム作家の最新作、待望の訳し下ろし！ 作家ザン夫妻はエチオピアの少女を養女にする。「小説内小説」と現実が絡む。推薦文＝小野正嗣

ルビコン・ビーチ
スティーヴ・エリクソン
島田雅彦訳
マジックリアリスト、エリクソンの幻想的描写が次々に繰り広げられるあまりに魅力的な代表作。空間のよじれの向こうに見えるもの。（谷崎由依）

スロー・ラーナー［新装版］
トマス・ピンチョン
志村正雄訳
著者自身がまとめた初期短篇集。「謎の巨匠」がみずからの作家生活を回顧する序文を付した話題作。驚異に満ちた世界。（高橋源一郎、宮沢章夫）

競売ナンバー49の叫び
トマス・ピンチョン
志村正雄訳
「謎の巨匠」の暗喩に満ちた迷宮世界。突然、大富豪の遺言管理執行人に指名された主人公エディパの物語。郵便ラッパとは？（巽孝之）

動物農場
ジョージ・オーウェル
開高健訳
自由と平等を旗印に、いつのまにか全体主義や恐怖政治が社会を覆っていく様を痛烈に描き出す。『一九八四年』と並ぶG・オーウェルの代表作。

カポーティ短篇集
T・カポーティ
河野一郎編訳
妻をなくした中年男の一日を、一抹の悲哀をこめ、ややユーモラスに描いた本邦初訳の「楽園の小道」他、選びぬかれた11篇。文庫オリジナル。

パルプ
チャールズ・ブコウスキー
柴田元幸訳
人生に見放され、酒と女に取り憑かれた超ダメ探偵が次々と奇妙な事件に巻き込まれる。伝説的カルト作家の遺作、待望の復刊！（東山彰良）

ありきたりの狂気の物語
チャールズ・ブコウスキー
青野聰訳
すべてに見放されたサイテーな毎日。その一瞬の狂った輝きを切り取る、伝説的カルト作家の愛と笑いと哀しみに満ちた異色短篇集。（戌井昭人）

ブラウン神父の無心
G・K・チェスタトン
南條竹則／坂本あおい訳
ホームズと並び称される名探偵「ブラウン神父」シリーズを鮮烈な新訳で。「木の葉を隠すなら森のなか」などの警句と逆説に満ちた探偵譚。（高沢治）

生ける屍
ピーター・ディキンスン
神鳥統夫訳
独裁者の島に派遣された薬理学者フォックス。秘密警察が跳梁し、魔術が信仰される島で陰謀に巻き込まれ……。幻の小説、復刊。（岡和田晃／佐野史郎）

氷
アンナ・カヴァン
山田和子訳
氷が全世界を覆いつくそうとしていた。私は少女の行方を必死に探し求める。恐ろしくも美しい終末のヴィジョンで読者を魅了した伝説的名作。

奥の部屋
ロバート・エイクマン
今本渉編訳
不気味な雰囲気、謎めいた象徴、魂の奥処をゆさぶる深い戦慄。幽霊不在の時代における新しい恐怖を描く、怪奇小説の極北エイクマンの傑作集。

郵便局と蛇
A・E・コッパード
西崎憲編訳
日常の裏側にひそむ神秘と怪奇を淡々とした筆致で描く、孤高の英国作家の詩情あふれる作品集。新訳一篇を追加し、巻末に訳者による評伝を収録。

アンチクリストの誕生
レオ・ペルッツ
垂野創一郎訳
20世紀前半に幻想的歴史小説を発表し広く人気を博した作家ペルッツの中短篇集。史実を踏まえて花開く奔放なフィクションの力に脱帽。（皆川博子）

あなたは誰？
ヘレン・マクロイ
渕上痩平訳
匿名の電話の警告を無視してフリーダは婚約者の実家へ向かうが、その夜のパーティで殺人事件が起こる。本格ミステリの巨匠マクロイの初期傑作。

ロルドの恐怖劇場
アンドレ・ド・ロルド
平岡敦編訳
二十世紀初頭のパリで絶大な人気を博した恐怖演劇グラン・ギニョル座。その座付作家ロルドが血と悪夢で紡ぎあげた二十二篇の悲鳴で終わる物語。

悪党どものお楽しみ
パーシヴァル・ワイルド
巴妙子訳
足を洗った賭博師がその経験を生かし探偵として大活躍、いかさま師たちの巧妙なトリックを次々と暴く。エラリー・クイーン絶賛の痛快連作。（森英俊）

ちくま文庫

ベルリンは晴《は》れているか

二〇二二年三月十日　第一刷発行
二〇二二年四月十日　第二刷発行

著　者　深緑野分（ふかみどり・のわき）
発行者　喜入冬子
発行所　株式会社　筑摩書房
東京都台東区蔵前二―五―三　〒一一一―八七五五
電話番号　〇三―五六八七―二六〇一（代表）
装幀者　安野光雅
印刷所　中央精版印刷株式会社
製本所　中央精版印刷株式会社

ISBN978-4-480-43798-3 C0193